magma

Weltbild Taschenbuch

Der Autor

Thomas Thiemeyer, geboren 1963, studierte Geografie und Geologie in Köln und arbeitete zunächst als Illustrator. Seine mystischen Wissenschaftsthriller »Medusa«, »Reptilia«, »Magma« und »Nebra« begeisterten die Leser auf Anhieb und wurden zu Bestsellern. Der Autor lebt und arbeitet heute in Stuttgart.
Mehr Informationen unter: www.thiemeyer.de.

THOMAS THIEMEYER

MAGMA

Thriller

Weltbild

Besuchen Sie uns im Internet:
www.weltbild.de

Genehmigte Lizenzausgabe für Verlagsgruppe Weltbild GmbH,
Steinerne Furt, 86167 Augsburg

Ein Unternehmen der Droemerschen Verlagsanstalt
Th. Knaur Nachf. GmbH & Co. KG, München.
Umschlaggestaltung: JARZINA kommunikations-design, Holzkirchen
Umschlagmotiv: Artwork Thomas Jarzina unter Verwendung
einer Illustration von Thomas Thiemeyer
Gesamtherstellung: CPI Moravia Books s.r.o., Pohorelice
Printed in the EU
ISBN 978-3-86800-699-5

2015 2014 2013 2012
Die letzte Jahreszahl gibt die aktuelle Lizenzausgabe an.

Für Max und Leon,
deren Abenteuer gerade erst begonnen hat ...

Wahrlich, zuerst entstand das Chaos und später die Erde. Breitgebrüstet, ein Sitz von ewiger Dauer für alle Götter, die des Olymps beschneite Gipfel bewohnen. Aus dem Chaos entstanden die Nacht und des Erebos Dunkel. Gaea, die Erde, erzeugte zuerst Uranos, den sternigen Himmel gleich sich selber, damit er sie dann völlig umhülle, unverrückbar für immer als Sitz der ewigen Götter. Sie zeugte auch hohe Gebirge, der Göttinnen holde Behausung, und Nymphen, die da die Schluchten und Klüfte der Berge bewohnen. Auch das verödete Meer, die brausende Brandung gebar sie ohne beglückende Liebe. Aber dann später himmelbefruchtet gebar sie Okeanos' wirbelnde Tiefe, Koios und Kreios dazu und Iapetos und Hyperion, Theia sodann und Rheia und Themis, ferner Mnemosyne und Phoibe, die Goldbekränzte, sowie auch die liebliche Tethys.

Als der Jüngste nach ihnen entstand der verschlagene Kronos, dieses schrecklichste Kind. Er hasste den blühenden Vater. Auch die Kyklopen gebar sie, Brontes und Steropes und den finstergewaltigen Arges. Diese dann gaben dem Zeus den Donner und schufen die Blitze. Zwar in allem glichen sie sonst den ewigen Göttern, doch inmitten der Stirn lag ihnen ein einziges Auge und so hatte man ihnen den Namen Kyklopen gegeben. In ihren Werken aber lag Stärke, Gewalt und Erfindung.

Aber noch andere waren von Himmel und Erde entsprossen:

drei ganz riesige Söhne, gewaltig, unnennbaren Namens: Kottos, Briareos auch und Gyges, Kinder voll Hochmut. Hundert Arme streckten aus ihren Schultern sich vorwärts, klotzig und ungefüg, und fünfzig Köpfe entsprossen jedem aus seinen Schultern auf starken, gedrungenen Gliedern. Grausig waren Kraft und Wucht, sie glichen gewaltigen Riesen.
Denn von allen, die so aus Gaea und Uranos stammten, waren die schrecklichsten sie – verhasst dem eigenen Vater gleich von Anfang. Sobald von ihnen einer geboren, barg Uranos sie alle tief im Tartaros, dem Schoße der Erde, und ließ sie nicht zum Lichte gelangen, sich freuend der eigenen Untat.
Aber es stöhnte im Innern die riesige Erde. Grambedrückt sann sie auf böse, listige Rache. Und sie formte sogleich ein graues Eisengebilde, eine gewaltige Sichel aus Adamas, dem Unbezwinglichen.
Ihre Kinder befreiend gab sie ihnen diese Waffe – auf dass sie damit den Vater bekämpfen mögen.

Hesiod
Theogonie
700 v. Chr.

Teil 1

Auftakt

1

19. Mai 1954
Südtiroler Alpen

Der Nebel begann ihn einzukreisen.
Weiße Schwaden stiegen aus dem Boden, sammelten sich zwischen den Steinen und begannen, wie die Seelen verstorbener Bergwanderer über das zerfurchte Felsplateau zu ziehen. Spärliche Blätter von Trollblumen und Himmelsherold, die hier oben auf zweitausendfünfhundert Metern, zwischen Ritzen und Spalten gezwängt, die langen Winter überlebten, waren mit einer glitzernden Schicht Feuchtigkeit überhaucht. Kaum ein Wanderer, der sich hierher verirrte, war sich bewusst, dass diese von Wind und Wasser zerfressene Karstlandschaft aus einer Unzahl von Korallenbänken bestand, stumme Zeugen, dass diese Gegend vor zweihundert Millionen Jahren einmal der Boden eines Meeres gewesen war. Das fünfzig Quadratkilometer große Chaos aus Gräben, Spalten, Buckeln und Dolinen war ein Labyrinth, der steingewordene Wellenschlag eines urzeitlichen Meeres, aus dem selbst ein erfahrener und trainierter Bergwanderer bei schlechter Sicht nur mit Mühe herausfand.
Professor Francesco Mondari von der paläontologischen Fakultät der Universität Bologna war weder trainiert noch sportlich. Zwar war er schlank und hochgewachsen, doch seine Vorliebe für kostspielige Zigarren hatte ihn mit den Jahren kurzatmig werden lassen. Das lockere Leben, das er sich in letzter Zeit

gegönnt hatte, begann Spuren zu hinterlassen, wie ihm der morgendliche Blick in den Spiegel und die sinkende Zahl kontaktfreudiger Studentinnen deutlich vor Augen führte. Aber das würde bald ein Ende haben. Er hatte sich geschworen, dass ab dem nächsten Monat, wenn er seinen Vierzigsten feierte, mit der Qualmerei Schluss sein würde. Dann würden wieder gesunde Ernährung, frühes Zubettgehen und vor allem Sport auf dem Programm stehen.

Mondari schob die Gedanken an seine Zukunft beiseite und blickte sorgenvoll über den Rand seiner Brille. Der Nebel wurde immer dichter. Nicht genug damit, dass er die Orientierung verloren hatte, jetzt machte ihm auch noch das Wetter einen Strich durch die Rechnung.

Angelockt vom Bericht eines Studenten über die hier vorhandenen Korallenbänke und deren fortschreitende Erosion, hatte er sich vorgenommen, die Semesterferien für das zu nutzen, was er einen *kleinen Bildungsurlaub* zu nennen pflegte. Sein Fachgebiet waren marine Ablagerungen im Alpenraum. Die hier vorhandenen Korallen hätten ihm einen ausgezeichneten Einblick in den Aufbau und die Lebensvielfalt eines längst vergangenen Ökosystems liefern sollen, doch im Moment war davon nicht viel zu erkennen. Die Sichtweite war auf unter zehn Meter herabgesunken und machte eine Orientierung unmöglich. Er öffnete die Lederschatulle, die an seinem Gürtel hing, und nahm seinen Armeekompass heraus. Ein Souvenir aus dem Ersten Weltkrieg, das sein Vater ihm nach der glücklichen Heimkehr von den Schlachtfeldern Europas vermacht hatte. Mondari öffnete das Metallgehäuse, dessen grüne Lackschicht bereits an einigen Stellen abblätterte, und blickte auf die rotweiße Magnetnadel, die unerschütterlich nach Norden wies. Der Professor hätte schwören können, dass die Richtung nicht stimmte, aber wer war er, mit dem alten Erbstück zu hadern? Seufzend schlug er den Weg ein, den die Nadel ihm wies, doch sorgenfrei war er noch lange nicht. Der Kompass konnte ihm zwar sagen, wo Norden war, aber er vermochte ihn nicht vor einem Sturz in eine der unzähligen Spalten und Abbrüche zu bewahren, mit denen die Hochebene durchzogen war. Das Plateau *Altipiano Delle Pale* folgte seinen eigenen Gesetzen. Eines davon lautete, es niemals bei instabiler Wetterlage zu betreten. Doch wie hätte er das ahnen können? Vor zwei Stunden, als Mondari die Hochebene erreicht hatte, hatte alles noch gut ausgesehen, und es waren keine Anzeichen eines Wetterumschwungs zu erkennen gewesen. Zwar hatte man ihn unten, in der Pension Canetti in San Martino, gewarnt, dass ein Tief heranzog, doch er wäre niemals darauf gekommen, dass das Wetter hier dermaßen schnell umschlagen könnte.

Es mochte eine Viertelstunde seit dem letzten Durchatmen vergangen sein, als er eine kleine Rast einlegte. Die Anstrengung der Wanderung in der dünnen Luft war zu viel für ihn, und er fühlte, wie ihm trotz der klammen Kälte der Schweiß ausbrach. Erneut blickte er auf den Kompass und stutzte. Jetzt wies die Nadel auf einmal in die entgegengesetzte Richtung, die Richtung aus der er gerade gekommen war. Verwirrt blieb er stehen. Es waren noch keine fünf Minuten vergangen, seit er das letzte Mal auf die Anzeige geblickt und sich vergewissert hatte, dass er nicht vom Kurs abgewichen war. Und auf einmal sollte er einen Haken von hundertachtzig Grad geschlagen haben? Das war vollkommen ausgeschlossen, das hätte er doch gemerkt. Was ging hier vor?

Hilfe suchend blickte er sich um. Wolken und Nebel hatten ihn jetzt komplett eingehüllt. Sie waren so schnell herangefegt, dass er nicht mal mehr die Chance gehabt hatte, die nahe gelegene Rosetta-Berghütte zu erreichen. Er fühlte Panik in sich aufsteigen und tat etwas, was ihm selbst peinlich war, musste es doch wie ein Beweis eigener Schwäche erscheinen. Er hob die Hände an den Mund und rief in den Nebel hinein.

»Hallo! Ist da jemand?«
Keine Antwort.
»Kann mich jemand hören?«
Stille.
»Geben Sie mir ein Zeichen, wenn Sie mich hören.«
Nichts.
»Helfen Sie mir! Ich habe mich verlaufen!«
Jetzt war es heraus. Das Eingeständnis der Ratlosigkeit hatte seinen Mund verlassen und flog hinaus in die Welt. Hin- und hergerissen zwischen der Hoffnung und der Furcht, gehört worden zu sein, lauschte er in die weiße Nebelwand. Nichts. Mit einem Mal erinnerte er sich an die Notfallausrüstung, die er sich unten im Tal hatte aufschwatzen lassen. Eine kleine Trillerpfeife war darin. Er nahm sie zwischen Daumen und Zeigefinger und blies hinein. Einmal. Zweimal. Der schrille Klang beleidigte seine Ohren, doch er versuchte es weiter. Ohne Erfolg.
Er war allein.
Fluchend machte er auf dem Absatz kehrt und ging in die entgegengesetzte Richtung, dorthin, wo dem Kompass zufolge Norden sein sollte. Doch diesmal ließ er die Nadel nicht aus den Augen. Noch einmal würde er sich nicht ins Bockshorn jagen lassen.
Er war noch nicht weit gekommen, als der Zeiger anfing, sich mal nach links, dann unvermittelt nach rechts zu drehen, ehe er eine komplette Drehung vollführte. Mondari führte den Kompass so nahe an sein Gesicht, dass seine Nasenspitze beinahe das Glas berührte. Verwundert blickte er auf die Nadel. Aus irgendeinem unerfindlichen Grund schien sie sich nicht festlegen zu wollen, wo Norden war. Er klopfte gegen das grün lackierte Gehäuse, doch der Tanz hörte nicht auf. Vielleicht gab es hier irgendwo etwas Metallisches oder eine Erzlagerstätte, auch wenn diese Vorstellung absurd war. Um ihn herum waren

massive Kalkbänke, da war kein Metall. Vielleicht war das kleine Mistding einfach nur kaputt. Heute schien so ein Tag zu sein, an dem alles geschehen konnte, mochte es auch noch so absurd erscheinen. Er steckte den Kompass wieder ein, hockte sich auf einen nahe gelegenen Felsvorsprung und nahm einen Schluck aus seiner Feldflasche. Erst mal zur Ruhe kommen, sagte er sich. Nicht wieder in Panik verfallen.

Mondari griff in seinen Rucksack und zog eine Tüte mit Rosinenkeksen heraus, die ihm die dickliche Wirtin aus der Pension mitgegeben hatte. Gedankenverloren knabberte er daran, während er sein Notizbuch zückte und es aufschlug. *18. Mai 1954*, stand da zu lesen. *Habe meine Vorbereitungen zum Aufstieg auf die Forcella del Mièl abgeschlossen. Werde noch etwas essen und dann früh zu Bett gehen. Habe vor, spätestens um 6:30 Uhr mit dem Aufstieg zu beginnen, um vor Einbruch der Dunkelheit wieder zurück im Tal zu sein.*

Das war gestern Abend gewesen, als noch keine Zweifel an ihm nagten. Er klappte das Buch zu und steckte es wieder ein. Was sollte er jetzt tun? Theoretisch konnte sich das schlechte Wetter genauso schnell verziehen, wie es gekommen war. *Theoretisch.* Andererseits hatte er auch schon Geschichten gehört, in denen die Gipfel der Berge wochenlang in Wolken gehüllt waren. Sollte er es darauf ankommen lassen und abwarten? Oder sollte er versuchen, den Weg, den er heraufgekommen war, wiederzufinden? Beide Optionen behagten ihm nicht, zumal er sich offensichtlich nicht auf seinen Kompass verlassen konnte. Schließlich entschied er, seinem besorgten Geist einige Minuten Ruhe zu gönnen und erst noch ein wenig hier zu verweilen. Die Steine um ihn herum sahen vielversprechend aus, und er konnte genauso gut hier mit ihrer Bestimmung beginnen. Das lenkte ihn auch von der Vorstellung ab, was geschehen würde, wenn es zu regnen begann.

Er schob sich noch einen Keks in den Mund, dann verschloss er

den Vorratsbeutel und griff nach seinem Geologenhammer. Vorn spitz und hinten flach zulaufend und mit einem gummierten Eisenstiel versehen, gehörte er zum unabdingbaren Rüstzeug eines jeden Geologen. Genauso wie die Härteskala, ein Sortiment Steinmeißel, eine Messtisch-Karte und das Feldbuch, in dem jeder Fund gewissenhaft verzeichnet wurde. Wenn man dann noch den Proviant mit einberechnete, den man für einen Tag benötigte, kam man auf ein Gewicht von gut und gern sechs Kilogramm, etwaige Gesteinsproben nicht mit eingerechnet. Kein Klacks, wenn man den ganzen Tag unterwegs war.
Er begann seine Untersuchung an dem rundlichen Steinsockel, auf dem er gesessen hatte. Einige gezielte Hiebe, und schon hatte er einen schönen Brocken abgeschlagen. Mit kundigem Auge untersuchte er die weißliche Bruchstelle. Eindeutig eine Riff-Fazies. Ammoniten, Krebse, Seelilien, Reste von Goniatiten. Dazwischen schön ausgebildete Kalzitkristalle, eingebettet in ein Gemisch aus verfestigten Muschelschalen und Korallenstämmen. Späte Trias oder beginnender Jura. Genauer konnte er das jetzt noch nicht sagen. Nicht, ohne geeignete Leitfossilien zu finden. Erst ein Blick durch das Mikroskop seines Kollegen Professor Minghella, eines der angesehensten Mikropaläontologen Italiens, würde eine genauere Datierung ermöglichen. Die Einschlüsse waren kaum deformiert, was darauf hindeutete, dass dieses Plateau *en Bloc* gehoben wurde und somit die Gebirgsfaltungsphase relativ unbeschadet überstanden hatte. Mondari nickte grimmig. Der Tipp seines Studenten war gut gewesen, der Junge würde einen lobenden Eintrag ins Seminarbuch erhalten. Er zerlegte den Brocken mit zielsicheren Schlägen in fünf handliche Stücke, steckte die zwei schönsten ein und ließ den Rest fallen. Dann widmete er sich wieder dem Sockel. An der Stelle, an der er den Brocken abgeschlagen hatte, schimmerte ein andersfarbiger Untergrund hervor. An sich war das nichts Ungewöhnliches. Korallen hatten die Ange-

wohnheit, ihre Kalkpaläste auf den verlassenen Stätten älterer Korallen zu bauen, die sich in Farbnuancen durchaus unterscheiden konnten. Schicht für Schicht wuchsen die Siedlungen so in die Höhe, teilweise bis zu einem halben Meter pro Jahr. Auch heute noch gab es aktive Korallenbänke, wie zum Beispiel das Große Barriere-Riff vor Australien. Aber verglichen mit den Baumeistern der Trias waren diese Korallen blutige Anfänger.
Er befeuchtete seinen Daumen und rieb über den freigelegten Untergrund. Seltsam, dass er so viel dunkler war als die darüberliegende Schicht. Gewiss, ein Wechsel in der Meeresströmung hätte eine neue Sorte von Nährstoffen und Mineralien heranschwemmen können, die sich auf die Färbung der Korallen ausgewirkt haben könnte. Doch Meeresströmungen änderten sich nicht so schnell. Die Farbveränderung hätte schleichend vonstatten gehen müssen. Hier aber war ein klarer Schnitt zu erkennen. Zwischen den beiden Schichten mochten hundert, maximal fünfhundert Jahre liegen, ein Wimpernschlag in der geologischen Zeitrechnung und bei weitem nicht ausreichend für eine solch drastische Veränderung.
Mondari geriet ins Schwitzen. Er war auf etwas gestoßen – und das bereits nach so kurzer Zeit. Wunderbar! Und als sei das noch nicht genug, begann es um ihn herum zunehmend heller zu werden. Ein leichter Wind kam auf und trug die Nebelschwaden fort, an manchen Stellen schimmerte bereits der blaue Himmel durch.
Er rieb sich die Hände. Das Abenteuer konnte beginnen.
Mit neu entflammtem Eifer machte er sich daran, den seltsamen Untergrund freizuklopfen. Die beträchtliche Härte des tiefer liegenden Gesteins machte es leicht, die bröckelige Deckschicht abzulösen. Nach einer Stunde hatte er einen guten Quadratmeter geschafft. Schnaufend richtete er sich auf. Er nahm seine Brille ab, wischte sich den Schweiß aus den Augen und begutachtete sein Werk. Der Hammer zitterte in seiner Hand, teils

weil er die Anstrengung schwerer Feldarbeit nicht mehr gewöhnt war, teils weil es ihm schwerfiel, seine Erregung zu unterdrücken. Er legte den Hammer beiseite und trat einige Schritte zurück. Was sich da seinem forschenden Blick präsentierte, war über alle Maßen ungewöhnlich. Es schien sich um einen Sphäroiden zu handeln, um eine Kugel, die mitten im Kalzit steckte. Legte man die Krümmung der freigelegten Fläche zugrunde und setzte sie in Relation zu dem gesamten Block, mochte ihr Durchmesser etwa zwei Meter betragen. Die Substanz, aus der sie bestand, hatte nichts mit den umliegenden Korallen gemein. Sie war aus irgendeinem grauen, metallisch glänzenden Material. Demnach konnte sie kein Produkt der Riffbildung sein. Plötzlich fiel ihm sein Kompass wieder ein. Er legte das Gerät auf die freigeklopfte Oberfläche. Die Nadel drehte sich wie verrückt im Kreis. Vielleicht bestand die Kugel wirklich aus Metall. Wie auch immer, sie war eindeutig ein Fremdkörper und gehörte nicht hierher. Nun war es nicht ungewöhnlich, dass Korallen auf ihrem Vormarsch alles überwuchsen, was sich ihnen in den Weg stellte. Dass die Kugel komplett eingeschlossen war, ließ also nur den Schluss zu, dass sie schon hier gelegen hatte, ehe das Riff gebildet wurde. Demnach musste sie zweihundert bis zweihundertfünfzig Millionen Jahre alt sein. Ungewöhnlich war aber nicht nur das hohe Alter, sondern vor allem ihre Form. Die perfekte Kugel war, ebenso wie der perfekte Kreis, ein Produkt der Mathematik, also des menschlichen Geistes. In der Natur kam sie nicht vor, sah man einmal von solch kurzlebigen Erscheinungen wie der ideal geformten Luftblase ab. Aber solche Perfektion war niemals von Dauer. Irgendwann nagte an allem der Zahn der Zeit und verformte jeden noch so symmetrischen Körper – je älter er war, desto mehr.

Francesco Mondari musste erst mal tief durchatmen. Eine zweihundertfünfzig Millionen Jahre alte Metallkugel, das war etwas, was nicht leicht zu verdauen war. Wie um alles in der Welt konnte ein solches Objekt entstanden sein? Der Professor dachte, seinem Wesen entsprechend, zunächst an eine natürliche Ursache. Konnte es Mineralisationsprozesse geben, die solch gewaltige Geoden hervorbrachten? Wenn ja, hatte er jedenfalls noch nie davon gehört. Kugelige Mineralisation trat vor allem im hydrothermalen Bereich auf, bei der Bildung von Eisenoxidverbindungen wie Goethit oder Hämatit, was wiederum ein Hinweis auf das seltsame Verhalten seines Kompasses gegeben hätte. Knubbelige oder runde Formen waren hier keine Seltenheit, allerdings wurden diese oolithischen Objekte selten größer als zehn Zentimeter. Vielleicht hatte er soeben die größte jemals dokumentierte Hämatitknolle entdeckt ...

Mondari richtete sich auf. Jetzt nur keine voreiligen Schlüsse. Er öffnete die Tasche und griff nach seiner Mohsschen Härteskala. Zwar war er kein ausgebildeter Mineraloge, aber der Umgang mit diesem archaisch anmutenden Werkzeug gehörte für einen Geologen zum Alltag. Die Härteskala bestand aus zehn Mineralien mit aufsteigendem Härtegrad, beginnend mit dem fingernagelweichen Talk und endend mit der härtesten aller Substanzen, dem Diamanten. Hämatit lag irgendwo zwischen Härte fünf und sechs, also zwischen Apatit und Feldspat. Er griff nach dem Feldspat und versuchte, damit die Kugel zu ritzen. Doch so sehr er sich auch abmühte, das Ergebnis war gleich null. Der Feldspat hinterließ einen weißen Abrieb, war also deutlich weicher. Vielleicht handelte es sich bei der Kugel um eine besonders harte Spielart des Hämatit. Mondari, der keine Lust hatte, sich langsam hochzudienen, griff nach dem Korund mit Härte neun. Damit würde es schon gehen. Hämatit war deutlich weicher, müsste sich demnach also ritzen lassen. Er setzte das rotschwarze Mineral an, drückte und zog einen Strich. Eine weißliche Spur bildete sich, doch wiederum schien sie nicht von der Kugel zu stammen. Mondari befeuchtete seine

Finger, rieb über die betreffende Stelle und warf einen Blick durch seine Lupe.

Nichts.

Nicht der geringste Kratzer.

Der Professor lehnte sich nachdenklich zurück. Was er da gefunden hatte, war kein Hämatit, so viel war klar. Aber was war es? Mit zittrigen Fingern legte er den Korund zurück an seinen Platz und griff nach dem Säckchen aus Stoff, das in einem besonderen Fach der Schachtel lag. Er öffnete es und entnahm ihm einen Metallstift, in den ein Diamantsplitter gefasst war. Er hatte ihn noch niemals zuvor gebraucht, da sich im Alltag eines Geologen nichts mit der Härte eines Diamanten messen konnte. Der Edelstein funkelte in der Sonne. Vorsichtig setzte Mondari ihn auf die Oberfläche der Kugel. Diamant bestand aus reinem Kohlenstoff, der tief im Inneren der Erde unter so unglaublichen Druck geraten war, dass sich seine kristalline Struktur verändert hatte. Diamanten waren zwar hart, gleichzeitig aber auch spröde. Beim Herunterfallen konnte er leicht zerbrechen. Mondari hatte für seine Härteskala eine beträchtliche Summe ausgegeben, und das aus reiner Eitelkeit. Um einen echten Diamanten in der Sammlung zu haben, war er bereit gewesen, fast den doppelten Preis zu zahlen. Eine Investition, die, so hatte er gehofft, bei der weiblichen Studentenschaft Eindruck schinden würde. Dass er den Diamanten tatsächlich einmal brauchen würde, hätte er sich indes nie träumen lassen.

Die glasklare Spitze kratzte mit einem hässlichen Geräusch über die Oberfläche der Kugel. Mondari blickte durch die Lupe. Kein Abrieb, kein Kratzer, keine Spur einer gewaltsamen Einwirkung. Wie es schien, waren sich die beiden Materialien ebenbürtig. Der Professor erhöhte den Druck. Das Kratzen wurde lauter, doch immer noch schien es keinen Sieger geben zu wollen. Er fühlte sich wie David im Kampf gegen Goliath. Schweißtropfen rannen ihm die Stirn herab und sammelten sich an der Nasenspitze. Mit einer ungehaltenen Bewegung wischte er sie weg. Das konnte doch alles nicht wahr sein. Was hatte er da nur entdeckt? Noch einmal erhöhte er den Druck. Irgendwann würde diese verdammte Kugel nachgeben müssen.

Seine Hand begann bereits zu schmerzen, doch er wollte nicht klein beigeben und presste noch einmal mit aller Kraft. Auf einmal gab es einen Knall.

Ungläubig sah Mondari erst auf den Stift, dann auf die feinen glitzernden Krümel. Die Spitze war zerplatzt. Der Diamant war zerbröselt, verpulvert, weg. Ein Häufchen Staub war alles, was von seinem wertvollen Besitz übrig geblieben war. Er warf einen Blick durch seine Lupe und suchte nach einer Kratzspur. Vergeblich. Die Oberfläche der Kugel präsentierte sich in makelloser Unversehrtheit.

Francesco Mondari fühlte Wut in sich aufsteigen. Er verspürte einen völlig irrationalen Hass gegen dieses urzeitliche Objekt, das sich allen seinen Bemühungen widersetzte.

Mit zitternder Hand griff er nach Hammer und Meißel. Er platzierte den Stahlstift in eine der unzähligen Kerben, mit denen die Kugel überzogen war, hob den Hammer und ließ ihn mit aller Kraft niedersausen. Funken sprühten. Das Eisen federte zurück. Die Luft war erfüllt vom durchdringenden Singen des Metalls. Wieder schlug er zu. Noch mal. Und noch mal. Der Stiel des Hammers summte in seiner Hand, und noch immer war auf der Oberfläche der Kugel keine Veränderung zu sehen. Er wurde allmählich ungehalten. Ihm war warm, und die Sonne stach ihm ins Genick. Noch einmal schlug er zu, und plötzlich – er glaubte seinen Augen nicht zu trauen – zeichnete sich ein Riss auf der Oberfläche der Kugel ab.

Ha! Mondari triumphierte. Nichts konnte sich auf Dauer seiner Hartnäckigkeit widersetzen. Endlich hatte er diesem verdammten Metall Schaden zugefügt. Noch einmal schlug er zu. Ein langer, hauchdünner Spalt entstand, der sich immer weiter

fortzupflanzen schien. Das Material gab ein scharfes, aber sehr befriedigendes Knacken von sich.
Mondari richtete sich auf. Er streckte die Arme und dehnte die verkrampften Muskeln. Alles tat ihm weh. Den heutigen Abend würde er in der Sauna verbringen und sich danach massieren lassen. Doch bis dahin lagen noch einige Stunden harter Arbeit vor ihm. Jetzt brauchte er erst einmal eine Pause, ehe er sich daranmachte, den Spalt zu vergrößern. Zwar brannte er darauf zu sehen, wie sich das Innere der Kugel präsentierte, doch er wusste, dass man nicht voreilig sein durfte. Ungeduld würde zu Fehlern führen, und Fehler konnte er sich nicht leisten. Erst mal mussten seine bisherigen Bemühungen notiert werden. Kein Detail durfte fehlen, wenn er später seinen Bericht verfassen würde. Also zückte er seinen Bleistift und begann, seine bisherigen Erlebnisse zu notieren. Einige Zeichnungen der Landschaft, der geologischen Schichtung und der Struktur der Korallen vervollständigten das Bild.
Etwa zehn Minuten später klappte er sein Notizbuch zu, ließ ein Gummiband um den abgewetzten Einband schnappen und wandte sich wieder seinem Studienobjekt zu. Der Riss hatte sich entlang eines Meridians fortgesetzt und war etwa fünfzig Zentimeter lang. Wenn er Glück hatte, würde er ihn mit dem Meißel vergrößern können. Die Substanz schien außerordentlich spröde zu sein. Spröder und härter als selbst ein Diamant es war. Vielleicht war er hier einer neuartigen chemischen Verbindung auf die Spur gekommen, einem neuartigen Mineral. Möglicherweise würde er ihm einen Namen geben dürfen. Er würde es *Adamas* nennen, das Unbezwingliche – nach dem grauen Metall aus der griechischen Mythologie. Die Entdeckung einer solchen Substanz würde ihm einen Platz in den Annalen des Faches sichern. Sein Name würde in Lehrbüchern auftauchen und ihn weit über Italien hinaus bekannt machen. Welch ein schöner Traum. Mondari war allerdings Realist genug, um zu

wissen, dass es weitaus wahrscheinlicher war, dass er irgendeiner bekannten Verbindung auf der Spur war. Einer Verbindung, die sich durch besondere geothermische Prozesse verhärtet hatte. Vielleicht war auch einfach nur sein Diamant schadhaft gewesen. Die einfachsten Erklärungen waren häufig die zutreffenden. Er war sich selbst gegenüber ehrlich genug, um zu wissen, dass die Chancen, heutzutage noch etwas wirklich Neues zu entdecken, gleich null waren. Nun gut, doch von dieser Aussicht wollte er sich nicht abschrecken lassen, immerhin war der Sphäroid allein schon eine bemerkenswerte Entdeckung.
Er zog seine Arbeitshandschuhe an, setzte erneut den Meißel auf und schlug zu, so hart er konnte. Das Metall schrie förmlich auf. Noch ein Schlag und er spürte, wie der Meißel um einige Millimeter in den Spalt eindrang. Jetzt begann die Sache interessant zu werden. Er war sich sicher, dass er nur noch wenige Schläge von einer Erklärung entfernt war. Wieder ließ er seinen Hammer niedersausen. Plötzlich bemerkte er eine Veränderung. Etwas Seltsames geschah. Die Luft war von einem Geräusch erfüllt, als ob sie von einem großen Gegenstand zerteilt würde – als ob irgendetwas Gewaltiges durch die Atmosphäre pfiff. Mondari duckte sich instinktiv und blickte angsterfüllt in alle Richtungen. Er konnte jedoch nichts Ungewöhnliches entdecken. Das Hochplateau präsentierte sich friedlich im Licht der Morgensonne. Irgendwo krächzte eine Dohle. Trotzdem, das Geräusch war immer noch da. Jetzt klang es allerdings eher wie ein Schnaufen, wie das Keuchen einer riesigen Kreatur. Gleichzeitig begann ein merkwürdiger Geruch aus dem Boden zu steigen. Es roch nach verbranntem Stein, nach einer alles versengenden Hitze. Beunruhigt ließ Mondari die Hand, in der er den Hammer hielt, sinken und stand auf. Mit unsicherem Blick trat er einen Schritt zurück, die Augen immer noch auf die seltsame Kugel geheftet. Er wusste nicht warum, aber er war sich sicher, dass die verstörenden Geräusche und Gerüche von

ihr ausgingen. Während er seine schweißnassen Hände an der Hose abwischte, bemerkte er, dass die Kugel ihre Farbe zu verändern begann. Sie wurde an manchen Stellen erst silbern, dann weiß. Und dann begann sie zu glühen.
Mit einer Mischung aus Furcht und Verwunderung beobachtete Francesco Mondari, dass sich das Glühen entlang dünner Linien zeigte, Linien, die ganz eindeutig die Merkmale von Schriftzeichen trugen.
Er wich noch weiter zurück.
Das Äußere der Kugel veränderte sich jetzt dramatisch. Immer mehr wurde sie von einem Muster geheimnisvoller Zeichen überzogen. Und als sei das noch nicht genug, begann der Riss, den er dem Stein zugefügt hatte, ebenfalls zu leuchten. Einer blutenden Wunde gleich teilte sich der Stein über eine Länge von einem Meter. Tief in seinem Inneren vernahm Mondari ein Bersten und Knacken – als stünde das Objekt unter ungeheurem Druck und drohte jeden Moment zu platzen.
Von panischem Schrecken erfüllt, verspürte Professor Mondari nur noch einen Wunsch: Er wollte so schnell wie möglich Distanz zwischen sich und dieses rätselhafte Gebilde bringen. Stolpernd und strauchelnd lief er in die Richtung, aus der er gekommen war. Seine Tasche, die Härteskala sowie sein über alles geliebtes Tagebuch vergaß er dabei völlig. Selbst den Kompass, das Andenken an seinen verstorbenen Vater, ließ er achtlos zurück. Nur weg, und zwar so schnell wie möglich. Er rannte, doch die vielen Buckel und Spalten behinderten sein Fortkommen. Sie schienen ihn festzuhalten, als wollten sie verhindern, dass er entkam. Er stolperte, stieß sich die Knie blutig, raffte sich wieder auf und torkelte unter Schmerzen weiter.
Als das Plateau um ihn herum von einem gleißenden Lichtstrahl erhellt wurde, hatte er noch keine zehn Meter zwischen sich und die Kugel gebracht. Eine sengende Hitze ließ die Luft erglühen, brannte ihm die Kleidung vom Körper und fraß sich

durch seine obersten Hautschichten. Seine Haare wurden von einem Gluthauch erfasst und in einer Wolke aus Asche davongeweht.
Ein letzter animalischer Schrei entrang sich seiner Kehle.
Francesco Mondari starb einen schnellen Tod. Als das gleißende Licht seinen Körper zu einer Wolke aus organischer Materie verdampfte, blieb nur ein weißer Staubschleier zurück, der in den blauen Himmel geweht und vom auffrischenden Nordostwind davongetragen wurde.

Teil 2

Das Erwachen

2

Fünfzig Jahre später …

Es schneite schon wieder. Obwohl gestern offiziell Frühlingsanfang war, lag die gesamte Eifel unter einer dicken Schneeschicht begraben. Das weiß gestrichene Metallgerüst, auf dem das zweitgrößte schwenkbare Radioteleskop der Welt ruhte, verschmolz mit den umliegenden Hügeln zu einem Durcheinander aus blinden Schnittkanten und grauen Flächen. Ein gewaltiges stählernes Ohr, das den Gesängen der Sterne lauschte. Mit ihren einhundert Metern Durchmesser war die Empfangsschüssel von Effelsberg, die von sechzehn starken Elektromotoren über einen Schienenkreis bewegt wurde, momentan auf den Himmelszenit ausgerichtet.

Marten Enders, der diensthabende Leiter des Teleskops, rieb sich den Schlaf der letzten Nacht aus den Augen. Er starrte auf die Ziffern der großen Digitaluhr. Fünf vor acht. Gerade noch genug Zeit für einen Kaffee und einen Keks, ehe der nächste Schwenk ausgeführt werden musste. Während er seine Tasse füllte, starrte er missmutig in den grauen Himmel. An den Klimaprognosen war doch etwas dran. Über die Jahre gesehen wurde es immer kälter. Vielleicht steuerte die Erde wirklich auf eine neue Eiszeit zu. Vielleicht war der Golfstrom bereits versiegt, und die Menschen hatten bisher nur noch nichts davon erfahren, weil ihre Regierungen nicht wussten, wie sie eine solche Hiobsbotschaft angemessen verkaufen sollten.

Er nippte gedankenverloren an dem lauwarmen Getränk, als ein Piepsen ertönte.
»Marten?« Die Stimme gehörte Jan Zietlow, seiner Assistentin, die eigentlich Janette hieß, diesen Namen aber aus tiefstem Herzen verabscheute.
»Hm?«
»Es ist Zeit.«
Er blickte auf die Uhr. Sie hatte Recht. Er hämmerte mit seinem Handballen auf den großen roten Knopf. Ein Klingeln erklang über die Außenlautsprecher, und die orangefarbenen Warnleuchten auf dem Gelände fingen an zu blinken. Wenige Augenblicke später setzte sich das gewaltige, dreitausendzweihundert Tonnen schwere Monstrum aus Metall in Bewegung. Zuerst um die vertikale, danach um die horizontale Achse schwenkte der riesige Schirm, wie eine überdimensionale Satellitenschüssel, auf der Suche nach elektromagnetischen Strahlen. Die Servomotoren heulten auf, während sich die Stahlrohrkonstruktion rumpelnd über die Schienen bewegte.
»Was liegt denn heute Morgen an«, sagte Enders und gähnte, während er dem spektakulären Anblick den Rücken kehrte. Die Tasse war leer, und er schickte sich an, sie erneut zu füllen.
»Hast du denn den Plan nicht gelesen?«, fragte Jan mit einem halb tadelnden, halb belustigten Augenaufschlag.
»Morgenmuffel wie ich überlassen die Feinarbeit grundsätzlich ihren unersetzlichen und unterbezahlten Assistentinnen«, lächelte er. »Das erlaubt es uns, die Aufmerksamkeit den höheren Weihen der Astronomie zu widmen.«
Jan warf ihm einen amüsierten Blick zu. »Was du nicht sagst. Wie zum Beispiel der Führung der Franzosen, die hier in etwa ...«, sie warf einen Blick auf die Uhr, »... vierzig Minuten eintrudeln werden? Oder hast du die etwa vergessen?«
»Elsässer, nicht Franzosen«, sagte Enders und hob mahnend den Zeigefinger, »... feiner Unterschied. Die Gruppe aus *Stras-*

bourg.« Er legte eine besondere Betonung auf das *ou*. Der Kaffee tat seine Wirkung. Seine Stimmung begann sich zu bessern. »Wie könnte ich die vergessen haben. Eigentlich ist das ja gar nicht mein Job, denen hier alles zu zeigen, aber ich bin es ja gewohnt, an Wochenenden, an denen der FC spielt, mit einem schlanken Mitarbeiterstab auszukommen. Ich hatte gestern so viel um die Ohren, dass ich nicht mal das Ergebnis mitbekommen habe.«

»Zwei zu null für Bremen«, kam es wie aus der Pistole geschossen.

Enders strich sich über die Augen und seufzte. »War ja nicht anders zu erwarten. Aber reden wir von Wichtigerem. Was wollten die noch mal? Ach ja, eine geführte Radioabtastung des Orion. Nachdem Orionis Alpha in letzter Zeit etwas herumgezickt hat, scheint er wieder ins öffentliche Interesse gerückt zu sein.« Er verschränkte die Arme hinter dem Rücken, begann über den graugrünen Teppich zu wandern und dabei zu dozieren. »Orion, der große Jäger, dessen Ursprung auf das sumerisch-babylonische Gilgamesch-Epos zurückgeht. So richtig populär wurde der Kerl aber erst in der griechischen Mythologie. Dort war er der Sohn des Meeresgottes Poseidon. Er war so schön, dass selbst die Jagdgöttin Artemis seinetwegen ihr Keuschheitsgelübde brechen wollte. Doch auch in anderen Kulturen war dieses Sternbild bekannt. Die Ägypter sahen in seiner Anordnung den Todesgott Osiris, Herrscher über die Unterwelt. Die Germanen dachten bei seinem Anblick an einen Hakenpflug, die Südseeinsulaner an ein Kriegsboot usw.«

»Und woran denkst *du* bei seinem Anblick?« Jans Augen hatten wieder diesen Glanz, den er in letzter Zeit öfter bemerkt hatte. Er lächelte. »Vor allem an eine dichte Konzentration von Sternen und interstellarem Gas. An manchen Stellen ist es so dicht, dass es aufgrund seiner Schwerkraft zusammenstürzt und neue Sterne entstehen lässt, sozusagen eine Sternenwiege. Außerdem sind da noch die Sonnen Orionis Alpha und Beta, auch bekannt unter den Sternnamen Beteigeuze und Rigel. Der eine ein roter, der andere ein blauer Überriese, zwei Giganten, von denen wir in naher Zukunft noch etliche interessante Erkenntnisse erwarten dürfen.

Jan stützte lächelnd ihr Kinn auf die Hände. »Ich liebe es, wenn du deine Vorträge hältst. Da komme ich mir jedes Mal vor wie in der ersten Stunde des Seminars *Allgemeine Sternenkunde* bei Professor Habermann.«

»Das Seminar hat er schon gehalten, als ich noch so jung und unschuldig war wie du«, lächelte Enders. »Das muss jetzt mindestens zwanzig Jahre her sein. Ich habe es geliebt. Wie ich hörte, hält der Alte immer noch Vorlesungen, obwohl er längst emeritiert ist. Und er erfreut sich angeblich immer noch großer Beliebtheit. Wahrscheinlich wird er die Studentinnen noch zum Träumen bringen, wenn ich selbst schon alt und grau bin.«

Jan lächelte schelmisch. »Ich finde, du hast gute Aussichten, in seine Fußstapfen zu treten. Deine Vorträge haben jedenfalls dieses gewisse Etwas.«

Marten zuckte die Schultern. »Für mich ist das in erster Linie leicht verdientes Geld. Brüssel zahlt gut für die paar Beobachtungsstunden. Und wir können jeden Cent brauchen.« Er streckte sich und ging auf Jan zu. »Wie du siehst ...«, und damit warf er ihr einen spöttischen Blick zu, »... kenne ich den Wochenplan auswendig. Ich habe ihn gestern Abend noch einmal überflogen, während du und dieser Nichtsnutz aus der Prozessrechnergruppe euch irgendeine dämliche Hollywood-Schmonzette angesehen habt. War's schön romantisch?«

Jan blickte ihn kühl an. »Das war keine Hollywood-Schmonzette, sondern *Contact* mit Jodie Foster. Wegen diesem Film habe ich überhaupt erst angefangen, Astrophysik zu studieren. Ich habe ihn mindestes schon zwanzigmal gesehen und finde ihn immer noch gut. Absoluter Kult, wie du wüsstest, wenn du dich nur eine Spur fürs Kino interessieren würdest. Außerdem ist Daniel kein bisschen nichtsnutzig, sondern im Gegenteil sehr intelligent und amüsant.«

Das Radioteleskop hatte seinen Schwenk beendet und die Warnleuchten erloschen. Die Signalanlage gab ein erneutes Klingeln von sich, Zeichen dafür, dass die Drehung geglückt und der Bewegungsvorgang abgeschlossen war.

»Seid ihr euch näher gekommen?«, witzelte Enders, während er seine Armbanduhr nach den großen Ziffern an der Wand stellte.

»Besteht etwa Grund zur Eifersucht?«

Jan murmelte leise etwas, das wie *Idiot* klang und wandte sich wieder ihren Monitoren zu.

Er fragte sich, warum er seinen vorlauten Mund nicht halten konnte, spürte er doch schon seit geraumer Zeit, dass sie mehr für ihn empfand als bloße Freundschaft. So ganz unberührt ließ ihn die Geschichte nicht. Er war auch nicht mehr der Jüngste, besaß einen Lehrstuhl am Max-Planck-Institut für Radioastronomie in Bonn und war überzeugter Familienvater. Dieses kleine Glück wollte er zwar nicht dadurch aufs Spiel setzen, indem er mit einer Studentin ein Verhältnis anfing. Das Tragische war nur, dass Jan gleichermaßen klug wie hübsch war. Nein, *hübsch* war nicht das richtige Wort, entschied er. Sie war schön. Eine wahre Schönheit, die von tiefer innerer Ruhe erfüllt zu sein schien und von einem solchen Vertrauen in die Erfüllung des eigenen Schicksals, dass sie ihm manchmal vorkam wie ein Licht, das niemals zu verlöschen schien. *Gott*, wie hatte er sich früher danach gesehnt, in dem notorisch männerübersättigten Studienzweig der Astrophysik mal einer Frau über den Weg zu laufen, mochte sie auch noch so unattraktiv sein. Von einer Erscheinung wie Jan Zietlow hatte er nicht einmal zu träumen gewagt. Was ihm an ihr, abgesehen von ihrem Äußeren, am meisten gefiel, war die Unbefangenheit, mit der sie sich neuen

Herausforderungen stellte. Sie verfügte über eine ganz und gar natürliche Art, mathematische Fragen anzugehen. Jan brauchte niemals über ein abstraktes Rechenproblem nachzudenken. Sie *fühlte* die Lösung, so wie jeder Mensch schon bei seiner Geburt spürt, wo oben und unten ist. Sie rechnete völlig intuitiv, so dass man fast auf den Gedanken hätte kommen können, dass sie über ein zusätzliches Sinnesorgan verfügte. Kein Wunder, dass sie Angebote von Forschungseinrichtungen aus aller Welt bekam. Dass sie sich für Effelsberg und Bonn, und damit für ihn entschieden hatte, war etwas, was er lange nicht verstanden hatte.

Er trank den letzten Rest Kaffee und sah dem Tanz der Schneeflocken zu. Welch eine Ironie. Endlich war er am Ziel seiner Träume angelangt, hatte seinen Beruf, oder besser gesagt seine Berufung, gefunden, endlich besaß er den Job, von dem er immer geträumt hatte, war verheiratet und hatte zwei wunderbare Kinder, da trat diese Studentin in sein Leben. Diese wundersame, begehrenswerte Erscheinung. Eine Frau, so tief und rätselhaft wie der Nachthimmel selbst. Und ausgerechnet diese Frau hatte sich, wie es schien, heftig in ihn verliebt. Wäre er nur ein paar Jahre jünger und ungebunden, es hätte das Paradies sein können.

Die Welt war einfach nicht perfekt. Perfektion gab es nur da draußen im Weltraum. Dort, wo sich aus riesigen, vielfarbigen Nebeln neue Sterne bildeten und Pulsare wie Leuchtfeuer in der Nacht glühten. Das war der Ort, an den er sich in letzter Zeit immer öfter träumte.

»Es tut mir leid, wenn ich etwas gesagt habe, das dich verletzt hat«, murmelte er. »Ich weiß auch nicht, wie ich mit der Situation umgehen soll. Es ist alles so kompliziert.«

»Kompliziert? Wovon redest du?« Ihr Blick ruhte weiterhin auf dem Monitor.

Marten räusperte sich. Er war irritiert. Wusste sie wirklich nicht, wovon er sprach, oder tat sie nur so? Nein, entschied er, sie wusste ganz genau, was hier ablief, sie wollte ihn nur aus der Reserve locken, wollte, dass er den ersten Schritt machte. Hätte er doch nur den Mund gehalten. Doch jetzt, wo er schon mal damit angefangen hatte, machte es keinen Sinn, länger um den heißen Brei herumzureden. »Ach komm schon, Jan. Ich rede natürlich von uns. Von dir und mir. Und von unseren Gefühlen füreinander.« Großer Gott, er fing an, sich um Kopf und Kragen zu reden. Aber egal. Er hatte das Thema schon viel zu lange vor sich hergeschoben. »Ich weiß, dass du etwas für mich empfindest«, fuhr er fort, »und es ist ja nicht so, dass du mir völlig gleichgültig wärst, aber ich kann und will meine Ehe nicht aufs Spiel setzen. Gleichgültig ist vielleicht etwas hart ausgedrückt, denn ich mag dich wirklich sehr gerne. Es ist nur nicht Liebe, verstehst du? Ich grüble jetzt seit einigen Wochen und glaube, eine Lösung gefunden zu haben. Ich finde, du solltest das Angebot aus Berkeley annehmen. Die Stelle ist wirklich erstklassig. Du könntest von dort aus am Aufbau des *Atacama Large Millimeter Array* mitwirken und wärst von Anfang an beim bedeutendsten astronomischen Bauvorhaben des nächsten Jahrzehnts dabei. Was für eine Chance. Gut bezahlt und bei weitem interessanter als das hier«, er deutete auf den mit Computern und Monitoren vollgestopften Kontrollraum. »Etwas Vergleichbares wirst du hier in absehbarer Zeit nicht finden. Außerdem fand ich von Anfang an, dass du zu Höherem bestimmt bist. Das sage übrigens nicht nur ich, sondern auch die Kollegen am Institut.« Er lächelte traurig. »Wenn ich dir also einen Rat geben darf, dann diesen: Geh hinaus und lerne so viel du kannst, und wenn du eines Tages zurückkommst, kannst du den ganzen Laden hier übernehmen.« Er spürte, dass er feuchte Augen bekam. *Himmel*, jetzt wurde er auch noch sentimental. Er empfand das als umso peinlicher, da Jan noch kein einziges Wort zu seinem Vorschlag gesagt hatte. Wie

versteinert saß sie auf ihrem Bürostuhl und starrte auf das TFT-Display, über das mit hoher Geschwindigkeit Zahlenkolonnen rasten. Ihre Finger huschten über die Tastatur, während sich in ihrem Gesicht ungläubiges Staunen ausbreitete.
»Jan?«
Sie zeigte keine Reaktion.
»Hast du mir überhaupt zugehört?«
»Hm? Was hast du gesagt?« Endlich war sie aus ihrer Trance erwacht. Sie rollte einen halben Meter zurück und warf ihm einen Blick zu, der ihn beunruhigte. »Entschuldige, wenn ich gerade unaufmerksam war, Marten, aber du solltest herkommen und dir das ansehen.«
»Was ist denn so wichtig, dass es nicht ein paar Minuten Zeit hat?« Ungehalten trat er hinter sie und betrachtete die Werteskalen, die wie Wassertropfen über den Bildschirm rieselten. Es dauerte einige Sekunden, bis er die Bedeutung der Botschaft erfassen konnte.
»Eine Supernova*?* Da muss ein Fehler vorliegen, warte mal einen Moment.« Er schob sich an das Keyboard und begann, die angezeigten Messwerte mit der Systemkalibrierung zu vergleichen. Großer Gott, die Strahlungswerte waren apokalyptisch hoch. Er schüttelte den Kopf. Vielleicht hatte sich beim Datenabgleich ein Fehler eingeschlichen. Vielleicht hatten sie sich einen Wurm eingefangen, auch wenn das bei ihrem Linux-System so gut wie ausgeschlossen war. Doch sosehr er sich auch bemühte, er konnte nichts finden. Das System war völlig in Ordnung, genau wie die Daten, die gleich einer Sturmflut hereinbrandeten. »Welcher ist es?«, murmelte er.
»Orionis Alpha«, antwortete Jan. »*Beteigeuze*. Er ist nicht mehr da. Fort, verschwunden, Exitus. Ist zur Supernova geworden, während wir uns unterhalten haben.«
»Bitte sag mir, dass wir das alles aufgezeichnet haben.«
Sie nickte. »Alles. Von der ersten Sekunde an. Aber das Beste

kommt noch. Ich habe eben sämtliche astronomischen Intranet-Datenbanken abgerufen und nachgesehen, ob uns jemand mit der Entdeckung zuvorgekommen ist, aber es existiert kein Eintrag. Nirgendwo. Wir sind die Ersten, die die Explosion entdeckt haben, Marten. *Die Ersten!*«

Marten Enders war völlig überwältigt. Erst jetzt, mit einiger Verzögerung, begannen die Gedankenfäden in seinem Kopf zusammenzulaufen. »Hast du Beteigeuze gesagt? Ziemlich jung für so einen unvermittelten Tod.«

»Jung ja«, entgegnete sie, als ob sie die Frage erwartet hatte, »aber deswegen noch lange nicht stabil. Die Berechnungen haben alle darauf hingedeutet, dass er in naher Zukunft explodieren wird. Die jüngsten Schwankungen in den Strahlungskurven hätten uns eigentlich warnen müssen. Aber dass es so schnell passieren würde, damit hat wohl niemand gerechnet.« Sie schüttelte den Kopf. »Wir waren wohl deshalb die Ersten, weil es kaum jemanden gibt, der sich im Moment für den Orion interessiert. Reines Glück. Hätten sich die Elsässer nicht angekündigt, wäre uns mit Sicherheit ein anderes Institut zuvorgekommen.« Sie strahlte übers ganze Gesicht. »Wenn es ein Nebel wird, darf ich ihn dann nach mir benennen?«

»Nicht wenn er zu einem Neutronenstern oder einem Schwarzen Loch zusammenfällt.« Marten Enders war immer noch ganz betäubt. Ohne darüber nachzudenken, was er tat, ging er zu einer der großen Panoramascheiben, durch die man das ganze Tal überblicken konnte und sah hinauf in den Himmel. An einer Stelle waren die Wolken aufgerissen und ließen das fahle Blau des frühen Morgens durchschimmern. Die Sichel des Mondes war als Silberstreifen zu sehen und daneben ... ihm stockte der Atem.

Im Südwesten, in der Richtung, in die das Teleskop wies, war ein neuer Stern aufgegangen. Eine herrlich schimmernde Scheibe, die wie eine neu entflammte Fackel den jungen Tag begrüßte. Wenn er bisher noch Zweifel am Wahrheitsgehalt ihrer Entdeckung gehegt hatte, so war sie hiermit endgültig ausgeräumt.

»Ich glaube, wir müssen den Elsässern für heute absagen«, murmelte er. »Ich will, dass das ganze Team aus den Betten springt und in spätestens einer Stunde hier ist. Duschen und Zähne putzen können sie später, Hauptsache, sie kommen. Auf uns wartet eine Menge Arbeit.«

»Wird sofort erledigt.« Dann schien ihr noch etwas einzufallen. »Und was ist jetzt mit meiner großartigen Karriere in Berkeley?«

»Berkeley? Hat jemand etwas von Berkeley gesagt?« Marten konnte sich ein Lächeln nicht verkneifen. Sie hatte seinen kleinen Vortrag also *doch* gehört. Er fühlte sich auf angenehme Art überrumpelt. Insgeheim war er erleichtert, dass sie bleiben wollte. Er brauchte sie jetzt. Er brauchte ihren untrüglichen Sachverstand, ihre Logik und ihre Art, die Dinge beim Schopf zu packen. »Was machen wir denn jetzt?«, fragte er. »Wen rufen wir an?«

Jans Wangen glühten. »Um es mal mit den Worten von Jodie Foster zu sagen: Wir rufen *alle* an.«

3

Dr. Ella Jordan, frischgebackene Professorin für Seismologie an der geologischen Fakultät der Universität Washington, Geophysikerin, Spezialistin in Sachen Kontinentaldrift und Mitarbeiterin von I.R.I.S., einem weltweiten Zusammenschluss führender Erdbebenforschungszentren, bemühte sich vergeblich, der Kaffeepfütze auf der Montagsausgabe der *Washington Post* Einhalt zu gebieten. Sie fluchte leise, während sie mit hastigen Bewegungen ihre Unterlagen in Sicherheit brachte. Ihr neues Büro in *Bell Hall*, dem Sitz der *Earth & Environmental Sciences*, hatte sie erst vor einigen Stunden bezogen, doch diese kurze Zeitspanne hatte genügt, um ihrem Ruf als sprichwörtlicher Elefant im Porzellanladen gerecht zu werden. Glücklicherweise trat dieser Charakterzug nur in Erscheinung, wenn sie angespannt war, doch dann konnte er verheerende Folgen haben. Eine umgekippte Tasse Kaffee gehörte da noch zu den kleineren Übeln. Ella wusste um ihre Schusseligkeit, doch konnte sie sie weder unterdrücken noch gutheißen. Sie war ein Erbteil ihres Vaters, einem ebenso zerstreuten wie genialen Geist. Von ihm hatte sie die Devise *Augen zu und durch* übernommen. Ein Lächeln stahl sich auf ihr Gesicht, als sie an ihren alten Herrn dachte. Schade, dass er nicht mehr lebte, sie hätte seinen Zuspruch im Moment gut brauchen können.

Die braune Flüssigkeit hatte die ersten Seiten der Zeitung

durchdrungen und befand sich auf dem Vormarsch in Richtung Sportteil. Ella rannte in den Vorbereitungsraum, stellte die umgekippte Tasse in die Spüle, riss einige Papiertücher aus dem Spender und eilte zurück in dem Versuch, die Flüssigkeit von ihren Aufzeichnungen fernzuhalten. Der ganze Tisch war überschwemmt, doch wie durch ein Wunder war ihre Arbeitsmappe bisher verschont geblieben. Glücklicherweise hatte das Papier der *Washington Post* eine geradezu magische Saugwirkung, und so war von der Schweinerei auf dem Tisch nach kurzer Zeit kaum noch etwas zu sehen. Ella, die von ihren Vorlesungsmanuskripten keine Kopie hatte, lehnte sich erleichtert zurück. Es wäre ein Desaster gewesen, hätte sie versuchen müssen, das Referat über Plattentektonik aus dem Gedächtnis zu halten. Sie, die schon Schwierigkeiten hatte, sich eine simple Einkaufsliste zu merken. Ihr Skript war der einzige Rettungsring, der sie vor dem Untergehen bewahrte. Nur schade um die Zeitung. Der Leitartikel hatte sie interessiert. Mit einer unwirschen Handbewegung band sie ihre rotblonden Locken zu einem Pferdeschwanz zusammen, strich ihre feuchten Hände an der Jeans ab und setzte ihre randlose Brille auf. Während sie das feuchte Papier zum Abfalleimer trug, überflog sie die ersten Zeilen.

Kosmische Katastrophe im Orion. Droht uns Gefahr?
Ein Team von deutschen Wissenschaftlern entdeckte vergangenen Sonntag, den 22. März, eine Supernova verheerenden Ausmaßes. Der Stern Beteigeuze, der Schulterstern des Orion, wurde während einer gewaltigen Explosion vollständig zerstört. Bei der Sonne, die unter Wissenschaftlern schon lange im Verdacht stand, instabil zu sein, handelte es sich um einen so genannten Roten Überriesen, einen Stern, der über die vielfache Masse unserer eigenen Sonne verfügt. Hat ein solcher Stern seinen Vorrat an brennbarem Helium verbraucht, fängt er an, in sich zusammenzufallen. Er kollabiert, wobei schlagartig unge-

heure Energiemengen freigesetzt werden. Die dabei entstehende Strahlung übertrifft in Einzelfällen die ganzer Galaxien. Auch Beteigeuze, der sich glücklicherweise vierhundert Lichtjahre von unserem Sonnensystem entfernt befindet und dessen freigesetzte Strahlung aufgrund seiner großen Entfernung für uns auf der Erde ungefährlich ist, wird während der nächsten Tage so hell strahlen, dass er annährend die Leuchtkraft des Mondes hat. Danach erlischt er. Sowohl die internationale Raumstation ISS wie auch das Hubble-Weltraumteleskop haben ihre laufenden Beobachtungen abgebrochen und sich auf das spektakuläre Himmelsereignis ausgerichtet. Astronomen in aller Welt sind an der Auswertung der vorhandenen Daten beteiligt, liefert die Supernova doch wichtige Erkenntnisse über den Aufbau und die Entstehungsgeschichte unseres Universums.

Kopfschüttelnd ließ Ella die Zeitung in den Mülleimer fallen. Die Überschrift las sich wie ein Weltuntergangsszenario aus einem Katastrophenfilm – ganz im Stile solch alter Streifen wie Jack Arnolds: *Gefahr aus dem Weltall!* Andererseits war die Himmelserscheinung auch wirklich spektakulär. Sie selbst hatte gestern Abend durch die löchrige Wolkendecke einen Blick darauf erhaschen können. Hoffentlich bot sich in einer der kommenden Nächte noch eine bessere Gelegenheit. Ella seufzte. Sie hätte gern noch den Rest der Zeitung gelesen, doch das war aus nahe liegenden Gründen nicht mehr möglich. Das Blatt befand sich in einem Zustand fortschreitender Selbstauflösung. Einer plötzlichen Eingebung folgend fischte sie den Mantel der Zeitung wieder heraus, trennte die Titelseite ab, nahm zwei Papiertücher und tupfte sie trocken – zur künftigen Erinnerung an ihren ersten Tag als rechtschaffene Professorin. Sie legte das Papier ins Regal, warf die übrigen Seiten wieder in die Tonne und machte sich dann daran, die letzten Reste der Überschwemmung zu beseitigen. Musste ja nicht gleich die ganze Welt von

ihrem Problem erfahren. Peinlich genug, dass sie nicht mal während ihrer Vorbereitungszeit ruhig am Tisch sitzen konnte. Im Hörsaal nebenan waren bereits erste Geräusche zu vernehmen. Den gedämpften Stimmen, dem Scharren von Füßen und dem Klappern von herunterfallenden Stiften nach zu urteilen, waren es nicht gerade wenige Studenten, die sich vorgenommen hatten, in diesem Semester *Geotektonik I* bei Dr. Ella Jordan zu belegen. Ella fragte sich, ob das Fach tatsächlich einen so hohen Reiz verströmte oder ob das große Interesse etwas mit ihrem Ruf zu tun hatte. Einem Ruf, den sie sich durch ihre unorthodoxen Ansichten, aber auch durch ihre mutigen, um nicht zu sagen riskanten Forschungsmethoden erworben hatte. Ihr Buch, das den schillernden Titel *Hades trug*, war über die Jahre zum Bestseller avanciert. Sie berichtete darin in erster Linie von ihren Expeditionen ins Reich der eruptiven Vulkane. Die Schilderungen all der lebensgefährlichen Situationen wirkten auf viele Leute anziehender als mancher Thriller. Zudem illustrierten spektakuläre Fotos den Text – zum Beispiel jenes, das sie als winzigen Zwerg vor einer emporschießenden Wand aus rotglühender Magma zeigte. Das Bild war um die Welt gegangen. Dass die Situation in Wirklichkeit weitaus ungefährlicher gewesen war, als die mit langer Brennweite geschossene Aufnahme vermuten ließ, interessierte niemanden. Einzig das Ergebnis zählte. Seit das Bild in der *National Geographic* abgedruckt worden war, galt sie als Verrückte, die zum Erreichen ihrer Ziele ihr Leben aufs Spiel setzte. Verrückt oder nicht, Tatsache war, dass es nur wenige Forscher auf der Welt gab, die sich so nah an einen aktiven Vulkan herantrauten wie Ella.
Doch in diesem Moment hätte sie lieber am Ufer eines Lavasees gestanden, als hier im Vorbereitungszimmer auf ihre Kreuzigung zu warten. Ein Blick auf die große Wanduhr zeigte ihr, dass sie noch etwa sieben Minuten Zeit hatte, ehe sie vor die hungrige Meute treten musste. Während sie die Seiten ihres

Vorlesungsmanuskripts zurück in ihre lederne Aktentasche stopfte, nutzte sie die Gelegenheit, um den Inhalt noch einmal zu überfliegen. Es war schon lange her, dass sie das letzte Mal vor Studenten gesprochen hatte. Damals war sie selbst noch Studentin gewesen. Zwar war sie es als Spezialistin für Vulkanologie und Plattentektonik gewohnt, vor Leuten zu stehen, die sich in der Materie auskannten, aber einem Erstsemester Begriffe wie *Kontinentaldrift, Konvektionsstrom* und *Subduktionszone* zu erklären, dazu brauchte es die Fähigkeit zur Vereinfachung und bildhaften Darstellung. Zwei Tugenden, die man als Vollblutakademiker schnell verlernte. Als sie die Seiten überflog, kamen die alten Erinnerungen wieder hoch. Sie dachte an ihren ersten Tag in der Uni, an das Gedränge bei der Einführungsveranstaltung, den hoffnungslos überfüllten Hörsaal und das Geschiebe und Gedränge bei der Verteilung der begrenzten Seminarplätze. Sie konnte sich noch genau an das Gefühl erinnern, wie sie zum ersten Mal den Hörsaal betreten hatte, sie erinnerte sich an den Anblick der hölzernen Stuhlreihen und der eichengetäfelten Wände. Und vor allem konnte sie sich an den Geruch erinnern, der die geheiligten Hallen durchströmt hatte. Nichts war damit vergleichbar. Ella musste lächeln, als ihr einfiel, wie sie damals von den anderen wegen ihrer Umhängetasche gehänselt worden war. Der Umhängetasche, in der sie wochenlang alle Hefte und Bücher mit sich herumgeschleppt hatte – bis ihr ein Kommilitone gesteckt hatte, dass es die komplette Vorlesung auch als Buch zu kaufen gab.

Ihre Angewohnheit, sich immer in die erste Reihe zu setzen und bei jeder Aussage des Dozenten zu nicken, hatte ihr den Spitznamen *Noddy* eingebracht, einen Titel, der selbst außerhalb der Uni seine Kreise gezogen hatte. Tja, und jetzt war sie hier, hatte ein eigenes Büro und gehörte zum festen Mitarbeiterstab der Universität. Wer hätte das jemals vermutet?

Ella konnte einen Seufzer nicht unterdrücken, als sie an die alten Zeiten dachte. Sie war jetzt siebenunddreißig Jahre alt, knapp ein Drittel ihres Lebens hatte sie im Ausland verbracht. Die Entscheidung der George Washington University, ihr eine Professur anzubieten, war völlig unerwartet gekommen und hatte ihr bisheriges Leben gehörig durcheinandergerüttelt. Mit einem Mal stand sie vor der Entscheidung, so weiterzumachen wie bisher – das hieß, Forschungsaufträge rund um den Erdball anzunehmen, die Ergebnisse in einschlägigen Fachzeitschriften zu veröffentlichen, Vorträge zu halten und sich dabei nie länger als ein halbes Jahr an einem Fleck aufzuhalten – oder die Professorenstelle anzunehmen. Und das bedeutete, sesshaft zu werden. Fast eine Stunde lang hatte sie in der Küche gesessen und nachgedacht, bis sie vom hartnäckigen Miauen ihres Katers Gandalf, der sein fehlendes Frühstück beklagte, geweckt worden war. Danach war alles sehr schnell gegangen. Einige Anrufe später hatte ihr Entschluss festgestanden. Sie würde die Stelle annehmen. Sie würde sich eine Wohnung nehmen, unterrichten, nebenher ein wenig forschen und anfangen, so etwas wie ein geregeltes Leben zu führen. Einen festen Freundeskreis aufzubauen, einen Mann zu finden, der es länger als nur ein paar Monate mit ihr aushielt und vielleicht – ja, auch das war noch im Rahmen des Möglichen – einen zweiten Versuch in Sachen Familiengründung zu starten.

»Dr. Jordan?« Ein roter Kopf mit blonden, stoppeligen Haaren erschien in der geöffneten Tür. Es war Bob Iverson, ihr Assistent. Obwohl seine Familie schon in zweiter Generation in den USA lebte, glaubte sie immer noch, einen norwegischen Akzent bei ihm herauszuhören. Als er sie sah, trat er rasch ein und schloss die Tür hinter sich. Seine Kopfhaut war bedeckt mit winzigen Schweißtropfen.

»Endlich. Gott sei Dank, dass ich Sie endlich gefunden habe. Ich hatte die Hoffnung schon fast aufgegeben«, schnaufte er.

»Haben Sie etwa vergessen, dass wir seit einigen Stunden ein eigenes Büro besitzen?«, fragte Ella. »Aber trösten Sie sich, mir geht's genauso. Ich werde auch noch Tage brauchen, um mich an den Gedanken zu gewöhnen. Übrigens, nennen Sie mich doch Ella. Ich mag dieses förmliche *Sie* eigentlich nicht so besonders.«
»Sehr gern ... Ella. Ich war schon im ganzen Haus auf der Suche nach dir«, murmelte Bob, dem seine Vergesslichkeit anscheinend peinlich war. »Dass wir ja jetzt ein eigenes Büro haben, ist mir nicht im Traum eingefallen. Wirklich zu blöd ...«
Ella musste lächeln. Er war genauso nervös wie sie. »Mach dir nichts draus«, tröstete sie ihn. »Wenn erst dein Tisch und deine persönlichen Dinge hier sind, wird es dir leichter fallen, dich einzuleben. Wie gefällt dir der Platz dort drüben am Fenster?«
Bob sah sich die Stelle an und nickte. »Ein wunderschöner Blick über das Uni-Gelände. Die Platanen bekommen die ersten Blätter. Bist du sicher, dass du den Platz nicht selbst haben willst?«
Sie nickte. »Das ist schon in Ordnung. Ich mache mir nichts aus einer schönen Aussicht. Das lenkt nur von der Arbeit ab. Ich hatte in der Schule einige Zeit eine schöne Aussicht – die Zensuren sind dann auch prompt in den Keller gesackt.« Sie lächelte. »Außerdem habe ich es mir hier drüben schon gemütlich gemacht«, sie deutete auf ihren Tisch in der Ecke, neben dem sich ein Regal mit zahlreichen Büchern, eine Pinnwand und zahlreiche Pflanzen befanden. »Ich habe wirklich keine Lust, alles wieder umzuräumen«
Bob Iverson schlenderte zu ihr herüber und betrachtete die Fotos an der Pinnwand. Auf einmal beugte er sich vor, hob ein Bild auf, das auf den Boden gefallen war. Er warf einen Blick darauf, dann reichte er es Ella. Es war die Aufnahme eines kleinen Mädchens mit blonden, kurzgeschnittenen Haaren. Sie trug eine Sonnenbrille, die sie hochgeschoben hatte, so wie die

Filmstars es immer taten. Ihr Lächeln zeigte eine freche Zahnlücke.
»Sehr hübsch.«
»Das ist Cathy.« Ella spürte einen Kloß im Hals.
»Deine Tochter?«
Sie nickte.
»Niedlich. Wie alt ist sie auf dem Bild?«
»Vier«, sagte Ella, »aber das Foto ist schon sechs Jahre alt. Cathy wird im nächsten Monat zehn.«
»Die Familienähnlichkeit ist nicht zu verleugnen. Sie hat deine Augen und deinen Mund«, bemerkte er lächelnd. »Hast du denn keine neueren Aufnahmen?«
Ella schluckte. »Leider nicht«, murmelte sie. »Ich habe keine Ahnung, wie sie jetzt aussieht. Ungefähr zu der Zeit, als die Aufnahme gemacht wurde, habe ich sie zum letzten Mal gesehen.«
Bob blickte sie erschrocken an. »Ihr ist doch hoffentlich nichts zugestoßen.«
Ella schüttelte den Kopf. »Nein. Es geht ihr gut. Glaube ich jedenfalls.« Ihre Stimme begann brüchig zu werden.
»Bitte entschuldige«, sagte Bob nach einer kurzen Pause, »ich habe wirklich ein besonderes Talent, kein Fettnäpfchen auszulassen. Das geht mich natürlich nichts an.«
Ella atmete tief durch. »Du brauchst dich nicht zu entschuldigen«, sagte sie. »Ich habe mich schon vor langer Zeit damit abfinden müssen, dass Cathy eine neue Familie hat. Ich hatte mir zwar gewünscht, sie wenigstens ab und zu sehen zu dürfen, oder zumindest Briefkontakt mit ihr zu haben, aber mein Ex möchte das nicht.«
»Scheint ein ziemliches Arschloch zu sein, wenn du mich fragst.«
Sie lächelte traurig. »Wenn's nur so wäre. Das hätte es mir leichter gemacht, ihm die Schuld für unsere gescheiterte Ehe in die

Schuhe zu schieben. Nein, Tatsache ist, es war *mein* Fehler. Ich konnte meiner Familie nicht das Leben bieten, das sie von mir erwartete. Die Enge und die vielen Verpflichtungen haben mich krank gemacht. So krank, dass mir selbst der Seelenklempner nicht helfen konnte.« Sie zuckte die Schultern. »Deshalb habe ich schweren Herzens zugestimmt, als Steven mir anbot, Cathy nach unserer Trennung zu sich zu nehmen. Wir sind übereingekommen, dass es für Cathy das Beste wäre, einen klaren Schlussstrich zu ziehen. Kinder brauchen Kontinuität und Sicherheit. Keine Besuche oder sonst wie gearteten Kontakte. Keine Telefonanrufe, keine E-Mails, keine Briefe. Und keine Fotos.«

»Ganz schön hart«, murmelte Bob.

Sie seufzte. »Zu sehen, wie mein Mädchen heranwächst, hätte in mir den Wunsch geweckt, sie wiederzusehen. Ein sehr egoistischer Wunsch. Ich habe gehört, dass es ihr gut geht und dass sie ihre neue Mami sehr lieb hat. Das muss mir genügen.«

Bob schien es angesichts dieses Geständnisses die Sprache verschlagen zu haben. Eine Pause trat ein. Ella blickte zur Uhr. Der schwarze Zeiger war unerbittlich vorgerückt. Der Lärm, der von der anderen Seite der Tür zu ihnen herüberdrang, hatte inzwischen seinen Höhepunkt erreicht. Es klang, als wäre der Hörsaal bis auf den letzten Platz besetzt.

»Weißt du was?«, sie richtete sich auf und griff nach einem Exemplar ihres Buches, »ich glaube, wir machen einen Fehler, wenn wir hier wie die Lämmer vor der Schlachtbank warten. Was hältst du davon, wenn wir durch diese Tür gehen und uns der Meute da draußen stellen?«

Er atmete einmal tief durch, dann nickte er. »Du gehst voraus.«

Ella warf ihm einen schiefen Blick zu, dann griff sie ins Regal, nahm die inzwischen trockene Titelseite der *Washington Post* heraus, faltete sie und steckte sie in die Hemdtasche.

»In Ordnung.« Sie öffnete die Tür zum Hörsaal. »*Audaces fortuna juvat*«, sagte sie. »Dem Tapferen gehört das Glück.«

4

Das Bärenhorn, tief in den Schweizer Alpen gelegen, ragte wie eine Klippe in den stürmischen Märzhimmel. Die tief hängenden Wolken zerschellten an seiner Westflanke, wirbelten durcheinander, teilten sich und gaben dabei ihre schwere Regenlast ab. Heftige Schauer peitschten gegen die Felswände und durchweichten jeden Quadratzentimeter Boden, ehe sie in Rinnsalen abzufließen begannen und sich am Fuß des Berges zu schnell fließenden Bächen vereinten. An der Ostseite, dort, wo die Steilwände langsam in die Talsohle übergingen, befand sich eine Höhle. Eine schmale, ungeteerte Straße wand sich von Splügen bis hinauf zu einer ebenen Fläche, an deren Schmalseite sich ein mit einem schweren Eisentor gesicherter Eingang befand. Einige kurz geratene Eichen und Fichten standen zu beiden Seiten und warfen ihre Schatten auf die ohnehin schon unscheinbare Pforte. Dass sich das Tor nicht öffnen ließ, wunderte niemanden, schließlich gab es in dieser Gegend viele Höhlen, die aus Sicherheitsgründen allesamt gesperrt waren. Obendrein fand sich nirgendwo ein Hinweis darauf, was jenseits des eisernen Tores war. Kein Schild, keine Tafel, ja nicht einmal ein Schlüsselloch, durch das man hätte ins Innere schauen können. Der Eingang wirkte, als sei er vor ewigen Zeiten vergessen worden. Doch der Eindruck täuschte.

In diesen frühen Morgenstunden kam ein Fahrzeug aus dem Tal

herauf. Langsam bahnte es sich seinen Weg über die schmale Piste. Wie ein schwarzes Insekt schob sich das allradgetriebene Fahrzeug Meter um Meter den Hang empor.
In seinem Inneren war die Luft stickig. Ein ovales silbernes Medaillon, ein sogenannter Jad-Vashem-Anhänger, der mit einem rohen Lederriemen am Innenspiegel aufgehängt war, wurde durch die heftigen Schlingerbewegungen gegen die Windschutzscheibe geschlagen. Die Sicht war gleich null, daran änderten auch die Lichtkegel der Scheinwerfer nichts. Der Mann hinter dem Lenkrad wischte sich über die Brille. Missmutig starrte er in den Regen hinaus, während er nervös mit den Fingern trommelte. Das Wasser floss auf breiter Front die Straße herab und hatte den Untergrund in Schlamm verwandelt. Jede unbedachte Lenkbewegung konnte zum sofortigen Ausbrechen des Autos und damit zu einem Sturz in die Tiefe führen. Überdies war die Strecke mit Felsbrocken übersät, die das Fahren zusätzlich erschwerten. Immer wieder musste er ausweichen und darauf hoffen, dem Abgrund nicht zu nahe zu kommen. Offenbar war schon lange niemand mehr hier herauf gekommen, sonst hätte man die Schäden eher bemerkt und sie beseitigt. Hätte auch nur der Hauch einer Möglichkeit bestanden, den Luftweg zu nehmen, hätte er sich dafür entschieden. Doch für einen Hubschraubereinsatz war das Wetter viel zu schlecht. Abgesehen davon, dass kaum Licht durch die tief hängenden Wolken drang, herrschten hier Windstärken, die eine sichere Landung auf dem Felsvorsprung unmöglich machten. Blieb also nur die Fahrt mit dem Auto.
Der Wind rüttelte und zerrte an der Karosserie, was das Lenken zusätzlich erschwerte. Zu allem Übel drängte die Zeit. Jede Minute zählte. Der Anruf, den der Mann vor einer Stunde von einem seiner Untergebenen übers Handy erhalten hatte, verlangte höchste Eile. Offenbar war irgendetwas Außergewöhnliches vorgefallen, sonst hätte man es nicht gewagt, ihn an

seinem freien Tag so früh aus dem Bett zu holen. Vorsichtig trat er stärker aufs Gas. Augenblicklich begann eines der Hinterräder durchzudrehen. Das Fahrzeug drohte auszubrechen und schlingerte kurz Richtung Abgrund. Der Mann nahm das Gas wieder weg. Keine Chance. Es ging einfach nicht schneller. Es würde ihm nichts anderes übrig bleiben, als mit zwanzig Stundenkilometern über die Piste zu kriechen und zu hoffen, dass er noch rechtzeitig ankam. Er schaltete das Radio ein. Etwas Musik würde ihm gut tun. Doch alles, was ihm aus den Lautsprechern entgegenschlug, war ein statisches Rauschen. Er drehte an dem Senderegler, vergeblich. Das Gewitter überdeckte sämtliche Funkwellen. Nach ein paar Versuchen schaltete er ab und starrte wieder nach draußen. Wollte es denn heute überhaupt nicht mehr Tag werden? Während sich das Auto Meter um Meter den Berg hinaufquälte, suchten seine Augen den Himmel nach einem Zeichen für einen Wetterumschwung ab. Doch alles was er sah war eine apokalyptische Finsternis.
Etwa zehn Minuten später erreichte er schließlich den eingeebneten Felsvorsprung, an dessen Stirnseite sich das Tor befand. Mit einem Aufheulen des Motors legte er das letzte Stück zurück, ehe er auf die Bremse trat und kurz vor dem Tor zum Halten kam. Er ließ den Motor laufen und zog die Handbremse an. Den Mantelkragen hochgeschlagen, stürmte er hinaus und rannte im strömenden Regen auf den Einlass zu. Schon nach wenigen Metern war er von oben bis unten nass. Das Wasser lief in seinen Kragen und den Rücken hinab. Noch ein paar Schritte, dann hatte er es geschafft. Direkt vor dem Eingang war der Regen nicht ganz so heftig. Der steinerne Torbogen bot ihm Schutz vor den herabstürzenden Wassermassen. Seine Hände tasteten über die vernietete und von Rost zerfressene Oberfläche des Metalltores. Endlich hatte er gefunden, wonach er suchte. Ein schmales Quadrat, kaum sichtbar für jemanden, der mit dem Öffnungsmechanismus nicht vertraut war. Er rieb

seine Handfläche ein paarmal über seine Hose, dann presste er sie mit weit gespreizten Fingern auf das Feld. Für einen Moment leuchtete das Metall unter seinen Fingern auf, und einen Augenblick später war aus dem Inneren des Berges ein scharfes Klicken zu hören, gefolgt von einem tiefen Rumpeln. Der Mann nickte grimmig, dann rannte er zurück zu seinem Auto und setzte sich wieder hinters Lenkrad. In der Mitte des Tores zeichnete sich ein heller Streifen ab. Gleißendes Licht fiel durch die größer werdende Öffnung und ergoss sich über den Felsvorsprung und das Auto. Er musste die Augen zusammenkneifen, um nicht geblendet zu werden. Als die Öffnung breit genug war, löste er die Handbremse, trat aufs Gas und lenkte das Fahrzeug ins taghell erleuchtete Innere des Berges.

Wenige Minuten später hatten sich die schweren Tore hinter ihm wieder geschlossen. Der prasselnde Regen verwischte alle Spuren, und nichts mehr deutete darauf hin, dass hier vor kurzem jemand gewesen war.

5

Herzlich willkommen Noddy, lautete die Botschaft, die Ella in weißen Kreidelettern von der Tafel herab entgegenleuchtete. Der Gruß wurde von einer kleinen Zeichnung begleitet, die eine Frau mit wehendem Haar und orangefarbenem Rucksack darstellte, die am Rande einer Klippe stand und auf einen See blubbernder, rot glühender Magma blickte.

Der große Hörsaal war brechend voll. Alle sechshundertfünfzig Sitzplätze waren besetzt. Selbst auf den Stufen rechts und links der Bankreihen drängten sich die Studenten. Einige machten einen wissbegierigen Eindruck, andere wiederum sahen aus wie Schaulustige, die darauf zu warten schienen, dass die berüchtigte Ella Jordan sich blamieren würde.

Beim Anblick der vielen erwartungsvollen Gesichter rutschte ihr das Herz in die Hose. Wie sollte sie jemals mit so vielen Studenten fertig werden? Besaß sie genügend Autorität – oder Charisma? Sie war sich durchaus bewusst, dass die Qualität eines Unterrichts nicht ausschließlich von der fachlichen Qualifikation bestimmt wurde. Vielmehr bestand das Geheimnis des Erfolges darin, sich Respekt und damit Gehör zu verschaffen. Da mochte ein Mensch noch so gelehrt sein, wenn es ihm nicht gelang, sein Wissen auch weiterzugeben, war alles vergeblich.

Inzwischen hatten die ersten Studenten mitbekommen, dass

ihre Professorin anwesend war. Die Gespräche erstarben und in die Reihen kehrte Ruhe ein. Ella spürte, dass sie jetzt etwas sagen musste. Beherzt ging sie nach vorn und betrat das Podium, als sei dies die selbstverständlichste Sache der Welt.

»Guten Morgen«, begrüßte sie ihre Zuhörer so beiläufig wie möglich. Die Studenten sollten gleich den Eindruck bekommen, dass sie hier alles im Griff hatte. »Herzlich willkommen zu meiner Vorlesung *Geotektonik I.*« Sofort spürte sie, dass etwas nicht in Ordnung war. Ihre Stimme klang dünn und erreichte gerade mal die beiden ersten Reihen.

»Lauter«, brüllte ein Student von hinten. Ein anderer rief: »Sie müssen das Mikrofon einschalten!« Vereinzelt erklang Gelächter, während Ella verzweifelt nach etwas suchte, um das Gerät in Gang zu setzen, einen Knopf oder Schalter, irgendetwas. Aber da war nichts. Das Pult war aus massivem schwarzem Kunststoff. Eine Spirale aus silbernem Metalldraht ragte daraus hervor, die das Mikrofon trug. Das war alles. Verdammte Technik. Das Blut pochte in ihren Ohren.

In diesem Augenblick wuselte Bob auf sie zu, kaum dass er ihre Misere bemerkt hatte. Mit sicherer Hand griff er an den Mikrofonhals und drückte einen verborgenen Schalter. Ein Pfeifen erklang, das so durchdringend war, dass sich viele der Studenten die Ohren zuhielten. Bob schob den Lautstärkeregler nach hinten und das Pfeifen erlosch. Grabesstille herrschte im Hörsaal. Wenn Ella daran gezweifelt hatte, jemals die ungeteilte Aufmerksamkeit der Studenten zu erringen, so sah sie sich getäuscht. Jetzt hatte sie sie.

»Danke Bob«, sagte sie, während ihre Stimme aus einer Vielzahl von Lautsprechern drang. »Ladies and Gentlemen, Applaus für Bob Iverson!« Gelächter brandete auf. Ihr Assistent verbeugte sich, warf ihr noch ein aufmunterndes Zwinkern zu und setzte sich dann neben den Projektor in der ersten Reihe.

»Noch einmal herzlich willkommen zu *Geotektonik I*«, begann sie ihren Vortrag. »Ich freue mich, dass Sie so zahlreich hier erschienen sind. Wäre ich gutgläubig, würde ich annehmen, dass Ihre Anwesenheit auf purem Idealismus gründet und auf dem Interesse, eines der interessantesten Teilgebiete der Geologie kennenzulernen.« Sie lächelte. »Da ich aber in die Gesichter so vieler höherer Semester blicke, die diese Vorlesung mit Sicherheit nicht zum ersten Mal hören, kann ich nur vermuten, dass sich Ihre Neugier ein Stück weit auf meine Person bezieht. Nun, hier bin ich.« Sie blickte herausfordernd in die Runde. Keiner der Studenten sagte etwas, alle lauschten gebannt ihren Worten. Mit einem Lächeln wandte sie sich der Tafel und dem Gemälde zu. Sie tippte auf die kleine Gestalt mit den wehenden roten Haaren. »Zumindest einer von Ihnen scheint zu wissen, was ich so in meiner Freizeit treibe. Darf ich fragen, wer von Ihnen das Bild gemalt hat?«

Zögernd ging eine Hand in der ersten Reihe in die Höhe. Es war ein hoch aufgeschossener Bursche, vielleicht zwanzig Jahre alt, mit krausen dunklen Haaren und einer randlosen Brille. Er saß im Kreise seiner Freunde, die ihm schadenfroh in die Rippen knufften.

Ella lächelte. »Sie sind der Künstler?«

Ein zaghaftes Nicken.

»Na, dann kommen Sie doch mal nach vorn.« Sie ging auf ihn zu und reichte ihm die Hand. Der Junge lief puterrot an, erhob sich aber, um vor seinen Kumpanen nicht als Feigling dastehen zu müssen.

»Herzlich willkommen, Mr. ...?«

»Thompson.«

»Mr. Thompson.« Sie führte ihn an die Tafel, direkt vor das Bild. »Mein Kompliment«, sagte sie. »Sie haben Talent. Darf ich Sie fragen, ob Sie mein Buch schon gelesen haben?«

Der Bursche schüttelte den Kopf.

Ella nickte. »Dachte ich mir, sonst wüssten Sie, dass mein Lieblingsrucksack grün ist. Aber das ist ein Fehler, der sich schnell korrigieren lässt.« Sie nahm das Buch vom Rednerpult und drückte es dem völlig konsterniert dreinblickenden Studenten in die Hand. »Bitte sehr«, sagte sie. »Es gehört Ihnen. Viel Vergnügen.«

Der Junge begann zögernd zu lächeln. »Schreiben Sie mir noch eine Widmung hinein?«, fragte er in einem Anflug von Übermut.

»Selbstverständlich, aber erst nach der Vorlesung. Zuerst würde ich gern mit dem Unterricht fortfahren. Wären Sie so gut, die Tafel abzuwischen? Danke. Darf ich fragen, wer von Ihnen das Buch ebenfalls nicht gelesen hat?«

Bei fast der Hälfte aller Anwesenden schoss der Finger in die Höhe.

Sie nickte. »Sehr clever. Aber bitte erwarten Sie nicht, dass ich Ihnen jetzt ebenfalls kostenlose Exemplare schenken werde. Es gibt aber einen gut sortierten Buchhändler am Ende der Hauptstraße, und diejenigen, denen das zu altmodisch ist, können es ja bei Amazon bestellen.« Wieder Gelächter. Ella spürte, dass sie das Eis gebrochen hatte. »Dann darf ich bei der anderen Hälfte also voraussetzen, dass Sie mit den Grundzügen der Plattentektonik vertraut sind? Sehr schön. Wenn Sie möchten, dürfen Sie jetzt den Hörsaal verlassen.«

Vereinzelt erklang Gelächter, aber niemand rührte sich.

»Dann darf ich das also so verstehen, dass Sie trotz Ihrer Vorkenntnisse nicht auf das Vergnügen meiner Vorlesung verzichten möchten?«

Zustimmendes Gemurmel erklang.

Ella lächelte. »Ich fühle mich geehrt. Wirklich. Machen Sie es sich aber nicht zu bequem. Ich muss Sie warnen. Vorlesungen machen den Verstand träge. Sie zerstören das Potenzial für authentische Kreativität. Außerdem verursachen diese Sitzbänke Haltungsschäden, ich spreche da aus Erfahrung. Wenn Sie der

Meinung sind, genug gehört zu haben, zögern Sie nicht. Gehen Sie raus an die frische Luft. Forschen Sie vor Ort. Lernen Sie von der Natur, lernen Sie aus erster Hand. Entwickeln Sie eigene Ideen, und dann veröffentlichen Sie sie. Das ist der beste Weg zu Ruhm und Ehren. Aber bis sie so weit sind, dürfen Sie natürlich gern hierbleiben. Vielleicht gibt es ja noch das eine oder andere, was neu für Sie ist.«

Es wurde still im Hörsaal. Man hätte eine Stecknadel zu Boden fallen hören. Die Luft knisterte vor Konzentration.

Ella atmete tief durch, als sie ihre Unterlagen aus der Aktentasche holte und vor sich auf dem Pult ausbreitete.

»Geologie ist, wie die meisten von Ihnen sicher wissen, die Lehre von den Vorgängen im Inneren der Erde. Die Tektonik und die Seismologie, zwei ihrer wichtigsten Teilbereiche, befassen sich mit den für uns spürbaren und sichtbaren Vorgängen. Konkret gesagt, den Erdbeben und Vulkanausbrüchen. Der scheinbar so feste Untergrund, auf dem wir uns bewegen, ist nur eine dünne Kruste, die auf einem zähflüssigen Untergrund schwimmt. Vergleichen wir die Kontinente mit Styroporplatten, die sich in einem Becken mit heißem Wasser befinden, ergeben sich in beiden Fällen nach kurzer Zeit Konvektionsströmungen, die die Platten brechen und auseinanderdriften lassen ...«, sie wandte sich der Tafel zu und begann, eine schematische Darstellung der Prozesse im Erdinneren zu zeichnen.

In diesem Augenblick öffnete sich die Tür, die hinaus in die Vorhalle führte. Herein kam Dekan Jaeger, der Vorsitzende der geologischen Fakultät, eine Respekt einflößende Persönlichkeit. Obwohl er kurz vor der Emeritierung stand, hatte er immer noch den entschlossenen Gang eines jungen Mannes. Seine Bewegungen waren kraftvoll und energisch. Die Haut in seinem Gesicht war braun und wettergegerbt, seine Wangen schmal. Seine schlohweißen Haare und die stechend blauen Augen ließen ihn wie einen betagten Seeadler wirken. In seinem

Schlepptau betrat Professor Sonnenfeld den Hörsaal – Ellas Kollege aus dem Bereich Mineralogie, ein schlanker Mann mit Vollbart, der seine langen, mit grauen Strähnen durchsetzten Haare zu einem Pferdeschwanz zusammengebunden hatte. Die Gesichter der beiden Dozenten wirkten ernst und würdevoll. Jaeger winkte Bob Iverson zu sich und flüsterte ihm etwas ins Ohr. Ella runzelte die Stirn. Was sollte dieser dramatische Auftritt? Mit erhobenem Arm, die Kreide an der Tafel, sah sie zu den dreien hinüber. Erst als Bob zu ihr eilte, ließ sie ihren Arm sinken.

»Ella, der Dekan wünscht, dass du ihn umgehend in sein Büro begleitest«, flüsterte er. »Professor Sonnenfeld wird hier solange für dich übernehmen.«

»Hat er gesagt, was er will?«

»Nein. Nur, dass du bitte sofort kommen sollst.«

Jetzt hatten auch die letzten Studenten im Hörsaal mitbekommen, dass etwas Ungewöhnliches im Gange war, und mit einem Mal setzte wieder Getuschel ein. Dekan Jaeger, dem es augenscheinlich missfiel, dass Ella ihn so lange warten ließ, hob die Hände und rief mit fester Stimme: »Meine Damen und Herren, beruhigen Sie sich. Ich bitte um Entschuldigung, dass ich Ihre Dozentin entführen muss, aber ihre Anwesenheit wird an anderer Stelle benötigt. Professor Sonnenfeld wird die Vorlesung fortführen. Ich möchte Sie bitten, dass Sie ihm die gleiche Aufmerksamkeit zukommen lassen wie zuvor Dr. Jordan.«

»Was ist denn geschehen? Ist das Weiße Haus von einem Ascheregen verschüttet worden?«, rief ein vorwitziger Student von der linken Seite herüber. Jaeger ignorierte den Zwischenruf souverän.

»Vielleicht ist der Kongress in einer Erdspalte verschwunden«, hörte man die Stimme einer Studentin.

Gelächter brandete auf.

»Wie steht es um den Präsidenten?«

Jaeger warf einen stechenden Blick in die Menge, und sofort verstummte der Lärm. »Bitte entschuldigen Sie uns«, und mit einem strengen Blick in Ellas Richtung fügte er hinzu: »Wenn ich Sie dann bitten dürfte, Dr. Jordan?«
Ella legte die Kreide ins Ablagefach. Unwirsch griff sie nach ihren Unterlagen, stopfte sie zurück in ihre Tasche und verließ mit schnellen Schritten das Podium. Als sie auf der Höhe von Bob Iverson war, hörte sie ihn flüstern: »Halt mich auf dem Laufenden, okay?«
Wortlos ging sie an den drei Männern vorbei und hinaus in die Vorhalle. Das Licht des strahlend blauen Morgens fiel durch die riesigen Scheiben des Eingangsbereichs und spiegelte sich auf dem blank polierten Marmorboden. Ella musste für einen kurzen Moment die Augen schließen, dann wandte sie sich zu Dekan Jaeger um, der gerade die Tür des Hörsaals hinter sich zuzog. »Sie hätten es gar nicht ungünstiger treffen können«, sagte sie und verschränkte die Arme vor der Brust. »Ausgerechnet an meinem ersten Tag. Als würden sich die Studenten nicht schon genug den Mund über mich zerreißen ...«
Er lächelte schmal. »Das ist nun wirklich nebensächlich. Folgen Sie mir bitte in mein Büro.« Mehr hatte er zu dem Thema offenbar nicht zu sagen. Keine Entschuldigung, keine Erklärung, nichts. Doch Ella gehörte nicht zu der Sorte Menschen, die sich so leicht abwimmeln ließen. »Was war denn so wichtig, dass es nicht etwas Zeit gehabt hätte? In einer knappen Stunde wäre ich Ihnen bereitwillig überallhin gefolgt. Sonnenfeld ist ein netter Kollege, aber ich glaube nicht, dass er qualifiziert genug ist ...«
»Ich fürchte, Sie werden ihm vertrauen müssen«, fiel er ihr ins Wort. »Professor Sonnenfeld wird Ihre Vorlesung bis auf weiteres übernehmen«, sagte Jaeger, während er eilig den Gang entlanglief. Ella blieb wie angewurzelt stehen
»Was soll das heißen?« rief sie ihm hinterher. »Bin ich suspen-

diert oder was? Ich finde, dass Sie mir eine Erklärung schuldig sind.«

Jaeger blieb stehen und drehte sich um. Sein Blick verriet, dass seine Geduld langsam zu Ende ging.

»Dr. Jordan«, zischte er, »wäre es wohl möglich, dass sie einfach mal den Mund halten? Ich möchte nicht, dass gleich die ganze Universität von dieser Sache Wind bekommt. Glauben Sie, es hat mir Spaß gemacht, Sie vor versammelter Mannschaft aus der Vorlesung zu holen? Es ist völlig unnötig, dass Sie mir hier eine Szene machen. Vertrauen Sie mir, es wird sich alles aufklären. Und jetzt folgen Sie mir bitte möglichst leise und unauffällig.« Damit drehte er sich um und ging weiter. Ella warf ihm einen finsteren Blick hinterher und folgte ihm in gebührendem Abstand. Ihre Gedanken rasten. Was hatte das alles zu bedeuten? Warum diese Eile und warum diese Geheimniskrämerei? Einen Todesfall in der Familie schloss sie inzwischen aus, das hätte man anders geregelt. Sie wäre nach der Vorlesung in ihr Büro zurückgekehrt und hätte einen Blumenstrauß und einige betretene Gesichter vorgefunden. Wollte man sie feuern? Auch das hielt sie inzwischen für ausgeschlossen. In diesem Fall wäre sie wahrscheinlich in aller Stille ins Büro von Präsident Trachtenberg gebeten worden, wo man erst mal ein ernstes Gespräch geführt hätte. Danach hätte sie eine Abmahnung erhalten oder im schlimmsten Falle ihre Kündigung. Also was ging hier vor?

Ihr Kopf rauchte, als sie den dritten Stock des Hauptgebäudes erreichten und Jaegers Büro ansteuerten. Der Dekan blieb vor der Tür stehen, öffnete sie und ließ Ella den Vortritt. Dann drehte er sich noch einmal um, vergewisserte sich, dass niemand sie gesehen hatte, betrat ebenfalls den Raum und schloss die Tür hinter sich.

Im Vorzimmer wurden sie von Margret Hazelton empfangen – eine schmalgesichtige und grauhaarige Person. Auf ihrer Nase saß eine eckige Brille, durch die sie Ella mit einem kalten Blick musterte.

»Die Herren erwarten Sie bereits«, sagte sie mit einem gefrorenen Lächeln. »Wenn Sie mir bitte folgen würden.«

Sie erhob sich und führte Ella und Dekan Jaeger in das angrenzende Büro. »Kaffee oder Tee, *Miss* Jordan?« Ein herablassender Zug umspielte den verkniffenen Mund.

»Tee bitte«, sagte Ella mit erhobenem Kinn. Die Anspielung auf ihren Status als ledige Frau war ihr natürlich nicht entgangen. »Mit etwas Sahne und zwei Stückchen Zucker.«

»Für mich auch Tee«, sagte Jaeger. »Darjeeling, wie immer. Danke, Margret.« Damit bugsierte er Ella an dem Vorzimmerdrachen vorbei ins Büro.

Ella und Jaeger wurden von zwei Männern erwartet. Der eine, ein gut aussehender Bursche mit dunkler Haut und leuchtenden Augen, saß auf dem Stuhl des Dekans und tippte auf einem geöffneten Notebook herum. Der andere, ein untersetzter bulliger Typ mit kurzrasierten blonden Haaren stand am Fenster und blickte hinaus auf den sonnenbeschienenen Campus. Als Ella und der Dekan den Raum betraten, wandten sich ihnen die beiden Männer zu. Sie waren jung, zwischen fünfundzwanzig und dreißig, hatten makellos rasierte Gesichter, gepflegte Hände und wirkten, als würden sie viel Sport treiben. Ein leichter Duft von Aftershave hing im Raum.

Ella runzelte die Stirn. Äußerlich sahen die beiden aus wie harmlose Bankangestellte. Tadellose Anzüge, Krawatten, weiße Hemden, schicke Schuhe. Nie im Leben waren das Angestellte der Universität. Eine Stimme tief in Ellas Innerem sagte: *Regierung. Nein*, meldete sich eine zweite Stimme. *Nicht Regierung, Militär.*

Kaum dass Margret die Tür geschlossen hatte, deutete Dekan Jaeger auf Ella und sagte: »Meine Herren, darf ich Ihnen Dr.

Ella Jordan vorstellen?« Mit einem Nicken in Richtung der beiden Männer fuhr er fort: »Dies sind Mr. Esteban und Mr. Billings vom ONR.«

Ella lächelte grimmig. Auf ihre innere Stimme konnte sie sich immer noch verlassen. Das *Office of Naval Research* war eine weltumspannende Forschungseinrichtung mit Hauptsitz in Washington, die ihre Erkenntnisse der amerikanischen Marine zur Verfügung stellte.

Vermessung und Kartographierung des Meeresbodens gehörten ebenso zu ihrem Aufgabengebiet wie die Erforschung der akustischen Beschaffenheit des Meeres und die Schwankung im Schwerefeld der Erde. Eine Wissenschaft, die besonders für die Steuerung und Programmierung von Interkontinentalraketen von Bedeutung war. Selbstverständlich interessierte sich das ONR auch für die Bioakustik: die Fähigkeit von Walen und Delphinen, sich über große Entfernungen unter Wasser zu verständigen. Verbunden damit war die mögliche Nutzung entsprechender Erkenntnisse für den U-Boot-Bau. Da all dies der Entwicklung neuer Vernichtungstechnologien diente, waren diese Projekte natürlich streng geheim, aber es war im Laufe der Jahre genug davon durchgesickert, dass Ella sich ein Bild vom Aufgabenbereich des ONR hatte machen können.

Derjenige, den der Dekan als Mr. Esteban vorgestellt hatte, ließ sich nach der Begrüßung auf Jaegers Chefsessel fallen und ließ einen Bleistift zwischen seinen Fingern kreisen. Jaeger warf ihm einen finsteren Blick zu, wagte es aber nicht, den Sitzplatz für sich zu beanspruchen.

»Es ist mir ein Vergnügen, Dr. Jordan«, sagte Mr. Esteban. »Tut uns leid, wenn wir Sie aus Ihrer Vorlesung holen mussten, aber wir brauchen dringend Ihre Hilfe.«

Ella hätte beinahe laut losgelacht. »Das Militär braucht *meine* Hilfe? Das kann nur ein Scherz sein.«

»Keineswegs. Es ist leider verdammt ernst.«

»Ist es das nicht immer?« Ellas Stimme triefte vor Ironie, als sie sich einen Stuhl angelte und sich breitbeinig daraufsetzte, die Arme über der nach vorn gerichteten Lehne verschränkt. »Ich bin Geologin, keine Meeresforscherin. Außerdem bin ich überzeugte Pazifistin. Ich habe nicht mal die jetzige Regierung gewählt.«
»Ich auch nicht«, lächelte Esteban, und auf seinen Wangen zeichneten sich markante Grübchen ab. »Doch ich würde vorschlagen, Sie hören sich erst einmal an, was wir Ihnen zu sagen haben.«
»Gute Idee«, bemerkte Dekan Jaeger und zog ebenfalls einen Stuhl heran, auf dem er sich steif niederließ. »Außerdem wird uns eine schöne Tasse Tee gut tun. Dann lässt sich über alles viel entspannter reden. Ich frage mich, wo Margret bleibt ...«
»Bei allem Respekt, Professor Jaeger«, sagte Esteban mit strengem Blick, »aber ich muss Sie leider bitten, das Büro zu verlassen. Was wir mit Dr. Jordan zu besprechen haben, unterliegt strengster Geheimhaltung. Was Sie bisher erfahren haben, sollte genügen. Am besten wäre es, wenn Sie und Ihre charmante Sekretärin sich eine kurze Pause gönnen würden. Es ist so ein herrlicher Morgen. Schlendern Sie durch den Park. Eine halbe Stunde wäre sicher mehr als ausreichend.«
Ella sah aus dem Augenwinkel, wie Jaeger erstarrte. Er sah aus, als habe er soeben einen Stromschlag erhalten. Aus seinem eigenen Büro geworfen zu werden, war sicher eine neue Erfahrung für ihn. Sein Mund klappte ein paarmal auf und zu, als wollte er protestieren, doch dann nickte er.
»In Ordnung«, murmelte er und richtete sich steif auf. »Eine halbe Stunde. Das sollte sich einrichten lassen. Es ist ja auch wirklich ein herrlicher Morgen.«
In diesem Moment betrat die Sekretärin das Büro, mit beiden Händen ein Tablett mit Tee und Gebäck balancierend, das sie mit einem kühlen Seitenblick in Ellas Richtung auf dem Tisch

abstellte. Sie schickte sich gerade an einzuschenken, als der Dekan sie zurückhielt. »Margret«, begann er, »was halten Sie davon, wenn wir uns eine kleine Pause genehmigen? Nur Sie und ich. Das haben wir schon so lange nicht mehr gemacht. Die Herren und Dr. Jordan wären gern ungestört, und wir könnten uns beide mal wieder so richtig ausgiebig unterhalten.«

»Aber ...«

»Kein *Aber.* Ich lade Sie zu einem Tee ein. Unsere Anwesenheit ist hier im Moment unerwünscht.« Ungeduldig schob er sie zur Tür hinaus und ließ diese laut krachend hinter sich ins Schloss fallen. Von der anderen Seite erklangen Mrs. Hazeltons Protestrufe. »Ich kann jetzt keine Pause einlegen«, greinte sie. »Die Gehaltsabrechnungen liegen alle offen auf meinem Tisch herum. Was ist, wenn in der Zwischenzeit jemand das Büro betritt? Außerdem mag ich keinen Tee, das wissen Sie genau.«

»Dann trinken Sie eben eine Cola!«

Der Rest der Unterhaltung verhallte ungehört in den Gängen des Instituts.

Stille senkte sich über den Raum. Ella schenkte sich ein, nahm Zucker und Milch und rührte ein paarmal um. »Ziemlich starker Auftritt«, sagte sie mit Genugtuung. »Ich wette, eine solche Demütigung hat Jaeger noch nicht erlebt.«

Esteban räusperte sich und griff ebenfalls nach einer Tasse. »Er wirkte in der Tat etwas indigniert«, sagte er. »Ich fürchte, wenn er zurückkehrt, wird er sich bei irgendeinem Vorgesetzten über uns beschweren. Das tun sie alle.« Wieder leuchtete diese Selbstsicherheit in seinem Blick auf, die Ella schon beim Betreten des Zimmers aufgefallen war. »Es nützt bloß nichts.«

Billings ergänzte: »Die Situation erfordert schnelles Handeln. Tut uns leid, wenn wir Ihnen Unannehmlichkeiten bereiten.«

»Und das soll ich Ihnen glauben?« Ein Lächeln umspielte Ellas Mundwinkel. Die Niederlage des arroganten Dekans hatte ihr großes Vergnügen bereitet. Außerdem war dieser Esteban wirklich ein *verdammt* gut aussehender Bursche. Irgendetwas an ihm bescherte ihr ein warmes Kribbeln im Bauch. Sie spürte, wie sich ihre Laune zu bessern begann.

»Seid mal ehrlich, Jungs, solche Auftritte sind doch nach eurem Geschmack«, sagte sie. »Das ist doch der Grund, warum ihr den Job überhaupt macht, oder? Einmal mit dem Ausweis wedeln, und alle fangen an, blass um die Nase zu werden. Ein Traum. Ich muss gestehen, mir würde das auch gefallen.« Sie nahm einen großen Schluck aus ihrer Tasse.

Esteban warf ihr einen amüsierten Blick zu. »Haben Sie Lust, bei uns einzusteigen?«

Sie schüttelte den Kopf. »Nein danke«, sagte sie, griff in ihre Tasche und holte eine Schachtel Zigaretten hervor. »Mein Leben ist auch so schon kompliziert genug. Mich zum Militär zu schicken, das hieße, den Bock zum Gärtner zu machen. Möchten Sie?« Sie hielt den Männern die Schachtel hin.

Billings schüttelte den Kopf, aber Esteban griff zu und sagte: »Jemandem wie mir, der seine Wurzeln auf Kuba hat, wurde auch kein roter Teppich ausgerollt, das können Sie mir glauben. Aber die Navy hat ein großes Herz.«

»Etwas zu groß für meinen Geschmack«, sagte Ella und reichte ihm Feuer. »Aber zur Sache. Warum sind Sie hier? Bin ich verhaftet oder so?«

»Im Gegenteil.« Esteban zog seinen Stuhl näher, damit er leise sprechen konnte. »Wie wir bereits sagten: Das ONR benötigt Ihre fachliche Kompetenz und Mitarbeit. Wir möchten Sie einladen, an einem speziellen Projekt mitzuarbeiten. Einem *sehr* speziellen Projekt.«

Ella blies eine Qualmwolke in die Luft. »Klingt ja mächtig spannend. Um was geht es bei der Sache?«

Esteban griff in seine Aktentasche und förderte einen Stoß Dokumente zutage. »Gestern erreichte uns eine Meldung unseres Hauptquartiers in Japan. Offenbar sind weit draußen auf dem

Meer, vor der Küste von Guam, Signale aufgefangen worden, die uns Rätsel aufgeben. Es handelt sich dabei um Bewegungen, deren Quelle und Ursache bislang von unseren eigenen Wissenschaftlern nicht identifiziert werden konnte.«

Ella überflog die Unterlagen. Eine Menge geologischer Gutachten, Sonarmessungen, Wasseranalysen. Sie schüttelte den Kopf.

»Das ist Meeresgeologie. Ein sehr interessanter Bereich, aber leider nicht mein Spezialgebiet. Es gibt Wissenschaftler, die sich damit weitaus besser auskennen als ich.«

»Das ist uns bekannt«, sagte Billings. »Dennoch fällt das Problem genau in Ihr Fachgebiet. Wir reden nämlich von etwas, das sich *unter* dem Meeresboden befindet. Es handelt sich um seismische Erschütterungen, die von einer uns unbekannten Quelle ausgehen. Wenn man sich die Liste der besten Wissenschaftler auf diesem Gebiet ansieht, findet man Ihren Namen immer ganz oben. Sie sind diejenige, die die höchste Trefferquote bei der Entschlüsselung solcher Rätsel hat. Außerdem sind Sie die Einzige, die über eine bestimmte unabdingbare Qualität verfügt.«

Ella griff nach der Tasse und nahm einen Schluck Tee. »Und was für eine Qualität wäre das?«

»Risikobereitschaft.« Esteban zog ein letztes Mal an seiner Zigarette, ging dann zum Fenster und schnippte die Kippe durch den geöffneten Spalt. »Wir brauchen jemanden, der nicht gleich das Fracksausen kriegt, wenn's mal unangenehm wird. Wir möchten Ihnen das Angebot machen, sich die Sache vor Ort anzusehen.«

Ella hatte Mühe, nicht die Beherrschung zu verlieren. Versehentlich schwappte etwas Tee über den Rand der Tasse. Sie zog ein Papiertuch aus der Tasche und begann mit eiligen Bewegungen, die Pfütze wegzuwischen.

»Ich soll nach Guam fliegen?«

»So ist es. Und zwar noch heute, wenn es sich einrichten lässt.«

»Machen Sie Witze? Wie stellen Sie sich das vor? Heute ist, oder besser gesagt *war*, mein erster Unterrichtstag. Den Sie mir, wenn ich das hinzufügen darf, gründlich vermasselt haben. Ich kann doch hier nicht alles stehen und liegen lassen und mit Ihnen nach Guam fliegen. Nein, ausgeschlossen.« Kopfschüttelnd warf sie das Taschentuch in Jaegers Mülleimer. »Abgesehen davon haben Sie mir immer noch nicht gesagt, wofür Sie mich eigentlich genau brauchen. Warum zum Beispiel Ihre eigenen Spezialisten nicht in der Lage sind, das Problem zu lösen.« Sie wischte sich die Hände ab und kehrte an ihren Platz zurück. »Erwarten Sie wirklich von mir, dass ich aufgrund solch vager Informationen meine Arbeit hier unterbreche, um Ihnen auf die andere Seite des Pazifiks zu folgen?«
»Nein«, lachte Esteban, »und um ehrlich zu sein, wir wären überrascht gewesen, wenn Sie anders reagiert hätten. Genau diese skeptische Grundeinstellung macht Sie ja so interessant für uns.«
Ella drückte ihre Zigarette aus. »Also raus mit der Sprache. Wie wollen Sie mich ködern?«
Esteban lächelte geheimnisvoll. »Ködern? Nein, wir wollen Sie überzeugen.«
»Womit? Mit einer Dienstanweisung, unterzeichnet vom Präsidenten?«
»Na, na, wir wollen doch Ihre Intelligenz nicht beleidigen.« Mit einer schwungvollen Bewegung drehte er das Notebook herum. »Wir haben etwas viel Besseres. Werfen Sie mal einen Blick darauf.«
Ella rückte etwas näher und betrachtete den Monitor. Zu erkennen waren Diagramme, wie sie von einem Seismographen, einem Erdbebenmessinstrument, erstellt wurden. Daneben befanden sich verschiedene Skalen. Temperatur, Druck, Salzgehalt. Das Zentrum der Erdstöße befand sich demnach unter Wasser. Aber nichts anderes hatte Esteban ja behauptet.

Wie gebannt starrte sie auf den Monitor. Die Erdstöße waren relativ schwach, nur eine gute Zwei auf der Richterskala, und doch war etwas an ihnen so ungewöhnlich, dass Ella der Unterkiefer runterklappte. Wieder und wieder verglich sie die Zeitanzeige mit der Stärke der Ausschläge.
»Sind das Echtzeitwerte?«, murmelte sie nach einer Weile.
Billings nickte. »Allerdings. Die Daten werden zu eben diesem Zeitpunkt von einer Sonde gemessen und über eine gesicherte Intranetleitung übertragen. Die Sonde befindet sich an Bord der *Yokosuka*, die gestern um sieben Uhr dreißig Ortszeit von Papeete aus in See gestochen ist.«
»Wo liegt das Epizentrum?«
Billings rückte näher und tippte eine Reihe von Befehlen ein. Eine Karte erschien. Irgendwo, mitten im Pazifischen Ozean, war ein kleiner Punkt zu erkennen, von dem aus die Stoßwellen kreisförmig auseinanderliefen. »11 Grad, 21 Minuten Nord und 142 Grad, 12 Minuten Ost. Etwa dreihundertzwanzig Kilometer südwestlich von Guam«, sagte er. »Die Japaner untersuchen dort einige *Megaplumes*, Warmwasserströmungen, die bei vulkanischen Aktivitäten entstehen.«
»Die Challenger-Tiefe«, flüsterte Ella. »Der dritttiefste Punkt der Erde.«
Esteban nickte. »Unsere Messungen haben ergeben, dass sich die Störung in annährend elftausend Metern Tiefe befindet.«
Ella runzelte die Stirn. »Elftausend? Aber die Challenger-Tiefe allein ist doch schon annährend elftausend Meter tief. Das würde ja bedeuten, dass das Epizentrum auf Höhe des Meeresgrundes läge. Das ist völlig ausgeschlossen.«
»Unsere Messwerte sagen etwas anderes.«
Ella schüttelte energisch den Kopf. »Verstehen Sie denn nicht? Wenn diese Signale eine tektonische Ursache haben, muss die Quelle der Erschütterungen einige Kilometer tief in der Erdkruste liegen. Der Marianengraben ist eine Subduktionszone.

Die Pazifische Platte trifft dort auf die Asiatische Platte und gleitet unter ihr hinweg. Erfahrungsgemäß sind Subduktionszonen Erdbebenzonen, so wie auch der Kalifornische Graben, besser bekannt unter dem Namen *San-Andreas-Spalte.* In diesen Grabenbrüchen bauen sich Spannungen auf, die sich in ruckartigen Bewegungen entladen. Das kann verheerende Beben auslösen. Wie gesagt, diese Spannungen bauen sich im Erdmantel auf – und zwar in beträchtlicher Tiefe.« Sie tippte auf den Monitor. »Das hier ist etwas anderes. Es sieht irgendwie künstlich aus.«

Esteban schüttelte den Kopf. »Das war auch unser erster Gedanke. Doch alle Akustikexperten in unserem Team haben die Werte wieder und wieder geprüft und sind immer zu demselben Ergebnis gekommen. Es kann nur ein natürliches Phänomen sein. Genauere Aussagen lassen sich aber erst treffen, wenn wir uns das Phänomen vor Ort anschauen.«

»Das ist schon verdammt merkwürdig«, sagte Ella. »So etwas habe ich noch nie zuvor gesehen.«

»Wären Sie gern mit dabei?«, Estebans Lächeln wurde breiter.

»Warum ich? Warum nicht Bob Anderson, er ist Spezialist in Sachen pazifischer Tektonik. Der Marianengraben ist sein Fachgebiet.«

»Den hätten wir schon noch gefragt«, sagte Billings. »Aber es gibt da ein Problem. Er ist ein Schreibtischhengst. Lebt, forscht und arbeitet nur innerhalb seiner schützenden vier Wände. Er ist daher für unsere Zwecke völlig ungeeignet. Als wir ihm von der Expedition in die Tiefe erzählten, war er so frei, uns Ihren Namen zu nennen, verbunden mit der Bemerkung, dass Sie verrückt genug sein könnten, an solch einem Himmelfahrtskommando teilzunehmen.«

»*In die Tiefe?* Wie meinen Sie das?«

»Wir werden natürlich tauchen müssen, um uns das Phänomen vor Ort anzusehen.«

Ella hätte beinahe laut losgelacht. »Hinunter in die Challenger-Tiefe? Was für ein absurder Gedanke. Das hat seit Piccard niemand mehr gemacht, und das ist beinahe fünfzig Jahre her. Soweit ich weiß, gibt es momentan kein Tauchboot, das dem Druck da unten standhalten würde.«

»Die Information ist nicht ganz korrekt«, sagte Billings und blickte dabei prüfend auf seine Fingernägel. »Die Japaner verfügen über ein geeignetes Tauchboot. Es befindet sich zwar noch im Versuchsstadium, aber unsere Regierung hat ihnen eine beträchtliche Summe zugesagt, wenn sie uns an ihrer Expedition teilhaben lassen. Die *Shinkai 11.000* geht in vier Tagen, also am Freitag, den 27. März, um sieben Uhr Ortszeit mit sechs Besatzungsmitgliedern an Bord auf Tauchfahrt. Sie können bei der Expedition dabei sein, wenn Sie wollen«, fügte er mit einem Lächeln hinzu.

Ella schwirrte der Kopf. Sie musste diese Flut von Informationen erst noch verarbeiten. Gedankenverloren schenkte sie sich noch mal Tee nach. Wenn sie wirklich zusagen würde, dann warf sie von einer auf die andere Sekunde ihre gesamte Lebensplanung über den Haufen. Dann würde sie wieder genau dort anfangen, wo sie vor drei Monaten aufgehört hatte: ohne Wohnung, ohne Freundeskreis, ohne Mann und ohne Familie. Und wer konnte sagen, ob sie nach getaner Arbeit die Kraft fand, sich noch einmal für ein neues Leben zu entscheiden? Andererseits war das eine einmalige Gelegenheit. Sie spürte, dass hier ein Abenteuer und ein Rätsel auf sie warteten, wie es sich nur einmal im Leben bot. Keine leichte Entscheidung. Nachdenklich nippte sie an ihrem Tee.

Gerade als sie sich dazu entschlossen hatte, den beiden Herren eine Abfuhr zu erteilen, fiel ihr Blick auf den Monitor. Die Signale waren in der Zwischenzeit weitergelaufen, präzise und stetig. Zwei Komma sechs auf der Richterskala.

Sie stellte die Tasse ab und fuhr mit dem Zeigefinger über den

Monitor. Die Ausschläge waren das Seltsamste, was sie jemals gesehen hatte. Je länger sie sie betrachtete, desto mehr teilte sie die Meinung der beiden Mitarbeiter des *Naval Office*. Die Ursache konnte unmöglich etwas von Menschen Geschaffenes sein. Dafür waren die Erschütterungen viel zu stark. Die Reflexionen an der Mohorovizischen Diskontinuität, einer Trennschicht zwischen Kruste und Mantel, die immerhin in einer Tiefe von rund vierzig Kilometern lag, waren deutlich zu erkennen. Es musste ein natürliches Phänomen sein. Und doch ...

»Wie lange würde ich fort sein?«

Der Große zuckte die Schultern. »Es kommt ganz darauf an, was wir dort unten finden werden. Sie haben ja von Dekan Jaeger selbst gehört, dass Ihre Angelegenheiten auf unbestimmte Zeit in die Hände eines Kollegen übergeben würden.«

Gebannt blickte sie auf den Monitor. Eben war wieder ein Erdstoß zu sehen. Exakt zwei Stunden und achtundvierzig Minuten lagen zwischen dieser und der vorhergehenden Erschütterung. Und wiederum genauso viel Zeit war zwischen jener und der davor verstrichen. Und immer so weiter. Zwei Stunden achtundvierzig Minuten, keine Sekunde mehr oder weniger. Es war, als habe diese Zeitspanne eine magische Bedeutung. Ella spürte eine seltsame Erregung in sich aufsteigen, während sie den Monitor betrachtete. Die Erdstöße hatten etwas Unheimliches. Es war wie das Ticken einer gewaltigen Uhr.

»Ich bin dabei«, flüsterte sie.

6

Der Mann parkte den Wagen in einer der Haltebuchten und stellte den Motor ab. Die Augen geschlossen haltend, schickte er ein Stoßgebet zum Himmel. Er hatte es geschafft. Die wenigen Augenblicke unter freiem Himmel hatten ihn zwar bis auf die Haut durchnässt, aber immerhin war er unbeschadet den Berg hinaufgekommen. Während hinter ihm das schwere Eisentor mit einem dumpfen Dröhnen ins Schloss fiel, nahm er behutsam das Medaillon vom Spiegel und steckte es in die Tasche. Tropfnass und fröstelnd griff er nach Ausweis und Aktentasche, stieg aus und ging in Richtung der Umkleidekabinen.
Selbst zu dieser frühen Morgenstunde herrschte im Inneren des Bergs Hochbetrieb. Wissenschaftler unterschiedlicher Nationalität eilten zwischen den Labors hin und her, während Logistikpersonal in orangefarbenen Overalls mit Hilfe elektrisch betriebener Kleinfahrzeuge dafür sorgte, dass die Abläufe zwischen den einzelnen Abteilungen reibungslos funktionierten. Beinahe hätte man glauben können, sich auf einem Flughafen zu befinden, wären da nicht die steinernen Bögen und Gewölbe, die massiven Wände und Deckenkonstruktionen gewesen, die der Forschungseinrichtung das Aussehen einer futuristischen Kathedrale verliehen. Die Architektur war vor Jahrzehnten mit einem unvorstellbaren technischen Aufwand aus dem Berg geschnitten worden, wobei sich die vorhandenen natürlichen

Höhlenstrukturen übergangslos mit den Bögen und Linien der tragenden Stahlbetonelemente verbinden ließen. Das Bärenhorn glich in seinem Inneren einem gigantischen Termitenbau. Doch das Privileg, hier arbeiten zu dürfen, wurde von einer gewaltigen Zahl von Reglementierungen überschattet. So durfte man weder mit Außenstehenden über das, was hier erforscht wurde, sprechen, noch war es erlaubt, die Ergebnisse in irgendeiner Form zu publizieren. Geheimhaltung und Diskretion waren die Eckpfeiler dieser Einrichtung. Ohne sie würde das Luftschloss in sich zusammenfallen.

Der Mann löste sich vom prächtigen Anblick der Eingangshalle und lenkte seinen Schritt in Richtung der Umkleidekabinen. Wie immer war die Luft erfüllt vom Stimmengewirr der Wissenschaftler, doch heute kam es ihm so vor, als wäre die Atmosphäre merkwürdig aufgeladen. Als spürten alle, dass etwas Bedeutsames geschehen war.

Er war noch nicht weit gegangen, als er seinen Assistenten entdeckte. Ein schlanker Mann eilte ihm entgegen. Die Deckenbeleuchtung schimmerte auf seinem schwarzen Haar. »Herr Oberst, endlich!«, sagte er mit unverkennbar irischem Akzent.

Colin Filmore war etwa einen Kopf größer als er selbst und von sonnigem Gemüt. Eine Eigenschaft, die der Mann, den alle nur *den Oberst* nannten, in dieser Welt aus Kunstlicht und Stahlbeton als höchst willkommen empfand.

Den Spitznamen hatte er verpasst bekommen, nachdem bekannt geworden war, dass er mehrere Jahre im wissenschaftlichen Beraterstab der israelischen Armee gearbeitet hatte. Eine Arbeit, auf die er, rückblickend betrachtet, nicht besonders stolz war. Immerhin war es dabei um die Entwicklung von Atomwaffen gegangen. Professor Elias Weizmann nahm seine Brille ab und putzte sie ausgiebig. Auch ohne seinen Titel war der Gedanke naheliegend, dass es sich bei ihm um einen Akademiker handelte. Gebeugte Körperhaltung, schütteres Haar, das am Kinn in einen ergrauten Spitzbart mündete, und vor allem die müden, mit schweren Tränensäcken versehenen Augen, die meist hinter der übergroßen Brille verborgen waren, ließen kaum einen anderen Schluss zu. Weizmann war ein Vollblutwissenschaftler, einer von der Sorte, die jederzeit bereit waren, ihr eigenes Wohl dem Dienste der Wissenschaft unterzuordnen. Eine aussterbende Spezies.

Er schob das Gestell wieder auf die Nase und sagte in gespieltem Tadel: »Wie oft habe ich Ihnen schon gesagt, dass Sie mich nicht so nennen sollen?«

»Wir haben Sie bereits vor einer halben Stunde erwartet«, sagte Colin, ohne auf den Einwand einzugehen. »Helène sagte mir, dass ich hier auf Sie warten soll. Hatten Sie Schwierigkeiten bei der Anfahrt?«

»Schwierigkeiten ist gar kein Ausdruck«, schimpfte der Professor. »Da draußen tobt ein gottverdammter Orkan. Nicht mal meinen ärgsten Feind würde ich bei diesem Wetter vor die Tür schicken.«

»In den oberen Labors spürt man, wie die Wände zittern, so heftig peitscht der Wind um die Felsen«, bestätigte Colin. »Aber Helène hätte Sie nicht kommen lassen, wenn es nicht wichtig wäre.«

»Das will ich hoffen. Trotzdem kann ich von Glück sagen, dass ich heil hier oben angekommen bin.« Er wischte sich die letzten Wassertropfen aus dem Bart. Als wissenschaftlicher Leiter der Abteilung Radiologie gehörte er zum Führungsstab dieser Einrichtung und war verpflichtet, sich bei jedweder Unregelmäßigkeit in den Versuchsreihen persönlich einzufinden, egal bei welchem Wetter.

»Also, schießen Sie los. Was in aller Welt ist geschehen, dass Sie mich an meinem freien Tag in aller Herrgottsfrühe aus den Federn holen?«

Colin zuckte die Schultern. »Höchste Sicherheitsstufe. Helène

ist der Meinung, dass Sie es unbedingt mit eigenen Augen sehen müssen.«
Der Professor spürte ein unangenehmes Gefühl in sich aufwallen. Ein fernes Geräusch wie eine innere Alarmglocke drang in sein Bewusstsein und ließ sich nicht abschalten. »Na schön«, sagte er. »Aber umziehen werde ich mich ja wohl noch dürfen. Auf die paar Minuten mehr oder weniger kommt es sicher nicht an.«
Sein Assistent lächelte gequält. »Sie kennen doch Helène.«
»Auch wieder wahr«, stimmte Weizmann zu. »Aber mit diesen nassen Klamotten kann ich das Labor auf keinen Fall betreten. Nicht, wenn ich nicht als lebender Blitzableiter enden möchte. Das wird selbst unsere Chefin einsehen müssen. Also kommen Sie, Colin, lassen Sie uns nicht noch mehr Zeit verlieren.«
Wenige Minuten später hatten sie die grauen Kunststofftüren der Umkleidekabinen erreicht. Weizmann drehte sich kurz um. »Sie warten hier auf mich. Ich werde mich beeilen.«
Colin nickte. »Ich werde uns in der Zwischenzeit ein *Elmo* besorgen. Damit könnten wir die verlorene Zeit wieder einholen.«
»Guter Gedanke«, sagte der Professor und verschwand.

Fünf Minuten später war er fertig umgezogen. In seinem grauen Arbeitskittel sah er nun aus wie jede andere Termite in diesem Bau. Nur das mit hellgrünem Kunststoff unterlegte Namensschild verriet seine führende Position. Colin wartete bereits auf ihn, ein triumphierendes Lächeln auf dem Gesicht. Er saß hinter dem Lenkrad eines *Electric-Mobile*, wie sie zu Dutzenden auf den Gängen und zwischen den einzelnen Stockwerken hin und her patrouillierten.
»Schwingen Sie sich an Bord, Herr Oberst«, rief er ihm zu. »Ich garantiere für eine sichere, schnelle und vor allem trockene Fahrt.«

»Klingt verlockend«, gestand der Radiologe, als er, seine Aktentasche an den Körper gepresst, das Fahrzeug bestieg. Kaum, dass er sich angeschnallt hatte, trat Filmore bereits aufs Gas und fuhr in beängstigendem Tempo hinab in die Eingeweide des Berges.

Für Elias Weizmann war die Fahrt durch das Forschungszentrum noch immer ein zwiespältiges Erlebnis. Und das, obwohl er bereits seit annährend dreißig Jahren in den *Kowarski-Labors* tätig war. Mehr noch: Er hatte geholfen, das alles hier mit aufzubauen. Ein großer Teil von ihm steckte in dieser Einrichtung. Doch außerhalb des Berges wusste kaum ein Mensch, was sie hier taten, kaum einer war sich darüber im Klaren, dass es sie überhaupt gab. Die Forschungseinrichtung war weltweit einzigartig. Ihre Existenz wurde von den Regierungen Großbritanniens, Frankreichs, Israels, Kanadas und natürlich der Schweiz, die das gewaltige Unternehmen finanzierten, geheim gehalten. Was man zu Gesicht bekam, wenn man durch die Gänge fuhr, war nur ein winziger Teil des Ganzen. Der Berg war das Zentrum eines kilometerlangen Netzwerks aus Tunneln und Stollen, die labyrinthartig eine Fläche von mehreren Quadratkilometern durchzogen. Die gesamte Versorgung erfolgte unterirdisch, ebenso die An- und Abfahrt der zweihundertköpfigen wissenschaftlichen Basiscrew, die hier rund um die Uhr arbeitete. Gegründet worden war das Unternehmen 1954 von Lew Kowarski, Pierre Auger und Edoardo Amaldi, drei Physikern, die bereits zwei Jahre zuvor den Grundstein für die größte nukleare Forschungseinrichtung der Welt, das Schweizer *Conseil Européen pour la Recherche Nucléaire*, kurz: CERN, gelegt hatten. Das maßgebende Argument für die Errichtung dieser zusätzlichen Einrichtung war ein Fund, den Lew Kowarski im Jahre 1954 gemacht hatte. Es handelte sich dabei um ein Objekt, das den Erkenntnissen der Naturwissenschaften, Einsteins Relativitätstheorie eingeschlossen, so diametral entgegenstand, dass

man befürchtete, eine Freigabe der Untersuchungsergebnisse könne zu erheblichen Irritationen in der Öffentlichkeit führen. Eine Ansicht, die Elias Weizmann durchaus teilte.
Seine anfängliche Begeisterung war über die Jahre einem nagenden Zweifel gewichen. Einer Abneigung, die es ihm immer schwerer machte, sich in der Nähe des Objektes aufzuhalten. Zu seinem Leidwesen musste er eingestehen, dass sie bisher so gut wie nichts über das Ding herausgefunden hatten. Sie hatten es mit Teilchen beschossen, geröntgt, Laserbestrahlung ausgesetzt, sie hatten versucht, ihm mit kinetischer, elektrischer und magnetischer Energie zu Leibe zu rücken, alles vergebens. In den langen Jahren, die zur Untersuchung zur Verfügung gestanden hatten, war man der Lösung des Rätsels kaum einen Schritt näher gekommen.
So zumindest lauteten die offiziellen Berichte. Weizmann war im Besitz einiger Fakten, die er bisher noch unter Verschluss hielt – aus persönlichen Gründen. Es waren nur vage Ideen und Vorstellungen, aber sie konnten sich eines Tages als wichtig erweisen. Der Zeitpunkt, an dem er dieses Material an andere aushändigen würde, lag noch in weiter Ferne. Was man bisher herausgefunden und als Forschungsergebnis offiziell niedergelegt hatte, war beängstigend genug. Das Objekt bestand aus einem fremdartigen Material, und es war in der Lage, den Raum zu krümmen. Das hieß, es sandte phasenweise Gravitationswellen aus, die auf allen Messinstrumenten angezeigt wurden und für jemanden, der sich in unmittelbarer Nähe befand, sogar spürbar waren. Einfach ausgedrückt: Dieses Ding wurde für kurze Zeit *schwerer* – und zwar um ein Vielfaches seines Eigengewichts. Niemand konnte erklären, wie es das machte, geschweige denn warum. Es passierte einfach von Zeit zu Zeit. In den knapp fünfzig Jahren seit Beginn der Aufzeichnungen glaubte man, in den gravimetrischen Wellen ein Muster erkannt zu haben. Ein Muster, das von manchen mit viel Phantasie als

Signal gedeutet wurde. Einige wenige verstiegen sich sogar zu der Annahme, es könne sich um eine Art Kommunikationsversuch handeln, doch das alles war pure Spekulation. Nichts, was sich auf der Basis der vorhandenen Fakten wirklich erhärten ließ. Für Elias Weizmann war dieses ganze Unternehmen ein zum Scheitern verurteilter Versuch, das Unerklärliche erklärbar zu machen.

»Wir sind da«, sagte Colin und tippte ihm auf die Schulter. Der Professor schrak auf. Er war in Gedanken gewesen und hatte gar nicht bemerkt, dass sie bereits vor dem großen stählernen Schiebetor standen. Kalt und grau schimmerte es im Licht der Leuchtstoffröhren. Dahinter verbarg sich das, was er und seine Kollegen ehrfurchtsvoll das *Herz des Berges* nannten. Der Fund, den Lew Kowarski vor über fünfzig Jahren gemacht hatte.

Weizmann griff nach seiner Tasche und stieg ab. Als er sich gerade zum Gehen wandte, zupfte Colin ihn leicht am Ärmel.

»Meinen Sie nicht, dass Helène diesmal eine Ausnahme machen könnte? Ich arbeite jetzt schon seit drei Jahren hier und habe das Ding noch nie zu Gesicht bekommen.«

Weizmann schüttelte den Kopf. »Der Zugang ist nur den engsten Mitarbeitern gestattet.«

»Vielleicht, wenn Sie ein gutes Wort für mich einlegen würden ...?«

»Ich kann es gern versuchen«, sagte der Professor. »Hier drüben ist eine Kamera. Wenn Sie wollen, werde ich sie fragen.«

Colin blickte sehnsüchtig in Richtung Stahltür. Dann schüttelte er den Kopf. »Nein. Sie haben Recht. Es würde sie nur verärgern.«

»Das sehe ich auch so.«

Der junge Mann zuckte mit den Schultern. »Vielleicht erzählen Sie mir irgendwann davon, bei einem Bier. Andererseits, wie ich Helène kenne, wird auch daraus nichts.«

Weizmann legte ihm seine Hand auf die Schultern. »Nehmen

Sie's nicht persönlich. Es dient unser aller Sicherheit. Je weniger Sie wissen, umso besser. Glauben Sie mir.«

Colin nickte. In seinem Lächeln lag ein Anflug von Traurigkeit.

»Na ja, dann werde ich mich mal auf den Weg machen. Alles Gute, Herr Oberst. Rufen Sie mich an, wenn Sie mich brauchen.« Mit diesen Worten wendete er das *Elmo* und verschwand mit einem Aufjaulen des Motors im Labyrinth der Gänge.

Der Professor seufzte. Colin erinnerte ihn an seine Anfänge als Wissenschaftler vor etwa dreißig Jahren. Auch er war damals jung, neugierig und überschäumend vor Energie gewesen. Es stimmte ihn traurig, wenn er daran dachte, wie sehr er sich seitdem verändert hatte.

Er blickte dem *Elmo* noch einige Sekunden nach, dann raffte er sich auf und trat vor die Pforte. Dort entnahm er seiner Tasche eine Magnetkarte und zog sie durch den Schlitz, der sich rechts neben der Tür befand. Er tippte eine Zahlenkombination ein und stellte sich dann gut sichtbar vor das Auge der Videokamera.

»Eli!«, ließ sich eine resolute Frauenstimme über den Außenlautsprecher vernehmen. »Ich freue mich, dass du es einrichten konntest.« Mit einem tiefen Summen glitten die Flügel der Stahltür auseinander. Sie waren in einem Fünfundvierzig-Grad-Winkel miteinander verzahnt und so breit, dass man mit einem Panzer hätte hindurchfahren können.

Die Hände in den Taschen, die Aktentasche unter den Arm geklemmt, überschritt Weizmann die rote Linie – die Grenze zum Hochsicherheitstrakt, jenem Bereich, der das Objekt vor störenden Umwelteinflüssen schützte und gleichzeitig die Außenwelt vor den zerstörerischen Kräften in seinem Inneren bewahrte. Eine Schutzmaßnahme, die in beide Richtungen funktionierte. Der Hochsicherheitstrakt verfügte über eine eigene Strom- und Wasserversorgung sowie mehrere Notausgänge. Selbst wenn der Berg über ihnen zusammenstürzen würde,

würde man hier unten ungestört weiterforschen können. Sollte man sich jedoch irgendwann dazu entschließen, das Projekt stillzulegen, so wäre dieser Ort die letzte Ruhestätte für das Objekt. Ein gewaltiger Sarg aus Stahl, Glas und Beton.

Jedes Mal, wenn der Professor diesen Teil des Labors betrat, schnürte es ihm die Luft ab. Es war, als würden die gottgegebenen Gesetze der Natur mit Übertretung der roten Linie ihre Wirkkraft verlieren. Hier unten lag etwas, das er mit all seinem Fachwissen, mit seinen jahrzehntelangen Beobachtungen und Studien nicht erklären konnte. Für jemanden wie ihn, der sich zeit seines Lebens an Fakten und Tatsachen geklammert hatte, ein unerträglicher Zustand.

Helène Kowarski erwartete ihn auf der anderen Seite des Raums, die Arme verschränkt und mit einem stechenden Blick in den Augen.

»Zwei Stunden, Eli. *Zwei Stunden.*«

»Ich weiß«, sagte er und hob dabei die Hände in einer Geste der Entschuldigung. »Aber es ging nicht schneller. Ich habe es Filmore eben schon erklärt. Da draußen tobt ein Sturm. Wenn es einen näher gelegenen Eingang geben würde, hätte ich natürlich den genommen.«

Helène sah ihn mit hochgezogener Augenbraue an. »Was erwartest du? Dass wir dir von Splügen aus einen eigenen Tunnel graben? Die Anlage verschlingt schon jetzt Millionen, auch ohne dass unsere Mitarbeiter alle einen eigenen Eingang bekommen.«

Weizmann murmelte ungehalten vor sich hin, erwiderte aber nichts. Wenn Helène sich in dieser Stimmung befand, war es ratsam, sie nicht zu provozieren. Er betrachtete sie aus dem Augenwinkel. Die Tochter des Firmengründers besaß eine bemerkenswerte Präsenz. Sie war noch ein paar Zentimeter kleiner als er, aber das kompensierte sie durch eine beeindruckende Stimme. Wenn sie sprach, richteten sich automatisch die Augen aller Anwesenden auf Helène, so ungewöhnlich war ihre Stimmlage. Tief, aber gleichzeitig weiblich. Ein scheinbarer Widerspruch, der aber durchaus ihrem Charakter entsprach. Doch dies war nicht das einzig Ungewöhnliche an Helène. Jedes Mal, wenn der Professor hier unten war, fiel ihm auf, wie ausgesprochen gut diese Frau aussah. Die Jahre schienen an ihr abzuperlen wie Wasser auf Vogelfedern. Sie mochte so um die fünfundfünfzig sein, doch sie hatte die Haut und das Lachen einer Dreißigjährigen. Nur ihre grauen Haare verrieten ihr wahres Alter. Helène ließ sich jedoch nicht dazu überreden, sie zu tönen. Überhaupt legte sie kaum Wert auf ihr Äußeres. Die Frisur streng zu einem Knoten gebunden, die Fingernägel unlackiert und die Lippen eine Spur zu trocken, konnte man nur ahnen, was für ein Potenzial an Weiblichkeit in ihr steckte. Wenn sie sich nur einmal die Mühe machen würde, sich zurechtzumachen, für ihn – für einen Abend.

»Warum ich? Warum heute?«, nahm er den Faden wieder auf. »Warum nicht morgen, wenn ich sowieso hier oben bin.«

»Du musst es mit eigenen Augen sehen«, erwiderte Helène. »Der Moment, auf den wir so lange gewartet haben, ist endlich gekommen.«

Weizmann wollte noch etwas sagen, aber in diesem Moment öffneten sich die Türen der Dekontaminierungskammer. Mit zusammengepressten Lippen trat er ein. Er senkte den Kopf und wartete, bis sich die Pforte hinter ihnen wieder geschlossen hatte. Ein rotes Licht kündigte den Beginn der Reinigung an. Ein feiner Schleier ionisierter Partikel rieselte auf ihn herab, hüllte ihn ein und legte sich auf Kleidung, Haut und Haar. Einen kurzen Augenblick später setzte das Heulen der Absaugvorrichtung ein, die die Partikel wieder hinausbeförderte. Und mit ihnen sämtliche Verunreinigungen, an die sie sich geklammert hatten – hauptsächlich Hautschuppen, Bakterien und Staub. Weizmann spürte, wie sich die feinen Haare auf seinen Handrücken durch die elektrische Ladung aufrichteten. Kaum eine halbe Minute später kündete ein grünes Licht vom Ende der Reinigung. Einen Hustenreiz unterdrückend, beeilte er sich, die Kammer durch die sich öffnende Schiebetür auf der gegenüberliegenden Seite wieder zu verlassen.

Vor ihm lag ein kreisrunder, etwa dreißig Meter messender Raum, in dessen Mitte ein gewaltiger gläserner Zylinder stand, groß genug, um mehreren Wissenschaftlern gleichzeitig Platz zu bieten. In seinem Innern ruhte das Herz des Berges, Lew Kowarskis Vermächtnis, ein Objekt von drei Metern Durchmesser, das von horizontalen und vertikalen Magnetfeldern in der Schwebe gehalten wurde. Seine pockennarbige Oberfläche konnte nicht darüber hinwegtäuschen, dass es sich um einen künstlichen Gegenstand handelte. Die Proportionen waren viel zu perfekt, um natürlichen Ursprungs zu sein. Elias Weizmann spürte ein Stechen im Kopf. Sei es, dass ihm die ionisierte Luft nicht bekam, sei es, dass er empfindlich auf die starken Magnetfelder reagierte, immer wenn er hier unten war, bekam er Kopfschmerzen. Mit spitzen Fingern rieb er sich über die Schläfe, während er argwöhnisch das Objekt betrachtete. Wie so oft in letzter Zeit befiel ihn wieder diese Vorahnung, dass etwas Böses unter der Schale aus grauem Metall schlummerte. Etwas, das nur darauf wartete, freigelassen zu werden. Irrational, gewiss, aber auch nicht gänzlich unbegründet.

In diesem Augenblick kam Helène aus der Dekontaminationskammer. Mit einem triumphierenden Gesichtsausdruck deutete sie auf das Objekt. Widerwillig trat Weizmann näher und blickte über den Rand seiner Brille. Weitsichtig wie er war, konnte er entferntere Objekte besser ohne Brille sehen. Augenblicklich bemerkte er die Veränderungen. Entlang feiner Nähte, die seinen schwachen Augen bisher verborgen geblieben waren, hatten sich Teile der Außenkruste angehoben. Haarrisse waren entstanden, die an einigen Stellen zu einer Breite von einem halben Zentimeter anschwollen und so einen Blick ins Innere ermöglichten. Er hielt den Atem an. Es war tatsächlich geschehen. Seine schlimmsten Befürchtungen schienen sich zu bestätigen. Mit einem unsicheren Gefühl in den Beinen trat er näher. Helène begleitete ihn. Sie wirkte erstaunlich gefasst, angesichts der Ungeheuerlichkeit, der sie sich hier gegenübersahen. Als sie nur noch gut drei Meter entfernt waren, blieb der Professor stehen.

»Wann hat sie sich geöffnet«, murmelte er.

»Heute Nacht um zwei Uhr dreißig.«

»Was ist geschehen?«

Weizmann bemerkte, dass Helène zögerte. Als sie anfing zu sprechen, tat sie dies mit seltsam gepresster Stimme. »Schmitt hielt sich zu dieser Zeit in der Kammer auf«, sagte sie. »Fu Yang und Henderson waren mit den gravimetrischen Kontrollen befasst. Sie waren viel zu sehr damit beschäftigt, die enormen Schwankungen im Schwerefeld aufzuzeichnen, um sagen zu können, wie es zu dem Unglück kam. Es ging alles so schnell. Ein enormer Anstieg der Temperatur, ein heller Blitz und dann ...«, sie verstummte.

Weizmann fuhr herum. »Was ist geschehen? Wo ist Schmitt?«

»Verschwunden«, sagte Helène. »Aufgelöst, *verdampft*. Alles, was von ihm übrig geblieben ist, sind Reste seiner Kleidung sowie sein Forschungswerkzeug. Unsere Sensoren haben einen feinen Staubschleier in der Luft registriert. Die DNA-Analyse hat ergeben, dass es sich dabei um organische Materie handelt.«

7

Großer Gott.« Der Professor spürte Übelkeit in sich aufsteigen. »Willst du damit sagen, dieses Ding hat Schmitt getötet?«

»Davon müssen wir ausgehen.«

Weizmann fuhr sich mit den Händen durch das schüttere Haar. »Was hatte er da drin zu suchen? Was sagen die Bildaufzeichnungen?«

»Das ist das Problem«, sagte Helène. »Der abrupte Anstieg der Strahlungswerte hat zu einer Überlastung sämtlicher Videogeräte geführt. Es ist nichts auf den Bändern, außer Rauschen. Fu Yang behauptet aber, gesehen zu haben, wie Schmitt die Kammer mit Hammer und Meißel betreten habe. Sie wollte es aber nicht beschwören.« Sie zuckte mit den Schultern. »Was immer es war, das er mit sich genommen hat, es wurde ebenfalls zerstört.«

»*Hammer und Meißel?* Was soll der Unsinn? Wer hat ihm die Erlaubnis dazu erteilt?«

»Ich nicht«, sagte Helène. »Sein Kollege Denheim beteuert, von einer derartigen Aktion nichts gewusst zu haben. Es scheint, als habe Schmitt auf eigene Faust gehandelt. Aber wie man es auch dreht und wendet, irgendwie hat er es geschafft, die Kugel zu öffnen.«

Weizmann schüttelte ungehalten den Kopf. »Ich verstehe das

nicht. Der Mann war Mathematiker. Was kann ihn auf diese irrwitzige Idee gebracht haben?«

»Keine Ahnung. Angespannte Nerven vielleicht?«

»Habt ihr sein Labor versiegeln lassen? Wir müssen unbedingt herausfinden, woran er gearbeitet hat.«

»Nur die Ruhe«, erwiderte Helène. »Das habe ich alles schon veranlasst. Wenn er irgendetwas in Erfahrung gebracht hat, werden wir das bald wissen. Bis dahin aber darf nichts von all dem nach außen dringen. Du darfst nicht mal mit Colin darüber reden, verstanden?«

Weizmann schwieg betreten. Er hatte Andreas Schmitt lange genug gekannt, um eine freundschaftliche Beziehung zu ihm aufzubauen. Ein brillanter Wissenschaftler von der Universität Karlsruhe. Chef der Informatikabteilung. Ein Mann, der vor Ideen sprühte, der sich nie mit althergebrachten Tatsachen zufriedengeben wollte, der immer auf der Suche war, auch wenn er dabei manchmal über das Ziel hinausschoss. Ein Skeptiker und Grübler. Ein bisschen verschlossen und eigenbrötlerisch vielleicht, aber das waren sie hier unten alle. Auf jeden Fall ein kluger und sympathischer Kollege. Weizmann hatte immer gehofft, ihm eines Tages näher zu kommen und ihn in seine Theorien einweihen zu können. Doch jetzt hatte ihn der Versuch, die Kugel zu öffnen, das Leben gekostet.

»Ich habe es dir prophezeit«, flüsterte Weizmann, »nein, mehr noch, ich habe dich gewarnt. Dieses Ding ist gefährlich.«

»Ja, das hast du«, gab Helène Kowarski unumwunden zu. »Und natürlich übernehme ich die volle Verantwortung für diesen Zwischenfall.«

»Zwischenfall?«, platzte Weizmann heraus. »Ein Mensch ist gestorben. Einer unserer besten Wissenschaftler hat sich buchstäblich in Luft aufgelöst.« Mit zitterndem Finger deutete er auf die Kugel. »Das Ding beginnt sich zu verändern, und wir haben nicht den geringsten Schimmer, warum. Seien wir doch mal ehrlich, wir wissen nichts darüber. Wer sagt uns denn, dass wir nicht auf einem Artefakt von unvorstellbarer Zerstörungskraft sitzen? Ich nenne das keinen Zwischenfall, ich nenne das eine Katastrophe.« Er sah Helène eindringlich an. »Doch zumindest eines dürfte ab heute klar sein«, seine Stimme zitterte vor Erregung. »Wir wissen jetzt, dass es in der Lage ist, Menschen zu töten. Es ist nicht nur ein kurioser Gegenstand, an dem wir uns die Zähne ausbeißen. Es ist eine Killermaschine, und wir wären gut beraten, endlich die notwendigen Konsequenzen zu ziehen. Es ist tragisch, dass jemand für diese Erkenntnis mit dem Leben bezahlen musste, aber endlich haben wir einen handfesten Grund, dieses Ding stillzulegen.«

»Das können wir nicht, und das weißt du ganz genau«, erwiderte Helène Kowarski und ihre Stimme bekam einen kalten Klang. »Wir werden natürlich weitermachen. Mehr denn je, Eli, verstehst du denn nicht? Durch die Öffnung hat sich uns endlich die Chance geboten, ins Innere des Objektes zu blicken. Eine einmalige Gelegenheit, die wir nicht ungenutzt verstreichen lassen dürfen.«

Weizmann hatte das Gefühl, als würde ihm jemand den Boden unter den Füßen wegziehen. »Das kann nicht dein Ernst sein.«

»Und ob. Wir sind Wissenschaftler, Eli. Unser Streben richtet sich auf die *Vermehrung* von Wissen, nicht auf dessen Unterdrückung.«

»Genau das hat Robert Oppenheimer auch gesagt, als er die Atombombe erfand«, gab Weizmann mit düsterer Miene zurück. »Wir tragen eine weit größere Verantwortung und sind nicht nur für die Vermehrung von Wissen zuständig.« In einem Anflug plötzlicher Entschlossenheit richtete er sich auf. »Willst du meine Meinung hören?«

»Natürlich will ich das. Deshalb habe ich dich kommen lassen.«

Weizmann nickte grimmig. »Du wirst dir denken können, was

ich zu sagen habe. Aber ich wiederhole es gern noch einmal.« Er musste einmal tief durchatmen, ehe er weitersprechen konnte. »Wir sollten unsere Arbeit hier beenden. Diese Forschungen bringen mehr Schaden als Nutzen. Dieses *Ding* hier ...«, er wedelte mit der Hand in Richtung des Glaszylinders, »was immer es ist – es ist erst durch unser Eingreifen zum Leben erwacht. Du weißt selbst, dass es keine Beobachtung ohne gleichzeitige Veränderung der Bedingungen gibt. Indem wir beobachten, verändern wir das Objekt. Wohin das führen kann, hast du selbst gesehen.«

Helène nickte bedächtig. Er hatte seine Meinung ihr gegenüber schon oft genug zum Ausdruck gebracht, und sie hatte sich stets als geduldiger Zuhörer erwiesen. Ob sie jetzt, da die Dinge ins Rollen gerieten, immer noch so geduldig sein würde, musste sich noch zeigen.

»Wir wissen nicht, ob Schmitts Untersuchungen mit der Öffnung in Zusammenhang stehen oder ob sie gar der Auslöser dafür waren«, sagte sie nachdenklich. »Ohne klare Beweise sind das alles nur Spekulationen. Unsere Aufgabe bestand von Anfang an in der Beobachtung und der Auswertung der gewonnenen Erkenntnisse. Das haben wir bisher getan und damit sollten wir fortfahren.« Sie schenkte ihm ein schmales Lächeln. »Und dabei zähle ich auf deine Mithilfe, Eli. Ich brauche dich hier.«

»Und wozu, wenn ich fragen darf?«

»Du bist das konservative Element in unserer Gruppe«, sagte sie, und ein warmherziges Lächeln überzog ihr Gesicht. »Wo andere vorpreschen, mahnst du zur Zurückhaltung. Wo andere für Fortschritt plädieren, hältst du die Tradition hoch. Was wir hier in unserem Team praktizieren, ist Evolution in Reinkultur. Ich brauche dich, wenn wir zu den innersten Geheimnissen dieses Objektes vordringen wollen.«

»Du bist verrückt«, sagte Weizmann. »Ich sage dir, es gibt auch für Wissenschaftler eine Grenze. Wenn du jetzt weitermachst, überschreitest du diese Grenze.«

»Ach Eli«, sagte Helène, »wir haben diese Diskussion doch schon hundertmal geführt, und es ist nichts dabei herausgekommen. Wir können uns angesichts eines solchen Durchbruchs doch nicht einfach abwenden. Dies hier«, sie breitete die Arme aus, »dies alles wurde nur gebaut, um die Fragen nach den Rätseln des Kosmos zu stellen. Und jetzt bietet sich endlich mal die Möglichkeit, ein paar Antworten zu bekommen.«

Weizmann schüttelte den Kopf. »Wir Menschen haben unser Schicksal selbst in der Hand. Wir allein sind verantwortlich für unsere Taten. Unter dem Unglück, das du heraufbeschwörst, werden wir alle zu leiden haben. Reicht es nicht, was heute Nacht geschehen ist? Müssen noch mehr Menschen sterben, nur um den Traum, oder besser gesagt, den *Albtraum* deines Vaters Realität werden zu lassen?«

»Du vergreifst dich im Ton«, fuhr Helène ihn an. »Mäßige deine Zunge oder ich werde dich von unserem Projekt abziehen.«

»Willst du mir jetzt etwa auch noch drohen?«, fauchte Weizmann. »Was ist bloß aus dir geworden, dass du zu solchen Mitteln greifst? Hast du vergessen, wer das hier alles aufgebaut hat? Wer hat denn nach dem Tod deines Vaters die Geschäfte weitergeführt?«

»Wie könnte ich das je vergessen, Eli«, sagte Helène, das Kinn trotzig vorgereckt. »Ich bin dir unendlich dankbar für das, was du getan hast, aber das ist Schnee von gestern. Du hättest die Leitung des Instituts übernehmen können. Man hat dir den Posten angeboten, aber du hast abgelehnt, erinnerst du dich?«

Der Professor presste die Lippen aufeinander. Es tat weh, den Finger auf der noch offenen Wunde zu spüren. Im Nachhinein betrachtet hatte er damals einen großen Fehler begangen, aber hinterher war man ja erfahrungsgemäß immer klüger.

»Erinnerst du dich?«

»Natürlich erinnere ich mich«, erwiderte er scharf. »Und du weißt ganz genau, warum ich das getan habe. Ich habe dir den Job überlassen, weil ich mich außerstande sah, diese Verantwortung zu tragen. Ich bin einfach keine Führungspersönlichkeit. Nicht so wie du.« Seine Stimme war mit den letzten Worten immer leiser geworden. Schließlich versagte sie ganz.
Einen Moment lang sah Helène Kowarski ihren langjährigen Weggefährten scharf an, dann wurden ihre Gesichtszüge weicher. »Ich bitte dich, Eli«, sagte sie mit versöhnlichem Tonfall. »Gib diesem Projekt noch eine letzte Chance. Wenn es zu gefährlich wird, werde ich diese Türen eigenhändig verschließen, das verspreche ich dir.« Sie legte ihm vertrauensvoll ihre Hand auf die Schulter. »Ich brauche dich jetzt hier. Mehr denn je. Was heute Nacht geschehen ist, ist bedauerlich, aber es hat eine Kette von Ereignissen in Gang gesetzt, die weder du noch ich stoppen können.« Sie griff in die Brusttasche ihres Arbeitskittels, zog ein gefaltetes Stück Papier heraus und reichte es ihm. »Du verfügst noch nicht über alle Informationen. Hier, lies das.«
Weizmann nahm ihr das Papier aus der Hand und begann den Inhalt der Nachricht zu überfliegen. Er runzelte die Stirn. Dann gab er es an Helène zurück. »Was soll das? Das ist doch eine Ente, oder?«
Sie schüttelte den Kopf. »Ich fürchte nicht. Ich glaube, es ist der Beginn von etwas, das mit unserem Fund in Zusammenhang steht.«
Weizmann schüttelte den Kopf. »*Merkwürdige Aktivitäten im Marianengraben? Eine amerikanische Expedition in elftausend Metern Tiefe?* Das hat doch seit Ewigkeiten niemand mehr gemacht. Soweit ich weiß, besitzen die Amerikaner nicht mal ein Tauchboot, das dafür geeignet wäre.«
»Aber die Japaner. Die *Shinkai 11.000* wurde vor drei Monaten von der Helling gelassen und befindet sich seither im Versuchsstadium.«

»Die Amerikaner zusammen mit den Japanern? Die Geschichte wird immer absurder.« Er blickte noch einmal auf den Zettel und überflog die Mitteilung. »Ich kann mir beim besten Willen nicht vorstellen, was da unten sein soll. Und abgesehen davon – selbst wenn es ein neuer Mount Saint Helens ist, was geht es uns an? Ich sehe da keinen Zusammenhang. Und wer zum Himmel ist diese Ella Jordan?«

»Sie ist eine der angesehensten Seismologen der Welt«, erwiderte Helène. »Ich habe Nachforschungen über sie anstellen lassen. Sie stimmen alle darin überein, dass sie auf ihrem Gebiet eine echte Koryphäe ist. Sie gilt als absolut kompetent und glaubwürdig. Und was den Grund für dieses Himmelfahrtskommando angeht: Vielleicht wirfst du mal einen Blick auf diese Dinge.« Sie reichte ihm einen weiteren Zettel, auf dem nichts weiter zu sehen war als ein paar Diagramme, aufgezeichnet von einem Seismographen. Sie dokumentierten merkwürdige Vorgänge über einen Zeitraum von vier Stunden. Weizmann war kein Fachmann für Erdbebenforschung, aber die Ausschläge waren selbst für ihn als Laien Aufsehen erregend. Auf einmal hörte er wieder dieses entfernte Klingeln im Ohr. Wie ein Güterzug, der sich mit hoher Geschwindigkeit näherte, während man selbst an die Gleise gefesselt war.

»Unser Informant verbürgt sich für die absolute Richtigkeit dieser Angaben«, fuhr Helène fort, als sie seinen verblüfften Gesichtsausdruck bemerkte. »Wir haben inzwischen eigene Messungen vornehmen lassen, die diese Angaben bestätigen.« Sie tippte auf das Blatt. »Stärke zwei Komma sechs auf der Richterskala. Und sieh dir den Zeitraum zwischen den Ausschlägen an. Das kann unmöglich ein Zufall sein. Sieh es dir an! *Zwei Stunden achtundvierzig Minuten.* Ich finde, das ist ein hinreichend guter Grund, um der Sache unsere volle Aufmerksamkeit zu widmen. Die *Shinkai* startet übrigens in vier Tagen.«

»Hast du eine Vorstellung, was sich dort unten befinden

könnte?« Sein aufkeimendes Interesse konnte nicht darüber hinwegtäuschen, dass sich seine Befürchtungen mit einem Schlag vervielfacht hatten.
Helène Kowarski warf einen kurzen Blick auf das Objekt im Inneren des mächtigen Glaszylinders und murmelte: »Wenn ich das bloß wüsste.«
Weizmann knetete seine Handflächen. »Dann gibt es nur eine Möglichkeit. Wir müssen jemanden an Bord der *Shinkai* schleusen. Wenn das stimmt, was du mir da eben erzählt hast, sollten wir unsere Informationen aus erster Hand bekommen.«
Respekt leuchtete in den Augen der Direktorin auf. »Exakt. Ich habe bereits alles Nötige veranlasst. Es war nicht leicht, bei nur sechs Mann Besatzung. Doch ich habe unsere Kontakte in Fernost spielen lassen, und unsere Verbindungsperson wird zur richtigen Zeit am richtigen Ort sein.«
Weizmann runzelte die Stirn. »Wer ist es? Kenne ich ihn?«
Sie zwinkerte ihm zu. »Wer sagt denn, dass es ein Mann ist?«
»Hör auf mit den Spielchen, ich bin nicht in der Stimmung für derlei Kinderkram.«
Sie seufzte. »Natürlich kennst du ihn. Sehr gut sogar. Und obwohl ich weiß, dass du mir gleich an die Gurgel gehen wirst, bin ich überzeugt, dass er die einzig richtige Wahl ist.«
Weizmann sog scharf die Luft ein. Er konnte nicht glauben, was er da eben gehört hatte. »Tu mir das nicht an«, sagte er, und seine Stimme war kaum mehr als ein Flüstern. »Sag, dass das nicht wahr ist. Du hast *ihm* diesen Auftrag gegeben?«
»Er ist der Einzige, der für diese Aufgabe in Frage kommt.«
»Was ist mit Peterson, mit Chevalier oder Lindström? Sie sind alle verfügbar und alle besser geeignet als dieser ... dieser ...«
»Er ist der Beste, und das weißt du. Er ist länger bei diesem Projekt als alle anderen. Sogar länger als du und ich.«
Weizmann konnte es immer noch nicht glauben. Er öffnete seinen Mund, um zu protestieren, doch Helène, die sein Gesicht

taxiert hatte, hob die Hand. »Ich weiß, was du sagen willst«, fuhr sie dazwischen. »Spar dir deinen Atem. Meine Entscheidung ist unumstößlich. Es gibt niemanden, der besser für diese Aufgabe geeignet wäre als er. Ich weiß das, und du weißt das auch.«

»Keineswegs! Ich ...«

»Keine Diskussion. Ich habe entschieden, und dabei bleibt es. Außerdem läuft die Sache bereits. Unser Mann trifft in ebendiesem Moment seine letzten Vorbereitungen für die Reise.«

»Er ist nicht hier?«

»In seinem Quartier. Warum? Möchtest du ihm noch ein paar gute Ratschläge mit auf den Weg geben?« Helène zog skeptisch eine Augenbraue in die Höhe.

Der Professor schüttelte den Kopf. Für einen Moment hatte er geglaubt, er verstünde diese Frau. »Sicher nicht. Zwischen ihm und mir gibt es nichts zu bereden.«

»Dachte ich es mir doch. Dann belassen wir es auch dabei. In dreizehn Stunden geht das Flugzeug ab Zürich nach Guam. Bis dahin ist noch viel zu tun. Ich würde dir vorschlagen, dass du dich sofort an die Arbeit machst. Unser Kontaktmann wird sich übermorgen von Guam aus auf der *Yokosuka* einschiffen, die die *Shinkai* an ihren Zielort bringt. Bis dahin müssen alle Vorbereitungen abgeschlossen sein. Ich zähle auf dich.«

Weizmanns Blick verfinsterte sich. Mit schnellem Schritt und ohne ein weiteres Wort zu verlieren, eilte er zu seinem Labor.

8

Ella streifte gedankenverloren über den Campus. Die Aktentasche an sich gepresst, ließ sie ihren Blick über die Grünanlagen schweifen, während Bell Hall hinter ihr allmählich in der Ferne verschwand. Der erste schöne Tag in diesem Jahr lockte Scharen von Studenten ins Freie, die sich ins Gras setzten oder es sich auf den Bänken bequem machten. Es war ein Tag wie geschaffen dafür, den Menschen ein Lächeln aufs Gesicht zu zaubern. Kein Wunder nach einer Durststrecke von drei Wochen Regen und Nebel.

Ella beobachte Dutzende von Paaren, die Hand in Hand oder eng umschlungen die Wege entlangschlenderten und, genau wie sie, kein festes Ziel zu haben schienen. Doch im Gegensatz zu ihr waren sie guter Stimmung, während sie einander verliebt in die Augen sahen.

Wann war ich zum letzten Mal verliebt?, fragte sich Ella, während sie einen Bogen um ein Paar machte, das mitten auf dem Weg stehen geblieben war und sich inniglich küsste. *Wann habe ich zum letzten Mal so dagestanden und die Welt um mich herum vergessen?*

Sie wusste es nicht. Es war so lange her, dass sie sich nicht mehr daran erinnern konnte. Als wäre es in einem anderen Leben gewesen. Wütend trat sie nach einem Stein, der auf dem Weg lag. Sie hatte sich doch geschworen, nicht mehr nachzugeben ...

Warum nur hatte sie diesen Job in Guam angenommen? Was das bedeutete, war klar. Wieder um die halbe Welt gondeln, spartanische Unterkünfte und einfaches Essen erdulden, wenig Schlaf, keine Intimsphäre, einfachste hygienische Verhältnisse und das Schlimmste – kein Fernsehen. Und das alles nur, weil irgendjemand irgendwo ein Problem hatte. Gab es niemand anderen, der diesen Auftrag hätte durchführen können?

Ella seufzte. Natürlich gab es den. Es gab immer einen anderen. Die Wahrheit lautete, dass sie sich so entschieden hatte, weil sie Angst vor ihrer eigenen Courage hatte. Der Courage, den Weg einzuschlagen, auf dem sie vor annähernd zwanzig Jahren so kläglich gescheitert war. Natürlich waren die Signale aus dem Marianengraben merkwürdig, natürlich waren sie es wert, erforscht zu werden, aber nicht unbedingt von ihr. Der Grund für ihre Meinungsänderung lag darin, dass sie sich davor fürchtete, ein zweites Mal dort zu versagen, wo alle anderen mit müheloser Leichtigkeit ihr Glück zu finden schienen. In einer festen Beziehung, einer Ehe, einer Familie. Sie spürte, dass sie einen weiteren Fehlschlag nicht verkraften würde.

Die Paare um sie herum nahmen keine Notiz von ihr, als sie mit gesenktem Kopf an ihnen vorbeiging, den Kopf voller düsterer Gedanken.

Sie hatte das Lisner-Auditorium gerade hinter sich gelassen, als ihr Handy klingelte. Wie immer lag es ganz weit unten in ihrer Tasche. Es dauerte eine ganze Weile, bis sie es gefunden hatte, um dem jämmerlichen Gedudel endlich Einhalt zu gebieten. Zum Glück schien der Anrufer eine geduldige Natur zu sein. Sie drückte die Freigabetaste und hielt das Gerät ans Ohr.

»Hallo?«

Der Hörer gab nur ein unangenehmes Pfeifen von sich.

»Hallo? Wer ist da?«

Vielleicht hatte der Anrufer doch schon aufgelegt. Sie wollte die Verbindung gerade beenden, als sich eine Stimme meldete.

Sie war schwach und undeutlich und wurde von einem erheblichen Rauschen überlagert. »Spreche ich mit Dr. Jordan?«
»So ist es«, antwortete Ella. Sie hatte die Stimme noch nie gehört. Sie klang fremdländisch. »Wer ist dort?«
»Das tut nichts zur Sache. Wichtig ist nur, dass Sie mir aufmerksam und gewissenhaft zuhören.«
»Wie sind Sie an meine Nummer gekommen?«
Die Verbindung wurde kurzzeitig schlechter, doch Ella glaubte über das Rauschen hinweg ein trockenes Lachen zu hören. »Fühlen Sie sich in Ihrer Privatsphäre verletzt? Glauben Sie mir, es geschieht zu Ihrem eigenen Wohl.« Die Stimme wurde auf einmal wieder ernst. »Der Grund meines Anrufs ist Ihre bevorstehende Expedition in den Marianengraben.«
Ella blieb so abrupt stehen, dass ein herannahender Fahrradfahrer nur mit Mühe ausweichen konnte. Unter Fluchen und schrillem Geklingel setzte er seine Fahrt fort. Ella war viel zu aufgebracht, um seinem Gezeter Gehör zu schenken. »Woher wissen Sie davon?«, zischte sie in den Hörer. Und dann, nach einer kurzen Pause: »Man hat mir gesagt, dieses Unternehmen sei streng geheim.«
»Nicht so geheim, wie manche Leute es sich wünschen«, antwortete die Stimme mit einem amüsierten Unterton. »Genau genommen sind die Details Ihrer Expedition ein offenes Buch für mich. Aber das sollte Sie nicht weiter stören. Ich hege keinen Groll gegen Sie, im Gegenteil. Sie sind eine ausgezeichnete Wissenschaftlerin und werden es mit Sicherheit noch weit bringen. Und nun hören sie mir zu: Tun Sie sich den Gefallen und lehnen Sie den Auftrag ab. Gehen Sie auf keinen Fall an Bord der *Shinkai*.«
»Warum nicht?«
»Sagen wir mal so ...«, sagte die Stimme in ihrer unerträglich näselnden Art. »Das Schiff wird sinken, und alle, die sich an Bord befinden, werden sterben. Genügt Ihnen das?«

Ella hatte genug gehört. »Ich werde jetzt auflegen«, sagte sie.
»Würden sie das tun, wären Sie nicht die Person, für die ich Sie halte.«
Ihr Daumen schwebte einen Moment lang über der Taste, doch dann siegte die Neugier. »Was haben Sie noch zu sagen?«
»Kluges Kind. Ich sehe schon, ich habe mich nicht in Ihnen getäuscht. Also hören Sie gut zu: Sagen Sie einfach ab. Lassen Sie sich irgendeine Ausrede einfallen. Begeben sich nicht einmal *in die Nähe* dieses Schiffes. Es wird zu einem Zwischenfall kommen, und zwar in einer Tiefe, in der jeder Unfall mit dem sofortigen Tod sämtlicher Besatzungsmitglieder endet. Beherzigen Sie meinen Rat, dann bleiben Sie am Leben. Habe ich mich klar ausgedrückt?«
»Absolut«, fauchte Ella. Doch dann kam ihr ein Gedanke. »Was ist, wenn ich meine Auftraggeber warne und Ihnen von diesem Gespräch berichte? Noch wäre Zeit, Gegenmaßnahmen einzuleiten.«
Wieder war dieser amüsierte Unterton zu hören. »Sind Sie ernsthaft der Meinung, dass man Ihnen Glauben schenken würde? Einer Frau, die eine gescheiterte Ehe hinter sich hat? Der aufgrund eines schweren Alkoholproblems das Sorgerecht für ihre Tochter aberkannt wurde? Einer Frau, die sich nur deshalb immer wieder in lebensgefährliche Situationen stürzt, weil sie latent suizidgefährdet ist und sich insgeheim wünscht, bei einer ihrer halsbrecherischen Expeditionen ums Leben zu kommen? Von diesen Dingen bis zu einer amtlich beglaubigten Paranoia ist es nur noch ein kleiner Schritt.«
Ella hielt den Hörer fest umklammert. Wie konnte dieser Mann all das wissen? Er zitierte da aus psychologischen Gutachten, die anlässlich ihres Scheidungsverfahrens erstellt worden waren und von denen Ella immer geglaubt hatte, sie wären streng vertraulich.
»Hallo, Miss Jordan? Sind Sie noch da?«

»Immerhin nimmt man mich so ernst, dass man mir diesen Auftrag gegeben hat«, keuchte sie in den Hörer.

»Das ist genau der springende Punkt«, erwiderte die Stimme. »Sie haben diesen Auftrag nur deshalb bekommen, weil niemand anderer ihn haben wollte. Um es anders zu formulieren: Ihre Kollegen hängen so sehr am Leben, dass sie sich auf so eine Geschichte nicht einlassen würden. Und das sollten *Sie* auch tun. Das ist alles, was ich zu sagen habe. Adieu, Miss Jordan.«

Es knackte in der Leitung. Der unbekannte Anrufer hatte aufgelegt.

Ella starrte auf das Telefon. Tausend Fragen gingen ihr durch den Kopf. Doch auf keine gab es auch nur ansatzweise eine Antwort. An der Geschichte war etwas dran, das spürte sie mit jeder Faser ihres Körpers. Die fremdländische Stimme, die Insiderinformationen, die Kenntnis des psychologischen Gutachtens, all das fügte sich zu einem bedrohlichen Bild zusammen. Sie war vorsichtig genug, den Anruf nicht leichtfertig als Scherz abzutun. Aber was um alles in der Welt sollte sie jetzt tun?

Langsam, nachdenklich, immer noch hoffend, dass das Handy klingeln und sich der unbekannte Anrufer doch noch als Spaßvogel outen würde, setzte sie ihren Weg fort. Ihre Hoffnung erfüllte sich jedoch nicht, und nach einer Weile steckte sie das Handy wieder in ihre Tasche.

Sie beschleunigte ihren Schritt, ließ die German Library hinter sich zurück und steuerte auf die New Hampshire Avenue zu, einer ruhigen, baumgesäumten Straße, die auf den George Washington Square mündete. Hier lag ihr Hotel, das luxuriöse University Inn. Die Direktorin der Fakultät hatte ihr hier für die Dauer von drei Monaten, bis sie eine eigene Wohnung gefunden hatte, eine Suite zur Verfügung gestellt. Wenn es nach ihr gegangen wäre, hätte sie es hier auch länger ausgehalten, denn

die Räume waren ausgesprochen behaglich. Ella konnte sich nicht erinnern, jemals irgendwo so gut geschlafen zu haben wie auf dem breiten Bett aus Zedernholz.
Sie hatte die breite Auffahrt gerade überquert, als ihr Blick auf eine dunkle Gestalt fiel. Ein Handy ans Ohr haltend, ging der Mann gedankenverloren auf und ab. Irgendwoher kannte sie ihn.
Sie verlangsamte ihren Schritt. Der anonyme Anruf steckte ihr immer noch in den Knochen. Als er sich umdrehte, erkannte sie sein Gesicht. Es war einer der beiden Männer, die ihr heute Morgen einen Besuch abgestattet hatten. Der Gutaussehende. Was wollte der denn hier? Hatte er vielleicht etwas mit dem Anruf zu tun?
Zögernd ging sie auf ihn zu. Sie hatte keine Lust auf weitere Unannehmlichkeiten. Ihr Bedarf an Überraschungen war für heute gedeckt. »Mr. Esteban«, sagte sie, als sie vor ihm stand. »Wie schön, Sie wiederzusehen. Haben Sie sich verlaufen?«
Der Mitarbeiter des Naval Office blickte überrascht auf, beendete hastig sein Telefonat und ließ das Handy in der Innentasche seines Jacketts verschwinden. Als er ihren fragenden Blick bemerkte, zuckte er die Schultern und sagte: »Dienstlicher Rapport.« Ein verlegenes Lächeln umspielte seinen Mund. »Der Nachteil, wenn man bei einem Verein wie dem ONR arbeitet.«
Ella fiel auf, dass er ihre Frage nicht beantwortet hatte. Doch sie war nicht der Typ, der sich leicht abwimmeln ließ. »Haben Sie auf mich gewartet?«
»Natürlich«, sagte er. »Ich musste Sie unbedingt noch einmal wiedersehen, ehe Sie Ihre Reise antreten.«
Amüsiert hob sie die Augenbraue. »Wie überaus schmeichelhaft.«
»Nicht wahr? Ich hatte ganz vergessen, Ihnen das hier zu geben.« Er griff in seine Aktentasche und holte eine CD-ROM heraus. »Wichtige Daten und Einzelheiten zu Ihrem Auftrag.

Ich dachte, es wäre das Gescheiteste, vor Ihrem Hotel auf Sie zu warten und sie Ihnen persönlich zu geben.«

Enttäuscht blickte sie auf das durchsichtige Plastikgehäuse. Irgendwie hatte sie gehofft, dass mehr hinter seinem Besuch steckte. »Na dann ... vielen Dank, Mr. Esteban.«

»Joaquin.« Er streckte ihr seine goldbraune Hand entgegen.

»Ella«, erwiderte sie und erwiderte den Gruß. Seine Hand fühlte sich trocken und geschmeidig an. »Wo haben Sie denn Mr. Billings gelassen?«

»Der ist anderweitig beschäftigt. Enttäuscht?«

Sie neigte den Kopf. »Keineswegs, *Joaquin*. Das ist übrigens ein recht ungewöhnlicher Name.«

»Nach meinem Großvater. Sie können mich aber *Jo* nennen, wenn Sie möchten. Das tun alle.«

Sie schüttelte den Kopf. »Ihr richtiger Name gefällt mir besser. Also ...«, sie wedelte mit der Plastikschachtel, »was erwartet mich denn, wenn ich die CD in meinen Computer stecke?«

»Tipps für die bevorstehende Expedition.«

»Als da wären ...?«

»Nun zum Beispiel, dass Sie sich warme Sachen zum Anziehen mitnehmen sollten. Auf Guam herrschen zwar tropische Temperaturen, aber an Bord der *Shinkai*, in elftausend Metern Tiefe, kann es empfindlich kalt werden. Zudem werden Sie erfahren, wie viel Gepäck Sie maximal mit an Bord nehmen dürfen, dass es wichtig ist, viel und ausgiebig zu schlafen, regelmäßig zu essen und sich nicht mit fremden Männern einzulassen. Sie müssen verstehen, die Navy ist wie eine Mutter – sie hat immer ein paar gute Ratschläge für uns.«

Lächelnd strich sich Ella eine rotblonde Strähne aus dem Gesicht. »Na, dann bedanke ich mich herzlich. Ich werde nachher mal einen Blick auf ihre ›Mutter‹ werfen.«

»Tun Sie das.«

Esteban wirkte ein wenig unschlüssig, was nun zu tun sei, doch

dann streckte er seine Hand aus, um sich zu verabschieden. »Alles Gute für Ihre Reise, Ella Jordan« sagte er. »Möge Ihre Expedition unter einem guten Stern stehen.«
Ella neigte den Kopf, und mit einem verschmitzten Lächeln fragte sie: »Hätten Sie Lust, mit mir in der Lounge einen Kaffee zu trinken? Oder verbietet das Ihre Mutter?«
»Keineswegs«, erwiderte Esteban gutgelaunt. Es wirkte beinahe, als habe er gehofft, dass sie diese Frage stellen würde. »Ich habe den Rest des Tages frei. Und meine Zeit darf ich verbringen, wie und mit wem ich will. Trinken wir also einen Kaffee, dann können Sie mir noch etwas über sich erzählen. Ich muss gestehen, dass ich darauf brenne zu erfahren, was Sie von diesen Messwerten halten.«
»Und wenn ich keine Lust habe, über den Job zu sprechen ...?«
»Dann reden wir über etwas anderes.« Lächelnd hielt er ihr die Tür auf. »Sie zahlen den Kaffee, also sind Sie der Boss. Und ein sehr hübscher dazu, wenn Sie mir die Bemerkung gestatten.«
Der Ärmel seines weißen Hemdes hatte sich etwas hochgeschoben und entblößte einen muskulösen, sonnengebräunten Unterarm. Sie sah den Ansatz einer Tätowierung, bei dem es sich um einen Vogel zu handeln schien, möglicherweise auch um einen Drachen. Wieder spürte sie dieses Kribbeln im Bauch. Esteban war nicht gekommen, um ihr die CD zu geben, so viel war klar. Er hätte sie auch einfach an der Rezeption hinterlegen können. Er interessierte sich für sie. Doch ob er in ihr nur die Wissenschaftlerin sah oder eine attraktive Frau, konnte sie nicht sagen. *Noch nicht.*
»Täusche ich mich oder versuchen Sie mit mir zu flirten«, fragte sie mit einem frechen Zwinkern.
»Versuchen Sie doch, es herauszufinden«, sagte er. »Ich werde Ihnen dabei nicht im Wege stehen.« Seine blauen Augen wirkten in seinem gebräunten Gesicht geradezu überirdisch.
Ella spürte, wie ihr das Blut ins Gesicht stieg.

Als sie an ihm vorbeiging und das Hotel betrat, spürte sie seine Blicke auf sich ruhen. Es war beinahe so, als würden seine Hände über jeden Quadratzentimeter ihres Körpers wandern. Das Kribbeln im Bauch wurde stärker. Sie lächelte versonnen. Der Tag, der so verworren angefangen hatte, begann doch noch Konturen zu gewinnen.

Teil 3

Die Narbe

9

Mittwoch 25. März

Guam wirkte von oben betrachtet wie ein Smaragd auf blauem Samt. In einiger Entfernung konnte man Korallenriffe erkennen, die die gesamte Insel umschlossen und sie zu einem Paradies für Sporttaucher machten.
Ella konnte sich gar nicht satt sehen. Die Nase an die Kunststoffscheibe gepresst, saß sie da und starrte wie verzaubert nach draußen, während das Flugzeug im Licht des späten Nachmittags in den Landeanflug ging. Es war ein herrlicher Anblick.
Sie lehnte sich zurück und schloss die Augen. Die Bilder des gestrigen Nachmittags stiegen wehmütig in ihr auf. Erst der Kaffee mit Esteban in der Lounge, das anregende Gespräch über ihre unterschiedlichen Berufe, der Übergang zu privateren Themen, ein erstes Glas Champagner und dann das ausgezeichnete Essen. Was dann geschah, war so schnell und mit einer solchen Leichtigkeit geschehen, dass es ihr im Nachhinein wie ein Traum erschien. Die zärtlichen Berührungen ihrer Finger, die ersten tiefen Blicke und dann das wortlose Einverständnis, hinaufzugehen und miteinander zu schlafen. Schon die Fahrt im Aufzug war ihr wie ein Traum vorgekommen. Die ausgehungerten Küsse, seine kräftigen, fordernden Hände, seine sanften Lippen, die forschende Zunge …
Während sie daran dachte, wie sie sich geliebt hatten, ungestüm und laut, musste sie unwillkürlich an seinen Namen

denken: *Joaquin.* Wie gut er zu ihm passte. Kraftvoll und sinnlich, genau wie er selbst. Sie konnte ihn immer noch in sich spüren, wenn sie die Augen schloss ...

Wie schade, dass er sie nicht begleiten konnte. Was hätte das für ein Abenteuer werden können. Einen Moment lang fragte sie sich, ob sie ihn jemals wiedersehen würde, doch dann schüttelte sie den Gedanken ab. Ihrer beider Leben waren für eine dauerhafte Bindung zu unterschiedlich. Wenn er auch Wissenschaftler war, so arbeitete er doch immerhin für das Militär, das durfte sie nicht vergessen. In diesem Fall wären Meinungsverschiedenheiten noch das geringste Problem. Ella war alt genug, um sich nicht in törichte Hoffnungen zu flüchten. Sie konnte mit einem One-Night-Stand durchaus umgehen. Darin hatte sie Routine. Im Grunde tat sie seit mehreren Jahren nichts anderes.

»Wir befinden uns jetzt im Landeanflug auf den *Hagåtña-Airport*«, ließ sich die Stimme des Piloten aus den Lautsprechern vernehmen. »Bitte schnallen Sie sich an und stellen Sie die Lehnen senkrecht.«

Ella schrak aus ihren Gedanken auf. Die Ereignisse hatten sich überschlagen in den letzten vierundzwanzig Stunden, und so war es ihr ohne große Mühe gelungen, den mysteriösen und beunruhigenden Anruf von gestern Nachmittag zu verdrängen. Esteban wusste nichts davon, dessen war sie sich sicher. Nie im Leben hätte er sie derartig leidenschaftlich lieben und sie anschließend in ihr Verderben schicken können. So abgebrüht konnte selbst ein Mitarbeiter des Naval Office nicht sein. Nein, sie war in dieser Sache ganz auf sich allein gestellt.

Während das Flugzeug zur Landung ansetzte, fasste sie einen Entschluss. Sie würde nach außen die Unschuld vom Lande spielen und hinter den Kulissen unauffällig die Augen offenhalten. Bis zum Tauchgang der *Shinkai* blieben noch drei Tage. Zeit genug, um sich umzusehen. Wenn ihr Gefühl ihr sagte, dass etwas nicht stimmte, konnte sie sich immer noch jemandem anvertrauen. Und wenn nicht, war es besser, den Mund zu halten. Nichts verabscheuten Männer mehr als eine hysterische Frau, die den Geruch der Paranoia wie ein billiges Parfüm vor sich hertrug. In jedem Fall tat sie gut daran, sich zurückzuhalten. Ja, so würde es gehen. Entspannt lehnte sie sich zurück und genoss die letzten Minuten des Fluges.

Etwa eine Stunde später fand Ella sich auf der anderen Seite der Zollkontrolle wieder. Der Flughafen von Hagåtña war zwar klein, aber diesen Mangel machte er durch den blitzenden Schein von Edelstahl, Glas und gewienerten Marmorböden wett. Überall um sie herum fielen sich Menschen in die Arme, freuten sich über das Wiedersehen und behängten sich mit den traditionellen Blumengirlanden. Ella, die aus beruflichen Gründen bisher nur auf Hawaii gewesen war, hatte diese Zeremonie immer als Touristenschnickschnack abgetan. Doch hier wirkte es authentisch – wenngleich auch Guam in der Hauptsache vom Tourismus lebte. Ehefrauen begrüßten ihre Männer, Enkelkinder ihre Großeltern, und überall geschah dies mit Blumen. Der schwere Geruch von Jasmin erfüllte die Halle, und Ella, kaum dass sie einen Fuß auf diese Insel gesetzt hatte, kam sich vor, als befände sie sich im botanischen Garten des Washingtoner Zoos.

Den überschwänglichen Begrüßungsorgien ausweichend, setzte sie ihren Weg Richtung Hauptportal fort. Während sie sich dem Ausgang näherte, fiel ihr Blick auf einen dicklichen Mann mit asiatischen Gesichtszügen, der in einer makellos weißen Uniform steckte. Unter seinen Armen zeichneten sich gewaltige Schweißflecken ab. Offenbar ein Navy-Offizier vom hiesigen Flottenstützpunkt. Er hielt ein beschriebenes Pappschild in der Hand: *Dr. Jordan.* Verwundert ging sie zu ihm hinüber.

»Hallo«, stellte sie sich vor. »Ich bin Ella Jordan.«

Ein Strahlen ging über das Gesicht des Mannes. Auf einmal glich er eher einer Buddha-Statue als einem Marineoffizier. Ehe sie sich versah, ließ er das Pappschild verschwinden, verbeugte sich vor ihr und zauberte hinter seinem Rücken eine Blumengirlande hervor.

»Hafa Adai!«, intonierte er mit wohltönender Stimme, während er ihr die Girlande um den Hals legte. »Willkommen auf Guam, Dr. Jordan. Mein Name ist Sergeant Benjamin Watanabe vom Marianen-Flottenstützpunkt Guam. Im Namen unseres Vorgesetzten Admiral Arthur J. Johnson begrüße ich Sie auf unserer schönen Insel. Hatten Sie einen angenehmen Flug?«

»Sehr angenehm«, erwiderte Ella, die sich immer noch darüber wunderte, wie plötzlich und unerwartet das Militär in ihr Leben getreten war.

Seit jeher hatte sie versucht, Soldaten aus dem Weg zu gehen – momentan schien ihr das aus unerfindlichen Gründen nicht mehr so richtig gelingen zu wollen. »Um ehrlich zu sein: Selbst der Jetlag hält sich in Grenzen. Muss wohl an der besonderen Luft auf Guam liegen.«

Watanabe lächelte, als hätte sie ihm ein persönliches Kompliment gemacht. Noch einmal verbeugte er sich, dann griff er mit einer flinken Bewegung nach ihrem Koffer und deutete einladend auf die Hauptpforte. »Möchten Sie sich zuerst noch eine Weile in der Stadt umsehen oder darf ich Sie gleich zum Stützpunkt fahren?«, fragte er, während er ihr galant die Tür aufhielt.

»Am liebsten gleich zum Stützpunkt«, erwiderte sie. »Wie gesagt: Ich brenne darauf, Details über unsere bevorstehende Reise zu erfahren. Wann werde ich zur *Yokosuka* gebracht? Wie ist der Stand der Vorbereitungen, und wann lerne ich das Team der *Shinkai* kennen?«

Watanabe schüttelte den Kopf. »Tut mir leid, aber dazu kann ich Ihnen nichts sagen. Ich bin aber sicher, dass Mr. Esteban Sie

über alles Nötige informieren wird. Ein Spezialist aus Washington. Er traf vor wenigen Stunden hier ein.«
Ella blieb wie angewurzelt stehen. »Mr. *Joaquin* Esteban?«
Watanabe nickte. »Ja, ich glaube, so heißt er. Kam heute früh mit einer Sondermaschine an. Ein Bekannter von Ihnen?«
Ella schüttelte verwirrt den Kopf. »Nein«, antwortete sie, »ihn einen Bekannten zu nennen, wäre übertrieben. Wir hatten gestern ... miteinander zu tun. Ich wusste nicht, dass er auch hier ...«
Watanabe lenkte ihren Schritt zu einem dunkelgrünen Humvee, hinter dessen Lenkrad ein junger Offizier saß. Auf den Türen prangte das kreisrunde Wappen der Pazifikstreitkräfte, darunter das Motto: *Guam – Wo America's Navy ihren Tag beginnt.* Gewandt öffnete der Sergeant die hintere Tür und deutete einladend auf die Rückbank. »Da geht es Ihnen wie uns. Die Nachricht erreichte uns erst kurz vor seinem Eintreffen. Die ONR hielt es wohl nicht für nötig, uns rechtzeitig zu informieren. Aber das ist nichts Neues. Wir bekommen hier sowieso nur das Nötigste mitgeteilt. Liegt vielleicht daran, dass uns alle für Hinterwäldler halten.« Er lächelte und wartete, bis Ella bequem saß, dann schloss er die Tür, legte ihren Koffer in den Kofferraum und nahm neben dem Fahrer Platz. »Das ist übrigens Second Lieutenant Ellison, der uns zum Hauptquartier bringen wird.«
Der junge Mann drehte sich um und nickte ihr kurz zu.
Ella lehnt sich zurück und genoss die Fahrt. Sie fuhren die Küstenstraße entlang, die um diese Uhrzeit dicht bevölkert war. Urlauber, Sportler und Badegäste tummelten sich entlang der Uferpromenade, auf der sich adrette weiße Holzhäuser wie auf einer Perlenkette aneinanderreihten. Restaurants, Bars und kleine Stände, die Eis, Snacks oder Lederwaren anboten, warben um Aufmerksamkeit – wie in allen Urlaubsparadiesen dieser Erde. Bald schon hatten sie die Stadt hinter sich gelassen. Nun prägten unzählige Palmen, die sich sanft in der Brise wiegten, das Bild.

Immer häufiger donnerten jetzt Kampfjets über sie hinweg, und die Luft war erfüllt vom Lärm laufender Turbinen und dem Knattern von Hubschrauberrotoren. Hier musste sich irgendwo ein Flugplatz befinden. Zweifellos näherten sie sich dem Ziel ihrer Fahrt. Sie passierten ein ausgedehntes, von Palmen bewachsenes Gelände, das von einem etwa drei Meter hohen, weiß gestrichenen Metallzaun umgeben war. Ella erkannte eine Unzahl von Wachtürmen, elektronischen Warnvorrichtungen und Videokameras. Sie zweifelte keine Sekunde daran, dass ihre Ankunft bereits seit Minuten beobachtet und dokumentiert wurde.

Der Humvee näherte sich der Einfahrt, und mit einem Mal wirkte die Szenerie, wie Ella sie aus Filmen und Illustrierten kannte. Gehisste Flaggen, ein breites Metallschild, auf dem zu lesen stand, dass es sich hier um Sperrgebiet handelte, Hinweistafeln, die vor bissigen Dobermännern warnten, und natürlich ein Kontrollhäuschen, aus dem ihnen ein Soldat mit vorgehaltener Maschinenpistole entgegentrat. Watanabe wandte sich ihr zu. »Wenn ich um Ihren Ausweis bitten dürfte.«

Der Fahrer kurbelte die Scheibe herunter, salutierte und überreichte dem Soldaten Ellas Pass. Der Wachposten musterte Ella unter dem Schirm seiner Mütze hervor mit kalten Augen. Er blätterte ein paarmal vor und zurück und schien sich genau darüber zu informieren, welche Länder sie schon bereist hatte. Nachdem er sich überzeugt hatte, dass sie wirklich diejenige war, für die sie sich ausgab, und dass von ihr keine unmittelbare Gefahr für den Stützpunkt ausging, gab er die Papiere zurück, salutierte und winkte das Fahrzeug durch.

»Geschafft«, sagte Watanabe. »Mit Ihrer Erlaubnis würde ich den Pass noch für den Papierkram behalten. Sie bekommen ihn heute Abend zurück.« An Ellison gewandt fuhr er fort: »Der Chief hat für unsere Gäste Baracke siebenundzwanzig vorgesehen, gleich neben dem Hospital.« Er warf Ella ein Lächeln zu.

»Ein schöner ruhiger Ort, fernab von unseren Exerzierplätzen. Sie können sich sicher denken, dass die Tage bei uns sehr früh beginnen. Ihre Kollegen sind dort ebenfalls untergebracht.«

»Kollegen?«

»Mr. Esteban und ein gewisser Professor Dr. Konrad Martin von der Universität Bern. Ein Schweizer Geologe. Komischer Vogel, das kann ich Ihnen sagen.«

»Das wird ja immer interessanter.« Ella ließ sich nach hinten sinken. Das war jetzt schon die zweite Überraschung an diesem Tag. Jetzt war also auch noch ein Schweizer Geologe mit an Bord. Die Vorstellung an sich war schon absurd. Wann hatte sich die Schweiz jemals mit geologischer Forschung hervorgetan? Und warum erfuhr sie immer alles als Letzte? Wenn man Esteban als Wissenschaftler einstufte, und das war er ohne Zweifel, dann waren sie jetzt also schon zu dritt. Drei Wissenschaftler auf dem Weg zum Kompetenzgerangel. Nicht gut, gar nicht gut. Ganz abgesehen davon, dass auch die Japaner ein Wörtchen mitzureden hatten. Immerhin war es ihr Tauchgerät. Der Humvee hielt vor einem der vielen sauberen, weiß gestrichenen Bungalows, vor deren Fenstern tropische Blumen und Sträucher wuchsen. Grüner Rasen umgab die Häuser, und in der Ferne, hinter einem Palmenhain, konnte man das azurblaue Meer erkennen. Wären da nicht die Wachtürme gewesen und das ewige Knattern der Hubschrauber, man hätte den Stützpunkt glatt mit einer Feriensiedlung verwechseln können.

»So, da wären wir«, sagte Watanabe, stieg aus und beeilte sich, Ellas Gepäck aus dem Kofferraum zu holen. »Ich denke, Sie werden sich noch etwas ausruhen und frisch machen wollen, ehe Sie zum Abendessen gehen. Sehen Sie das dreistöckige Gebäude dort drüben? Das ist unsere Kantine. Das Admirals-Dinner wird um Punkt zwanzig Uhr serviert, also seien Sie bitte pünktlich.«

»Der Admiral ist hier?«
»Oh ja. Sein erster Landurlaub nach drei Monaten auf See. Er wird es sich nicht nehmen lassen, Sie persönlich zu begrüßen. Wenn Sie vorher noch schlafen wollen, aktivieren Sie bitte den telefonischen Weckdienst. Und wenn Sie Fragen haben, wählen Sie bitte einfach die entsprechende Nummer von der Telefonliste. Sie haben Zimmer vier, es ist gleich der Raum dort drüben, mit dem geöffneten Fenster.« Er streckte ihr die Hand entgegen. »Bleibt nur noch, mich von Ihnen zu verabschieden und Ihnen einen angenehmen Aufenthalt und eine gute Weiterreise zu wünschen.«
Sie nahm seine Hand. »Sehen wir uns denn nicht beim Abendessen?«
»Tut mir leid. Ich habe heute Abend Wache, und soweit ich gehört habe, brechen Sie morgen sehr zeitig auf. Der Hubschrauber, der sie zur *Yokosuka* bringt, startet um sieben. Wir werden uns also wahrscheinlich nicht mehr sehen. Alles Gute für Ihre Mission. Übrigens auch im Namen von Ellison. Es hat uns sehr gefreut, Sie kennenzulernen.« Watanabe hob ein letztes Mal die Hand zum Gruß, dann stieg er ein, und mit einem Aufröhren des Motors entschwand der Humvee aus ihrem Blickfeld.
Ella seufzte. Wieder allein, wieder an einem Ort, den sie nicht kannte. Na ja, sie hatte es ja so gewollt.
Ihr Zimmer war wie erwartet spartanisch eingerichtet. Ein Bett, ein Stuhl, eine Kommode und ein Nachttisch mit Leselampe. Nicht mal ein Fernseher. Dafür war das Zimmer aber hell und luftig. Eine warme Brise wehte herein und bauschte die Vorhänge.
Während sie sich die Schuhe auszog und sich aufs Bett sinken ließ, betrachtete sie die Abendsonne, die ihr rötliches Licht auf die Wände warf. Wie früh doch die Sonne in den Tropen unterging. Ella spürte das überwältigende Bedürfnis nach einer Dusche und einem kleinen Schlummer. Ein kurzer Blick auf die

Uhr sagte ihr, dass es erst kurz nach sechs war. Sie hatte also noch etwas Zeit. Wenn sie ehrlich war, spürte sie jetzt doch die Anstrengungen der Reise. Sie stellte den telefonischen Weckdienst auf neunzehn Uhr dreißig, duschte schnell und kroch dann zwischen die kühlen, frischen Laken.
Es dauerte keine zwei Minuten, dann war sie fest eingeschlafen.

10

Admiral Arthur J. Johnson war kein gewöhnlicher Mann, das spürte Ella in dem Moment, als sie den Speisesaal betrat.

Er war groß und muskulös, und seine dunkle Haut stand in scharfem Kontrast zu seiner schneeweißen Uniform. Über alle Maßen beeindruckend aber waren seine Augen. Sie hefteten sich sofort auf sie, als sie den bereits gut gefüllten Speisesaal betrat, und sie blieben auf ihr ruhen, bis sie vor ihm stand. Der Mund unter dem schmalen Bärtchen verzog sich zu einem angedeuteten Lächeln.

»Dr. Jordan, wie ich vermute?« Ihre Hand versank in seiner mächtigen Pranke, doch der Druck war sanft und angenehm. »Ich freue mich, Sie kennenzulernen. Hoffentlich sind Sie mit Ihrer Unterkunft zufrieden.«

»Absolut«, entgegnete Ella. »Ich habe herrlich geschlafen. Ein Glück, dass Sie diesen automatischen Weckdienst haben. Ohne den hätte ich mich noch mehr verspätet.«

Sein Lächeln wurde eine Spur breiter. »Darf ich Ihnen meine beiden Stellvertreter vorstellen? Dies ist *Chief of Staff* Captain McNaught, und hier drüben, das ist *Regional Master Chief* Cronin, beides hochdekorierte Offiziere und langjährige Mitarbeiter.« Ella nickte freundlich und schüttelte beiden die Hand. »Freut mich. Ich möchte Ihnen noch ganz herzlich für den net-

ten Empfang danken, und dafür, dass man mir eigens ein Auto geschickt hat.«
»Ich hoffe, Sergeant Watanabe hat sich ordentlich benommen«, schmunzelte Captain McNaught. »Er neigt manchmal zum Übertreiben.«
»Er war die Freundlichkeit in Person«, versicherte Ella. »Er hat mich sogar mit einer Blumengirlande empfangen.«
»Sehen Sie, genau das habe ich gemeint. Aber wenn es Ihnen gefallen hat, wollen wir nicht weiter davon sprechen. Ehe ich's vergesse ...«, er griff in seine Hemdtasche, » ... hier ist Ihr Pass. Sie sind ganz schön was herumgekommen, das muss ich zugeben. Zu einigen der Ländern die sie bereist haben, stehen wir nicht gerade in freundschaftlichen Beziehungen.«
»Schade, dass wir so wenig Zeit haben«, fiel der Admiral seinem Chief mit einem strafenden Blick ins Wort. »Ich bin sicher, Sie hätten eine Menge zu erzählen.«
Ella winkte ab. »Nur halb so viel, wie es den Anschein hat. Meine spannendsten Erlebnisse habe ich aufgeschrieben. Ich schenke Ihnen das Buch gern bei Gelegenheit. Darin finden Sie die interessantesten Reisebeschreibungen, außerdem einige amüsante Fotos.«
Während das Gespräch so dahinplätscherte, hatte Ella ihre Augen in die Runde wandern lassen. Weiße Uniformen, wohin man auch blickte. Es mussten mindestens dreißig Offiziere anwesend sein. Einige davon Frauen, wie sie überrascht feststellte. Im Hintergrund entdeckte sie Estebans schwarzen Haarschopf.
»Ich kenne es bereits«, sagte der Admiral mit einem amüsierten Gesichtsausdruck. »Sehr spannend. Ich würde mich sehr freuen, wenn Sie mir mein Exemplar im Anschluss an das Dinner signieren könnten. Aber jetzt möchte ich Sie nicht länger auf die Folter spannen – sicher sind sie gespannt, wer noch alles mit von der Partie ist. Bitte folgen Sie mir.« Er drehte sich um und

nahm Kurs auf das andere Ende des Speisesaals. Ella folgte ihm mit einem zerknirschten Lächeln. An ihren Umgangsformen durfte sie noch arbeiten. Das betraf besonders ihr mangelhaftes Interesse am Smalltalk.

Respektvoll eine Gasse bildend, betrachteten die Offiziere sie mit unverhohlener Neugier, während der Admiral sie zu ihren künftigen Kollegen führte.

Neben Esteban stand ein hochgeschossener, asketisch aussehender Mann, zweifellos der Schweizer Geologe. Er war von Kopf bis Fuß in Schwarz gekleidet, trug eine eckige, dunkelgeränderte Brille sowie einen schmalen Vollbart. Seine blasse Haut war von den Narben einer schweren Akne gezeichnet. Er mochte wohl an die fünfzig sein.

»Meine Herren, darf ich Ihre Unterhaltung kurz stören und Sie mit Mrs. Jordan bekannt machen?«, begrüßte der Admiral die beiden Wissenschaftler. »Mr. Esteban kennen Sie ja bereits aus Washington. Dies ist Professor Konrad Martin von der geologischen Fakultät der Universität Bern.« Ella schüttelte Estebans Hand, während sie ein freundliches Zwinkern in seinen Augen zu bemerken glaubte. Im Vergleich dazu war Martins Blick von stählerner Härte. Kein Lächeln, kein Zwinkern, nicht mal ein Augenaufschlag.

»Freut mich«, sagte er, doch seine Stimme war kalt und abweisend, genauso wie sein Händedruck. So schnell es ging, ohne dabei unhöflich zu wirken, zog Ella ihre Hand zurück.

»Sind Sie schon länger hier, Mr. Martin?«, versuchte Ella ein Gespräch in Gang zu bringen. »Wann ist Ihre Maschine eingetroffen?«

»Vergangene Nacht.«

Ella massierte ihre Finger, während sie ihn erwartungsvoll anblickte. Sie hegte die Hoffnung, es würde noch etwas kommen, doch Konrad Martins Mitteilungsbedürfnis schien erschöpft zu sein. Das konnte ja heiter werden. »Wie kommt es,

dass wir von Ihrem Erscheinen nichts wussten?«, fragte sie. Sie hatte noch nie zu den Menschen gehört, die sich leicht abwimmeln ließen.
Der Schweizer Geologe betrachtete sie von oben herab und war sichtlich genervt. »Ich wurde sehr kurzfristig eingeladen. Marine-Geologie ist mein Spezialgebiet.«
»Was Sie nicht sagen.« Ella taxierte ihn misstrauisch. Sein Dialekt erinnerte sie an das Telefongespräch gestern im Park. Konnte zwischen dem Anruf und dem unvermittelten Auftauchen dieses Mannes ein Zusammenhang bestehen? Es erschien ihr ratsam, Augen und Ohren offen zu halten. Da der hagere Geologe sich wieder in seine Austernschale verkroch, richtete Ella das Wort an Esteban. »Hallo, Joaquin«, sagte sie. »Ich bin überrascht, Sie hier zu sehen. Warum haben Sie mir gestern nicht gesagt, dass Sie ebenfalls hier sein würden? Wir hätten zusammen fliegen können.«
»Ganz einfach: Ich wusste es nicht.« Sein Lächeln war von entwaffnender Offenheit. »Meine Order kam erst gestern Abend nach zehn. Ich bedauere, dass ich Sie nicht mehr anrufen konnte. Es ging alles so schnell. Ich war nur noch in der Lage, die allernötigsten Vorbereitungen zu treffen.«
Ella strich sich mit den Fingern über die Lippen. Sollte sie ihm glauben? Ihr Gefühl war geneigt, *ja* zu sagen, doch ihr Verstand riet zur Vorsicht. Mochte der Nachmittag gestern noch so wunderbar gewesen sein, sie konnte es sich nicht leisten, einen Fehler zu begehen. Während sie seinem Blick auswich, schenkte Admiral Johnson jedem von ihnen ein Glas Champagner ein, hob sein Glas und rief in die Runde: »Meine Damen und Herren, ich möchte einen Toast ausbringen.«
Augenblicklich erstarben die Gespräche. Sämtliche geladenen Offiziere hoben ihre Gläser. Sie taten das mit einer Würde, die ahnen ließ, dass dieses Zeremoniell schon seit den Tagen Admiral Nelsons gepflegt wurde. Der Anblick all dieser Offiziere war

so archaisch, dass er seine Wirkung nicht verfehlte. Ella fühlte einen Schauer über ihren Rücken laufen.
»Auf unsere Gäste. Möge ihre Mission unter einem guten Stern stehen – und mögen sie alle wohlbehalten zurückkehren. *Cheers!*«
Einen Moment später öffnete sich die Flügeltür, die in die Küche führte. Mehrere Rollwagen, beladen mit verlockenden Köstlichkeiten, wurden hereingefahren. Arthur J. Johnson klatschte in die Hände und rief mit befehlsgewohnter Stimme: »Verehrte Anwesende, das Dinner ist eröffnet. Bitte begeben Sie sich zu Ihren Plätzen.« Er wandte sich seinen drei Gästen zu. »Mit Ihrem Einverständnis werden wir uns in einen kleinen Nebenraum zurückziehen. Dort können wir ungestört reden. Wenn Sie möchten, kann ich Sie mit den Spezialitäten dieser Region bekannt machen. Unser Koch ist ein Naturtalent, aber er ist ein Chamorro und kocht ausgesprochen scharf.«
»Ausgezeichnete Idee«, sagte Esteban lächelnd. Auch Ella nahm das Angebot dankbar an. Sie war mit der hiesigen Küche nicht vertraut. Als der Admiral ihr seinen Arm anbot, hakte sie sich unter und ließ sich von ihm zu ihrem Platz geleiten.

Das Dinner war lang und ausgezeichnet. Ella hatte sich für *Kelaguen* entschieden, ein traditionelles Hühnchen-Gericht, das mit Kokosraspeln, Limonensauce und rotem Pfeffer serviert wurde. Es war höllisch scharf, aber Ella konnte damit umgehen. Was sie allerdings nicht gewohnt war, war der Wein. Ein ausgezeichneter 96er Chardonnay, der sich wie Traubensaft trank. Ella war bereits zum zweiten Mal am Grund des Glases angelangt, als ihr Blick auf Professor Martin fiel. Der Geologe stocherte lustlos mit seinem Löffel in der Suppenterrine. Er hatte als Einziger keine der angebotenen Köstlichkeiten angerührt, sondern sich stattdessen eine klare Gemüsebrühe bringen lassen. Offenbar ein ganz und gar genussfeindlicher Mensch.

»Wie kommt es eigentlich, dass die geologische Fakultät Bern sich für diesen Fall interessiert?«, begann sie das Gespräch. »Bei allem Respekt, aber der Marianengraben liegt ja nicht gerade vor Ihrer Haustür – um es mal salopp zu formulieren.«
Konrad Martin legte den Löffel beiseite, griff zur Serviette und tupfte sich umständlich den Mund. Dann trank er einen Schluck aus seinem Wasserglas. Er hatte den ganzen Abend *nur* Wasser getrunken, wie Ella missbilligend feststellte.
»Wir sind eine der weltweit angesehensten Fakultäten auf diesem Gebiet«, holte er zu einer längeren Erklärung aus. »Marine-Geologie ...«
»... ist Ihr Spezialgebiet«, nahm Ella ihm das Wort aus dem Mund, »das sagten Sie bereits. Dennoch ist mir nicht klar, warum ausgerechnet die Schweiz sich für diesen Fall interessiert.« An Esteban und den Admiral gewandt, fuhr sie fort: »Es mag vielleicht arrogant klingen, aber die USA haben die besseren Wissenschaftler und die besseren Fakultäten. Abgesehen natürlich von den Japanern, die weltweit führend sind.«
»... aber leider keine Dr. Ella Jordan auf ihrer Gehaltsliste haben«, sagte der Admiral. »Doch das wird sich ändern, glauben Sie mir. Ich bin überzeugt, dass Sie sich nach erfolgreichem Abschluss Ihrer Mission vor Angeboten kaum retten können.« Er hob sein Glas und prostete ihr zu. Ella, die Komplimente nicht gewohnt war, nahm es mit einem verlegenen Lächeln entgegen. Konrad Martin hingegen gab ein geringschätziges Schnauben von sich und hüllte sich in Schweigen.
»Der wissenschaftliche Ruf der Schweiz ist unbestritten«, bemühte sich Esteban um den Professor. »Sowohl im Bereich der Pharmakologie als auch in der Nuklearforschung sind Sie absolute Spitze.«
»Verzeihung«, entgegnete Ella, »aber ich sprach von *Geologie*. In diesem Bereich spielt die Schweiz eine eher untergeordnete Rolle. Hinzu kommt, dass sowohl die USA als auch Japan gute

Gründe haben, das Phänomen zu erforschen. Immerhin grenzen beide Staaten an den Pazifik. Wenn es zu einem Seebeben käme, wären wir die Betroffenen.«
Sie spürte, dass sie sich in das Thema hineinsteigerte. Dieser verdammte Alkohol. Sie durfte jetzt nicht die Kontrolle verlieren.
»Die Schweiz war am Bau der *Shinkai* beteiligt«, meldete sich der Professor endlich zu Wort. »Ich selbst habe an der Entwicklung des nuklearen Resonanz-Magnetometers sowie an einigen der anderen Messgeräte mitgewirkt. Falls es zu unerwarteten Schwierigkeiten käme, wäre ich sicher besser als Sie in der Lage, wirksam zu helfen.«
»Sie beide sind für das Projekt von unschätzbarem Wert«, bemühte sich der Admiral um einen Konsens. »Jeder auf seine Weise. Deshalb ist es von entscheidender Bedeutung, dass Sie als Team funktionieren.«
Ella hatte den Professor nicht aus den Augen gelassen. »Von was für *Schwierigkeiten* sprechen Sie? Könnten Sie bitte etwas konkreter werden?«
»Die Geräte entsprechen dem neuesten Stand der Technik. Was soll ich Ihnen Vorträge über Sub-Bottom-Profiler und Side-Scan-Sonare halten? Das würde Ihre technische Auffassungsgabe überschreiten.« Ein überhebliches Funkeln war in seinen Augen zu sehen.
»Glauben Sie?«, gab sie kampfeslustig zurück. »Wie wäre es, wenn Sie mich auf die Probe stellten?«
»Sie wissen doch, was man über Frauen und Technik sagt«, erwiderte er schmallippig. »Ich glaube daher kaum, dass uns ein solches Gespräch weiterbringen würde.«
Ella schüttelte den Kopf. »Ich könnte jetzt einige höchst unfreundliche Worte entgegnen, aber ich lasse es lieber. Ich möchte jedoch anmerken, dass mich ihre Einstellung nicht überrascht. Wenn ich mich recht erinnere, ist es noch gar nicht

so lange her, dass der letzte Schweizer Kanton das Frauenwahlrecht eingeführt hat.«

Plötzlich fühlte sie Estebans Hand auf ihrem Oberschenkel. Als sie ihn überrascht ansah, bemerkte sie in seinem Blick etwas Warnendes. Als wollte er ihr raten, den Schlagabtausch zu beenden.

»In einer solchen Tiefe kann alles Mögliche passieren«, brachte er das Gespräch wieder auf eine sachliche Ebene. »Der Druck, die hohe Luftfeuchtigkeit, auch die extremen Temperaturunterschiede stellen die elektrischen Geräte auf eine harte Probe. Also ich für meinen Teil bin froh, einen Fachmann mit an Bord zu haben.«

Konrad Martin schenkte dem Mitarbeiter des ONR ein knappes Nicken.

Ella ließ sich zurücksinken. Esteban hatte natürlich Recht, den Streit zu beenden, aber warum stellte er sich so demonstrativ auf die Seite des Professors? Was zum Teufel spielte er für ein Spiel?

Sie ließ sich noch einmal Wein nachschenken, dann wandte sie sich erneut an Martin. Diesmal zwang sie sich zur Ruhe. »Die Ausschläge auf der Richterskala sind wirklich bemerkenswert, finden Sie nicht?«

»In der Tat«, entgegnete der Geologe, einen Brotkrumen von der Tischdecke schnippend.

»Was ist Ihrer Meinung nach das Besondere an diesem Fall? Was genau hat Ihr Interesse geweckt, als Sie die Werte zum ersten Mal gesehen haben?«

Professor Martins ausgestreckte Hand griff nach dem Wasserglas. Es sah beinahe so aus, als würden Haut und Glas miteinander verschmelzen. »Beim Marianengraben handelt es sich um eine Verschiebungszone ...«, begann er, und klang dabei, als zitiere er aus einem Lexikon. Seine Stimme hatte dabei einen so überheblichen Klang, dass Ella im Geiste all die armen

Studenten bedauerte, die sich jemals in seine Vorlesung verirrt hatten.

»... genau genommen um den Bereich, in dem die pazifische Platte unter die asiatische driftet. Weil die Platten aber nicht gleichmäßig übereinandergleiten, sondern sich ruckartig verschieben, kommt es immer wieder zu Erdbeben.«

»Diese Fakten sind sicher allen hier am Tisch bekannt«, sagte Ella. »Ich wollte nur wissen ...«

»Ist Ihnen schon aufgefallen, dass Sie mir fortwährend ins Wort fallen?«, fuhr der Professor sie an. »Vielleicht ist das in Ihrem Land so üblich, bei uns hingegen lässt man seine Kollegen aussprechen, Frauenwahlrecht hin oder her.«

Ella hob entschuldigend die Hände. Die Szene begann immer skurriler zu werden.

»Entlang der Verschiebungszone entstehen durch Reibung die so genannten Hotspots«, fuhr der Professor mit größter Ernsthaftigkeit fort, »... energiereiche Kammern, die sich ausdehnen und ihren flüssigen Magmakern durch Ritzen und Spalten an die Oberfläche drücken. Dort, wo die Lava zutage tritt, bilden sich Vulkane. Die japanischen Inseln liegen genau oberhalb eines solchen Hotspots, daher die rege Vulkantätigkeit. Exakt damit haben wir es auch hier zu tun. Das ist meine Meinung.«

Ella sah ihn verblüfft an. Das war's? Mehr hatte er nicht zu sagen?

Für einige Sekunden wurde es still am Tisch.

Esteban bemühte sich um ein Pokerface, doch es misslang. Ella konnte ihm ansehen, dass er genauso ratlos war wie sie. Was der hochdekorierte Professor da eben zum Besten gegeben hatte, war Basiswissen, noch dazu nicht mal besonders gut erklärt. Was aber noch schwerer wog, war die Tatsache, dass er den Begriff *Hotspot* völlig falsch verwendet hatte. Denn das Besondere an diesen radioaktiv aufgeheizten Magmakammern war eben nicht, dass sie sich in der Nähe von Subduktionszonen befanden, sondern mitten unter den kontinentalen Platten lagen. Der Hotspot unterhalb von Hawaii mochte dafür ein gutes Beispiel sein. Die Theorie dazu war schon über vierzig Jahre alt und stand in jedem Lehrbuch. Nur der hochdekorierte Geologe schien davon noch nichts mitbekommen zu haben.

»Darf ich jetzt sprechen?« Ihre Stimme triefte vor Ironie.

»Ich bin fertig.«

»Das haben Sie sehr interessant erklärt«, sagte sie. »Besonders den Teil über die Hotspots. Aber Sie haben meine Frage nicht beantwortet. Was sagen Sie zu den seismischen Bewegungen im Marianengraben? Sind diese Erschütterungen nicht ganz und gar einzigartig?« Sie wartete noch eine Weile, dann fügte sie hinzu: »Die Besonderheiten müssten Ihnen doch aufgefallen sein.«

Professor Martin erhob sich leicht aus seinem Stuhl. Die Augen hinter seiner Brille bekamen einen kalten metallischen Glanz.

»Natürlich sind sie mir aufgefallen. Warum?«

»Ich frage Sie nur nach Ihrer fachlichen Meinung.«

»Die habe ich Ihnen doch soeben mitgeteilt.«

»Was Sie uns da eben erzählt haben, war, mit Verlaub, *bullshit.*« Sie nahm noch einen großen Schluck Wein. »Ich würde Ihnen empfehlen, sich mal mit der aktuellen Terminologie auseinanderzusetzen, ehe Sie mit einem Begriff wie Hotspot leichtfertig um sich werfen.«

»Wie können Sie es wagen ...?«

»Ich wage es, weil ich Sie davor bewahren möchte, sich in Interviews zum Narren zu machen.« Ella warf ihm ein grimmiges Lächeln zu. »Hier, in unserer kleinen Runde bleibt alles unter uns. Wenn Sie aber damit vor die Öffentlichkeit treten möchten, ist das etwas anderes. Und die Öffentlichkeit wird sich für unser Unternehmen interessieren, das verspreche ich Ihnen. Um aber zurück zum Thema zu kommen – Sie haben mir immer

noch nicht gesagt, was Sie von den geologischen Besonderheiten in unserem Fall halten.«
»Von welchen Besonderheiten sprechen Sie denn andauernd?« Martins Gesicht zeugte von mühsam unterdrückter Wut. Seine Finger hatten sich spinnenartig um die Tischplatte gekrallt.
»Ich dachte, das wüssten Sie. *Sie* sind doch schließlich der Fachmann für marine Geologie. Ich spreche natürlich von der konstanten Zeitabfolge der Signale. Die muss Ihnen doch aufgefallen sein.«
Der Professor saß wie versteinert auf seinem Stuhl. Ratlos. Sprachlos.
Als er bemerkte, dass alle ihn anstarrten, kam Leben in den hageren Mann. Unter seiner vernarbten Gesichtshaut begann die Kaumuskulatur zu arbeiten. Mit einem vernichtenden Blick auf Ella erhob er sich langsam und legte seine Serviette neben sich ab. Es sah so aus, als wollte er ihr im nächsten Moment an die Kehle gehen.
Admiral Johnson legte seine Hand auf Martins Arm. »Bitte, Herr Professor, beruhigen Sie sich doch wieder.« Seine Stimme war weich und besänftigend. »Ihre Kollegin wollte Ihnen mit ihrer Frage sicher nicht zu nahe treten. Es ging nur um einen fachlichen Meinungsaustausch. War es nicht so?«
Ella nickte.
»Da sehen Sie es. Also bitte setzen Sie sich doch wieder. Es gibt übrigens gleich noch den Nachtisch, und es wäre eine Sünde, den auszulassen. Ich ...«
»Ich verbitte mir jedweden Zweifel an meiner Kompetenz«, zischte der Geologe. »Mich hier vor allen Anwesenden als Dilettanten hinzustellen, muss ich mir wirklich nicht bieten lassen.«
»Ich glaube, es handelt sich nur um ein Missverständnis«, sagte Esteban. »Ich bin sicher, dass es nicht in Mrs. Jordans Absicht lag, Ihnen zu nahe zu treten.«

»Doch das tat es. Fragen Sie sie.« Er fuchtelte mit dem Zeigefinger in Ellas Richtung. »Ich verlange eine Entschuldigung. Auf der Stelle.«
Ella verschränkte nur die Arme vor der Brust und sagte nichts.
»*Guten Abend*«, schnaubte der Professor, dann verließ er den Raum. Das Schlagen der Tür hallte wie ein Pistolenschuss durch den Raum.
Ella presste die Lippen aufeinander. Hätte sie in diesem Moment einen Wunsch frei gehabt, sie wäre am liebsten im Erdboden versunken. Angewidert schob sie das Weinglas von sich. Nie wieder würde sie bei offiziellen Anlässen Alkohol trinken.
Admiral Arthur J. Johnson setzte sich steif aufrecht. Sein Gesicht war ernst.
Doch mit einem Mal fing er an zu lachen. Ein tiefes, kehliges, herzhaftes Lachen. Er konnte gar nicht mehr aufhören. Tränen rannen aus seinen Augenwinkeln. Nach einer Weile mussten auch Ella und Esteban mit einstimmen, so ansteckend war sein Lachen.
Es dauerte eine Weile, bis sie alle wieder sprechen konnten.
»Ich muss gestehen, es ist lange her, dass ich einem solch herrlichen Expertenstreit beigewohnt habe«, sagte er und rieb sich die Augen. »Herrlich. Bitte nehmen Sie es mir nicht übel, Dr. Jordan, aber die Szene war absolut filmreif. Besonders Ihr Beitrag zum Frauenwahlrecht. Das muss ihn schwer getroffen haben.« Er nahm einen großen Schluck aus seinem Weinglas. »Schweizer«, lachte er, »scheinen wirklich ein besonderer Menschenschlag zu sein. Ich kann es kaum erwarten, meinen Offizieren davon zu erzählen.« Mit leiser werdender Stimme fuhr er fort: »Trotzdem muss ich mich natürlich für das Verhalten meines Gastes entschuldigen. Hätte ich gewusst, dass er so schnell aus der Haut fahren würde, hätte ich noch eingreifen können. Aber so ...«, er zuckte die Schultern. »Scheint eine schwierige Persönlichkeit zu sein.«

Ella nickte. »Allerdings. Ich habe ehrlich gesagt keine Ahnung, warum er mit uns an Bord dieses Schiffes geht. Der Mann ist ein Scharlatan, ein Hochstapler.«
Esteban senkte sein Weinglas. »Ist es nicht etwas zu früh für solche Schlüsse?«
Sie warf ihm einen unsicheren Blick zu. »Haben Sie nicht gehört, was er für einen Unsinn erzählt hat? Sie waren doch dabei. *Hotspot*, dass ich nicht lache. Der kann doch einen Schuh nicht von einem Klavier unterscheiden.«
»Was wissen wir über ihn?«, wandte Johnson sich an Esteban.
»Wir haben detaillierte Unterlagen über ihn erhalten«, entgegnete dieser. »Seine Identität ist wasserdicht, sonst wäre er nicht auf der Liste. Vielleicht hat seine Anwesenheit etwas damit zu tun, dass die *Shinkai* zum Teil in der Schweiz gebaut wurde und beide Länder gute diplomatische Beziehungen miteinander pflegen.«
Ella schüttelte den Kopf. »An der Geschichte ist etwas faul. Das spüre ich bis in die Knochen. Im harmlosesten Fall hat es nur etwas mit Geld und Prestige zu tun. Was sonst noch dahintersteckt, darüber wage ich nicht mal nachzudenken. Ich für meinen Teil werde jedenfalls die Augen offen halten.«
»Das kann nie schaden«, sagte der Admiral. »Dennoch sollten Sie nicht vergessen, dass sie als Team zusammenarbeiten müssen. Dort unten in elftausend Metern Tiefe ist jeder auf den anderen angewiesen. Sie müssen Ihren Kollegen vertrauen. Ihr Leben könnte davon abhängen. Darum würde ich vorschlagen, dass Sie sich wieder mit dem Professor versöhnen. Bis die *Shinkai* auf Tauchfahrt geht, bleiben ja noch zwei Tage Zeit.« Er richtete sich auf. »Sei es, wie es ist, wir sollten uns davon nicht den Abend verderben lassen. Gleich kommt das Dessert. Mohnsoufflé mit einem Spiegel aus tropischen Früchten. Ein Gedicht.« Seine Augen zwinkerten vergnügt. In diesem Augenblick öffnete sich die Tür. Doch statt eines Küchengehilfen, der

den Tisch abräumte, betrat Sergeant Watanabe mit versteinertem Gesicht den Raum. Zielstrebig eilte er zu seinem Vorgesetzten und flüsterte ihm etwas ins Ohr.

Admiral Johnson hörte sich die Meldung in aller Ruhe an, dann fragte er: »Haben Sie sich diese Anweisung authentifizieren lassen?«

»Jawohl, Sir. Es besteht kein Zweifel an ihrer Echtheit.«

»Verdammt!« Der Admiral legte seine Serviette beiseite und stand auf. Auf einmal war er wieder mit jedem Zentimeter Befehlshaber der Pazifikflotte.

»Dr. Jordan, Mr. Esteban, der Abend ist leider zu Ende. Ich wurde soeben vom Hauptquartier in Kenntnis gesetzt, dass die Pazifikflotte auf DEFCON 4 gegangen ist.« An Watanabe gewandt fuhr er fort: »Alle wachhabenden Offiziere melden sich spätestens in einer halben Stunde bei Captain McNaught. Er wird ihnen die neuen Dienstpläne aushändigen.« Mit diesen Worten verließ er den Raum, um weitere Anweisungen zu geben.

Ella wandte sich an Esteban. »DEFCON 4, was bedeutet das?«

»DEFCON steht für *Defence Condition* und beschreibt den Verteidigungsstatus der Armee im Falle eines Angriffs«, raunte er, während sie aufstanden und den großen Speisesaal betraten. Sämtliche Offiziere hatten sich bereits um ihren Admiral geschart.

»Die Stufen reichen von fünf bis eins«, flüsterte Esteban. »Fünf gilt für Friedenszeiten und eins für den Fall eines nuklearen Angriffs. Vier bedeutet, dass sich das Militär in erhöhter Alarmbereitschaft befindet.«

»Was soll das heißen?«, fragte Ella. »Werden wir etwa angegriffen?«

»Nicht zwingend«, erläuterte Esteban. »Es heißt lediglich, dass sie es mit einer Situation zu tun haben, die sie nicht einschätzen können.«

Der Admiral hatte inzwischen seine Einsatzbesprechung abgeschlossen und war zu ihnen zurückgekehrt. »Bitte begleiten Sie mich zum NCTS«, sagte er. »Dort warten Neuigkeiten auf uns.« Und an Watanabe gewandt fügte er hinzu: »Und holen Sie Professor Martin aus seinem Zimmer.«

11

Das Gebäude der *Naval Computer and Telecommunication Station* war ein sperriger Betonbau, der über so gut wie keine Fenster verfügte. Stattdessen thronten auf seinem Dach unzählige Antennen und Satellitenschüsseln, die wie Werkzeuge in den Himmel ragten. Umgeben von einer Betonmauer, einem doppelten Wall Stacheldraht und mehreren Flugabwehrgeschützen flößte die Anlage Respekt ein. Selbst einem Laien wie Ella war bewusst, dass es einen Grund gab, warum dieses Gebäude einen solch besonderen Schutz genoss. Hinter diesen Mauern befand sich das elektronische Nervenzentrum der Pazifikstreitkräfte, ihr Gehirn, wenn man so wollte. Ein Ziel allererster Güte, sollte es zu kriegerischen oder terroristischen Auseinandersetzungen kommen. Hier liefen sämtliche Informationen aus dem weltumspannenden Netzwerk von Sensoren, Satelliten und sonstigen elektronischen Fühlern zusammen. Die Daten wurden sichtbar gemacht, verglichen, bewertet und an die jeweiligen Flottenteile weitergeleitet.
Als ihr Humvee sich den schweren Stahltoren näherte, meinte Ella ein Summen zu hören. Die Luft schien wärmer zu sein als im Camp, als würde sie von der Strahlung der Sendeanlagen aufgeheizt. Die Haare auf ihren Armen richteten sich auf, und sie spürte ein leichtes Kribbeln auf der Kopfhaut. Das Gefühl ließ nach, als die Schiebetore auseinanderglitten und sie ins

Innere der Anlage fuhren. Bei einem Blick hinauf in den sternenklaren Nachthimmel erkannte sie ein feines Netz aus metallenen Drähten, das den gesamten Hofbereich überspannte und offenbar dazu diente, das Gelände vor elektromagnetischen Feldern abzuschirmen.
Der Fahrer stellte den Wagen ab, und alle beeilten sich auszusteigen. Konrad Martin nutzte die Gelegenheit, um Abstand zwischen sich und Ella zu bringen. Er bildete das Schlusslicht ihrer Gruppe. Der Admiral stürmte voran, wobei er einer gelben Markierung folgte, die sie zu einer gepanzerten Tür führte. Dort drückte er seinen Ausweis gegen ein elektronisches Sichtfenster. Es dauerte einen Augenblick, dann wurde ihnen geöffnet. Sie betraten zuerst einen kurzen Korridor, in dem es nach frischem Lack roch, folgten danach einem längeren Gang, schwenkten nach links in einen weiteren kurzen Korridor, passierten eine Tür und fanden sich unvermittelt in einem großen dunklen Saal wieder, dessen einzige Beleuchtung über unzählige Monitore erfolgte, die halbkreisförmig entlang der Wände aufgestellt waren. Ellas Augen benötigten eine Weile, ehe sie sich an das schummrige Halbdunkel gewöhnt hatten. Doch dann erkannte sie Dutzende von Wissenschaftlern und Technikern, die in völligem Stillschweigen an ihren Computern saßen und konzentriert arbeiteten. Allein das elektronische Piepsen, das Klackern von Relais und das Surren leistungsstarker Festplatten war zu hören. Ella fühlte sich unwohl. Sie hatte dunkle, stickige Räume noch nie leiden können. Instinktiv tastete sie nach Estebans Hand. Seine Finger fühlten sich warm und trocken an. Die Berührung dauerte nur eine Sekunde, dann zog sie ihre Hand wieder weg. Es mussten ja nicht alle mitbekommen, dass sie eine Affäre miteinander hatten. Als Ella ihn ansah, bemerkte sie ein Glitzern in seinen Augen und ein Lächeln. Ein vielversprechendes Lächeln.
»Weiter geht's«, sagte der Admiral und durchquerte den Saal. Er

öffnete eine Tür und führte sie in den nächsten Raum. Erleichtert stellte Ella fest, dass es hier wesentlich lebhafter zuging. Außerdem gab es einige Fenster, die den Blick auf die hell beleuchtete Uferregion und das dahinterliegende, pechschwarze Meer freigaben. Hell war es zwar auch hier nicht, aber die gedimmten Deckenlampen spendeten immerhin genug Licht, um zu erkennen, dass es sich um eine Art Nachrichtenzentrale handeln musste. Etliche hochrangige Offiziere waren anwesend, zudem Toningenieure und Telekommunikationsexperten, die in einem monoton klingenden Wortschwall Nachrichten empfingen und Befehle weitergaben. Es klang wie das Schwirren in einem Bienenstock.

Einer der Offiziere, eine bemerkenswert gut aussehende Frau mittleren Alters, hatte ihr Eintreffen sofort bemerkt und kam ihnen entgegen. »Sergeant Masters«, salutierte sie vor dem Admiral. »Wir haben alles vorbereitet, Sir. Sie können sich die Daten sofort ansehen.«

»Kommen Sie mit«, forderte Johnson die drei Wissenschaftler auf, während Masters sie zu einem Monitor führte, auf dem unzählige Linien, Kreise und Symbole dargestellt waren. Nur mit viel Phantasie konnte Ella erkennen, dass es sich um einen Ausschnitt handelte, der eine bestimmte Stelle des Meeresbodens zeigte. Esteban schienen die Symbole etwas zu sagen. Ella hörte, wie er durch die Zähne pfiff. »Wann ist das aufgenommen worden?«, fragte er.

»Vor etwa einer halben Stunde«, antwortete Masters. »Die Daten werden laufend aktualisiert.«

»Also, ich kann darauf nichts erkennen«, sagte Martin. »Diese Symbole sagen mir nichts.« Ella musste eingestehen, dass es ihr ähnlich ging.

»Nun, das liegt vielleicht daran, dass es spezielle Marinekodierungen sind«, sagte Masters. »Vielleicht wird es deutlicher, wenn Sie mir hier herüber folgen.« Sie führte sie zu einem leuchtenden Tisch mit einer Kantenlänge von etwa drei Metern. Die Oberseite des Tischs bestand aus einer Glasscheibe. Darunter war in allen Einzelheiten der Meeresgrund des Pazifiks dargestellt. Ella hielt den Atem an. Nie zuvor hatte sie ein derart detailliertes Modell gesehen. Jede Unebenheit, jede noch so kleine Verwerfung war zu erkennen. Hügel, Gräben, Inseln und Rücken, ganz zu schweigen von der Marianenverwerfung, die sich, einer riesigen Schnittwunde gleich, über den Meeresboden zog. Bewundernd blickte sie auf das mikroskopisch feine Relief, auf dem überall winzige Leuchtdioden blinkten. Mittendrin, dort wo ihr Zielgebiet lag, blinkte es ebenfalls.

Sie beugte sich über die Glasscheibe, die das Modell vor Staub und Beschädigung schützte. Die Verteilung dieser Lichtmuster war ihr vertraut. »Diese Dioden stellen Orte mit seismischen Aktivitäten dar, nicht wahr?«, sagte sie.

»So ist es«, antwortete Sergeant Masters. »Überall dort, wo die Erdkruste zurzeit instabil ist, blinkt ein Licht. Wenn es irgendwo anfängt zu rumpeln oder ein unterseeischer Vulkan ausbricht, erfahren wir das als Erste und können die Informationen weiterleiten. Das ist unerlässlich, damit die U-Boote ihre Programmdaten rechtzeitig aktualisieren können. Es könnte sonst zu Unfällen oder zu Verwechslungen mit U-Booten anderer Nationen kommen. Dergleichen gab es früher oft. Seit wir das neue satellitengestützte Frühwarnsystem haben, geschieht das nicht mehr.« Der Stolz in ihrer Stimme war unüberhörbar. »Die gesamte Flotte verlässt sich auf uns. Ausgenommen natürlich unsere Atom-U-Boote, die völlig autark sind. Sie können die Nachrichten direkt aus dem Satelliten ziehen.«

Ella hörte nur mit einem halben Ohr hin. Ihr Blick hing wie gebannt auf dem Modell. Sie war mit den aktiven Erdbebenzentren bestens vertraut. Beinahe täglich rief sie die aktuellen Karten auf ihrem Computer ab. Dort waren die Aleuten, Kurilen und Riukiu-Inseln, da die Philippinen, Neuguinea, die Salomo-

nen und die Neuen Hebriden. Der gesamte pazifische Feuerring. Alles stimmte bis ins Detail. Und doch ...
»Was ist denn das hier?«, fragte sie und deutete auf eine Leuchtdiode am oberen Ausläufer des Marianengrabens.
»Das«, sagte Sergeant Masters, »ist das Problem.«
»Inwiefern?«
»Sehen Sie, vor einer Stunde kam die Nachricht, dass sich die Aktivität in der Challengertiefe dramatisch erhöht hat. Die Ausschläge sind von zwei Komma drei auf drei Komma sechs angestiegen. Die Geräusche, die dabei entstehen, sind so stark, dass sie auf sämtlichen installierten Hydrophonen der NOAA hörbar sind. Jene Darstellung, die ich Ihnen vorhin gezeigt habe.«
»Die *National Oceanic and Atmospheric Administration*«, raunte Esteban ihr zu. »Sie betreibt ein weltumspannendes Netz von Unterwassermikrofonen. Manche zur Erforschung geologischer Aktivitäten, manche zur Beobachtung mariner Lebensformen. Doch die meisten aus militärischen Gründen.«
Ella nickte. An Sergeant Masters gewandt fuhr sie fort: »Wo ist der Zusammenhang zwischen den Ausschlägen, die aus der Challengertiefe kommen und *dem da*? Immerhin liegen beinahe eintausend Kilometer dazwischen.«
»Der Zusammenhang besteht darin«, erläuterte Masters, »dass die Erhöhung der Challenger-Aktivität überall zu neuen unterseeischen Vulkanausbrüchen führt. Wir empfangen Vibrationen entlang der gesamten Verwerfung. Überall sind neue Risse entstanden, durch die Magma nach oben dringt. Die Wassertemperatur ist an manchen Stellen bereits auf über fünfzig Grad Celsius gestiegen. Überdies besteht die Gefahr von Hangrutschungen. Was das bedeutet, wissen Sie ja.«
»Allerdings«, bestätigte Ella. »Seebeben und Flutwellen wären die Folgen.«
»*Tsunamis.*« Die Miene des Admirals verdüsterte sich. »Von allen Naturgewalten, mit denen man es auf dem Meer zu tun

hat, sind dies die schlimmsten. So etwas vergisst man nie wieder, wenn man es einmal erlebt hat.«

»Seebeben ereignen sich meist weit draußen auf offenem Meer«, erläuterte Ella. »Die daraus resultierenden Wellen breiten sich über eine Fläche von mehreren hunderttausend Quadratkilometern aus. Sie erreichen dabei Spitzengeschwindigkeiten von annährend tausend Stundenkilometern. Interessanterweise sind die Auswirkungen eines solchen Bebens auf der offenen See kaum zu spüren. Es gibt vielleicht einen kleinen Hopser, aber das war's. Gelangt eine solche Welle aber in die flachen Küstenregionen, wird sie abgebremst. Entsprechend dem Naturgesetz der Energieerhaltung wandelt sich die Bewegungsenergie in Masseenergie um. Das heißt, die Welle schwillt an. Sie wird größer und vor allem höher und kann so beim Auftreffen auf die Küste weit ins Landesinnere vordringen. Wie am 26. Dezember 2004. Die indisch-australische Platte hob sich damals ruckartig um zehn Meter gegen die eurasische, und das auf einer Länge von fünfhundert Kilometern. Die Folge: eine satte 9 auf der Richterskala. Dagegen ist unser Beben hier nur ein harmloser Schluckauf.«

Der Admiral nickte. »Eine schreckliche Tragödie. Die Folgen waren selbst an der sechstausend Kilometer entfernten Ostküste Afrikas zu spüren.« Er schüttelte den Kopf. »Dreihunderttausend Menschen sind damals ums Leben gekommen, nicht zuletzt deshalb, weil sie nicht rechtzeitig gewarnt wurden.«

Ella hob den Kopf. »Warnungen gab es genug. Das U.S. Geological Survey veröffentlichte kurz nach dem Beben eine Meldung im Internet und gab umfangreiche Warnungen heraus. Für jedermann lesbar und zugänglich. Auch das indische Militär wusste von dem Beben. Die Ausschläge waren klar und deutlich auf ihren Seismographen zu erkennen. Eine diesbezügliche Warnung an die Regierung wurde jedoch einfach in den Wind geschlagen. Genau wie die vielen Meldungen, die von Sumatra, der ersten der betroffenen Inseln, verbreitet wurden. Thailand, das eine Stunde später von der Welle heimgesucht wurde, hat unzählige solcher Warnungen erhalten und einfach ignoriert. Dabei wäre es ein Leichtes gewesen, die Bevölkerung über Funk oder Radio zu warnen und aufzufordern, höher gelegenes Gelände aufzusuchen.« Sie atmete tief durch, als die Erinnerungen an das furchtbare Unglück lebendig wurden. »Eine verdammte Schlamperei war das. Aber in einem Punkt gebe ich Ihnen Recht, Admiral. Im Gegensatz zum Pazifik gab es im Indischen Ozean kein Tsunami-Frühwarnsystem. Seit langer Zeit schon haben wir Geologen versucht, die Anrainerstaaten von der Wichtigkeit einer solchen Einrichtung zu überzeugen, doch wir stießen überall auf Desinteresse. Stattdessen wurden uns Statistiken präsentiert, nach denen ein solches Beben im Indischen Ozean nur alle siebenhundert Jahre vorkommt. Leider hat erst die Katastrophe ein Umdenken bewirkt. Aber so ist es ja immer, nicht wahr?«

Der Admiral betrachtete sie prüfend. »Finden Sie diese Bemerkung nicht etwas zynisch?«

Ella lächelte gequält. »Zynisch sagen Sie? Nun, vielleicht bin ich das ja wirklich. Meine jahrelangen Reisen haben mir eines deutlich vor Augen geführt: Die schlimmste aller Naturkatastrophen ist die menschliche Dummheit.«

»Da muss ich Ihnen leider Recht geben«, sagte der Admiral. »Meinen Sie, dass uns hier Ähnliches bevorsteht?«

Ella schüttelte den Kopf. »Dafür sind die Amplituden viel zu gering. Man würde mich sofort informieren, wenn eine Gefahr bestünde. Ich selbst gehöre, wie Sie vielleicht wissen, dem internationalen Zusammenschluss führender Erdbebenforschungszentren, kurz: *I.R.I.S.*, an. Die Incorporated Research Institutions for Seismology sind genau aus solchen Gründen ins Leben gerufen worden. Wir wollen globale Zusammenhänge verstehen lernen, um eine bessere Vorhersage zu ermöglichen.

Eine Katastrophe wie im Indischen Ozean darf sich nicht wiederholen.«

»Das ist auch unser Ziel«, ergänzte Masters. »Aus genau diesem Grund ist jedwede seismische Aktivität, unbedeutend oder nicht, sofort dem Pentagon zu melden. Was uns aber momentan beschäftigt, ist nicht so sehr die Stärke der Ausschläge, sondern ihre merkwürdige Regelmäßigkeit. Ich sage Ihnen, da unten geht irgendetwas vor, und solange wir nicht wissen, ob es sich um ein natürliches oder ein von Menschen geschaffenes Phänomen handelt, bleiben wir auf DEFCON 4.«

»Laut unseren Berechnungen ist der Vorgang natürlichen Ursprungs«, wandte Esteban ein.

»Diese Theorie wurde von Ihrer eigenen Abteilung inzwischen wieder verworfen«, entgegnete Masters. »Haben Sie denn die letzten Dossiers nicht gelesen? Die neuen Werte legen nahe, dass es sich nicht um ein zufälliges Ereignis handelt.«

»Sie meinen, jemand *will*, das es da unten zu neuen Ausbrüchen kommt?« Ella konnte es nicht fassen. Noch viel weniger konnte sie glauben, dass so etwas technisch überhaupt machbar war.

Sergeant Masters zuckte die Schultern. »Wie gesagt, wir wissen es nicht. Deshalb ist der Tauchgang ja so wichtig für uns.« Sie deutete auf das Modell. »Da, sehen Sie!«

Mit besorgtem Blick erkannte Ella, dass ein neues Lämpchen zu blinken begonnen hatte, diesmal südlich von ihrem Tauchpunkt.

Masters hatte ganz Recht, die Zone war in den letzten Stunden heiß geworden. Es hatte beinahe den Anschein, als würde die Nahtstelle zwischen der asiatischen und der pazifischen Platte zerreißen.

Als würde eine uralte Narbe aufbrechen.

12

Der Zeiger der Uhr rückte auf zwei Uhr. Jan Zietlow massierte ihre müden Augen und blickte hinüber zu der gewaltigen Schüssel des Radioteleskops. Halogenstrahler beleuchteten den Koloss von unten und verwandelten die Nacht in ein Spektakel aus Licht und Schatten. Schade, dass der Schnee so schnell wieder geschmolzen war. Es hatte ausgesehen wie ein Eispalast.

Früher hatten sie das Radioteleskop nur spärlich beleuchtet, um die ohnehin gewaltigen Stromrechnungen niedrig zu halten. Doch seit Effelsberg ins Zentrum des Medieninteresses gerückt war, waren die kostspieligen Halogenstrahler die ganze Nacht im Einsatz.

Fast täglich kamen Kamerateams aus aller Welt, um den Ort zu filmen, von dem aus die sensationelle Entdeckung gemacht wurde – und natürlich, um die Personen zu interviewen, die live mit dabei gewesen waren, als Beteigeuze explodierte. Das Interesse war enorm, nicht zuletzt deshalb, weil die Supernova die Nächte der nächsten Wochen mit ihrem bläulichen Licht erhellen würde. Seit der totalen Sonnenfinsternis vom 11. August 1999 hatte kein astronomisches Ereignis die Öffentlichkeit so in ihren Bann geschlagen. Die Fernsehprogramme waren angefüllt mit Dokumentationen, Liveschaltungen und Sonderberichten. Astrologen und andere Scharlatane erfreuten sich eines ebenso regen Kundeninteresses wie Händler und Verkäufer, die Ferngläser und Teleskope in exponentiell steigenden Stückzahlen über die Ladentische schoben. Weltweit war die Supernova *das* Thema. Besonders die Boulevardpresse stürzte sich darauf, wobei die Berichte nur so vor haarsträubenden Fehlern strotzten. Da wurden Planeten mit Sonnen verwechselt und Meteoriten mit Kometen. Letztendlich lief sowieso alles darauf hinaus, in möglichst kurzer Zeit möglichst viele Prominente vor die Kameras zu zerren, die belanglose Kommentare absonderten und bei dieser Gelegenheit gleich ihre neuen Lebensgefährten vorstellten. Was das Ganze mit Astronomie zu tun hatte, das wusste der Himmel.

Jan seufzte. Sie kam mit der Auswertung der Daten von Beteigeuze einfach nicht weiter. Die Ausdrucke waren zu einem regelrechten Berg angewachsen und es würde Wochen, wenn nicht gar Monate brauchen, sie auszuwerten. Ein Glück, dass Marten ihr den Rücken freihielt. Im Gegensatz zu ihr genoss er das öffentliche Interesse. Er liebte es, vor der Kamera zu stehen. Dass er fortwährend über sein Lieblingsthema plaudern durfte und dafür auch noch gut bezahlt wurde, machte die Sache für ihn doppelt attraktiv. Abgesehen von den kurzen, aber hektischen Minuten, in denen er Kamerateams durch die Zentrale führte, hatte sie ihn seit Tagen kaum zu Gesicht bekommen.

Heute war es vergleichsweise ruhig gewesen. Der erste Hype war abgeklungen und alle gingen wieder in Ruhe ihrer gewohnten Arbeit nach. Trotzdem hatte Jan sich die Nachtstunden ausgesucht, um sich noch intensiver mit den Ausdrucken befassen zu können.

Die Seiten waren von oben bis unten mit kryptischen Zeichen bedeckt. Jeder andere hätte sich mit Grausen abgewandt, doch Jan gehörte zu der Sorte Mensch, die Zeichen und Spuren liebte. Je verworrener und schwieriger, desto lieber. Schon in der Schule war sie dadurch aufgefallen, dass sie und ihre Freundin im Unterricht verschlüsselte Nachrichten austauschten, die niemand zu knacken vermochte. Nicht einmal ihr Mathematiklehrer, der eigentlich etwas von der Sache verstehen sollte. Der Trick war gewesen, dass sie mit täglich wechselnden Codes arbeiteten, die Jan mit ihrem Taschenrechner erzeugte. Die Nachrichten selbst waren belanglos. In ihnen ging es um Lehrer, um Eltern, den täglichen Schulstress und natürlich um Jungs. Doch die Tatsache, dass niemand außer ihnen die Nachrichten lesen konnte, machte den Inhalt für Außenstehende interessant. Nein, mehr als interessant, *Aufsehen erregend.* Die chiffrierten Nachrichten hatten eine solche Wichtigkeit bekommen, dass ein Elternabend einberufen worden war, um die Interessen der beiden Mädchen wieder in geregelte Bahnen zu lenken. Eltern und Lehrer waren sich gleichermaßen einig gewesen, dass ihre intensive Beschäftigung mit fehlgeleiteter Mathematik unziemlich war. Derlei Ablenkung vom Unterricht habe an dieser Schule keinen Platz, hieß es. Was natürlich lächerlich war, gehörten die beiden doch zu den besten Schülerinnen ihrer Jahrgangsstufe. Doch ihr Interesse an Geheimschriften war damit vorerst gestillt. Es flackerte erst wieder auf, als sie sich für das Fach Astrophysik in Bonn einschrieb. Hier gab es einen eigenen Studienzweig, der sich ausschließlich mit der Deutung und Analyse von Signalen aus dem All befasste. Signale, die bei der Explosion von Sternen entstehen konnten oder ihren Ursprung in Pulsaren oder Quasaren hatten. Objekten, die unvorstellbare Energien ins All schleuderten und vom Anfang der Zeit und vom Beginn der Schöpfung berichteten. Vorausgesetzt natürlich, man verstand ihre Sprache. Die Bänder des elektromagnetischen Spektrums waren voll solcher Signale. Es brummte, quietschte und summte auf allen Kanälen. Manche von den Signalen waren auf den ersten Blick chaotischer Natur, manche schienen auf einen intelligenten Ursprung hinzudeuten. Ließ man aber Dechiffrierungsprogramme darüber laufen, so stellte man in hundert Prozent aller Fälle fest, dass es sich um zufällige Signale handelte, um zusammenhangloses elektronisches Geschnatter. Trotzdem hatte Jan nie die Hoffnung aufgegeben, dass irgendwo, zu irgendeinem Zeitpunkt, ein Signal die Erde erreichen würde, das intelligenten Ursprungs war. Doch was würde geschehen, wenn niemand in der Lage war, die Nachricht zu empfangen? Oder noch schlimmer: wenn wir Menschen die Botschaft zwar erhielten, aber zu dumm waren, ihren Inhalt zu begreifen. Die Antwort war einfach: nichts. Wir würden weiter in unserer Suppenterrine schwimmen und uns für die Krone der Schöpfung halten.

Jan gehörte zu den wenigen Wissenschaftlern, die sich nicht auf den Lorbeeren der etablierten Dechiffrierungsmethoden ausruhen wollten. Zu diesem Zweck hatte sie zusammen mit einem befreundeten Mathematiker ein Programm entwickelt, das sich einer künstlichen Intelligenz bediente, einer so genannten KI, die Strukturen in scheinbar chaotischen Mustern erkennen konnte. Jan hatte sich mächtig ins Zeug legen müssen, um Marten Enders von der Wichtigkeit dieses Programms zu überzeugen und ihr zu gestatten, auf den Zentralrechner von Effelsberg zurückzugreifen. Ein normaler Computer hätte die Leistung nicht erbracht, denn das neuronale Netz, mit dem das Programm arbeitete, besaß einen enormen Hunger auf Hardware.

Sie löste ihren Blick von dem kalten Glanz der Halogenscheinwerfer. Mit müden Bewegungen bündelte sie einen Stapel Ausdrucke und legte ihn zur Seite. Dabei streifte sie Martens Kaffeetasse. Der Schlamper hatte wieder vergessen, sie in die Spülmaschine zu räumen. Nachdenklich strich sie mit ihrem Finger über den Rand. Hatte er wirklich versucht, ihr eine Liebeserklärung zu machen? Sie schob die Tasse weg. Natürlich hatte er das. Der Gedanke daran erfüllte sie mit Unbehagen. Was sollte sie ihm sagen? Dass sie nicht in ihn verliebt war? Dass sie ihre weiblichen Reize nur dazu einsetzte, um von ihm die Rechnerstunden zugesprochen zu bekommen? Konnte er die Wahrheit ertragen?

Wohl kaum.

Männer waren hoffnungslose Romantiker. Die wenigsten waren in der Lage, der Realität ins Auge zu blicken. Und wenn sie dann endlich verstanden hatten, wie der Hase lief, zogen sie sich wie waidwunde Tiere in ihre Höhle zurück und waren für Tage oder gar Wochen nicht ansprechbar. Dann gab es von morgens bis abends traurige Musik, Alkohol und grenzenloses Selbstmitleid. Jan seufzte. Das durfte auf keinen Fall geschehen.

Nicht, dass sie davor zurückschreckte, Martens Gefühle zu verletzen. Schließlich waren sie beide erwachsen. Es mochte zwar eine unangenehme Diskussion geben, aber der sah sie sich gewachsen. Ihr graute vor der Zeit danach. Die Zeit, in der er ausfallend werden würde. Sie brauchte ihn hier. Er war der Einzige, der ihr den Rücken freihalten und die Medien vom Hals halten konnte. Sie musste mit der Auswertung der Daten weiterkommen. Und diese Daten waren wirklich höchst merkwürdig. Besonders die zwanzig Millisekunden, die der Explosion vorausgegangen waren. Da war eindeutig ein Muster zu erkennen, eine Wellenfront, die in irgendeiner Weise polarisiert zu sein schien. Es war eine Abfolge ultrakurzer Signale, die stakkatoähnlich aufgeflammt waren, ehe die eigentliche Explosion losbrach. In den Datenbanken über Supernovae war zu einem derartigen Phänomen nichts zu finden. Obendrein handelte es sich bei den empfangenen Signalen um Partikel, die weder dem Licht noch einer sonst wie gearteten Strahlung zuzuordnen waren. Es schien sich um etwas anderes zu handeln. Fragen über Fragen.

Zu dumm, dass sie nicht mal ansatzweise eine Theorie hatte. Das war auch der Grund, warum sie unbedingt auf die Auswertungen aus ihrem Programm warten musste. Sollte es sich tatsächlich um etwas handeln, das in irgendeiner Form auf ein Bewusstsein oder eine Intelligenz hindeutete, dann würde sie das beweisen müssen. Und sie wusste nur allzu gut, wie schwierig das war.

Sollte ihr allerdings der Beweis gelingen, dann würde das den Einsatz des Zentralcomputers und die vielen Rechnerstunden auf einen Schlag rechtfertigen. Dann würden möglicherweise auch andere Institute auf ihr Programm zurückgreifen und sie wäre nicht mehr nur auf Effelsberg allein angewiesen. Es ging also durchaus um einen Preis, für den zu kämpfen sich lohnte.

Jan seufzte erneut. Es hatte keinen Sinn, sich wilden Spekulationen hinzugeben. Sie sollte sich besser an die Tatsachen halten. Und eine davon lautete, dass sie Marten brauchte.

Sie würde ihm also weiter die schmachtende Studentin vorspielen müssen. Auf jeden Fall bis sie dahintergekommen war, was das für Teilchen waren und warum diese Signale so verdammt merkwürdig aussahen.

13

Der Hubschrauber machte einen Sprung, der Ella beinahe aus dem Sitz hob.

»Himmel«, fluchte sie, »was ist denn ...?«

»Bitte verstauen Sie Ihr Gepäck und schnallen Sie sich an«, hörte sie die Stimme des Piloten über ihren Helmlautsprecher. Sie blickte aus dem Fenster und erschrak. Im Westen hatte sich eine dunkle Wolkenfront aufgebaut, die sich quer über den Himmel zu erstrecken schien. An der Basis dieser Front zuckten Blitze und ließen die Wolken von innen heraus leuchten. Der Ozean hatte die Farbe von schwarzer Tinte angenommen, während der Wind das Wasser zu Schaumkronen aufpeitschte.

»Das sieht nicht gut aus«, sagte Esteban, der ihr gegenübersaß und seine Nase an die Scheibe presste. »Sie sollten besser tun, was er sagt.« Er beugte sich vor und ließ den Verschluss ihres geöffneten Gurtes zuschnappen. Dabei wehte ihr ein Hauch seines Aftershaves um die Nase. Scheinbar zufällig berührte sie mit ihren Fingern seine Hand. Er zuckte zurück, als habe er einen elektrischen Schlag erhalten. Sie warf ihm einen verwirrten Blick zu. War es ihm etwa unangenehm, wenn die anderen von ihrem kleinen Geheimnis erfuhren? Warum diese Heimlichkeiten? War er nicht erst letzte Nacht wieder zu ihr gekommen? Waren sie nicht heute Morgen Seite an Seite in völlig durchschwitzten Laken aufgewacht? Im Schutz der Nacht

Sex miteinander zu haben war also opportun, sich am helllichten Tage hingegen zu berühren nicht. Ella wunderte sich über die Regeln dieses Spiels und konnte nicht behaupten, dass sie ihr gefielen.
»Wir sollten umkehren«, ließ sich Professor Martin zum ersten Mal seit ihrem Aufbruch vernehmen. Sein kalter, stählerner Blick war auf die finstere Wolkenbank geheftet. Er hatte während des ganzen Flugs den Streit vom gestrigen Abend mit keiner Silbe erwähnt. Tief im Herzen war ihm Ella dafür dankbar.
»Nicht, wenn wir rechtzeitig auf der *Yokosuka* eintreffen«, sagte Esteban. »Grundsätzlich kann ein solches Wetter einem Helikopter wie diesem nichts anhaben. Es ist immerhin ein *Sikorsky Knighthawk*, der für schweres Wetter ausgelegt ist. Aber es könnte problematisch werden, uns sicher auf das Deck des Schiffes zu bringen. Ich hoffe, Sie können schwimmen.«
»Sehr komisch«, brummte der Geologe und klappte schon wieder zu wie eine Auster.
»Das habe ich durchaus ernst gemeint«, beschwichtigte ihn Esteban. »Wenn der Hubschrauber nicht landen oder die Crew uns nicht abseilen kann, müssen wir ins Wasser springen. Wir werden dann von der Besatzung an Bord gefischt. Aber vergessen Sie nicht, vorher Ihre Schwimmwesten anzuziehen.« Er warf Ella ein Augenzwinkern zu.
»Das sind ja schöne Aussichten«, sagte sie. »Und was geschieht mit unserem Gepäck und unseren Notebooks?«
»Dafür gibt es wasserfeste Taschen«, sagte Esteban und klopfte gegen die Metallkiste unter seinem Sitz. »Nur die Ruhe. Die Jungs hier verstehen ihren Job. Die befördern uns sicher an Bord. Nach meinen Berechnungen müssten wir die *Yokosuka* in weniger als zehn Minuten erreichen.«
Ella konnte nicht behaupten, dass Estebans Ausführungen sie beruhigt hatten. Die dunklen Wolken schienen sich immer dichter um sie herum zusammenzuziehen. Erste Regentropfen

zogen als feine Streifen über die Scheiben. Wieder machte der Helikopter einen Sprung, der einem Wildpferd Ehre gemacht hätte. Was für ein Glück, dass sie angeschnallt war. Sie wäre sonst sicher mit dem Kopf gegen die Decke geknallt.

»*Maledetto!*«, zischte Professor Martin. »Ich bin froh, wenn ich wieder festen Boden unter den Füßen habe. Die amerikanische Hubschraubertechnologie in allen Ehren, aber diese Luftschaukelei ist der reine Selbstmord.«

Ella musste ihm in Gedanken zustimmen, auch wenn sie sich darüber wunderte, mit welcher Derbheit der Professor fluchen konnte.

»Da haben Sie Recht«, lachte Esteban, »wobei der Begriff *fester Boden* in den nächsten Tagen eher relativ sein dürfte.« Das schlechte Wetter konnte seiner guten Laune offenbar nichts anhaben. Auch wenn sie sich immer noch darüber wunderte, wie unerwartet er gestern aufgetaucht war, so musste sie doch zugeben, dass seine Anwesenheit im Moment der einzige Lichtblick auf dieser Reise war.

»Sehen Sie mal dort drüben«, sagte Esteban. »Ich glaube, da ist sie.« Alle blickten nach draußen und ... tatsächlich. Vor den zuckenden Blitzen zeichnete sich ein unförmiger Kasten ab, der wie ein schwarzer Eisberg aus dem Wasser ragte. Sie hatten die *Yokosuka* erreicht.

Je näher sie kamen, desto deutlicher erkannten sie die kubischen, nur funktionellen Kriterien gehorchenden Aufbauten des Schiffes. Ella konnte sich nicht erinnern, jemals zuvor solch einen hässlichen Pott gesehen zu haben. Über zwei Drittel des Oberdecks erstreckte sich ein vierstöckiger Kasten, auf dessen flachem Dach sich der Hubschrauberlandeplatz befand. Dahinter öffnete sich die Ladebucht, über der, an einer auf Schienen gelagerten Helling, das seltsamste Wasserfahrzeug hing, das Ella jemals erblickt hatte. Die *Shinkai* hatte bei weitem mehr Ähnlichkeit mit einem Zeppelin als mit einem Schiff. Ein weißer, aufgeblähter Bootskörper, aus dem ein orangefarbener Einstiegsturm ragte, der an einen abgesägten Schornstein erinnerte. Darunter war ein Teil der Druckkammer zu erkennen, eine glatte weiße Kugel, eine riesige Perle, mit einer Reihe von Bullaugen rundum. Hier drin hielten sich die Forscher während des Tauchganges auf. Im vorderen Bereich des Bootes, dort, wo die Kugel in den Rumpf überging, befand sich eine Phalanx von Scheinwerfern, Greifarmen und sonstigen Sensoren, die dem Boot das Aussehen eines riesenhaften Insekts verliehen. Am Heck entdeckte Ella ein ebenso kompliziertes Gestänge – die Antriebsaggregate –, darüber eine schnittige, orangefarbene Heckflosse mit dem Emblem des japanischen Instituts für Meeresforschung: ein runder blauer Kreis mit einer Doppelwelle. Insgesamt maß das Boot etwa fünfzehn Meter in der Länge und war damit größer als erwartet. Die Vorbereitungen für den bevorstehenden Tauchgang liefen bereits auf Hochtouren. Sowohl auf der *Shinkai* als auch an der Ladebucht hielten sich an die dreißig Techniker in orangefarbenen Overalls auf, die offensichtlich damit beschäftigt waren, das Boot startklar zu machen. Einige von ihnen hatten den Hubschrauber bemerkt, ließen sich dadurch aber nicht von ihrer Arbeit ablenken.

»Die scheinen es aber ziemlich eilig zu haben«, sagte Esteban. »War der Tauchgang nicht erst für morgen früh angesetzt?«

»Allerdings«, sagte Ella. »so stand es im Einsatzplan.« Ein unangenehmes Gefühl beschlich sie. Wenn sie tatsächlich schon heute starteten, würde ihr keine Zeit mehr bleiben, sich nach eventuellen Anzeichen von Sabotage umzuschauen. Gesetzt den Fall, dass sie diese überhaupt erkennen würde. Aber das war ein Risiko, das sie eingehen musste. »Ich kann mir nicht vorstellen, dass die Japaner das allen Ernstes in Erwägung ziehen«, sagte sie, hauptsächlich, um sich selbst zu beruhigen. »Sie sind normalerweise sehr korrekt mit ihren Zeitplänen.«

Esteban und Martin nickten, doch so ganz überzeugt schienen

auch sie nicht zu sein. In diesem Moment öffnete sich die Turmluke der *Shinkai* und ein älterer Mann kletterte heraus. Seiner Kleidung und seinem Benehmen nach eine hochrangige Persönlichkeit. Er trug als Einziger eine weiße Uniform. Mit einer knappen Bewegung warf er den Insassen des Hubschraubers einen Gruß empor, ehe er seitlich an einer Leiter hinabkletterte. Unten angelangt, winkte er ein paar Männer zu sich und eilte ins Innere der *Yokosuka*.

»Scheint so, als formiert sich da unser Empfangskomitee«, bemerkte Esteban mit einem grimmigen Blick. Das Ganze schien ihm ebenso wenig zu behagen wie Ella.

Im nächsten Moment hatte sie die Stimme des Piloten auf ihrem Kopfhörer. »Wir haben soeben Landeerlaubnis erhalten. Bitte halten Sie sich fest, ich werde jetzt versuchen, aufzusetzen.«

Ella verfolgte, wie der Hubschrauber schlingernd an Höhe verlor. Das grün gestrichene Flachdach der *Yokosuka* war bedeckt mit Pfützen, die vom Wind der Rotoren in alle Richtungen verblasen wurden.

Der Copilot des Helikopters löste seinen Gurt, stand auf und kletterte zu ihnen nach hinten. Mit einem Ruck öffnete er die seitliche Schiebetür. Augenblicklich setzte ein ohrenbetäubender Lärm ein. Ella hatte ganz vergessen, wie laut es draußen war. Der Wind, der mit Regen gesättigt war, peitschte ihr ins Gesicht. Rechts und links wuchsen jetzt die Funkmasten des Schiffes in die Höhe. Sie sah die japanische Flagge, an der der Wind zerrte. Dann gab es einen scharfen Ruck. Sie waren gelandet.

»Beeilung, Beeilung«, rief ihnen den Mann an der Tür zu. »Wir können nicht lange bleiben. Der Wind wird von Sekunde zu Sekunde stärker.« Er gestikulierte heftig mit den Armen, doch Ella und die anderen waren schon auf dem Weg. Sie zogen ihre Rucksäcke aus den Haltenetzen und beeilten sich, ins Freie zu gelangen. Esteban, der als Letzter ausstieg, warf dem Piloten noch einen militärischen Gruß zu. Dann fiel die Schiebetür wieder ins Schloss und der Hubschrauber erhob sich mit donnerndem Gebrüll in den Himmel. Ellas Regenjacke flatterte und zerrte an ihr, und sie musste sich an der Reling festhalten, um nicht umgeworfen zu werden. Mit einem Ausdruck leiser Verzweiflung blickte sie dem schlanken Luftfahrzeug noch eine Weile hinterher, sah es kleiner und kleiner werden und schließlich mit dem Grau der Wolken verschmelzen.

Sie spürte eine Hand auf ihrer Schulter. »Kommen Sie. Wir werden erwartet.« Esteban deutete auf die Männer, die sich ihnen vom Achterdeck her näherten.

Es war eine Gruppe ernst dreinblickender Japaner, angeführt von dem Mann, den sie bereits an Bord der *Shinkai* beobachtet hatten. Trotz seiner geringen Größe verströmte er unangreifbare Autorität. Als er vor ihnen stand, richtete er sich auf und stemmte seine Hände in die Hüften. »Mein Name ist Toshio Yamagata«, stellte er sich mit einem seltsam raspelndem Dialekt vor. »Ich bin der Leiter der Tiefseeabteilung von JAMSTEC, der japanischen Organisation für Meereswissenschaften und Ozeanographie. Im Namen des Kapitäns und der Besatzung heiße ich Sie auf der *Yokosuka* herzlich willkommen. *Konnichi wa.*« Dann stellte er in aller Kürze seine Mitarbeiter vor, deren Namen Ella aber augenblicklich wieder vergaß. Sie hatte sich noch nie gut Namen merken können, japanische am allerwenigsten. Schließlich ergriff sie seine ausgestreckte Hand. »Mein Name ist Ella Jordan. Es ist mir eine Ehre, Sie kennenzulernen, Yamagata-san.« Sie verbeugte sich. »*Hajime mashite.*«

Yamagatas Blick drückte Freude aus und er verbeugte sich ebenfalls. »Sie sprechen japanisch, Jordan-san?«

»Leider nicht so gut, wie ich es gern möchte, *shirisimasu*. Ich beherrsche nur ein paar Wörter, die ich während meiner Reisen aufgeschnappt habe.« Sie musste sich beherrschen, ihn nicht gleich mit Fragen zum Stand der Vorbereitungen ihrer Expedition zu überfallen. Er hätte das als Zeichen von Ungeduld und somit als unhöflich werten können.

»Es ist die Geste, die zählt«, sagte Yamagata lächelnd. »*Domo arigato.*« Er verbeugte sich ein zweites Mal. Ella, die mit den Höflichkeitsriten der Japaner halbwegs vertraut war, tat es ihm gleich und stellte danach ihre beiden Begleiter vor. Nachdem sich alle Beteiligten die Hände geschüttelt und oft genug voreinander verbeugt hatten, führte Yamagata sie endlich unter Deck. Ella konnte es gar nicht erwarten, ins Trockene zu gelangen.

»Wir haben uns schwieriges Wetter für unsere Mission ausgesucht«, bemerkte der leitende Wissenschaftler. »Wenn die Umstände nicht so besorgniserregend wären, hätten wir die Expedition um ein paar Tage verschoben. Doch der neueste Stand der Entwicklung zwingt uns zu sofortigem Handeln. Admiral Johnson hat Sie doch sicher informiert.«

»Von welchen Entwicklungen sprechen Sie?«

»Von diesem Sturm.« Yamagata deutete nach oben. »Er wird uns in den nächsten Tagen höchst unangenehmes Wetter bescheren. Bei sehr hohem Seegang können wir die *Shinkai* nicht mehr zu Wasser lassen. Deshalb ziehen wir den Start vor. Ein Glück, dass Ihr Hubschrauber so schnell war, wir hätten sonst ohne Sie in die Tiefe müssen.«

Also doch. Ella biss sich auf die Lippen. »Gibt es wirklich keine Möglichkeit, den Start zu verschieben? Wir haben eine anstrengende Reise hinter uns.«

Yamagata schüttelte den Kopf. »Haben Sie die letzten seismischen Messungen nicht gesehen? Wir verdanken es nur der großen Tiefe des Objektes, dass die Auswirkungen hier oben noch nicht spürbar sind. Wir haben es bereits jetzt mit einigen bemerkenswerten Megaplumes zu tun. Die Aufwärtsströmungen sind zwar stark, aber nicht besorgniserregend. Wenn es zu

Hangrutschungen kommt, sieht die Sache anders aus. Flutwellen wären die Folge, und was das bedeutet, wissen Sie ja. Wir müssen so schnell wie möglich hinunter und herausfinden, was dort vor sich geht.«

Ella nickte. »Scheint ein verdammter Hexenkessel zu sein. Wenn die Aufwärtsströmungen aus einer Tiefe von elftausend Metern zu uns heraufdringen, müssen die vulkanischen Aktivitäten beträchtlich sein. Ich hoffe nur, dass wir uns keinem unkalkulierbaren Risiko aussetzen.«

»Keine Sorge«, sagte Yamagata. »In der *Shinkai* werden wir sicherer sein als die Mannschaft, die unseren Tauchgang verfolgt.«

»Wir? Heißt das, Sie werden mit uns tauchen?« Nie im Leben hätte Ella damit gerechnet, dass der Leiter einer so großen und bedeutenden Forschungseinrichtung wie JAMSTEC sich den Gefahren eines solchen Unternehmens aussetzen würde. Sie war es gewohnt, dass die Schreibtischhengste in den oberen Etagen sich niemals die Finger schmutzig machten. Geschweige denn ihr eigenes Leben aufs Spiel setzten.

»Selbstverständlich«, sagte Yamagata und blickte sie an, als verstünde er nicht, wie sie überhaupt so eine Frage stellen konnte. »Für mich ist das eine große Ehre. Die Krönung meiner Karriere. Wie könnte ich meiner Familie erhobenen Hauptes gegenübertreten, wenn ich aus Angst vor dem Risiko zurückschrecken würde.«

Die alte Samurai-Tradition, dachte Ella. Selbst der rasante Fortschritt unserer Zeit konnte sie nicht aus den Köpfen der Menschen vertreiben.

»Ich verstehe«, sagte sie, »und ich fühle mich geehrt, mit Ihnen zusammen auf Tauchfahrt zu gehen.«

»Die *Shinkai* ist das leistungsfähigste Tauchboot der Welt«, sagte Yamagata und der Stolz in seiner Stimme war unüberhörbar. »Mit ihr läuten wir ein neues Zeitalter in der Erforschung der Meere ein. Nicht nur, dass sie problemlos in die tiefsten Tiefen vordringen kann, sie verfügt auch über Antriebs- und Lebenserhaltungssysteme, die ihr einen Aufenthalt von mehreren Wochen in der Tiefe erlauben. Rein technisch gesehen wäre das ohne Problem zu bewerkstelligen, wenn nicht der menschliche Faktor hinzukäme – die psychologischen Belastungen sind enorm hoch.«

»Sie haben also wirklich vor, sofort zu starten?«, meldete sich Professor Martin, der wieder einmal als Letzter mitbekommen zu haben schien, was vor sich ging. »Bleibt uns keine Zeit für eine kurze Erholungspause?«

»Tut mir leid«, sagte Yamagata. »Wenn wir nicht binnen der nächsten Stunde tauchen, ist es vielleicht zu spät. Es ist alles vorbereitet. Kommen Sie.«

»Aber ich muss meine Vorgesetzten in der Schweiz kontaktieren. Wir hatten ausgemacht, dass ich sie über unsere Fortschritte kontinuierlich auf dem Laufenden halte.« Martins Stimme schwang eine Oktave höher.

»Das können Sie von Bord des Tauchbootes aus erledigen«, beruhigte ihn Yamagata. »Ah, da sind wir ja.« Er blieb vor einer Tür stehen, die sich durch nichts von den anderen Türen auf diesem Schiff unterschied. Auch das Schild mit seinen japanischen Schriftzeichen gab Ella keine Auskunft darüber, was sich dahinter verbergen mochte.

»Ich hoffe, Sie nehmen es mir nicht übel, aber ich muss Sie zu einer kurzen Sicherheitsprüfung hereinbitten. Wenn Sie mir bitte folgen.« Er öffnete die Tür und führte sie ins Innere einer kleinen, unscheinbar aussehenden Abstellkammer. Ella sah einen Tisch und mehrere Regale, die mit allerlei Werkzeugen und elektrischen Kleinteilen gefüllt waren. Auf dem Tisch lag ein Gerät, das an eine Signalkelle erinnerte und an eine graue Box angeschlossen war.

»Verzeihen Sie diese Unannehmlichkeit«, sagte Yamagata, »doch sie werden verstehen, dass bei einem solchen Unternehmen höchste Sicherheitsstufen gelten. Die *Shinkai* selbst wurde bereits mehrfach von oben bis unten überprüft, ebenso das gesamte Deckpersonal. Fehlen nur noch Sie. Ich werde Sie nur kurz elektronisch abtasten, danach begeben wir uns direkt an Bord der *Shinkai.* Ihr Gepäck übergeben Sie bitte meinen Sicherheitsoffizieren.«

Ella nickte. Sie reichte einem von Yamagatas Begleitern ihren Rucksack und ließ sich abtasten. Das Ganze erinnerte sie an die Prozedur auf Flughäfen, doch insgeheim war sie froh über die Vorsichtsmaßnahmen. Je strenger, desto besser.

»In Ordnung«, sagte Yamagata. »Jetzt die beiden Herren ...«

Ihre Begleiter taten es ihr gleich, wenn auch nicht mit dem gleichen Enthusiasmus wie Ella. Professor Martin wirkte ungehalten, doch der Leiter des ozeanographischen Instituts ließ nicht mit sich diskutieren. Taschen, Rucksäcke und Jacken wurden ihnen abgenommen, dann tastete Yamagata auch sie ab.

»Alles in Ordnung«, sagte er. »Das wäre geschafft. Folgen Sie mir bitte.« Ohne eine Antwort abzuwarten, eilte er in Richtung Achterdeck, dorthin, wo der Lärm der Maschinen immer lauter wurde. Das Schiff vollführte schwere Rollbewegungen in der kabbeligen See. Es roch nach Dieseltreibstoff und Salzwasser. Die Luft war stickig und schwül. Ella spürte, wie ihr übel wurde. Mehr als einmal musste sie die Hände zu Hilfe nehmen, um nicht gegen die eisernen Wände geschleudert zu werden. Ihr nervöser Magen quittierte jede unkontrollierte Bewegung mit dumpfem Grollen. Esteban, der ihr Unbehagen bemerkte, bot ihr etwas an, das wie ein Pfefferminzbonbon aussah. »Hier«, sagte er. »Nehmen Sie. Es hilft gegen Seekrankheit. Kauen Sie es langsam. Hier sind noch ein paar. Nicht zu viele auf einmal, Sie bekommen sonst Durchfall davon.« Er bot auch Martin seine Kautabletten an, der lehnte jedoch ab. Ella lächelte dankbar, während sie eines der Bonbons in den Mund steckte. Die

Wirkung setzte schnell ein. Binnen weniger Augenblicke war die Übelkeit verschwunden.
Immer tiefer führte Yamagata sie in den Schiffsbauch. Die Minuten zogen sich quälend in die Länge, doch schließlich erreichten sie ihr Ziel. Der Kommandant öffnete eine schwere Tür, die mit einem Handrad gesichert war, und winkte sie hindurch. Einer nach dem anderen schlüpften sie durch den engen Durchgang und blickten sich staunend um.
Die Ladeluke war riesig. An die fünfzehn Meter hoch mit mindestens dreißig Metern Seitenlänge. Das hintere Schott war weit geöffnet. Ein Schwall frischer Seeluft, vermischt mit Regen, peitschte herein. Als Ella das Tauchfahrzeug erblickte, hielt sie vor Ehrfurcht den Atem an. Von hier unten aus betrachtet wirkte die *Shinkai* noch imposanter als aus der Perspektive des Hubschraubers. Der Bootsrumpf und der Einstiegsturm ragten hoch auf in den sturmgepeitschten Himmel, dessen Farbe mittlerweile einen bedrohlichen Grünstich angenommen hatte. Der Wind pfiff ihnen um die Ohren, heulte um die Metallseile und rüttelte an allem, was nicht festgezurrt war. Wie ein bockiges Pferd zerrte die *Shinkai* an ihren stählernen Halteseilen. Ella verstand, warum ihr Expeditionsleiter so zum Aufbruch drängte. Irgendwann würden die Taue das Gewicht des Tauchbootes nicht mehr halten können. Was dieser tonnenschwere Koloss anrichtete, wenn er sich losriss, darüber wagte Ella kaum zu spekulieren.
Yamagata schloss die Tür hinter sich und eilte an ihnen vorbei. Mit eingezogenen Köpfen folgten ihm Ella und ihre Begleiter, vorbei an den beiden Lastkränen und den Männern in den orangefarbenen Overalls, deren Gesichter unter den hochgeschlagenen Kapuzen nicht zu erkennen waren. Immer noch goss es wie aus Kübeln, und die Männer hatten schwer zu kämpfen. Ella beneidete sie aber insgeheim um ihre wetterfeste Kleidung. Schwerer Donner rollte über ihre Köpfe und vermischte

sich mit dem Tosen der Wellen, die unaufhörlich gegen die Flanken der *Yokosuka* schlugen, zu einem infernalischen Getöse. Die *Shinkai* schwankte und schlingerte, und sie hatten Mühe, die Eisenleiter zu erreichen, die zum Turm der *Shinkai* hinaufführte. Ella musste aufpassen, um nicht von den glitschigen Sprossen der schmalen Eisenleiter abzurutschen. Stück für Stück arbeitete sie sich aufwärts. Nur noch wenige Stufen, dann war sie oben. Yamagata, der die Luke bereits geöffnet hatte, winkte sie ungeduldig heran. »Gehen Sie schon mal voran«, rief er ihnen zu, »mein Funker und mein Copilot werden Sie unten in Empfang nehmen und Ihnen Ihre Plätze zuweisen. Ich muss noch auf das Eintreffen der Sicherheitsoffiziere warten. Ah, ich glaube, da kommen sie ...«
Während Konrad Martin sich schon auf dem Weg nach unten befand, spähte Ella in den Sturm hinaus. Sie sah, wie die zwei Männer mit ihrem Gepäck unter den Armen auf sie zugerannt kamen. Der vorderste gab Yamagata mit hochgerecktem Daumen zu verstehen, dass alles in Ordnung war. Dann begann er, die Leiter zum Turm heraufzuklettern.
Für einen kurzen Moment fühlte sie sich erleichtert. Wenn die Sicherheitsspezialisten nichts gefunden hatten, dann war die anonyme Warnung vielleicht doch nur ein geschmackloser Scherz gewesen. Andererseits – der Anrufer hatte Dinge gewusst, die kaum jemandem bekannt waren. Was sollte sie jetzt machen? Noch konnte sie es sich überlegen. Dies war ihre letzte Gelegenheit zur Umkehr.
Sie spürte, wie ihre Finger sich um das nasse Metall der Reling verkrampften. Esteban zupfte sie am Ärmel. »Alles in Ordnung mit dir?«
»Wie bitte? Oh ja, alles klar. War nur in Gedanken.«
Er legte seine Hand auf ihren Unterarm. »Du musst nicht mitkommen, wenn du nicht willst. Noch hast du die Möglichkeit, auszusteigen.«

Sie lächelte gequält. »Hab ich mir auch gerade überlegt. Aber soll ich dir was sagen? *Scheiß drauf.* Lass uns gehen.«

Er grinste breit und verschwand vor ihr in der Luke.

Mit einem unguten Gefühl im Bauch folgte sie ihm in den schwach beleuchteten Schacht. Gedämpftes Stimmengemurmel drang zu ihr herauf, ein Zeichen dafür, dass Professor Martin bereits in Empfang genommen wurde. Jetzt kam auch Toshio Yamagata hinterhergeklettert, ihm folgte das Gepäck, das an Leinen herabgelassen wurde. Während Ella sich noch wunderte, dass man sich auf ihrer Expedition den Luxus so vieler Gepäckstücke leisten konnte, schlug die Luke mit donnerndem Hall zu.

14

Colin Filmores Schuhe klapperten über die Steinfliesen, als er den Gang hinunter zu Professor Weizmanns Privaträumen rannte. Der Radiologe hatte sich weder auf seinen Piepser noch auf Helène Kowarskis Anrufe hin gemeldet, und so blieb nur noch die Möglichkeit, ihm die Bitte um sofortigen Rückruf persönlich zu überbringen.

Während Colin die kurze Treppe zur radiologischen Abteilung hinunterwuselte, fragte er sich, was wohl der Grund für die Funkstille war. War der Professor gerade mit irgendeinem wichtigen Experiment beschäftigt? Aber davon hätte er doch eigentlich wissen müssen, immerhin war er sein Assistent. Vielleicht hatte er nur einen sehr guten Schlaf, oder aber – ihm war etwas zugestoßen. Der Professor war nicht mehr der Jüngste und litt immer häufiger unter Schlafproblemen. Der Gedanke, dass er vielleicht zusammengebrochen war, bereitete ihm Sorge.

Colin mochte Weizmann. Er war mehr als nur sein Mentor und Fürsprecher, er war sein Freund. Und manchmal war er auch so etwas wie ein Vater für ihn. Er hatte sich ihm gegenüber immer großzügig gezeigt und nahm ihm seine Schwächen nicht übel. Colins notorische Unpünktlichkeit zum Beispiel, oder seine Vergesslichkeit. Die anderen Professoren verhängten drakonische Strafen bei derlei Unkorrektheiten, nicht so der Oberst. Er nahm sie mit einem Schulterzucken zur Kenntnis, wenn er sie überhaupt bemerkte. Die anderen Assistenten beneideten ihn um sein Glück, doch manchmal beschlich Colin der Verdacht, dass Weizmann ihn nicht seiner fachlichen Kompetenz wegen unter die Fittiche genommen hatte. Doch weshalb dann? War es sein sonniges Gemüt gewesen, das den Oberst für ihn eingenommen hatte? Zugegeben, er war bekannt dafür, dass er jeder Lage, und mochte sie auch noch so hoffnungslos erscheinen, etwas Positives abgewinnen konnte. Er vermochte dort die Sonne scheinen lassen, wo es eben noch geregnet hatte – und bei Professor Weizmann regnete es oft. Er schien unter einer angeborenen Tristesse zu leiden. Colin hatte den Professor schon oft dabei ertappt, wie er mit traurigem Gesichtsausdruck auf seinen leeren Schreibtisch starrte und versuchte, mit seinen Augen Löcher in die Holzplatte zu bohren. Wenn man es recht betrachtete, waren Weizmann und er wie zwei Seiten derselben Münze, Plus und Minus, Ying und Yang. Sie konnten gegensätzlicher kaum sein, und doch brauchten sie einander. So gesehen das perfekte Ehepaar.

Colin vergewisserte sich, dass er sein Funkgerät wirklich eingesteckt hatte, als er wenige Minuten später den Gang erreichte, in dem sich die privaten Räume des Radiologen befanden. Obwohl Weizmann es vorzog, in einer Pension in Splügen zu wohnen, zwangen ihn die Umstände manchmal dazu, sein Quartier für mehrere Tage hier im Berg aufzuschlagen. Er tat dies höchst ungern und verschwand sofort wieder, wenn sich die Lage entspannt hatte. Doch so schlimm wie in den letzten Tagen war es noch nie gewesen. Es herrschte Krisenstimmung im Berg. Sämtlichen Mitarbeitern des Kowarski-Labors war der Urlaub gestrichen worden. Seit dem mysteriösen Tod von Andreas Schmitt waren alle Abteilungen in erhöhte Alarmbereitschaft versetzt. Colin hatte herausbekommen, dass es irgendetwas mit dem Objekt im Kernlabor zu tun hatte. Doch die Gerüchte waren vage. Die einen munkelten etwas über radioaktive Verstrahlung, die anderen über ein bösartiges Virus. Genaues wusste niemand, und diejenigen, die Zugang zum geschützten Bereich hatten, hielten den Mund. So auch Weizmann, der trotz aller Freundschaft bisher nicht die kleinste Andeutung hatte fallen lassen.

Colin verlangsamte seinen Schritt. Zimmer 218. Er war angekommen, zog das Funkgerät heraus und drückte die Sendetaste.

»Ich bin jetzt da«, sagte er. »Soll ich klopfen?«

»Natürlich«, erklang Helènes Stimme aus dem Lautsprecher. »Deswegen habe ich Sie ja geschickt.«

Zaghaft klopfte er an die Tür. »Professor?«

Keine Antwort.

Von innen drang nicht der kleinste Laut an sein Ohr. Er klopfte noch einmal, diesmal etwas bestimmter. »Bitte öffnen Sie, Professor. Es ist dringend!«

Nichts.

»Es antwortet niemand. Was soll ich jetzt tun?«

»Benutzen Sie den Schlüssel«, schnarrte die Stimme aus dem Lautsprecher. »Ich übernehme dafür die Verantwortung.«

»Wie Sie wünschen.« Colin wartete noch einige Sekunden in der Hoffnung, Weizmann würde doch noch erscheinen, dann zog er den Zentralschlüssel heraus, den Madame Kowarski ihm mitgegeben hatte. Er steckte ihn ins Schloss und drehte ihn herum. Es gab ein leises Klicken, dann schwang die Tür auf. Eine Woge warmer, stickiger Luft schlug ihm entgegen. Der Professor musste die Heizung auf höchste Stufe gestellt haben. Die Räume lagen im Halbdunkel, so dass Colin eine Weile benötigte, ehe er etwas erkennen konnte. Einen Moment lang zögerte er, dann trat er ein. »Professor? Sind Sie da? Geht es Ihnen gut?«

Seine eigene Stimme klang schrecklich dünn in seinen Ohren.

»Professor, bitte sagen Sie doch etwas. Madame Kowarski schickt mich. Sie möchte, dass Sie sich bei ihr melden.«

Mit langsamen Schritten durchquerte er den Eingangsbereich. Außer einer Garderobe, einem Spiegel und einem Schuhschrank gab es hier nichts. Colin war noch nie in Weizmanns Privaträumen gewesen, und er staunte über den vielen Platz, den es hier gab. Den leitenden Angestellten wurden offenbar richtige Wohnungen zur Verfügung gestellt, während sich die Assistenten mit Einzimmerappartements begnügen mussten.
»Professor? Ich bin's, Colin.« Immer noch keine Antwort. Er war mittlerweile zu der Überzeugung gelangt, dass Weizmann nicht anwesend war. Niemand konnte so taub sein. Der Gedanke machte es ihm leichter, sich weiterhin in den Privaträumen des Professors umzutun. Wahrscheinlich war er doch nach Splügen zurückgekehrt und sein Funkgerät war defekt. Irgendein technisches Problem, das sich leicht erklären ließ.
Er bog um die Ecke und stand auf einmal im Arbeitsraum. Zwar war es hier genauso schummrig wie in den anderen Räumen, aber einer der Computermonitore war angeschaltet und spendete zusätzliches Licht. Colins Hoffnung, dass es nur ein Missverständnis gewesen sein könnte, schwand. Hier hatte bis vor kurzem noch jemand gearbeitet. Er trat näher und warf einen Blick auf die Dokumente, die in wilder Unordnung über die Arbeitstische verteilt waren.
Sein mulmiges Gefühl wurde stärker. Der Professor war ein penibler Mann. Nichts verabscheute er mehr als Unordnung. Dieses Chaos sah ihm überhaupt nicht ähnlich. Colin zog an der Ecke von etwas, das halb unter einem Wust von losen und eng beschriebenen Ausdrucken verborgen lag und wie eine Zeichnung aussah. Es entpuppte sich als schematische Skizze eines Fahrzeugs oder eines Gebäudes. Die Zeichnung war von der Art, wie sie Ingenieure oder Architekten zur Konstruktion verwenden. Beim näheren Hinsehen erkannte er, dass es sich tatsächlich um ein Fahrzeug handelte, genauer gesagt um ein Unterseeboot. In der rechten unteren Ecke las Colin: *Submarine*

Shinkai 11.000. Den Rest konnte er nicht entziffern – offenbar waren es japanische Schriftzeichen.
Verwirrt richtete Colin sich auf. Was hatte der Professor mit den Konstruktionsplänen für ein U-Boot zu schaffen? Das alles ergab keinen Sinn. Er richtete seinen Blick auf den Computermonitor. Ein Film schien da zu laufen. Das Bild war klein und schrecklich undeutlich. Manchmal stockten die Bilder, dann liefen sie wieder unnatürlich schnell weiter. Mehrere Leute waren zu erkennen, die kreisförmig mit den Gesichtern nach außen in einem engen Raum saßen, in dem es vor Computern, Monitoren und diversen anderen elektronischen Geräten nur so wimmelte. Einige der Leute schienen zu schlafen, andere beschäftigten sich intensiv mit irgendwelchen Kontrollinstrumenten. Der Raum sah aus wie das Cockpit eines Raumschiffs. Colin blickte zwischen der Konstruktionszeichnung und dem Bildschirm ein paarmal hin und her, und endlich dämmerte es ihm. Die Bilder, die er gerade sah, waren in der kugelähnlichen Verdickung unter dem eigentlichen Bootskörper aufgenommen worden, der so genannten Druckkammer. Die Kamera musste sich irgendwo an der Decke befinden und war nach unten gerichtet. Wahrscheinlich eine Überwachungskamera. Er hielt inne. Plötzlich wusste er, womit er es zu tun hatte. Das waren die Aufnahme einer Webcam. Die Bilder wurden in ebendiesem Augenblick aufgenommen und live gesendet. Colin näherte sich dem Monitor so weit, dass seine Nase beinahe das Glas berührte. Eine der dort anwesenden Personen kam ihm verdächtig bekannt vor. Ein großer hagerer Mann mit einer eckigen Brille und einem schmalen Vollbart. Er hatte ihn schon einmal gesehen. Und zwar hier, in diesen Labors. Er glaubte sich schwach an seinen Namen zu erinnern. *Martin.*
Genau, Konrad Martin, von der geologischen Abteilung. Aber was hatte der an Bord eines japanischen U-Boots zu suchen? Ein komisches Volk, diese Geologen. Immer mürrisch, immer

verdrießlich und immer in Braun und Schwarz gekleidet. Zum Glück hatten die Radiologen nicht allzu viel mit ihnen zu schaffen. Er konnte sich erinnern, dass Professor Weizmann den Namen dieses Mannes irgendwann einmal im Zusammenhang mit ihrer Chefin Helène Kowarski erwähnt hatte. War da von einer Affäre die Rede gewesen? Er hatte es vergessen.
Fest stand nur, dass Weizmann diesen Martin nicht mochte. Ja mehr noch, er misstraute ihm zutiefst. Hatte mal verlauten lassen, dass er ihn im Verdacht hatte, eine falsche Identität zu benutzen. Colin richtete sich auf. Helène erwartete seinen Rückruf, und er hatte immer noch nichts Konkretes herausgefunden. Ein kurzer Blick sagte ihm, dass zusätzlich zu der Liveübertragung aus dem U-Boot noch ein weiteres Programm lief. Irgendein regelmäßiges Signal, das still und leise vor sich hin tuckerte. Colin fehlte die Zeit, sich jetzt damit zu befassen. Er musste den Oberst finden, alles andere würde sich danach ergeben. Eilig wandte er sich dem nächsten Raum zu. Offenbar das Wohnzimmer. Beherrscht wurde es von einem gewaltigen Ohrensessel, über den achtlos eine Wolldecke geworfen worden war. Etliche Bücherregale, die von Romanen und schöngeistiger Literatur nur so überquollen, standen an den Wänden. Auch eine Stereoanlage gab es hier, zudem eine beachtliche Sammlung klassischer Musik. Colin wollte sich gerade in Richtung Schlafzimmer aufmachen, als sein Blick auf den kleinen Couchtisch neben dem Sessel fiel.
Seine Atmung setzte für einen Moment aus.
Dort lagen ein Löffel, eine Spritze, daneben ein Sortiment steril verpackter Nadeln, ein Spiritusbrenner und ein Gummischlauch. Und ein Tütchen, gefüllt mit einem weißen Pulver. Colin fühlte die Kraft aus seinen Beinen weichen. Ein Heroinbesteck. Irrtum ausgeschlossen.
»Haben Sie mich also entdeckt, mein Junge.«
Colin fuhr herum. Unter der Decke, die über dem Sessel lag,

regte es sich. Es war so dunkel, dass er nicht bemerkt hatte, dass dort jemand saß.
»Herr Oberst!«, brach es aus ihm heraus. »Was ...? Ich meine, wie ...?« Ihm versagte die Stimme.
Elias Weizmann richtete sich langsam auf. Dabei gab er Laute von sich, als litte er unter großen Schmerzen. »Wie oft habe ich Ihnen schon gesagt, dass Sie mich nicht so nennen sollen?« Als er aufrecht saß, blickte er Colin aus großen traurigen Augen an. »Hat Helène Sie auf meine Spur gehetzt? Natürlich, wer sonst? Es ist immer Helène, nicht wahr? Scheint ohne mich nicht auszukommen, die Gute«, er lachte leise. Die Stimme jagte Colin einen Schauer über den Rücken, so leise und brüchig klang sie.
»Mein Gott, Professor«, sagte er. »Was machen Sie denn hier? Wir versuchen seit über einer Stunde, Sie zu erreichen.«
»Hab alles abgeschaltet«, sagte Weizmann. »So viel zu tun, so viel zu tun ...« Er wurde von einem heftigen Husten geschüttelt. »Ich bin krank, Colin. Wahrscheinlich eine Grippe. Sagen Sie Helène, ich komme, sobald ich mich wieder besser fühle.«
»Ja. Ich meine, *nein*. Sie sollen sich sofort mit ihr in Verbindung setzen. Ich weiß nicht, worum es geht, aber ich habe etwas von einem vorgezogenen Starttermin gehört.«
»Das weiß ich doch schon längst. Die verdammten Japaner nehmen es mit der Pünktlichkeit auch nicht mehr so genau. Deshalb hatte ich ja so viel zu tun.« Der Professor schien von Sekunde zu Sekunde mehr ins Leben zurückzukehren. Auf einmal blitzte Argwohn in seinen Augen auf. »Wie lange sind Sie schon hier unten?«
»Lang genug«, murmelte Colin. »Ich habe wieder und wieder gerufen, aber Sie haben nicht geantwortet. Da bin ich einfach hereingekommen.«
»Wie das?«
»Madame Kowarski hat mir den Zentralschlüssel gegeben.«

»Dann muss sie aber wirklich ganz schön verzweifelt sein.« Wieder dieses Lachen. »Sie haben sich doch bestimmt ein wenig umgeschaut. Was haben Sie gesehen?«

»Vieles, was ich nicht verstanden habe. Pläne, Programme und Computerausdrucke. Alles Dinge, die mich im Grunde nichts angehen«, fügte er hastig hinzu. »Doch eine Sache habe ich sehr wohl verstanden.« Er deutete auf das Drogenbesteck.

Ein Lächeln stahl sich auf Weizmanns Gesicht. »Erwischt.« Er zuckte die Schultern. »Ein altes Laster von mir. Hilft mir, mit meinem Gewissen wieder ins Reine zu kommen.« Sein Lächeln hatte etwas unsagbar Trauriges. »Sie werden doch Helène nichts von unserem kleinen Geheimnis sagen, oder?«

»Ihr Gewissen?« Colin war immer noch so schockiert, dass er Weizmanns letzte Bemerkung einfach überhörte. »Aber Sie haben sich doch nichts vorzuwerfen. Ich kenne niemanden, der gütiger und aufopferungsvoller wäre als Sie.« Er schüttelte den Kopf. »Heroin. Ich kann es immer noch nicht glauben.«

»Leider gibt es nichts Stärkeres.« Wieder wurde sein schmächtiger Körper von einem Hustenanfall geschüttelt. »Glauben Sie mir, wenn es etwas gäbe, würde ich es nehmen.«

Colins Stimme bekam etwas Flehendes. »Bitte lassen Sie sich untersuchen – und machen Sie eine Entziehungskur. Sie brauchen dieses Gift doch nicht.«

»Wenn Sie wüssten, mein lieber Junge«, sagte Weizmann, und seine Augen bekamen einen kalten Glanz.

»Wenn Sie nur wüssten.«

15

Die *Shinkai* sank ins Bodenlose.

Ein winziger Lichtpunkt in einem Ozean aus Finsternis. Rechts und links wuchsen die Wände des Marianengrabens in unermessliche Höhen empor, während das Tauchboot mit der Geschwindigkeit eines Fahrstuhls immer tiefer sank. Die Messinstrumente zeigten eine Tiefe von achttausend Metern an. Neunundneunzig Prozent aller Weltmeere lagen jetzt über ihnen. Auf jedem Quadratzentimeter der Tauchkugel lastete ein Wasserdruck von beinahe einer Tonne. Eine unvorstellbare Kraft, die einen menschlichen Körper im Bruchteil einer Sekunde zu einem formlosen Klumpen zerquetscht hätte. Einzig die Kugel aus fünfzehn Zentimeter dickem Schmiedestahl hielt die sechs Insassen am Leben. Sollte sie dem Druck nicht standhalten oder aus irgendeinem Grund beschädigt werden, so bestand für die Besatzungsmitglieder keine Hoffnung auf ein Überleben. Dann wären sie tot, noch ehe sie begriffen hätten, was geschehen war. Doch bisher hatte die Druckkugel gehalten, und es sprach nichts dagegen, dass sie dies auch die letzten dreitausend Meter, bis zum Grund der Challenger-Tiefe, tun würde.

Die Scheinwerfer der *Shinkai* tasteten wie leuchtende Finger über die Wände aus schroffem, schwarzem Basaltgestein, die sich immer enger um das Tauchboot schlossen. Hin und wieder blitzten die Schuppen eines Silberbeils in der Dunkelheit auf,

oder die Zähne eines Tiefseeanglers, ehe er wieder in der ewigen Dunkelheit der Tiefsee verschwand.
Der Graben, in den sie hinabtauchten, war an dieser Stelle gerade einmal eineinhalb Kilometer breit, und das Wasser war so eisig, dass seine Temperatur nur knapp über dem Gefrierpunkt lag. Wenn dies die Hölle war, dann war die Hölle einsam, kalt und dunkel.
Ella wälzte sich hin und her. Das monotone Surren der Antriebsaggregate hatte sie in einen tiefen Schlaf fallen lassen. In einem beunruhigenden Traum wurde sie von langen, tentakelartigen Armen gepackt und in ein nasses Grab hinabgezogen. Alles Strampeln, alles Rufen und Schreien nutzte nichts. Die Arme wollten sie nicht preisgeben, und als sich ihr Mund mit Wasser füllte, wusste sie, dass sie den Kampf verloren hatte.
Eine Stimme drang wie durch einen Schleier in Ellas Träume. »Wach auf, ich muss mit dir reden.«
Sie strampelte noch einmal, und plötzlich hatte sie das Gefühl, als würden die Arme sie freigeben. Sie konnte sogar wieder atmen. Noch ein letztes Aufbäumen und ... sie erwachte.
»Was ist los? Wo bin ich?« Sie versuchte sich zu orientieren, doch es dauerte etliche Sekunden, bis ihr wieder einfiel, wo sie war.
»Psst«, flüsterte eine Stimme an ihrem Ohr. »Ganz ruhig. Du hast nur schlecht geträumt.« Es war Esteban. Beruhigend streichelte er ihr über das Haar.
»Oh, hallo, Joaquin«, sagte sie, als sie sein freundliches Gesicht erkannte, »ich muss wohl eingenickt sein.«
»Genau wie ich«, sagte er. »Das eintönige Piepen des Sonars hat eine unglaublich einschläfernde Wirkung. Außerdem war die letzte Nacht ja auch ein wenig kurz.« Er beugte sich vor und hauchte ihr einen Kuss auf die Wange. Ella lächelte verwirrt. Sie wurde einfach nicht schlau aus diesem Mann. Mal war er abweisend, dann wieder unerhört anziehend.

»Unseren Freund aus der Schweiz hat es auch erwischt«, sagte Esteban, während er sich zurücklehnte. Er deutete hinüber auf die andere Seite der Kugel, wo ein müder Konrad Martin, die Ohrhörer auf dem Kopf, mit offenem Mund leise vor sich hin schnaufte. »Nur die Japaner sind immer noch fit. Seit sieben Stunden sitzen sie vor ihren Monitoren und überwachen unseren Tauchgang.«

Ella verdrehte den Kopf, doch alles, was sie sehen konnte, waren die Silhouetten der drei Japaner, die konzentriert auf ihre Monitore blickten. Ihre Köpfe steckten in schwarzen kappenförmigen Helmen, die ein wenig an Badehauben erinnerten. Ella war froh, sich gegen die bestehende Helmpflicht erfolgreich zur Wehr gesetzt zu haben.

»Ich habe dich geweckt, weil ich mit dir über etwas reden muss«, flüsterte Esteban.

Sie gähnte. »Wo sind wir denn gerade?« Sie richtete sich auf und begann, ihre eiskalten Füße zu massieren.

»Soeben haben wir die Achttausendermarke passiert«, sagte er. »So tief, wie wir jetzt sind, ist bisher nur ein einziges bemanntes Schiff gekommen.«

Ella nickte. »Die *Trieste*. Am 23. Januar 1960. Unvorstellbar, dass in der ganzen Zeit niemand mehr hier heruntergekommen ist.« Sie streckte sich. »Ist irgendetwas Interessantes passiert, während ich geschlafen habe?«

Esteban schüttelte den Kopf. »Außer, dass das Wasser um uns herum immer wärmer wird, nicht.«

Ella schrak auf. »Heißt das, wir nähern uns bereits den Vulkanen?«

»Nein«, antwortete er. »Wir kommen nur in den Bereich hoher Dichte.« Ella sah ihn verständnislos an.

»Hier unten hat das Meereswasser seine größte Dichte, und das bei einer Temperatur von 2,4 Grad Celsius. Kälteres Wasser hat eine geringere Dichte, schwimmt demnach oben. Daher frieren

Seen auch immer von oben nach unten zu«, erläuterte Esteban. »Basiswissen Physik, neunte Klasse, weißt du noch?«
»Das ist schon so lange her, als wäre es in einem anderen Leben gewesen«, sagte sie. Der Gedanke, dass sie bereits so weit vor ihrem Ziel auf die Auswirkungen der tektonischen Divergenz stoßen könnten, war beunruhigend. Sie lehnte sich zurück. »Wie kommt es eigentlich, dass ausgerechnet die Japaner sich so für den Meeresboden interessieren? Man könnte doch annehmen, dass sie mit der Bewältigung ihrer sozialen und wirtschaftlichen Probleme genug zu tun haben.«
»Das hat vielleicht etwas mit dem alten Traum von Kapitän Nemo zu tun«, sagte Esteban.
»Ich verstehe nicht ...«
»Na, ich rede von der Gewinnung der Nahrungsmittel aus dem Meer, von der Erschaffung neuer Habitate für eine immer stärker wachsende Bevölkerung. Das war eine ganze Zeit lang der große Traum japanischer Wissenschaftler gewesen. Momentan sind sie jedoch mehr an Plattentektonik interessiert.« Er zuckte die Schultern. »Japan ist nun mal ein erdbebengefährdetes Land. Mittlerweile gibt es etliche Stationen auf dem Meeresboden, die ausschließlich der Erforschung und Überwachung der Erdbebentätigkeit dienen.«
Sie legte ihm ihren Finger auf den Mund. »Apropos – hat das, was du mir sagen wolltest, noch etwas Zeit? Ich muss dringend mal einen Blick auf die neuen Daten werfen.«
Esteban blickte kurz in Richtung des leise schnarchenden Professors und hob dann die Finger der rechten Hand zu einem »O« geformt in die Höhe. »Wenn es nicht zu lange dauert.«
»Abgemacht.« Sie schaltete ihr Notebook ein. Während der Rechner das System bootete, genehmigte sie sich einen kurzen Rundblick. Das Labor innerhalb der Kugel war ein Musterbeispiel für japanische Effizienz. Hier gab es nichts Überflüssiges, alles war funktional angeordnet. Jedes Crewmitglied verfügte

über ein eigenes Bullauge und ein privates Computerterminal. Die Notebooks der Wissenschaftler waren in speziellen Halterungen an der Wand befestigt und mit dem Zentralrechner der *Shinkai* verbunden. Auf diese Weise war ein optimaler Datenaustausch gewährleistet. Während der Fahrt galt für die gesamte Besatzung Anschnallpflicht, es sei denn, es gab etwas Außergewöhnliches zu sehen oder jemand musste die chemische Toilette aufsuchen. Diese war, ebenso wie die spartanische Küche und einige Stauräume, in einem Deck in der oberen Hälfte der Kugel eingelassen. Obwohl dies für die Crew bedeutete, sich auf beiden Ebenen nur in gebückter Haltung fortbewegen zu können, barg es doch den unschätzbaren Vorteil, dass ein gewisses Maß an Privatsphäre gewahrt blieb. Über ihren Köpfen befanden sich, ähnlich wie bei Flugzeugen, Schalter für separate Lichtquellen. Es gab Düsen für die Belüftung sowie Behälter, in denen sich laut Aussage des Kommandanten Gasmasken befanden. Für den Fall, dass es zu einem Brand kommen sollte. Die Temperatur wurde bei konstant dreiundzwanzig Grad Celsius gehalten, und eine Mischung aus Natronkalk und Silikatgel unter den perforierten Bodenplatten verhinderte die Anreicherung der Luft mit Kohlendioxid und Feuchtigkeit. Ella schauderte.

So ähnlich stellte sie sich das Innere einer Weltraumkapsel vor. Eng, nüchtern und nur auf Effizienz ausgerichtet. Was mussten das für Menschen sein, die es mehrere Wochen hier drin aushielten? Aber immerhin hatten sie alle sehr bequeme Liegesitze. In dem Vorgängerboot, der *Shinkai 6500*, so hatte ihr Yamagata berichtet, hatte man zu dritt im Schneidersitz auf ein paar Kissen hocken müssen. Keine sehr verlockende Aussicht, wenn man längere Zeit unterwegs war.

Ein Piepsen signalisierte ihr, dass der Rechner hochgefahren und ihr Beobachtungsprogramm geladen war. Sie ließ ihre Finger knacken und beugte sich vor. Mit schnellen, geübten

Bewegungen rief sie die letzten Messdaten auf, verglich, kalibrierte und übertrug sie danach in ein Grafikprogramm, das sie zusammen mit ihrem Ex vor mehreren Jahren entwickelt hatte. Ein zynisches Lächeln stahl sich auf ihr Gesicht. Abgesehen von ihrer Tochter war dies das einzig Positive, was aus ihrer Ehe mit dem Softwareentwickler hervorgegangen war. Sie hatte das Programm *Cathy* getauft. So konnte sie ihrer Tochter wenigstens in Gedanken nahe sein.

Cathy konnte anhand eines dreidimensionalen Ausschnitts der Erdoberfläche die genaue Lage des Epizentrums einer tektonischen Störung abbilden. Es griff dafür auf eine Datenbank zurück, in der die neuesten satellitengestützten Höhenmessungen gespeichert waren, und übertrug diese in ein hochauflösendes Blockbild. Natürlich in alle Richtungen skalierbar und frei beweglich. Ella blickte auf ein maßstabsgerechtes Abbild des Marianengrabens mit all seinen Schluchten, Vorsprüngen und Klüften. Obwohl dieser Teil der Schlucht im Bereich immerwährender Finsternis lag, konnte sie jetzt sehen, was eigentlich nicht sichtbar war. Sie gab die GPS-Daten des U-Bootes sowie die aktuelle Tiefe ein und sah, dass sie sich nur noch ein kleines Stück von der Stelle entfernt befanden, die für so viel Unruhe sorgte. Es waren natürlich in Wirklichkeit noch etwa zweitausend Meter bis dorthin, aber auf der Grafik sah die Entfernung winzig aus. Ella spürte Ungeduld in sich aufflammen. Wenn es ihnen gelänge, auf diesem seltsam gerundeten Hügel zu landen, könnten sie von dort aus mit ihren Messungen beginnen …

»Können wir jetzt reden?«, meldete sich Esteban zu Wort.

»Sieh dir mal die Ausschläge an«, sagte Ella. »Die seismischen Wellen sind jetzt viel klarer, so nah an der Quelle. Es sieht aber so aus, als wären sie ausschließlich ins Innere der Erde gerichtet, so dass wir hier nur die Reflexionen empfangen. Eigenartig. Aber das hat auch einen Vorteil.«

»Welchen?«

Ella warf Esteban einen vielsagenden Blick zu. »Nun, unter normalen Umständen würden uns von den Erdstößen die Ohren dröhnen. Schallwellen werden im Wasser nämlich hervorragend weitergeleitet.« Sie schüttelte den Kopf. »Ich muss den Leuten von der NOAA Recht geben. Das ist alles verdammt merkwürdig.«

»Ella ...«

»Ja, ich weiß.« Seufzend schaltete sie den Computer aus. »Ich bin ganz Ohr.«

Esteban warf einen kurzen Blick auf den Schweizer Geologen, als ob er sich vergewissern wollte, dass dieser noch seelenruhig schlief.

»Es geht um den Professor«, flüsterte er.

»Was ist mit ihm?«

»Ist dir an ihm irgendetwas aufgefallen? Etwas, das dir seltsam oder merkwürdig vorgekommen ist?«

Ella hob skeptisch eine Augenbraue. »Du meinst *noch* merkwürdiger als sein Verhalten gestern beim Dinner? Du warst doch dabei und hast mitbekommen, was er da für einen Unsinn verzapft hat.«

»Das meine ich nicht.« Estebans Stimme bekam einen drängenden Unterton. »Hat er mit jemandem geredet? Hat er telefoniert oder eine Nachricht abgeschickt? Ich weiß, dass du ihn beobachtest. Es wäre überaus hilfreich für mich, wenn du mir sagen würdest, was du über ihn weißt.«

Sie runzelte die Stirn. »Keine Ahnung, wovon du sprichst. Den Professor beobachten? Wie käme ich dazu?«

»Du musst ganz offen zu mir sein, Ella. Ich weiß, dass du etwas vor mir verbirgst. Es ist wirklich wichtig, dass du mir alles sagst, was du weißt.«

Ella wich etwas zurück. Irgendetwas missfiel ihr an dem Gespräch. Es hatte etwas von einem Verhör an sich. »Vielleicht kannst du mir einen Hinweis geben, wonach du eigentlich suchst. Dann könnte ich dir vielleicht helfen.«

Esteban schien unschlüssig zu sein. Nachdem er sich vergewissert hatte, dass die Japaner unter ihren Badehauben nichts von ihrem Gespräch mitbekamen, beugte er sich so weit zu ihr herüber, dass sie seinen Atem auf der Wange spüren konnte. »Meine Vorgesetzten sind besorgt«, flüsterte er. »Und um ehrlich zu sein: Ich bin es auch. Es ist alles schiefgelaufen. Dieses vorgezogene Tauchmanöver hat uns gewaltige Probleme beschert.«

»Von was für Problemen sprichst du?«

Esteban zögerte. Es hatte fast den Anschein, als müsse er abwägen, welche Informationen er ihr anvertrauen dürfe und welche nicht. Endlich hatte er sich entschieden. Er beugte sich noch ein Stück weiter zu ihr herüber. Dann flüsterte er etwas. Es war nur ein einziges Wort und so leise, dass sie es kaum verstehen konnte. Doch Ella begriff sofort, wovon er sprach.

»*Sabotage.*«

16

Ella saß wie versteinert auf ihrem Stuhl. Das Knacken der Relais und das monotone Piepsen des Sonars drangen unangenehm laut in ihr Bewusstsein. Er wusste es. Er wusste von dem Anschlag.

Mit weit aufgerissenen Augen starrte sie ihn an. Esteban fuhr mit eindringlicher Stimme fort: »Mein Auftrag lautete, die Bombe, oder was immer es ist, ausfindig und, wenn möglich, unschädlich zu machen. Darüber hinaus bin ich beauftragt worden, den Urheber des Anschlags zu ermitteln. Der Plan basierte auf der Annahme, dass mir achtundvierzig Stunden zu Verfügung stehen. Eine ausreichend lange Zeit in meinem Gewerbe.«

»Gewerbe?«, platzte sie heraus. »Ich dachte du wärst Akustikexperte?«

»Das bin ich auch. Zumindest zum Teil«, er lächelte gequält. »In erster Linie gehöre ich zu einer sehr kleinen und sehr elitären Gruppe innerhalb des ONR. Eigentlich ist es mir nicht gestattet, darüber zu sprechen, aber in diesem Moment und in dieser speziellen Situation sehe ich keine andere Möglichkeit ...«

»Jetzt sag mir nicht, du gehörst zum Geheimdienst«, sagte sie, »das würde in meinen Ohren ein bisschen zu sehr nach James Bond klingen.« Es sollte eigentlich ein Scherz sein, doch Estebans Gesicht blieb absolut regungslos.

»Die offizielle Bezeichnung lautet zwar anders, aber lassen wir es ruhig dabei«, sagte er. »Ja, es stimmt. Ich arbeite undercover.«

»Und dein Name ...?«

»... ist auch falsch.« Er zuckte die Schultern. »Ich kann es gutheißen oder nicht, aber so ist es nun mal. Das gehört zum Geschäft. Nur dass ich aus Kuba stamme, das stimmt wirklich.«

Ella schüttelte den Kopf. Das alles war so unglaublich und so verwirrend. »Nicht zu fassen, dass man dir einen solch verantwortungsvollen Posten anvertraut hat. Ein Kubaner im amerikanischen Geheimdienst! Das klingt nach einer echten Räuberpistole ...«

»Ich habe schon für die amerikanische Regierung spioniert, als ich noch an der Universität von Havanna war. Es gab in akademischen Kreisen eine Strömung, die freie Wahlen propagierte. Die klügsten Köpfe des Landes machten dabei mit. Sie träumten von Demokratie und einem freien Land. Sie wollten gehen, wohin sie wollten, und sagen, was sie wollten.« Er zuckte die Schultern. »Die meisten wurden entdeckt und hingerichtet, mein Bruder eingeschlossen. Auch mich hätten sie geschnappt, hätte ich nicht rechtzeitig den Absprung geschafft. Castro – Gott verfluche ihn – hat meiner Familie nur Unglück gebracht. Es ist eine lange und unschöne Geschichte, das kannst du mir glauben.« Seine Worte stockten. »Wie auch immer«, fuhr er nach einer Weile fort, »Tatsache ist, dass ich mich um diesen Job hier beworben habe. Ich wollte dich unbedingt kennenlernen. Was man mir über dich zu lesen gab, hat mich fasziniert. Deine Akte ist, sagen wir mal, *unkonventionell.* Schwierige Ehe, Scheidung, Alkohol. Alles deutete auf eine labile Persönlichkeit hin. Aber weit gefehlt. Du zählst zu den kompetentesten Leuten auf deinem Gebiet. Du giltst als entschlossen, ehrgeizig und risikofreudig. Daher fiel die Wahl auf dich – auch wenn die

Regierung damit ein gewisses Risiko einging. In deiner Akte steht nämlich auch, dass du zu spontanen Entschlüssen neigst.« Er lächelte ihr zu. »Du scheinst nicht zu den Menschen zu gehören, die lange über einem Problem brüten. Du denkst schnell und handelst kurzentschlossen. Psychologisch unkorrekt würde man sagen, du bist bauchgesteuert. Das birgt natürlich gewisse Risiken. Nun sind die Leute, die für die Finanzierung dieses Projektes sorgen, natürlich sehr daran interessiert zu erfahren, wem sie ihre Schäfchen anvertrauen. Immerhin reden wir hier von einer Expedition, die einige Millionen Dollar Steuergelder verschlingt.«

Ella musste schlucken. Ihre Persönlichkeit schien für jedermann ein offenes Buch zu sein. »Und was hast du ihnen berichtet?«

»Nur das Beste. Versprochen.« Für einen kurzen Moment flackerte ein Lächeln in seinem Gesicht auf. »Ich halte dich nicht nur für sehr attraktiv, sondern auch für ausgesprochen qualifiziert. Und mit Menschen kenne ich mich aus, das kannst du mir glauben.«

Ella hatte sich eigentlich vorgenommen, sich nicht einwickeln zu lassen, trotzdem konnte sie nicht verhindern, dass das Kompliment ihr guttat. »Erzähl weiter«, drängte sie ihn.

»Alles lief gut, bis der Name Konrad Martin auf der Teilnehmerliste erschien.« Er warf einen kurzen Blick hinüber zu seinem Nachbarn. Als er sich vergewissert hatte, dass der Professor immer noch ruhig schlief, fuhr er fort: »Wir wissen nicht, wie der Name auf die Liste gekommen ist. Auf einmal war er da. Einfach so.« Er schnippte mit dem Finger. »Könnte sein, dass ihn die Japaner draufgesetzt haben. Es gibt dort viele dunkle Kanäle. Aber Genaueres wissen wir nicht.«

»Was ist denn so Besonderes an dem Professor?«, fragte Ella. »Ich meine, abgesehen davon, dass er egozentrisch, wortkarg und unsympathisch ist und überdies eine ziemliche Niete auf seinem Gebiet, macht er doch einen recht normalen Eindruck. Ich kenne eine Menge solcher Leute.«

»Glaube mir«, flüsterte Esteban, »jemanden wie ihn kennst du nicht. Es gibt einen entscheidenden Punkt, von dem du nichts wissen kannst.«

»Und der wäre?«

»Es existiert kein Konrad Martin.«

Ella runzelte die Stirn. »Soll das ein Witz sein?«

»Kein Witz. Ich meine es absolut ernst.«

»Aber was hat das zu bedeuten, *er existiert nicht*? Er liegt doch hier neben uns und schnarcht fröhlich vor sich hin.«

Esteban seufzte. »Physisch gesehen schon, da gebe ich dir Recht. Nicht aber auf dem Papier ...«

»Dem Admiral hast du aber etwas anderes erzählt«, unterbrach ihn Ella. »*Seine Identität ist wasserdicht, sonst wäre er nicht auf der Liste*, das waren deine Worte.«

»Würdest du bitte etwas leiser sprechen«, raunte er ihr mit einem besorgten Blick auf den Geologen zu. »Es gibt natürlich Ausweise, Gehaltsabrechnungen, eine Steuernummer, eine Geburtsurkunde und so weiter. Oberflächlich betrachtet scheint alles in Ordnung zu sein. Fängt man aber an, tiefer zu graben, so stößt man auf Ungereimtheiten.«

»Als da wären?«

»Kleinigkeiten, die nur einem geübten Auge auffallen. Keinerlei Familienangehörige, weder lebende, noch tote. Keine Rechtsverstöße. Es befindet sich nicht der kleinste Fleck auf seiner makellosen Weste, nicht mal ein Strafzettel wegen falschen Parkens.«

»Es soll Leute geben, die bewusst auf das Autofahren verzichten«, warf Ella lächelnd ein. »Vielleicht gibt es in der Schweiz das perfekte Nahverkehrsnetz ...«

»Er hat keine Vergangenheit«, sagte Esteban, ohne auf ihren Scherz einzugehen. »Professor Martin hat niemals an der Universität von Bern unterrichtet, er bezieht aber regelmäßig Gehalt von dort. Wir vermuten, dass er einer Organisation angehört, die tief in den Schweizer Alpen versteckt ist und dort ein geheimes Laboratorium betreibt. Eine Organisation, die irgendwie mit dem CERN vernetzt ist.«

»Dem *Conseil Européen pour la Recherche Nucléaire?*«

Esteban nickte. »Wir haben nie so genau herausbekommen, was die Schweizer in diesen Labors eigentlich treiben. Wir vermuten, dass es um Waffentechnologien geht, Waffen, die möglicherweise dem Völkerrecht widersprechen und die deshalb geheim gehalten werden. Wir suchen schon sehr lange nach einer Spur, die uns in diese Laboratorien führt.« Er blickte zu Professor Martin. »Aber eigentlich sind das nur Nebensächlichkeiten. Meine primäre Aufgabe bei diesem Unternehmen ist eine andere.«

»Was denn noch?« Ella hob überrascht die Augenbrauen.

»Ich wurde ausgesandt, um in Erfahrung zu bringen, wer ein Interesse daran haben könnte, diese Mission zu sabotieren. Wir wissen nicht, wer dahintersteckt und warum, nur eines ist klar: Die Spur führt in die Schweiz und zu Professor Martin.«

Ella blickte zweifelnd. »Der Mann ist doch viel zu auffällig. Wenn ich jemanden mit einer solch delikaten Aufgabe betrauen würde, dann einen, der charmant, sympathisch und aalglatt ist. Jemanden wie dich.«

Esteban blickte sie mit schiefgelegtem Kopf an. »Ein höchst zweifelhaftes Kompliment ...«

»Das kannst du nehmen wie du willst. Tatsache ist, dass er doch verrückt wäre, sich an Bord eines Schiffes zu begeben, das er sabotieren möchte. Damit würde er sich ja selbst in Gefahr begeben.«

Esteban nickte. »Genau mein Gedanke. Ich bin zu dem Schluss gekommen, dass nicht er es ist, der die Fäden in der Hand hält, sondern eine andere Person. Martin ist nur das Mittel zum

Zweck. Wir müssen davon ausgehen, dass er von dem geplanten Anschlag selbst keine Ahnung hat. Aber er könnte uns zu seinem Auftraggeber führen.«

»Woher weißt du das alles?« Ella runzelte die Stirn. »Sind das nur Spekulationen oder hast du irgendwelche Anhaltspunkte? Dafür, dass du so wenig stichhaltige Informationen besitzt, bist du dir deiner Sache merkwürdig sicher.«

Er zögerte. »Wir besitzen mehr Informationen, als du ahnst.« Ein Seufzen entrang sich seiner Brust. »Ella, all das zu erfahren wird nicht leicht für dich sein, aber es führt kein Weg daran vorbei. Ich muss dich einweihen. Nur wenn wir zusammenarbeiten, können wir das Unheil vielleicht noch abwenden.« Wieder machte er eine Pause.

Ella verschränkte die Arme vor der Brust. »Na, dann schieß mal los. Ich bin gespannt ...«

»Dein Handy.«

»Mein ...« Es dauerte einen Moment, ehe sie die Tragweite dieser zwei Worte erfassen konnte. Doch dann verstand sie: »Ihr wisst von diesem Anruf im Park?«

Er nickte.

»Aber wie kann das sein? Es sei denn ... ihr habt mich abgehört.« Ein schales Lächeln umspielte ihren Mund. »So ist das also. Der große Bruder, dein Freund und Helfer. Und seit wann belauscht ihr mich, wenn ich fragen darf?«

»Seit du in den Kreis der möglichen Bewerber aufgenommen wurdest. Also bereits einige Tage vor unserem Gespräch in Jaegers Büro.«

»Da konntet ihr doch gar nicht wissen, dass ich zusagen würde.«

»Die Wahrscheinlichkeit war sehr hoch. Dein gesamtes Persönlichkeitsprofil sprach dafür.«

»Und das allein genügt schon, um in der Vergangenheit eines Menschen herumzuschnüffeln? Um sein Telefon abzuhören?«

Sie spürte, wie ihr das Blut zu Kopfe stieg. »Ich dachte, es gäbe noch so etwas wie Bürgerrechte.«
Esteban verschränkte die Arme. »Es gibt aber auch so etwas wie das Bedürfnis nach Sicherheit. In einem solch heiklen Fall gelten die Persönlichkeitsrechte nicht mehr. Ich kann dir aber versprechen, dass wir deine Akte mit der größtmöglichen Diskretion behandeln.«
»Und wie ist der anonyme Anrufer dann an die Informationen über mich gelangt? Du hast das Gespräch doch selbst gehört. Er wusste *alles*.« Sie wandte sich von ihm ab. »Diskretion, Datenschutz, dass ich nicht lache. Versprich mir nichts, was du nicht halten kannst.«
Estebans Stimme wurde leiser. »Das mit dem Anruf tut mir leid. Wir wissen selbst nicht, wie der Anrufer an deine Akte gekommen ist. Deshalb müssen wir unbedingt herausfinden, wer hinter der Drohung steckt.«
»Meine Teilnahme an diesem Spiel kannst du dir abschminken. Ich werde keinen Finger krümmen, um dich bei deiner schmutzigen Arbeit zu unterstützen.« Ella wandte sich einen Moment lang ab, dann besann sie sich anders und sah ihm direkt in seine Augen. »Na schön, scheinbar ist heute Waschtag. Wenn wir schon bei der Wahrheit sind, dann will ich aber auch alles wissen. Als du mich im Hotel besucht hast, als du mit mir geschlafen hast, war ich da auch nur Teil deines Jobs?«
Esteban hielt ihrem Blick eine Weile lang stand, doch dann wich er ihr aus. »Ella, ich ...«
Sie hob die Hand. »Danke, das genügt mir. Mehr wollte ich nicht wissen.« Sie lehnte sich zurück und schaltete ihren Computer wieder an.
»Bitte glaube mir, meine Gefühle für dich haben sich geändert«, er legte seine Hand auf ihren Arm. »Es ging alles so schnell. Mein Auftrag lautete, möglichst viele Informationen über dich zu sammeln. Der Gedanke, dich in deinem Hotel aufzusuchen,

schien mir eine gute Idee zu sein. Wie konnte ich denn ahnen, dass ich mich in dich verlieben würde.«

»Halt den Mund«, fauchte sie. »Halt einfach den Mund.« Sie versuchte, sich auf ihr Programm zu konzentrieren. »Und wenn ich dir noch einen guten Rat geben darf: Nimm deine Hand endlich von meinem Arm!«

17

Toshio Yamagata schwebte wie auf Wolken. Der Boden der Challenger-Tiefe war in greifbare Nähe gerückt und die *Shinkai* hielt sich prächtig. Bis auf einen kurzzeitigen Ausfall des Höhensonars auf Meter 6363, der auf die übermäßige Bildung von Kondenswasser zurückzuführen war, hatte es nicht die kleinste technische Panne gegeben. Er hatte den Technikern auf der *Yokosuka* bereits durchgegeben, dass die Menge an Silikatgel auf der nächsten Fahrt erhöht werden musste. Ansonsten verlief der Vorstoß in die Tiefe wie nach dem Lehrbuch. Ihre Sinkgeschwindigkeit betrug konstant einen Meter pro Sekunde, wenn man mal von der Durchbrechung der so genannten Thermoklinen absah, Grenzbereiche, in denen warme und kalte Wasserschichten aufeinandertrafen und die Fahrt erheblich verzögern konnten. Doch die *Shinkai* hatte all diese Barrieren problemlos gemeistert.

Ein Blick auf den Tiefenmesser bestätigte ihm, dass sie die Zehntausendermarke bereits passiert hatten. Nur noch wenige hundert Meter trennten sie von der Stelle, an der im Jahr 1960 die beiden Wissenschaftler Walsh und Piccard mit ihrem *Bathyskaphen* gelandet waren. Damals hatte ihr Tiefenmesser 11340 Meter angezeigt – ein Irrtum, wie sich herausstellte. Das schweizerische Messinstrument war versehentlich im Süßwasser geeicht worden, das eine geringere Dichte aufweist als Salz-

wasser. Dieser Fehler würde sich bei ihnen nicht wiederholen. Wenn sie aufsetzten, würde die Anzeige 10740 betragen, ein paar Meter mehr oder weniger waren einkalkuliert. Vielleicht würden sie sogar auf die Markierung der Kaiko stoßen, die die unbemannte Sonde vor ziemlich genau zehn Jahren hier zurückgelassen hatte. Eine weiße Boje, verankert im weichen Schlick des Meeresbodens. Die Kaiko, ein *Remotely Operated Vehicle*, kurz ROV genannt, diente dazu, die Stellen zu markieren, an denen die *Shinkai* später tauchen sollte. Normalerweise wäre sie auch jetzt wieder zum Einsatz gekommen, doch in Anbetracht des knappen Zeitfensters und der Tatsache, dass diese Stelle vor Jahren bereits gründlich untersucht wurde, hatte man diesmal auf den Einsatz des kleinen Roboters verzichtet. Yamagata, der im Allgemeinen sehr auf Sicherheit bedacht war, bedauerte diesen Umstand, denn er mochte den kleinen Roboter und schenkte ihm uneingeschränktes Vertrauen. Doch die Aussicht, über eine Woche warten zu müssen, bis sich der Sturm verzogen und die Kaiko ihre Daten gesendet hatte, waren alles andere als verlockend gewesen.
Er warf einen weiteren Blick auf den Tiefenmesser. 10250 Meter. Eine unvorstellbare Tiefe. Über 1300 Kilogramm Druck lasteten jetzt auf jedem Quadratzentimeter der schützenden Außenhülle. Nicht einmal mehr ein halber Kilometer, dann hatten sie es geschafft. Er blickte in die erwartungsvollen Gesichter seiner Gehilfen und nickte ihnen aufmunternd zu. Auch sie schienen diese aufgeladene Atmosphäre zu spüren, dieses Prickeln. Der historische Moment stand kurz bevor.
Plötzlich ertönte ein Rumpeln. Das Boot wurde von einer heftigen Turbulenz geschüttelt. Sein stählerner Rumpf geriet in eine merkliche Schieflage, kippte dann jäh zur anderen Seite und begann langsam im Kreis zu schwimmen. Es schien, als wäre die *Shinkai* von den Armen eines gewaltigen Kraken gepackt worden. Ein schriller Piepton drang aus dem Laut-

sprecher. Über Yamagatas Kopf leuchtete ein rotes Warnlicht. Die Temperaturanzeige.
Ungläubig starrte er auf die Nadel. Wenn die Temperaturanzeige zuverlässig arbeitete, war die Außentemperatur in wenigen Augenblicken um zehn Grad angestiegen. Er klopfte gegen das Gehäuse. Die Nadel zitterte leicht, verharrte aber auf der Zwölf-Grad-Marke. Mit einem geübten Blick überprüfte er den Temperaturfühler am Heck. Kein Zweifel, die Werte stimmten.
»Maschinen stopp!«
Sein Copilot gehorchte augenblicklich. Das Summen des Elektromotors verstummte. Yamagata nahm seinen Helm ab und wandte sich an die ausländischen Wissenschaftler. Dem Schweizer Geologen, der eben aufgewacht war, stand die Müdigkeit noch ins Gesicht geschrieben, doch die beiden Amerikaner waren hellwach.
»Warum haben Sie die Maschinen gestoppt?«, fragte Ella Jordan.
»Wir scheinen in eine Warmwasserzelle geraten zu sein«, er deutete auf die Messinstrumente. »Ich kann mir das nicht erklären ...«
Wieder wurde die *Shinkai* von einer heftigen Turbulenz erschüttert. Wären die Wissenschaftler nicht angeschnallt gewesen, sie wären wie Erbsen in einem Sieb durcheinandergeflogen.
Ella löste ihren Gurt. Trotz der fortwährenden Erschütterungen rutschte sie mit einer geschmeidigen Bewegung von ihrem Stuhl, stützte sich an der stählernen Wand der Kugel ab und blickte durch ihr Bullauge nach unten. »Oh mein Gott«, hauchte sie. »Sehen Sie sich das an.«
Yamagata löste ebenfalls seinen Gurt und eilte zu seinem Fenster. Was er in der Tiefe sah, verschlug ihm den Atem. Von unten drang ein rotes Leuchten zu ihnen herauf. Es hatte fast den Anschein, als würde der Meeresboden brennen.

Es wurde still in der Druckkugel. Alle blickten wie gebannt auf den Meeresgrund, die Nasen an die Scheiben gepresst. Es war ein Anblick, so unglaublich und so unerwartet, dass nicht mal ein besonnener Wissenschaftler wie Toshio Yamagata Worte fand für das, was er dort sah.

Ella Jordan war die Erste, die sich fing: »Leute, ich glaube, wir haben ein Problem.«

»Der Meeresboden ist aufgebrochen«, sagte Esteban. »Dem Leuchten nach zu urteilen müssen es mehrere Spalten sein, durch die flüssige Magma nach oben dringt.«

»Nicht möglich«, murmelte Yamagata. »Das Meereswasser würde sie sofort abkühlen. Es käme zu einer Krustenbildung, die den Bruch in Minutenschnelle versiegeln würde.«

»Nicht, wenn der Magmastrom ein bestimmtes Maß überschreitet«, sagte Ella. »Wir müssen es hier mit einer sehr starken Eruption zu tun haben.«

Yamagata spürte, dass die Geologin Recht hatte. Eine weitere schwere Turbulenz erschütterte das Tauchboot. Yamagata klammerte sich zwar im letzten Augenblick fest, konnte aber nicht verhindern, dass er mit dem Kopf gegen den Sicherungskasten prallte. Sternchen flimmerten vor seinen Augen. Er spürte, wie es warm von seiner Stirn tropfte. Taumelnd und mit letzter Kraft ließ er sich zurück auf seinen Sitz fallen. Er schloss die Augen.

Als er sie wieder öffnete, sah er ein Gesicht über sich. Es war die Geologin. Sie tupfte ihm das Gesicht mit einem Papiertuch, das verdächtig rot gefärbt war.

»Was ist geschehen?«, flüsterte er. »Ich kann mich nicht erinnern ...«

»Ein klassischer Knockout, würde ich sagen«, sagte sie. »Vielleicht hätten Sie Ihren Helm nicht abnehmen sollen.« Sie lächelte und drückte einen Wattebausch, getränkt mit einer braunen Flüssigkeit, auf seine Stirn. Es brannte bestialisch.

»So, nur noch ein Pflaster, dann sind Sie wiederhergestellt. Möchten Sie etwas zu trinken haben?«

Yamagata nickte. Die Luft innerhalb der Druckkammer war furchtbar warm und stickig geworden. »Stell verdammt noch mal die Heizung ab«, sagte er in Richtung seines Copiloten. »Man kommt sich ja vor wie in der Sauna.« Er löste die beiden obersten Knöpfe seines Overalls. Er war schweißgebadet. Mühsam und mit einem wattigen Gefühl im Kopf richtete er sich auf. Alle blickten ihn erwartungsvoll an. »Welchen Status haben wir?«, murmelte er.

»Unverändert«, entgegnete Esteban. »Wir schweben knapp unterhalb der Zehntausendermarke. Alle Maschinen stehen auf Stopp.«

»Und die Temperatur?«

»Unverändert zwölf Grad. Die Turbulenzen haben uns ein Stück weit nach oben in eine ruhigere Zone befördert. Was machen wir jetzt?«

Yamagata ordnete seine Gedanken. »Zuerst müssen wir die *Yokosuka* kontaktieren und ihr einen Bericht von unserer derzeitigen Situation geben ...«

»Haben wir schon versucht«, sagte Jordan. »Leider ohne Ergebnis. Die starke Ionisation des Wassers unterbindet jeglichen Funkverkehr. Alles, was wir empfangen, ist ein statisches Rauschen.«

»Ionisation?«

Der Bordingenieur antwortete: »Die starke Bewegung der Erdschichten in Verbindung mit den Eruptionen hat die Wassermoleküle elektrisch aufgeladen.« Er zuckte die Schultern. »Ich habe alle Frequenzbereiche abgesucht, es ist aussichtslos.«

»Verdammt.« Yamagata musste mit einem Mal an die *Kaiko* denken. Der kleine ROV hätte sie rechtzeitig über die Verhältnisse hier unten informieren können. Der Kommandant presste die Lippen aufeinander. Die Luft schmeckt mit einem Mal schal, als käme sie aus einer Konservendose. Die alles beherrschende Frage lautete: Konnten sie unter solchen Voraussetzungen die Expedition fortsetzen? Durfte er als verantwortlicher Kommandant ein solches Risiko eingehen? Es konnte nur eine Antwort auf diese Frage geben.

»Abbruch der Mission«, sagte er und bemühte sich, seiner Stimme einen entschlossenen Klang zu verleihen. An seinen Copiloten gewandt, fuhr er fort: »Alles für den Aufstieg vorbereiten.«

»Was sagen Sie da?«, platzte die Geologin heraus. Sie sah ihn fassungslos an. »So dicht vor dem Ziel wollen Sie aufgeben?«

»Ich gebe nicht auf.« Yamagata stand auf und wandte sich den drei Wissenschaftlern zu. »Ich sehe nur der Wahrheit ins Auge. Wir sind von der *Yokosuka* abgeschnitten; niemand kann uns hören. Sollte es zu technischen Problemen kommen, wären wir auf uns gestellt. Wir wären nicht mal in der Lage, ein SOS-Signal abzusetzen. Außerdem haben wir ein Hitzeproblem. Die *Shinkai* ist zwar für hohen Druck ausgelegt, nicht aber für hohe Temperaturen. Die Batterien funktionieren nur innerhalb eines Toleranzbereichs von etwa einhundert Grad Celsius. Wir haben keinen Hitzeschild, und mit jedem Meter, den wir tiefer sinken, wird das Wasser heißer. Und drittens sind da die Turbulenzen. Sie haben sie vorhin selbst zu spüren bekommen. Es ist, als würde man versuchen, in einem Topf mit kochendem Wasser zu tauchen. Bitte denken Sie immer daran: Es genügt eine Berührung mit den Wänden des Grabens, um die Druckkugel zu beschädigen. Jede noch so kleine Fraktur in der Hülle und wir wären auf der Stelle tot.« Er schüttelte den Kopf. »Tut mir leid. Ich kann dieses Risiko nicht eingehen. Wir können den Meeresboden unter diesen Umständen nicht erreichen.«

Die Crew schwieg. Ella Jordan starrte betroffen zu Boden, unfähig zu sprechen oder ihm in die Augen zu blicken. Esteban kaute nervös an seiner Unterlippe. Einzig für Konrad Martin

schien die Entscheidung in Ordnung zu gehen. Er quittierte sie mit einem stummen Nicken.
Als Yamagata das Zeichen zum Aufbruch gab und sich die beiden Vertikalschrauben mit einem Surren in Bewegung setzten, sah er aus dem Augenwinkel, wie Ella Jordan in sich zusammensackte. Mit hängenden Schultern setzte sie sich in ihren Stuhl, richtete die Lehne auf und zog den Gurt fest.
In diesem Moment meldete sich das Notebook der Wissenschaftlerin mit einem sanften Piepsen. Wieder waren zwei Stunden achtundvierzig Minuten verstrichen, wieder wurde die Erde von einem Beben erschüttert. Wieder in einer Stärke von 3,8. Yamagatas Blick glitt über den Monitor, der gerade irgendwelche Daten in ein 3-D-Modell des Meeresgrundes einfügte. Er war aufs Neue erstaunt, wie realistisch die Darstellung war. Irgendwann würde er die Professorin fragen, ob sie bereit war, ihm die Software zu verkaufen. Gebannt beobachtete er, wie sich das Bild von oben nach unten aufbaute. Zeile für Zeile wurde die Darstellung größer. Nach einer knappen Minute waren die Berechnungen abgeschlossen. Die Geologin glättete die Kanten noch ein wenig und starrte eine Weile ausdruckslos auf das Bild. Sie wirkte wie eingefroren. Yamagata spürte sofort, dass etwas nicht stimmte. »Gibt es Probleme?«, fragte er.
»Stopp. Bitte halten Sie das Boot für einen Moment an.« Ihre Stimme klang dünn und zitterte vor Erregung.
Der Kommandant runzelte die Stirn. »Was ist denn los?«
»Sehen Sie mal.« Sie rückte etwas zur Seite, damit er das Bild besser betrachten konnte. »Sehen Sie diese Erhebung hier? Ich meine die, die wie eine überdimensionale Nase aus der Steilwand des Marianengrabens herausragt?« Sie deutete auf einen runden, geschwungenen Hügel.
»Natürlich sehe ich sie.«
»Laut *Cathy* misst sie schätzungsweise zweihundert Meter von einer Seite zur anderen.«

»Und was soll damit sein?«, fragte Yamagata.
»Nun«, sagte sie, »wenn ich das, was mir der Computer eben mitgeteilt hat, richtig interpretiere, so liegt sie nur etwa hundert Meter unter unserer jetzigen Position. Wir könnten bequem auf ihr landen und wären dort vor allzu großer Wärmeeinwirkung und Turbulenzen geschützt.«
»Und was sollen wir dort?«, fragte Professor Martin ungeduldig. »Es ist ein Buckel, mehr nicht.«
»Wenn Sie die Darstellung näher betrachten, so können Sie erkennen, dass dieser *Buckel*, wie Sie ihn so abfällig nennen, die Quelle der Divergenz ist.«
Yamagata runzelte die Stirn. »Wollen Sie damit andeuten, dass die Erdstöße von diesem Hügel ausgehen? Ich dachte, wir müssten bis ganz hinunter.«
Ellas Augen leuchteten. »Scheinbar nicht. Laut meinen Berechnungen liegt das Epizentrum hier. Beinahe genau auf unserer Höhe.«
»Sind Sie sicher, dass das Programm einwandfrei funktioniert«, fragte der Kommandant. »Vielleicht haben Sie sich bei der Interpretation der Daten getäuscht. Was Sie da behaupten, wäre doch recht ungewöhnlich, oder?«
Ella nickte. »Ganz und gar ungewöhnlich. Ich erinnere mich aber, dass die NOAA unabhängig von mir zu derselben Einschätzung gelangt ist. Stimmt es nicht, Mr. Esteban? Ein Problem, über das wir schon vor Beginn unserer Reise gesprochen haben. Und hier ist der Beweis.« Sie deutete auf den Monitor. »Sehen Sie es sich selbst an. Sämtliche Erbebenwellen gehen von diesem einen Punkt aus. Dann machen sie sich auf den Weg und durchdringen dabei Tausende von Kilometern Gestein.«
»Es ist trotzdem unmöglich«, entgegnete Martin. »Eine Quelle, die einen lokal so eng begrenzten Raum einnimmt? So etwas wurde seit Bestehen der Erdbebenforschung nicht beobachtet.«

»Stimmt, Herr Professor«, sagte Ella. »Doch genauso wenig wurde jemals ein Beben beobachtet, nach dem man die Uhr hätte stellen können. Und doch genau das ist hier der Fall. Was wollen wir also machen? Die Fakten ignorieren und so tun, als gäbe es das alles nicht, oder endlich anfangen zu arbeiten? Ich sage Ihnen in aller Deutlichkeit: Die Antwort auf unsere Fragen liegt hier. Direkt unter unseren Füßen.« Sie warf dem Kommandanten einen flehenden Blick zu. »Yamagata-san, wir müssen die Sache untersuchen, auch wenn ein gewisses Risiko damit verbunden ist. Ich bitte Sie inständig, es sich noch einmal zu überlegen.«

Der Kommandant des Tauchbootes legte die Stirn in Falten und versank für eine knappe Minute in Gedanken. Dann hob er seinen Kopf und gab seinem Copiloten ein knappes Handzeichen.

18

Marten Enders streichelte sich zufrieden über den Bauch. Sein Blick wanderte durch die Scheibe der Eingangstür, während er beobachtete, wie das schwedische Kamerateam zurück zum Übertragungswagen ging. Die Korrespondentin von SVT 1 war ausgesprochen hübsch gewesen. Keine ätherische Schönheit wie Jan, aber doch von einer gewissen kühlen, nordischen Erotik. Sie hatte etwas verhalten Aufreizendes an sich, etwas, was sich nur schwer in Worte fassen ließ. Sicher ein flotter Feger im Bett. Wie war doch gleich ihr Vorname? Ingrid? Inga? War ja egal. Jedenfalls hatte es ihr sichtlich Vergnügen bereitet, ihm bei jeder sich bietenden Gelegenheit ihr üppiges Dekolleté unter die Nase zu halten. Was wiederum auch ihm viel Vergnügen bereitet hatte. Wenn doch alle Reportagen so anregend sein könnten. Der Filmbeitrag gehörte zu den wenigen, von denen Enders schon im Vorfeld wusste, dass er gut werden würde. Pointiert, kenntnisreich und mit dem gewissen Etwas. Er seufzte.
Das war sein letzter Termin für heute gewesen. Wenn er wollte, konnte er jetzt nach Hause fahren, den Kindern einen Kuss geben, sich ein Bad einlassen und den Abend entspannt mit seiner Frau vorm Fernseher abhängen. Verdient hatte er das. Er war gern bei seiner Familie. Die Abendstunden waren immer etwas Besonderes – der Inbegriff von Harmonie, angefüllt mit

kleinen Zärtlichkeiten und Ritualen. Hausaufgaben kontrollieren, Schultaschen packen, schmusen und balgen, Zähne putzen, Gutenachtgeschichten vorlesen und Licht löschen. Er liebte diese Routine. Danach würden er und seine Frau vielleicht noch etwas miteinander reden und ein Glas Wein zusammen trinken, und wer weiß, was sich dann noch alles ergeben mochte.

Doch aus irgendeinem Grund konnte er dieser Aussicht heute keinen rechten Reiz abgewinnen. Es war zu entspannend, zu harmonisch ... zu langweilig. Ihm stand der Sinn nach Abwechslung. Er spürte, dass immer noch ein letzter Rest Adrenalin durch seine Venen pulsierte. Damit verbunden war ein euphorisches Gefühl, das er noch eine Weile auskosten wollte. Er legte die Füße auf den Tisch, nippte an seinem Kaffee und warf einen dankbaren Blick auf das mächtige Radioteleskop. Wie ein flüchtiger Traum erhob es sich vor dem Panorama der Eifeler Mittelgebirgslandschaft. Ein Lächeln stahl sich auf sein Gesicht. Einmal im Leben war er zur richtigen Zeit am richtigen Ort gewesen. Seine Entdeckung hatte seinen Namen auf aller Welt bekannt gemacht. Natürlich hatte auch sein Talent für Öffentlichkeitsarbeit etwas mit dem Erfolg zu tun. Die Kameras liebten ihn. Forscherkollegen, die zuvor nur ein müdes Lächeln für ihn übrig gehabt hatten, zählten sich mit einem Mal zu seinen besten Freunden. Er war jedoch vorsichtig genug, nicht auf ihr anbiederndes Gehabe hereinzufallen. Die Gunst, die ihm so unvermittelt aus aller Welt entgegenwehte, konnte genauso schnell wieder verschwinden. Dennoch schmeichelte es seinem Ego, so umworben zu werden. Wem würde das nicht gefallen? Außerdem beruhigte es ihn ungemein, dass seine finanziellen Schwierigkeiten endlich ein Ende gefunden hatten. Die Sponsorenverträge mit einer Großbrauerei und einem Schokoladenhersteller waren bereits unterzeichnet, der Terminkalender für bezahlte Führungen quoll über. Auch was seine eigene finanzielle Lage betraf, konnte er zufrieden sein. Man hatte sein

Gehalt um beinahe die Hälfte aufgestockt und ihm das Amt des Dekans für die astrophysikalische Fakultät in Bonn angeboten. Die Entscheidung, ob er den Posten annehmen würde, hing aber in erster Linie davon ab, wie sich *sein Projekt*, wie er es im Stillen getauft hatte, in den nächsten Wochen und Monaten entwickeln würde. Wenn er ehrlich war, war es ja auch Jans Projekt, schließlich war sie es gewesen, die die Sternenexplosion als Erste bemerkt und aufgezeichnet hatte. Dieser Umstand trübte seine Euphorie aber nur geringfügig. Marten war in dieser Hinsicht einfach gestrickt. *Er* war der Leiter der Station, also gebührte *ihm* die Ehre der Entdeckung. Schließlich war es ja auch nicht Kolumbus' Steuermann, der in den Geschichtsbüchern auftauchte, sondern der Expeditionsleiter selbst. Abgesehen davon wäre Jan gar nicht in der Lage gewesen, ihre Entdeckung gewinnbringend zu lancieren. Sie hasste Kameras und verschwand, sobald ein Fernsehteam auch nur einen Fuß auf das Gelände setzte. Marten kratzte sich am Kopf. Was tat sie eigentlich den lieben langen Tag, während er die Teams herumführte? Immer, wenn Marten ihr auf irgendeinem Gang begegnete, wirkte sie schrecklich beschäftigt. Meist hatte sie nur ein schmales Lächeln für ihn übrig. Sie hatten seit über einer Woche kaum ein Wort miteinander gewechselt, und wenn man es recht bedachte, wusste er überhaupt nicht, woran sie eigentlich arbeitete.
Er nahm die Füße vom Tisch, trank den letzten Schluck Kaffee und stand auf. Es war an der Zeit, einmal herauszufinden, was Jan die letzten Tage über getrieben hatte. Baden und abhängen konnte er später immer noch.

Im Büro brannte noch Licht. Die Tür war angelehnt, und von drinnen drang das Rattern des Nadeldruckers an sein Ohr. Marten lächelte verschmitzt. Was war diese Frau doch für ein Arbeitstier. In ihrem Alter hatte er sich noch hauptberuflich in

Studentenkneipen herumgetrieben und Flugblätter verteilt. Er fand, dass es höchste Zeit war, sie auf andere Gedanken zu bringen. Und wenn sich ein kleiner Flirt ergab, hatte er dagegen nichts einzuwenden. Das Interview mit der schwedischen Reporterin hatte ihn auf den Geschmack gebracht. Er konnte nur hoffen, dass dieser aufdringliche Bursche aus der Prozessrechnergruppe nicht im Büro war, dann würde es ein kurzer Besuch werden. Für Martens Geschmack schwirrte der viel zu oft in Jans Nähe herum. Wie hieß er doch gleich? Ach ja, *Daniel.* Kopfschüttelnd trat er näher. Eine halbe Flasche Chianti aus der Küche unter den Arm geklemmt sowie zwei Gläser vorsichtig in einer Hand haltend, klopfte er an.

Nichts rührte sich. Als auch auf ein wiederholtes Klopfen keine Antwort kam, trat er ein.

Das Büro war leer.

Er trat ein und schloss die Tür hinter sich. Mit gerunzelter Stirn blickte er sich um. Das Zimmer war eine Katastrophe. Es sah aus, als wäre eine Rotte Wildschweine hindurchgefegt. Papiere stapelten sich auf dem Boden, Bücher lagen halb aufgeschlagen und mit geknickten Seiten auf dem Schreibtisch, darunter teure, seltene Exemplare, die selbst über die Landesbibliothek kaum noch zu beschaffen waren. Über die pflegliche Behandlung von Büchern würde er mit Jan noch zu reden haben. Seltsame Rechnungen, mit krakeliger Schrift geschrieben, überzogen die Tafel. Der Papierkorb quoll über vor handschriftlichen Notizen, die kaum noch von Runen zu unterscheiden waren. Alles in allem stand der Anblick ihres Büros in krassem Gegensatz zu Jans übertriebener Liebe für Ordnung und Sauberkeit. Irgendetwas Merkwürdiges ging hier vor, und in Marten regten sich erste Anzeichen von Sorge.

Er stellte Flasche und Gläser ab, ging zum Drucker und versuchte sich einen Eindruck zu verschaffen, woran seine Assistentin gerade so eifrig arbeitete. Es dauerte nicht lange, bis er sich eingestehen musste, dass er den endlosen Strömen von Zahlen und Buchstaben keinen Sinn entlocken konnte. Zugegeben, theoretische Mathematik war noch nie seine Stärke gewesen, aber ein wenig verstand er schon von der Sache. Was Jan hier ausdruckte, entzog sich jedoch ganz und gar seinem Auffassungsvermögen. Er spürte zwar, dass es etwas mit der Sternenexplosion zu tun haben musste, aber was genau, darüber konnte er nur spekulieren.

Er hatte sich gerade umgewandt und einen eng beschriebenen Zettel aus dem Papierkorb gefischt, als die Tür aufging und seine Assistentin auftauchte.

Ihre Haare waren verstrubbelt und ihr Gesicht war gerötet, so dass sie trotz ihrer jungen Jahre den Eindruck eines zerstreuten Professors machte. Martens Sorgen verdichteten sich, als er den fiebrigen Glanz in ihren Augen bemerkte. »Hallo, Jan«, begann er das Gespräch so unverfänglich wie möglich, »ich hatte gerade meinen letzten Termin.«

Sie blickte ihn überrascht an, als wäre sein Anblick das Letzte, womit sie gerechnet hatte. Doch dann besann sie sich und schnürte an ihm vorbei zum Drucker. »Die hübsche Schwedin?«, sagte sie und riss die letzten Ausdrucke ab. »War sie nett?« Kopfschüttelnd überflog sie die Zahlen.

»Sie war sehr professionell, wenn du das meinst. Der Beitrag geht übermorgen über den Sender. Inga hat mir versprochen, uns eine Kopie zu schicken. Und ich dachte ... da wir beide ja in den letzten Tagen wenig Zeit füreinander hatten, dass ich dich vielleicht mit einem kleinen Gläschen Chianti von der Arbeit ablenken könnte.« Er zwinkerte ihr zu.

»Wie schön.« Jan ließ den Ausdruck in einen Karton gleiten und sah ihm zum ersten Mal, seit sie den Raum betreten hatte, direkt in die Augen. »Ein Chianti, sagst du? Es tut mir leid, dir das sagen zu müssen, aber die Flasche steht schon seit drei Tagen geöffnet im Kühlschrank. Abgesehen davon, dass man ihn erst temperieren müsste, ist er mit Sicherheit schal. Aber ich könnte jetzt sowieso keinen Alkohol trinken. Wie du siehst, stecke ich mitten in der Arbeit.«

»Arbeit, Arbeit, Arbeit. Du musst doch auch mal ausspannen. Wie lange ist das her, das wir das letzte Mal miteinander geredet haben? Ich meine *richtig* geredet. Eine Woche? Zwei? Du kommst ja nicht mal mehr in die Kantine. Was treibst du hier überhaupt?«

Jan stand ein paar Sekunden unschlüssig im Raum, dann setzte sie sich seufzend. Sie legte die Beine auf den Tisch, griff nach der Weinflasche und nahm einen Schluck. »Brrr«, schüttelte sie sich. »Ich hab doch gesagt, dass er schal ist.« Ihren eigenen Worten zum Trotz nahm sie noch einen Schluck. Dann lehnte sie sich nach hinten, verschränkte die Arme hinter dem Kopf und blickte unter die Decke. »Du willst wissen, was ich hier treibe?«

»Allerdings. Um ehrlich zu sein, ich kann in diesem Chaos hier keinen Sinn erkennen.«

»Na schön.« Sie ließ sich nach vorn kippen. »Ich wollte es dir ohnehin sagen. Schließlich bist du der Chef. Du hast das Recht, E.T. als Erster zu sehen.«

Marten gab einen glucksenden Laut von sich. Dann griff er selbst zur Flasche. »E.T.? Was redest du da?« Vorsichtig nahm er einen Schluck. Was hatte Jan bloß? Der Wein schmeckte doch gar nicht so übel.

Jan brachte ein schmales Lächeln zustande – zum ersten Mal, seit er ihr Büro betreten hatte. »Na, ich rede von den kleinen Grünen.« Sie hielt ihre beiden ausgestreckten Zeigefinger hinter die Ohren. »Du weiß schon: piep, piep, nach Hause telefonieren. Ich rede von Außerirdischen.«

»Hast du welche entdeckt?« Marten nahm einen weiteren Schluck.

»Darauf kannst du wetten.«

»Bist du ganz sicher? Das würde sich im Fernsehen noch besser machen als die Supernova. Wann kommen sie denn? Haben sie gesagt, ob sie länger bleiben?«
Jan warf ihm einen verschwörerischen Blick zu. »Vielleicht sind sie ja schon hier.«
»Umso besser. Dann kann ich den Schweden Bescheid sagen, dass sie gleich hierbleiben können.«
»Tu, was du nicht lassen kannst.«
Marten ließ seine Hände auf die Schenkel fallen. Es wurde Zeit den Chef raushängen zu lassen. »Okay, genug gewitzelt. Was genau hast du entdeckt? Und was sollen all diese Berechnungen? Geht es dabei um dein geheimes Projekt? Glaub nur nicht, ich hätte nicht bemerkt, dass du nebenher daran arbeitest. Für mich war das in Ordnung, solange das Tagesgeschäft nicht darunter leidet. Mittlerweile habe ich aber das Gefühl, dass genau das der Fall ist. Ich möchte endlich wissen, wofür du die sündhaft teuren Rechnerstunden nutzt, die ich vom Budget abgezweigt habe.«
Jan erhob sich und kam langsam auf ihn zu. Sie legte ihre Hände auf seine Schenkel und näherte ihr Gesicht dem seinen, bis ihre Nasenspitzen nur noch wenige Zentimeter voneinander entfernt waren. Marten begann, sich unwohl zu fühlen. Irgendetwas stimmte nicht mit Jan. In ihren grünen Augen lag ein bedrohliches Schimmern. Und als sie sprach, war ihre Stimme dunkel und geheimnisvoll.
»Du willst wissen, woran ich arbeite? Du willst es wirklich wissen?« Um ihren Mund spielte ein kaltes Lächeln. »Gut. Dann hoffe ich, dass du die Antwort auch erträgst.«

19

Rote Glutwolken stiegen auf.

Sie hüllten die *Shinkai* ein und rüttelten und zerrten an ihr, als wollten sie ihre Weiterfahrt mit allen Mitteln verhindern. Das Tauchboot scheute und bockte wie ein junges Pferd. Die Crewmitglieder hatten Mühe, sich festzuhalten. Schwere Schläge hallten durch die Außenhülle, als der Stahl dem steigenden Druck zu trotzen versuchte. Die Servomotoren jammerten qualvoll bei dem Versuch, den schweren Bootskörper zu stabilisieren.

Ella bemerkte von der Fahrt kaum etwas. Vergessen waren Mühsal und Gefahr. Selbst die Enttäuschung, die Esteban ihr beschert hatte, ließ langsam nach. Sollte er ihr verdammt noch mal doch den Buckel runterrutschen. Natürlich war es ärgerlich, dass sie so viele Gefühle investiert hatte, doch sie trug keine Schuld. Die lag ganz allein bei ihm – und dem System, für das er arbeitete. Das Einzige, was sie sich vorzuwerfen hatte, war die Heftigkeit ihrer Emotionen. Hatte sie sich wieder Hals über Kopf verlieben müssen? War das wirklich nötig gewesen? Aber schließlich war sie kein Roboter. Sie konnte ihre Gefühle nicht einfach an- und ausknipsen wie einen Lichtschalter. Trotzdem schwor sie sich, beim nächsten Mal vorsichtiger zu sein. Wenn es ein *nächstes Mal* überhaupt gab.

Kopfschüttelnd richtete sie ihre Aufmerksamkeit wieder auf

den Computer. Mit konzentriertem Blick verfolgte sie, wie das winzige Tauchboot tiefer und tiefer sank, während es eine geschützte Stelle oberhalb der gewaltigen Felsnase ansteuerte. Wie eine Mücke, die auf einem Pferdehintern landen wollte, ging es ihr durch den Kopf.

Als die *Shinkai* mit einem Ruck aufsetzte, war das wie ein Befreiungsschlag. »Touchdown«, sagte sie lächelnd. »Jetzt kann's losgehen. An die Arbeit.«

Yamagata hatte ihr und den beiden anderen Wissenschaftlern die Steuerkonsole mit den optischen, chemischen und akustischen Sensoren überlassen. Er selbst würde sich in der Zwischenzeit um die Greifarme und den Bohrkopf kümmern.

Während sich der Schlamm, den die *Shinkai* beim Aufsetzen aufgewirbelt hatte, absetzte, blickte Ella aus einem der Bullaugen. Der Anblick war atemberaubend. Sie waren hoch oben auf der Felsnase gelandet. Von unten schimmerte die Magma empor, die der Felswand hinter ihnen ein gespenstisches Aussehen verlieh. Rotes Licht flackerte unheilvoll über Zacken, Spalten und Erhebungen, während sich die Details in der immerwährenden Dunkelheit über ihren Köpfen verloren. Es war eine Szene wie aus der altgriechischen Mythologie. Dies war der Tartaros, der sagenumwobene Abgrund, der das Reich der Lebenden von der Unterwelt trennte. Umgeben von einer dreifachen Mauer aus Dunkelheit blickte Zerberus, der dreiköpfige Wachhund der Unterwelt, auf die Seelen der Toten herab, die ihren Gang in die Tiefe antraten, um sich von Charon, dem Fährmann, an das andere Ufer des Flusses Styx übersetzen zu lassen. Wer einmal den Tartaros hinabgestürzt war, kam nie wieder zurück, nicht mal, wenn er ein Gott war.

Ella schauderte. Mit einem mulmigen Gefühl im Magen begab sie sich ans Werk. Zuerst schaltete sie die Strahler ein. Acht Halogenlampen zu je zweihundert Watt ließen die Tiefsee in gleißendem Licht erstrahlen. Jetzt waren die Außenbordkameras an der Reihe. Mit einem Flimmern erwachten die Vorder-, Achter-, Backbord- und Steuerbordmonitore zum Leben. Ella schwenkte die Kameras in eine günstige Position, justierte die Schärfe und trat dann einen Schritt zurück. Alle vier schienen einwandfrei zu funktionieren. Zusammengeschaltet gewährleisteten sie einen beinahe vollständigen Rundumblick. Die Sichtweite betrug vielleicht dreißig Meter, ehe sie durch Schwebeteilchen getrübt wurde. Der mit gelblichem Schlamm bedeckte Boden wirkte reichlich öde. Er war mit etlichen größeren und kleineren Steinen sowie den Schalen unzähliger abgestorbener Krebse und Muscheln übersät. Der Anblick war bei weitem nicht so spektakulär, wie es dem historischen Moment angemessen gewesen wäre.

»Ein bisschen trist, finden Sie nicht?«, sagte Esteban, der hinter sie getreten war und über ihre Schulter hinweg auf die Monitore blickte. Ella bedachte ihn mit einem abfälligen Blick. »Wir sind schließlich nicht der schönen Aussicht wegen hier. Kommen Sie, lassen Sie uns loslegen.«

Zwei Stunden und drei Tassen Kaffee später lehnte Ella sich erschöpft zurück. Die Auswertungen der biologischen, chemischen und radiologischen Analyse waren endlich da. Das Ergebnis war leider ebenso eindeutig wie ernüchternd. Der umgebende Schlickboden enthielt Unmengen von Kalkresten – Schalen, Knochen und Gehäuse abgestorbener Meeresbewohner, dazwischen Abermillionen mikroskopische Kleinstlebewesen, die sich von all dem biologischen Abfall, der in einem immerwährenden Strom herabregnete, ernährten. Durchmischt war das Ganze mit Sand und Gesteinen basaltischer Herkunft, Zeugnis dafür, dass diese Gegend seit Urzeiten ein vulkanisch aktiver Ort war. So weit, so gut. Das Schaufelwerkzeug der *Shinkai* hatte an verschiedenen Stellen rund um das U-Boot Proben entnommen, immer bis zu der maximalen Bodentiefe von einem

Meter. Doch weder waren die Proben radioaktiv kontaminiert, noch konnten irgendwelche ungewöhnlichen chemischen Substanzen nachgewiesen werden. Yamagata hatte die Proben mit denen verglichen, die die *Kaiko* vor annährend zehn Jahren im tieferen Teil des Abyssals entnommen hatte, und festgestellt, dass sie beinahe identisch waren. Dieselbe Bodenzusammensetzung, die gleichen Strahlungswerte, alles ganz normal. Esteban warf Ella einen fragenden Blick zu, während sie einige der Bodenproben für die spätere Analyse luftdicht verschloss. »Enttäuscht?«

»Was denken Sie wohl?«, sagte Ella und lehnte sich zurück. Ihre Schultern waren vollkommen verspannt. »Zwei Stunden Schwerstarbeit und immer noch keine Spur. Wenn wir wenigstens einen erhöhten Strahlungsgrad hätten feststellen können.«

»Warum?«

»Es wäre ein Hinweis auf ein natürliches Uranvorkommen gewesen. Sie wissen schon, diese Glutnester aus der Anfangszeit der Erde, als unser Planet noch heiß und flüssig war. Sie sind immer noch relativ wenig erforscht.«

»Könnte es nicht doch ein Hotspot sein?« Grinsend strich Esteban sich über seine Bartstoppeln. »Nein, im Ernst, der Gedanke mit dem Uranvorkommen ist mir auch schon gekommen. Vielleicht ist doch etwas daran.«

Ella schüttelte den Kopf. »Wenn sich hier ein solches Glutnest befände, dann wären wir alle schon längst getoastet. Unsere Radiometer bewegen sich jedoch alle im untersten Level. Leider Fehlanzeige.«

»Wieso leider?«, Esteban grinste. »Ich für meinen Teil bin ganz froh, nicht heiß und gebuttert serviert zu werden. Und was machen wir jetzt?«

Ella stand auf und streckte sich. Mit ihren einsdreiundsechzig war sie die Einzige, die hier aufrecht stehen konnte. »Ich würde

vorschlagen, dass Sie, Professor Martin, mit der Sonarabtastung beginnen. Vielleicht halten ja die tieferen Bodenschichten etwas Ungewöhnliches für uns bereit. Wären Sie damit einverstanden?«
Sie blickte in die müden Augen ihrer Kollegen und entdeckte dort Zustimmung. Konrad Martin, der sich bisher eher als interessierter Zuschauer denn als praktischer Helfer betätigt hatte, nickte knapp, setzte sich mit ernstem Gesichtsausdruck hinter die Steuerkonsole und begann, den Greifarm, an dessen Ende ein silberner Zylinder befestigt war, in Position zu schwenken. Ella beobachtete durch das Bullauge, wie er das Teleskopgestänge auf eine Länge von schätzungsweise drei Metern ausfuhr, ehe es sich absenkte. Als sich die silberne Kapsel nur noch fünfzig Zentimeter vom Boden entfernt befand, öffnete sie sich wie eine Blüte und entblößte den Akustiksensor.
»Dann wollen wir mal«, sagte der Professor. »An der vorderen Spitze des Messgeräts befindet sich eine kleine Menge C-4-Sprengstoff. Sie genügt, um Infraschallwellen in eine Bodentiefe von bis zu einhundert Metern zu schicken. Treffen diese auf harte Erd- und Gesteinsschichten, werden sie in unterschiedlichen Geschwindigkeiten und Wellenlängen reflektiert und vom Akustiksensor empfangen. Die so gewonnenen Daten werden vom Computer ausgewertet und erlaubten so die genaue Darstellung der Bodenstruktur. Übrigens ein Schweizer Patent.« Er tippte gegen das Gehäuse seines Notebooks. »Das Gerät erlaubt sogar eine grobe Übersicht über die verschiedenen Mineralien, aus denen sich der Untergrund zusammensetzt. Diese Technik ist ursprünglich entwickelt worden, um fossile Überreste ausgestorbener Tierarten – wie zum Beispiel Dinosaurier – im Untergrund aufzuspüren, noch ehe man mit Grabungen beginnt und dabei das Skelett möglicherweise beschädigt. Es wird mittlerweile auch erfolgreich bei der Suche nach unterirdischen Wasseradern, Erzlagerstätten sowie archäologischen

Bodendenkmälern eingesetzt.« Martin betätigte einen Schalter, und der Sensor wurde mittels Druckluft in den Boden geschossen. Er war jetzt mit der *Shinkai* nur noch über ein dünnes Kabel verbunden, das gleichzeitig als Datenträger und Zugseil diente.

»Das war's«, sagte der Professor und betätigte eine Reihe von Schaltern. »Jetzt beginnt der spannende Teil. Sind Sie so weit?«

Alle nickten. Er drückte den roten Knopf, der die Sprengkapsel zündete. Es gab eine leichte Erschütterung, und sofort begannen verschiedene Messgeräte und Oszillographen zum Leben zu erwachen. Es sah aus, als habe jemand einen Weihnachtsbaum angeknipst.

Ella nickte zufrieden. Der Sensor war tief genug eingedrungen und funktionierte einwandfrei. »Geht doch nichts über Schweizer Wertarbeit«, sagte sie lächelnd und klopfte dem Professor auf die Schulter. Seinen griesgrämigen Blick ignorierend und mit einem Gefühl prickelnder Vorfreude, setzte sie sich hinter ihr Notebook und übertrug die aktuell einlaufenden Daten. Nach und nach setzte sich das Bild zusammen. Anders als bei Cathy, die mit einer farbigen High-End-Grafik aufwarten konnte, musste man sich bei der Software des Sensors mit einem einfachen Schwarzweiß-Raster zufrieden geben. Die Darstellung ähnelte entfernt einem dieser verwaschenen Ultraschallbilder, die schwangere Frauen so gern mit sich herumtrugen. Etwa sieben Megabyte mussten übertragen und eingebunden werden. Dafür hätte die Darstellung unter idealen Voraussetzungen aber auch einen Blick bis zu etwa hundert Metern Tiefe gewährleistet. Es dauerte jedoch nicht lange, ehe ihr klar war, dass die Voraussetzungen in diesem Fall alles andere als ideal waren.

»Was zum Kuckuck ist das denn?« murmelte Ella, als sie das halbfertige Rasterbild vor sich sah.

»Was meinen Sie?«, fragte Yamagata, der gerade aus dem Zwischendeck zu ihnen heruntergeklettert kam, um sich über den Fortschritt des Experiments zu informieren.
»Na das hier«, sagte Ella und deutete auf eine scharf begrenzte Linie, etwa zwei Meter unterhalb der *Shinkai.* Dort befand sich etwas, das absolut undurchdringlich zu sein schien. Das Bild sah an dieser Stelle aus wie abgeschnitten. Sämtliche Schallwellen prallten dort ab und ließen den darunter liegenden Raum schwarz.
Esteban kratzte sich am Kopf. »Sieht nach einem verdammt harten Material aus. Vielleicht erkaltete Magma?«
Ella schüttelte den Kopf. »Selbst wenn es eine Schicht aus reinem Diamant wäre, könnte sie nicht sämtliche Schallwellen reflektieren. Im Gegenteil – spröde Materialien sind eigentlich sehr gute Leiter. Extrem weiches Material kann es aber auch nicht sein, denn dann wären die Schallwellen absorbiert worden. Was halten Sie davon, Professor? Ist Ihnen so etwas schon einmal vorgekommen?«
Martin schüttelte mit Bestimmtheit den Kopf. »Ich habe so etwas noch nie gesehen.«
Ella musterte ihn mit zusammengezogenen Augenbrauen. Irgendetwas in seiner Stimme verriet ihr, dass er log. Sie wusste jedoch auch, dass es keinen Sinn hatte, in ihn zu dringen. Wenn der Professor sich in dieser zugeknöpften Stimmung befand, war nicht an ihn heranzukommen.
»Was sollen wir jetzt tun?«, wandte sie sich hilfesuchend an den Kommandanten. »Oder treffender gesagt, *können* wir überhaupt noch etwas tun?«
»Wir könnten den Bohrer zum Einsatz bringen«, antwortete der Kommandant. »Unseren Schlagbohrer aus Titan. Tiefenlimit etwa zwanzig Meter. Er wurde von einer schwedischen Firma entworfen und im Permafrostboden der Arktis bereits lange Jahre erfolgreich getestet. Ich würde vorschlagen, wir versu-

chen die Deckschicht damit zu durchdringen und danach eine erneute Schallmessung vorzunehmen.«

»Was halten Sie von dem Vorschlag?«, wandte Ella sich an den Professor. Martin nickte bedächtig. »Wir haben noch etwa zehn weitere Sprengladungen. In etwa fünf Minuten könnte ich die Sonde wieder betriebsbereit haben. Die Frage ist nur, ob wir wirklich ein solches Risiko eingehen sollten.«

»Ich verstehe nicht ...«, sagte sie. »Von welchem Risiko sprechen Sie?«

»Davon, was uns erwarten könnte, wenn es uns wirklich gelingt, die Schicht zu durchdringen. Was, wenn wir auf der anderen Seite auf eine Zelle flüssigen Gesteins träfen. Im ungünstigsten Fall würden wir einen magmatischen Geysir entfachen, und was das für Folgen hätte, brauche ich Ihnen ja nicht auszumalen. Jedweder Schaden an der *Shinkai* brächte uns ins höchste Gefahr.« Auf seiner Stirn zeichneten sich feine Schweißperlen ab. Zu ersten Mal wirkte er ernsthaft besorgt.

»Könnte er damit Recht haben?«, wandte Esteban sich an Ella. »Wären wir wirklich in der Lage, einen Geysir zu entfachen?«

Sie schüttelte den Kopf. »Ich halte diese Theorie für absurd. Sie entbehrt jeglicher Grundlage. Sie waren doch dabei, als wir die Bodenanalysen vorgenommen haben. Weder haben wir erhöhte Temperaturen noch erhöhte Strahlungswerte festgestellt. Es gab keine Schlacke, auch keine metamorphen Gesteine, wie sie an der Grenze zu Hitzenestern vorkommen. Ich habe lange genug in diesem Bereich gearbeitet, um die Indikatoren zu erkennen. Der Untergrund ist vollkommen sicher, *dafür verbürge ich mich.*«

Sie verschränkte die Arme vor der Brust und wartete auf die Reaktion.

»Ich entscheide mich für das Risiko«, sagte Yamagata. »Dr. Jordan ist Vulkanologin und hat damit mehr Erfahrung als wir alle zusammen, den Professor eingeschlossen. Wenn sie sagt, dass es sicher ist, dann glaube ich ihr. Wir werden also den Bohrer zum Einsatz bringen. Ich muss gestehen, ich bin gespannt, wie er funktioniert.«

Für alle Anwesenden schien die Entscheidung Yamagatas in Ordnung zu gehen. Nur Konrad Martin sah skeptisch in die Runde. Er war und blieb ein alter Bedenkenträger. Ella wandte sich an den Expeditionsleiter. »Ist das Loch des Bohrers denn groß genug, um darin die Sonde zu versenken?«

»Wir können den Spreizkopf auf die erforderliche Breite einstellen«, sagte Yamagata. »Von fünf bis maximal zwanzig Zentimeter kann ich Ihnen jede Größe bohren, die Sie wollen.«

»Ausgezeichnet«, lächelte Ella. »Dann also an die Arbeit.«

20

Toshio Yamagata setzte sich diesmal persönlich hinter die Steuerkonsole. Nachdem er seine Gelenke gedehnt und seine Finger massiert hatte, legte er sie um die Handgriffe, als wären es rohe Eier. Ella hatte den Eindruck, dass er auf den Bohrer besonders stolz war. Wenn man mal davon absah, dass alles, was die *Shinkai* betraf, ihn mit besonderem Stolz erfüllte. Sie schien das zu sein, was manche Menschen als Lebenstraum bezeichneten. Eine Erfüllung all seiner Wünsche und Hoffnungen. Vor diesem Hintergrund war es umso erstaunlicher, dass Yamagata ihrem Wunsch nach diesem riskanten Landemanöver überhaupt zugestimmt hatte. Das Risiko, dass die *Shinkai* während des Aufsetzens beschädigt werden würde, war hoch. Dennoch schien er voll und ganz hinter dem riskanten Unternehmen zu stehen.

Ella glaubte ihn zu verstehen. Es ging ihm nicht um materielle Werte, sondern um Idealismus. Die *Shinkai* war kein Objekt, das es zu schützen galt. Sie war ein Werkzeug. Die Hoffnung, mit ihr einen der tiefsten Punkte der Erde zu erreichen, wog alles andere auf. Selbst eine Beschädigung oder gar Zerstörung des Tauchfahrzeugs. In Yamagatas Augen lohnte das Ziel alle Opfer. Ob sich dieser Idealismus auch auf den Einsatz von Menschenleben ausdehnen ließ, darüber konnte Ella nur spekulieren. Doch sie vermutete, dass dem so war. In

diesem Sinne war er der einzige wirkliche Entdecker hier an Bord.
Mit einem Ruck setzte das Bohrgestänge auf. Yamagata schwenkte das Gerät in die richtige Position, machte noch einige Feinjustierungen und blickte dann erwartungsvoll in die Runde. »Bereit?«
Alle nickten.
»Gut. Dann halten Sie sich bitte fest. Es könnte jetzt etwas unruhig werden.« Er betätigte einen Schalter. Mit einem durchdringenden Knarren setzte sich die Kurbelwelle in Bewegung. Yamagata betätigte den Schalter, der die Schlagbohrfunktion steuerte. Aus dem Knarren wurde ein markerschütterndes Jaulen. Die *Shinkai* begann immer stärker zu vibrieren, als der Bohrer langsam auf Touren kam. Ihre Metallhülle war ein idealer Resonanzkörper, der jedes Geräusch ungedämpft an seine Insassen weiterleitete. Ella klammerte sich an die Haltebügel, während sie, mit der Nase an die Scheibe gepresst, dem Bohrer bei seiner Arbeit zuschaute. Schon bald hatte er seine optimale Betriebsgeschwindigkeit erreicht und versank vor ihren Augen langsam in der Tiefe. Zum Glück wurde dadurch auch das Geräusch erträglicher. Es war jetzt kaum mehr als ein hohes Sirren, das Ella an das Sirren erinnerte, das bestimmte Dentalgeräte beim Entfernen von Zahnstein verursachten.
Eine Fontäne aus Staub und Geröll blies aus dem schmalen Kanal, während eine besondere Absaugvorrichtung verhinderte, dass sich der Dreck wie ein Schleier vor ihr Gesichtsfeld legte. Der Sauger war so wirkungsvoll, dass er nicht nur den aufgewirbelten Staub absaugte, sondern nach einer Weile sogar quadratmeterweise den Meeresboden freilegte. Ella konnte ihre Bewunderung nicht verbergen. Das war ein Meisterstück der Ingenieurskunst.
Mit einem Mal ging das Sirren des Bohrers in ein markerschütterndes Kreischen über. Esteban legte die Hände über die Ohren.

»Himmel«, schrie er gegen den Lärm an, »was in aller Welt ist denn *das?*«

»Wir sind jetzt auf die harte Schicht getroffen«, entgegnete Yamagata, die Steuerungshebel nur mühsam unter Kontrolle haltend. »Das Geräusch wird nachlassen, sobald wir die Deckschicht durchstoßen haben.«

Ella warf einen Blick auf das Bild, das die Videokamera am Bohrkopf ihnen sendete. Zu sehen war eine graue, genarbte Oberfläche, die einen schwachen metallischen Glanz aufwies – unzweifelhaft die Schicht, die die akustischen Signale der Sonarmessung zurückgeworfen hatte. Der Bohrer hatte tatsächlich sein Ziel erreicht und versuchte nun, sich einen Weg durch das harte Gestein zu bahnen. Alle warteten gespannt darauf, wie er sich angesichts des neuen Materials verhalten würde.

Nach einer Weile bemerkte Ella Schweißtropfen auf Yamagatas Stirn. »Probleme?«, fragte sie.

»Das Zeug ist unglaublich hart«, antwortete der Expeditionsleiter. »Wenn ich's nicht besser wüsste, würde ich sagen, wir sind auf eine Schicht blankes Metall gestoßen. Der Titankopf scheint Schwierigkeiten zu haben, ein Loch in diese Masse zu bohren.«

»Vielleicht eine Eisenkonkretion?«, fragte Esteban.

»Möglich.« Ella wiegte den Kopf. »Die radiologische Messung beinhaltete auch die Untersuchung magnetischer Eigenschaften. Es hat da einen deutlichen Ausschlag gegeben. Ich habe aber noch nie gehört, dass Eisenverbindungen derart hart werden können. Yamagata-san, wäre es möglich, dass der Sauger noch einen größeren Teil dieser Schicht freilegt?«

»Kein Problem. Warum?«

»Ich möchte mir einen besseren Überblick über das Material verschaffen. Auf dem Videobild hatte ich den Eindruck, dass es sich trotz all der Narben und Buckel um eine unnatürlich ebenmäßige Fläche handelt. Mir ist auf einmal wieder eingefallen, dass wir immer noch nicht geklärt haben, ob es sich um eine natürliche oder eine künstliche Struktur handelt.«

Esteban runzelte die Stirn. »Wollen Sie damit etwa andeuten, dass Sie diese verrückte Theorie von einem künstlichen Ursprung tatsächlich in Erwägung ziehen?«

»Solange wir keine anderslautenden Hinweise haben – ja.«

»Aber wie stellen Sie sich das vor? Glauben Sie wirklich, hier unten in zehntausend Metern Tiefe, begraben unter einer mehrere hundert Jahre alten Schicht von Sedimenten, läge eine von Menschen erdachte und konstruierte Maschine, die urplötzlich aktiviert wird und dafür sorgt, dass der Marianengraben auf einer Länge von etlichen hundert Kilometern anfängt, Feuer zu speien? Das ist doch absurd. Abgesehen von der Frage, welche Kultur zu einem solchen technischen Kraftakt überhaupt in der Lage gewesen wäre – welchen Zweck soll das Ganze haben? Blinde Zerstörungswut? Beherrschung der Welt?«

Ella schenkte ihm ein grimmiges Lächeln. »Wer sagt denn, dass es etwas von Menschen Erdachtes sein muss?«

Esteban schien es angesichts der Ungeheuerlichkeit dieser Bemerkung die Sprache verschlagen zu haben.

»Das ist nicht Ihr Ernst, oder?«

»Doch. Absolut.« Ella verschränkte die Arme vor der Brust. »Ich behaupte ja nicht, dass es so ist, aber wir müssen für jede Alternative offen sein. Bisher haben wir nur Fragen und keine Antworten. Als Wissenschaftler darf man sich neuen Denkansätzen nicht verschließen – mögen sie noch so absurd klingen. Das sollten Sie eigentlich am besten wissen.« Sie warf ihm einen schwer zu deutenden Blick zu. »Haben Sie mich nicht deshalb eingestellt, weil ich dazu neige, unkonventionell zu denken?«

»Das ist richtig.«

»Gut. Dann sollten wir mit unserer Arbeit fortfahren.« Sie wandte sich an Yamagata. »Wie weit sind wir?«

»Sehen Sie selbst.«
Ella blickte aus dem Backbordfenster und sah, dass der Sauger inzwischen eine Fläche von schätzungsweise vierzig Quadratmetern freigelegt hatte. Obwohl die Sicht immer noch von mikroskopisch kleinen Schwebeteilchen getrübt war, bot sich ihr ein verblüffender Anblick. Vor ihren Augen breitete sich eine graue, glänzende Fläche aus. Kleine Buckel und Verwerfungen spiegelten das Licht der dahinterliegenden Lavafelder. Die Oberfläche hatte etwas Speckiges an sich, als hätte sie jemand vor kurzem mit Bohnerwachs behandelt. Es fanden sich keinerlei Zeichen von Erosion oder Zersetzung, wie man es eigentlich hätte erwarten dürfen. Denn Salzwasser besaß ein zerstörerisches Potenzial und korrodierte auf Dauer selbst das widerstandsfähigste Material. Es gab darüber hinaus noch eine weitere Besonderheit, die Ella bereits zu Beginn der Bohrung aufgefallen war. Ein scheinbar kleines, unbedeutendes Detail, das umso mehr an Bedeutung gewann, je länger sie darauf starrte. Obwohl sie die Theorie von einem außerirdischen Artefakt nur geäußert hatte, um ihre Kollegen zu provozieren, kam ihr dieser Gedanke mit einem Mal gar nicht mehr so abwegig vor.
»Könnten Sie die Kamera des Bohrers auf Bodenniveau herunterlassen? Ich würde mir diese Schicht gern in einem flacheren Winkel ansehen.«
»Kein Problem.« Yamagata umschloss die Griffe der Steuerung und bewegte das Objektiv mit dem Feingefühl eines Chirurgen in die richtige Position.
Als das Bild deutlich wurde, scharten sich alle um den Monitor. Aus dieser Position betrachtet, wirkte die Oberfläche noch viel glänzender als vorher aus dem Bordfenster. Yamagata ließ die Kamera einen leichten Schwenk ausführen, bis eines der Standfüße der *Shinkai* das Bild versperrte. Danach schwenkte er wieder zurück.
Esteban fuhr mit der Spitze seines Zeigefingers über den Moni-

tor. »Liegt das an der Linse des Objektivs oder ist diese Schicht irgendwie gekrümmt?«

Yamagata schüttelte den Kopf. »Es ist zwar ein Weitwinkelobjektiv, aber die interne Kamerasoftware sollte die optischen Verzerrungen ausgleichen.«

»Sieht aus wie eine Aufwölbung«, murmelte Esteban, während die Kamera zurückschwenkte. »Wie eine gigantische Blase.«

»Keine Blase«, sagte Ella und deutete auf ihr Notebook, auf dem immer noch die dreidimensionale Simulation des Meeresbodens zu sehen war. Ihre Finger huschten über die Tastatur, als sie die neuen Daten eingab. Urplötzlich wurde die vordere Hälfte des Vorsprungs, auf dem die *Shinkai* ruhte, durchsichtig. Der Computer präsentierte eine Schnittzeichnung des Hügels.

»Es ist eine *Kugel.* Durchmesser schätzungsweise zweihundert Meter. Sehen Sie selbst.«

Bei näherer Betrachtung konnte man erkennen, dass der Vorsprung, auf dem sie standen, in Wirklichkeit nur die obere Hälfte dieses gewaltigen Sphäroiden darstellte. Die untere Hälfte steckte im Meeresgrund wie eine Perle in der Auster.

»Sind Sie sicher, dass das Objekt wirklich so aussieht?«, fragte Yamagata. »Wie kommen Sie zu dem Schluss?«

»Ich habe die Krümmung einfach extrapoliert und das Ergebnis in die Abmessungen des Hügels eingefügt«, erläuterte sie. »Wenn man den Rechner einfach weiterlaufen lässt, entsteht eine Kugel, die ganz genau mit den Abmessungen der Felsnase, auf der wir stehen, übereinstimmt. Ich glaube nicht, dass das ein Zufall ist.«

»Das Ding ist ja riesig«, flüsterte Esteban, der merklich blasser geworden war. »Was in Gottes Namen ist das?«

Ella nahm sein Staunen mit einer gewissen Schadenfreude zur Kenntnis. »Das, meine lieben Kollegen, ist das, wonach wir gesucht haben.« Sie legte die Hände neben die Tastatur, damit niemand merkte, dass sie vor Erregung zitterten. »Ich habe schon zu Beginn unserer Reise bemerkt, dass dieser Felsvorsprung eine seltsame Form hatte. Zu ebenmäßig, zu wenig erodiert. Er wirkt wie ein Fremdkörper in dieser zerklüfteten Unterwasserlandschaft. Als ich dann noch die perfekte Wölbung des freigelegten Bodens bemerkte, kam mir der Gedanke mit der Kugel. Ich gebe zu, ich stütze mich hier weitestgehend auf Erkenntnisse, die ich durch Extrapolation gewonnen habe, aber ich finde, das Ergebnis klingt recht plausibel. Das ist es, womit wir es meiner Meinung nach zu tun haben. Ein riesiger Sphäroid, der gravimetrische Wellen aussendet und aus einem harten, unzerstörbaren Material besteht.«

Eine kurze Pause entstand, doch dann war es, als habe jemand den Korken aus der Flasche gezogen und den Dschinn befreit. Alle fingen an, durcheinanderzureden. Ellas Theorie war so ungeheuerlich, dass sie den Nährboden für wildeste Spekulationen bildete. Die Idee von einem außerirdischen Artefakt wurde mit einem Mal nicht mehr belächelt, im Gegenteil. Plötzlich war sie nur noch eine von vielen Ansätzen, die gleichermaßen wahrscheinlich wie unmöglich schienen. Von einem geheimen Experiment war die Rede, von einer Verschwörung, einer Weltuntergangsmaschine, es wurde sogar spekuliert, dass es sich bei der Kugel um ein Vermächtnis der Atlantiden oder der legendären Megalithkultur handeln könnte.

Einzig Toshio Yamagata beteiligte sich nicht an der Diskussion. Still und regungslos saß er auf seinem Platz und starrte auf das Bild des Monitors. Mit einem Mal richtete er sich auf, ergriff die Handsteuerung und aktivierte den Bohrer.

Das Kreischen des Titankopfes erstickte sämtliche Gespräche im Keim.

Ella klammerte sich an einem Haltegriff fest.

»Was tun Sie da?«

»Ob diese Schicht wirklich unzerstörbar ist, muss sich erst noch erweisen«, rief er ihr über den immer stärker anschwellenden

Lärm hinweg zu. »Bisher haben wir den Bohrer noch nicht an seine Grenzen geführt. Halten Sie sich alle gut fest, es wird jetzt etwas ungemütlich.«

Starke Vibrationen durchfuhren die *Shinkai*, als der Bohrdruck auf das Maximum erhöht wurde. Yamagatas Hände zitterten. Ein Blick in sein Gesicht genügte, um zu sehen, dass er diesmal bereit war, bis zum Äußersten zu gehen. Wenn Ella geglaubt hatte, der Lärm vorhin sei kaum noch zu überbieten gewesen, sah sie sich getäuscht. Er war nur eine laue Brise, verglichen mit dem Sturm, den Yamagata nun entfachte. Sie legte die Hände auf die Ohren, doch die Wirkung war gleich null. Nicht nur, dass der Lärm die Luft um sie herum sättigte, er drang durch die Füße bis in ihren Kopf, als wolle er sich ihres Körpers bemächtigen.

Während sie zum Fenster taumelte, um zu sehen, was draußen vor sich ging, betete sie, dass die *Shinkai* diesen gewaltigen Belastungen gewachsen war. Wenn nicht ... darüber wagte sie nicht nachzudenken. Eine ganze Weile beobachtete Ella den Fortschritt des Bohrers und hoffte, flehte, betete, dass er Erfolg haben möge. Doch nach einer Weile wollte sie nur noch, dass er aufhörte.

Das Ende kam genauso schnell wie der Anfang.

Es gab einen Ruck, gefolgt von einem Geräusch, als würde Glas bersten. Yamagata betätigte einen Schalter, und das Jaulen des Bohrers verstummte. Seine Augen leuchteten und sein Mund war zu einem siegessicheren Lächeln verzogen. Langsam, seine Hände massierend, trat er neben Ella und blickte nach draußen. Ella folgte seinem Blick, dorthin, wo die Spitze des Bohrers in der fettig glänzenden Steinschicht versunken war.

»Von wegen unzerstörbar«, murmelte Yamagata mit einem knappen Blick durch das Bullauge. »Ich habe soeben die Deckschicht durchstoßen. Genau wie ich es Ihnen versprochen habe. Nichts ist diesem Bohrer auf Dauer gewachsen.« Mit erhobenem

Kinn und einem triumphierenden Ausdruck im Gesicht wandte er sich an Professor Martin. Der Professor sah mitgenommen aus. Sein aschfahles Gesicht glänzte speckig im kalten Licht der Monitore. »Bereiten Sie die zweite Sprengladung vor. Ich werde solange die soeben entstandene Öffnung erweitern. Das Material unter der dünnen Deckschicht scheint wieder weicher zu werden. Es dürfte kein Problem sein, dort eine Ladung zu platzieren. Mit etwas Glück wissen wir gleich mehr.«

In diesem Augenblick hörten sie einen keuchenden Laut. Es war Esteban. »Verdammt! Kommt mal her und sehr euch das an.«

Ella eilte zurück ans Fenster. Sie sah sofort, was er meinte.

Aus dem Bohrloch drang Licht zu ihnen empor. Zuerst nur ein dunkles Rot, dann ein Orange und schließlich ein weißliches Gelb. Das Leuchten brannte Ella in den Augen.

Konrad Martin war mit einer Geschwindigkeit aufgesprungen, die Ella dem phlegmatisch wirkenden Wissenschaftler niemals zugetraut hätte.

»Weg hier!«, schrie er. Als niemand reagierte, packte er Yamagata an der Schulter und deutete nach draußen. »Schnell, oder es ist zu spät.«

»Ich verstehe nicht ...«

»Es wird zu einem Ausbruch kommen. Und zwar innerhalb der nächsten Minuten. Sehen Sie doch!«

Yamagata schüttelte verwundert den Kopf. »Was sagen Sie? Ein Ausbruch? Aber wieso ...?«

Jetzt war auch Esteban alarmiert. »Himmel, Mann! Haben Sie nicht gehört, was der Professor über Magmageysire gesagt hat?«, rief er mit panikerfüllter Stimme. »Wahrscheinlich hat unsere Sprengung die Kruste aufgebrochen. Wir müssen schnellstens weg, oder wir sind alle tot.«

Endlich schien der Groschen bei Yamagata gefallen zu sein. »Steuerbord-Ballast abwerfen«, rief er seinem Copiloten zu, während er sich in seinen Sitz fallen ließ. »Backbord und achtern. Ich kümmere mich um die Landeklauen. Macht schon! Und Sie ...«, damit wandte er sich an die Wissenschaftler, »ich rate Ihnen, sich sofort hinzusetzen und Ihre Gurte festzuziehen. Das wird jetzt eine ziemliche Achterbahnfahrt.«

Ellas Blick wanderte noch einmal nach draußen. Der Boden war übersät mit Rissen, und mit jedem Augenblick kamen neue hinzu. Ein solcher Anblick allein hätte allerdings noch nicht ausgereicht, um sie in Panik zu versetzen, schließlich war sie Vulkanologin. Doch da war noch etwas anderes.

Etwas Unheimliches.

Ihre Beine fühlten sich auf einmal so schwach an. Sie wollte etwas sagen, doch sie bekam kein Wort heraus. Das Atmen fiel ihr schwer. Es war, als würden sich unsichtbare Hände um ihren Hals schließen und ihr die Luft abdrücken.

»Was trödeln Sie denn so lange, Ella!«, rief Esteban ihr zu »Haben Sie nicht gehört, was der Kommandant gesagt hat? Hinsetzen und anschnallen!« Er ergriff ihre Hand, zerrte sie vom Bullauge weg und drückte sie gewaltsam in ihren Stuhl. Dann hechtete er in seinen.

»Aber da draußen ...«

»Mund halten und anschnallen! Das ist ein Befehl!«

Ella nickte. Sie hatte es gerade geschafft, ihren Gurt festzuziehen, als die *Shinkai* einen Stoß bekam, als wäre sie von einem Lastwagen gerammt worden. Zwei Tonnen Eisenschrotkugeln, die von ihren magnetischen Sperren in den Tanks gehalten wurden, lösten sich auf einen Schlag aus dem Bauch des Schiffes und sanken auf den Meeresgrund. Die *Shinkai* bäumte sich auf wie ein wilder Mustang, dann ging es aufwärts. Erst langsam, dann mit immer größerem Tempo schoss sie in die Höhe. Die Suchscheinwerfer schleuderten ein bizarres Muster auf die Felswände, während das Schiff in geradezu aberwitzigem Tempo den Grabenbruch emporraste.

Plötzlich drang von unten her ein leuchtend heller Blitz zu

ihnen empor. Sein Widerschein brandete durch die Bullaugen zu ihnen herein und tauchte das Innere der Stahlkugel in ein blendend weißes Licht.

Dann folgte der Knall.

Ein ohrenbetäubendes Dröhnen erschütterte die Druckkammer. Es war, als hätten sich sämtliche Tore der Hölle mit einem gewaltigen Donnerschlag geöffnet. Das Schiff erzitterte bis in seine Eingeweide. Das Dröhnen rüttelte und zerrte an den Stahlplatten der *Shinkai*, während sie wie eine Blechdose von der Hand eines Riesen ergriffen und umhergeschleudert wurde. Oben war unten und unten war oben, während das zerbrechliche Tauchboot von der Druckwelle erfasst und in die Höhe katapultiert wurde.

Schreie ertönten. Ella sah, wie ihre Kollegen sich in panischer Angst in ihren Sitzen krümmten und wanden. Wären sie nicht allesamt angeschnallt gewesen, man hätte sie wie Fliegen von der Windschutzscheibe kratzen können. Die Kräfte, die auf ihre Körper einwirkten, waren unvorstellbar. Doch zum Glück hielten die Gurte.

Ella begann zu spüren, dass sie das Bewusstsein verlor. Sterne tanzten auf ihrer Netzhaut. Sie kämpfte dagegen an, versuchte ruhig zu atmen, doch es war aussichtslos. Ein glitzernder Schleier umschloss ihren Kopf mit eiserner Kraft und presste das Bewusstsein aus ihrem Schädel.

Das Letzte, an das sie sich erinnerte, ehe sie im diffusen Dunkel versank, war ein Abbild des Meeresgrundes, kurz ehe Yamagata den Notstart eingeleitet hatte. Sie sah das Bohrloch vor sich, sah das Leuchten, wie es immer heller und heller wurde. Sie sah die Risse, die von der Öffnung ausgingen und spürte den Schrecken, als sie bemerkte, wie sie sich immer weiter in Form abstrakter Symbole oder Runen ausdehnten. Ella sah glühende Buchstaben. Bögen, Kreise und Spiralen, die in allen Schattierungen zwischen Rot und Gelb leuchteten. Teuflische

Brandmale, die sich zu Worten zusammenfügten, während sie nur atemlos zusehen konnte.
Obwohl sie keine der fremdartigen Hieroglyphen entziffern konnte, verstand sie jedoch instinktiv, was sie ihr sagen wollten. Es waren Worte, die in jeder Sprache und zu jeder Zeit Gültigkeit hatten.
Worte, die nur von einem kündeten.
Vom Tod.

21

Tief im Innern des Bärenhorns lief Elias Weizmann wie ein angeketteter Löwe auf und ab. Seine Privaträume sahen aus, als wäre ein Sturm hindurchgefegt. Überall lagen Zettel auf dem Boden, Notizen, die mit fahriger Hand aufs Papier gekritzelt, durchgestrichen und achtlos weggeworfen worden waren. Umgekippte Kaffeetassen, deren schwarzer Bodensatz sich zum Teil über die Zettel ergossen und sie zu einem untrennbaren Papierwust verklebt hatte, zeugten davon, dass es eine lange Nacht gewesen war.

Weizmann strich nervös durch seinen Bart. Weder hatte sein Anruf die amerikanische Geologin davon abbringen können, sich diesem Himmelfahrtskommando anzuschließen, noch hatte er bisher irgendwelche Informationen über den Fortgang der Tauchfahrt erhalten.

Der Kontakt zur *Shinkai* war vor über fünf Stunden abgerissen. Seitdem herrschte Schweigen. Weizmann wusste, dass es sich um das Funkloch handeln musste, das durch die starken magnetischen Felder hervorgerufen wurde. Beruhigen konnte ihn das in keiner Weise. Er brauchte die Computerauswertungen von der *Shinkai*, und zwar schnell. Sollte der Kommandant des Tauchbootes in der Lage sein, die Daten an das Mutterschiff, die *Yokosuka*, abzuschicken, ehe Weizmann sie abfangen konnte, würde das Verhängnis seinen Lauf nehmen. Die Informa-

tionen durften nicht in falsche Hände geraten. Das war es, wovon alles abhing.
Fünf Stunden. Eine unvorstellbar lange Zeit, wenn man wie auf Nadeln saß. Waren es wirklich nur magnetische Felder, hervorgerufen durch seismische Aktivitäten, die das Funkloch verursachten, oder hatten diese Verrückten womöglich etwas aufgeschreckt? Er blickte zum wiederholten Male auf die Diagramme, die Helène ihm gegeben hatte. Dieses leise, gleichförmige Pulsieren. Drei Komma sechs auf der Richterskala. Ein Zeitintervall von zwei Stunden und achtundvierzig Minuten. Fast wie das ruhige Atmen eines schlafenden Riesen.
Weizmann schrak auf. Etwas tat sich auf dem Monitor. Erst ein schwaches Rauschen, dann ein verzerrtes Bild.
Sie kamen zurück.

Ella erwachte aus tiefer Bewusstlosigkeit. Ein unangenehmer Druck lastete auf ihrer Brust, und das Atmen fiel ihr schwer. Die Luft in der Druckkammer war zum Schneiden dick. Den Kopf noch immer voll von glühenden Zeichen und Symbolen, richtete sie sich auf und versuchte, sich zu orientieren. Das rote, funzelige Licht der Notbeleuchtung tauchte das Innere der Kugel in ein angsterfülltes Zwielicht. Es dauerte eine Weile, bis ihre Augen sich daran gewöhnt hatten, doch dann erkannte sie, dass Yamagata und zumindest einer seiner Assistenten ebenfalls erwacht waren und wie gebannt auf den Statusmonitor des Tauchbootes starrten. Sie beugte sich hinüber, um nach ihren Kollegen zu sehen. Während sie in Estebans langsamen Bewegungen erste Anzeichen einer Rückkehr ins Bewusstsein vermutete, lag Professor Martin auf dem Rücken und blickte mit weit geöffneten starren Augen unter die Decke.
»Professor?«
Zu ihrer Erleichterung war der Geologe am Leben. Langsam, wie unter dem Einfluss von Drogen, drehte Konrad Martin sei-

nen Kopf zu ihr herüber. Ein schmales Lächeln zeichnete sich auf seinem Mund ab. »Es geht mir gut«, murmelte er, doch seine blasse, wächserne Haut strafte seine Worte Lügen. In diesem Augenblick erwachte auch Esteban aus seiner Ohnmacht. Schwer atmend richtete er sich auf. Er hustete und spuckte auf den Boden. »Ich bekomme kaum Luft«, keuchte er.
»Es ist die Sauerstoffzufuhr«, sagte Yamagata. Sein Gesicht war schweißüberströmt. »Der Regler scheint sich durch die starken Erschütterungen verstellt zu haben. Der Anteil des Kohlendioxids ist auf vier Prozent gestiegen.«
»Warum stellen Sie das alte Verhältnis nicht wieder her?«, keuchte Ella, die spürte, dass sie das Bewusstsein bald wieder verlieren würde.
»Was glauben Sie, was wir hier die ganze Zeit über versuchen?« Yamagata schnaufte wie ein alter Dampfkessel. »Der Regler spricht nicht mehr an. Durch die gewaltigen Kräfte muss sich der Rumpf verzogen haben. Wir versuchen gerade, das Gemisch über die Sekundärversorgung zu regeln, doch es gibt Probleme mit der Elektrik. Vielleicht ist dort Wasser eingedrungen.« Er schüttelte den Kopf, während er auf das Kontrollpaneel über seinem Kopf blickte. Wo man auch hinsah, überall blinkten rote Warnleuchten.
Esteban erhob sich mühsam aus seinem Sitz und wankte zu Yamagata. »Irgendetwas müssen Sie tun, sonst werden wir hier drin jämmerlich verrecken. Wie tief sind wir noch?«
»Etwa viertausend Meter. Bei unserer derzeitigen Geschwindigkeit werden wir in einer guten Stunde oben sein.«
»Zu lang«, schnaufte Esteban und wischte sich den Schweiß von der Stirn. »Eine Stunde in dieser Luft und wir haben alle eine Kohlendioxidvergiftung.«
»Das wäre alles nicht passiert, wenn *sie* nicht versucht hätte, ihren Willen durchzusetzen!«, schrie Yamagata und deutete auf Ella. »Was war ich nur für ein Idiot, dass ich auf sie gehört

habe. Zwölf Jahre intensiver Arbeit stecken in diesem Schiff, und ich schaffe es, die *Shinkai* als Schrotthaufen zurückzubringen. Und das beim ersten Tauchgang.« Er griff sich an die Kehle und rang nach Luft.

»Jetzt beruhigen Sie sich«, herrschte Esteban ihn an. »Wir wissen doch gar nicht, wie schwer die *Shinkai* wirklich beschädigt ist. Zuerst mal müssen wir hier lebend wieder rauskommen.«

»Ich glaube, ich habe das Problem gelöst«, sagte der Copilot an Yamagatas Seite in gebrochenem Englisch. In seiner Stimme schwang Aufregung und Stolz mit. »Jetzt sollten wir wieder mehr Sauerstoff bekommen. Drehen Sie die Düsen auf.«

Tatsächlich. Aus den Düsen über ihren Köpfen kam frische Luft. Ella drehte den Regler auf volle Kraft und ließ sich den kühlen Luftstrom ins Gesicht blasen. Ihre Schwäche verflog, und sie fühlte, wie ihre Lebensgeister zurückkehrten. Nach einer Weile fühlte sie sich kräftig genug, um aufzustehen. Sie löste den Gurt. Die anderen Wissenschaftler taten es ihr gleich. Ella ging zu einem der Bullaugen und starrte in die Finsternis. Die Finger gekreuzt haltend, sprach sie ein stilles Gebet.

Elias Weizmann ließ das Medaillon durch seine verschwitzen Finger gleiten, während er auf den Monitor seines Notebooks starrte. Seit knapp fünf Minuten hatte er wieder Verbindung mit dem Bordcomputer der *Shinkai*. Fünf Minuten, in denen er herauszufinden versuchte, was während der mehrstündigen Funkstille geschehen war. Das Datenpaket, das er in diesem Moment empfing, war kleiner, als er vermutet hatte. Trotzdem waren es immer noch drei Megabyte, die über die gnadenlos langsame Modemleitung vom Zentralrechner der *Shinkai* über Konrad Martins Notebook auf seinen Rechner tröpfelten. Der Vorgang würde etwa neun Minuten in Anspruch nehmen. Die Hälfte der Zeit war schon verstrichen. Mit unendlicher Zähigkeit schob sich der Downloadbalken nach rechts, während eine

Statusanzeige Auskunft über die noch zu bewältigende Datenmenge gab. Hoffentlich gab es jetzt keine Aussetzer in der Übertragung.
Noch etwa ein Megabyte.
Weizmann schwitzte aus allen Poren. Lag es an der mangelhaften Klimatisierung seiner Räumlichkeiten oder daran, dass er nicht mehr dazu gekommen war, sich einen Schuss zu setzen? Wahrscheinlich Letzteres, aber wie hatte er auch ahnen können, dass die Funkverbindung zum Tauchboot für so lange Zeit abreißen würde. Er war gezwungen, neben dem Computer zu warten, bereit, sofort loszulegen, sobald er das erste Lebenszeichen von der *Shinkai* empfing.
Er wischte sich über die feuchte Stirn, während er sich bemühte, die Hitze zu ignorieren. »Komm schon«, murmelte er in dem Versuch, den Statusbalken zu höherer Geschwindigkeit anzutreiben.
»Komm schon, komm schon.« Das Ticken seiner Wanduhr hämmerte ihm unangenehm laut in den Ohren.
Endlich war es so weit. DOWNLOAD COMPLETE verkündete der Monitor. Weizmann musste einen leisen Aufschrei unterdrücken. Es war vollbracht. Mit schweißnassen Fingern hämmerte er auf die Tastatur. Er öffnete das Programm und speiste die Daten ein. Zahlenkolonnen flimmerten über den Bildschirm, verwandelten sich vor seinen Augen in abstrakte Rechengebilde, von denen nur er allein wusste, wie sie zu lesen waren. Endlich begannen sich Formen abzuzeichnen. Die Matrizen, auf denen das chaosoptimierte, auf quadratischer Iteration gestützte Rechenprogramm basierte, griffen ineinander wie Zahnräder in einem Uhrwerk. Früher als erwartet erschien das Ergebnis. Elias Weizmann schob sich näher an den Monitor.
»Oh mein Gott.«
Mit einer fahrigen Bewegung strich er sich durch den Bart. Seine Augen jagten hin und her, verglichen, prüften und ana-

lysierten. Es konnte keinen Zweifel geben. Die *Shinkai* war fündig geworden. Es war genau das geschehen, was er befürchtet hatte. Sie hatten den schlafenden Riesen geweckt.
Mit einem grimmigen Gesichtsausdruck speicherte der Professor die Ergebnisse des Analyseprogramms auf einer CD und kehrte dann wieder zurück zu dem Bild, das die Webcam aus dem Cockpit der *Shinkai* übertrug. Die Qualität hatte sich in der Zwischenzeit wieder auf ihr gewohntes Maß verbessert, so dass sich Einzelheiten erkennen ließen. Weizmann konnte sehen, wie die Wissenschaftler sich aus ihren Sitzen gelöst hatten und sich um die Steuerkonsole scharten. Nur Ella Jordan, die amerikanische Geologin, stand abseits und blickte versonnen durch eines der Bullaugen. Woran mochte sie wohl gerade denken? Vielleicht hatte sie dort unten etwas gesehen. Vielleicht dasselbe, was auch er inmitten dieser Ansammlung kryptischer Rechenoperationen gesehen hatte? Hatte sie die Botschaft verstanden? Wenn ja, dann würde sie ihm vielleicht verzeihen, was er jetzt tun musste.
Der Professor aktivierte ein zweites kleines Programm, dessen Menüfenster sich am Sockel des Webcambildes öffnete. Zwei kleine Quadrate waren dort zu sehen, eines mit dem Buchstaben *N* gekennzeichnet und eines mit *Y*, stellvertretend für das Wort *Yes*. Mit zitterndem Finger drückte er die entsprechende Taste. Sofort erschien an betreffender Stelle auf dem Bildschirm ein Häkchen im Quadrat. Zögernd fuhr der Finger zur Enter-Taste, über der er einige Sekunden schwebte. Jetzt gab es kein Zurück mehr. Hätte es eine andere Lösung gegeben, er hätte sie gefunden. Aber da gab es nichts. Die Informationen durften die Druckkugel nicht verlassen. Ihrer aller Leben hing davon ab. Und was waren sechs Menschenleben im Vergleich zu sechs Milliarden.
Sein Blick verhärtete sich. »Herr, vergib mir meine Schuld.« Dann ließ er den Finger niedersinken.

Der Knall war laut und trocken. Ganz anders als die dumpfen Schläge, die bisher von außen auf die *Shinkai* eingehämmert hatten. Ella war die Erste, die die Quelle der Explosion bemerkte. Weißer Rauch drang aus einem Spalt zwischen Konrad Martins Notebook und der stählernen Wand der Druckkabine. Der Computer des Professors selbst war zum Teil aus seiner Halterung herausgebrochen und hing mit zersplittertem Display in den Schienen, in denen er zu Beginn des Tauchgangs befestigt worden war. Ein ätzender Gestank breitete sich in der Enge der Kugel aus.

»Professor ...«, brachte sie noch heraus, dann sah sie es. Ein schmaler Riss kroch hinter der Abdeckung des Notebooks die stählerne Wand entlang. Gleichzeitig hörte sie ein durchdringendes, ekelerregendes Knirschen.

»Was zum ...?« Yamagata war aufgesprungen und drängte sich an Esteban und Martin vorbei. Er legte seine Hand auf den Riss. Als er sie zurückzog, triefte sie vor Feuchtigkeit. Sein Gesicht wurde leichenblass. »... Außenhülle ... beschädigt«, konnte Ella ihn noch sagen hören, dann brach das Inferno los.

Mit einem Krachen öffnete sich der Spalt um wenige Millimeter. Ein Wasserstrahl, so weiß und hart wie Diamant, schoss daraus hervor. Er traf Esteban an der Schulter und schleuderte ihn quer durch den Raum gegen den Sicherungskasten. Ella konnte sehen, wie eine klaffende Wunde aufbrach und sein schlaffer Körper blutüberströmt zu Boden sank. Funken schossen aus der zerbeulten Vorrichtung. Einem unvermittelten Geistesblitz folgend, hechtete sie auf ihren Stuhl und kauerte sich dort zusammen, die Beine mit ihren Armen fest umschließend. Dann verlosch das Licht. Es wurde finster in der Kabine. Nur vereinzelt zuckten Funken durch die Dunkelheit. Estebans Körper hatte offenbar einen Kurzschluss verursacht. Im stakkatoartigen Aufblitzen der elektrischen Entladungen offenbarte sich Ella ein Bild des Schreckens. Yamagata, der Esteban am

nächsten gestanden hatte, wand sich unter Schmerzen am Boden, halb bedeckt von Wasser, während Stromstöße durch seinen Körper jagten. Dass Ella davon verschont blieb, lag wohl nur daran, dass der Stuhl isoliert und das Polster noch relativ trocken war. Die beiden Copiloten hingegen, in dem verzweifelten Versuch, ihren Kommandanten zu retten, fielen neben ihm zu Boden, während die Hauptbatterie der *Shinkai* ihre elektrische Energie in ihre Körper entlud. Unter Schreien und konvulsivischen Zuckungen klammerten sich die Männer an die metallenen Gitterroste, während um sie herum das Wasser stieg. Ella klammerte sich an der Lehne ihres Sitzes fest. Das Zischen des Wasserstrahls und die Schreie der Männer um sie herum verdrängend, wurde ihr mit aller Deutlichkeit bewusst, dass sie sterben würde. Das war das Ende. Hier, viertausend Meter unter dem Meeresspiegel würde sie ihr nasses Grab finden.
Das Wasser drang mit immer größerer Heftigkeit ein. Nur noch wenige Sekunden und die Außenhülle würde zerquetscht werden wie eine Weißblechdose in der Schrottpresse. In diesem Augenblick geschah etwas Seltsames.
Konrad Martin, der bisher geradezu apathisch gewirkt hatte, als litte er immer noch unter den Folgen seiner Bewusstlosigkeit, sprang auf und eilte zu dem tödlichen Riss. Er tat dies mit einer Energie und Schnelligkeit, die Ella ihm niemals zugetraut hätte. Zuerst dachte sie, er habe ebenfalls einen Stromschlag erhalten. Doch im Aufblitzen eines neuerlichen Funkenregens sah sie, dass sie sich getäuscht hatte. Die Hände gegen den Spalt pressend und mit einem Gesicht, das in seiner Entschlossenheit erschreckend wirkte, stand er da, in einer Geste höchster Anspannung. Er wirkte wie versteinert. Dann wurde es dunkel. Ella dachte noch, welch seltsamer Gedanke ihn wohl glauben ließ, er könne den Riss mit bloßen Händen schließen, da wurde der Innenraum durch eine erneute elektrische Entladung erhellt. Mit schreckgeweiteten Augen sah sie, dass aus Martins Fingern

flechtenartige Gebilde wuchsen. Wie ein Netzwerk von Drähten oder Adern schossen sie aus seinen Fingern und ergossen sich über das blanke Metall. So absurd der Gedanke auch war, aber Martins Hände schienen mit der stählernen Wand der *Shinkai* zu verschmelzen. Er schien eins zu werden mit dem Metall. Seine Hände nahmen sogar dieselbe stumpfgraue Farbe an. Wellen rasten über seine Haut und gaben ihr die Farbe von Quecksilber. Ella spürte einen Schrei in sich aufsteigen, doch dann wurde es wieder dunkel. Diesmal empfand sie die Finsternis als Gnade. »Das war nur eine Halluzination, nur eine Halluzination«, murmelte sie. Den Kopf gegen ihre Knie gepresst, wippte sie in Trance vor und zurück. »Ich habe mir das nur eingebildet. Es ist ein Traum, nur ein böser Traum. Geht sicher bald vorbei. Nur ein Traum, nur ein Traum.«

Das Licht kehrte nicht zurück. Mit einem jammervollen Laut erstarben die Heckrotoren. Die Batterien hatten sich vollständig entleert. Die Crew war gefangen in einem stählernen Sarg, umgeben von den kalten Fluten des Pazifiks. Undurchdringliche, immerwährende Finsternis umgab sie. Noch enger umklammerte Ella ihre Beine, während sie das Bild abzuschütteln versuchte, das sich auf ihrer Netzhaut eingebrannt hatte.

Das Bild von dem kleiner und kleiner werdenden Wasserstrahl, der schließlich versiegt war. Das Bild von dem Riss in der Außenhülle, der sich wie von Geisterhand geschlossen hatte.

22

Kazumari Myagoshi, der Erste Offizier der *Yokosuka*, ein stämmiger, untersetzter Mann Mitte dreißig, war der Erste, der die *Shinkai* auf seinem Monitor erblickte. Das Sonar zeigte eine Tiefe von fünfhundert Metern an, rasch aufsteigend. Er drückte einen Knopf auf seiner Telefonanlage und kontaktierte den Kapitän, der zu dieser frühen Stunde noch in seiner Kabine war. Toshio Fumitsu von der kaiserlichen Marine war sofort am Apparat und nahm die Meldung mit gewohntem Gleichmut zur Kenntnis. Die Tatsache, dass die *Shinkai* offenbar einen Notstart hingelegt hatte und lange vor dem anvisierten Termin auftauchen würde, schien ihn nicht aus der Ruhe bringen zu können. Seine Anweisungen waren klar und präzise. Die Mannschaft in Alarmbereitschaft versetzen, versuchen, mit dem Tauchboot Funkkontakt herzustellen, und die Bergungsspezialisten auf den Ladekränen für ein Rettungsmanöver vorbereiten. Der Kapitän selbst würde in etwa einer Viertelstunde auf der Brücke erscheinen und legte seine Geschäfte so lange in die Hände seines ersten Offiziers. Myagoshi, der sich der großen Ehre und des Vertrauens, das der Kapitän in ihn setzte, bewusst war, begann sogleich damit, die notwendigen Maßnahmen einzuleiten. Draußen tobte noch immer das Unwetter. An das Aussetzen von Rettungsbooten war nicht zu denken. Auch eine Bergung schied unter diesen Bedingungen aus. Sie würden also versuchen, das U-Boot an den Haken zu legen, die Mannschaft sicher an Bord zu schaffen und auf ruhigeres Wetter zu warten. Selbst das würde bei einem Wellengang von mehreren Metern kein Kinderspiel werden. Myagoshi war in der Kriegsmarine ausgebildet worden. Er hatte schon mehrere Male bei Bergungsaktionen unter schwierigen Bedingungen mitgewirkt. Was die Situation knifflig machte, war die Tatsache, dass ihnen keinerlei Informationen vorlagen. Sie wussten weder, wie es der Mannschaft im U-Boot ging, noch ahnten sie, was dort unten eigentlich vorgefallen war. Der Funkkontakt war vor ungefähr zehn Stunden abgerissen. Seitdem war kein Sterbenswörtchen zu ihnen gedrungen. Ein verdammt langer Zeitraum. Myagoshi konnte nur beten, dass die Wissenschaftler noch am Leben waren.

Ein erneuter Blick auf das Sonar zeigte ihm, dass sich die *Shinkai* mit hoher Geschwindigkeit der Wasseroberfläche näherte. Jetzt musste alles sehr schnell gehen. Die Befehle waren ausgegeben, und jeder an Bord wusste, was zu tun ist. Die Mannschaft funktionierte wie eine gut geölte Maschine.

Myagoshi vergewisserte sich mit einem Blick durch das regennasse Fenster der Brücke, dass die Crew auf dem Oberdeck alle nötigen Sicherheitsvorkehrungen getroffen hatte. Halteleinen, Schwimmwesten, Rettungsboote. Das Leben der Wissenschaftler an Bord des U-Bootes war *eine* Sache, das Leben seiner eigenen Mannschaft eine andere. Sollte einem von ihnen etwas zustoßen, würde er sich dafür zu verantworten haben. Ein Verlust an Material oder Menschenleben war nicht akzeptabel.

In diesem Augenblick betrat der Kapitän die Brücke. Er verschaffte sich einen kurzen Überblick, dann nickte er zufrieden. »Gute Arbeit, Myagoshi«, sagte er. »Hat das U-Boot schon geantwortet?«

Der Erste Offizier schüttelte den Kopf. »Nein, absolute Stille. Entweder haben sie technische Schwierigkeiten oder ...«

Fumitsu schüttelte den Kopf. »Keine Zeit für Spekulationen. Ich möchte, dass Sie nach unten auf das Oberdeck gehen und die Bergungsaktion vor Ort leiten. Ich übernehme hier.«

Myagoshi salutierte und eilte in Richtung der großen Halle. Auf dem Weg dorthin kam er am Depot vorbei, krallte sich Regencape und Schwimmweste, zog beides an und rannte im Laufschritt die Eisentreppen hinunter zum Hauptdeck. Als er die große Halle betrat, blies ihm der kalte Nordostwind mit unbarmherziger Härte entgegen. Er rüttelte und zerrte an seinem Regencape wie eine losgelassene Furie, während ihm der Regen mit nadelspitzer Härte ins Gesicht schlug. Myagoshi setzte seine Schutzbrille auf. Er verließ die Halle und bewegte sich hinaus auf das sturmgepeitschte Oberdeck. Wolkenfetzen fegten über Deck und spiegelten sich auf dem klatschnassen Stahl, während der Wind die Pfützen in seltsame Muster zerriss. Langsam, sich mit beiden Händen an die Halteleinen klammernd, setzte Myagoshi seinen Weg zum backbordseitigen Lastkran fort. Wenn er das Bild auf seinem Monitor richtig gedeutet hatte, würde die *Shinkai* hier hochkommen. Er konnte nur hoffen, dass die Drift die beiden Schiffe nicht aufeinanderprallen ließ. An die Folgen einer Kollision mit der *Shinkai* wollte er nicht denken. Allerdings durften sie auch nicht auf zu große Distanz gehen, denn dann ging ihnen wertvolle Zeit beim Einfangen des U-Bootes verloren. Der Steuermann hatte jetzt die schwierige Aufgabe, den richtigen Abstand zu treffen.

Vor sich sah er die Bergungscrew, bestehend aus Wartungstechnikern, Matrosen und Ärzten, die sich alle unterhalb des Lastkrans versammelt hatten. Dicht gedrängt und mit eingezogenen Köpfen standen sie beisammen und warteten auf weitere Befehle. Während er sich Stück für Stück an der Halteleine entlanghangelte, blickte er hinaus auf die sturmgepeitschte See. Die Wellen waren so hoch, dass die Sicht weniger als fünfzig Meter betrug. Verdammter Sturm. Konnte er sich nicht ein paar hun-

dert Kilometer weiter weg austoben? Es war, als hätten sich die Elemente gegen diese Expedition verschworen.
Ein weiterer Brecher donnerte über die Reling. Myagoshi musste sich mit aller Kraft festhalten. Fast wäre er auf dem nassen Deck ausgeglitten, da sah er sie. Etwa dreißig Meter entfernt und mit den Heckrotoren voraus durchbrach die *Shinkai* die Wasseroberfläche. Der Rumpf ragte einige Meter in die Höhe und fiel dann mit einem gewaltigen Aufklatschen ins Wasser zurück. Noch einmal tauchte der Stahlkoloss auf, dann beruhigte er sich. Myagoshi kniff die Augen zusammen. Das Schiff lag viel zu tief im Wasser, das konnte er selbst unter diesen schwierigen Bedingungen erkennen. *Ein Leck,* schoss es ihm durch den Kopf. Das war die einzige Erklärung. Doch wie war es dazu gekommen? Die Druckhülle galt als unzerstörbar. Wie die Antwort auch lauten mochte, jetzt war keine Zeit für derartige Überlegungen. Im Moment hatte er anderes im Sinn. Die Crew musste von der *Shinkai* an Bord geholt und das Schiff in Schlepptau genommen werden. Wenn das Tauchboot wirklich einen Wassereinbruch hatte, blieb ihnen weniger Zeit als geplant.
Als er die Bergungscrew erreichte, zogen ihn die Männer in ihre Mitte und umringten ihn mit fragenden Blicken. In wenigen kurzen Sätzen paukte er ihnen noch einmal den Ablauf der Rettungsaktion ein. Die *Shinkai* befand sich außerhalb der Reichweite des Lastkrans. Es bestand also nur die Möglichkeit, sie mit Seilwerfern näher heranzuholen. Zu diesem Zweck waren zwei Männer mit entsprechenden Schussvorrichtungen ausgestattet worden. Myagoshi wies die beiden an, nach vorn zu treten. Während der eine mit seiner Armbrust auf das Gestänge der Heckrotoren zielte, nahm der andere den Turmaufbau des U-Bootes ins Visier. Zweimal knallten die Druckluftpatronen, zweimal flogen die Edelstahlhaken, gefolgt von hauchdünnen Karbonfaserleinen, durch die regennasse Luft.

Ein kurzer Moment atemloser Spannung, dann erleichtertes Aufatmen. Beide Haken hatten ihr Ziel erreicht. Das Manöver konnte beginnen.

Die Schützen aktivierten die elektrischen Kabeltrommeln, die sie fest am Fuße des Krans verankert hatten. Die Motoren jaulten auf, während sie versuchten, das tonnenschwere Boot in die Reichweite des Krans zu ziehen. Die Leinen spannten sich und knarrten besorgniserregend. Die Männer wichen ein Stück zurück. Eine zerfetzte Kohlefaserleine konnte Überschallgeschwindigkeit erreichen. Wer von ihr getroffen wurde, durfte sich glücklich schätzen, wenn er nicht in zwei Hälften zerteilt wurde.

Während alle den Atem anhielten, setzten sich die Trommeln in Bewegung. Stück für Stück wurde das Seil aufgewickelt. Myagoshi lächelte erleichtert. Die Leinen hielten. Anfangs noch sehr langsam, doch dann mit merklich sichtbarem Erfolg rückte der weiß-orange Bootskörper näher. Der erste Offizier fühlte sich an die Jagd auf den weißen Wal erinnert, an einen alten Film mit Gregory Peck.

Noch zwanzig Meter ... fünfzehn ...

Die *Shinkai* war in Reichweite.

Jetzt konnte der schwierige Teil beginnen. Myagoshi gab dem Kranführer über Funk das Signal, den Ladearm auszuschwenken. Atemlose Minuten vergingen, ehe das Fahrzeug endlich nahe genug war und der zehn Meter lange Arm des Krans die Turmspitze des U-Bootes erreichen konnte. An dessen Oberkante befand sich ein Haltebügel, mit dem das Schiff stabilisiert werden konnte, während es von der Hebebühne zu Wasser gelassen wurde. Die Klammervorrichtung verfügte über eine magnetische Verriegelung, die den Greifvorgang erleichterte. Nun wurde die Kette über dem Turm der *Shinkai* herabgelassen. Myagoshi konnte erkennen, wie der starke Elektromagnet der Greifkralle vom Metall des Haltebügels angezogen wurde.

Der Kranführer stand vor der schier unlösbaren Aufgabe, den Wellengang durch das Verlängern oder Verkürzen der Schleppkette auszugleichen. Ein paarmal sah es so aus, als hätte er es geschafft, doch jedes Mal verfehlte die Kralle den Turm um Haaresbreite. Nach fünf endlos scheinenden Minuten gelang das Manöver. Endlich. Der Greifer packte den Haltebügel mit einem harten metallischen Schlag, und die metallenen Krallen schlossen sich. Sie hatten es geschafft. Myagoshi nickte erleichtert. Der schwierigste Abschnitt der Bergungsoperation war gemeistert. Doch jetzt kam das Manöver, vor dem ihm persönlich am meisten graute. Das Öffnen des Tauchbootes. Waren die Wissenschaftler verletzt? Waren sie überhaupt noch am Leben – und wenn nicht, welchen Anblick boten ihre Leichen? Nein, so durfte er nicht denken. Er rief sich zur Disziplin. Wahrscheinlich war die Mannschaft nur aufgrund technischer Probleme nicht in der Lage gewesen, sich zu melden. Er schob sein Kinn vor und gab weitere Befehle. »Brücke auslegen«, sagte er mit befehlsgewohnter Stimme. »Sind die Haken eingerastet? Gut. Aufpassen beim Rüberlaufen. Ihr beide zuerst.«
Zwei seiner Männer, beide mit Schneidbrennern bewaffnet, tasteten sich vorsichtig hinüber auf das Achterdeck der *Shinkai.* Myagoshi folgte ihnen über den schmalen, schlingernden Eisensteg. Sein Blick war starr auf die Turmspitze des U-Bootes gerichtet. Insgeheim hoffte er, dass sich die Luke jeden Moment öffnete und ihm ein paar müde Wissenschaftler entgegenwinkten. Doch nichts geschah. Mit finsterem Blick, einen weiteren Wartungstechniker sowie einen Arzt im Schlepptau, erklomm er die Leiter, die auf den Turm führte. Ein schwieriges Unterfangen. Das U-Boot torkelte wie ein betrunkener Seemann auf Landurlaub. Als er mit einem flauen Gefühl im Magen oben anlangte, winkte er dem Rest des Trupps zu, sich in Bereitschaft zu halten. Zeit war kostbar. Der Sturm schien in den letzten Minuten wieder an Heftigkeit zugenommen zu

haben. Myagoshi beugte sich vor und drehte am Rad für das Schott. Es ließ sich problemlos bewegen. Ein kräftiger Ruck und die Luke war offen. Der Einstieg darunter war dunkel. Nicht einmal die Notbeleuchtung schien zu funktionieren. Mit einem mulmigen Gefühl im Magen stieg er die kurze Leiter hinab. Als er auf der Oberseite der Druckkugel stand, lauschte er auf Signale aus dem Inneren. Doch genauso gut hätte er sein Ohr an einen Felsen halten können. Seine Sorgen beiseite drängend, legte er seine Hände auf das Eisenrad und begann zu drehen. Diesmal ging es bedeutend schwerer. Es machte fast den Eindruck, als habe sich die Stahlkugel verzogen. Doch der Erste Offizier war ein kräftiger Mann. Ein paar Umdrehungen, und die schwere Luke öffnete sich mit einem hörbaren Zischen.

Im Inneren der *Shinkai* war es dunkel und still. Nur ein undefinierbares Gluckern war zu hören. Ein unangenehmer Gestank drang von unten herauf. Es roch nach einer Mischung aus verkohlter Elektrik und Erbrochenem. »Hallo«, rief er, »kann mich jemand hören?«

Keine Antwort. Myagoshi versuchte es noch einmal, wieder ohne Erfolg. Seine Hoffnung auf ein glückliches Ende dieser Expedition hatte ihren Tiefpunkt erreicht. Er tastete nach seiner Taschenlampe und leuchtete ins Innere der Kugel. Nur langsam gelang es ihm, sich zu orientieren. Die Rauchschwaden waren so dicht, dass er zunächst kaum etwas erkennen konnte. Doch nach und nach begann sich der Dunst zu lichten. Als er sich endgültig verflüchtigt hatte, bot sich Myagoshi ein unerwarteter Anblick. Was er entdeckt hatte, ließ ihn vor Entsetzen aufstöhnen.

23

Ella gewahrte ein Licht am Rande ihres Bewusstseins. Ein zuckendes, blendendes Etwas, das sie mit schmerzhafter Intensität zurück ins Leben holte. Sie öffnete die Augen und sah einen düsteren, rauchgeschwängerten Raum. Er kippte hin und her, während das hüfthohe Wasser schwappend gegen ihre Füße schlug. In einem Anflug von Panik zog sie ihre Füße an sich. Sie wusste nicht warum, aber sie wollte um alles in der Welt den Kontakt mit der dunklen Flüssigkeit meiden. Es dauerte geraume Zeit, bis sie sich ihrer Situation bewusst wurde. Sie hockte auf einem Stuhl, die Beine angezogen, die Arme in schmerzhafter Umklammerung verschränkt. Mit einem Mal fiel ihr alles wieder ein. Die Tauchfahrt, die Flucht, die Explosion und ... sie blickte sich um. Konrad Martin lag mit dem Oberkörper über der Steuerkonsole, die Augen geschlossen.

»Hallo, kann mich jemand hören?« Die Stimme klang verzerrt und wurde von einem seltsamen Heulen überschattet.

»Ist dort unten jemand?«

»Ja ... ich.« Sie musste husten. Ihre Lungen fühlten sich an, als wären sie durch einen Fleischwolf gedreht worden. »Hier ... bitte helfen sie mir.« Der Lichtstrahl schnitt suchend durch die Dunkelheit und landete auf ihrem Gesicht. Ella schloss die Augen. »Machen Sie bitte das Licht aus, es schmerzt.« Der Lichtstrahl wanderte weiter, aber Ella glaubte einen Ausruf der

Freude zu hören. Dann folgte eine Reihe von Worten auf Japanisch, die aber offenbar nicht an sie gerichtet waren. Nachdem sie sich vergewissert hatte, dass sie im Wasser keinen Stromschlag bekommen würde, begann sie von ihrem Stuhl zu kriechen. Ihre Beine waren sehr schwach und wollten sie nicht tragen. Helfende Hände packten sie und hielten sie aufrecht. Sie blickte zur Seite und bemerkte einen stämmigen Japaner in Marineuniform, der ihr ein aufmunterndes Lächeln schenkte. Zwei weitere Seemänner kamen durch den engen Tunnel zu ihnen herab und begannen, im Schein zuckender Taschenlampen nach weiteren Überlebenden zu suchen. In diesem Augenblick ertönte ein dumpfes Grollen, und der Raum neigte sich zur Seite. Wasser stürzte aus der Topluke. Dumpfe Flüche hallten aus dem Tunnel, der zum Turm hinaufführte. Ein klatschnasser Arzt mit einer prall gefüllten Umhängetasche kam zu ihnen ins Boot. »Wir müssen uns beeilen, Dr. Jordan«, sagte der Offizier an ihrer Seite. »Können Sie allein hinaufsteigen? Sie werden oben in Empfang genommen.«
»Ich ... ich werde es versuchen. Ja, ich glaube, es geht.«
»Gut. Drücken Sie die Daumen, dass Ihre Begleiter die Reise auch so glimpflich überstanden haben.«
Sie nickte und wankte dann bis zu der Eisenleiter. Gedämpftes Tageslicht fiel von oben herab. Das Pfeifen und Heulen nahm merklich zu. Während sie den schwankenden Tunnel hinaufkletterte, wurden ihre Haare von einer Windbö gepackt und durcheinandergewirbelt. Erneut klatschte eine Woge gegen die Bordwand, brach sich im Tunnel und donnerte wie ein Wasserfall an ihr vorbei in die Tiefe. Ella konnte sich nur mit Mühe festhalten. Panik überkam sie. Unter Aufbietung aller Kräfte kletterte sie das letzte Stück des Tunnels hinauf, bis zur Turmspitze, wo sie von zwei Besatzungsmitgliedern erwartet wurde. Der Wind schlug ihr mit eisiger Kälte ins Gesicht. Im Nu war ihre Müdigkeit verflogen. Was sie sah, ließ sie vor Angst

erzittern. Das Meer war eine einzige kochende Hölle. Dunkelgrün ragten die Wellen um sie herum in den grünen Himmel, während Wolkenfetzen über ihren Kopf rasten. Die *Shinkai* war über eine Stahltrosse mit dem Ladekran verbunden, der unter der Last bedenklich ächzte. Wie lange er diesen Kräften gewachsen war, war fraglich. Den Geräuschen nach zu urteilen, die er von sich gab, nicht mehr allzu lange. »Kommen Sie«, rief einer der Matrosen ihr in gebrochenem Englisch zu. »Beeilung.« Er zog an ihrem Arm, und sie folgte ihm bereitwillig. Nur runter von diesem schlingernden Albtraum. Als sie sich über die schmale Eisenbrücke zum Deck der *Yokosuka* hinüberhangelte, sah sie, dass ein zweiter Überlebender auf dem Turm erschien. Es war der Schweizer Geologe. Augenscheinlich ging es ihm gut. Auch er wurde über die schlingernde Brücke eskortiert. Ella erinnerte sich an die Szene, kurz ehe das Licht verloschen war. Diese Fäden, die seinen Fingern entsprossen waren – diese flechtenartigen Gebilde, die den Riss in der Wand wie mit Klebstoff überzogen und dann verschlossen hatten. Blödsinn, schalt sie sich. Einbildung. Eine Halluzination, hervorgerufen durch giftige Dämpfe. Überhaupt konnte sie sich kaum noch an das erinnern, was dort unten vorgefallen war. Ihr Kopf war ein einziges Durcheinander von Bildern, Worten und Geräuschen. So viel hatte sich ereignet. Und immer noch wollte dieser furchtbare Tag kein Ende nehmen. In ebendiesem Moment erschien Kommandant Yamagata auf dem Turm der *Shinkai*. Er war kreidebleich und musste von zwei Leuten gestützt werden. Doch immerhin war er am Leben. Sein Verband am Kopf war verrutscht, und seine Platzwunde hatte wieder angefangen zu bluten. Mit fiebrigen Augen blickte er sich um. Als er das Wüten des Sturms bemerkte, entbrannte eine heftige Diskussion zwischen ihm und einem der Helfer. Er fing an zu schreien und deutete auf die aufgewühlte See. Der Matrose schüttelte den Kopf. Er packte den Kommandanten am Arm und wollte ihn

über die Brücke zerren, doch der Wissenschaftler setzte sich zur Wehr. Erst als sich ein zweiter Matrose einmischte und seinem Kollegen zu Hilfe eilte, erlosch der Kampfeswille des Expeditionsleiters. Wie ein Häufchen Elend sackte er zusammen und ließ sich willenlos an Bord der *Yokosuka* schaffen.
»Was hat er denn bloß?«, fragte Ella den Geologen, der soeben neben ihr eingetroffen war. Konrad Martin hatte gerade einer japanischen Ärztin zu verstehen gegeben, dass er keinen Beistand benötigte. Mit ruhiger Stimme entgegnete er: »Ich glaube, er versucht den Männern zu erklären, dass die *Shinkai* im Begriff ist zu sinken.«
Ella riss die Augen auf. Er hatte Recht. Jetzt konnte sie erkennen, dass das U-Boot in den letzten Minuten um etwa einen Meter abgesunken war. Die fortwährenden Brecher ließen die Druckkammer langsam, aber sicher volllaufen. Weder die Lufttanks noch die Stahltrossen würden in der Lage sein, den schweren Bootskörper über Wasser zu halten. »Warum schließen sie das Schott denn nicht?«, rief sie entgeistert.
Martin antwortete: »Haben Sie vergessen, dass sich immer noch Menschen auf dem Schiff befinden? Sie sind möglicherweise so schwer verletzt, dass sie sofort behandelt werden müssen.«
In diesem Moment wurde ein weiterer Mann nach oben gebracht, an seiner Kopfbedeckung unzweifelhaft als einer von Yamagatas Copiloten zu erkennen. Sein Körper war schlaff. Arme und Beine baumelten leblos an ihm herab und ließen ihn wie eine Puppe aussehen. Augenscheinlich war er ohne Bewusstsein. Zwei Männer trugen ihn über die schmale Brücke und legten seinen Körper auf eine der bereitgestellten Bahren. Sofort war eine der Ärztinnen bei ihm. Dem zweiten Copiloten, der soeben nach oben kam, ging es offenbar besser. Er hatte zwar Schürfwunden und Prellungen, aber wenigstens konnte er auf eigenen Beinen stehen. Humpelnd und fluchend verließ er das U-Boot und kam zu ihnen herüber. Er hockte sich neben

seinen Kollegen, der immer noch nicht das Bewusstsein wiedererlangt hatte. Die Ärztin hatte bereits mit Wiederbelebungsmaßnahmen begonnen, doch ihr ernster Blick verriet, dass es schlecht um ihn stand. Yamagata kauerte daneben, seine Augen teilnahmslos zu Boden gerichtet. Er schien keine Notiz davon zu nehmen, dass neben ihm einer seiner Kollegen mit dem Tode rang. Nach einer Weile blickte die Ärztin auf und schüttelte den Kopf. Die Rettungsmaßnahmen waren ergebnislos geblieben. Ella wandte sich ab. Sie hatte dem Tod noch nie ins Antlitz sehen können. Ihren Blick wieder auf die *Shinkai* gerichtet, versuchte sie in Erfahrung zu bringen, was dort drüben vor sich ging. Was taten der verbliebene Offizier und der Arzt da unten nur so lange? Warum kamen sie nicht zurück? Hatte es etwas mit Esteban zu tun? Ella hatte immer noch das schreckliche Bild vor Augen, wie er, vom Wasserstrahl getroffen, quer durch den Innenraum geflogen war. Konnte ein Mensch einen solchen Aufprall überleben? Joaquin. Der Name formte sich wie von selbst auf ihren Lippen. Die Augen geschlossen haltend, schickte sie ein Stoßgebet zum Himmel. Als sie sie wieder öffnete, sah sie eine neue Welle heranbrechen. »Oh mein Gott«, flüsterte sie. Es war die größte, die Ella bisher gesehen hatte.
»Halten Sie sich fest!«, rief Martin ihr gerade noch rechtzeitig zu. Wie eine Lawine donnerte die Woge über die *Shinkai* hinweg. Der orange Turm verschwand in einem Gebrüll von Schaum und Gischt. Ella musste sich mit aller Kraft festhalten, um nicht von Bord gespült zu werden. Ärzte und Matrosen bildeten eine Kette und zogen die Verletzten schützend hinter die Reling. Ella hielt das Eisengeländer gepackt, während sie weiter in den kochenden Albtraum starrte. Als die *Shinkai* wieder auftauchte, hatte sie deutlich Schlagseite.
»Ich glaube, es geht zu Ende«, hörte sie Martin neben sich sagen, und Ella musste ihm im Stillen Recht geben.
Doch in diesem Augenblick tauchte ein Kopf aus der Turmluke

empor. Das Gesicht des Mannes war blutüberströmt, beinahe bis zur Unkenntlichkeit entstellt.

»Esteban!« Ella konnte den Schrei nicht unterdrücken. *Er lebte.* In einer Mischung aus Freude und Verzweiflung eilte sie ihm entgegen.

»Bleiben Sie, wo Sie sind!«, hörte sie Martin hinter sich schreien, doch sie hörte nicht auf ihn. Vergessen waren Enttäuschung und gekränkte Eitelkeit. Joaquin lebte, das war alles, was zählte. Wider besseres Wissen betrat sie erneut die Eisenbrücke. Sie wollte Joaquin nur noch zu sich herüberholen und ihn in ihre Arme schließen.

Der Kubaner war schwer angeschlagen. Mit wankendem Schritt setzte er seinen Fuß auf die eisernen Streben. Sowohl der Arzt als auch der Offizier mussten ihn dabei stützen. Seine Uniform war blutrot. Ella hatte die Brücke schon halb überquert, da sah sie es. Sein rechter Arm fehlte. Er war weg, abgetrennt, *nicht mehr da.* Der notdürftige Verband konnte den blutenden Stumpf darunter kaum verbergen. Als Esteban sie erblickte, ging ein trauriges Lächeln über sein Gesicht. Seine Augen waren trübe. Wahrscheinlich stand er unter einer hohen Dosis Morphium.

Mitleid, Wut und Enttäuschung stiegen in Ella auf. Am liebsten hätte sie geschrien, doch sie brachte kein Wort heraus. Alles, was sie tun konnte, war, den Arm auszustrecken und Esteban zu sich herüberzuziehen.

In diesem Augenblick ertönte ein Krachen. Die Brücke schwankte und kippte dann zur Seite. Eine der Bodenstreben war gebrochen. Eine Lücke von etwa fünfzig Zentimetern tat sich auf, die rasch breiter wurde. Mit einem markerschütternden Quietschen verbog sich das Metall. Dann brach auch die zweite Strebe. Die Brücke hing jetzt nur noch am Geländer zusammen, und es war absehbar, dass sie in wenigen Sekunden vollends auseinanderbrechen würde. Ella packte Estebans Hand und zog ihn mit einem Ruck zu sich herüber. In diesem Moment gab es einen

Knall, gefolgt von einem Klatschen. Es hörte sich an, als würde ein Riesenkalmar seinen Fangarm aufs Wasser schlagen. Gischt spritzte in die Höhe und raubte ihnen die Sicht. Als Ella nach oben blickte, sah sie, dass die Stahltrosse, an der das U-Boot wie an einer Angel gehangen hatte, nicht mehr existierte. Die Zugkräfte hatten das daumendicke Stahlseil einfach durchtrennt. Entgeistert musste Ella mit ansehen, wie die *Shinkai* in den aufgewühlten Fluten versank. Mit einem gewaltigen Zischen flogen ihnen jetzt auch die beiden Kohlefaserleinen um die Ohren. Ella zog den Kopf ein, während sie sich und Esteban hinter der Reling in Sicherheit brachte. Als sie wieder hochkam, sah sie, dass sowohl der Offizier als auch der Arzt ins Wasser gestürzt waren. Wild rudernd versuchten sie, die *Yokosuka* zu erreichen. Vergeblich. Sie wurden vom Sog des sinkenden Schiffes gepackt und in die Tiefe gerissen. Voller Verzweiflung musste Ella mit ansehen, wie sie vor ihren Augen verschwanden und in die Tiefe gezogen wurden. Bange Sekunden vergingen, doch die beiden tauchten nicht mehr auf. Als man sie nach zehn Minuten immer noch nicht gefunden hatte, gaben die Männer der *Yokosuka* die Suche auf.

Das Ende der Expedition.

Wie ein Häufchen Elend versammelten sich Retter und Gerettete in der großen Halle. Kaum einer war unverletzt geblieben. Allen stand das Entsetzen ins Gesicht geschrieben. Yamagata traf als Letzter bei ihnen ein. Bis zuletzt hatte er sich geweigert, seinen Platz an der Reling zu verlassen. Immer wieder hatte er auf das Wasser gedeutet und den Kopf geschüttelt. Nach einer Weile war es der Ärztin endlich gelungen, ihn zum Mitkommen zu bewegen. Ella beobachtete ihn aus ihren Augenwinkeln. Der Kommandant schien um Jahre gealtert zu sein. Unter seinen Augen lagen dunkle Ringe. Sein kurzes graues Haar klebte in nassen Strähnen am Kopf. Seine Haltung war gebeugt, und er humpelte beim Gehen. Als er jedoch an Ella vorbeiging, kam

Leben in seine verhärmte Gestalt. Er blieb vor ihr stehen und seine Augen funkelten. Er öffnete den Mund, um etwas zu sagen, ließ es aber sein. Seine Hände waren zu Fäusten geballt, und Ella konnte erkennen, dass er sich nur mit Mühe beherrschen konnte. Dann ging er weiter.
Ella blickte ihm nach. Noch niemals in ihrem Leben war sie sich so verlassen vorgekommen.

24

Eine Woche später …

Ella saß auf einem verchromten Stuhl an der Seite eines verchromten Bettgestells inmitten eines Raums, der an Nüchternheit kaum zu überbieten war. Im Krankenzimmer Estebans gab es nichts, woran ihre geschundene Seele Freude finden konnte. Kein Radio, keine Bücher, nicht mal Blumen oder Bilder. Der Raum im Militärhospital von Yokohama wirkte wie eine kahle Gefängniszelle. Immerhin hatte man ihr jetzt, nachdem die Anhörung vorbei war, gestattet, ihrem Freund und Kollegen einen kurzen Besuch abzustatten, ehe er nach Washington zurücktransportiert wurde. Sein Zustand hatte sich stabilisiert, aber es zerriss ihr das Herz, wenn sie ihn betrachtete. War dieses Häuflein Mensch wirklich derselbe Mann, den sie vor knapp zwei Wochen kennengelernt hatte? Jener charmante, gutaussehende Typ, der so unwiderstehlich und anziehend auf sie gewirkt hatte. Sie musste an seine Hände denken, die so wunderbare Dinge anstellen konnten, seine muskulösen braungebrannten Arme, die Drachentätowierung …

Ella betrachtete den Armstumpf und schluckte. »Es tut mir so leid«, flüsterte sie zum wiederholten Male. Wie oft sie diesen Satz in den letzten Tagen ausgesprochen hatte, konnte sie nicht sagen. Sie hatte irgendwann aufgehört zu zählen.

»Nicht deine Schuld«, murmelte Esteban. Er konnte kaum sprechen, denn sein Kopf war bis auf den Mund und die Augen einbandagiert. Ebenso wie sein Brustkorb mit den gebrochenen Rippen und sein rechtes Bein, das eine Schienbeinfraktur und einen zerschmetterten Meniskus aufwies. »Wie ist die Anhörung gelaufen?«

»Hätte schlimmer kommen können«, sagte Ella, doch nur, um Esteban nicht unnötig zu belasten. »Sie konnten sich nur auf Zeugenaussagen berufen. Alle Beweise, die meine angebliche Inkompetenz belegen, sind mit der *Shinkai* im Meer versunken. Die Gesprächsaufzeichnungen, die Messungen, die Auswertungen, alles futsch. Wie du weißt, waren wir ja nicht mal in der Lage, die Endergebnisse rechtzeitig an die *Yokosuka* zu schicken. Es ist, als wären wir nie dort gewesen.« Sie zuckte traurig die Schultern.

»Und die Kugel?«

»Wir werden wohl nie erfahren, was dort unten ist, jedenfalls nicht in absehbarer Zeit. Die Japaner haben das Projekt erst einmal auf Eis gelegt. Was sollen sie auch anderes tun? Die *Shinkai* war das einzige bemannte Tauchboot mit dieser Reichweite.«

»Sie könnten Sonden schicken.«

»Die haben jetzt andere Sorgen. Sie müssen ihren Forschungsetat wieder in Ordnung bringen. Der Verlust des Tauchbootes hat ein riesiges Loch in ihre Kasse gerissen.«

»Und die Versicherungen zahlen nur, wenn alles lückenlos aufgeklärt wird, ich verstehe«, sagte Esteban.

»Yamagata hat zwar immer wieder beteuert, dass er nur aufgrund meines Drängens und meiner Beschwichtigungsversuche die Landung auf dem Vorsprung angeordnet hatte, aber letztendlich war er der Leiter der Expedition. Er allein hatte die Entscheidungsgewalt. Also trägt auch er die alleinige Verantwortung.«

»Das heißt, sie konnten sich bei der Anhörung nur auf die Aussagen aller Beteiligten stützen?«

»So ist es. Du und Martin, ihr habt für mich gestimmt, die drei

Japaner gegen mich. Meine Aussage hinzugerechnet, und das Ergebnis war unentschieden.«

»Dann bist du doch aus dem Schneider, oder?«

»Wenn's nur so wäre.« Sie schüttelte den Kopf. »Die Schiedsleute haben noch kein abschließendes Urteil gefällt. Tatsache ist aber, dass mich alle für unfähig zu halten scheinen. Wenn du nur ihre Gesichter hättest sehen können. Na ja, ich fürchte, damit werde ich leben müssen.« Sie lächelte gequält. »Oh, ich vergaß zu erwähnen, dass ich heute Post bekommen habe.« Sie wedelte mit einem Stück Papier in der Luft herum.

Esteban versuchte sich aufzurichten, was ihm sichtlich Mühe bereitete. »Was ist es? Dein Steuerbescheid?« Er versuchte zu lächeln, was ihm aber nicht gelang. Unter Schmerzen ließ er sich zurücksinken.

»Meine Freistellung.«

Stille trat ein.

»Das ist nicht dein Ernst, oder?«

»Ich fürchte schon. « Sie griff in die Innentasche ihrer Jeansjacke, holte ihre Brille heraus und setzte sie auf. In der Kopfzeile des Briefes prangte das Porträt des ersten Präsidenten der Vereinigten Staaten, darunter war der Absender genannt: *George Washington University, Washington DC, Präsident der Universität.*

»Von ganz oben, habe ich Recht?«, murmelte Esteban. »Ich kann mir schon denken, was drin steht.«

»Willst du es hören?«

»Unbedingt.«

»Also ...«, sie befeuchtete ihre Lippen. »*Sehr geehrte Dr. Jordan, Bezug nehmend auf die jüngsten Ereignisse muss ich Ihnen leider mitteilen, dass sich unser Vorstand dafür ausgesprochen hat, Sie von der Professur an der Geologischen Fakultät auf unbestimmte Zeit freizustellen. Zumindest so lange, bis alle Fakten vorliegen und es zu einer abschließenden Beurteilung seitens des japanischen Schiedskomitees gekommen ist. Dieser bedauerliche Umstand hat weniger mit Ihrer Qualifikation zu tun, als mit der Tatsache, dass unsere Universität kein Interesse daran hat, ins Rampenlicht der Medien zu geraten. Die Kontroverse, die in der Zwischenzeit um Ihre Person entbrannt ist, hat dem regulären Universitätsbetrieb bereits beträchtlichen Schaden zugefügt, und es ist davon auszugehen, dass wir mit einem Rückgang von Bewerbungen rechnen müssen, sollten Sie auf einer sofortigen Weiterführung Ihres Lehrauftrags bestehen. Selbstverständlich werden Sie Ihr Gehalt weiter beziehen und auch die Wohnung im University Inn wird Ihnen für diese Zeit weiter zur Verfügung stehen. Bitte haben Sie Verständnis für unsere Entscheidung, bla, bla, bla ... Hochachtungsvoll, Joel Trachtenberg, Präsident.*«

Esteban ließ sich zurücksinken. »Kurz und knapp, würde ich sagen.«

»Dahinter steckt Jaeger, da bin ich mir sicher.«

»Wie kommst du darauf?«

»Er konnte mich noch nie leiden. Von Anfang an nicht. Nach dieser Vorstellung in seinem Büro hat er wahrscheinlich einen regelrechten Hass auf mich entwickelt.«

»Woran ich nicht ganz unschuldig bin«, warf Esteban ein.

»Ich glaube, er konnte es gar nicht erwarten, mich wieder loszuwerden. Für ihn war unsere Katastrophe wie ein Pass über dreißig Yards mit anschließendem Touchdown.«

»Und was hast du jetzt vor?«

Ella zuckte die Schultern. »Keine Ahnung. Ich hatte noch keine Zeit, mir über so etwas Gedanken zu machen. Es ging alles so schnell.«

»Ich kann mein Angebot, für uns zu arbeiten, gern wiederholen.«

Ella zog amüsiert die Augenbraue in die Höhe, schüttelte aber dann den Kopf. »Lass mal. Ich weiß dein Angebot wirklich zu schätzen, aber ich glaube, das Militär muss auf meine Dienste verzichten. Wahrscheinlich werde ich mich selbstständig machen und mich in Kalifornien ansiedeln. Dort könnte ich als Berater in Sachen Erdbeben tätig werden. Über den San-Andreas-Graben habe ich seinerzeit meine Doktorarbeit geschrieben.«

»Und was ist mit der Sache hier?«

»Darum sollen sich andere kümmern. Ich habe schon zu viel geopfert.« Sie seufzte. »Aber was rede ich? Das sind alles Kleinigkeiten, gemessen an dem, was dir widerfahren ist. Es tut mir so unendlich leid.«

Estebans Stimme bekam einen wütenden Klang. »Hör jetzt endlich auf, dir für alles die Schuld zu geben. Für das, was geschehen ist, sind wir alle gleichermaßen verantwortlich. Wir alle kannten das Risiko und sind es eingegangen. Dass die Japaner jetzt dir den Schwarzen Peter in die Schuhe schieben wollen, ist absurd. Die brauchen bloß einen Sündenbock, damit sie vor den Medien gut dastehen. Alles bloß Politik. Es hat mit dir nicht das Geringste zu tun.«

»Da ist Yamagata sicher anderer Meinung. Für ihn bin ich das Böse in Person. Eine fleischgewordene Nemesis. Die Zerstörerin all seiner Träume und Ziele. Du hättest ihn hören sollen, er war kaum noch zu bremsen.«

»Mein Gott, Yamagata ist alt. Für ihn war die Jungfernfahrt der *Shinkai* die Erfüllung seines Lebenstraums. Er hatte vor, seine Karriere mit einem Paukenschlag zu beenden. Dass dieser allerdings so ausfallen würde, damit hat er wohl in seinen kühnsten Träumen nicht gerechnet.«

Ella zog die Beine an und stützte gedankenverloren ihren Kopf auf die Knie. »Was ist da unten eigentlich geschehen? Ich bekomme das alles nicht unter einen Hut«, sagte sie. »So viele Bilder, so viele Eindrücke ... und so viele Fragen.«

Esteban griff nach dem Glas Wasser, das neben ihm auf dem

Nachttisch stand und nahm einen großen Schluck. »Ich kann dir leider nicht weiterhelfen«, sagte er und stellte das Glas wieder ab. »Ich habe einen totalen Blackout, etwa ab der Stelle, an der Yamagata den Notstart befohlen hat.«

»Du hast nichts verpasst«, sagte Ella mit einem traurigen Lächeln. »Manchmal ist so eine kleine Amnesie ganz hilfreich. Ich würde was drum geben, wenn ich das alles schnell wieder vergessen könnte. Tatsache ist aber, dass ich mich an Dinge zu erinnern glaube, die ich mir beim besten Willen nicht erklären kann. Ich bekomme schon Migräneanfälle, wenn ich bloß daran denke.«

»Was für Dinge?«

Sie schüttelte den Kopf. »Nein, lass mal. Manchmal ist es besser, nicht alles zu wissen. Ich muss selbst dahinterkommen.«

»Sprichst du von dem Riss in der Kugel und wie es dazu kam?«

»Unter anderem.« Sie lächelte. Esteban war genauso zäh wie sie, wenn es um etwas wirklich Wichtiges ging. »Die Japaner behaupten, dass die *Shinkai* bei ihrer rasanten Aufwärtsfahrt die Seitenwände des Canyons gerammt haben muss. Der Schlag hätte ausgereicht, um eine minimale Fraktur in der Außenhülle zu erzeugen. Das eintretende Wasser stand unter ungeheurem Druck. Eine halbe Tonne pro Quadratzentimeter. Kannst du dir das vorstellen? Damit werden in der Industrie Stahlklingen geschliffen.«

Ellas Blick fiel auf Estebans Armstumpf, und sie biss sich auf die Lippen. Manchmal konnte sie so taktlos sein. Er hatte nur überlebt, weil der japanische Offizier und sein Arzt so schnell und besonnen gehandelt und eine Notamputation eingeleitet hatten. Das war auch der Grund gewesen, warum sie so lange gebraucht hatten. Doch der Arzt hatte für die Rettung von Estebans Leben mit dem eigenen Leben bezahlt.

»Bitte entschuldige.«

Er winkte ab. »Wieso hat das Wasser wieder aufgehört, in die

Kammer einzudringen? Das gibt doch keinen Sinn. Wieso sind wir nicht alle zerdrückt worden?«

Ella schüttelte den Kopf. »Die Frage habe ich auch gestellt, aber die Japaner behaupten, wir hätten das der besonderen Struktur des Stahls zu verdanken. Das Metall für die Kugel wurde nicht gegossen, sondern geschmiedet, und zwar nach einer uralten Methode zur Herstellung von Samurai-Schwertern. Unterschiedliches Eisen von besonderer Reinheit, mehrfach gefaltet usw. Unter Druck bauen sich in diesem Stahl besondere Spannungsfelder auf, die ein Ausbreiten von Frakturen verhindern. So jedenfalls hat man mir das erklärt.«

»Intelligentes Metall also, das in der Lage ist, sich wieder zu verschließen?« Esteban lachte trocken. »Die Samurai in allen Ehren, aber ich habe schon mit zehn aufgehört, an den Osterhasen zu glauben. Das ist doch gequirlte Scheiße.«

»Weißt du von der Explosion?«

»Wie bitte?«

Ella senkte die Stimme. »Das Notebook des Professors. Es gab einen Knall, das Ding flog auseinander. Im selben Moment trat dieser Riss auf. Ich halte das nicht für einen Zufall.«

»Willst du damit sagen ...?«

Sie nickte.

»Willst du behaupten, dass der Doc einen Sprengsatz in seinem Notebook versteckt hatte?«

»Wäre doch möglich. Erinnerst du dich nicht mehr an unser Gespräch? Wir haben doch lang und breit darüber geredet. Sein geheimnisvolles Getue, seine Ausdrucksweise und seine Inkompetenz. Es passt alles zusammen.«

Esteban strich sich mit der Hand über die Stirn. »Doch ... ja. Ich erinnere mich. Aber ich habe auch gesagt, dass er selbst wahrscheinlich gar nichts von dem geplanten Anschlag wusste. Der Professor mag kein Ausbund an Freundlichkeit sein, aber er ist doch kein Dummkopf. Er würde sich doch nicht selbst in die

Luft jagen. Abgesehen davon, dass kein Sprengsatz dieser Größe stark genug wäre, eine zehn Zentimeter dicke Stahlwand zu durchschlagen. Nein Ella, du musst dich irren.«

»Vielleicht. Aber dass es eine Explosion gegeben hat, dessen bin ich mir sicher.« Sie stand auf und begann, vor dem Fenster auf und ab zu gehen. »Du musst zugeben, dass da eine Menge seltsamer Dinge zusammenkommen. Die Drohung auf meinem Handy, die Explosion und dann noch der magische Riss.« *Ganz zu schweigen von der Verwandlung Martins*, doch davon wollte sie Esteban lieber nicht erzählen. Schließlich wollte sie nicht wie eine Verrückte dastehen.

»Vermutlich nur Zufälle«, winkte Esteban ab. »Eine unglückliche Verkettung von Ereignissen, die nichts miteinander zu tun haben. Hinzu kommen der Stress und die giftigen Dämpfe, als der Sicherungskasten durchgeschmort ist. Unter solchen Bedingungen ist es nur allzu verständlich, dass es zu Fehleinschätzungen kommt. An deiner Stelle würde ich mir nicht weiter den Kopf zerbrechen. Wir sind noch am Leben, das ist alles, was zählt.«

Ella presste die Lippen aufeinander. Aus dem Mund eines Mannes, der dem Tod gerade noch mal von der Schippe gesprungen war, hatte ein solches Argument doppeltes Gewicht.

Trotzdem nagten immer noch Zweifel in ihr. Sie hatte ihr Fax gerade wieder in die Jackentasche gesteckt, als die Tür aufging und ein Arzt, gefolgt von zwei Krankenpflegern, den Raum betrat.

»Wir sind gekommen, um Sie abzuholen«, sagte er. »Ihre Werte sind soweit in Ordnung. Wir dürfen Sie gehen lassen. Natürlich brauchen Sie noch viel Ruhe. Aber Sie sind transportfähig und möchten doch sicher so schnell wie möglich nach Hause. Wenn Sie einverstanden sind, werden wir Sie jetzt an Bord einer Militärmaschine bringen, die Ihre Auftraggeber für Sie bereitgestellt haben.«

»Was immer Sie für richtig halten, Doktor. Meine Sachen sind gepackt«, er deutete auf seine Reisetasche.
Ella hob erstaunt die Augenbrauen. »Du fliegst schon heute? Davon wusste ich ja gar nichts.«
Esteban zuckte die Schultern. »Tut mir leid, dass ich es dir nicht früher gesagt habe, aber ich wollte erst das Ergebnis der Abschlussuntersuchung abwarten.«
»Aber ...«, sie stockte.
Eine peinliche Stille trat ein.
Ellas Gedanken rasten. Es gab noch so viel, was sie ihm sagen wollte, aber ihr fielen die passenden Worte nicht ein. Außerdem war es noch gar nicht so lange her, da hätte sie den Mann am liebsten auf den Mond geschossen. Sie wischte sich etwas Feuchtigkeit aus dem Augenwinkel. »Ich freue mich für dich, ehrlich.« Jetzt fing auch noch ihre Nase zu laufen an. *Himmel.* Mit einem traurigen Lächeln griff sie in ihre Jeanstasche, holte ein Taschentuch hervor und putzte sich umständlich die Nase. »Bei mir geht es leider nicht so flott«, fuhr sie fort. »Ich muss noch zwei Tage auf meinen Rückflug warten.«
Esteban brachte ein schiefes Grinsen zustande. »Yokohama ist eine wunderschöne Stadt. Es dürfte dir nicht schwer fallen, die Zeit totzuschlagen. Schreib mir doch mal 'ne Postkarte.«
»Ja ... das werde ich machen.«
Die Pfleger, die Estebans Gepäck rausgeschafft hatten, waren wiedergekommen und lösten nun die Feststellbremsen an seinem Bett.
Sie nickte bekräftigend. »Das werde ich tun, versprochen.«
Als er aus dem Zimmer gebracht wurde, spürte sie doch Tränen in sich aufsteigen. »Meld dich mal«, rief sie hinter ihm her. »Meine Handynummer hast du ja.«
Die Pfleger rollten Esteban in den offen stehenden Aufzug und drückten eine Taste. Esteban hob die Hand und winkte ihr noch einmal zu, dann schlossen sich die Türen.

Müden Schrittes, den Kopf voller schwerer Gedanken, ging sie die Treppen hinunter in die Cafeteria am Ende der Eingangshalle. Vielleicht bekam sie hier ja einen Kaffee. Grünen Tee konnte sie nicht mehr sehen. Wenn man es genau betrachtete, stand ihr der Sinn nach Hochprozentigem, doch es war momentan weder die passende Uhrzeit noch das angemessene Ambiente, um diesem Drang nachzugeben. Und sich auf die Suche nach einer Bar zu begeben, danach stand ihr nicht der Sinn. Also Kaffee. Besaufen konnte sie sich später.
Als sie auf die Theke zusteuerte, bemerkte sie einen dunklen, hageren Mann, der am Fenster saß und nach draußen blickte. Unter den vielen kleinwüchsigen Asiaten ragte er heraus wie ein Leuchtturm. *Professor Martin.* Was hatte der denn hier verloren? Wollte er sich etwa auch von Esteban verabschieden? Wenn ja, dann hatte er ihn jedenfalls verpasst. Ella überlegte kurz, ob sie sich zu ihm setzen sollte, doch sie entschied sich, stillschweigend den Rückzug anzutreten. Ihr war überhaupt nicht nach Smalltalk zumute. Sie hatte den Ausgang noch nicht erreicht, da drehte er sich seelenruhig um und betrachtete sie neugierig. Ella fühlte sich ertappt. Sie spürte, wie sie rot wurde. Hatte der Typ etwa Augen im Hinterkopf?
Sie versuchte, nicht allzu überrascht zu wirken und hob die Hand. Gott, wie peinlich. Martin hob ebenfalls die Hand und winkte sie zu sich herüber. Sie nickte, holte sich noch schnell einen Kaffee und trat dann zu ihm an den Tisch. Was blieb ihr auch anderes übrig?
»Hallo, Professor«, grüßte sie mit geheuchelter Freundlichkeit.
»Setzen Sie sich«, sagte er. »Ich habe auf Sie gewartet.«
»Auf mich?« Sie sah ihn überrascht an, während sie sich einen Stuhl heranzog. »Wieso das? Woher wussten Sie überhaupt, wo ich bin?«
»Wo hätten Sie denn sonst sein sollen als hier, an seiner Seite?«
Schon wieder spürte Ella einen Anflug von Röte in ihrem Ge-

sicht aufsteigen. War sie so leicht durchschaubar? »Dann sind Sie gar nicht hier, um sich von Esteban zu verabschieden? Na ja, Sie hätten es sowieso nicht mehr geschafft. Er ist bereits auf dem Weg zurück in die Staaten.« Sie beobachtete ihn aus dem Augenwinkel, doch sein Gesicht blieb regungslos. Es machte fast den Eindruck, als hätte er ihr gar nicht zugehört. Sein Blick war auf den Park gerichtet, der sich vor den Panoramascheiben der Cafeteria ausbreitete. »Was werden Sie unternehmen, jetzt, da Sie freigestellt wurden?«, fragte er unvermutet. Ella verschlug es die Sprache. »Woher wissen Sie …?«

Er wischte die Frage mit einer knappen Handbewegung vom Tisch. »Unwichtig. Also: Was werden Sie tun?«

Ella fühlte sich entwaffnet. Warum sollte sie auch leugnen? »Ich weiß nicht. Zuerst mal nach Hause kommen, denke ich. Und dann werde ich mich vermutlich selbstständig machen. Warum fragen Sie?«

»Ich möchte Ihnen ein Angebot machen.«

Ella schlürfte an ihrem Kaffee. Er schmeckte scheußlich. »Da bin ich aber gespannt.«

»Ich habe soeben den Auftrag erhalten, Sie zu fragen, ob Sie mit mir in die Schweiz kommen wollen.«

»Um was zu tun? Sie wollen mir doch nicht etwa Ihren Lehrstuhl in Bern anbieten.« Er durfte ruhig wissen, dass Sie auch nicht ganz ohne Informationen dastand.

Professor Martin drehte leicht den Kopf und warf ihr einen schwer zu deutenden Blick zu. »Sie wollen doch sicher herausfinden, womit wir es zu tun haben, oder?« Und dann fügte er hinzu: »Ich weiß, dass Sie dort unten etwas gesehen haben. Ich habe es auch gesehen.«

»Sie haben …? Während der Anhörung haben Sie es aber tunlichst unterlassen, nur ein einziges Wort zu meiner Verteidigung zu sagen. Sie haben mich dastehen lassen wie ein Idiot.«

»Was wir dort unten gesehen haben, sollte man nicht an die

große Glocke hängen. Besser, es bleibt unter uns.« Ein schmales Lächeln blitzte auf. »Meine Auftraggeber sind sehr darauf bedacht, nicht zu viel Aufmerksamkeit zu erregen.«

Ella mochte dieses Versteckspiel nicht. »Na schön«, sagte sie und beugte sich vor, damit niemand etwas von ihrem Gespräch mitbekam. »Karten auf den Tisch. Für wen arbeiten Sie?«

Konrad Martin schob ihr etwas zu. Es war ein Ausweis.

»Kowarski-Stiftung«, murmelte Ella, während sie das Hologramm und die kryptischen Schriftzeichen begutachtete. »Nie gehört. Was soll das sein?«

»Es handelt sich um ein geheimes Forschungsprojekt.«

Also doch. Esteban hatte Recht gehabt, als er von geheimen Labors in der Schweiz geredet hatte.

»Und was tun Sie dort?«

»Das ist, wie der Name vermuten lässt, geheim. Es steht mir nicht zu, darüber zu sprechen. Sehen Sie es sich vor Ort an. Glauben Sie mir, dort werden Sie die Antworten finden, die Sie so dringend benötigen. Arbeiten Sie für uns, Sie werden es nicht bereuen.«

»Warum sollte ich das tun? Bisher scheinen mich alle nur belogen zu haben. Warum sollte ich ausgerechnet Ihnen vertrauen?«

Wieder dieses Lächeln. »Sie haben keine andere Wahl. Sie haben Dinge gesehen, die Sie sich nicht erklären können. Dinge, die Sie nicht schlafen lassen. Hier finden Sie die Antworten.« Er tippte auf die Karte. »Die Leiterin des Institutes heißt übrigens Helène Kowarski. Sie hat mir den Auftrag erteilt, Sie einzuladen. Eine Ehre, die nur wenigen Außenstehenden bislang widerfahren ist.«

Endlich mal eine Frau in dem ganzen Verein, dachte Ella. Bisher hatte sie es nur mit Männern zu tun gehabt und wo das geendet hatte, sah man ja. »Ich weiß nicht«, murmelte sie. »Das kommt ein bisschen plötzlich ...«

»Haben Sie gerade etwas anderes vor?«
»Das nicht, aber trotzdem ...«
»Dann darf ich Madame Kowarski also ausrichten, dass Sie nicht interessiert sind?« Er steckte den Ausweis wieder ein.
»Jetzt seien Sie doch nicht so ungeduldig«, erwiderte sie. Tief in ihrem Inneren spürte sie, dass das Angebot ernst gemeint war.
»Und Sie können mir wirklich nicht sagen, worum es geht und was Sie in diesen Labors eigentlich tun?«
»Bedaure. Das steht mir nicht zu.«
Ella seufzte. Hoffentlich würde sich diese Entscheidung nicht wieder als Katastrophe herausstellen. »Na gut«, sagte sie schulterzuckend. »Ich komme mit.«

Teil 4

Der Pfad

25

Freitag, 03. April

Langsam und mit einem leise surrenden Geräusch kroch ein seltsames Fahrzeug von Nordosten her über den Kamm des Hügels. Es war etwa so groß wie ein Esszimmertisch und genauso flach. Doch statt aus Holz bestand es aus Metall und Silizium. Vier Speichenräder bewegten das Fahrzeug über den schotterigen Untergrund der Atacama-Wüste. Solarpaneele fingen das Licht der Morgensonne ein und wandelten es in Strom um. Unter den Energiezellen befand sich ein silberner Kasten, der bis zum Anschlag vollgestopft war mit Kondensatoren, Platinen, Mikrochips, Relais, Transformatoren und Transistoren. Das Fahrzeug verfügte über Messfühler für Licht und für Feuchtigkeit, für Magnetismus, für die chemische Zusammensetzung gewonnener Bodenproben und natürlich für die Entdeckung biologischer Moleküle. Denn das war seine Hauptaufgabe. Das Vehikel, auf dem in gelben Lettern der Name *Zoe* stand, war ein Roboter, der nur einem Zweck diente: Leben zu finden. Es war ein Testfahrzeug von ASTEP, einem astrobiologischen Programm zur Entdeckung von Leben auf fremden Planeten. Es war in vielerlei Hinsicht den Marsrovern *Spirit* und *Opportunity* ähnlich, jenen berühmten Robotern, die in den kalten Wüsten des Mars nach Leben gesucht hatten. Doch *Zoe* war wesentlich ausgereifter. Nicht nur, dass sein Computerprogramm ihm erlaubte, nach eigenem Gutdünken anzuhalten und Proben zu entnehmen, es verfügte auch über ein hochentwickeltes System zur Erkennung von Leben. Auf seiner Unterseite, im Schatten der Solarzellen, befand sich ein Fluoreszenzsystem, um chlorophyllbasierte Lebensformen, zum Beispiel Cyanobakterien, wie sie in Flechten vorkommen, zu entdecken. Dieses System war sogar in der Lage, die Signale eines speziellen Farbstoffs wahrzunehmen, wenn dieser, mit Bodenproben vermischt, auf Proteine, Nukleinsäuren und andere charakteristische Moleküle reagierte. Zusätzlich gab es noch ein Spektrometer, das im sichtbaren Licht sowie im nahen Infrarotbereich nach Anzeichen von Chlorophyll suchte. Keine leichte Aufgabe, denn obwohl sich die Atacama-Wüste auf der Erde befand, herrschten hier ähnliche Bedingungen wie auf unserem lebensfeindlichen Nachbarplaneten. Sie war nach der Antarktis der trockenste Ort der Erde. Hier regnete es nie. Die einzige Feuchtigkeit, die hier jemals in den Boden drang, war Tau, und auch der war bei der anhaltend trockenen Luft sehr selten. Dementsprechend gering war auch die Ausbeute. Doch die schwierigen Bedingungen konnten den Wissenschaftlern nur recht sein. *Zoe* diente als Prototyp für künftige Planetenmissionen, und je schwieriger die Bedingungen waren, desto besser. Überwacht wurde das Fahrzeug von Pittsburgh/USA aus, aber es gab noch ein zweites Team, das sich unweit des Rovers aufhielt. Es würde seiner Spur folgen und überall dort Bodenproben entnehmen, wo das Fahrzeug angehalten und Alarm geschlagen hatte. Während *Zoe* schon seit über einer Stunde unterwegs war, saßen die Mitglieder des Teams noch beim Kaffee. Sie würden sich erst in einer halben Stunde auf den Weg machen. Kein Grund zur Eile. Alles war ruhig. *Zoe* hatte bisher noch kein Lebenszeichen entdeckt.

Während einige Mitglieder des Teams langsam zum zweiten Kaffee übergingen, holperte das Fahrzeug hochbeinig noch ein paar Meter in der eingeschlagenen Richtung weiter. Dann hielt es an und senkte einen Greifarm zu Boden. Eine Handvoll Staub und Geröll wurde aufgeladen und in eine spezielle Brennkammer befördert, in der die Probe auf siebenhunderfünfzig Grad Celsius erhitzt wurde. Stoffwechselprodukte von Mikroorganismen zersetzen sich bei diesen Temperaturen in Ameisensäure und Benzol, die sich mit chemischen Methoden nachweisen lassen.

Nach nur fünf Minuten stand das Ergebnis fest. Wieder kein Leben. Die Atacama-Wüste gab sich weiterhin verschlossen. Mit einem Aufjaulen der Motoren setzte der Rover sich in Bewegung. Das optische Sichtgerät auf der Spitze führte einen Schwenk aus und entdeckte einen steilen Hügel, nur etwa fünfzig Meter entfernt. Die Analysekammer entleerend, entschied der Zentralprozessor nach mehreren Rechenvorgängen, das Fahrzeug in diese Richtung zu steuern. In seinen Datenbanken fanden sich Hinweise, dass sich am Fuße solcher Erhebungen häufig Wasserlinsen befanden. Wasser bedeutete Leben, das war einer der Grundbausteine, auf denen seine Programmierung beruhte: Finde Wasser, dann findest du auch Leben.

Zoe hatte inzwischen den Hügel umrundet und näherte sich ihm von Süden her. Er steuerte auf eine Zone zu, die noch im Schatten lag. Die Chancen, auf einen winzigen Rest Feuchtigkeit zu stoßen, waren hier am größten. Holpernd und größere Brocken umrundend, gelangte *Zoe* an den Fuß der Erhebung. Hier war es noch kühl. Obwohl Sand und Steine sich bereits in der Glut der Sonne aufzuheizen begannen, war die Luft über der Atacama-Wüste relativ kühl. Hier, in der Schattenzone betrug die Temperatur nicht mehr als vier Grad Celsius. Der Roboter schaltete sein Fluoreszenzsystem ein und bestrahlte den Boden. Immer noch kein Erfolg, die Oberfläche war genauso tot wie der Mond. Er senkte die kleine Schaufel ab und grub eine Furche in den Boden. Nachdem der Staub sich verzogen hatte, beleuchtete *Zoe* den Untergrund erneut. Seine empfindlichen

Sensoren registrierten eine Veränderung. An drei Stellen war ein Leuchten zu erkennen: *Chlorophyll!*

Der Rover aktivierte sein internes Versuchslabor und sendete zwei Signale. Eines via Satellit nach Pittsburgh und das andere an das Außenteam. Dann machte er sich daran, die Proben genauer zu untersuchen.

In diesem Augenblick wurde der Boden von einem schweren Schlag erschüttert. Der Vibrationsalarm des Roboters setzte große Teile der Messinstrumente offline. Die gesamten chemischen und biologischen Module wurden für den Fall eines Kurzschlusses von der Hauptversorgung gekappt. Das Fahrzeug fiel in eine Art Schlummermodus, aus dem es erst in fünf Minuten wieder erwachen würde. Leider betraf die Abschaltung auch die visuellen Systeme. Hätte *Zoe* erkannt, dass sich vom oberen Teil des Hügels ein tonnenschwerer Gesteinsbrocken gelöst hatte, der langsam, aber sicher auf das zerbrechliche Fahrzeug herunterrutschte, wäre ein Ausweichmanöver vielleicht noch möglich gewesen. Aber darauf war der Roboter nicht programmiert. Wie ein junger Hase im Angesicht eines nahenden Fuchses kauerte er im Schatten des Hügels und wartete darauf, dass die Gefahr vorüberziehen möge. Was sie nicht tat.

Es gab ein entsetzliches Knirschen, dann brach die Funkverbindung ab.

26

Wie eine lang gestreckte Messerklinge lag der Lago Maggiore eingebettet zwischen den gezackten Gipfeln der Schweizer Alpen. Die Hänge waren von grünen Almen bedeckt, die auf halber Höhe von schneebedeckten Hängen abgelöst wurden. Flecken blauen Himmels schimmerten durch die Wolkendecke, während einzelne Sonnenstrahlen die Bergflanken mit Lichtpunkten akzentuierten. Nahm man noch die kleinen malerischen Bauerngehöfte mit Fachwerk und Butzenscheiben hinzu, so war es kein Wunder, dass Ella sich an einen Heidi-Film erinnert fühlte. Es war ein Bild, wie sie es nur von Kitschpostkarten her kannte, das seine Wirkung aber nicht verfehlte. Sie kurbelte die Scheibe herunter und ließ ihre Haare im Fahrtwind flattern. Irgendwo hatte sie mal gelesen, dass alle Einwohner der Schweiz sich im Falle einer nuklearen Bedrohung in Höhlen in Sicherheit bringen konnten. In ihrem Kopf war dabei ein Bild entstanden, das die Berge wie löchrigen Käse aussehen ließ, durchzogen von Höhlen und Stollen. Doch es war nichts zu erkennen, keine Höhlen, keine Stollen, keine Bunker. Sie überlegte, ob sie den Professor mal darauf ansprechen sollte, verwarf den Gedanken aber wieder. Sie hatte keine Lust, mit ihm zu reden. Abgesehen davon, dass er noch nie besonders gesprächig gewesen war, steuerte er ihren Volvo mit einer Emotionslosigkeit, die ihr auf die Nerven ging. Weder fluchte er, noch

überschritt er die angegebene Höchstgeschwindigkeit. Nicht mal an den Stellen, die gut einzusehen waren und auf denen sich weit und breit kein anderes Fahrzeug befand, ließ er sich zu einem erhöhten Druck aufs Gaspedal hinreißen. Seine Hände befanden sich in exakter Position an der oberen Lenkradhälfte, die Daumen nach innen. Sein Blick war stets geradeaus gerichtet, außer in den kurzen Momenten, in denen er mit Hilfe des Spiegels den rückwärtigen Verkehr beobachtete. Mit geradezu pedantischer Ruhe und Gewissenhaftigkeit wurde die Vorfahrt beachtet, der Blinker gesetzt und jedes Ortsschild mit dem vorgeschriebenen Tempo passiert. Wäre Ella eine Fahrlehrerin gewesen, sie hätte ihre helle Freude gehabt. Doch in Wirklichkeit war ihr sterbenslangweilig. Seine Fahrweise fügte sich nahtlos in das Bild, das sie ohnehin von der Schweiz hatte. Vorbildlich, makellos und sauber. Sie lehnte sich aus dem Fenster, gähnte und ließ sich in einen Halbschlummer sinken.
Erst als das Ortsschild von Locarno in Sicht kam, wurde sie wieder wach. Jetzt hätte sie gut einen Kaffee vertragen können, aber da der Professor kein Zeichen von Müdigkeit erkennen ließ, schwanden ihre Hoffnungen, dass er einfach mal irgendwo anhalten und sie einladen würde. Na ja, sie waren ja sowieso bald da. Konrad Martin schnürte durch den Ortskern und lenkte das Auto zur Uferstraße hinunter. Auf der Seepromenade drängelten sich junge Leute, die mit den Händen voller Einkaufstaschen den schönen Samstagvormittag zum Bummeln nutzten. Auf dem See blitzten erste weiße Segel in der Morgensonne. Sehnsüchtig blickte sie über das azurblaue Wasser. Es versprach ein herrlicher Frühlingstag zu werden.
Martin bog in die *Via Giovacchino Respini* ein und beschleunigte auf die vorgeschriebenen 50 km/h. Als sie die Bucht von Locarno umrundeten, sah sie ein bizarres Gebäude, das sich, auf Stelzen gebaut, am Ufer erhob. Irgendwie sah das Ding merkwürdig aus, dachte Ella. Doch ehe sie es genauer betrach-

ten konnte, wurde ihr Blick von den Bäumen eines gepflegten Parks überdeckt. Die Anlage war von einem hohen Zaun umgeben, der nur an einer einzigen Stelle unterbrochen war. Martin lenkte das Fahrzeug zu einem großen schmiedeeisernen Tor und hielt an. Eine Videokamera richtete ihr kaltes Objektiv auf sie. Der Professor hob die Hand, und im selben Augenblick öffneten sich die Torflügel. Ella begriff erst jetzt, dass dies kein öffentlicher Park war. Er war Privatbesitz und schien, genau wie das seltsame Haus, ihrer Gastgeberin zu gehören. Sie überschlug im Kopf, was ein Grundstück von dieser Größe und in dieser Lage wohl wert sein mochte, und pfiff leise durch die Zähne. Man musste bedenken, dass in einem Land wie der Schweiz der Begriff *Reichtum* eine andere Bedeutung hatte. Er war nicht vergleichbar mit dem Rest der Welt. Sie war in ihrem Leben schon einigen wohlhabenden Menschen begegnet, aber das hier sprengte alle Maßstäbe.

Während der Volvo über die asphaltierte Zugangsstraße fuhr, kam das Gebäude wieder in Sicht. Und jetzt war auch klar, warum Ella eingangs so befremdet war. Es handelte sich um einen weißen Würfel. Alle Seiten waren gleich lang, die Flächen kantig und schmucklos und nur an einigen Stellen von schmalen Fenstern durchbrochen. Ein breites Kiesfeld umgab die Architektur wie ein Burggraben und verhinderte, dass die Bäume des Parks sich zu dicht an das Gebäude heranwagten. Alles in allem war es nüchtern ... und kalt.

Als Martin das Auto parkte, öffnete sich die Tür. Heraus trat eine Frau mittleren Alters mit streng nach hinten gebundenen Haaren. Ella dachte zunächst an eine Hausangestellte, doch sie besann sich rasch eines Besseren. Die energischen Gesichtszüge der kleinen Person, der kühle Blick, die unauffällige, aber teure Kleidung, all das ließ nur den Schluss zu, dass sie es mit der Gastgeberin persönlich zu tun hatte. Die Frau hob die Hand. »Konrad. Wie war die Fahrt? Alles gut verlaufen?«

Der Professor winkte knapp zurück, gab aber keinen Laut von sich. Seine Wortkargheit schien auch vor guten Bekannten nicht Halt zu machen. Ella war kaum ausgestiegen, da wurde sie auch schon mit einem kräftigen Händedruck begrüßt.

»Dr. Ella Jordan?«, in den Augen der Frau funkelte Neugier. »Ich freue mich, Sie endlich persönlich kennenzulernen. Nachdem ich erfahren habe, dass Sie an der Expedition teilnehmen werden, habe ich mir Ihr Buch besorgt. Was für ein aufregendes Leben. Ich beneide Sie.«

Ella war so viel Überschwang peinlich. »Der Eindruck täuscht«, erwiderte sie mit einem Lächeln. »Die unangenehmen Dinge habe ich weggelassen, darüber will niemand etwas lesen.«

»Dabei sind es gerade die unangenehmen Dinge, die uns am meisten prägen. Finden Sie nicht?«, sagte die Frau. »Und bitte nennen Sie mich Helène. Wenn mich jemand *Madame Kowarski* nennt, komme ich mir immer so alt vor. Treten Sie doch näher. Ich freue mich sehr, dass Sie meiner Einladung gefolgt sind.« Die Frau versprühte einen herben Charme, dem man sich nur schwer entziehen konnte. »Ein interessantes Haus haben Sie hier, Helène.«

»Gefällt es Ihnen?«

Ella überlegte kurz, ob sie sich zu einer Notlüge durchringen sollte, entschied sich dann aber dagegen. »Nicht wirklich, nein. Ich bin eher fürs Barocke. Ich mag weiche Kurven und verborgene Winkel. Mir würde dieser Kasten Angst machen.«

Madame Kowarski lächelte. »Sie sind zwar nicht die Erste, die so denkt, aber die Erste, die das offen zugibt. Mein Vater ließ dieses Haus einst erbauen. Ich lebe jetzt lange genug hier, um mich daran gewöhnt zu haben. Wenn Sie das Barock lieben, dann hatten Sie sicher eine angenehme Anfahrt.«

»Sie meinen wegen der vielen wundervollen Schlösser in der Gegend? Oh ja. Es kam mir fast vor wie im Märchen. Wieso haben Sie Ihr Haus eigentlich auf Stelzen gebaut?«

»Das hat mit der Überschwemmung vom Oktober 2000 zu tun«, sagte ihre Gastgeberin, während sie Ella und dem Professor die Tür öffnete. »Wir haben hier unten am See alle ziemlich nasse Füße bekommen. Danach habe ich das Haus abreißen und auf Stelzen errichten lassen. Aber jetzt treten Sie erst mal ein und gehen Sie ins Wohnzimmer. Konrad kennt den Weg. Ich mache uns einen Latte macchiato. Sie trinken doch einen, oder?«

»Sehr gern«, sagte Ella, fügte noch ein schnelles Danke hinzu und folgte dann dem Professor. Sie durchquerte einen Flur und betrat den ungewöhnlichsten Wohnraum, den sie je gesehen hatte. Seine schiere Größe war erdrückend. Er erstreckte sich über etwa hundert Quadratmeter, war zwei Stockwerke hoch und an der Frontseite über die volle Breite verglast. Von hier aus hatte man einen herrlichen Blick über den See und die gegenüberliegenden Berge. Es war fast so, als befände man sich auf einem Schiff. Um die Sonneneinstrahlung zu vermindern, war zwischen der Doppelverglasung eine Art halbtransparente Folie eingezogen worden, die herabgelassen war und den Raum in ein warmes Licht tauchte. Beherrscht wurde der Raum von einem großen Glastisch und einer Sitzgruppe aus blauem Alcantara-Leder. Auf einem der Sessel bemerkte Ella eine rot getigerte Katze, die die Neuankömmlinge argwöhnisch mit ihren grünen Augen musterte. Die Wände waren mit Regalen vollgestellt, die Hunderte von Büchern enthielten, manche davon augenscheinlich sehr alt. In den Zwischenräumen, von Halogenspots beleuchtet, hingen moderne Gemälde. Obwohl sie keine Kunstexpertin war, erkannte sie auf den ersten Blick einen Gauguin, einen Cézanne und einen Pollock. Die anderen Bilder konnte sie nicht zuordnen, war sich aber sicher, dass es sich ebenfalls um Meisterwerke handelte. Wenn dies keine Reproduktionen waren, und davon ging sie aus, so hingen dort Millionenwerte.

Während sie mit offenem Mund dastand und sich umsah, hatte

Konrad Martin es sich bereits auf der Sitzgruppe im Zentrum des Raumes bequem gemacht. Ella ging auf die Bilder zu. Sie konnte nicht anders. Sie wurde wie magisch von ihnen angezogen. Sie stand gerade vor einem relativ kleinen Gemälde, das nur aus Strichen und Punkten bestand, als sie hinter sich die Stimme ihrer Gastgeberin vernahm: »Mögen Sie Pollock?«

»Ich muss gestehen, dass ich bis vor kurzem mit seiner Malerei nichts anzufangen wusste«, gab Ella unumwunden zu. »Für mich waren das einfach nur Farbkleckse.«

»Und was hat Ihre Meinung geändert?« Madame Kowarski stellte das Tablett mit Kaffee und Gebäck auf dem Tisch ab und gesellte sich zu ihr. Erstaunlich, dass sie sich trotz des ganzen Luxus keine Hausangestellten leistete.

»Ich habe ein Buch über ihn gelesen und einen Film gesehen«, erwiderte Ella, »und danach glaube ich ihn verstanden zu haben. Soweit man einen Besessenen und Verrückten verstehen kann«, fügte sie augenzwinkernd hinzu. »Aber da ich mich selbst für ein bisschen verrückt halte, fühle ich mich ihm irgendwie nahe.«

»Ich kann ihn nicht ausstehen«, entgegnete Madame Kowarski. »Nichts als purer Rhythmus. Keine Melodien. Kraftvoll ja, aber chaotisch, wenn Sie verstehen, was ich meine.«

»Absolut.«

»Na ja«, Madame Kowarski zuckte mit den Schultern, »noch so ein Erbstück meines Vaters, von dem ich mich nicht trennen mag. Aber was rede ich?«, sie berührte Ella am Arm, »kommen Sie, setzen wir uns.«

Konrad Martin hatte bereits den ersten Keks im Mund, als sie bei ihm eintrafen. Ohne sich um die beiden Frauen zu scheren, griff er noch einmal herzhaft zu. Madame Kowarski verscheuchte die Katze und bot Ella einen Platz an. Dann begann sie damit, Kaffee einzuschenken. »Bitte bedienen Sie sich«, sagte sie und wies auf die Zuckerdose und das Milchkännchen.

»Jetzt wollen Sie sicher den Grund erfahren, warum ich sie

eingeladen habe, nicht wahr?«, sie lächelte geheimnisvoll. »Um es mal einfach auszudrücken: Ich benötige Ihre Hilfe.«
Ella unterdrückte einen Hustenanfall. Als sie wieder zu Atem gekommen war, sagte sie: »Verzeihen Sie meine heftige Reaktion. Ich hatte nur gerade ein Déjà-vu-Erlebnis.«
»Ich kann Ihnen nicht folgen.«
»Nun, die ganze Misere begann damit, dass zwei Herren vom Office of Naval Research in die Universität spazierten und mich um genau dasselbe baten. Um meine Mithilfe.«
»An einem geheimen Projekt. Ja, das ist mir bekannt. Ein Projekt, das leider in einem Desaster geendet hat.«
Ella blickte erstaunt auf. Andererseits – was hatte sie erwartet? Helène war von Konrad Martin sicher in allen Details über die missglückte Tauchfahrt unterrichtet worden. Aber da sie ja um ihre Sicht der Dinge gebeten worden war, fuhr sie fort. »Ich hatte damals kein gutes Gefühl bei der Sache. Und das habe ich heute auch nicht. Die Lehre, die ich gezogen habe, lautet, mehr auf meinen Bauch zu hören. Tut mir leid.«
»Ich verstehe Sie nur allzu gut«, entgegnete Madame Kowarski. »Ich würde genauso denken, stünde ich jetzt an Ihrer Stelle. Sie haben mein tiefes Mitgefühl. Tatsache ist aber, dass das Unternehmen von Anfang an zum Scheitern verurteilt war. Eine Entwicklung, an der ich mich mitschuldig fühle.«
Ella hatte zwar vorgehabt, sich nicht auf eine Diskussion einzulassen, doch dieses Schuldeingeständnis machte sie neugierig. »Sie?«
»Leider.« Die kleine Frau beugte sich vor und stellte die Tasse ab. »Die Japaner waren schlecht vorbereitet. Sie waren nicht auf das eingestellt, was sie dort unten finden würden. Genauso wenig wie das ONR. Doch an dem Anschlag tragen beide keine Schuld. Den habe ganz allein ich zu verantworten.«
Ella hob den Kopf. Sie konnte kaum glauben, was sie da eben gehört hatte. »Sie wissen von dem Anschlag?« Entrüstet wan-

derte ihr Blick zu Martin. Zum wiederholten Male stellte sie sich die Frage, was dieser Mann wirklich wusste. »Die Information, die ich der Kommission bei der Anhörung geliefert habe, wurde als *top secret* eingestuft. Wie sind Sie darangekommen? Hat *er* etwas damit zu tun?«, sie deutete auf Professor Martin.

»Nein. Wir erfuhren von dem Attentat erst, als es bereits zu spät war. Tatsache ist allerdings, dass der Anschlag von jemandem verübt wurde, der mir sehr nahe stand. Ich übernehme für sein Verhalten die volle Verantwortung.«

»Aber das ist ungeheuerlich«, sagte Ella. »Drei Menschen sind dort unten gestorben. Einer trug lebensgefährliche Verletzungen davon und wird den Rest seines Lebens ein Krüppel bleiben. Und Sie ... Sie sitzen hier und teilen mir seelenruhig mit, dass es Ihre Schuld ist. Wie soll ich jetzt darauf reagieren?«

Auf Madame Kowarskis Gesicht zeichnete sich ein trauriges Lächeln ab. »Es steht Ihnen frei, mich dafür vor Gericht zu zerren. Sie können die Sache auch in den Medien breittreten. Ich habe für jedwede Reaktion vollstes Verständnis. Nur um eines bitte ich: Dass Sie sich erst meine Version der Geschichte anhören und sich danach entscheiden.«

Ella ließ sich auf das weiche Polster zurücksinken und griff nach der Tasse. Das Aroma des frischgemahlenen Kaffees beruhigte sie etwas. »Also gut«, sagte sie. »Ich werde Ihnen zuhören. Aber ich verspreche Ihnen, sollten Sie mich nicht überzeugen, werde ich Konsequenzen aus der Affäre ziehen. Ich habe bereits zu viel verloren, als dass ich nicht zu allem bereit wäre.«

Madame Kowarski nickte. »Einverstanden. Wie Sie vielleicht bereits erfahren haben, leite ich eine Einrichtung, die mein Vater vor annährend fünfzig Jahren gründete. Die *Kowarski-Labors* sind ein Teilbereich des Conseil Européen pour la Recherche Nucléaire. In diesen Labors, die sich tief in den Alpen vor dem Rest der Welt verbergen, befassen wir uns mit der Suche nach extraterrestrischem Leben.«

Ella hob erstaunt die Augenbrauen. »Dann gehören Sie der Forschungsgruppe SETI an?«

»Nein. Unser Arbeitsfeld ist sehr viel weitreichender, als dass wir einfach ein Ohr in den Weltraum richten und hoffen, dass uns irgendwann Signale von einer intelligenten Spezies erreichen. Das mag für angehende Astrophysiker interessant sein, doch wir verfolgen einen anderen Ansatz. Wir suchen die Erde selbst nach Spuren fremder Intelligenz ab. Sehen Sie, unser Planet ist wie ein Schwamm, der seit Milliarden von Jahren alle möglichen Teilchen und Brocken in sein Schwerefeld einsaugt. Kometen, Meteoriten, Tektiten. Täglich prasselt Material aus dem Weltraum auf uns herab, in einem Prozess, der seit Bestehen der Erdkruste andauert. Das meiste davon ist einfach nur totes Gestein, doch einige dieser Brocken enthalten Lebensbausteine, zum Beispiel rudimentäre Aminosäuren. Könnte es nicht sein, dass sich darunter versteckte Botschaften aus dem All befinden? Dieser Theorie wurde bisher viel zu wenig Bedeutung beigemessen. Natürlich ist die Erdoberfläche ständigen Veränderungen unterworfen. Was heute noch der Grund eines Ozeans ist, ist morgen schon die Spitze eine Gebirges. Oberflächen werden überdeckt und in tiefere Schichten gepresst, wo sie durch Druck und Hitze aufschmelzen und neue Gesteine bilden. Es macht also wenig Sinn, immer nur an der Erdoberfläche zu suchen, wenn sich die Spuren fremden Lebens auch tief im Inneren verbergen könnten. Deswegen beschäftigen wir in unseren Labors alle möglichen Arten von Wissenschaftlern. Geologen, Seismologen, Radiologen, Exobiologen und Klimatologen. 1954 fand ein italienischer Geologe namens Francesco Mondari ein rätselhaftes Objekt in den Südtiroler Alpen, gar nicht weit entfernt von hier. Es handelte sich um eine perfekte Kugel.« Sie warf Ella einen verschwörerischen Blick zu. »Sie war in einen massiven Block aus Korallen eingebettet, was eine ungefähre Datierung zulässt. Sie muss vor zweihundertfünfzig

Millionen Jahren auf den damaligen Meeresgrund gelangt sein und wurde dann von Korallen überwuchert. So weit, so gut. Mondari machte sich also daran, die Kugel zu untersuchen, doch das graue, metallische Material widerstand allen seinen Bemühungen. Es war härter als Diamant und elastischer als Stahl. Er nannte das Material *Adamas*.«

Beim Klang dieses Namens blickte Ella überrascht auf. »Dieser Mondari verfügte wohl über eine gute humanistische Bildung ...«

»Was meinen Sie damit?«

»Adamas, das Unbezwingliche«, erläuterte Ella. »Ein Metall aus der griechischen Mythologie. Härter als alles, was es auf Erden gibt. Der Name *Diamant* leitet sich übrigens davon ab. Gaea, die Göttin der Erde, überreichte dieses Metall ihren Kindern, den Titanen, die vom Vater ins Erdinnere verbannt worden waren, mit dem Ansinnen, ihn zu töten. Vielleicht ist der italienische Professor ja auf einen dieser Titanen gestoßen.« Sie stockte, als ihr die Bedeutung ihrer Worte klar wurde. »Genau wie wir ...«

»Interessante Geschichte. Vielleicht sollte ich meine Erinnerung in Bezug auf die antiken Klassiker mal wieder auffrischen.« Hélène Kowarski schien kurz in Gedanken zu versinken, dann sagte sie: »Glücklicherweise teilte uns dieser Professor seine Ergebnisse in einem Tagebuch mit. Was kurz darauf geschah, darüber können wir nur spekulieren. Er verschwand – und zwar buchstäblich von einer Minute auf die andere. Ein Bergrettungsteam, das am folgenden Morgen die Suche aufnahm, fand nur seine geologische Ausrüstung, seinen Wanderstock und besagtes Tagebuch.«

Ella strich sich eine Haarsträhne aus dem Gesicht. Dass Mondari auf eine kleinere Version der Marianenkugel gestoßen zu sein schien, war in der Tat beunruhigend. Es warf die Frage auf, wie viele dieser Objekte es noch geben mochte. Obwohl sie langsam eine Verbindung zu erkennen glaubte, wollte sie weiter die Ahnungslose spielen. Es war immer noch unklar, wie viel die Schweizer wirklich wussten. »Alles gut und schön«, sagte sie. »Doch ich verstehe immer noch nicht, wie uns das weiterführen soll. Was hat dieses Tagebuch mit der Expedition der *Shinkai* zu tun?«

»Ich dachte, Sie ahnten es bereits. Aber ich kann Ihnen auf die Sprünge helfen. Würden Sie gern das Objekt sehen, das mein Vater in den Alpen gefunden hat?« Ohne eine Antwort abzuwarten, griff Madame Kowarski in die Tasche und zog eine Reihe von großformatigen Farbfotografien heraus. Dann breitete sie eine nach der anderen auf dem Tisch aus, als wären es Tarotkarten. Ella spürte, wie sich ihr beim Anblick der Fotos der Hals zuschnürte. Zu sehen war eine metallische Kugel, die in einem Glaszylinder zu hängen schien. Kabel und Schläuche, die zu kompliziert aussehenden Apparaten führten, hingen an ihr. Die Kugel sah aus, als wäre sie an ein EEG angeschlossen. Die Buckel und Mulden auf ihrer Oberfläche glänzten fettig im Schein Dutzender Halogenlampen. Beim näheren Hinsehen entdeckte Ella dünne Linien, die sich auf ihrer Oberfläche abzeichneten. Haarfeine Risse, die sich verästelten und wieder zusammenliefen. Geraden, Linien, Schnörkel. Sie schienen von innen heraus zu glühen. Als die Kamera näher an das Objekt fuhr, wurden diese Risse deutlicher. Die Hand an ihrer Kehle schien stärker zuzudrücken. Die Linien hatten die Form von *Symbolen.*

Ella wurde schwindelig. Alles begann sich zu drehen. Ihr war, als ob sie fallen würde, als ob eine riesige Hand sie packen und sie hinabziehen würde. Sie fühlte wieder diesen Druck auf sich lasten, genau wie in der *Shinkai.* Sie hörte das Piepsen der Elektronik und das Klicken der Relais, atmete die stickige Luft, roch den Gestank von verschmorten Kabeln und Erbrochenem. In diesem Moment kippte sie um.

27

»Ella?«

Sie spürte Hände an ihren Schultern. Dann sah sie Madame Kowarskis Gesicht, nur wenige Zentimeter vor ihren Augen.

»Können Sie mich hören?«

»Wie bitte?«

»Was ist mit Ihnen?«

Ella schüttelte den Kopf. Erst nach und nach erlangte sie das Bewusstsein zurück. Immer noch schien sich alles zu drehen. Übelkeit stieg in ihr auf. Sie fühlte sich furchtbar. »Kann ich bitte einen Schluck Wasser haben?«

Ihre Gastgeberin goss ein Glas voll ein und reichte es ihr. Die Kälte und das Sprudeln der Kohlensäure taten ihr gut. Die orangefarbene Katze war auch wieder da und schnurrte um ihre Beine. »Was ist geschehen?«, murmelte sie, während sie versuchte, ihre Fassung wiederzuerlangen.

»Sie waren weggetreten«, sagte Madame Kowarski. »Einfach ohnmächtig geworden. Professor Martin konnte Sie gerade noch auffangen, sonst wären Sie mit dem Kopf auf den Glastisch geschlagen.«

»Entschuldigen Sie«, Ella strich sich mit der Hand übers Gesicht. »Vermutlich die Anstrengung der Reise. Und diese Bilder ...« Sie starrte auf den Tisch. Die Fotos lagen immer noch auf dem Tisch.

Madame Kowarski blickte ihr fest in die Augen. »Sie haben diese Linien schon einmal gesehen, nicht wahr?«
Ella nickte. Es hatte keinen Sinn, länger zu leugnen. »Ich dachte, ich hätte mir das alles nur eingebildet.«
Die grauhaarige Dame schüttelte den Kopf. »Was Sie dort unten gesehen haben, ist eine exakte Kopie des Objekts, das wir seit fünfzig Jahren in unseren Labors aufbewahren. Nur um ein Vielfaches größer ...und gefährlicher.«
»Aber ich verstehe nicht. Was ist das? Wo kommt es her und was tut es?«
Madame Kowarski setzte sich wieder an ihren Platz. »Das sind genau die Fragen, die wir uns seit fünfzig Jahren stellen. Genaugenommen haben diese Fragen überhaupt erst zum Bau unserer Einrichtung geführt. Fragen, auf die wir immer noch keine befriedigenden Antworten erhalten haben. Alles, was wir bisher gefunden haben, sind Fragmente.«
»Aber Sie wissen, dass es gefährlich ist.«
»Erst seit kurzem«, sagte Madame Kowarski. »Einer unserer Mitarbeiter kam bei dem Versuch, die Kugel gewaltsam zu öffnen, ums Leben. Er wurde buchstäblich verdampft. Es war schrecklich«, sie fuhr sich mit der Hand über den Mund. »Der Sphäroid scheint über eine Art Verteidigungsmechanismus zu verfügen. Wahrscheinlich hat auch der italienische Professor Bekanntschaft damit gemacht, als er versuchte, ein Stück herauszuschlagen.«
»Schrecklich«, murmelte Ella. Die Erlebnisse in der Tiefsee zogen noch einmal vor ihrem inneren Auge vorbei. »Wir waren von der Außenwelt abgeschnitten. Wir haben versucht, das Material zu durchdringen ... mit einem Schlagbohrer aus Titan. Alles schien zu klappen, bis zu dem Augenblick, in dem es Yamagata gelang, die Außenhülle zu knacken. Danach ging es los. Es war furchtbar. Als ich aus dem Fenster blickte, sah ich etwas, das ich mein Leben lang nicht vergessen werde«, sie

deutete auf die Fotografien. »Es grenzt an ein Wunder, dass unser Kommandant das Schiff so schnell aus der Gefahrenzone bringen konnte.« Ihre Stimme versagte. Sie schenkte sich noch ein Glas Wasser ein. Als sie das Glas zum Mund führte, zitterten ihre Hände. Es dauerte eine ganze Weile, ehe sie wieder sprechen konnte. »Aber bitte erzählen Sie doch weiter«, sagte sie. »Sie wollten mir von dem Anschlag berichten.«

»Richtig.« Madame Kowarski machte ein ernstes Gesicht. »Einer meiner Mitarbeiter, Elias Weizmann, Chef der Abteilung Radiologie, stand dem Projekt von Anfang an skeptisch gegenüber. Ein hochbegabter Wissenschaftler, aber psychisch labil. Wir fanden heraus, dass er heroinsüchtig ist. Heroin löst, wie Sie sicher wissen, paranoide Wahnvorstellungen aus. Kurz nach dem Zwischenfall mit Schmitt hatte ich ein seltsames Gespräch mit ihm. Er sagte mir, dass wir die Forschungen an der Kugel unverzüglich einstellen sollten. Ich wusste, dass er zu den Skeptikern in unserer Gruppe gehörte, aber die Heftigkeit seiner Worte war mir neu. Hätte ich geahnt, wie ernst es ihm damit war, hätte ich den Anschlag verhindern können.« Sie strich sich mit der Hand über ihre Haare. »Er war eine Zeit lang in der israelischen Armee tätig, ehe er zu uns in die Schweiz übersiedelte. Atomwaffenforschungsprogramm, verstehen Sie?« Helène lächelte traurig. »Das war auch der Grund, warum wir ihn immer *Oberst* nannten. Er war die rechte Hand meines Vaters und half dabei, unser Institut aufzubauen. Es hätte nicht viel gefehlt und ihm wäre die Leitung übertragen worden. Er hat das Angebot jedoch ausgeschlagen.« Helène schüttelte den Kopf. »Wie ich erst jetzt erfahren habe, ist der Kontakt nach Israel nie vollständig abgerissen. Es scheint, dass er immer noch gute Kontakte zum Mossad hat. Vermutlich ist das die Quelle, aus der der Zünder, der Sprengstoff sowie die Elektronik kam, die nötig war, um die Bombe zu bauen. Ich hätte niemals damit gerechnet, dass Elias dazu in der Lage gewesen wäre – dass er jemals zu solch extremen Mitteln greifen würde. Er war so ein ruhiger, besonnener Mann ...«

Ella spürte, dass es Helène schwerfiel, über das Thema zu sprechen. Elias Weizmann schien ein guter Freund gewesen zu sein. Als sie fortfuhr, von dem Attentat zu sprechen, tat sie dies mit leiser und trauriger Stimme. »Eli hatte nur wenig Zeit für seinen Plan. Er muss wie ein Besessener daran gearbeitet haben. Wir fanden in seinen Räumen Konstruktionsskizzen der *Shinkai*, technische Spezifikationen, Sicherheitsvorkehrungen usw. Er wusste genauestens Bescheid, wo er die Bombe installieren musste.«

»Die Explosion ging von Professor Martins Notebook aus ...«, warf Ella ein.

Madame Kowarski nickte. »Das war die einzige Schwachstelle im System. Die Computer, die jeder von Ihnen mit an Bord bringen durfte, unterlagen nicht denselben Sicherheitsstandards wie der Rest des Schiffes. Er wusste, dass sie kaum Zeit haben würden, Ihre Geräte eingehend zu untersuchen. Außerdem wurden die Notebooks in speziellen Halterungen an der Außenwand befestigt. Ideal, um einen Sprengsatz zu zünden, der einen Bruch der Hülle verursachte. Es würde wie ein Unfall aussehen.«

»Aber was war sein Ziel?«, fragte Ella. »Was wollte er mit dem Anschlag bewirken?«

»Er wollte um jeden Preis verhindern, dass das Projekt weiter vorangetrieben wird. Seiner Theorie nach verändert ein Beobachter das Beobachtete und umgekehrt. Er behauptete, dass unsere Untersuchungen überhaupt erst der Auslöser für die Veränderungen an den Kugeln gewesen seien. Wie ein Krebsgeschwür, das erst durch die Sonden und Medikamente der Ärzte bösartig wird.«

»Hab ich schon mal gehört«, sagte Ella. »Heisenbergsche Unschärferelation, oder?«

Madame Kowarski lächelte anerkennend. »Er sah diese Kugel stets als eine Bedrohung, als eine Art von Gott gezogene Grenze, die der Mensch mit Ehrfurcht hinnehmen sollte. Das Überschreiten dieser und ähnlicher Grenzen, zu denen er übrigens auch die Entwicklung der Atombombe zählte, führt seiner Meinung nach unweigerlich zum Untergang der menschlichen Spezies. Er hat mit mir oft über dieses Thema gesprochen, und ich habe seinen skeptischen, verantwortungsvollen Ansatz stets respektiert. Seiner Meinung nach hatte er durch seine aktive Mitarbeit an der Entwicklung immer effektiverer Atomwaffen schwere Schuld auf sich geladen. Ich vermute, es war dieser Konflikt, der ihn in die Drogensucht getrieben hat. Wie auch immer – was deutlich wurde, als wir seine Aufzeichnungen studiert haben, war, dass er unsere Forschungen bereits seit Jahren torpediert hat. Ganze Ordner voller hochinteressanter wissenschaftlicher Erkenntnisse hatte er einfach unterschlagen. Wir wissen nicht, wie viele Informationen er in dieser Zeit vernichtet hat, aber das Wenige, was er uns übrig gelassen hat, reicht aus, um unser Wissen über das Objekt ein großes Stück voranzutreiben. Aber kommen wir zurück zu dem Anschlag ...«, sie strich sich über ihr Haar. »Eli schien mit einem Mal eine Möglichkeit gesehen zu haben, zwei Fliegen mit einer Klappe zu schlagen. Seinen verhassten Kollegen aus dem Weg zu räumen ...«, sie warf einen Seitenblick auf Konrad Martin, »und die Chance, das Projekt ein für alle Mal zu stoppen. Es war eine Chance, wie sie sich ihm kein zweites Mal bieten würde. Und beinahe wäre er damit durchgekommen. Mein Fehler, dass ich von seiner Sucht und seiner radikalen Überzeugung nichts wusste. Als Direktorin sollte man stets über alle seine Mitarbeiter informiert sein.«
Ella seufzte. »Eine tragische Geschichte und eine unglückliche Verkettung der Umstände«, sagte sie. »Es fällt mir nicht leicht, es einzugestehen, aber ich sehe keinen Grund, Ihnen noch länger

Vorwürfe zu machen. Wenn das stimmt, was Sie sagen, scheinen Sie keine Schuld zu tragen. So gern ich auch einen Sündenbock gehabt hätte, auf den ich meine Wut hätte laden können.«

Ihre Gastgeberin ergriff ihre Hand und drückte sie. »Um ehrlich zu Ihnen zu sein, ich habe nicht gewusst, wie dieses Gespräch enden wird. Danke, dass Sie sich meine Geschichte angehört haben.«

»Was wird jetzt mit Elias Weizmann geschehen?«

Madame Kowarski senkte den Kopf. »Als wir sein Quartier aufbrachen, war er bereits verschwunden. Keine Spur von ihm und kein Hinweis, wohin er geflohen sein könnte. Es tut mir leid.«

»Dann könnte es also durchaus sein, dass er uns noch einmal gefährlich wird«, fluchte Ella. »Dieser Verbrecher.«

»Sie würden nicht so über ihn reden, wenn Sie ihm begegnet wären. Er war mal ein herzensguter Mensch. Humorvoll, geistreich und integer. Ein Mensch, auf den man sich hundertprozentig verlassen konnte. Ich war viele Jahren mit ihm befreundet. Doch Rauschgift verdirbt auf Dauer jeden Charakter.« Sie zuckte die Schultern. »Als wir seine Räume durchsuchten, stießen wir auf einen Wust von Unterlagen, die uns auf seine Spur führten. Außer den erwähnten Dokumenten über die *Shinkai* gab es da Details über den Sprengstoff und die Zündvorrichtung, die man in Professor Martins Notebook eingebaut hat. Eine hochenergetische Plasmaladung, eine relativ neue Technologie. Die Armee experimentiert damit erst seit einem knappen Jahr. Man kann damit auf einer geringen Fläche enormen Schaden anrichten. Die Menge einer Erbse reicht aus, um ein Loch in zehn Zentimeter dicken Stahl zu stanzen. Auch wenn Eli das Material vom Mossad erhalten hat, so müssen wir davon ausgehen, dass ihm jemand beim Zusammenbau und der Installation der Bombe geholfen hat. Er ist kein Sprengstoffexperte. Ich vermute, er hat Hilfe aus unseren eigenen Reihen erhalten.«

Ella schüttelte den Kopf. »Dann haben wir es also möglicherweise mit mehr als einer Person zu tun? Das wird ja immer schlimmer. Können Sie die Verschwörer ausfindig machen?«
»Wir tun alles, was in unserer Macht steht. Bisher jedoch sind wir nicht weitergekommen. Das sollte aber nicht Ihr Problem sein. Wir müssen uns über etwas anderes unterhalten.« Lächelnd goss sie sich und Ella ein Glas Sherry ein. Konrad Martin bot sie kein Glas an, er schien dies aber auch nicht zu erwarten. Wie es schien, trank er grundsätzlich keinen Alkohol. »Was ich Ihnen anzubieten habe, ist Folgendes: Ich möchte, dass Sie für mich auf Reisen gehen. Sie wissen, wonach wir suchen ...«, sie tippte mit dem Finger auf die Fotos, »Ich kann hier, aus nahe liegenden Gründen, nicht weg. Wir müssen die Forschung an der Kugel intensivieren und gleichzeitig den Maulwurf ausfindig machen. Ich brauche jemanden da draußen, der für uns auf die Suche geht. Jemanden mit Ihren Qualifikationen. Mein Führungsstab und ich sind uns einig, dass es hier nicht um singuläre Ereignisse geht. Es wird sich ausbreiten. Das Beben im Marianengraben ist erst der Anfang.«
Ella, die das Glas schon an die Lippen geführt hatte, hielt inne. »Was soll das heißen, *erst der Anfang?* Wollen Sie etwa andeuten, es gäbe noch mehr von diesen Kugeln?«
Madame Kowarski sagte: »Sie waren lange unterwegs. In der Zwischenzeit ist viel geschehen. Neue Beben wurden verzeichnet, rund um den Pazifischen Ozean und entlang des Feuergürtels. Sporadisch zwar und schwach, aber deutlich messbar. Bislang haben sie noch keine Schäden angerichtet. Auch das Meer verhält sich ruhig. Das kann sich allerdings ändern.«
Ella runzelte die Stirn. »Worauf wollen Sie hinaus?«
»Nur Spekulationen«, sagte Helène Kowarski. »Ich möchte Sie wirklich nicht mit unseren Vermutungen belasten. Wir haben bisher nichts als vage Spuren. Solange wir nichts belegen können, bewegen wir uns auf ziemlich dünnem Eis. Und keinesfalls

möchte ich Ihr Urteilsvermögen in eine bestimmte Richtung lenken.«

»Aber ich ...«

»Bitte drängen Sie mich nicht«, unterbrach sie Madame Kowarski. »Ich kann und möchte Ihnen zu einem solch frühen Zeitpunkt keine Informationen geben. Das hat nichts mit mangelndem Vertrauen zu tun. Ehrlich gesagt vertraue ich Ihnen mehr als jedem anderen in meiner Gruppe, mich selbst eingeschlossen. Sie sind nicht vorbelastet. Wenn ich Ihnen jetzt zu viel verrate, würde das Ihr Urteilsvermögen beeinträchtigen, Ihre Objektivität. Alles, um was ich Sie bitte, ist, dass Sie sich mit Professor Martin an Ihrer Seite auf den Weg machen und diese neuen Erdbebenherde untersuchen. Sollte sich der Verdacht erhärten, dass wir es hier nicht mit Einzelfällen zu tun haben, so ist immer noch genug Zeit, sich später über ein weiteres Vorgehen Gedanken zu machen.« Sie lächelte. »Ich hoffe, dass Sie sich mit diesem Vorschlag anfreunden können.«

Ella bedachte Konrad Martin mit einem schiefen Blick. Der Professor sollte sie also begleiten? Sie hatte nicht vergessen, was unten an Bord der *Shinkai* geschehen war. Sie brannte darauf, mit Madame Kowarski ein Gespräch unter vier Augen über ihn zu führen. Doch ebenso schnell, wie sie ihn gefasst hatte, verwarf sie den Gedanken wieder. Es würde ein peinliches Gespräch werden. Sie war sich ja noch nicht mal sicher, was genau sie da gesehen zu haben glaubte. Aus den Augenwinkeln heraus beobachtete sie Martin, wie er die Katze kraulte. Der orangefarbene Tiger schnurrte behaglich. So unheimlich ihr der hagere Wissenschaftler auch war, so neugierig war sie doch auf ihn.

»Viele Informationen geben Sie mir ja nicht gerade«, wandte sie sich nach einer Weile an ihre Gastgeberin. »Ich gebe ganz ehrlich zu, mir ist nicht wohl bei der Sache. Zu viele Unbekannte, zu viele Risiken. Außerdem würde es bedeuten, dass ich schon wieder in der Welt herumreisen müsste. Ein Zustand, den ich eigentlich längst aufgeben wollte. Was halten *Sie* denn davon?«, richtete sie ihr Wort an den Professor.

Konrad Martin hob überrascht den Kopf. Er hatte wohl nicht damit gerechnet, heute noch etwas sagen zu müssen. »Ich halte es für einen guten Vorschlag«, sagte er nach einer Weile. »Ich würde mich freuen, mit Ihnen zusammenzuarbeiten.«

Ein schmales Lächeln stahl sich auf Ellas Gesicht. Hatte sie da eben tatsächlich einen Funken Freundlichkeit entdeckt? War es möglich, dass dieser mürrische Akademiker tatsächlich mal etwas Nettes gesagt hatte?

Sie überlegte. Der Auftrag klang nach normaler Feldforschung. Etwas, das sie schon Tausende von Malen gemacht hatte. Anreisen, dokumentieren, abreisen. Einfach, klar, überschaubar. Abgesehen davon, dass sie im Moment sowieso ohne Job war, brannte sie darauf zu erfahren, was hinter den geheimnisvollen Funden steckte. »Einverstanden«, sagte sie nach einer Weile. »Es scheint, dass meine Odyssee noch nicht zu Ende ist. Wo fangen wir an?«

Madame Kowarskis Augen leuchteten. »Chile«, sagte sie. »Etwas südlich der Ortschaft Antofagasta.«

»Wo liegt denn das?«

»In der Atacama-Wüste.« Ihre Gastgeberin zog einige lose Blätter aus der Tasche, augenscheinlich Ausdrucke aus dem Internet. Ella beugte sich vor, ohne dabei die Katze zu verscheuchen. Auf den Bildern war ein seltsames Fahrzeug zu sehen.

»Hier, lesen Sie«, sagte Madame Kowarski und deutete auf die Überschrift.

Ella griff in ihre Hemdtasche und setzte ihre Brille auf. »Mars-Rover unter Steinlawine begraben«, murmelte sie. »Unerklärlicher Unfall in der Wüste. Gestern um 8:30 Uhr Ortszeit wurde das Forschungsfahrzeug *Zoe* bei einer Erkundungsmission in der Atacama-Wüste durch einen Erdrutsch vollständig zerstört.

Ausgelöst wurde das Unglück durch einen Erdstoß bisher unbekannter Herkunft. Steve Andersson vom *Astrobiology Science and Technology Program for Exploring Planets* spricht von einem schweren Rückschlag. ›Diese Katastrophe wirft uns um Jahre zurück‹, sagte er in einer ersten Stellungnahme ...«

»Und so weiter und so fort«, unterbrach Madame Kowarski sie. Ein schmales Lächeln zeichnete sich auf ihrem Gesicht ab. »Dieser Rover wurde erbaut, um nach Leben zu suchen. Sieht so aus, als hätte er welches gefunden.«

»Wie kommen Sie darauf, dass an diesem Beben irgendetwas ungewöhnlich ist. Die gesamte Westseite des südamerikanischen Kontinents ist eine Erdbebenzone.«

»Dieses hier ist anders, glauben Sie mir. Wir untersuchen derzeit alle gemeldeten Beben auf ein bestimmtes Kriterium. Sagt Ihnen die Zeitspanne von zwei Stunden achtundvierzig Minuten etwas?«

Ella fühlte einen Kloß im Hals. »Allerdings«, sagte sie.

»Nun, unsere Seismologen haben herausgefunden, dass es mit dieser Zeitperiode eine besondere Bewandtnis hat.«

»Da bin ich aber mal gespannt.«

»Zwei Stunden achtundvierzig Minuten ist die durchschnittliche Umlaufdauer einer seismischen Welle um die gesamte Erdkruste. So lange benötigt die Oberflächenwelle, um zu ihrem Ausgangspunkt zurückzukehren.«

Natürlich! Ella verfluchte sich innerlich, dass sie nicht selbst darauf gekommen war. Das war es. Deswegen war ihr die Zeitspanne so seltsam vertraut vorgekommen. Oberflächenwellen, die sogenannten L-Wellen, breiteten sich durchschnittlich mit vier Kilometern pro Sekunde aus. Der Erdumfang betrug etwa vierzigtausend Kilometer. Der Rest war simple Arithmetik.

Sie atmete tief durch. »Wann brechen wir auf?«

28

Ein eisiger Wind fegte über die trockenen Grasbüschel der Ostsibirischen Tundra und schichtete den Schnee an der Wetterseite eines kleinen Hügels zu mächtigen Wehen auf. In seine Jacke gehüllt und ein Zobelfell als Schutz gegen die Kälte über Mund und Nase gezogen, durchstreifte ein einsamer Fallensteller die menschenleere Gegend. Neben ihm trabte ein Wolf. Sein graubraunes Fell war mit Eiszapfen durchsetzt, seine Pfoten schneeverkrustet. Der Mann gab dem Tier einen freundschaftlichen Klaps auf die Flanken. Er war sein einziger Freund, seit er ihn als Welpen gefunden und aufgezogen hatte. Langsam bewegten sich die beiden auf eine flache Hügelkette zu. Wenige Kilometer von ihrer jetzigen Position entfernt begann das Bergland. Erst langsam, dann immer steiler erhoben sich die Berge, bis sie auf der Ostseite zur Bucht von Ochotsk wieder abfielen.

Der Mann hob seinen Blick. Von Osten her zog schlechtes Wetter auf. Es begann langsam dunkel zu werden. Vor sich erkannte er einen Hügelkamm, der beinahe vollständig mit Schnee bedeckt war. An seine windgeschützten Flanken schmiegte sich Nadelwald, durchsetzt mit einigen Birken. Dort stand seine Hütte. Ein einfaches kleines Blockhaus, das seinem Großvater gehört hatte. Verglichen mit Stadthäusern bot es kaum Komfort, aber er brauchte nicht viel zum Leben. Ein schützendes

Dach über dem Kopf, ein Feuer, um sich daran zu wärmen, und ein gemütliches Bett. Es war aus Holz und hatte eine richtige Matratze, der einzige Luxus, den er sich jemals gegönnt hatte. Er war jetzt schon über vierzig Jahre alt, und sein Rücken vertrug das Schlafen auf hartem Boden nicht mehr so gut wie früher.

Während er mit ruhigen, gleichmäßigen Schritten der heimatlichen Blockhütte zustrebte, blieb der Wolf abrupt stehen. Er hatte die Ohren gespitzt. Der Mann hielt an, streifte die Kapuze ab und lauschte ebenfalls. Ein Heulen erklang, als würde ein Riese Luft einsaugen. Plötzlich flammte der Himmel auf. Und dann gab es einen Schlag, der dem Fallensteller die Beine unter dem Leib wegzog. Geblendet stürzte er zu Boden. Völlig verängstigt blieb er liegen, die Hände vor die Augen geschlagen. Sein Atem ging flach und das Herz hämmerte in seiner Brust.

Es dauerte eine Weile, bis er es wagte, den Kopf zu heben. Sein Wolf lag neben ihm. Den Schwanz eingeklemmt und die Ohren angelegt, hatte er sich dicht an ihn gekauert und winselte leise. Mit zitternden Gliedern rappelte der Mann sich wieder auf. Alle Geräusche waren verstummt. Es war, als habe sich das Land in ein gewaltiges lauschendes Ohr verwandelt.

Der Fallensteller klopfte sich den Schnee von der Kleidung. Langsam, misstrauisch und nach allen Seiten Ausschau haltend, setzte er seinen Weg fort. Was in Gottes Namen war denn das gewesen? Etwa einer von diesen Felsbrocken, die aus dem Weltraum auf die Erde stürzten? Aber der hätte doch sicher Staub und Erde in die Luft gewirbelt. Abgesehen davon, dass es einen ohrenbetäubenden Lärm hätte geben müssen. Vielleicht Sprengstoff? Gab es hier irgendwo Bauarbeiten, von denen er nichts wusste? Nein, nein. Als er jung war, hatte er am Bau einer Ölpipeline mitgearbeitet. Da wurde viel gesprengt, aber das ließ sich nicht hiermit vergleichen. Viel Lärm, wenig Wirkung. Also genau andersherum als in diesem Fall. Damit schied auch ein Explosionsunglück aus. Außerdem gab es hier weit und breit nichts, was eine solche Detonation hervorrufen konnte. Die nächste menschliche Siedlung lag vierzig Kilometer östlich in den Bergen. Vielleicht ein Erdbeben? Diese Möglichkeit schied eigentlich auch aus. Der Fallensteller wusste, wie sich so etwas anfühlte. Das letzte Beben lag noch gar nicht so lange zurück, vier oder fünf Sommer. Die Erde hatte etwa eine Minute lang gewackelt. Dabei hatte es gerumpelt und rumort, dass man den Eindruck bekommen konnte, der Boden unter den Füßen müsse auseinanderbrechen.

Er seufzte. Er kam einfach nicht drauf.

Mit unsicheren Schritten setzte er seinen Weg fort. Vier Fallen musste er noch untersuchen, dann konnte er den Heimweg antreten. Zum Glück hatte er noch einige Flaschen Wodka im Regal. Heute konnte er einen guten Schluck gebrauchen.

Er war noch nicht weit gekommen, da bemerkte er eine weiße Dampfsäule, die von ihm aus gesehen etwas weiter westlich aus dem Boden stieg. In dieser Richtung lag ein See. Eine lang gestreckte, ovale Wasserfläche, die im Sommer viele Fische trug. Ideal zum Angeln. Wabernd und vom Wind zerrissen stiegen die Wolken in den grauen Himmel, bildeten seltsame Formen und lösten sich schließlich auf. Woher kam der Dampf? War vielleicht doch die Erde aufgebrochen? Keine Frage, er musste nachsehen, was dort los war. Je näher er kam, desto deutlicher wurde, dass das Eis auf dem See geschmolzen war. Bis auf eine dünne Schicht am Rand war alles weggetaut. Der Wasserstand war um etwa einen Meter gesunken und das Ufer war bedeckt mit toten Fischen. Der Fallensteller tippte einen von ihnen mit dem Schuh an. Voller Ekel stellte er fest, wie leicht sich das Fleisch von den Gräten löste. Der Fisch war gekocht worden. Sein Wolf schnupperte misstrauisch an dem Kadaver und wandte sich dann angewidert ab. Der Mann ging an den Rand des Sees, zog seinen Handschuh aus und hielt prüfend einen Finger

ins Wasser. Fluchend zog er ihn zurück. Es war kochend heiß. Das war es also. Die Erde musste unterhalb des Sees aufgebrochen sein, so wie bei einem Geysir. Im Bergland gab es einige warme Quellen, manche wurden sogar als Heilbäder genutzt. Damit ließ sich viel Geld verdienen.
Während der Fallensteller weiter den See umrundete, nahm eine Idee Gestalt an. Natürlich hatte er nicht das Geld, um ein Hotel oder etwas Ähnliches zu bauen. Wer würde auch schon so weit fahren, um sich hier zu erholen? Aber er konnte das Wasser für sich selbst nutzen. Das Land hier gehörte doch niemandem. Er würde sich eine zweite Hütte bauen und die harten Winter am Rande des Sees verbringen. Das würde ihm das Heranschleppen von Feuerholz ersparen. Ein großer Zuber war schnell gezimmert, und jeden Abend, wenn er heimkam, konnte er ein warmes Bad nehmen. Den Kopf voller Gedanken ging er weiter. Vor ihm schälte sich eine Form aus dem Dampf. Als er näher trat, sah er, dass es ein Auto war. Ein Lada mit einem blauen Schriftzug: *VECTOR – Institut für Biotechnologien, Koltsovo-Novosibirsk.* Der Mann runzelte die Stirn. Die Angelegenheit wurde immer merkwürdiger. Wissenschaftler aus Novosibirsk? Das war über dreitausend Kilometer entfernt. Was wollten die hier? Hatten die hier etwa irgendwelche komischen Tests durchgeführt?
Misstrauisch ging er ein paar Schritte zurück. Seine Erinnerung an die Katastrophe von Tschernobyl war noch sehr lebhaft. Atomkraft, Biotechnologien, chemische Waffen, das war doch alles derselbe Mist. Hochgefährlich und unberechenbar. Und wohin hatte es die Menschheit geführt? Vor zehn Jahren hatte er sich ganz bewusst für das Leben in der Einsamkeit entschieden. Nur weg von dem Gestank, der Korruption und der Kriminalität. Er war damals auf die schiefe Bahn geraten, hatte aber die Stärke aufgebracht, sich am eigenen Haarschopf aus dem Dreck zu ziehen. Er war abgetaucht und hatte mit seinem

früheren Leben abgeschlossen. Wie es schien, hatte ihn die Zivilisation wieder eingeholt.

Er wollte sich gerade bemerkbar machen, da fiel sein Blick auf ein seltsames Bündel, das in einigen Metern Entfernung auf der Erde lag. Es war ein blauer Overall. Auf der Schulter war das Zeichen von Vector zu erkennen. Seine Stimme versagte, als er sah, dass ein Körper darin steckte. Ein winziger Körper. Die Leiche war vollkommen verschrumpelt, wie bei einer Mumie. Ihre Haut wirkte fast wie Leder. Der Kopf war bedeckt mit feinen weißen Haaren, die bei der Berührung mit seinem Fuß zu Staub zerfielen. Das Schlimmste aber war das Gesicht. Die Augenhöhlen waren leer. Die Lippen hatten sich zurückgezogen und entblößten ein hässliches Totengrinsen. Als sein Blick auf die Hände der Leiche fiel, bemerkte er ihre langen Fingernägel und einen filigranen Goldring. Ohne zu wissen, warum er das tat, untersuchte er den Overall. In der Brusttasche wurde er fündig. Sie enthielt einen Ausweis mit einem Foto. Es war eine Frau gewesen. Eine sehr hübsche Frau mit langen dunklen Haaren, einer geraden Nase und vollen Lippen. Auf dem Bild mochte sie zwischen fünfundzwanzig und dreißig Jahren alt sein. Er legte den Ausweis auf die Leiche und richtete sich auf. Mit einer unwirschen Handbewegung vertrieb er seinen Wolf, der gerade angefangen hatte, am Fuß der Leiche herumzuknabbern. Die aufsteigende Übelkeit bekämpfend, ging er weiter. Nicht weit von dem ersten Körper entfernt sah er zwei weitere Leichen, beide in einem ähnlich bemitleidenswerten Zustand. Sie lagen am Rande eines flachen Kraters. Der Fallensteller bemerkte, dass beide Schaufeln in der Hand hielten. Er trat an den Kraterrand und blickte hinab. Etwas Graues lag dort unten, halb bedeckt vom umgebenden Erdreich. Sah aus wie eine Steinkugel. An einigen Stellen war das graue Deckmaterial abgeblättert und enthüllte einen dunklen Kern.

Sein Wolf bleckte die Zähne und gab ein unheilvolles Knurren von sich. Mit einem Mal musste er wieder an Tschernobyl denken. Wenn dieses Ding wirklich radioaktiv war, dann war er jetzt bereits so stark verstrahlt, dass er sterben würde. Nichts könnte das noch verhindern. Dieser Gedanke löste eine seltsame Ruhe in ihm aus. Es machte keinen Unterschied, ob er rannte oder hierblieb, er würde es ohnehin nicht mehr schaffen. Dann konnte er auch genauso gut hierbleiben und das Ding untersuchen.

Vorsichtig und mit einem mulmigen Gefühl im Magen kniete er sich neben die metallisch schimmernde Kugel. Er hatte so etwas schon einmal gesehen, damals, als er noch ein Junge war. Die Erinnerung daran lag weit, weit zurück in seiner Vergangenheit.

Er legte seine Hand auf die Oberfläche. Sie war noch warm.

29

Zwei Tage später …

Der Toyota Landcruiser fuhr über einen schmalen Grat und kam mit einem knirschenden Geräusch zum Stillstand. Ella öffnete die Tür, stieg aus und tat einige zaghafte Schritte. Sie fühlte sich wie eingerostet. Kein Wunder nach einer Anreise von beinahe zwanzig Stunden. Sie machte einige Dehnübungen, dann sah sie sich um. Vor ihr lag ein flacher Hügel, an dessen Fuß sich der Lastwagen und das Lager der Wissenschaftler gruppierten. Das also war das Ziel ihrer Reise, eine armselige Ansammlung von Zelten, irgendwo in der endlosen Weite der Atacama-Wüste. Eine Handvoll Personen wuselte durch das Lager und lud irgendwelche Gegenstände aus dem Laster. Einer von ihnen, ein Mann mit Baseballmütze und Sonnenbrille auf der Nase, hatte sie bereits entdeckt und winkte ihnen zu.

Konrad Martin klopfte auf das Dach des Autos. »Kommen Sie?«

»Wenn es Ihnen nichts ausmacht, würde ich das letzte Stück gern zu Fuß gehen«, entgegnete Ella. »Ich brauche Bewegung nach der ewigen Herumsitzerei.«

Er nickte, stieg wieder ein und trat aufs Gas. In eine Staubwolke gehüllt, lenkte er das Fahrzeug zum Camp. Während Ella gemächlich hinterherschlenderte, nahm sie den Anblick der Wüste in sich auf. Am Horizont erhob sich der Cerro del Quimal, dessen Flanken dreitausend Meter hoch in den Himmel ragten. Doch abgesehen von einigen Hügelketten war das Land einigermaßen flach. Die nahegelegene Andenkordillere hüllte sich in Staub und Dunst.

Sie konnte sich nicht erinnern, jemals eine so trostlose Gegend gesehen zu haben. Kein Baum, kein Strauch, nicht einmal irgendwelche Flechten oder Moose. Von Vögeln, Insekten oder Eidechsen ganz zu schweigen. Hier gab es nichts. Nur Geröll.

Die Luft war von einer Stille erfüllt, die beinahe schmerzhaft in den Ohren dröhnte. Kein Wunder, dass sich die Wissenschaftler der Carnegie-Mellon-Universität diesen Ort für ihr Testfahrzeug ausgesucht hatten. Wenn es einen Platz auf dieser Erde gab, der dem Mars ähnlich war, dann dieser. Sie fröstelte. Eine kalte Wüste, das war wirklich mal was Neues. Sie beugte sich vor und hob einen Stein auf. Verwitterte Lava. Von den ständigen Temperaturwechseln bröselig geworden, zerfiel sie beinahe in ihrer Hand. Daraus würde mal guter fruchtbarer Boden werden, wenn nur ab und zu etwas Regen fiele. Doch die Aussichten dafür standen schlecht. Etwas weiter oben, wo die Wüste langsam in die Berge überging und es regelmäßig Niederschläge gab, wuchsen hervorragende Weine. Schöne kräftige Syrahs, weiche Merlots und charaktervolle Cabernets. Aber hier? Sie ließ den Brocken fallen und schlenderte auf die Zelte zu.

Der Mann, der ihnen zugewinkt hatte, war auch der Erste, der sie bei ihrem Eintreffen mit Handschlag begrüßte. »Willkommen in unserem bescheidenen Quartier, Ella«, sagte er. »Oder möchten Sie lieber Dr. Jordan genannt werden? Mein Name ist übrigens David.«

»Ella ist völlig in Ordnung«, erwiderte sie und sah sich um. »Nett haben Sie es hier. Einfach, aber komfortabel. Ich habe schon in wesentlich spartanischeren Unterkünften gewohnt. Schön, dass Sie uns für ein paar Tage aufnehmen wollen.«

»Schade nur, dass der Anlass so dramatisch ist. Wie Sie sehen, sind wir gerade dabei, das Zwillingsfahrzeug zu montieren.

Kam gestern an. Aber was rede ich? Sie sind sicher völlig erschlagen nach der langen Anreise. Möchten Sie, dass ich ihnen Ihr Zelt zeige?«

Ella schüttelte den Kopf. »Professor Martin und ich sind es gewohnt, mit wenig Schlaf auszukommen. Außer einem kleinen Jetlag ist alles in Ordnung. Ehrlich gesagt brennen wir darauf, endlich mit unserer Untersuchung beginnen zu können.«

Mittlerweile hatte sich das ganze Team versammelt und betrachtete die Neuankömmlinge. Die Stimmung bei den drei Frauen und sechs Männern stand nicht zum Besten, das merkte Ella sofort. Der Verlust des Forschungsfahrzeugs hatte ihnen einen schweren Schlag versetzt.

»Schreckliche Sache«, sagte sie. »Hat die Versicherung mittlerweile gezahlt?«

David schüttelte den Kopf. »Das neue Fahrzeug wird ausschließlich aus privaten Darlehen finanziert. Wir arbeiten hier praktisch auf Pump. Wenn irgendjemand sein Geld wiederhaben will, können wir die Zelte hier abbauen.«

»Wir platzen hier wirklich zu einem unpassenden Moment herein«, sagte Ella. »Ich verstehe, dass Sie so bald wie möglich mit Ihrer Arbeit fortfahren wollen. An uns soll es nicht scheitern. Professor Martin und ich benötigen nur jemanden, der uns die Stelle zeigt, an der das Unglück passiert ist. Danach arbeiten wir völlig autark. Tun Sie einfach so, als wären wir gar nicht da.«

»Wonach suchen Sie eigentlich?« Ein hagerer Mann mit Dreitagebart und klaren leuchtenden Augen kam hinter dem Laster hervor. Er wischte seine ölverschmierten Hände an einem Lappen ab.

»Das ist Douglas Anderson, unser Projektleiter«, stellte David den Mann vor.

»Einfach Doug«, sagte dieser mit breitem texanischem Akzent. Er streckte Ella seine schmutzige Hand entgegen, die sie ohne zu zögern ergriff. »Verzeihen Sie, dass ich erst jetzt komme, aber ich musste gerade noch den Elektromotor justieren, eine Arbeit, die keinen Aufschub duldet. Was sind das genau für Messungen, die Sie hier vornehmen wollen?«

»Tiefenmessungen«, erläuterte sie mit unverfänglichem Tonfall. Helène hatte ihr nahegelegt, möglichst wenig über ihre tatsächlichen Ziele durchblicken zu lassen. »Wir verwenden ein Sonargerät, um tiefere Bodenschichten nach seismischen Spannungsfeldern zu untersuchen. Ihr Bericht weist einige Details auf, die uns sehr merkwürdig vorkamen.«

»Merkwürdig ist gar kein Ausdruck«, sagte Anderson und warf den Lappen in einen Pappkarton, der randvoll mit Schmutzwäsche war.

»Ich würde es eher unheimlich nennen. Einige von uns haben die Hosen gestrichen voll«, sagte er mit schiefem Grinsen.

»Das ist nun mal eine Erdbebenzone ...«, Ella zuckte mit den Schultern.

»Wir wissen sehr wohl, was hier Sache ist«, sagte Anderson mit belustigtem Tonfall. »Schließlich kommen wir nicht vom Mars.« Einige aus seinem Team lachten verhalten. »Tatsache ist aber, dass ich so ein komisches Beben noch nie erlebt habe – und alle anderen hier auch nicht. Man kann die Uhr danach stellen. Fast als würde ein Riese einen Takt stampfen. Können Sie mir sagen, was das ist?«

Ella schüttelte den Kopf. »Bedaure. Aber schließlich sind wir ja hergekommen, um das herauszufinden.«

»Von welcher Universität kommen Sie?«

»George Washington«, log Ella. Sie hatte diese Frage erwartet und sich entsprechend präpariert. Sollte jemand ihre Aussage nachprüfen, und davon ging sie aus, so würde ihr Name gewiss im Internet auftauchen. Schließlich war sie immer noch Angestellte der geologischen Fakultät.

»Hm. Na gut. Sie können ihn mitnehmen.« Er deutete auf den

jungen Mann mit der Baseballkappe. »Er hat gerade Pause und kann Ihnen die Stelle zeigen. Sie können gern ein oder zwei Tage bleiben. Hauptsache ist, Sie bringen mir hier nichts durcheinander. Aber danach müssen Sie wieder verschwinden.« Damit wandte er sich an sein Team. »Auf geht's. Schluss mit dem Geplauder und zurück an die Arbeit. Wir werden hier schließlich nicht fürs Rumstehen bezahlt.«

Kurz darauf trafen sie an der Unglücksstelle ein. David zeigte ihnen, wo der Rover zerstört worden war, und half ihnen beim Ausladen der Messinstrumente.
Doch statt danach zu seiner Arbeit zurückzukehren, blieb er einfach bei ihnen und begann, lauter unbequeme Fragen zu stellen. Über die Instrumente, ihre Funktionsweise, über ihre Auftraggeber, die Finanzierung und Abwicklung bis hin zu der seismischen Anomalie. Ella und der Professor hatten alle Hände voll zu tun, ihn auf eine falsche Fährte zu locken. Irgendwann rückte das Ende seiner Mittagspause näher, und er musste sich verabschieden. Ella wischte sich den Staub vom Gesicht, während sie ihm hinterherblickte. »Junge, Junge«, murmelte sie, »ich dachte schon, der würde nie mehr verschwinden.« Während sie dem Professor dabei half, kleine Sprengladungen im Boden zu verankern, fuhr sie fort: »Verdammt hartnäckiger Bursche. Ich glaube, er ahnt, dass wir nicht das sind, was wir zu sein vorgeben.«
»Machen Sie sich keine Sorgen«, sagte Professor Martin. »Es wird schon alles gut gehen.«
Sie schüttelte den Kopf. »Ich frage mich ernsthaft, woher Sie ihren Optimismus nehmen. Bisher haben wir außer einer mittelschweren Katastrophe nicht viel vorzuweisen.«
Er blickte sie über den Rand seiner Brille hinweg an. »Vielleicht liegt es daran, dass Sie nicht die richtigen Fragen stellen.«
»Wie meinen Sie das?«

»So wie ich es sage. Sie denken einfach nicht weit genug.«
Ella stemmte die Hände in die Hüften. »Und *Sie* tun das?«
»Allerdings.«
»Wären Sie dann so freundlich, mich einzuweihen?«
Ein schmales Lächeln blitzte auf. »Nein.«
»Wie bitte?« Ella legte ihre Stirn in Falten. »Ich dachte, wir wären ein Team. Sie wissen doch, was das ist, oder? Vier Buchstaben: T-E-A-M. Um Ihnen mal auf die Sprünge zu helfen, es handelt sich dabei um eine Gruppe von Menschen, die zusammenarbeiten, um ein bestimmtes Ziel zu erreichen. Dazu gehört normalerweise auch, dass sie ihre Gedanken teilen.«
»Sie sagen es.«
»Was?«
»*Normalerweise.*« Der Professor nahm seine Brille ab und putzte sie mit einem Stofftuch. »Der Ausdruck impliziert, dass es Ausnahmen gibt. Dies ist so eine Ausnahme.« Er setzte seine Brille wieder auf. »Wenn es Ihnen nichts ausmacht, würde ich jetzt gern die Ladung zünden.«
Sie wollte noch etwas sagen, überlegte es sich dann aber anders. So ein arrogantes Arschloch. Sollte er doch auf seinem Wissen hocken wie die Glucke auf dem Ei. Auf keinen Fall würde sie vor ihm zu Kreuze kriechen und um Erleuchtung bitten. Düstere Gedanken umnebelten ihre Sinne. Warum nur hatte Helène Kowarski darauf bestanden, dass Professor Martin sie begleitete? Ella hatte ihr bei der Führung durch die unterirdischen Laboratorien in allen Details von ihrem angespannten Verhältnis erzählt. Trotzdem hatte ihre Auftraggeberin darauf bestanden, dass sie zusammenarbeiteten. Warum? Ella wäre allein genauso gut klargekommen. Sie war es gewohnt, allein zu arbeiten. Wieder einmal hatte sie das Gefühl, dass man hier nur die halbe Wahrheit erzählte. Sie kam sich ausgenutzt vor.
»Bereit?«
»Ja, ja. Legen Sie los.«

Er drückte den Auslöserknopf. Eine dumpfe Detonation erschütterte den Boden. Leichte Geröllschauer lösten sich vom Hügel und hüllten ihn in eine Staubwolke. Der Professor kam zu ihr herüber und blickte auf den Computermonitor. Mit flinken Fingern gab er noch einige Befehle ein, dann drückte er die Enter-Taste. Zeile für Zeile baute sich ein Bild des Untergrunds auf. Als es vollständig war, gab es keinen Zweifel, was die Quelle der Beben war. Ella konnte nicht sagen, dass sie sonderlich überrascht war. Um ehrlich zu sein, sie hatte dieses Ergebnis erwartet. Trotzdem konnte sie ein Gefühl des Grauens nicht unterdrücken, als der markante Umriss auf dem Monitor erschien.

»Wieder eines von diesen Dingern«, sagte Ella. »Tausende von Kilometern entfernt steckt es im Erdreich, nur darauf wartend zuzuschlagen. Geben Sie's zu. Sie haben doch auch damit gerechnet.«

»Natürlich.«

Sie verzog den Mund zu einem schmalen Lächeln. »*Natürlich.* Wieso frage ich auch? Sie wissen ja immer alles im Voraus.« Sie verschränkte die Hände vor der Brust und begann langsam auf und ab zu gehen. »So weit, so gut«, sagte sie, tief in Gedanken versunken. »Jetzt haben wir es also mit drei von diesen Dingern zu tun. Obwohl unterschiedlich in ihrer Größe, haben sie alle dieselben schlechten Angewohnheiten. Sie verändern ihre Schwerefelder, und die Erde beginnt zu beben. Als ob das nicht schon ungewöhnlich genug wäre, befinden sich die Dinger offenbar schon seit etlichen Millionen Jahren hier auf der Erde. Wie zum Teufel sind die hierhin gelangt? Wurden sie vergraben, und wenn ja, von wem? Oder sind sie vom Himmel gefallen wie Samenkörner von einem Baum? Und die Frage, die über allen steht: Gibt es noch mehr davon? Es muss doch irgendwo Berichte darüber geben, irgendwelche Dokumente. Ich halte es für schwer vorstellbar, dass sie bisher noch nicht entdeckt wurden.« Das viele Nachdenken verursachte ihr Kopfschmerzen. Vielleicht waren es ja doch die Nachwirkungen des Jetlags. Sie massierte ihre Stirn mit den Fingerspitzen. »Warum jetzt? Warum fangen diese Dinger mit einem Mal an zu ticken? Was war der Auslöser? Ich kann mir nicht vorstellen, dass das ein Zufall ist.« Sie deutete mit ihrem Finger auf ihren Kollegen. »Konrad, wir müssen heute Abend unbedingt eine Videoschaltung in die Schweiz legen. Madame Kowarski sollte so schnell wie möglich von der neuen Entdeckung in Kenntnis gesetzt werden.«

Der Professor griff in seine Jackentasche, zog eine Zigarre heraus und begann sie umständlich zu präparieren. Als er sie anzündete, lächelte er schmal. »Sehen Sie«, sagte er, »endlich fangen Sie an, die richtigen Fragen zu stellen.«

30

Ella, wo bist du?
Seit Tagen versuche ich schon, dich zu erreichen, doch niemand sagt mir irgendetwas. Ich werde hier langsam wahnsinnig. Wenn du nicht mit mir reden möchtest, verstehe ich das. Aber eine kurze Nachricht, wo du bist und wie es dir geht, ist doch nicht zu viel verlangt. Eigentlich würde ich lieber mit dir telefonieren. Ich verabscheue E-Mails, sie sind so unpersönlich, aber besser als gar nichts.
Mittlerweile bin ich wieder in Washington eingetroffen, und obwohl ich noch für mehrere Wochen krank geschrieben bin, zieht es mich immer wieder ins Institut. Es passiert gerade so viel, dass ich es einfach nicht zu Hause aushalte. Du weißt sicher, wovon ich rede. Täglich muss ich an dich denken – an uns. Wenn ich nur wüsste, dass es dir gut geht, könnte ich wieder ruhig schlafen. Gib mir ein Lebenszeichen – nur eines, dann werde ich dich nicht weiter belästigen.

In Liebe, dein Joaquin

Das Innere des Zeltes war in ein mystisches Halbdunkel getaucht, spärlich beleuchtet von einem Notebook, dessen Monitor kalte Schatten auf die Stoffwände warf. Ella speicherte die Mail und beendete das Programm. Tief in Gedanken versunken starrte sie auf den eintönig blauen Bildschirmhintergrund. Dies war nun schon die dritte Mail von Esteban, nicht eine davon hatte sie bisher beantwortet. Irgendetwas hatte sie bisher davon abgehalten. War es gekränkte Eitelkeit oder steckte noch mehr dahinter? Vielleicht Misstrauen? Immerhin war er ihr gegenüber in mehr als nur einer Hinsicht unaufrichtig gewesen. Vielleicht plagte sie auch das schlechte Gewissen. Zugegeben, sie fühlte sich mitverantwortlich für das, was geschehen war. Wäre sie an Bord der *Shinkai* nicht so verdammt vorgeprescht, Joaquin wäre noch im Besitz seines Arms. Vielleicht lag es daran, dass sie seine Gefühle teilte und es sich nicht eingestehen wollte. Sie ahnte, dass diese Erklärung die wahrscheinlichste war, nur wollte sie seine Gefühle nicht erwidern, nein, sie *durfte* es nicht. Nicht jetzt, nicht hier. Sie musste ihr letztes bisschen Verstand beisammenhalten, wollte sie die Rätsel aufklären, die sich wie ein Berg vor ihr auftürmten. Vielleicht hatten Esteban und sie eine Chance, wenn alles vorbei war. Vielleicht ...

Sie hob den Kopf und aktivierte das Skype-Programm. Helène wartete seit einer halben Stunde auf ihren Rückruf, und sie war bekannt dafür, höchst ungehalten zu sein, wenn jemand unpünktlich war.

Die Verbindung wurde hergestellt und die Nummer gewählt. Langsam baute sich der Verbindungsbalken auf. Ella trommelte nervös mit den Fingern auf den Kunststofftisch. Es dauerte eine Weile, dann bestätigte das Programm den erfolgreichen Log-in. Ella klopfte auf das Mikrofon an ihrem Headset und richtete die Linse der USB-Webcam auf sich. »Können Sie mich verstehen, Helène?«

Keine Antwort.

»Helène?«

Ein Bild erschien auf dem Monitor, doch es war verzerrt, und der Ton war von einem statischen Rauschen überlagert. Sie drehte an dem Frequenzregler in der Hoffnung auf eine saubere Verbindung, jedoch ohne Erfolg. Sie überprüfte den Stecker, der

zu der Satellitenschüssel außerhalb des Zeltes führte, reinigte ihn und steckte ihn wieder hinein. Das Bild blieb unverändert schlecht. Plötzlich vernahm sie eine verzerrte Meldung aus dem Kopfhörer.
»... miserabler Empfang ... «
»Helène?«
»... sind hier alle sehr beunruhigt ... neue Entwicklungen ... mehrere Vulkanausbrüche vor Japan ... auch kalifornische Küste betroffen ... Zusammenhang ...«
Ella klopfte auf das Gehäuse des Satellitenempfängers. Irgendetwas schien den Receiver zu stören. Vielleicht besaß das Gerät keine Abschirmung. »Professor Martin, wären Sie so freundlich, draußen mal zu fragen, ob sie für einen Moment den Generator abschalten können? Diese Störungen treiben mich in den Wahnsinn.«
Der Professor nickte. Wortlos verließ er das Zelt. Kurze Zeit später erstarb das Tuckern des Dieselaggregats. Für einen Moment wurde es dunkel außerhalb des Zeltes, dann flackerten Kerzen und Gaslampen auf. Ella blickte auf den Monitor. Das Bild von Helène Kowarski war merklich schärfer geworden, und auch das Rauschen aus den Lautsprechern hatte nachgelassen. »Na also«, murmelte sie und setzte ihre Kopfhörer auf. Die Stream-Bildübertragung ruckelte zwar noch etwas, aber Ella konnte erkennen, dass ihre Auftraggeberin das Gespräch von zu Hause aus führte. Der Pollock im Hintergrund war ihr noch lebhaft in Erinnerung.
»So ist es besser.« Helène Kowarski nickte. »Wird auch höchste Zeit, dass Sie sich melden. Was haben Sie herausgefunden?«
Ella lieferte einen umfassenden Bericht. Die Leiterin des Instituts schien zufrieden zu sein.
»Dieselben seismischen Wellen, dieselbe Quelle«, ergänzte Ella. »Wie es scheint, gibt es mehr von diesen Kugeln, als wir zunächst angenommen haben.«

Helène nickte. »Ich fürchte auch. Jetzt, wo wir wissen, wonach wir suchen, entdecken meine Leute beinahe stündlich neue. Wie es scheint, sind sie rund um den Pazifik verteilt. Wir haben bestätigte Vorkommen in Costa Rica, Alaska, Russland, Japan, Indonesien, Australien, der Antarktis und Neuseeland. Das Überraschende ist, dass diese Kugeln seit langem bekannt sind. Man hielt sie für Relikte einer frühzeitlichen Kultur, vielleicht der Olmeken, doch die waren im mittelamerikanischen Raum beheimatet und erklären nicht die Funde im Franz-Josef-Land, nahe der Polargrenze. Manche behaupten, es handele sich um natürlich entstandene Formen, sogenannte Xenolithe. Ich persönlich halte diese Theorie für wenig glaubwürdig. Tatsache ist jedoch, niemand hat sich bisher ernsthaft mit diesen Kugeln befasst. Wahrscheinlich, weil es zu wenige Indizien gibt, nach denen man forschen könnte. Ich meine, außer der Tatsache, dass sie aus Granit oder Diorit bestehen, einem äußerst harten und schwer zu bearbeitenden Gestein, ist nichts bekannt. Nicht, womit sie hergestellt wurden, nicht, zu welchem Zweck, nicht, von wem. Das Einzige, was wir wissen, ist, dass sie beinahe über den gesamten Erdball verteilt sind. Und wir reden hier nur von denjenigen, die an der Oberfläche liegen. Nicht auszudenken, wie viele sich noch im Untergrund befinden.« Mit einer nervösen Handbewegung strich Helène sich eine Haarsträhne aus dem Gesicht. »Die meisten scheinen einfach Steine zu sein, aber in manchen, so wie in dem, den Sie in der Atacama-Wüste gefunden haben, verbirgt sich ein fremdartiger Mechanismus. Wir stehen jetzt vor der schwierigen Aufgabe, die schwarzen Schafe zu isolieren. Keine leichte Aufgabe, wie Sie sich vorstellen können. Äußerlich unterscheiden sie sich durch nichts von den anderen. Und ich rede hier von Tausenden. Allein das Vorkommen in Costa Rica umfasst mehrere hundert Kugeln.«

Ella beugte sich näher ans Mikrofon. »Wenn wir wüssten, wie sie funktionieren, würde es uns vielleicht leichter fallen, ihre

Position zu bestimmen. Ich meine, das kann doch kein Zufall sein, dass diese Dinger auf einmal alle zu ticken anfangen.«
»Das Ticken ist nur eine von vielen Merkwürdigkeiten.«
»Was meinen Sie damit?«
Helène zuckte zurück. »Ach nichts. Uns ist noch etwas anderes aufgefallen, aber das braucht Sie nicht zu kümmern.«
Ella ließ nicht locker. Sie spürte, dass ihre Auftraggeberin sich verplappert hatte. »Was meinen Sie damit, Ihnen ist etwas aufgefallen? Heraus mit der Sprache.«
Helène Kowarski versank für einen kurzen Moment in Gedanken. Dann zuckte sie mit den Schultern. »Ach, was soll's. Ich wollte Sie nicht beunruhigen, aber wahrscheinlich ist es besser so. Die Nachricht hat uns schier umgehauen, als wir sie erfahren haben.«
»Was erfahren? Spannen Sie mich doch nicht so auf die Folter, Helène.«
»Die Kugeln fangen an, sich zu synchronisieren.«
Eine Pause trat ein.
»Sie tun *was?«*
»Sie synchronisieren sich. Sie fangen an, im selben Takt wie der große Brocken im Marianengraben zu schlagen.«
»Und das bedeutet ...?«
»Haben Sie noch nie davon gehört, was passiert, wenn eine Truppe von Soldaten im Gleichschritt über eine Brücke marschiert?«
Jetzt begann es Ella zu dämmern. »Wollen Sie damit sagen ...?«
»Genau das. Die Kugeln beginnen ihre Schläge anzugleichen. Aus den vielen kleinen Wellen, die kreuz und quer über die Erdoberfläche rasen, wird eine einzige große Welle. Eine *stabile* Welle. Was das bedeutet, dürfte Ihnen ja wohl klar sein.«
»Die Brücke bricht zusammen.«
»Genau das. Kollaps. Totaler Exitus.«
»Großer Gott.«

»Eine äußerst Besorgnis erregende Entwicklung. Kompliziert wird die Sache noch dadurch, dass die Regierungen anderer Länder, wie z.B. die USA, Frankreich und Deutschland, jetzt ebenfalls aufmerksam geworden sind. Sie stehen im Begriff, eigene Teams zusammenzustellen. Sie können sich vorstellen, dass ich hier alle Hände voll damit zu tun habe, die Dinge nicht außer Kontrolle geraten zu lassen. Aber das sollte Sie im Moment nicht kümmern. Wenn Sie heute Abend noch Zeit finden, werfen Sie doch mal einen Blick in die Nachrichten.«

Ella atmete tief durch. »Das werde ich. Aber zuerst möchte ich wissen, wie es jetzt weitergehen soll. Unsere Forschungen am Atacama-Objekt sind noch nicht vollständig abgeschlossen. Wir brauchen noch etwa einen Tag für die Feinmessungen, und dann stellt sich die Frage, ob es nicht sinnvoll wäre, die Kugel freizulegen und zu Ihnen in die Schweiz zu bringen.«

Helène Kowarski schüttelte energisch den Kopf. »Nein«, sagte sie entschieden. »Nichts dergleichen. Solange wir nicht wissen, womit wir es zu tun haben, sollten wir alles so belassen. Machen Sie Ihre Feinabstimmung, und dann brechen Sie auf. Ich werde am Flughafen Instruktionen für Sie hinterlassen. Ich fürchte, ich muss Sie nach Sibirien schicken, in die Region Magadan. Es hat dort einen Zwischenfall gegeben, dem wir unbedingt nachgehen müssen.« Ein trauriges Lächeln umspielte ihren Mund. Ella glaubte, für einen Moment etwas Verletzliches im Gesicht ihres Gegenübers zu entdecken. Es flackerte kurz auf, verschwand dann aber sofort wieder.

»Es tut mir leid, Sie so herumzuscheuchen, aber ich habe hier alle Hände voll zu tun. Außerdem wüsste ich niemanden, den ich sonst schicken könnte.« Sie hob die Hand zum Abschied. »Leben Sie wohl, Ella, und passen Sie auf sich auf. Wir sehen uns hoffentlich bald wieder.« Sie drückte einen Knopf, dann wurde der Bildschirm schwarz. Ella beendete das Programm, klappte ihr Notebook zusammen und verließ das Zelt.

Die Luft war empfindlich kalt geworden. Über ihr glitzerten Millionen Sterne von einem wolkenlosen Nachthimmel auf sie herab. Ganz deutlich konnte man die Milchstraße erkennen, die sich wie ein silberner Gürtel von Horizont zu Horizont erstreckte. Von irgendwoher dudelte *Dreams* von Fleetwood Mac aus einem Kassettenrekorder.
Ella umrundete den Lastwagen und trat in den Schein eines großen Lagerfeuers. Es knackte und knisterte. Meterhohe Flammen schlugen in den Nachthimmel. Die Leute aus dem Rover-Team saßen auf Holzbänken um das Feuer und unterhielten sich leise. Konrad Martin sprach mit einer gut aussehenden, jungen Wissenschaftlerin. Ihren leuchtenden Augen war anzusehen, dass sie den hageren Mann anflirtete. Schwärme gelber Funken stiegen auf und vermischten sich mit dem Funkeln der kalt glänzenden Sterne.
Ella trat ans Feuer und hielt ihre Hände den Flammen entgegen. Die Wärme tat ihr gut.
»Alles in Ordnung, Dr. Jordan?« Doug Anderson blickte erwartungsvoll zu ihr auf.
»Könnte besser sein«, sagte Ella. »Wir müssen morgen leider wieder aufbrechen. Nach Sibirien ...«, sie schüttelte den Kopf. »Na ja, jedenfalls danke, dass Sie das Aggregat abgeschaltet haben. Danach war der Empfang deutlich besser.«
»Ist schon komisch, wie sehr man sich an so etwas wie das Tuckern eines Dieselgenerators gewöhnt«, entgegnete Anderson. »Wenn das Ding mal aus ist, spürt man auf einmal, wie großartig und einsam diese Landschaft ist. Besonders nachts. Aber setzen Sie sich doch«, er klopfte mit der Hand neben sich. »Ein Bier?«
»Gern.«
Anderson nickte David zu, der in eine Kiste griff und eine Flasche Budweiser zutage förderte. Er reichte sie herüber, und Anderson öffnete sie mit einem Schlag gegen die Holzbank.

»Danke«. Ella nahm einen tiefen Schluck. Der Schaum lief ihr übers Kinn.
Anderson lächelte. »Es sind noch ein paar von den Würstchen da, falls Sie mögen ...«
»Ich bin hungrig wie ein Bär«, gab Ella unumwunden zu. »Es kommt mir vor, als hätte ich seit Tagen nichts gegessen.«
»Das liegt an diesem Pappfraß, den sie einem in den Flugzeugen servieren. Warten Sie ...« Anderson kauerte sich neben das Feuer und legte ein paar Würste, gebratene Paprikaschoten und Kartoffeln in Alufolie auf einen Teller. Er würzte das Ganze mit einer scharf aussehenden Sauce und reichte es ihr. Der Duft war umwerfend. Ella nahm ein Stück Kartoffel, das sie in die rote Sauce gedippt hatte, in den Mund und biss herzhaft zu. Augenblicklich schoss ihr das Wasser in die Augen. Das Zeug war höllisch scharf.
»Geheimrezept«, lachte Anderson. »Wird seit drei Generationen vom Vater an den Sohn weitergereicht. Ich verreise nie ohne einen kleinen Vorrat davon. Und glauben Sie's oder nicht, ich habe mir noch nie eine Magen- oder Darminfektion eingefangen. Das Zeug killt einfach alles.«
»Und darüber hinaus schmeckt es phantastisch«, sagte Ella und nahm einen tiefen Zug aus der Flasche. »Verraten Sie mir, was drin ist?«
»Dann müsste ich Sie anschließend entweder umbringen oder heiraten«, grinste Anderson, »aber solange Sie unser Gast sind, können Sie so viel davon haben, wie Sie wollen. Hier, nehmen Sie noch mal.« Er goss ihr noch einmal nach, und scheinbar zufällig berührte er sie dabei mit seiner Hand. »Erzählen Sie mal. Was haben Sie heute herausgefunden? Was sind das für Erdstöße, die wir hier seit Tagen spüren?«
Die Kartoffel im Mund, konnte Ella in diesem Moment nur den Kopf schütteln. »Tut mir leid«, sagte sie, nachdem sie den heißen Bissen heruntergeschluckt hatte, »ich darf nicht darüber

sprechen.« Sie wischte sich mit einem Papiertuch um den Mund. »Ist alles *top secret.* Abgesehen davon wissen wir es selbst noch nicht so genau.«

»Aber Sie haben doch sicher eine Theorie«, bohrte Anderson weiter. »Mir sind in meiner Laufbahn schon eine Menge Geologen über den Weg gelaufen, und *alle* hatten sie den Kopf voller Theorien. Kann mir nicht vorstellen, dass Sie da eine Ausnahme sind.«

Ella konnte sich ein Lachen nicht verkneifen. »Wahrscheinlich nicht. Aber in diesem speziellen Fall muss ich leider den Mund halten. Ach verdammt ...« Ein Stück Paprika war ihr vom Teller gerutscht und auf ihrer Jeans gelandet.

»Warten Sie, ich helfe Ihnen«, sagte Anderson, griff neben sich und brachte eine Rolle Küchenpapier zum Vorschein. Er riss ein Blatt davon ab und begann, den Fleck von Ellas Hose zu tupfen. Erst kräftig, dann immer sanfter werdend. Normalerweise hätte Ella jetzt die Beine wegziehen und ihm danken können, doch etwas hielt sie zurück. Sie mochte die Berührung – genau wie er. Sein Lächeln verriet ihr, dass es schon lange nicht mehr um den Fleck ging. Der war ohnehin längst verschwunden. Nein, dies schien etwas anderes zu werden. Ihre Augen trafen sich. Anderson hatte etwas an sich, das sie anzog. Er war auf eine brummige, bärbeißige Art attraktiv. In der einen Hand das Bier, in der anderen den Teller, beobachtete sie ihn. Der Typ schien sich fest vorgenommen zu haben, sie heute noch ins Bett zu bekommen. Und warum auch nicht? Hier draußen galten eigene Gesetze. Hier gab es niemanden, der sich als Sittenwächter aufspielte, niemanden, der daran Anstoß nehmen könnte. Die Nacht breitete über alles den Mantel des Schweigens.

Fleetwood Mac waren mittlerweile bei *Go your own way* angekommen, eines von Ellas Lieblingsstücken. Sie fühlte, wie ihr die Wüstennacht zu Kopf stieg.

»Haben Sie Lust zu tanzen?«, fragte sie Anderson mit verführerischem Augenaufschlag. Er schien auf diese Frage nur gewartet zu haben. Lächelnd nahm er ihr das Bier und den Teller aus der Hand und zog sie auf die Füße. Als das Stück endete und das ruhige *Songbird* erklang, umfasste er Ellas Taille und zog sie sanft an sich. Auch einige der Studenten schienen das Bedürfnis nach etwas Romantik zu verspüren. Es bildeten sich weitere Tanzpaare, die sich langsam zu den Klängen aus dem Kassettenrekorder bewegten.

»Sie haben eine wunderbare Art, vom Thema abzulenken«, flüsterte Anderson ihr ins Ohr und blickte ihr in die Augen. »Ich würde gern mehr von Ihnen erfahren, und die Nacht ist noch jung ...« Seine Lippen befanden sich nur noch wenige Zentimeter von ihren entfernt. Ella schloss die Augen. Der Alkohol zirkulierte in ihrem Blut und ließ sie an die verrücktesten Sachen denken. Ohne es zu wollen, sah sie plötzlich Joaquin vor sich. Sie befand sich wieder im Aufzug des *University Inn* auf dem Weg in ihr Hotelzimmer. Sie sah sein Gesicht vor sich, seine dunklen Augen, sein unwiderstehliches Lächeln. Sie spürte seine Hände, die über ihren Körper strichen. Von ihrem Hals an abwärts, über ihre Brüste bis zu ihrer Taille. Sie spürte, wie er fordernd sein Becken gegen ihres drückte, während seine Lippen ihren Mund berührten. Sie fuhr zurück.

Bob Anderson sah sie fragend an. Ella schüttelte verwirrt den Kopf. »Oh Mann, ich glaube, ich habe etwas zu schnell getrunken«, sagte sie. »Entweder ist das Bier hier so stark, oder es ist eine besondere Droge in der Wüstenluft. Mir ist ganz schwindlig. Ich glaube, ich muss mich mal ein paar Minuten ausruhen.« Mit gesenktem Kopf löste sie sich aus den Armen Andersons und setzte sich auf den Boden. In diesem Moment erhaschte sie einen kurzen Blick auf Konrad Martin. Die junge Studentin völlig ignorierend, saß er auf der Holzbank und starrte aus glühenden Augen zu ihnen herüber. Eine schmale Falte hatte sich auf seiner Stirn gebildet. Sein Mund war ein verkniffener Strich. Er sah aus, als stünde er kurz davor, Anderson an die Gurgel zu gehen. Ella hätte beinahe laut losgelacht, doch sie konnte sich gerade noch beherrschen. War das etwa ein Anflug von Eifersucht, den sie da in seinen Augen erblickte? Das konnte doch unmöglich sein, so, wie er sie in den letzten Tage behandelt hatte.

»Ist alles in Ordnung mit Ihnen?« Die Enttäuschung in Andersons Stimme war unüberhörbar.

»Danke, es geht schon wieder.« Sie schenkte ihm ein entschuldigendes Lächeln. »Sie haben nicht zufällig einen Fernseher in der Nähe, oder?«

Anderson verbarg seine Enttäuschung tapfer. »Aber natürlich.« Er winkte David zu, der sich sofort auf den Weg zum Ausrüstungszelt machte. »Ist ja nicht so, dass wir hier auf jegliche Annehmlichkeiten verzichten müssten, nur weil wir fünfhundert Kilometer von jeder menschlichen Siedlung entfernt sind. Die Verbindung übers Internet ist sogar ganz annehmbar.«

David kam zurück, einen winzigen Kasten in den Armen und ein loses Kabel hinter sich herschleppend. Er stellte den Fernseher auf eine Bierkiste und schaltete ein. »Irgendein besonderes Programm?«, wandte Anderson sich mit einem Augenzwinkern an Ella.

»ABC, CNN, CNBC, BBC – irgendwas. Hauptsache ein Nachrichtensender.«

»Was gibt's denn?« Mittlerweile hatten sich einige Mitglieder aus Andersons Team um den kleinen Kasten versammelt.

»Hat jemand heute schon Nachrichten gehört?«

»Nö, wieso? Soll was passiert sein?«

Ella schüttelte den Kopf. »Ich weiß es selbst nicht so genau. Hab bloß einige Andeutungen gehört.«

Nun hatten auch die Letzten mitbekommen, dass etwas Ungewöhnliches vor sich ging. Der Kassettenrekorder wurde ausgeschaltet und alle scharten sich um Ella und den Fernseher. Selbst Professor Martin fand sich ein, wenngleich immer noch mit finsterem Gesichtsausdruck.

»Wonach suchen wir denn«, fragte David, während er der Reihe nach die Nachrichtensender durchging.

»Irgendetwas über Vulkanausbrüche«, entgegnete Ella. »Stopp, ich glaube, da war gerade etwas.«

David hielt den Sendersuchlauf an und regelte noch etwas am Finetuning. Mit einem Mal wurde das Bild scharf.

Zu sehen war eine Aufnahme, die offenbar aus einem Hubschrauber gemacht wurde. Im rechten unteren Eck des Bildschirms waren Ort und Datum der Aufnahmen eingeblendet: Japan, Dienstag, 7. April. Eine Live-Aufnahme also. Unter den schwirrenden Rotorblättern war ein Stück Ozean zu sehen, der von links nach rechts von einem hässlichen gelben Streifen zerschnitten wurde. Es sah fast aus, als habe ein Frachter eine Ladung Klärschlamm verloren. An einigen Stellen stieg Dampf auf, ebenfalls von gelblicher Farbe. Mit einem Mal schwenkte die Kamera ins Innere des Cockpits und zeigte einen Mann in einer graublauen Fliegerkluft. Er sprach mit leichtem Londoner Cockney-Einschlag, während er sich ein Mikro mit dem Logo der BBC vor den Mund hielt.

»Ein Unterwasservulkan sorgt derzeit für ein ungewöhnliches Naturschauspiel vor der japanischen Insel Minami Iwo Jima«, sagte der Reporter, während er sich bemühte, seiner Stimme einen dramatischen Klang zu verleihen. *»Heißer Schlamm quillt seit dem Wochenende an die Wasseroberfläche, der das Meer rot färbt und es an einigen Stellen regelrecht kochen lässt. Am Samstag berichteten Augenzeugen von einer Dampfsäule, die aus dem Meer schoss, etwa einen Kilometer hoch war und einen Durchmesser von 50 bis 100 Metern hatte. Es ist sehr wahrscheinlich, dass diese Erscheinungen vom Ausbruch eines Unterwasservulkans verursacht werden, so ein Sprecher der*

japanischen Küstenwache. Ähnliche Ausbrüche habe es in der Gegend schon 1986 und 1992 gegeben. Die Insel Minami Iwo Jima, die etwa 1200 Kilometer südlich von Tokio liegt, ist eine von drei Inseln der kleinen Iwo-Gruppe. Iwo Jima bedeutet Schwefelinsel. Im Zweiten Weltkrieg war Iwo Jima, die größte der drei Inseln, Schauplatz von Kampfhandlungen. Von 1945 bis 1968 war das Eiland in der Hand der USA, bevor es an Japan zurückgegeben wurde. Das Naturschauspiel fügt sich in eine Reihe von ähnlichen Meldungen, die in regelmäßigen Abständen bei uns eintreffen. Offenbar kommt es derzeit vermehrt zu unterseeischen Vulkanausbrüchen, die sich entlang der gesamten japanischen und indonesischen Küste bis nach Neuseeland erstrecken. Auch die Westküste Nordamerikas scheint betroffen zu sein. Alle Gebiete wurden in erhöhte Alarmbereitschaft versetzt, an einigen Küsten wurden Tsunamiwarnungen ausgegeben. Bislang jedoch verhält sich der Ozean ruhig. Erklärungen für die plötzlichen seismischen Aktivitäten gibt es bislang keine. Die Wissenschaftler scheinen vor einem Rätsel zu stehen. Das war Stanley Cole für BBC-News.«

»Shit«, murmelte Doug Anderson, während er sich vorbeugte und den Fernseher abschaltete. Als er sich umdrehte, spürte Ella einen Kloß im Hals. Alle Augen waren auf sie gerichtet. Alle schienen zu spüren, dass sie und ihr dunkler Begleiter etwas mit der Sache zu tun hatten. Doch ein entschuldigendes Lächeln war alles, was sie zustande brachte. Eine junge Studentin mit randloser Brille und Pferdeschwanz blickte sie mit ängstlich aufgerissenen Augen an. »Was haben Sie dort draußen in dem Hügel gefunden?«

»Ich kann Ihnen nichts darüber sagen, so gern ich es auch tun würde. Uns sind die Hände gebunden.«

»Wir könnten doch selbst hingehen und nachsehen«, entgegnete ein Student mit roten Haaren und einem fusseligen Bart.

»Natürlich, das könnten Sie. Aber ich muss Sie warnen. Was

immer Sie dort in dem Hügel finden werden, es ist potenziell gefährlich. Die Erforschung dieses Phänomens hat bislang schon mehrere Menschenleben gekostet, und weitere werden folgen, wenn die Sache außer Kontrolle gerät. Ich bitte Sie daher inständig, nichts auf eigene Faust zu unternehmen. Wir werden Sie informieren, sobald wir mehr wissen.«

»Wissen Sie schon, womit wir es zu tun haben?«

Ella schüttelte den Kopf. »Ich wünschte, ich könnte Ihnen etwas sagen. Tatsache ist aber, dass wir selbst vor einem Rätsel stehen.«

»Der Reporter hat angedeutet, dass es sich um ein globales Problem handeln könnte«, sagte Doug Anderson, und in seinen Augen lag tiefe Besorgnis. »Sagen Sie es uns ehrlich und geradeheraus: Wie schlimm ist es?«

»Verdammt schlimm«, entgegnete Ella, und sie spürte, dass sie damit keineswegs übertrieb. »Sie können eines tun: *beten.*«

Während sie auf den Fernseher blickte, wurde ihr mit aller Deutlichkeit bewusst, dass ihre Reise womöglich gerade erst begonnen hatte.

31

Donnerstag, 09. April

Das Fahrzeug, das sich von Osten her näherte, hob sich dunkel vor dem schneebedeckten Untergrund ab. Obwohl es sich um einen gewöhnlichen Lada Niva handelte, spürte der Fallensteller, dass es mit diesem Auto eine besondere Bewandtnis hatte. Er konnte nirgendwo das Symbol von VEKTOR entdecken. Das war ungewöhnlich, wenn man bedachte, dass es hier in letzter Zeit von den gelben Dreiecken nur so wimmelte. Außerdem steuerte der Fahrer so unbeholfen, dass sofort klar war, dass er keine Übung im Umgang mit vereisten Pisten hatte. Das Heck schlingerte von einer Seite zur anderen, und mehr als einmal stand der Wagen kurz davor, im Graben zu landen. Nur eine dünne Schicht Rollsplitt hielten Fahrer und Fahrzeug davon ab, sich mit der Nase in eine der meterhohen Schneeverwehungen entlang der Strecke zu bohren. Trotzdem machte der Fahrer keine Anstalten, mit dem Fuß vom Gas runterzugehen. Mit unvermindertem Tempo bretterte er über die Piste, die die schweren Maschinen vor nicht mal drei Tagen in den Schnee gefräst hatten.

»Da hat es aber jemand verdammt eilig«, murmelte er in seinen Bart und setzte sein Fernglas ab. Mit der Linken kraulte er seinem Wolf, der neben ihm Stellung bezogen hatte, den Kopf.

Seit die erste Straßenwalze hier aufgetaucht war und damit begonnen hatte, den See für Fahrzeuge erreichbar zu machen, war es hier zugegangen wie in einem Ameisenhaufen. Halogenscheinwerfer, Tag und Nacht in Betrieb, beleuchteten eine Stadt aus Zelten, die über Nacht wie Pilze aus dem Boden geschossen waren. Merkwürdige Zelte waren das, wie riesige Iglus, die von innen beleuchtet waren und dem eiskalten Wind der sibirischen Tundra trotzten. Um die Siedlung war in Windeseile ein meterhoher Zaun gespannt worden, dessen keramische Bodenverankerungen darauf schließen ließen, dass er unter Hochspannung stand. Was immer es auch war, das die Leute von VEKTOR hier im Permafrostboden gefunden hatten, es musste von beträchtlichem Wert sein. Der Fallensteller erinnerte sich noch gut an das Gefühl, das ihn beim Berühren der Kugel durchströmt hatte, das Gefühl, etwas ganz und gar Fremdes angefasst zu haben. Kurze Zeit nach diesem Erlebnis war die Luft vom Dröhnen schwerer Hubschrauberturbinen zerrissen worden. Er hatte gesehen, wie vier Sikorskys herandonnerten, schwer behängt mit eisernen Containern und randvoll beladen mit Leuten in gelben Thermoanzügen. Es war ihm gelungen, den Schauplatz des Unglücks in letzter Minute zu verlassen, aber seit diesem Augenblick war es mit der Stille in der Tundra vorbei gewesen. Tag und Nacht war das Hämmern, das Bohren und Sägen zu hören gewesen, und als sei das noch nicht genug, glaubte der Fallensteller immer noch den regelmäßigen Herzschlag zu spüren, der die Erde unter seinen Füßen in Schwingung versetzte. Für kurze Zeit war er in seine Blockhütte zurückgekehrt, um Proviant zu holen. Seither lag er auf der Lauer und beobachtete das geschäftige Treiben. Die Ankunft des Fahrzeugs warf neue Fragen auf. Er presste das Fernglas wieder an die Augen und bemühte sich, ruhig zu atmen. Der Lada hatte das Schiebetor erreicht. Die Wagentüren öffneten sich und es traten zwei vermummte Gestalten heraus, eine groß, die andere deutlich kleiner. Der Fallensteller konnte wegen der Entfernung und aufgrund der dicken Overalls und

Mützen nicht erkennen, ob es sich bei der kleineren um eine Frau handelte. Vermutlich. Zwei Männer in der dunklen Uniform der Nationalgarde verließen das Wachhäuschen und kamen, die Kalaschnikows im Anschlag, auf die Neuankömmlinge zu. Sie ließen sich Ausweispapiere zeigen und wiesen die beiden dann an, im Auto zu warten. Einer der Soldaten verschwand mit den Papieren und kehrte etwa zehn Minuten später in Begleitung einer weiteren Person zurück. Der Fallensteller erkannte an der Kopfbedeckung einen der höherrangigen Offiziere. Er ging auf den Lada zu, und die beiden Neuankömmlinge stiegen wieder aus. Es folgte eine äußerst hitzige Diskussion. Während der Offizier die Ruhe in Person war, schien besonders die Frau immer mehr außer sich zu geraten. Über irgendetwas regte sie sich maßlos auf. Sie gestikulierte wild, deutete immer wieder auf den See im Zentrum des Lagers und verlangte augenscheinlich Einlass. Doch dieser Bitte wurde nicht entsprochen. Irgendwann endete die Geduld des Offiziers. Er drehte sich um und ging ein paar Schritte in Richtung des Lagers. Die Frau versuchte, ihm zu folgen. Nur mit Mühe konnte sie von ihrem Begleiter zurückgehalten werden, während die zwei Wachsoldaten Warnschüsse in die Luft feuerten. Das zeigte Wirkung. Mit hängenden Köpfen setzten sich die beiden Fremden wieder in ihr Auto, wendeten und fuhren zurück. Das war der Augenblick, in dem der Fallensteller entschied, dass es Zeit war zu handeln. Er stopfte sein Fernglas in die Umhängetasche, schulterte sein Gewehr und klopfte seinem Wolf auf den Rücken. Dann rannte er auf der dem Lager abgewandten Seite des Hügels hinab, dorthin, wo die Straße dem Hügel am nächsten war.

»Saubande! Kriminelle Vollidioten! Kretins!« Ella zog ihre Handschuhe aus und warf sie in die Ablage. Ihre Wut und Übermüdung entlud sich in einem wahren Feuerwerk von Schimpfwörtern. So lange gereist, so viele Strapazen auf sich genommen, nur um dann an der Haustür abgewiesen zu werden wie ein Klinkenputzer.

»Scheiße, dabei hat Helène uns versprochen, dass alles glatt gehen würde. Hatte sie nicht angekündigt, irgendwelche Kontakte spielen zu lassen, um uns die Türen bei VEKTOR zu öffnen? Aber warte, mit der werde ich noch ein paar Takte zu reden haben.« Sie blickte aus dem Fenster. Ein auffrischender Nordostwind wirbelte Schneeschauer über die Fahrbahn.

»Jetzt beruhigen Sie sich doch«, sagte Konrad Martin, während er sich bemühte, das Fahrzeug auf der Straße zu halten. »Es hat keinen Sinn, nach einem Schuldigen zu suchen. Ich bin sicher, sie war über den aktuellen Stand der Entwicklung nicht ausreichend informiert.«

»Informiert zu sein gehört aber zu ihrem Job. Schließlich ist sie es, die uns um die ganze Welt scheucht. Sie sitzt ja in ihrem warmen Nest in der Schweiz und macht sich nicht die Finger schmutzig.« Ella fühlte, wie ihre Wut langsam verrauchte. Mit einem Seufzen lehnte sie sich zurück. »Ach verdammt, Sie haben ja Recht. Ich bin einfach nur müde«, sagte sie. »Ich weiß nicht, wie es Ihnen geht, aber ich habe seit Tagen nicht mehr richtig geschlafen. Ich habe immer geglaubt, ich würde einiges aushalten, aber verglichen mit Ihnen bin ich ein echter Waisenknabe. Mein Pullover kratzt, ich habe Hunger, und ich wünsche mir nichts sehnlicher, als ein warmes Bett.« Sie spürte, wie ihre Augen sich mit Tränen füllten. »Oh, wie ich diesen Job hasse ...«

»Wir werden jetzt erst mal auf die Straße zurückkehren und in dem Rasthof einkehren, den wir vor zwei Stunden passiert haben. Dort werden Sie sich ausruhen, während ich mit Madame Kowarski Kontakt aufnehme. Versuchen Sie eine Runde zu schla...« Wie aus dem Nichts tauchte in diesem Moment eine dunkle, zottelige Gestalt vor ihnen auf. Martin reagierte sofort.

Er riss das Lenkrad herum und trat auf die Bremse. Der Wagen begann zu schlingern und zu taumeln und kam dann mit einer sanften Drehung zum Stillstand. Eine Wolke aus aufgewirbeltem Schnee hüllte das Fahrzeug ein.

»Was zum Henker war denn *das?*«

Ella drehte sich um, konnte aber nichts erkennen.

»Haben Sie es erkennen können? Sah beinahe aus wie ein Bär. Soll ich mal nachsehen?«

»Auf gar keinen Fall. Wenn es wirklich ein Bär war, sollten wir ...«

In diesem Moment tauchte die dunkle Gestalt neben Ellas Fenster auf. Sie hob eine Pranke und klopfte gegen die Tür.

Ella hielt die Luft an. Das war keine Pranke, es war eine Hand. Eine Hand, die von dicken Lagen Stoff umhüllt war. Es war auch kein Bär, sondern ein Mensch. Bis zur Unkenntlichkeit eingehüllt in dicke Felle, die Füße in breiten Schneeschuhen steckend, lugten nur seine Augen und ein Teil der Nase aus der Kapuze hervor. Der Typ sah wirklich Furcht erregend aus. Betroffen erblickte sie das Gewehr in seinen Händen. War das ein Überfall? Wenn ja, warum richtete er die Waffe nicht auf sie? Das Gewehr über den Rücken gehängt, breitete die Erscheinung ihre Hände in einer Geste des Friedens aus. Ella wollte schon aufatmen, da bemerkte sie den grauen Schatten. Es war ein Wolf, ein gewaltiges Tier, dessen Fell mit Schnee und Eis verkrustet war. Ganz ruhig und aufmerksam stand er da und blickte sie aus stahlgrauen Augen an. Langsam begann sie zu verstehen. Die Fellkleidung, das Gewehr, der Wolf – der Mann war wahrscheinlich Jäger. Und er sah aus, als wollte er ihnen irgendetwas mitteilen. Als er Ellas besorgten Blick bemerkte, winkte der Mann den Wolf beiseite. Dieser trottete folgsam auf die andere Seite der Straße und legte sich dort in den Schnee. Dann bedeutete ihr der Mann, sie möge die Scheibe herunterkurbeln.

»Nicht.« Konrad Martin legte ihr besorgt seine Hand auf die Schulter. »Wir wissen nicht, was er will.«
»Wir werden es nicht erfahren, wenn wir nicht mit ihm reden.« Sie drehte die Scheibe herunter. Sofort stach der Wind eiskalt ins Innere des geheizten Wagens.
Der Mann hob die Hand zum Gruß und zog sich dann den Stoff vom Gesicht. Er war mindestens fünfzig. Seine Haut war wettergegerbt, und seine strahlend blauen Augen hatten die Form von Mandeln.
»Priwjét. Wy gawaríti parússki?«, fragte er mit dunkler Stimme.
»Was sagt er?« Ella hatte keinen Ton verstanden.
Martin beugte sich zu ihr herüber. »Er will wissen, ob wir russisch sprechen. *Ja gawarjú parússki*«, sagte er, und fügte dann hinzu: *»Nimnóga.«*
Der Mann nickte. Dann sagte er: *»Minjá sawút Alexej. Kak wass sawút?«*
»Dr. Martin. Eta majá ssatrúdnitsa Dr. Jordan.«
»Ja rat sswámi pasnakómitsa. Atkúda wy prijéchali?«
»Er heißt Alexej. Er will wissen, woher wir kommen und was wir hier wollen.«
»Sagen Sie es ihm nicht. Sagen sie ihm, wir wären amerikanische Touristen und hätten uns verfahren.«
Martin übersetzte und es dauerte eine Weile, bis er fertig war.
»Amerikanseij, he?« Der Mann ging um das Autor herum und warf einen Blick durch die Heckscheibe. Als er wieder zurückkam, schüttelte er den Kopf.
»Njet mnje eta ninrawits.« Er klopfte mit seiner Hand gegen die hinteren Scheiben des Wagens, wo, von Wolldecken unzureichend bedeckt, Teile des wissenschaftlichen Equipments hervorlugten.
Martin schüttelte den Kopf. »Er glaubt uns nicht. Er sagt, wir wären Wissenschaftler. Er fragt, ob wir zu VEKTOR gehören.«

Ella ließ die Schultern hängen. »Hat keinen Sinn, ihm was vorzumachen. Sagen Sie ihm die Wahrheit. Fragen Sie ihn, ob er die Leute kennt und ob er einen Weg weiß, wie man dort hineinkommt. Vielleicht kann er uns ja helfen.«

Es dauerte eine Weile, bis Martin übersetzt hatte, aber als er fertig war, glaubte Ella eine Veränderung im Gesicht des Mannes zu entdecken. Mit einem Mal sah er nicht mehr so misstrauisch und abweisend aus. Er lächelte sogar und ließ eine Reihe von Goldzähnen aufblitzen. Er antwortete lang und ausführlich, und als er endete, tat er dies mit der Frage: *»Moschna wass priglassit' nauschyn?«*

»Er möchte wissen, ob wir ihm zum Abendessen Gesellschaft leisten möchten. Er sagt, er wisse, wonach wir suchen. Er habe es mit eigenen Augen gesehen.«

Ella blickte erstaunt. Ohne lange zu überlegen, nickte sie. *»Da.«*

»Sind Sie noch ganz bei Trost?« Professor Martin legte seine Hand auf ihre Schulter. »Sie haben zugesagt.«

»Ich weiß.«

»Ist das ihr Ernst? Wir können ihm nicht trauen. Was, wenn er vorhat, uns umzubringen und auszurauben. Mir ist schon so einiges zu Ohren gekommen über diese Steppenvölker. Diese Leute leben in einer harten und rauen Umgebung. Hier gelten andere Sitten. Die fackeln nicht lange, wenn es um ihre eigenen Interessen geht.«

»Jetzt seien Sie doch nicht immer so misstrauisch, Sie alter Misanthrop.« Ella lächelte ihm zu. »Ich glaube, er meint es ehrlich. Auch wenn mir dieser Wolf nicht behagt, wir müssen jedem Hinweis nachgehen – so unbedeutend er auch erscheinen möge. Sie haben doch gesehen, wie die mit uns vorhin umgesprungen sind. Wir haben keine Chance, dort hineinzukommen«, sie deutete in die Richtung, aus der sie gekommen waren. »Wenn er wirklich etwas weiß, dann ist er im Moment unsere beste Option.«

»Hm.« Konrad Martin legte die Stirn in Falten. »Na gut. Aber auf Ihre Verantwortung.« Er wandte sich an den Fremden. *»Kak daliko do dom?«*

Die Antwort folgte prompt. *»Tritsat' minut pischkom.«* Der Mann deutete in Richtung Osten.

»Er sagt: Bis zu seinem Haus sind es dreißig Minuten in diese Richtung. Zu Fuß. Das heißt, wir müssen das Auto hier irgendwo abstellen. Sind Sie sicher, dass Sie das wirklich wollen?«

»Absolut. Ich habe die letzten Tage nur gesessen. Ich fühle mich so flach und fad wie ein Pfannkuchen. Die Bewegung wird uns gut tun. Kommen Sie, stellen Sie das Auto dort drüben hinter die verkümmerte Birke. Wenn das Wetter anhält, wird es in kurzer Zeit zugeschneit sein und aussehen wie ein kleiner Hügel. Wir wollen ja kein unnötiges Aufsehen erregen.«

»Und unser Gepäck?« Martin war immer noch unwillig.

»Nur das Nötigste. Schlafsäcke und etwas Kleidung zum Wechseln. Ist ja nur für eine Nacht. Kommen Sie, geben Sie sich einen Ruck.«

»Sie werden diese Entscheidung noch bedauern. Aber was soll's. Gegen Ihren Dickkopf komme ich sowieso nicht an.« Ein schwaches Lächeln stahl sich auf sein Gesicht. Er manövrierte den Lada hinter die Birke und stellte ihn so ab, dass er von der Straße aus kaum zu sehen war. Dann griff er nach einer Umhängetasche, zog seine Winterjacke an und stieg aus. Ella tat es ihm gleich. Sie vergewisserte sich noch einmal, dass sie nichts vergessen hatte, dann zog sie ihren eigenen Autoschlüssel heraus und schloss die Tür auf ihrer Seite. Die Luft war erfüllt von Schneekristallen, die der Ostwind nadelscharf über die Haut blies. Ella zog den oberen Rand ihres Rollkragenpullovers über Mund und Nase und setzte die Kapuze auf. Sie sah jetzt aus wie eine kleinere Version des Fallenstellers.

Der Mann wartete an der Straße auf sie. Sein Wolf war wieder neben ihm, doch Ella bemerkte sofort, dass er sich nicht für sie interessierte. Die Schnauze schnuppernd in die Höhe haltend, schien er zu prüfen, wie sich das Wetter entwickelte. Der Mann deutete auf die Wand aus dunklen Wolken, die sich rasch näherte, und richtete einige Worte an Martin.

»Was sagt er?«, erkundigte sich Ella.

»Wir bekommen heftigen Schneefall«, übersetzte Martin. »In einer Stunde, vielleicht weniger. Wir sollen uns beeilen.«

»Worauf warten wir dann noch?« Ella schulterte ihre Tasche und gab ihrem Führer ein Zeichen. Der Mann wandte sich um und begann die Straße, ihre einzige Verbindung zur Zivilisation, in östlicher Richtung zu verlassen. Mitten hinein in die menschenleere Tundra. Ella und der Professor folgten ihm.

Nur wenige Minuten später waren ihre Spuren vom Schnee bedeckt. Es schien, als wären sie niemals hier gewesen.

32

Es begann bereits dunkel zu werden, als sich die Konturen eines Hauses aus dem Schneegestöber schälten. Ella musste zweimal hinsehen, ehe sie überzeugt war, sich nicht geirrt zu haben. Nun ja, Haus war vielleicht übertrieben. *Behausung* hätte es besser getroffen. Gezimmert aus groben Baumstämmen und gedeckt mit Riedgras, schmiegte es sich an die Flanke eines steilen Felsabbruchs, rechts und links flankiert von schütteren Bäumen. Der Wind hatte den Schnee auf der einen Seite bereits zu einem Hang angehäuft. Es würde nicht mehr lange dauern, dann war die Hütte komplett bedeckt. Dann würde nur noch der Schornstein aus der weißen Pracht herausschauen.

Der Jäger, den seine breiten Schuhe mühelos über den Schnee trugen, war ihnen vorausgeeilt und schaufelte die Tür frei. Es dauerte eine Weile, dann verschwand er im Innern seiner Hütte und entzündete ein Licht. Die gelbe Flamme wirkte wie ein Leuchtturm in der Nacht. Ella bemerkte, dass der Professor Schwierigkeiten beim Gehen hatte. Immer wieder strauchelte er oder musste anhalten, um zu verschnaufen. Merkwürdig, sie selbst hatte keine Probleme – trotz der eisigen Kälte. Sie griff ihm unter den Arm und warf einen kurzen Blick unter seine Kapuze. Er sah mitgenommen aus. »Was haben Sie denn? Geht es Ihnen nicht gut?« Sie blieb stehen und betrachtete ihn prüfend. Seine Haut war fahl, und seine Augen brannten mit fiebrigem Glanz. Sein Bart, dessen scharf begrenzte Kontur seinem Gesicht einen energischen Ausdruck verlieh, wirkte wie ein schwarzer Strich auf hellem Papier. »Es geht schon«, murmelte er und schob ihren Arm beiseite. »Mir geht es gut.« Der glänzende Blick und das Zittern in seiner Stimme straften seine Worte Lügen. »Wenn es Ihnen nichts ausmacht, würde ich unsere Unterhaltung gern im Warmen fortsetzen.« Damit ließ er sie stehen und taumelte auf das Haus zu.

Ella folgte ihm mit einem unguten Gefühl. Gewiss, es war kalt, und der halbstündige Marsch durch kniehohen Schnee hatte auch sie angestrengt, aber das erklärte nicht den schlechten Zustand des Professors. Er sah krank aus. Hoffentlich nichts Ernstes. Der Zeitpunkt wäre mehr als ungünstig. Was, wenn er ernsthaft erkrankte? Der Russe hatte bestimmt keine Medikamente im Haus, abgesehen von Lebertran vielleicht. *Hör auf*, schalt sie sich selbst. Ängste nützen jetzt nichts. Sie waren hier, um etwas herauszufinden, und wenn das erledigt war, würden sie sofort wieder verschwinden. Wenn der Professor wirklich erkrankte, würde sie ihn mit Hilfe des Fallenstellers ins Auto verfrachten, und dann ab mit ihm ins nächste Krankenhaus. Kein Problem.

Ihr Gastgeber hatte sich inzwischen seiner Pelzbekleidung entledigt. Er stand an der Tür und winkte sie herein. *»Prachaditi paschalssta, prachaditi paschalssta.«* Sie folgten seiner Einladung und betraten das Haus. Mit energischem Schwung schlug der Mann die Tür zu und legte den schweren Riegel vor. Im Kamin züngelten bereits erste Flammen. Eine Petroleumlampe spendete gedämpftes Licht.

Ella sah sich um. Die Hütte war wirklich spartanisch eingerichtet. Ein Bett, ein Schrank, ein Tisch mit vier Stühlen, sowie einige klapprig aussehende Regale, in denen allerlei Werkzeuge lagen. In einer Ecke des Raumes stapelten sich eiserne Schnappfallen, und an den Wänden hingen Felle in jeder Größe und

Form. Ihnen entströmte ein Geruch, der Ella unangenehm in die Nase stieg. Süßlich und irgendwie moderig schien er die gesamte Hütte zu durchdringen. Jede Fuge, jede Ritze und jeden Balken. Das Holz der Decken und Wände war beinahe schwarz, und Ella hegte keinen Zweifel daran, dass es sich über die Jahre durch den Gestank verfärbt hatte.
»Prissaschywajtiss' paschalssta.« Der Russe deutete mit einer einladenden Geste auf die Stühle. Professor Martin ließ sich das nicht zweimal sagen. Schwer atmend ließ er sich auf einen der wackeligen Stühle sinken. Die Arme auf den Tisch gestützt und den Kopf gesenkt, sah er wirklich erbärmlich aus. Ihr Gastgeber deutete auf ihn und stellte eine Frage, die Ella nicht verstand. Entschuldigend zuckte sie mit den Schultern.
»Fühlt er sich nicht wohl?« Die Frage war in verständlichem, wenn auch gebrochenem Englisch. Ella hob überrascht den Kopf.
»Sie sprechen unsere Sprache?«
»Nur ein wenig, fürchte ich. Ich habe sie lange nicht mehr gesprochen. Ist etwas – wie sagt man – *eingeschlafen?*
»Eingerostet. Aber warum haben Sie denn nichts gesagt?«
Alexej grinste. »Sie haben nicht gefragt. Was ist mit Ihrem Kollegen?«
»Ich weiß es nicht«, erwiderte Ella besorgt. »Vorhin im Auto war noch alles in Ordnung. Vielleicht hat er sich überanstrengt. Vielleicht ist es die Kälte.«
Der Russe nickte. »Kommen Sie. Helfen Sie mir, ihn neben das Feuer zu legen. Er sieht aus, als würde ihm etwas Schlaf gut tun.« Ella half, dem Professor Stiefel und die Mütze auszuziehen, dann legten sie ihn auf ein paar Decken, die Alexej in der Nähe des Kamins ausgebreitet hatte. Konrad Martin war wirklich in einem erbärmlichen Zustand. Er schlotterte am ganzen Leib, und seine Haut hatte die Farbe von Beton. »Ich weiß auch nicht, was mit mir los ist«, stammelte er, die Worte nur mühsam

hervorpressend. »Ich fühle mich, als wäre ich unter einen Bus gekommen.«
»Wahrscheinlich ein grippaler Infekt«, versuchte Ella ihn zu beruhigen. »Sie sollten jetzt erst mal eine Runde schlafen. Ich werde ihnen noch ein paar Decken auflegen. Schwitzen Sie schön, das ist die beste Medizin.« Sie lächelte. »Hat zumindest meine Großmutter immer gesagt. Morgen werden Sie sich bestimmt besser fühlen. Was schnell kommt, geht auch meistens wieder schnell.« Sie breitete noch eine Decke über ihm aus. Dann legte sie ihre Hand auf seine Stirn. Sie war eiskalt. »Schlafen Sie schön. Ich komme hier schon klar.«
Martin schenkte ihr noch ein entschuldigendes Lächeln, dann schloss er die Augen. Binnen Sekunden war er eingeschlafen. Ella stand auf und setzte sich neben den Russen, der soeben ein Kaninchen aus seinem eiskalten Vorratsschrank geholt hatte. Augenscheinlich ihr Abendessen. Mit ruhigen, kraftvollen Bewegungen machte er ein paar Schnitte an Vorder- und Hinterläufen sowie am Hals, dann zog er dem Tier das Fell ab wie einen Handschuh. Der Wolf, der bisher ruhig in der Ecke gelegen hatte, kam näher und fuhr sich mit der Zunge ums Maul. Ella konnte einen Blick auf seine riesigen Zähne werfen. Er war offenbar genauso hungrig wie sie.
»Schläft er?« Alexej weidete das Kaninchen aus und warf dem Wolf die Innereien zu. Er schnappte sie noch in der Luft und verzog sich damit wieder in den dunklen Teil der Hütte.
»Ja.« Ella unterdrückte ihr Unwohlsein, das sie angesichts des Schmatzens und Reißens befiel. »Ich hoffe, es ist nichts Ernstes. Ich bin ehrlich gesagt recht besorgt. So habe ich ihn noch nie gesehen.«
»Wird schon werden«, sagte der Jäger und schlug dem Kaninchen den Kopf ab. »Wenn er nachher immer noch so blass ist, werden wir ihn mit etwas Wodka einreiben. Das bringt die Lebensgeister zurück. Apropos: Möchten Sie einen Schluck?«

Sie überlegte kurz, dann nickte sie. »Gern. Ich könnte jetzt etwas für die Nerven brauchen.«
Der Mann stand auf, nahm einen Eisenspieß, der neben dem Kamin stand und rammte ihn dem unglücklichen kleinen Nager durch den After, dass er vorn am Hals wieder austrat. Dann hängte er das Tier über das Feuer. Mit einer halbvollen Flasche sowie zwei Wassergläsern kehrte er an den Tisch zurück. Er goss randvoll ein, schob Ella ein Glas zu und hob seines zum Gruß. *»Nastorovje.«*
»Nastorovje.« Ella beobachtete, wie er den Wodka mit einem Schluck austrank. »Gott steh mir bei«, murmelte sie und tat es ihm gleich. Die Flüssigkeit bahnte sich ihren Weg bis zum Magen und entfachte dort ein wärmendes Feuer. Ella hob erstaunt die Augenbrauen. Wenn sie gedacht hatte, in einer solch armseligen Hütte nur minderwertigen Fusel serviert zu bekommen, so sah sie sich getäuscht. Der Wodka war erstklassig. Um ehrlich zu sein, hatte sie noch niemals einen besseren getrunken. *»Spassíba«*, sagte sie und lächelte ihren Gastgeber an. »Er ist sehr gut.«
»Njesaschta.« Der Jäger nickte zufrieden. Dann goss er den Rest der Flasche in ihr Glas. Ella schüttelte den Kopf. »Jetzt haben Sie Ihren letzten Wodka geopfert. Das kann ich unmöglich annehmen. Bitte nehmen Sie meinen. Ich vertrage sowieso nicht so viel.«
Das Grinsen auf seinem Gesicht wirkte irritierend. Als er aufstand und sie zu sich in seinen Vorratsraum winkte, befiel Ella eine ungute Vorahnung. Es dauerte eine Weile, ehe sich ihre Augen an das Dämmerlicht gewöhnt hatten. Doch als sie einzelne Formen in der Dunkelheit ausmachen konnte, entdeckte sie zwischen Konservendosen, ganzen getrockneten Schinken und Kartoffelsäcken mindestens zwanzig verdächtig aussehende Flaschen, jede mit demselben markanten Etikett. Ihre Hoffnungen schwanden. »Oh mein ...«

Das Lächeln des Jägers wurde noch breiter. »Greifen Sie zu. Ich habe mehr als genug.«
Ella hob lachend die Hände. »In Ordnung, Alexej, ich gebe mich geschlagen. Das ist genug Alkohol, um zehn russische Winter zu überstehen. Mein Bedarf ist gedeckt. Wenn Sie mich betrunken machen wollen, muss ich Sie warnen. Ich kann äußerst mitteilsam werden, wenn ich zu viel getrunken habe.«
Der Jäger runzelte die Stirn. »Was ist das ... *mitteilsam?* Ich kenne dieses Wort nicht.«
»Geschwätzig. Schlimmer als eine Babuschka auf einem Markt. Wenn ich einmal in Fahrt bin, höre ich so bald nicht wieder auf. Glauben Sie mir, das wollen Sie nicht wirklich erleben.«
Alexej ließ ein dröhnendes Lachen hören und verriegelte die Tür. »Die Schwägerin meiner Mutter war Marktfrau auf einem Gemüsemarkt. Sie war ein gemeines Biest. Hat uns Kinder oft verprügelt. Ich habe Ihre Warnung verstanden. Wenn Sie noch einen Schluck wollen, bedienen Sie sich einfach.« Er wandte sich wieder dem Kaninchen zu. Das Tier hatte in der Zwischenzeit eine herrlich dunkelbraune Kruste bekommen. Es roch besser als erwartet.
»Wo haben Sie eigentlich unsere Sprache gelernt, Alexej?«, fragte Ella, an einem Stück Pirogge nagend, das in einer geflochtenen Schale auf dem Tisch stand. Dass es alt und trocken war und die Füllung nach einer Mischung aus Pilzmehl und Sägespänen schmeckte, störte sie nicht im Geringsten. Hauptsache, etwas zu essen.
»Ich habe viele Jahre beim Bau von Pipelines gearbeitet. Hauptsächlich für ausländische Firmen. Dort ließ sich in den neunziger Jahren, nach der Perestroika, gutes Geld verdienen. Dort wurde Englisch gesprochen. Wer das nicht konnte, flog. Also habe ich ein paar Kurse besucht und mir Bücher gekauft«, er wies auf das windschiefe Regal, in dem einige zerfledderte Schulbücher standen. »Hab dann aber irgendwann aufgehört.«

»Warum?«

»Ich habe einen Mann getötet.« Er griff ebenfalls nach der Pirogge. »Danach hatte ich die Wahl; entweder ins Gefängnis oder untertauchen. Und glauben Sie mir, die Geschichten, die Sie über sibirische Gefängnisse gehört haben, reichen nicht mal annährend an die Wirklichkeit heran. Es ist die Hölle. Abgesehen davon gefällt mir das Leben in der Einsamkeit. Die frische Luft, die Weite des Himmels, meine Freundin Lajka an meiner Seite«, er deutete auf den Wolf, der seine Mahlzeit beendet und sich wohlig eingerollt hatte. »Ich möchte dieses Leben um nichts in der Welt missen.«

»Sie haben jemanden umgebracht?«, Ellas Gedanken kreisten immer noch um dieses eine Wort.

»Er hatte es verdient.« Alexej holte den Spieß aus dem Feuer und legte den Braten auf ein großes Holzbrett. »Sein Name war Boris. Hat als Spitzel für die russische Mafia gearbeitet. Sie wissen schon, Erpressung von Schutzgeld und der ganze Mist.« Er zog sein Jagdmesser heraus und trennte den Hinterlauf mit einem gekonnten Schnitt ab. Dann legte er das Fleisch auf Ellas Teller. »*Kuschajti nasdarow'je*. Fangen Sie an, ehe es kalt wird. Ich will Sie wirklich nicht mit alten Geschichten langweilen.«

»Ich langweile mich keineswegs«, sagte Ella mit vollem Mund. Das Fleisch war köstlich, aber irgendwie fiel es ihr gerade schwer, sich auf ihr Essen zu konzentrieren. »Bitte erzählen Sie doch weiter.«

Er zuckte die Schultern. Dann setzte er sich hin und begann ebenfalls zu essen. »Wie Sie wollen«, sagte er schmatzend und spülte das Fleisch mit einem Schluck Wodka hinunter. »Ich habe damals brav gezahlt. Wollte keine Scherereien. Außerdem bekam man gutes Geld. Nicht so mein Freund Anatoli. Er hatte Familie zu Hause, drei Kinder. Er brauchte jeden Rubel. Er hat sich geweigert zu zahlen. Hat versucht, sich gegen die Erpresser zu organisieren. Eines Tages fand man ihn, gekreuzigt an einem

Pipelinerohr. Den Körper mit Schweißbrennern beinahe bis zur Unkenntlichkeit entstellt. Wir alle wussten, wer das getan hatte. *Sie* waren es. Die Gesichtslosen, die Feiglinge. Eines Tages kam Boris zu mir und sagte es mir offen ins Gesicht. Er sagte, ich solle es nicht persönlich nehmen, es diene lediglich der Abschreckung. Wir sollten alle ruhig weiterarbeiten und zahlen wie bisher, dann wäre alles in Ordnung.«

»Und?«

»Ich habe ihn getötet, vor versammelter Mannschaft. Mit meinem Messer. Niemand kam ihm zur Hilfe. Alle haben zugesehen, wie er verblutete. Und als es mit ihm zu Ende ging, sah ich den Respekt in ihren Augen. Alle wussten, dass ich nicht bleiben konnte. Also hab ich meine Tasche gepackt und bin gefahren. Hierhin, ins Haus meines Großvaters. Meine Ersparnisse habe ich Anatolis Familie geschickt. Hier draußen braucht man ja nicht viel.« Ein trauriges Lächeln stahl sich auf sein Gesicht. »Manchmal ist es etwas einsam, das gebe ich gern zu. Aber Geld? Geld ist hier draußen ohne Bedeutung.« Er seufzte. »Jetzt wissen Sie es also. Sie werden diese Nacht mit einem Mörder verbringen. Ich hoffe, Sie können trotzdem ruhig schlafen.«

Es war kurz nach Mitternacht, als Ella von einem seltsamen Geräusch geweckt wurde. Es war ein Scharren, als würde etwas über den Boden kratzen. Sie schlug die Augen auf. Der fahle Mond zeichnete ein leuchtendes Quadrat auf den Boden, während er einen Lichtstrahl durch das eisverkrustete Fenster schickte. Sie richtete sich auf und blickte nach draußen. Der Sturm hatte aufgehört. Verschwommen erkannte sie eine winterliche Landschaft, die im blauen Licht des Mondes wie eine Szene aus einem russischen Märchen wirkte. Sie drehte sich um, während sie nach der Ursache für dieses seltsame Geräusch forschte. Der Professor und sie lagen auf einem Lager aus

Decken und Fellen auf dem Boden, während der Jäger auf der anderen Seite des Raumes in seinem Bett lag. Der Wolf hatte sich neben ihn gelegt und schien ebenfalls tief zu schlummern. Beide gaben ein leises Schnarchen von sich. Im Kamin knackten die letzten Überreste des abendlichen Feuers, während die Glut langsam erkaltete und zu Asche zusammenfiel. Es würde ein eisiger Morgen werden. Ella strich sich übers Gesicht. Während ihre Augen suchend in der Dunkelheit der Hütte umherspähten, schwirrten ihr Fragmente von Alexejs Erzählung durch den Kopf. Der Mord – seine Flucht – die Entdeckung der Kugel – all das vermengte sich in ihrem Traum zu einem heillosen Durcheinander aus Fakten und Fiktion. Der schwer verdauliche Kaninchenbraten sowie das Übermaß an Alkohol taten ein Übriges. Doch so verwirrend der Traum auch gewesen sein mochte, es stand fest, dass die Reise kein völliger Reinfall war. Alexej hatte ihr ausführlich von seinem Fund berichtet. Sämtliche Details, angefangen von dem blendenden Licht über die Hitze bis hin zu den Erdstößen. Seine Entdeckung ließ nur einen Schluss zu. Hier lag ein weiteres dieser mysteriösen Objekte. Seinen Abmessungen und der Beschaffenheit seiner Oberfläche nach schien es identisch mit der Atacama-Kugel zu sein.

Sie fragte sich allerdings sorgenvoll, was das Staatliche Forschungszentrum für Virologie und Biotechnologie, das unter dem Namen VEKTOR bekannt war, mit dem Fund plante. Es hatte bereits Tote gegeben. Das hielt die Forscher aber nicht davon ab, das Objekt weiterhin zu untersuchen und es wie ein Schwarm von Fliegen zu umkreisen. Neugier überwog Furcht, so war es schon immer gewesen. VEKTOR hatte Verbindungen zum Militär. Was das bedeutete, davon konnte Ella ein Lied singen. Nicht auszudenken, was alles geschehen konnte, wenn jemand das Geheimnis dieser Kugeln entschlüsselte und die Informationen in falsche Hände leitete. Es gab so viele Wenn und Aber, dass einem schlecht werden konnte.

Ella gähnte. Sie war müde. Und morgen war schließlich auch noch ein Tag. Das Geräusch, das sie geweckt hatte, war schon so gut wie vergessen.
Sie wollte sich gerade wieder hinlegen, als sie es erneut hörte. Es klang, als wäre es direkt neben ihrem Ohr. Ein Knirschen, als würde jemand mit den Zähnen ...
Sie beugte sich zu ihrem Kollegen hinüber und sah sofort, dass etwas nicht stimmte. »Professor? Ist Ihnen nicht gut?« Das Gesicht von Konrad Martin war schweißüberströmt, seine Augen weit aufgerissen. Den Mund hatte er geöffnet, und zwischen seinen zusammengepressten Zähnen drang weißer Schaum hervor.
»Oh Gott, was haben Sie denn? Sagen Sie doch etwas.«
Sie legte ihre Hand auf seine Stirn. Er glühte. Zwischen seinen Zähnen drangen unartikulierte Laute hervor. Er schien ihr etwas sagen zu wollen. Sie hielt ihr Ohr an seinen Mund.
»Kälteschock ...«, konnte sie verstehen und dann noch ein anderes Wort: *»... Naniten.«*
Er war im Delirium und redete wirres Zeug. Der Mann hatte einen Fieberschub, so viel war klar. Zum Glück wusste Ella noch, was zu tun war. Kinder bekamen öfter hohes Fieber und Cathy war da keine Ausnahme gewesen. Sie musste den Hitzestau beseitigen und seinen Körper abkühlen, notfalls mit kalten Wickeln. »Kommen Sie«, sagte sie, »ich werde Sie unter das Fenster legen. Dort ist es am kühlsten. Und dann werde ich Ihnen diese Thermojacke ausziehen. Wir hätten Sie gleich von diesem unbequemen Ding befreien sollen.« Sie zog und zerrte an ihm, bis er unter dem Fenster lag. Kein leichtes Unterfangen bei seinem Gewicht. So dürr der Mann auch war, er wog gut und gern neunzig Kilo. Während sie sich mit ihm abrackerte, faselte er unentwegt wirres Zeug. Das meiste verstand sie nicht, es klang nach einer unbekannten Sprache, aber es gab ein Wort, das er immer und immer wieder wiederholte. Sie musste ganz

genau hinhören, um es zu verstehen, aber nach dem dritten Mal war sie sich sicher. Es lautete *Ticken.*

»Ticken? Was meinen Sie damit, Professor«, fragte sie, während sie ihn gegen die Holzwand lehnte und begann, ihm seine Jacke auszuziehen.

»Das Ticken ...«, brabbelte er, »es beginnt mit einem Ticken ... im Meer wird es anfangen ... danach weitet es sich aus ... erst vereinzelt, dann flächendeckend, über den gesamten Planeten ... kräftig, synchron und unaufhaltsam ... niemand ahnt, was es ist ... niemand kann sich vorstellen, was es bewirkt ... und das ist gut so ... so soll es bleiben ... wüssten sie es, sie würden schreien vor Angst.«

»Jetzt hören Sie aber auf«, sagte Ella, während sie ihm den Pullover auszog. »Bei Ihrer Art zu reden kann man es ja mit der Angst zu tun bekommen. Sie sind nur ein bisschen überhitzt, das ist alles. Nur noch einen kleinen Moment, dann geht es Ihnen wieder besser. Notfalls habe ich noch etwas Chinin in der Arzneitasche. Wenn alles nicht hilft, damit klappt es bestimmt.«

Unvermittelt tauchte der Wolf neben ihr auf. Es gelang ihr gerade noch, einen Schrei zu unterdrücken. »Bist du wahnsinnig, mich so zu erschrecken?«, zischte sie. »Was sind denn das für Manieren, sich einfach so anzuschleichen?« Sie legte ihre Hand auf sein weiches Fell und begann ihn hinter den Ohren zu kraulen. »Wie war noch mal dein Name? Ah ja, Lajka.« Sie lächelte. »Also, Lajka, damit das klar ist, nicht mehr anschleichen, okay? Ich hätte fast einen Herzinfarkt bekommen. Jetzt hilf mir mal, den Professor weiter auszuziehen.« Natürlich erwartete sie nicht wirklich Hilfe. Sie redete einfach leise vor sich hin, um ihre Nervosität und ihre Besorgnis in den Griff zu bekommen. Womit sie aber überhaupt nicht gerechnet hatte, war der Wolf, der auf einmal zu knurren begann. Er zog die Schnauze in Falten und bleckte die Zähne. »Was ist denn los? Was regst du dich denn so auf?«, fragte sie, während sie versuchte, dem Professor den Pullover über den Kopf zu ziehen. Sein Unterhemd rutschte hoch und ließ sie einen kurzen Blick auf seinen Oberkörper werfen. Das Mondlicht fiel auf seine Haut, und für einen kurzen Moment glaubte sie, etwas gesehen zu haben. Ein seltsames Muster, das vom Bauchnabel aufwärts in Richtung Brust wanderte.

Der Wolf knurrte erneut, diesmal nachdrücklicher. Er senkte den Kopf und klemmte den Schwanz zwischen die Hinterbeine. Ella wusste genug über das Verhalten von Tieren, um zu erkennen, dass er vor irgendetwas Angst hatte.

Martins Stimme hatte unterdessen eine andere Färbung angenommen. Hatte er vorher noch leise und unzusammenhängend gebrabbelt, so war der Klang jetzt schärfer.

»Altipiano«, fauchte er, *»San Martino ... Porca miseria.* Ihr werdet alle sterben ... Sie werden nicht zulassen, dass ihr das Geheimnis erfahrt ... geschweige denn, dass ihr es lösen könnt ... Oh nein, so weit seid ihr noch nicht.« Ein Keuchen entrang sich seinen Lippen. *Er lachte.* Ella lief es kalt über den Rücken.

Von dem Lärm war jetzt auch Alexej erwacht. Schlaftrunken und immer noch umnebelt vom Wodka kam er herangewankt und rieb sich die Augen. »Was ist mit ihm? Immer noch Fieber?«

»Es ist schlimmer denn je«, sagte Ella. »Akuter Hitzestau. Ich versuche gerade, ihn wieder abzukühlen.«

Der Fallensteller ging neben dem Professor in die Hocke und befühlte seine Stirn. Sein Ausdruck war ernst. »Wir müssen ihm helfen, *sofort.* Ihn mit Schnee einreiben, irgendetwas. Wenn er nicht in ein paar Minuten eine niedrigere Körpertemperatur bekommt, wird er sterben.«

Ella stimmte ihm in Gedanken zu – doch noch ehe sie etwas erwidern konnte, hatte sie eine Idee. Dies war vielleicht ihre einzige Chance, etwas aus Professor Martin herauszubekommen. Er wusste etwas, so viel war klar. Er wusste weit mehr als alle vermuteten, Helène eingeschlossen. Ihre gemeinsamen Reisen hatten sie gelehrt, dass sich hinter der Fassade eines trotteligen, in die Jahre gekommenen Akademikers ein scharfer Verstand verbarg, der alles genau beobachtete und bewertete. Die Art, wie er Ella immer wieder kleine Brocken hinwarf und sich an ihrer Ratlosigkeit erfreute, war symptomatisch.

»Was ist jetzt, helfen Sie mir oder nicht?« Alexej fing an, ungeduldig zu werden.

»Einen kleinen Moment noch. Ich muss erst noch mit ihm reden.« Sie kniete sich vor Professor Martin, ihr Gesicht auf Augenhöhe. Mit beiden Händen packte sie seinen Kopf und drehte ihn so, dass es unmöglich für ihn war, ihrem Blick auszuweichen. Ihre Gesichter waren nur noch eine Nasenlänge voneinander getrennt. Dann begann sie mit leiser, eindringlicher Stimme auf ihn einzureden. »Sagen Sie es mir, Professor. Was suchen wir hier? Woher stammen diese Kugeln? Was ist ihr Zweck?«

Martins Lippen öffneten sich. »Alt ... uralt ... kommen von den Sternen ... dienen der *Umformung.*«

»Was? Was soll umgeformt werden? Sagen Sie es mir.«

»Klima ... Lufthülle ... ist für sie nicht atembar ... zu viel Sauerstoff, zu wenig Stickoxide ... Temperatur zu niedrig ... muss umgeformt werden.«

»Wer tut das? Wer hat ein Interesse daran, unsere Atmosphäre umzuformen? Verdammt, Professor, machen Sie den Mund auf!«

Martins Körper wurde von einem erneuten Anfall geschüttelt. Er verdrehte die Augen, und erneut trat Schaum vor seinen Mund.

Alexej packte Ellas Arm und bog ihn nach hinten. »Jetzt habe ich aber genug«, knurrte er. »Sind Sie denn verrückt geworden? Ihr Freund stirbt Ihnen unter den Fingern weg, und Sie haben nichts Besseres zu tun, als ihm sinnlose Fragen zu stellen. Damit muss jetzt Schluss sein.«

»Lassen Sie mich los«, schrie Ella ihn an. »Ich muss herausbekommen, was er weiß. Es ist wichtig. Verstehen Sie denn nicht? Er ist der Schlüssel zu unserem Problem.«

»Das einzige Problem, dass ich sehe, ist, dass Sie ihren Freund und Kollegen sterben lassen wollen. Gehen Sie mir aus dem Weg.« Er packte Ella so hart am Arm, dass sie aufschrie. Sie kippte zur Seite und schlug mit dem Kopf auf den Holzboden. Sie richtete sich wieder auf und sah, wie der Fallensteller den Professor unter den Achseln packte und zur Tür schleifte. Dabei rutschte dessen Unterhemd hoch und entblößte die gesamte Bauchpartie. Das Licht des Mondes fiel auf die Haut. Ella unterdrückte einen Schrei. Was sie sah, ließ ihr das Blut in den Adern gefrieren. Mit einem Mal erinnerte sie sich wieder an den Anblick während der Tauchfahrt. Der Moment, als das Wasser ins Boot drang und sie alle geglaubt hatten, sterben zu müssen. Sie konnte sich an die merkwürdigen Flechten erinnern, die sich über den Riss gelegt und ihn verschlossen hatten. Sie hatte das nur für Einbildung gehalten. Was für ein Irrtum.

Alexej ließ den Körper des Professors los, als habe er einen elektrischen Schlag erhalten. Rückwärts taumelte er davon, stolperte und fiel rücklings zu Boden. Sofort war der Wolf da. Knurrend und zähnefletschend stellte er sich vor seinen Herrn. Ella fühlte ein Grauen in sich aufsteigen. Der Professor richtete sich auf und strich sein Hemd glatt. Er machte keinerlei Anstalten aufzustehen. Langsam, beinahe mechanisch, drehte er seinen Kopf und blickte in die Runde. Plötzlich hielt er inne und spitzte die Ohren. Es sah fast aus, als würde er einer fernen Musik lauschen. Aber da war nichts. Nur das Rauschen des Windes.

Ella atmete schwer. »Wer sind Sie?«, keuchte sie. »*Was* sind Sie?«

Martin wandte sich ihr zu. Ein feines Lächeln umspielte seine Lippen. Er schien eine Weile zu überlegen, dann sagte er: »Ich bin ... *viele.*« Ohne eine weitere Erklärung wandte er sich wieder zum Fenster. Er hob seine Hand. Sein Finger wippte, als würde er ein Orchester dirigieren. »Können Sie es hören?«, murmelte er. »Das Signal? Es hat begonnen ... *jetzt.*«

In diesem Moment wurde die Blockhütte von einem schweren Schlag erschüttert. Kurz darauf folgte ein weiterer, mindestens ebenso heftig. Staub rieselte von der Decke. Einige Dosen fielen aus den Regalen, polterten zu Boden und rollten über den Holzboden. Ein erneuter Schlag riss das Regal vollends aus seiner Verankerung. Wodkaflaschen zerplatzten und ergossen ihren Inhalt in den Raum.

Ella kannte das Gefühl. Sie wusste, was das war. Schlagartig war sie auf den Füßen. »Erdbeben«, keuchte sie. »Wir müssen hier raus.« Sie packte Alexej an der Hand und zog ihn hoch. Der Boden unter ihren Füßen wankte.

»Schnell, ehe die Balken herunterkommen.« Sie stieß die Tür auf und eilte nach draußen, den immer noch benommenen Fallensteller hinter sich herziehend. Der Wolf folgte ihnen auf dem Fuß. Als Letzter wankte Professor Martin aus dem Haus. Unter großer Anstrengung hatte er es in dem Durcheinander geschafft, sich seine Jacke und seine Stiefel zu krallen. Mit einem Krachen sackte ein Teil des Daches ein. Balken lösten sich aus den Seitenwänden und fielen in den Schnee. Der Schornstein wankte und kippte seitlich weg. Dann fiel auch der Rest des Hauses in sich zusammen. Es gab ein donnerndes Getöse, dann war es vorbei. Das Haus stand nicht mehr.

Ellas Blick fiel auf den Fallensteller. Mit einem völlig verwirrten, beinahe an Wahnsinn grenzenden Ausdruck im Gesicht blickte er an ihr vorbei in die Richtung, aus der sie gekommen waren. Dorthin, wo die Kugel lag.

Sie drehte sich um. Der Horizont sah aus, als stünde er in Flam-

men. Es war kein einzelnes Feuer, sondern eine einzige durchgehende Flammenwand. Schwarzer Rauch stieg empor, wurde von unten beleuchtet und erstickte das Licht des Mondes. Ferner Donner war zu hören, der sich Unheil verkündend mit dem Dröhnen der Erdkruste vermischte. Ella wusste sofort, was sie da sah. Es gab nur eine Kraft auf der Erde, die solch ein Schauspiel auslösen konnte.
Der Ausbruch eines Vulkans.

33

Das Zimmer war klein, kahl und ungemütlich. An den Wänden hingen ein paar gestickte Bergmotive in wurmstichigen Bilderrahmen, und auf einem wackeligen Beistelltisch stand ein Strauß Trockenblumen. Ansonsten gab es hier nichts, was für Erheiterung hätte sorgen können. Abgesehen vielleicht von einem Fernseher, dessen Bild müde aus einem nikotingelben Auge flimmerte. Ein Relikt aus einer Zeit, als derlei Geräte noch mit Zimmerantennen und analogem Sendersuchknopf ausgestattet waren.

Elias Weizmann, der sich in der *Pension Mary* im Rotlichtbezirk der Züricher Altstadt unter falschem Namen eingemietet hatte, war die Bildqualität egal. Ihn interessierte nur, dass ihn niemand nach seinem Ausweis fragte und er sich hier ungestört mit Leuten treffen und sein weiteres Vorgehen planen konnte. Der Inhalt der Sondersendungen, die seit dem heutigen Morgen ununterbrochen über den Äther flimmerten, bot Anlass zur Eile. Die Bilder waren erschreckend. Überall neue Vulkanausbrüche. Sie reichten vom Nordkap bis hinunter nach Tasmanien. Der gesamte pazifische Feuergürtel schien aufgebrochen zu sein und blies eine verheerende Ladung von Treibhausgasen in den Himmel.

Klimaforscher hatten eine Anreicherung der Atmosphäre mit Stickoxiden von über einem Prozent vorhergesagt, sollten sich die Aktivitäten nicht binnen der nächsten vier Wochen abschwächen. Eine Katastrophe. Das Klima würde sich auf der ganzen Welt zunehmend erwärmen. Die Folgen waren noch gar nicht abzusehen. Inzwischen befasste sich sogar der UN-Sicherheitsrat mit dem Problem. Es gab Tagungen und Sondersitzungen am laufenden Band. Internationale Geologenteams reisten ununterbrochen um den Erdball, maßen, sondierten und werteten aus. Auf der Website des USGS gab es kaum noch ein anderes Thema. Alle rätselten über die unvermittelten Aktivitäten und ihre Ursachen. Kaum jemand schien noch daran zu glauben, dass es sich um zufällige Einzelerscheinungen handelte. Es würde nicht mehr lange dauern, bis sie auf die Sache mit den Kugeln stießen.

Ein Fluch entrang sich seinen Lippen. Er griff nach seinem Medaillon und umschloss es mit seinen Händen. Wie in Trance bewegte er sich vor und zurück, während er über das Unheil nachdachte, das Helène Kowarski und ihr Team von unersättlich neugierigen Wissenschaftlern auf die Menschheit herabbeschworen hatten. Der Wissensdurst und der mangelnde Respekt vor den Gesetzen des Kosmos hatten das Unheil erst möglich gemacht. Jetzt war die Grenze überschritten und der schlafende Riese geweckt. Warum nur hatten sie nicht auf ihn gehört? Hätte man die Forschungen am Herzen des Berges eingestellt und die Marianenkugel unangetastet gelassen, wäre das alles nicht geschehen. Lag es an ihm? Hatte er etwas falsch gemacht? Tatsache war, dass er es nicht geschafft hatte, sie zu überzeugen. Seine Argumente schienen angesichts ihrer grenzenlosen Begeisterung für das fremde Objekt wirkungslos verpufft zu sein. Seine Sorgen, seine Befürchtungen, seine Skepsis, alles umsonst. Er war einfach kein guter Redner. Sei's drum. Die Zeit der Worte war ohnehin vorbei.

Obwohl Elias Weizmann äußerlich vielleicht nicht den Eindruck machte, so war er doch durch und durch eine Kämpfernatur, ausgebildet und trainiert in einer der besten Armeen, die es auf der Welt gab. Dass man ihn scherzhaft *Oberst* nannte, hatte einen durchaus realen Hintergrund, auch wenn er heutzutage nicht mehr gern darauf angesprochen wurde. Er war kein Mann, der gleich die Flinte ins Korn warf, wenn es mal brenzlig wurde.

Gut, Helène hatte einen Fehler gemacht. Einen verhängnisvollen Fehler. Aber das hieß nicht automatisch, dass dieser gleich in einem Verhängnis münden musste. Weizmann hatte den Posten als Leiter der Kowarski-Labors damals aus persönlichen Gründen abgelehnt. Ein Fehler, den es nun zu korrigieren galt. Helène musste das Feld räumen, so viel war klar. Ihre Faszination für das fremde Objekt war nicht nur Weizmann suspekt. Es gab noch andere außer ihm, die diese Dinger am liebsten zerstört gesehen hätten. Auch ihr Führungsstil war nicht unumstritten. Sie besaß viele Feinde innerhalb der eigenen Reihen, von denen einige zu Elias' engstem Freundeskreis zählten. Seit Jahren schon lagen sie ihm in den Ohren, er solle in die Chefetage zurückkehren, wieder mehr Verantwortung übernehmen und Madame Kowarski Paroli bieten. Jetzt schien der geeignete Augenblick gekommen zu sein. Helènes Macht begann zu bröckeln, das Bild von der makellosen Tochter des Firmengründers hatte Risse bekommen. Die Reaktion auf Schmitts Tod, die Kaltschnäuzigkeit und Pietätlosigkeit, mit der sie über den Verlust dieses geschätzten Mitarbeiters hinweggegangen war, hatte ihrem Ansehen schweren Schaden zugefügt. Hinzu kam, dass die Zeit auf seiner Seite stand. Mit jedem Tag, der ohne einen brauchbaren Lösungsansatz verstrich, schrumpfte Helènes Macht – und seine wuchs. Wenn jetzt noch ein weiterer Fehlschlag hinzukam, würde das Kartenhaus endgültig in sich zusammenfallen. Freiwillig würde sie nicht abtreten, daher musste er die Möglichkeit ins Auge fassen, sie aus dem Weg räumen zu lassen. Mittlerweile war er zu allem bereit. War sie nicht mehr am Ruder, ließ sich das Verhängnis vielleicht noch abwenden. Aber der Eingriff musste schnell und konsequent erfolgen. Es war nicht damit getan, hier und da eine dieser Kugeln zu zerstören. Nein, es musste ein koordinierter Gegenschlag erfolgen, einer mit globalen Ausmaßen. International vernetzt und mit höchstmöglicher Effizienz. Elias Weizmann war der Richtige, um eine solche Aktion ins Leben zu rufen. Er besaß die entsprechenden Kontakte, sowohl innerhalb als auch außerhalb des Berges, und der Augenblick, sie auszuspielen, schien gekommen. Zugegeben, der Anschlag auf die *Shinkai* war ein Fehlschlag gewesen, aber das letzte Wort in dieser Sache war noch nicht gesprochen.

Einen Stolperstein galt es allerdings so bald wie möglich aus dem Weg zu räumen. *Martin.* Er war die große Unbekannte in dieser Gleichung. Elias hatte die medizinischen Berichte über den Mann gelesen, lange bevor Helène die Akten hatte verschwinden lassen. Er wusste, dass mit diesem Mann irgendetwas nicht stimmte. Er schien auf eine besondere Art und Weise mit der Kugel in Verbindung zu stehen. Das genau war auch der Grund gewesen, warum Elias den Plan, Martin an der Tauchexpedition teilnehmen zu lassen, so missbilligt hatte. Er fühlte, nein, er *wusste*, dass von Martin eine Bedrohung ausging. Eine Bedrohung, die weit über das hinausging, was ein gesunder Menschenverstand sich auszudenken vermochte. Martin musste verschwinden, egal wie. Und mit ihm diese amerikanische Geologin. Ihr Pech, dass sie seine Drohung am Telefon nicht ernst genommen hatte. Mittlerweile steckte sie zu weit in der Sache drin, um unbeschadet davonzukommen.

Elias Weizmann schob die Tasse mit dem erkalteten Kaffee von sich. Ein Plan begann in ihm zu reifen. Er fühlte, dass er jetzt etwas Stärkeres brauchte als Koffein. Etwas, das seinen Geist beflügelte und ihm die Kraft gab, die bevorstehende Aufgabe zu bewältigen. Mit zitternden Händen griff er nach dem

Heroinbesteck, das frisch gereinigt und ordentlich ausgelegt auf seine Bestimmung wartete.

Seine Augen begannen zu leuchten.

Ella eilte vorwärts, so schnell sie ihre Füße trugen. Sie strauchelte, fiel zu Boden, stand wieder auf und lief weiter. Ihre Lunge brannte. Ihr Herz schlug ihr bis zum Hals. Die Luft war erfüllt von Schwefeldünsten, die das Atmen beschwerlich machten. Ein warmer Wind wehte von Westen her, der die oberste Schneeschicht antaute und Ella immer wieder bis zu den Knien einsinken ließ. Der Horizont stand in Flammen. Es sah aus, als habe sich eine leuchtende Kugel in den Himmel erhoben. Die Dunkelheit der Nacht war einem infernalischen Glühen gewichen. Und mit jedem Schritt nahm die Hitze zu.

Ella riskierte einen kurzen Blick nach hinten. Der Jäger und sein Wolf folgten ihr in einiger Entfernung. Von Konrad Martin war keine Spur zu sehen. Ella spürte den Anflug von Erleichterung. Ihr graute bei dem Gedanken an ihn. Doch was genau hatte sie eigentlich gesehen? Litt der Professor unter einer Krankheit? Wenn ja, dann unter einer, von der Ella noch nie gehört hatte. Immer wieder musste sie an den Anblick denken, als sie sein Hemd hochgezogen hatte. Diese Deformation, dieses schreckliche Muster auf seiner Haut – und wie es sich *bewegt* hatte. Sie hörte noch den Nachhall ihrer eigenen Worte: Wer sind Sie? *Was* sind Sie? Für einen Moment hatte sie geglaubt, etwas anderes als Konrad Martin vor sich zu sehen. Etwas Kaltes und unendlich Fremdes. Dann wieder rief sie sich zur Besinnung und versuchte sich einzureden, dass sie sich das alles nur einbildete. So, wie sie das nach der Tauchfahrt der *Shinkai* getan hatte. Die Vorstellung, das alles beruhe nur auf Übermüdung und Sinnestäuschung, hatte etwas Verlockendes. Doch was sie damals geschafft hatte, gelang ihr diesmal nicht. Was sie und der Fallensteller gesehen hatten, war die Wirklichkeit.

Wenn sie an Alexej dachte, wurde ihr bewusst, *wie wirklich* es war. Dieser Mann hatte Dinge erlebt, die an Härte und Grausamkeit kaum zu überbieten waren. Er lebte hier in der Einsamkeit, unter den extremsten Umständen, nur mit einem Wolf an seiner Seite. Was konnte einen solchen Mann schon aus der Bahn werfen? Eine Krankheit oder schwere Verletzung sicher nicht. Und doch hatte sie den Wahnsinn in seinen Augen gesehen. Seinen irrlichternden Blick. Sie spürte, dass auch er an seine psychischen Grenzen gelangt war. Eine Halluzination? Sie musste aufhören, sich etwas vorzumachen. Was sie hier erlebten, war real. Genauso real wie das Ereignis an Bord der *Shinkai.*

Das Entsetzen trieb sie weiter. Die Zeit verging wie im Fluge. Nicht lange und sie hatte die Anhöhe oberhalb der Straße erreicht. Der Schnee war an manchen Stellen bereits vollständig weggetaut. Einzelne trockene Grasbüschel wiegten sich träge im heißen Luftstrom. Als sie den höchsten Punkt erreicht hatte, blickte sie in die Senke, in der der See gelegen hatte. Nur, dass da jetzt kein See mehr war. Jedenfalls keiner, der aus Wasser bestünde. In einiger Entfernung, dort wo die Biwaks von VEKTOR gestanden hatten, war ein Riss in der Erde, eine feurige Spalte. Flüssiges Gestein schoss in die Luft, erkaltete und klatschte wieder zu Boden. Ein unheilvolles Donnern und Brodeln begleitete den Lavastrom, der sich langsam, aber sicher zu einem Kegel aufhäufte. Überall lagen Lavabomben herum, fußballgroße Gesteinsbrocken, die der Vulkan beim Aufreißen der Erdkruste in die Luft geschleudert hatte. Ella hatte schon viel gesehen, aber noch niemals die Geburt eines Vulkans. Es war der Traum eines jeden Geologen. Oder besser gesagt, *der Albtraum.* Von den Wissenschaftlern, die den See und das Objekt erforscht hatten, schien keiner mehr am Leben zu sein. Sie mussten bei der gewaltigen Eruption ihr Leben verloren haben.

Neben ihr tauchten plötzlich die Gestalten von Alexej und seinem Wolf auf. Der Fallensteller war verschwitzt. Das Haar klebte ihm am Kopf, sein Atem ging stoßweise. Auch das Tier litt unter den mörderischen Temperaturen. Hechelnd versuchte er, sich etwas Kühlung zu verschaffen. »Mein Gott«, keuchte der Russe, als er sah, was geschehen war. »Das ist ja ...«
»... ein Vulkan. Ganz recht«, beendete Ella den Satz. »Zumindest die Geburt eines Vulkans. Er ist noch recht klein, aber es wird nicht lange dauern, bis er kräftiger wird. Und wenn das geschieht, dann wird er das Land hier über viele Kilometer hinweg verändern.«
»Was ist mit den Wissenschaftlern?«, Alexej deutete dorthin, wo einst das Zeltlager gestanden hatte.
Ella schüttelte den Kopf. »Wen die Druckwelle nicht getötet hat, der ist vermutlich durch die giftigen Dämpfe ums Leben gekommen. Selbst wenn einige von den Leuten kurz nach der Eruption noch benommen oder bewusstlos waren, so hat die Hitze inzwischen ihr Leben ausgelöscht. Keine Chance.« Ella wischte sich den Schweiß von der Stirn. »Wenn ich mir vorstelle, dass die uns reingelassen und wir hier übernachtet hätten – wir wären ebenfalls tot.«
»Tunguska«, flüsterte Alexej. »Neunzehnhundertacht.«
»Wie bitte?«
Der Jäger sah sie mit einem schwer zu deutenden Gesichtsausdruck an. »Haben Sie schon einmal von Tunguska gehört?«
»Natürlich. Ziemlich einsame Gegend nördlich des Baikalsees. Irgendwann zu Beginn des 20. Jahrhunderts soll dort ein Meteorit heruntergekommen sein, oder? Hat eine ganz schöne Verwüstung hinterlassen, wenn ich mich recht erinnere.«
Der Fallensteller nickte. »Nur dass es kein Meteorit war.«
»Nicht? Was war es dann?«
»Das weiß niemand so genau. Nur eines ist gewiss: Was immer dort explodierte, es hatte die Vernichtungskraft von zweitau-

send Nagasaki- und Hiroshima-Atombomben zusammen genommen. Tausende von Quadratkilometern dichtester Wald wurden umgeknickt wie Streichhölzer. Das Merkwürdige war, dass die Bäume alle nach außen gedrückt worden waren, von einem bestimmten Zentrum weg. Es wurde aber niemals ein Krater oder etwas Ähnliches gefunden. Manche Augenzeugen berichteten von einem Feuerball, andere von einer Säule aus Licht. Es war von einem Dröhnen der Erde die Rede, von einer minutenlangen Erschütterung des Bodens – und zwar *ehe* der Feuerball gesichtet wurde.«

»Das kann sonst was bedeuten. Wenn es keinen Krater hinterlassen hat, war es vielleicht kein Meteorit, sondern ein Komet, ein schmutziger Schneeball, der kurz vor Auftreffen auf den Erdboden zerplatzt ist.«

Auf Alexejs Gesicht zeichnete sich Missbilligung ab. »Nein. Es war etwas anderes.« Dann, nach einem kurzen Zögern. »Haben Sie noch nie etwas von den *versunkenen Kesseln* gehört?«

Sie schüttelte den Kopf.

Der Fallensteller überlegte kurz, dann sagte er mit kaum hörbarer Stimme: »Heutzutage sieht man sie nur noch selten. Es gibt immer weniger davon. Sie sind so schwer, dass sie langsam im Erdboden versinken. Damals fand man sie über die ganze Taiga verteilt. Riesige kupferfarbene Schalen, die wie Bruchstücke von Kugeln aussehen. Mein Großvater hat mir mal ein solches Stück gezeigt, inzwischen ist aber auch das versunken. Ich habe es jedenfalls nie wieder gesehen. Das Material war hart wie Diamant, er konnte es nicht mit seinem Messer ritzen.«

»Adamas«, entfuhr es Ella. Die Geschichte begann sie zu interessieren.

»Wie bitte?«

»Nichts, nur so ein Gedanke. Was war mit diesem Bruchstück?«

»Es war warm. Warm wie die Steine eines heruntergebrannten Lagerfeuers. Genauso warm wie die Kugel dort drüben ...« Er schwieg. Mit einem mulmigen Gefühl blickte Ella in die Senke. Die Hitze war mörderisch. Hier, auf dem Grat, lag überhaupt kein Schnee mehr. Er war vollkommen weggetaut und hatte den Permafrostboden in eine matschige Moorlandschaft verwandelt. Dann erblickte sie den Baum, unter dem ihr Auto gestanden hatte. Er war umgestürzt und hatte an einigen Stellen Feuer gefangen. Brennende Zweige und dürre Äste regneten herab. »Verdammt!«, rief sie und setzte sich in Bewegung. Sie musste jetzt schnell handeln. Die Hitze wie eine Wand vor sich her schiebend, eilte sie den Hang hinunter.
Alexej, der erst jetzt zu begreifen schien, was sie vorhatte, schrie hinter ihr her: »Warten Sie, Ella. Gehen Sie nicht. Der Wagen ist zu heiß. Er könnte explodieren!«
»Das ist ein Diesel, der explodiert nicht so leicht. Abgesehen davon sind wir auf das Auto angewiesen. Kommen Sie, beeilen Sie sich.«
Sie hatte den Lada erreicht und fummelte den Schlüssel aus ihrer Hosentasche. Die Karosserie war so heiß, dass man ein Spiegelei darauf hätte braten können. Der Geruch nach verschmorter Elektrik drang ihr in die Nase. Sie konnte nur hoffen, dass keine wichtigen Teile beschädigt waren, sonst hatten sie ein mächtiges Problem. Den Handschuh überstreifend, öffnete sie die Tür und setzte sich hinters Lenkrad. Die Luft im Inneren war ein wenig kühler. Allerdings stank es bestialisch nach Gummi und Dieselöl. Ohne darüber nachzudenken, was alles passieren konnte, steckte sie den Schlüssel ins Lenkradschloss und drehte ihn herum. Der Motor startete augenblicklich. Ella gab einen Seufzer der Erleichterung von sich, dann legte sie den Rückwärtsgang ein und fuhr den Wagen unter dem Baum hervor. Sie wendete und öffnete die Beifahrertür. »Kommen Sie«, rief sie. »Steigen Sie ein. Wir müssen hier weg.«

Der Fallensteller zögerte. »Was ist mit Ihrem Begleiter? Wollen Sie denn nicht auf ihn warten?«
»Machen Sie Witze?« Ella traute ihren Ohren nicht. »Haben Sie schon vergessen, was heute Nacht geschehen ist?«
Er schüttelte den Kopf. Augenscheinlich fiel es ihm schwer, das Chaos in seinem Kopf zu ordnen.
»Versuchen Sie nicht, sich einzureden, Sie hätten sich das alles nur eingebildet«, erwiderte Ella. »Den Fehler habe ich beim ersten Mal auch gemacht. Sie haben es gesehen, und ich habe es gesehen. Alles andere ist nebensächlich. Und jetzt steigen Sie ein.«
Der Fallensteller wirkte immer noch unschlüssig. »Aber er ist Ihr Freund. Wenn wir ihn hier zurücklassen, ist er verloren. Er wird hier draußen nicht überleben.«
»Er wird es schon schaffen. Ich will nur weg von hier, können Sie das nicht verstehen?«
In diesem Moment bemerkte Ella eine Bewegung auf dem Hügelkamm. Es war Martin. Einen Augenblick hielt er inne, als müsse er sich erst orientieren, doch dann setzte er sich in Bewegung und kam schwankend auf sie zu.
Ella erfasste nacktes Grauen. »Steigen Sie doch endlich ein. *Bitte.* Ich flehe Sie an.«
Doch Alexej verschränkte die Arme vor der Brust und schüttelte den Kopf. *»Njet.«*
Der Professor war immer noch schwach, doch es schien ihm schon wieder besser zu gehen. Er war jetzt nah genug, dass Ella sein Gesicht erkennen konnte. Er hob die Hand und lächelte zu ihr herüber. Es war ein freundliches, warmherziges Lächeln. Ella wandte sich ab und presste die Lippen aufeinander. Dann trat sie aufs Gas.

Teil 5

Das Leuchten

34

Montag, 13. April

Helène Kowarski hielt sich selbst für einen Menschen, der nicht leicht aus der Fassung zu bringen war. Wenn man sie gefragt hätte, was sie selbst als ihre hervorstechendste Eigenschaft betrachtete, so hätte sie geantwortet, dass sie über Nerven wie Drahtseile verfüge. Doch was in den letzten Tagen an Meldungen über die Nachrichtenkanäle hereinflutete, war schier unglaublich. Wenn man den Meldungen trauen durfte, so stand der gesamte pazifische Raum im Begriff, sich in einen Hexenkessel zu verwandeln. Wohin man auch blickte, überall gab es neue Erdbeben und Vulkanausbrüche. Dabei handelte es sich nur um kleine Aktivitäten. Kein Beben war stärker als drei auf der Richterskala, und die Vulkanausbrüche waren so schwach, dass man sie auf den Satellitenbildern kaum von natürlichen Wolkenformationen unterscheiden konnte. Nicht einer von ihnen war spektakulär genug, um es in die Abendnachrichten zu schaffen. Aber darum ging es nicht. Es war die Summe aller Aktivitäten, die Helène Kopfschmerzen bereitete. Dieser vermehrte Ausstoß von Stickoxiden hatte bereits Veränderungen in der Atmosphäre bewirkt. Manche Quellen sprachen davon, dass es nicht mehr lange dauern würde, bis die Anreicherung der Luft mit Stickoxiden zu einer merklichen Erwärmung führen würde.

Nun war Helène nicht die Frau, die externen Messergebnissen

traute. Sie bestand auf Informationen aus erster Hand. Darum hatte sie eine Sondersitzung mit allen führenden Mitarbeitern ihres Stabes anberaumt.

Sie blickte auf die Uhr. Noch fünf Minuten. Das halb aufgegessene Croissant zurück auf den Teller legend, trank sie noch einen letzten Schluck Kaffee, dann stand sie auf. Ein Blick in den Spiegel, kurz den Lidstrich nachgezogen, die Haare zusammengebunden und die letzten Krümel vom Revers gefegt. Fertig. Die Schlacht konnte beginnen.

Während sie ihr Büro verließ und durch den Gang eilte, musste sie daran denken, dass Ella Jordan sich für heute angekündigt hatte. Sie würde im Laufe des Vormittags eintreffen. Irgendetwas an ihrem Anruf war merkwürdig gewesen. Scheinbar hatte sie sich während ihrer Expedition in Sibirien von Konrad Martin getrennt. Warum, darüber hatte sie am Telefon nicht sprechen wollen. Es schien jedoch wichtig zu sein.

Helène konnte sich schon denken, worum es ging. Ein schwaches Schuldgefühl stieg in ihr auf. Sie war der Seismologin gegenüber nicht ganz offen gewesen. Das mochte sich jetzt als schwerer Fehler erweisen. Andererseits war ihr keine andere Wahl geblieben. Wäre sie gleich mit der vollen Wahrheit herausgerückt, hätte sie Ella niemals für sich gewinnen können.

Schwere Gedanken von sich schiebend, bog sie um die Ecke und zog erstaunt die Augenbrauen hoch. Der Weg zum Konferenzraum 1 war gesäumt von Schaulustigen, die sich scheinbar ganz zufällig hier eingefunden hatten. Natürlich waren sie alle nur gekommen, um zu erfahren, was los war, das war offensichtlich. Dennoch war es lästig. Während sie sich ihren Weg durch die Menschen bahnte, hatte Helène alle Hände voll zu tun, die Bande zurück in ihre Labors zu scheuchen. Bei den meisten genügten ein paar strenge Blicke, um sie einzuschüchtern, es gab aber auch ein paar Hartnäckige, die partout vorzuhaben schienen, den Vormittag mit dem Ohr an der Tür zu verbringen. Doch Helène wusste mit solchen Situationen umzugehen. Sie erhob die Stimme, richtete ein paar scharfe Worte an die Gaffer und wartete so lange, bis auch die letzten murrend und palavernd wieder zurück an ihre Arbeit gegangen waren.

Als wieder Ruhe eingekehrt war, wandte sie sich an den Sicherheitsmann, der vor der Tür zum Konferenzsaal postiert war. Sein betont strenger Gesichtsausdruck konnte nicht darüber hinwegtäuschen, dass er mit der Situation überfordert gewesen war. Das schlechte Gewissen stand ihm buchstäblich ins Gesicht geschrieben.

»Eigentlich sollte es Ihre Aufgabe sein, dafür zu sorgen, dass sich hier kein Volksauflauf bildet«, raunzte Helène den Mann an. »Ich will nicht, dass irgendetwas von dem, was hier drin besprochen wird, an die Öffentlichkeit dringt. Ich werde Sie für etwaige Störungen persönlich verantwortlich machen, also halten Sie sich ran.«

»*Oui*, Madame. Sehr wohl, Madame.« Der Wachposten salutierte kurz und fuhr dann fort, Löcher in die gegenüberliegende Wand zu starren. Sollte er ruhig. Hauptsache, sie waren die folgenden zwei Stunden ungestört.

Helène ging an ihm vorbei in den Konferenzsaal und schloss die Tür hinter sich. Die Kollegen schienen bereits alle vollzählig versammelt zu sein.

Helène blickte in die Gesichter der Gäste. Viele der Anwesenden kannte sie bereits seit Jahren. Sie waren wie eine Gruppe Verschworener, die sich berufen fühlten, dem größten aller Geheimnisse nachzuspüren. Einem Geheimnis, von dem die meisten Außenstehenden gar nicht wussten, das es überhaupt existierte. Ein wenig fühlte Helène sich wie ein Gralsritter auf der Suche nach dem Geheimnis der Schöpfung. Trotz all der Auflagen und Beschränkungen, denen jeder Mitarbeiter unterworfen war, hatte in diesem Institut seit jeher eine intellektuell gelöste Stimmung geherrscht. Immer gab es den einen oder anderen Scherz, der die Runde machte, vorzugsweise gegen Kollegen anderer Fachbereiche. Nichts Bösartiges natürlich, nur ein wenig feiner Spott, der durch die Gänge wehte wie eine kühle, anregende Brise.

Heute war die Stimmung anders.

Während Helène die Reihen der Wissenschaftler und Politiker abschritt, spürte sie die Wolke aus Angst, die sich über den Saal gelegt hatte. Es gab nicht wenige Augenpaare, in denen tiefe Besorgnis lag. Hier und da erhaschte sie ein aufmunterndes Lächeln, was jedoch nicht darüber hinwegtäuschen konnte, dass die Stimmung ernst und angespannt war.

Während sie nach vorn zum Pult ging, kam es ihr vor, als sei der Konferenzsaal kleiner als sonst. Die Halogenleuchten funzelten trübe von der Decke herab, selbst die Bilder an den Wänden wirkten trist und farblos. Am rechten Kopfende des Saales befand sich ein Rednerpult, eine einfache Tafel, darüber eine Projektionsfläche für Lichtbilder, Filme oder Powerpoint-Präsentationen. Links davon stand ein Tisch, an dem bereits die beiden stellvertretenden Direktoren Steenwell und Habermann saßen. Beide blickten die Direktorin erwartungsvoll an, als sie direkt auf den Platz zwischen ihnen zusteuerte und ihre Ledermappe demonstrativ auf den Tisch klatschen ließ.

»Meine Damen und Herren«, sagte sie mit erhobener Stimme, »bitte nehmen Sie Platz.«

Es folgte das allgemeine Stühlerücken, Räuspern und Tuscheln. Als endlich Ruhe eingekehrt war, ließ Helène ihren Blick in die Runde schweifen. Er blieb an einem leeren Stuhl hängen. »Kann mir jemand sagen, wo Mr. Filmore steckt? Er stand für heute ebenfalls auf der Liste.«

»Colin hat mich beauftragt, ihn zu entschuldigen«, erwiderte eine junge rothaarige Frau, der es sichtlich peinlich war, vor so vielen Menschen zu reden. Sie trug den gelben Button der Radiologieabteilung am Revers ihres weißen Laborkittels. »Er bittet um Ihr Verständnis, wenn er sich etwas verspätet.«

»Na schön.« Helène griff in ihre Mappe und förderte einen Stapel Unterlagen zutage. Dokumente, die in ihrer Brisanz jede Krisensitzung rechtfertigten. Als sie alles vor sich ausgebreitet hatte, stand sie auf und richtete das Wort an die Anwesenden.

»Ich begrüße Sie alle ganz herzlich zu dieser außerordentlichen Sitzung und möchte Sie noch einmal in aller Form auf Ihre Verschwiegenheitspflicht hinweisen. Nichts von dem, was in den nächsten Stunden hier berichtet und entschieden wird, darf jemals diesen Raum verlassen. Habe ich mich klar ausgedrückt?«

Zustimmendes Gemurmel drang durch die Reihen.

»Ich habe Sie heute hergebeten, weil wir vor der schwierigsten Entscheidung seit Bestehen dieser Institution stehen. Mein Vater gründete die *Kowarski-Labors* mit dem Wissen, dass die menschliche Zivilisation nur eine von vielen möglichen Zivilisationen ist. *Wir sind nicht allein*, das war sein Leitspruch, und es ist auch das Motto unserer Organisation. Wir haben in den letzten fünfzig Jahren herausgefunden, dass es Lebensformen, ja sogar Kulturen gibt, die unserer eigenen in nichts nachstehen, ja, die unserer Zivilisation technologisch vielleicht sogar weit voraus sind. Wir wussten von der Existenz extraterrestrischen Lebens schon lange, bevor der Begriff *Area 51* in aller Munde war. Genau genommen waren wir es, die diesen Begriff geprägt haben, mit dem Zweck, die Neugier der Medien auf eine falsche Spur zu locken. Es gelang uns, die wahre Natur unserer Forschung zu verschleiern, was für alle Beteiligten mit großen persönlichen Verlusten verbunden war. Dafür und für Ihren unermüdlichen Einsatz möchte ich Ihnen an dieser Stelle noch einmal meinen herzlichsten Dank aussprechen. Wir haben geforscht, analysiert und bewertet. Viele Jahre lang. Wir haben viele tausend Seiten Papier mit Spekulationen über den möglichen Sinn und Zweck der Apparatur gefüllt, die wir nur als *das Herz des Berges* bezeichnen. Seine Beschaffenheit, seine Fähigkeit, den Raum zu krümmen, all das hat uns viele Jahre beschäftigt und zu einem soliden Fundament an Wissen über den Platz des Menschen im Universum geführt. Allein die bisher gesammelten Fakten würden ausreichen, eine intellektuelle Revolution auszulösen. Wir haben uns jedoch gegen eine Veröffentlichung der Fakten entschieden. Der Grund liegt auf der Hand. Es würde zu einer tiefen Verunsicherung in der Bevölkerung kommen. Verunsicherung führt zu Angst. Angst führt zu Panik, und wo die endet, das wissen wir alle. Dem Verlust von Kontrolle. Um handlungsfähig zu bleiben, müssen wir den Zeitpunkt unserer Enthüllung gut wählen. Die jüngsten Entwicklungen könnten uns allerdings dazu zwingen, früher als geplant zu handeln.«

Ein Raunen erfüllte den Saal.

Helène hob die Hände. »Meine Damen und Herren, wir dürfen uns nichts vormachen. All unsere Theorien, unsere Spekulationen, ja das gesamte Gedankengebäude, das wir auf dem Fund errichtet haben, war bisher rein akademischer Natur. Die gewonnenen Erkenntnisse haben in keiner Weise unser Leben und Überleben auf diesem Planeten tangiert. Seit einer knappen Woche hat sich die Situation geändert. Die Meldungen, die seit Tagen auf meinem Schreibtisch landen, zeichnen ein anderes Bild.«

Helène spürte, wie ihre Worte die Stimmung aufzuheizen begannen. Sie lehnte sich zurück und ließ ihre Worte wirken. Jeder Einzelne im Raum, und mochte er noch so beschäftigt sein, sollte ihre Bedeutung erfassen. »Ich weiß, dass Sie alle unter hohem Druck arbeiten«, fuhr sie fort, »aber ich möchte Sie bitten, sich die Zeit zu nehmen, um einen Überblick über die aktuellen Entwicklungen zu bekommen. Zu diesem Zweck werde ich Ihnen eine kurze Zusammenfassung der Ereignisse der letzten achtundvierzig Stunden geben.« Sie gab ein Zeichen, und das Licht im Raum erlosch. Die Projektionswand über ihrem Kopf erstrahlte in grellem Weiß, gefolgt von einem kurzen Knacken, als die Lautsprecher eingeschaltet wurden. Dann begann der Film. Es war eine Zusammenfassung von Fernsehreportagen, Standbildern – unterlegt mit den Stimmen von Radiokommentatoren –, Auszügen aus Tageszeitungen, Internetmeldungen, das ganze Programm. Filme wechselten sich mit Standbildern ab und Augenzeugenberichte mit den Kommentaren bekannter Fernsehjournalisten. Zusammengestellt hatte diese Mischung William Langley, ehemals leitender Redakteur bei der BBC, jetzt Medienexperte der CERN. Helène blickte anerkennend zu ihm herüber. Er hatte wirklich ganze Arbeit geleistet. In ihrer geballten Wucht brandeten die Bilder über die Anwesenden herein wie ein Tsunami. Helène war sich der Wirkung der Bilder durchaus bewusst. Das war genau der Grund gewesen, warum sie Langley und nicht irgendeinen Amateur mit der Sache beauftragt hatte. Als der Film endete und das Licht wieder anging, herrschte atemlose Stille. Man hätte eine Stecknadel fallen hören, so leise war es. Helène hatte mit dieser Reaktion gerechnet, nein, sie hatte sie *erwartet.*

Nach einer rhetorischen Pause fuhr sie fort: »Ich glaube, auch dem Letzten unter ihnen dürfte der Ernst der Lage inzwischen klar geworden sein. Ich möchte Sie alle bitten, Ihre eigene Forschung vor diesem Hintergrund neu zu bewerten. Wie wichtig ist das, woran Sie gerade arbeiten? Könnte es sein, dass Sie anderen Untersuchungen den Vorzug geben sollten? Wie steht es mit dem Austausch von Informationen? Wir können uns momentan keine neuen Studien über Strahlungskoeffizienten oder Halbwertszeiten leisten. Wir brauchen Antworten. Mehr noch, wie brauchen einen *Notfallplan.*«

35

Helène hatte ihren Appell gerade beendet, als sich die Tür öffnete und ein völlig abgehetzt wirkender junger Mann den Raum betrat. Es war Colin Filmore, der Assistent von Elias Weizmann. Unter seinen Armen klemmten Dokumentenrollen und Aktenordner. In seinen Händen trug er eine Tasche, in der sich offenbar noch mehr Unterlagen befanden. Er hatte seinen Platz noch nicht ganz erreicht, da gab es ein Poltern, das die Anwesenden mit einem Schlag aus ihrer Lethargie erlöste. Einer der Ordner war zu Boden gefallen. Filmore tauchte ab, um ihn aufzuheben, was nur zur Folge hatte, dass jetzt auch die Dokumentenrollen zu Boden fielen. Verhaltenes Gelächter drang durch die Reihen. »Bitte entschuldigen Sie meine Verspätung«, schallte es von irgendwo unter den Tischen. »Ich habe mich wirklich bemüht, pünktlich zu sein, aber unsere letzte Messung duldete keinen Aufschub.« Helène sah seinen hochroten Kopf wieder auftauchen, ein entschuldigendes Lächeln im Gesicht. Mit beiden Händen schaufelte er seine Akten auf den Tisch, dann tauchte er wieder ab.

Sie verdrehte die Augen.

»Der Induktor für die Gammastrahlen war gerade voll aufgeladen«, schnaufte Colin, nachdem er sein Chaos endlich unter Kontrolle bekommen hatte. »Sie wissen ja, wie lange so etwas braucht. Wir konnten unmöglich abbrechen.« Er nestelte an seiner schlecht gebundenen Krawatte herum, während er sich an seinen Platz setzte. »So, jetzt bin ich da. Habe ich irgendetwas Wichtiges verpasst?« Sein Lächeln hätte einen Eisberg zum Schmelzen bringen können.

»Kaum«, sagte Helène ungerührt. »Wenn Sie dann so weit wären, Mr. Filmore, würden wir jetzt gern fortfahren.« Sie wandte sich nach links. »Harry, beginnen wir bei Ihnen. Da die Kugeln lange Zeit als Vermächtnis einer untergegangenen Zivilisation betrachtet wurden, wäre es vielleicht das Beste, wenn Sie uns, als Sprecher der archäologischen Abteilung, auf den neuesten Stand brächten. Was wissen wir über die Kugeln?«

Harold Wynham, ein übergewichtiger Mann mit Nickelbrille und Halbglatze, erhob sich mühsam aus seinem Stuhl und trat nach vorn. Er genoss es sichtlich, der Erste zu sein, der sich vor seinen Kollegen profilieren durfte. Auf sein Zeichen hin wurde es im Saal wieder dunkel. Eine Weltkarte erschien auf der Projektionswand, auf der an die hundert rote Punkte markiert waren. »Was Sie hier sehen«, begann Wynham, »ist eine Übersicht über die Fundorte, die uns die archäologische Gesellschaft zur Verfügung gestellt hat. Auf dieser Karte sind alle Kugeln verzeichnet, die jemals dokumentiert wurden. Wie Sie sehen, befinden sie sich mehr oder weniger alle im pazifischen Raum. Wir haben bestätigte Funde auf den Aleuten ...«, er deutete mit seinem Laserpointer auf die Beringsee, hoch oben im Norden, »... in Russland, Japan, Neuguinea, Australien und Neuseeland.«

Überall, wo er mit seinem Laserpointer länger verharrte, öffnete sich ein zusätzliches Fenster. Zu sehen waren Aufnahmen der betreffenden Objekte. In diesem Moment war es ein Bild, auf dem Dutzende regelmäßig bis unregelmäßig geformter Steinkugeln ins Meer hinausragten.

»Geben Sie uns mal ein Beispiel«, sagte Helène. »Was sehen wir da gerade?« Wynham, auf dessen verschwitzter Halbglatze sich das Licht des Projektors spiegelte, nestelte an seinem Jackett herum und förderte einen verknitterten Zettel zutage. Mit einem Blick über seine Brille hinweg, suchte er nach einem bestimmten Stichwort: »Ah ja, hier haben wir es ja. Was Sie hier sehen, sind die *Moeraki-Boulders*. Der Fundort befindet sich auf der Südinsel Neuseelands, einige Kilometer nördlich der Stadt Oamaru. Alter: sechzig Millionen Jahre. Der Maori-Legende zufolge handelt es sich um Kürbisse, die vom großen umherziehenden Kanu Araiteuru herunterfielen, als dieses vor etwa tausend Jahren mit dem Festland kollidierte. Oder so ähnlich. Ähnliche Legenden gibt es übrigens bei allen Ureinwohnern, bei denen diese Kugeln jemals gefunden wurden. Immer ist irgendeine Gottheit im Spiel, die irgendetwas verloren hat ...« Er machte eine kurze Pause, doch niemand lachte über seinen Scherz. Wynham wischte sich über die Stirn. »Äh, nun ... wenn wir weitergehen, kommen wir zu den Fundstellen in Chile, Ecuador und natürlich Costa Rica.« Ein weiteres Fenster öffnete sich. Einige der anwesenden Wissenschaftler beugten sich interessiert vor. Zu sehen war ein Park, in dem unzählige Kugeln in allen möglichen Größen herumlagen. Es waren dies die bisher am perfektesten geformten Sphäroiden, die sie bisher zu sehen bekommen hatten. Ihre Größe reichte von wenigen Zentimetern bis zu etwa zwei Metern Durchmesser – wie ein Vergleich mit Professor Wynham, der sich demonstrativ gegen eine Kugel stützte, verdeutlichte. Er trug einen Stetson und ein viel zu knapp sitzendes Oberhemd, bei dem jeden Moment die Knöpfe abzuspringen drohten. »Diese Aufnahme wurde im Park des Nationalmuseums in San José gemacht. Damit kommen wir schon zu einem großen Problem bei den Costa-Rica-Kugeln. Ursprünglich im Delta des Flusses Térraba beheimatet, wurden sie seit Anfang der dreißiger Jahre von Sammlern und Liebhabern über das ganze Land verteilt, sie dienten als Ausstellungsstücke in Museen, ja sogar als Zierrat für Vorgärten. Zwei ha-

ben sogar ihren Weg in die Vereinigten Staaten gefunden. Eine ins Peabody Museum für Archäologie in Harvard, eine andere ins Museum der National Geographic Society in Washington. Können Sie sich so etwas vorstellen? Was für eine Ironie.« Er gab ein glucksendes Lachen von sich. »Es sind etwa dreihundert Kugeln bekannt, die alle ihren Ursprung am Térraba haben. Zum damaligen Zeitpunkt haben sie in bestimmten Mustern gelegen und wurden von den Ureinwohnern zu astronomischen Zwecken genutzt. Leider wurden diese Strukturen für immer zerstört. Wie sie dorthin gekommen sind, darüber kann man nur spekulieren. Das Material, aus dem sie bestehen – eine extrem harte Form von Granodiorit –, ist in der Gegend nicht zu finden. Derzeitige Vermutungen gehen davon aus, dass sie von den Olmeken, einer präkolumbianischen Kultur, in den Bergen hergestellt und dann den langen Weg bis zum Meer transportiert wurden. Wie das vonstatten gegangen sein soll, das weiß bis heute niemand.«
»Reichlich spekulativ, das Ganze«, sagte Helène und deutete auf die Karte. »Welche Fundorte gibt es noch?«
»Da haben wir zum einen Kugeln am Rande des kalifornischen San-Andreas-Grabens und einige bestätigte Funde in Alaska, entlang des Küstengebirges. Darüber hinaus gibt es noch bestätigte Einzelfunde in der Antarktis, nahe dem Mount Jackson, am Hindukusch und auf Spitzbergen und auf Franz-Josef-Land. Nicht zu vergessen unsere Kugel unten im Labor. Diese Exemplare können aber – und da werden Sie mir zustimmen – unmöglich von den Olmeken dorthin geschafft worden sein.«
»Hat denn niemand diese Dinger überprüft?« rief jemand aus der hintersten Reihe. »Bei einigen von ihnen scheint es sich ja um mehr zu handeln als nur um Steinkugeln.«
Der Archäologe atmete schwer, als habe er soeben einen Langstreckenlauf absolviert. »Nein. Warum auch?«, schnaufte er. »Es bestand ja zu keiner Zeit der Verdacht, dass es sich um mehr

handeln könne als um Steinkugeln. Genauso gut könnte man jede Bergspitze auf der Erde überprüfen, ob es sich nicht vielleicht um eine geheime Raketenbasis handelt.«

Helène erhob sich. »Das muss als Einleitung dienen. Ich danke Ihnen für den interessanten Überblick, Harry.« Sie entließ den Archäologen mit einer knappen Handbewegung. Dann richtete sie ihre Aufmerksamkeit auf Michelle Ourdai, die Leiterin der seismologischen Abteilung und eine ihrer engsten Vertrauten. »Wenden wir uns nun den Kugeln zu, die nicht dokumentiert wurden. Denen, die für das bloße Auge unsichtbar sind. Bitte, Michelle.«

Die Frau, die sich nun erhob, mochte etwa so alt sein wie Helène, doch waren die beiden wie Feuer und Wasser. Michelle war eine lebenslustige Frau, die sich gern gut anzog und sich einen Spaß daraus machte, ihre Reize zur Geltung zu bringen. Obwohl sie auch schon über fünfzig war, verfügte sie über eine beachtliche erotische Präsenz. Michelles Affären waren legendär und hatten sie bis in die Betten hoher Regierungsbeamter gebracht. Sie liebte die Öffentlichkeit und vertrat die Interessen der Organisation bei jeder sich bietenden Gelegenheit. Wenn man Helène als Kopf der Gesellschaft bezeichnen konnte, so war Michelle der Bauch. Zusammen waren die beiden ein unschlagbares Team, und es gab nicht wenige, die behaupteten, dass die beiden eine lesbische Beziehung pflegten. Ein Skandal in der männerdominierten Welt der Wissenschaften. Einigen männlichen Kollegen, Elias Weizmann eingeschlossen, wäre ein solcher Tabubruch natürlich ein Dorn im Auge gewesen. Doch Helène war das Gerede egal. Wie und mit wem sie ihre Freizeit verbrachte, ging nun wirklich niemanden etwas an. Sie nickte ihrer Kollegin aufmunternd zu, worauf sich diese mit einem koketten Lächeln erhob. Eine Hauch *J'adore* von Dior umschmeichelte die Nasen der Anwesenden, als Michelle an ihnen vorbei zum Rednerpult ging. Vorn angekommen trank sie einen Schluck Wasser, setzte ihre Lesebrille auf und richtete dann das Wort an die Versammelten. »Liebe Freunde und Kollegen«, begann sie ihren Vortrag mit wohlklingender Stimme. »Ich darf wohl ohne Übertreibung behaupten, dass die letzten sieben Tage für viele von uns die aufregendsten unserer gesamten wissenschaftlichen Laufbahn waren. Die Flut von Daten, die von den weltweit verteilten Messstationen zu uns hereinströmte, drohte sogar eine Zeitlang unseren Zentralcomputer zu überfordern. Doch dank unseren Spezialisten von der Systemtechnik konnten wir das Problem rechtzeitig erkennen und Gegenmaßnahmen ergreifen. Meinen herzlichen Dank an unsere Computerspezialisten.« Sie zwinkerte Max Denheim zu, den frisch gekürten Chef der Informatikabteilung, der nach dem Tode von Andreas Schmitt das Ruder übernommen hatte. Denheims Gesicht bekam einen merklichen Rotstich. Mit dem Anflug eines Lächelns fuhr Michelle fort: »Das Bild, wie es sich uns nach Auswertung aller bisher bekannten seismischen Messungen darstellt, ist folgendes ...«, sie drückte einen Knopf. Wieder verdunkelte sich der Raum, wieder wurde eine Weltkarte an die Wand projiziert. Ein Raunen lief durch den Raum. Waren es auf Wynhams Karte nur an die dreißig rot markierte Punkte gewesen, so waren es jetzt mehr als hundert. Wie eine Perlenschnur zogen sich die Orte hoher seismischer Aktivität rings um den Pazifik. Verbunden waren diese Punkte mit einem komplizierten Netzwerk von Linien und Wellen, die den Eindruck entstehen ließen, dass man es nicht mit singulären Ereignissen, sondern mit einem globalen Phänomen zu tun hatte. »Diese Karte wurde vor zwei Tagen erstellt«, erläuterte Michelle. »Die gelben Punkte zeigen die Orte, an denen Erdbeben gemessen wurden, die roten, wo die Erde bereits aufgebrochen ist. Wie Sie sehen können, war der überwiegende Teil bis vor kurzem noch gelb eingezeichnet. Und hier die Karte, die wir heute Morgen erstellt haben.« Helène hielt den Atem an. Das

Bild hatte sich deutlich verändert. Aus beinahe allen gelben Punkten waren rote geworden. Hinzu kamen eine ganze Reihe Punkte, die vorher noch nirgendwo verzeichnet waren.

»Wie unschwer zu erkennen ist, haben sich eine ganze Reihe neuer aktiver Zentren gebildet«, führte Michelle ihren Gedanken weiter. »Wenn Sie um die betreffenden Punkte einen Kreis ziehen und die Schnittstellen vergleichen, werden Sie feststellen, dass die neuen Punkte keineswegs zufällig entstehen. Dort wo sich die Kreise schneiden, entstehen zwei neue Punkte und immer so fort. Wir haben es mit einer exponentiellen Zunahme von Erdbeben zu tun. Dies ist ein System sich selbst verstärkender Schwingungen, und es ist nur eine Frage der Zeit, bis es sich zum Kollaps emporgeschaukelt hat.«

Direktor Steenwell, der grauhaarige, hagere Vizedirektor, griff nach seinem Füllfederhalter und ließ ihn zwischen seinen Fingern kreisen. »Wie lange wird es dauern, bis das geschieht?«

»Etwa sechs bis acht Wochen.«

»Mein Gott.« Steenwell hörte schlagartig mit seinen Fingerübungen auf. »Sechs bis acht *Wochen?* Aber das ist eine absolute Katastrophe. Wie sollen wir in so kurzer Zeit einen Notfallplan entwickeln? Wir wissen ja noch nicht mal, wie viele Kugeln es tatsächlich gibt und wo sie sich befinden, geschweige denn, wie wir den Prozess aufhalten sollen.«

»Da muss ich Ihnen leider widersprechen«, fuhr Michelle dazwischen. »Wir wissen exakt, wie viele Kugeln es sind, und wir wissen auch in etwa, wo sie sich befinden.«

»So?« Der hagere Mann beugte sich vor, als wollte er gleich über den Tisch springen.

»Allerdings. Geben Sie bitte acht.« Es erschien wieder das Bild, das Harry Wynham ihnen während seines Vortrags gezeigt hatte. »Das sind die dreißig Fundorte, rings um den Pazifik gelegen und hübsch rot markiert«, sagte Michelle, und man konnte die Erregung in ihrer Stimme hören. »Jetzt passen Sie bitte auf, was passiert, wenn ich die Karte mit den Epizentren derjenigen Beben darüberlege, die wir gemessen haben, kurz nachdem sich die Marianenkugel aktiviert hat. Wir bezeichnen sie als Beben der Phase eins.«

Es folgte eine langsame Überblendung. Während die Bilder ineinander übergingen, entstand Unruhe im Saal. Die Seismologin lächelte geheimnisvoll.

»Ich weiß nicht, wie Sie es nennen würden, ich jedenfalls nenne es einen Volltreffer.«

36

Michelle Ourdai tippte mit ihrem Zeigestab gegen die Projektionswand. »Sämtliche Fundorte liegen in den jeweiligen Epizentren der ersten Erdbebenwelle. Natürlich haben sich inzwischen, aufgrund des vorhin beschriebenen Effektes, überall neue Herde gebildet, doch *dies* sind die Punkte, die für uns wichtig sind. Und es sind genau einhundertdreiundfünfzig.« Sie legte ihre Hand an die Tafel. »Wir dürfen davon ausgehen, dass sich überall dort, wo Beben der Phase eins gemessen wurden, Kugeln befinden. Selbst wenn sie für das menschliche Auge nicht sofort zu erkennen sind«, fügte sie mit bedeutungsschwangerer Stimme hinzu. »Das Problem wird nur sein, sie zu finden.«

»Das verstehe ich nicht«, meldete sich eine Stimme aus der hinteren Sitzbank. »Wir schicken Bergungstrupps dorthin und graben sie aus. Wo ist das Problem?« Vereinzelt war Gelächter zu hören, das jedoch sofort verebbte, als Michelle die ernüchternde Wahrheit verkündete.

»Den Punkten, die auf unserer Karte so klein und überschaubar erscheinen, entsprechen in natura Flächen von mehreren Quadratkilometern. Seismische Wellen lassen sich leider nicht genauer zurückverfolgen. Da haben wir es mit Streuungsproblemen und Interferenzen zu tun. Und nun stellen Sie sich vor, Sie müssten mehrere Quadratkilometer tropischen Regenwald durchkämmen. Mehr noch, Sie müssten den gesamten Boden umgraben. Es ist mehr als wahrscheinlich, das Dutzende von Kugeln von Erdreich überdeckt sind oder gar in tieferen Gesteinsschichten stecken. Das Bild von der Suche nach der Nadel im Heuhaufen bekommt hier eine völlig neue Bedeutung.« Sie schüttelte den Kopf. »Nein, alles, was wir von der geologischen Abteilung tun können, ist, Ihnen den ungefähren Standort zu präsentieren. Mehr nicht. Die Feinarbeit werden andere erledigen müssen.«

Steenwell schlug mit der Hand auf den Tisch. »Womit wir also keinen Schritt weitergekommen wären. Seien wir doch mal ehrlich. Was wir hier tun, ist reine Zeitverschwendung. Dieses ganze Gerede von Vulkanausbrüchen, von Olmeken, sich aufschaukelnden Systemen und Beben der Phase eins – das alles kann nicht darüber hinwegtäuschen, dass wir keine Ahnung haben, womit wir es zu tun haben. Wir wissen nicht, wo die Scheißdinger sind, woher sie stammen, was sie aktiviert hat, geschweige denn, ob man sie irgendwie stoppen kann.«

»Oh, man kann sie stoppen, das ist ganz gewiss.«

Es wurde still im Saal. Alle blickten sich um.

Helène reckte ihren Hals. »Wer hat das gesagt?«

»Das war ich», sagte Colin Filmore und erhob sich langsam aus seinem Stuhl.

»Colin?«

»Jawohl, Madame.« Sein junges Gesicht leuchtete vor Aufregung. »Deswegen habe ich mich ja verspätet. Ich glaube, bei unserer letzten Messung ist uns ein Durchbruch gelungen. Die Durchleuchtung mit Gammastrahlen hat einige interessante Details in der Kugel offenbart. Wenn ich kurz an die Tafel dürfte ...?«

Helène konnte nicht anders, als Colin zu bewundern. Sich hier, vor den Mitgliedern sämtlicher Fakultäten so zu exponieren, dazu gehörte Mut. Seit dem Verschwinden von Professor Weizmann war der junge Mann in der Rangliste der Radiologen rasch aufgestiegen. Er war nun nicht mehr Assistent, sondern hatte eine Einstufung als freier Wissenschaftler erhalten, eine Position, die ihm ungehinderten Zugang zum inneren Forschungsbereich erlaubte. Wie sich herausstellte, hatte sich seine Ernennung als besonderer Glücksgriff erwiesen. Obwohl er das Herz des Berges zuvor noch nie mit eigenen Augen gesehen hatte, wusste Colin mehr darüber als manche seiner Kollegen. Er hatte persönliche Unterlagen Weizmanns gefunden, die wichtige Informationen über die Kugel enthielten. Seitenlange Skizzen und Anmerkungen über den inneren Mechanismus, die Struktur und den Aufbau. Informationen, die zu Weizmanns unumstößlichem Hass gegen das fremde Artefakt geführt hatten.

Colin hingegen war anders veranlagt. Er stand allem Fremden offen gegenüber. Seit ihm der Zugang zur Kammer gewährt wurde, machten die Forschungen rasante Fortschritte. Wie es schien, war er endlich auf etwas gestoßen.

»Sie stehen leider nicht auf der Rednerliste, Colin. Vielleicht, wenn Sie mir im Anschluss an diese Sitzung ...?«

»Es ist aber ungeheuer wichtig.« Colin deutete auf den Stapel Unterlagen, der vor ihm lag. »Ich habe das Material eigens mitgebracht, damit alle es sich ansehen können. Bitte lassen Sie mich kurz erläutern, worum es geht. Es dauert keine zehn Minuten.«

Helène blickte ihre Kollegin fragend an. »Wenn du nichts dagegen hast, Michelle ...«

»Aber nein. Ich war sowieso gerade fertig. Außerdem bin ich glücklich über alles, was uns weiterbringt. Kommen Sie, Colin, nur nicht schüchtern.« Sie packte ihre Unterlagen zusammen, räumte den Platz und warf dem jungen Mann im Vorübergehen ein Lächeln zu, das selbst einen erfahrenen Mann aus der Bahn geworfen hätte. Auf Colin wirkte es schier überwältigend. Mit

hochrotem Kopf und gesenktem Blick schnürte er an ihr vorbei zum Rednerpult. Als er vorn stand, schien er vollkommen vergessen zu haben, was er hier eigentlich wollte. Irritiert blickte er in die Runde, und es dauerte eine ganze Weile, bis er sich wieder im Griff hatte. Dann nahm er ein Stück Kreide und zeichnete einen Kreis an die Tafel. Mit schnellen, präzisen Strichen entwarf er ein kompliziertes Muster aus sich schneidenden und überlagernden Flächen, die den Kreis in kürzester Zeit wie ein Tangramspiel aussehen ließen. Die Kreide kratzte und quietschte über die Tafel, dass sich einem die Fingernägel hochbiegen konnten. Als er endlich fertig war, schnaufte er wie nach einem Hundertmeterlauf. »Das«, sagte er keuchend, »ist in groben Zügen ein Muster der Bruchkanten, entlang derer sich die Außenhülle der Kugel geöffnet hat. An dem Tag, an dem Andreas Schmitt tragischerweise ums Leben kam.« Er machte eine kurze Pause und trank einen Schluck Wasser. »Wie Sie wissen, haben sich die Deckplatten für einen kurzen Zeitraum um wenige Zentimeter gehoben, so dass ein Blick ins Innere der Kugel möglich war. Zeit genug, um einige endoskopische Aufnahmen zu machen. Was wir zu sehen bekamen, lässt den Schluss zu, dass die Kugel einen komplizierten Mechanismus beherbergt. Einen Mechanismus, der uns, wie ich betonen möchte, völlig fremd ist und dessen Ziel es sein könnte, gravimetrische Wellen zu erzeugen.«
»Das ist doch nichts Neues«, unterbrach ihn Direktor Steenwell. »Diese Vermutung haben wir schon seit zwanzig Jahren. Was haben Sie denn nun herausgefunden?«
»Darauf komme ich gleich, Sir. Wenn Sie sich bitte etwas gedulden.«
Wieder gab es vereinzeltes Gelächter. Helène beobachtete aus den Augenwinkeln, wie Steenwell zurückzuckte. Eine solche Abfuhr war er offenbar nicht gewohnt. Er verschränkte die Arme und funkelte Colin beleidigt über seine Brille hinweg an.

Der Exobiologe war nicht der Mann, der einen solchen Affront auf sich beruhen ließ, auch wenn er ihn in Helènes Augen verdient hatte. Sie konnte nur hoffen, dass Colin wirklich etwas in der Hand hatte, sonst würde es ein Nachspiel geben.
Colin jedoch schien sich darüber keine Gedanken zu machen. Unbeirrt fuhr er mit seinem Vortrag fort: »Wir vermuten, dass die Kugel durch einen Mechanismus vor unsachgemäßem Öffnen geschützt wird. Der jähe Strahlungsanstieg, der helle Blitz und das Verschwinden von Schmitt, all das lässt nur den Schluss zu, dass sich die Kugel sehr wohl zu verteidigen weiß, sollte jemand versuchen, sich mit Gewalt Zugang ins Innere zu verschaffen oder, und diese Gefahr halte ich für die größere, die Kugel zu zerstören. Davor kann ich nur warnen. Die Folgen wären verheerend.« Er tippte mit der Kreide an die Tafel. »Es scheint aber eine Möglichkeit zu geben, die Kugel trotzdem zu öffnen, und zwar gefahrlos.« Er begann damit, einige der Flächen weiß zu schraffieren. »Unsere Bestrahlungen haben ein kompliziertes mechanisches Geflecht im Inneren offenbart, das in der Lage ist, die Außenhülle entlang bestimmter Bruchzonen anzuheben und auch wieder abzusenken. So ähnlich wie eine Auster, die ihre Schale öffnet. Schmitt vermutete, dass man durch das Berühren bestimmter Punkte die Kugel öffnen könne. Er schien das Tagebuch des verschollenen Geologen in die Finger bekommen zu haben und die dort gewonnenen Erkenntnisse für seine Experimente nutzen zu wollen. Der Gedanke war gut, er hatte nur eine Sache übersehen. Man muss die *richtigen* Punkte treffen. Auf der Kugeloberfläche scheint es bestimmte Reizpunkte zu geben, die im Inneren miteinander verbunden sind. Ich habe diese Flächen hier markiert. Wir haben diese Punkte genau analysiert und festgestellt, dass es die einzigen Stellen auf der Kugel sind, die sich *nach innen* bewegen lassen. Bei allen anderen funktioniert der Mechanismus nur nach außen.«

»Und?« Steenwell blickte Colin mit unverhohlenem Misstrauen an.
»Wir vermuten – nein, wir sind uns sicher –, dass ein Berühren dieser Punkte den Verteidigungsmechanismus deaktivieren und uns den Zugang ins Innere der Kugel gewähren wird. Noch ist es natürlich nicht so weit. Wir haben zwar bereits ein paar dieser ›Schalter‹ betätigt, mit sehr vielversprechenden Resultaten, aber um einen vollständigen Einblick zu erhalten, müssen sie in der richtigen Reihenfolge gedrückt werden. Ein paar Tage Geduld werden Sie daher noch aufbringen müssen. Aber es wird klappen, davon bin ich überzeugt.«
Colin unterbrach seinen Vortrag und trank erneut einen Schluck Wasser.
Helène blickte durch die Reihen ihrer Mitarbeiter und entdeckte in vielen Augen ungläubiges Staunen. Den meisten schien ein und dieselbe Frage im Kopf herumzugehen. Sollte dieser junge Bursche herausgefunden haben, wonach sie alle seit so langen Jahren vergeblich suchten? Das war doch nicht möglich. Er selbst machte aber den Eindruck, als wäre er von seiner Theorie absolut überzeugt.
Helène wollte ihm gerade eine weitere Frage stellen, als sich die Tür öffnete und der Wachmann eintrat. Mit zusammengepressten Lippen eilte er nach vorn, trat neben sie und flüsterte ihr etwas ins Ohr.
Helène musste kurz überlegen. Ella Jordan war eingetroffen. Der Zeitpunkt war mehr als ungünstig. Andererseits, wenn sie ihr Vertrauen gewinnen wollte, war es vielleicht sinnvoll, mit offenen Karten zu spielen und sie an der Diskussion teilnehmen zu lassen. Ella gehörte offiziell zum engsten Kreis. Sie durfte ruhig alles erfahren, was hier besprochen wurde. Helène nickte. »In Ordnung. Bitten Sie sie herein.«
Während der Wachposten abschwirrte, wandte Helène sich wieder der Diskussion zu. Mit strengem Blick, die Augen fest

auf den jungen Radiologen gerichtet, sagte sie: »Noch mal von vorn und ganz langsam, Colin. Ich möchte, dass Sie laut und deutlich und für jedermann hörbar wiederholen, was Sie eben gesagt haben.«
Es wurde still im Saal. Der junge Ire musste kurz schlucken, dann hob er sein Kinn und sagte im Brustton der Überzeugung: »Wir haben einen Weg gefunden, die Kugel zu öffnen. Und damit meine ich: *komplett* zu öffnen.«

Ella wippte nervös mit den Zehen. Eine Krisensitzung? Na umso besser, dann waren die Anwesenden wenigstens auf dem neuesten Stand. Was sie zu sagen hatte, würde wie ein Blitz einschlagen, dessen war sie sicher. Der Gedanke war ihr während des Rückflugs aus Sibirien gekommen. Sie hatte gerade die letzten E-Mails, unter denen wieder einige Briefe von Joaquin gewesen waren, abgerufen, als sie aus dem runden Kabinenfenster in den sternenklaren Nachthimmel geblickt hatte. In diesem Augenblick war ihr ein Gedanke gekommen. Selbst jetzt, während sie hier in dem kahlen Gang stand und auf die Rückkehr des Wachmanns wartete, fragte sie sich, warum sie nicht viel eher darauf gekommen war. Es erschien ihr wie eine Erleuchtung. So verschwommen und traumhaft der Rückflug auch gewesen sein mochte, diesen einen Moment seltener Klarheit würde sie ihr Leben lang nicht mehr vergessen.
Die Tür öffnete sich und der Wachposten streckte seinen Kopf heraus.
»Wenn Sie bitte eintreten wollen.«
Ella nahm ihren ganzen Mut zusammen und betrat den abgedunkelten Saal. Dutzende von Augenpaaren richteten sich auf sie. Sie spürte die Blicke beinahe wie eine körperliche Berührung. Mit einem steifen Lächeln ging sie nach vorn, dorthin, wo sie die vertraute Erscheinung Helène Kowarskis erblickte. Die grauhaarige Dame stand auf und kam ihr ein paar Schritte

entgegen. »Willkommen, meine Liebe«, sagte sie und schüttelte Ella die Hand. »Herzlich willkommen. Meine Damen und Herren, darf ich ihnen Dr. Ella Jordan vorstellen, promovierte Seismologin mit Professur an der George Washington University und seit kurzem freie Mitarbeiterin für die *Kowarski-Stiftung.«*
Einige der Anwesenden klatschten. In manchen Gesichtern glaubte Ella ein wissendes Lächeln zu entdecken. Das war nicht überraschend. Hatte sie ernsthaft angenommen, sich an einem Ort wie diesem in der Anonymität verstecken zu können?
»Schön«, sagte Helène. »Vielleicht nehmen Sie da drüben Platz. Dort ist noch ein Stuhl frei, und Sie haben einen guten Blick nach vorn.«
Ella nahm ihren ganzen Mut zusammen und sagte: »Mit Verlaub, ich hätte vorher noch etwas zu sagen.«
»So?« Madame Kowarski zog die Augenbrauen hoch.
»Es scheint mir von größter Wichtigkeit zu sein.«
Helène zögerte kurz, dann wandte sie sich an Steenwell und Habermann. »Können wir Dr. Jordan kurz das Wort erteilen ...«
Steenwell hob seine Hände in einer Geste der Verzweiflung. Als wollte er andeuten, dass es nach dem ungeplanten Vortrag Colins auf einen Redner mehr oder weniger auch nicht mehr ankomme. Helène nickte und deutete auf das Rednerpult. »Bitte schön.«
»Vielen Dank, dass ich hier so unangemeldet hereinplatzen darf«, sagte Ella. Die Erinnerung an den Tag ihrer ersten Vorlesung waren mit einem Mal wieder sehr präsent. »Ich weiß, dass mein Eindringen sehr unhöflich erscheinen muss«, fuhr sie fort. »Es war keineswegs so geplant, das dürfen Sie mir glauben. Ich hoffe aber, dass Sie Verständnis zeigen werden, wenn Sie erst hören, was ich zu sagen habe. Wie manchen von Ihnen vielleicht bekannt ist, war ich viel unterwegs, auf der Suche nach Orten, an denen starke tektonische Unregelmäßigkeiten herrschen. Die erste Reise führte mich in die Tiefsee, eine zwei-

te nach Südamerika und eine dritte nach Sibirien. Bis auf die Reise nach Chile bin ich jedes Mal nur knapp mit dem Leben davongekommen.« Sie wies auf die Blessuren, die sie bei ihrer Flucht aus dem Haus des Fallenstellers davongetragen hatte. »Überall fand ich dieselben Spuren und Hinweise. Zu der allgemeinen Entwicklung brauche ich Ihnen nichts zu erzählen, darüber wissen Sie sicher besser Bescheid. Bemerkenswert fand ich jedoch die Tatsache, dass es immer dann zu besonders schwerwiegenden Ereignissen kam, wenn Menschen versucht haben, die Kugeln zu manipulieren. Wohlgemerkt, es handelt sich hier um singuläre Ereignisse, die nicht unbedingt in Zusammenhang mit der allgemeinen Entwicklung stehen. Ich finde, das ist eine Erkenntnis, die wir nicht übersehen sollten. Doch es gibt noch eine weitere Frage, die uns beschäftigt und auf die wir bisher keine Antwort hatten. Sie lautet: Woher stammen diese Dinger und was hat sie bewogen, gerade jetzt verrückt zu spielen?« Ella blickte in die Runde und stellte befriedigt fest, dass sie ins Schwarze getroffen hatte. »Ich habe mir den Kopf darüber zerbrochen, seit ich zum ersten Mal von diesen Kugeln erfuhr. Woher stammen sie? Wie kommt es, dass sie sich unabhängig voneinander aktiviert haben? Wer steckt dahinter, und was ist das Ziel dieser Aktion?« Sie begann auf und ab zu gehen. Bewegung half ihr dabei, sich zu konzentrieren. »Zumindest über den letzten Punkt dürfte keine Unklarheit bestehen. Die Spatzen pfeifen es ja bereits von den Dächern. Das Ziel ist eine Umformung unserer Atmosphäre. Alle Berichte in Funk, Fernsehen und Presse sind sich einig. Uns steht bei anhaltender Vulkantätigkeit ein massiver Klimawechsel ins Haus. Mehr noch: Die Zusammensetzung der Atmosphäre wird sich verändern. Stickoxide und Treibhausgase werden in bisher unbekanntem Ausmaß in die Luft gepustet. Wir dürfen uns nichts vormachen: Der Mensch ist zwar ein Umweltverschmutzer erster Güte, aber gegen einen Vulkan ist er ein Waisenknabe. Ich habe mich auf meinem Rückflug eingehend informiert. Allein der Ausbruch des Pinatubo auf den Philippinen 1991 hat zwanzig Millionen Tonnen Schwefeldioxid in die Luft gepulvert. Das ist mehr, als die Weltbevölkerung in einem Jahr produziert. Die entstandene Wolke hat nicht nur zu einem erheblichen Anstieg des sauren Regens geführt, sondern auch zu einer messbaren Erwärmung der Erdoberfläche aufgrund der entstandenen Treibhausgase. Und der Pinatubo war nur ein *einziger* Vulkan. In der Zwischenzeit haben wir es mit Hunderten von Eruptionen zu tun. Zugegeben, nicht so gewaltig wie der Pinatubo, aber was nicht ist, kann ja noch werden. In ihrer Gesamtheit sind die Ausbrüche erschreckend. Bemerkenswert ist hierbei, dass die Menge an ausgeblasener Asche sehr gering ist. Viel zu gering für einen natürlichen Vulkanausbruch. Asche und Staub bewirken eine Verringerung der Lichtmenge, die zwangsläufig zu einer Abkühlung führt. Dass wir es hier nicht mit Staub, sondern ausschließlich mit Treibhausgasen zu tun haben, deutet darauf hin, dass dieser Prozess künstlich herbeigeführt wird. Man *will*, dass sich die Erde erwärmt. Ich sage Ihnen, es ist eine Veränderung unserer Atmosphäre im Gange, gegen die sich der Ausbruch des Pinatubo wie ein kleiner Schluckauf ausnimmt. Wenn wir nicht schnellstens etwas unternehmen, wird sich die Oberfläche der Erde in eine Ödnis verwandeln, gegen die sich der Mars wie der Garten Eden ausnimmt. Und daher möchte ich noch einmal auf die Frage zurückkommen, die ich eingangs gestellt habe. Wer könnte ein Interesse daran haben, die Lebensbedingungen auf der Erde so nachhaltig zu verändern? Sie alle säßen nicht hier, wenn Sie es nicht schon längst wüssten. Ich meine, dies hier ist ein Teil von *SETI*«, sie breitete die Arme aus. »Diese ganze Einrichtung wurde gebaut, um die Forschung nach außerirdischem Leben voranzutreiben. Und wie es scheint, haben wir endlich etwas gefunden. Oder, um es treffender zu formulieren, *wir* sind es, die gefunden wurden.« Sie griff in die Innentasche ihrer Jacke und zog ein dicht bedrucktes, schmuddeliges Stück Papier heraus, das sie seit nunmehr drei Wochen mit sich herumschleppte. Damals, als sie es zum ersten Mal gelesen hatte, hatte sie instinktiv gespürt, dass es bedeutsam war. Jetzt nahm sie das Stück Papier und legte es auf den Tageslichtprojektor, der neben dem Rednerpult stand. Die Schrift, die über ihrem Kopf erschien, war zunächst noch etwas undeutlich, doch Ella drehte so lange am Schärferegler, bis sie für alle lesbar war: Es war ein Ausschnitt aus einer Tageszeitung, der *Washington Post* vom 23. März. Die Ränder waren von Kaffee verfärbt.

KOSMISCHE KATASTROPHE IM ORION. DROHT UNS GEFAHR?, stand da zu lesen.

Die Leute stellten das Getuschel ein. Es gab kein Rascheln und kein Scharren mehr. Alle hielten den Atem an. Schweigen legte sich über den Saal.

Ella hob den Kopf, und in die Stille hinein sagte sie: »Ich kann mir beim besten Willen nicht vorstellen, dass das ein Zufall ist. Sie etwa?«

37

Zwei Stunden später war alles vorüber. Die Sitzung hatte mit vielen überraschenden Erkenntnissen geendet, und die Wissenschaftler waren an ihre Arbeit zurückgekehrt. Der neue Stoff reichte aus, um vielen von ihnen schlaflose Nächte zu bereiten.

Ella hingegen fühlte sich erleichtert. Sie hatte sich nicht zum Narren gemacht. Ihre Theorie war erstaunlich wohlwollend zur Kenntnis genommen und mit lang anhaltendem Beifall kommentiert worden.

Helène Kowarski hatte ihr vor versammelter Mannschaft gedankt und sich bereit erklärt, sie im Anschluss persönlich durch die Labors zu führen. Ein Angebot, das Ella begeistert annahm.

Und nun war sie hier. Sie fühlte sich wie ein kleines Kind, das zum ersten Mal im Leben unter einem hell erleuchteten Weihnachtsbaum stand, ein Geschenk in den Händen, die Augen geblendet vom Kerzenlicht. Hier, tief in den Schweizer Alpen zu stehen und den Blick auf eine der geheimsten wissenschaftlichen Einrichtungen, die es auf der Erde gab, werfen zu dürfen, das trieb ihr die Verwunderung bis in die Zehenspitzen. Sie warf einen letzten Blick durch die lichterfüllte Kathedrale und genoss den magischen Moment.

Es dauerte keine Minute, dann war er verflogen. Zerplatzt wie eine schillernde Seifenblase. Die Realität hatte sie wieder eingeholt. Ella schlang die Arme um ihren Körper. Sie spürte die Kälte hier unten. Das Unheil, das sich über ihren Köpfen zusammenzubrauen begann, hinterließ Spuren. Die Gerüchte hatten sich offenbar wie ein Lauffeuer verbreitet. Kaum einer, der an diesem Tag fröhlich oder heiter war. Die Menschen wuselten geschäftig von einem Ort zum anderen, die Köpfe eingezogen, die Gesichter versteinert. Keiner nahm sich Zeit für ein Gespräch, keiner gönnte sich eine Ruhepause. Die Leute hier standen unter gewaltigem Druck. Der alles entscheidende Faktor hieß Zeit, und Zeit war ein Luxus, den sie sich nicht leisten konnten.

Helène Kowarski berührte sie am Arm. »Kommen Sie. Wir müssen reden.«

Betrübt, dass die Führung schon vorbei war, spürte Ella jedoch das Verlangen, endlich alles zu erfahren. Diesmal würde sie sich nicht mit halbgaren Informationen abspeisen lassen. Was war mit Martin? Nun, sie würde auch dieser Sache auf den Grund gehen.

Die Leiterin des Instituts winkte Ella zu einem Gebilde aus Stahlrohren, das sich einem gigantischen Werkzeug gleich in den Himmel schraubte. Zu ebener Erde befand sich eine Tür und daneben stand ein schwer bewaffneter Wachposten. »Wir nehmen den Aufzug«, sagte sie. »Oder möchten Sie lieber zu Fuß gehen?«

Ella blickte in den Himmel und schüttelte den Kopf. Der Wachposten nickte knapp, als er die beiden Frauen näher kommen sah, und drückte auf einen Knopf. Irgendwo in weiter Ferne ertönte ein Gong, gefolgt von einem metallischen Schnappen. Dann sah Ella, wie sich hoch oben eine Gondel in Bewegung setzte. Mit seiner offenen, luftigen Konstruktion mochte der Lift der Traum jedes Architekten sein. Für Ella, die sich in großen Höhen noch nie besonders wohl gefühlt hatte, war es eher ein Albtraum.

»Ihr Vortrag gerade eben hat uns allen sehr zu denken gegeben«, begann die Leiterin des Instituts das Gespräch, während sie auf den Lift warteten. »Besonders der Hinweis auf die Supernova hat einige meiner Mitarbeiter kalt erwischt. Ich wette, sie fragen sich noch jetzt, wieso sie nicht selbst darauf gekommen sind.«

»Vielleicht, weil vielen von ihnen der Zusammenhang als zu absurd erschien«, sagte Ella.

»Vermutlich.« Helène nickte beifällig. »Sehr aufschlussreich war aber auch ihr Hinweis auf das Abwehrverhalten der Kugeln bei Manipulation. Ihre Erfahrung deckt sich hundertprozentig mit dem Ereignis hier im Berg, bei dem einer unserer Mitarbeiter ums Leben gekommen ist. Wir müssen einfach noch viel vorsichtiger sein, wenn wir uns den Kugeln nähern. Gab es sonst noch etwas, was Sie mir aus Sibirien zu berichten hätten?«

»Ich habe Ihnen den Bericht doch schon gemailt«, erwiderte Ella. Die Gondel näherte sich. Mit ängstlichem Erstaunen bemerkte sie, dass es nichts weiter als ein offener Käfig war. »Sibirien war eine Katastrophe. Ich habe so etwas überhaupt noch nie erlebt. Die Geburt eines Vulkans ist keine angenehme Erfahrung. Zu spüren, wie unter einem die Erde bebt und über einem das Haus zusammenstürzt, wie nebenan die Erde aufreißt und einen mit glühenden Gesteinsbrocken bewirft, das ist etwas, worauf ich in Zukunft gern verzichten möchte.«

»Verstehe«, sagte Helène. Sie tat dies mit einem Seitenblick, der die Vermutung nahelegte, dass sie genau wusste, dass Ella einen wichtigen Teil in ihrem Bericht ausgelassen hatte.

Der Aufzug war angekommen und die Flügeltüren öffneten sich gleich einem stählernen Gebiss. »Haben Sie sich in der Zwischenzeit einigermaßen erholt?« Sie trat ein und drückte die Acht.

»Nur mit Mühe.« Ella folgte ihr und beobachtete, wie sich die Tür schloss. Mit einem tiefen Summen setzte sich der Lift in Bewegung. Während sich der Boden entfernte, bemerkte sie mit Erstaunen, dass die Gondel an keinerlei Kabel zu hängen schien. Auf ihren fragenden Blick hin erklärte Madame Kowarski: »Magnetisch.«

Ella fand, dass es an der Zeit war, mit dem Wortgeplänkel aufzuhören. »Um ehrlich zu sein, ich habe zwei der schlimmsten Wochen meines Lebens hinter mir«, sagte sie. »Erst das Unglück auf der *Shinkai* und danach Sibirien. Ich weiß nicht, welches Erlebnis entsetzlicher war. Beides hat mich an meine seelischen und körperlichen Grenzen geführt.« Sie blickte in die Tiefe. Die Menschen waren inzwischen auf die Größe von Bleistiften geschrumpft.

In Helènes Gesicht zeichnete sich Betroffenheit ab. »Und schon wieder ist es meine Schuld.« Ihr Mund wurde zu einer scharf geschnittenen Linie. »Hätte ich gewusst, was da auf Sie zukommt, ich hätte Sie natürlich niemals losgeschickt, das müssen Sie mir glauben. Ich habe Ihnen den Auftrag damals mit dem Hinweis gegeben, dass Sie als Einzige meines Stabes entbehrlich seien. Aber wie hätte ich ahnen können, dass sich die Situation so entwickeln würde.« Sie hob den Kopf. »Die Außenerkundungen sind abgeschlossen. Mit Ihrer Erlaubnis würde ich Sie gern meinem Geologenstab als beratende Mitarbeiterin zuteilen. Ich bin sicher, meine Leute sind ganz begierig darauf, Informationen aus erster Hand zu bekommen. Bis die Sache abgeschlossen ist, werden Sie kein weiteres Risiko mehr eingehen. Sie können hier so lange forschen und arbeiten, wie Sie wollen – hier, in unserem Berg.« Mit einem Seitenblick fügte sie hinzu: »Es sei denn, Sie haben etwas anderes vor.«

»Was ist mit Effelsberg?«

Helène bedachte sie mit einem schwer zu deutenden Blick. »Was soll damit sein?«

»Das Signal wurde zuerst im Radioteleskop von Effelsberg empfangen. Ich würde der Sache gern auf den Grund gehen.«

Der Lift kam zum Stillstand und die Tür öffnete sich mit einem wohltönenden Gong. »Hier entlang, bitte.« Die Direktorin eilte aus der Gondel und führte Ella an einer Balustrade entlang, von der aus man die gesamte Anlage überblicken konnte. Ella zuckte zurück, als sie an die Höhe dachte. Sie waren noch nicht weit gegangen, als Helène neben einer Tür stehen blieb – laut Türschild das Büro von Dr. Kowarski.

»Da wären wir«, sagte sie und öffnete die Tür. »Hier oben befinden sich die Büros der Institutsleitung, Dr. Steenwell und Dr. Habermann. Sie haben die beiden ja während der Sitzung kennengelernt. Ihre Büros befinden sich ein Stück weiter den Gang entlang.

»Schöne Aussicht«, log Ella, während sie eintrat.

»Nun, die besten Büros für die besten Mitarbeiter, nicht wahr?« Helène schloss die Tür und warf Ella einen schwer zu deutenden Blick zu. Sie zeigte auf eine Ledercouch, die zwischen zwei Yuccapalmen eingezwängt stand. »Bitte sehr.«

»Danke.«

»Kaffee oder Tee?«

»Tee bitte.«

Helène tippte auf einen Knopf an ihrem Telefon. »Keine Anrufe jetzt«, sagte sie. »Ach ja, bringen Sie uns eine Kanne Tee. Danke.«

»Was ist jetzt mit Effelsberg?«

»Eigentlich hatte ich vor, einen unserer Astrophysiker dorthin zu schicken. Ich dachte, Sie hätten erst mal die Nase voll vom Herumreisen.«

Ella blickte sich um. Sie fühlte sich unwohl in dieser Welt aus Stahl, Beton und Kunstlicht. Die vielen Pflanzen, die hier herumstanden, ließen die Szenerie nur noch unwirklicher erscheinen. Sie konnte sich nicht vorstellen, es auch nur länger als eine Woche hier drin auszuhalten, geschweige denn die nächsten Monate hier zu arbeiten. »Nun, Tatsache ist ...«, sie blickte zur Tür, »... ich fühle mich nicht besonders wohl in geschlossenen Räumen. Selbst wenn es etwas so Bedeutendes ist wie dieses Institut. Darüber hinaus stecke ich mittlerweile so tief in der Sache drin, dass ich sie unbedingt zu Ende führen möchte. Ich würde wirklich gern selbst dorthin reisen.« Sie warf Madame Kowarski ein entschuldigendes Lächeln zu.

»Ich weiß nicht recht.«

»Immerhin habe ich Sie überhaupt erst auf diese Idee gebracht.«

»Stimmt schon. Aber trotzdem ...«

»*Bitte.*«

»Na schön. Ich werde darüber nachdenken.« Helène lächelte versonnen. »Sie haben da unten einige meiner Mitarbeiter ziemlich brüskiert, wissen Sie das?«

»Das lag nicht in meiner Absicht.«

Madame Kowarski winkte ab. »Das macht nichts. Um ehrlich zu sein, Sie haben uns allen einen heilsamen Schock versetzt. Zusammen mit dem, was Colin herausgefunden hat, sind wir ein gutes Stück weitergekommen.«

Ella nahm ihren ganzen Mut zusammen. »Es gibt noch etwas anderes, über das ich dringend mit Ihnen sprechen muss.«

»Sie sprechen von Konrad Martin.«

»Von wem sonst?«

Helène faltete die Hände, ein aufmunterndes Lächeln in ihrem Gesicht. »Wir sind völlig ungestört. Wenn Sie mir etwas sagen möchten, wäre jetzt der ideale Zeitpunkt.«

Ella schüttelte den Kopf. »Seit ich Hals über Kopf aus Sibirien geflohen bin, kann ich über nichts anderes nachdenken als über ihn – und was aus ihm geworden ist.«

»Um Konrad brauchen Sie sich keine Sorgen zu machen. Es geht ihm gut. Ich habe Nachricht erhalten, dass er sich auf dem

Rückweg befindet. Er wird noch im Laufe des heutigen Nachmittags bei uns eintreffen.«

Ella konnte ihre Überraschung kaum verbergen. »Heute noch? Nun, das ist – *erleichternd.* Ich freue mich zu hören, dass es ihm gut geht.«

»War es das, worüber Sie mit mir sprechen wollten?«

»Nicht direkt, nein.« Ella seufzte. »Es geht um die Veränderungen, die mir an ihm aufgefallen sind. Veränderungen, die ich mir unmöglich erklären und die ich auch nicht ignorieren kann. Ich muss einfach mit jemandem darüber reden.«

Helène Kowarski schaltete den Computer aus. »Ich dachte mir schon, dass Sie irgendwann auf dieses Thema kommen würden. Das war nur eine Frage der Zeit. Aber ich wollte Ihnen nicht vorgreifen.«

»Wie überaus rücksichtsvoll von Ihnen.« Ella erlaubte sich ein ironisches Lächeln. »Warum nur habe ich immer das Gefühl, dass alle Welt viel mehr weiß als ich? Na egal. Sprechen wir nicht von mir, sondern von ihm. Sie fragen sich doch sicher, warum wir nicht zusammen zurückgekehrt sind.«

»Durchaus, ja«, erwiderte die alte Dame mit geheimnisvollem Blick.

»Nun, als ich Ihnen in meiner Mail schrieb, wir hätten uns im Streit getrennt, so entsprach das nicht der Wahrheit. In Wirklichkeit ist etwas anderes vorgefallen. Etwas, für das ich bis heute keine Erklärung gefunden habe.«

»Ich glaube, ich verstehe, was Sie meinen.«

»Das kann ich mir kaum vorstellen.« Ella schüttelte den Kopf. »Um das zu verstehen, müssten Sie selbst dabei gewesen sein.«

»Vielleicht könnten Sie versuchen, es mir zu erklären.«

»Genau das fällt mir ja so schwer. Ich habe etwas getan, was unredlich und feige gewesen ist. Auf mir lastet das schlechte Gewissen, verstehen Sie? Aber ich konnte in dem Moment nicht anders.« Ihre Stimme war während der letzten Sekunden zu

einem Flüstern verebbt. »Ich habe ihn im Stich gelassen«, murmelte sie. »Bin einfach auf und davon, ohne mir darüber Gedanken zu machen, was aus ihm werden würde. Ich glaube, in jenem Moment war es mir egal, ob er überlebt oder stirbt.«
Helène winkte ab. »Konrad kommt schon klar. Er kommt immer klar, machen Sie sich darüber keine Sorgen.«
Ella war in Gedanken versunken. »Es ist normalerweise nicht meine Art, einen Freund und Kollegen in einer lebensgefährlichen Situation zurückzulassen. Ich weiß wirklich nicht, was über mich gekommen ist.«
Um Helènes Mund spielte ein feines Lächeln. »Er muss Ihnen ja eine Heidenangst eingejagt haben. Was war es? Pigmentstörungen? Irgendwelche Muster auf seiner Haut, hm?« Ihre Augen funkelten im kalten Schein der Neonlampen. *»Vielleicht beides?«*

38

»Woher …?« Ella starrte fassungslos zu ihr hinüber. In ihrem Kopf überschlugen sich die Gedanken. »Sie wissen davon?«, brach es aus ihr heraus. »Aber wie ist das möglich? Was ist mit ihm? Ist das eine Krankheit?«

In diesem Augenblick öffnete sich die Tür, und der Tee wurde serviert. »Darf ich vorstellen? Das ist meine Sekretärin Johanna. Johanna, dies ist Dr. Ella Jordan.«

»Angenehm.« Die junge Frau lächelte warmherzig, stellte das Tablett auf einen Tisch und kam Ella ein Stück entgegen, um ihr die Hand entgegenzustrecken. Ella war unfähig, sich zu rühren. Nachdem die junge Frau eine Weile unsicher herumstand, zog sie ihre Hand wieder zurück.

»Du darfst dann gehen, Johanna«, sagte Helène und schloss die Tür hinter ihr.

»Sie müssen es mir sagen«, drängte Ella. »Was wissen Sie von dieser Sache?«

»Nicht genug, fürchte ich. Nur, dass es eine Art allergische Reaktion auf Kälte ist. So, wie er übrigens auch auf Alkohol allergisch reagiert. Wenn Sie möchten, erzähle ich Ihnen die ganze Geschichte.« Als Ella nickte, stand Madame Kowarski auf, ging um ihren Tisch herum und griff in ihr Bücherregal. Doch statt ein Buch herauszuholen, drückte sie auf irgendeinen Knopf, der sich auf der Rückwand befand. Es gab ein klickendes Geräusch

und wie von Geisterhand bewegt verschob sich das Regal. Dahinter erschien ein Safe. Ella verfolgte mit gespannter Erwartung jede ihrer Bewegungen. Vom Drehen des Kombinationsschlosses über das Ziehen des Hebels bis zum Aufschwingen der Safetür. Als sie dann endlich ins Innere des Panzerschrankes griff und ein kleines abgewetztes Buch sowie einen Umschlag herausholte, hielt es Ella nicht mehr auf ihrem Sitzplatz.
»Was ist das?«, fragte sie und deutete auf das lederbeschlagene Büchlein.
»Ich glaube, ich erwähnte es bei unserem ersten Treffen.« Hélène schob es ihr über den Tisch. »Dies ist das Tagebuch des Professor Mondari. Bitte bedienen Sie sich, aber seien Sie vorsichtig, es ist sehr schlecht gebunden.«
Mit zitternden Fingern griff Ella danach und begann darin zu blättern. Die Schrift war von außerordentlicher Präzision, die Wörter akkurat auf Zeile geschrieben, die Buchstaben in ebenmäßigem Winkel gegeneinandergelehnt. Die Schrift eines Perfektionisten. Da es Italienisch war, konnte sie wenig über den Inhalt sagen. Nur die Zeichnungen fielen ihr auf. Geologische Schnitte, Ansichten von Landschaften, Skizzen von Versteinerungen. Wunderbare kleine Kunstwerke von markanter Schönheit. Der Professor war anscheinend nicht nur ein Perfektionist gewesen, sondern auch ein Ästhet. Auffallend war auch, dass sowohl die vordersten als auch die hintersten Seiten des Büchleins verkohlt waren, als habe es kurze Zeit im Feuer gelegen.
Ella hob den Kopf. »Haben Sie es übersetzen lassen?«
»Natürlich. Ich kann Ihnen gern eine Abschrift auf Ihr Zimmer bringen lassen. Ich muss Sie aber warnen. Das meiste davon ist ausgesprochen trocken. Höchstens interessant für Paläontologen und Artenkundler. Wirklich spannend ist allein der letzte Teil, der sich mit dem Auffinden der Kugel befasst.«
»Ich bin beeindruckt«, sagte Ella, blätterte noch ein wenig darin herum und legte das Büchlein dann vorsichtig zurück auf den

Tisch. »Ich verstehe aber immer noch nicht, was dieses Buch mit Konrad Martin zu tun hat.«
»Das liegt daran, dass Sie sich diese Fotos noch nicht angesehen haben.« Mit einer feierlichen Geste öffnete Madame Kowarski den Umschlag. Sie entnahm ihm etwa zehn Fotografien, die sie vor Ella ausbreitete. Es handelte sich um Schwarzweißaufnahmen in unterschiedlichen Formaten und von unterschiedlicher Qualität. Der überwiegende Teil waren Gruppenfotos, doch es gab auch die eine oder andere Einzelaufnahme. Ein Bild nahm Ella besonders gefangen. Es war eine Porträtfotografie.
»Das ist doch ...« Sie nahm das Foto hoch und hielt es sich ganz dicht ans Auge. »Von wann, sagten Sie, sind diese Aufnahmen?«
»Dieses hier ist datiert auf den einundzwanzigsten Achten neunzehnhundertfünfundvierzig. Kurz nach Ende des Zweiten Weltkrieges.«
Ella konnte nicht glauben, was sie da sah. Das Bild zeigte Konrad Martin. Er trug ein schlecht sitzendes Jackett, eine schwarz umrandete Nickelbrille und in seinem Mundwinkel steckte eine halb gerauchte Zigarre. Sie ließ das Bild sinken. »Martin?«
Helène Kowarski schüttelte den Kopf. »Mondari.«
»Erstaunlich. Die beiden gleichen sich wie eineiige Zwillinge. Wie ist das möglich? Sind sie miteinander verwandt?«
Die Leiterin des Instituts schüttelte den Kopf. »Mondari war Einzelkind. Er verstarb, ehe er eine eigene Familie gründen konnte.«
»Vielleicht ist er ein illegitimer Sohn Mondaris. Das Kind einer Liebschaft. Vielleicht hat der italienische Professor selbst nie erfahren, dass er ein Kind hat. So etwas hat es schon oft gegeben.«
Madame Kowarski goss sich eine Tasse Tee ein. »Ich will Ihnen kurz erzählen, wie ich Konrad Martin kennengelernt habe. Es

war 1956. Kurz zuvor hatte der Vorstand der CERN dem Antrag meines Vaters für den Bau des Kowarski-Instituts zugestimmt. Ich war damals knapp zehn Jahre alt, doch ich erinnere mich daran, als wäre es gestern gewesen. Eines Tages klingelte es an unserer Tür. Ein seltsamer Mann mit starkem italienischem Akzent stand dort und begehrte Einlass. Er beteuerte, dass er besondere Informationen über die seltsame Kugel hätte, die mein Vater ein Jahr zuvor gefunden hatte und die seitdem streng unter Verschluss lag. Allein die Tatsache, dass er von der Kugel wusste, war für meinen Vater Grund genug, ihn hereinzubitten. Ich habe von dem anschließenden Gespräch nicht viel mitbekommen, doch es genügte meinem Vater, um den Mann vom Fleck weg einzustellen. Er bekam eine Personalnummer zugeteilt und trat in die Dienste meines Vaters, als eine Art persönlicher Berater. Dieser Mann, der damals über die Schwelle unseres Hauses trat, nannte sich selbst Konrad Martin. Er besaß keinerlei Ausweispapiere und nichts, was seine Herkunft in irgendeiner Weise hätte beleuchten können. Es war dieser Mann hier«, sie tippte mit dem Finger auf das Porträtfoto. »Da er förmlich aus dem Nichts aufgetaucht war, dauerte es eine ganze Weile, ehe wir ihm eine neue Identität zurechtgeschustert hatten.«

Ella hob überrascht den Kopf. »Aber Konrad Martin kann damals kaum mehr als ein Knabe gewesen sein.«

»Ich sage Ihnen doch, es war ein erwachsener Mann.«

»Dann gehört er vielleicht zu dieser Art Männer, denen man ihr Alter nicht ansieht. Ich verstehe nicht, worauf Sie hinauswollen.«

»Offensichtlich.« Das Gesicht der alten Dame verfinsterte sich. »Er sah damals schon genauso aus wie heute. Abgesehen vom Bart, den hat er sich erst vor ein paar Jahren wachsen lassen. Was ich Ihnen sagen will, ist Folgendes: Konrad Martin und Francesco Mondari sind *ein und dieselbe Person.*«

»Aber Sie sagten doch, er sei damals ums Leben gekommen.«

»Vielleicht nicht. Wir wissen nicht genug über die Eigenschaften dieser Kugel, um mit hundertprozentiger Sicherheit sagen zu können, dass er bei dem Vorfall vor fünfzig Jahren wirklich starb. Vielleicht hat ihn der Kontakt mit der Kugel nur verändert.«

»Verändert? *Wie?*« Mit Schaudern erinnerte Ella sich an den Abend im Blockhaus des Jägers. An das, was mit seiner Haut geschehen war und an seine Stimme. Diese brüchige, unendlich fremde Stimme. *Ich bin viele*, das waren seine Worte gewesen. Was immer das auch bedeuten mochte. Vor ihrem inneren Auge sah sie noch einmal die Flechten, die aus seiner Hand geschossen waren, und die Muster, die sich auf seiner Haut gebildet hatten. Sie sah den Wolf des Jägers, wie er knurrend und zähnefletschend vor Martin zurückgewichen war. Ella schüttelte den Kopf. Ihr Instinkt klammerte sich krampfhaft an den letzten Rest gesunden Menschenverstand, der ihr noch geblieben war. »Wenn ich für bare Münze nehmen würde, was Sie mir da erzählen, müsste ich zu dem Schluss gelangen, dass dieser Mann nicht altert.« Sie hielt den Kopf schief. »Mal im Ernst, das ist doch unmöglich. Klingt in meinen Ohren wie eine Gespenstergeschichte.« Sie versuchte, das Thema auf eine lächerliche Schiene zu lenken, aber ihren eigenen Worten zum Trotz spürte sie, dass an der Sache etwas dran war. Eine plötzliche Beklemmung schnürte ihr die Luft ab. Sie konnte kaum atmen. Sie war nicht in der Lage, einen klaren Gedanken zu fassen, geschweige denn, etwas Vernünftiges zu sagen. »Ich kann das nicht glauben«, war alles, was sie herausbekam. »Das ist doch alles Blödsinn.« Sie schüttelte noch einmal den Kopf, dann wischte sie sich über die Jeans und erhob sich. »Ich würde mich jetzt gern ausruhen. Die letzten Tage waren ziemlich hart. Haben Sie ein Quartier für mich, wo ich mich für ein paar Stunden langlegen kann?«

Doch Helène Kowarski ließ nicht locker. »Ist Ihnen an seinem Namen nichts aufgefallen?

»Seinem *Namen?«*

»Martin. Erinnern Sie sich an den Namen des Ortes, an dem die Kugel gefunden wurde? San Martino.«

»Ein Zufall.«

»So?« Helène stand ebenfalls auf. »Na schön. Ich werde Ihren Wunsch nach Ruhe respektieren. Aber erst bitte ich Sie, sich das Ergebnis der Bluttests anzusehen, die damals anlässlich Konrad Martins Einstellung vorgenommen wurden. Ich will Sie nicht mit Einzelheiten langweilen und rate Ihnen, nur kurz das Abschlussergebnis zur Kenntnis zu nehmen.«

Sie zog ein weiteres Blatt Papier aus dem Umschlag. »Bitte lesen Sie selbst.«

Ella zog ihre Brille aus der Tasche und beugte sich über das Papier. Es war unterschrieben und abgestempelt von einem Arzt für Allgemeinmedizin am 29. Oktober 1956.

Abschließende Beurteilung, stand da zu lesen. *Laut meiner Untersuchung leidet der Untersuchte an akuter Polyglobulie in Verbindung mit einer starken Steigerung des Hämatokrits. Das Blut weist eine hohe Viskosität auf, was auch auf das Vorhandensein enormer Mengen der Elektrolyte Kalium und Magnesium zurückzuführen sein könnte. Alle Untersuchungen, seien es die Enzyme, die Gerinnung, die Senkungsgeschwindigkeit der Blutkörperchen, die Hormone – alle serologischen Untersuchungen weisen große Abweichungen von der Norm auf. Ich sehe mich außerstande, die Behandlung fortzuführen, und schlage vor, den Patienten Konrad Martin sofort in stationäre Behandlung eines auf Blutanomalien spezialisierten Krankenhauses zu überführen. Gezeichnet: Dr. med. Armbruster.*

Ella warf Madame Kowarski einen fragenden Blick zu.

»Konrad Martin war zum Zeitpunkt der Untersuchung völlig gesund, müssen Sie wissen«, sagte die alte Dame mit ernstem

Gesicht. »Wir haben später einige weitere Tests durchgeführt, alle mit demselben Ergebnis. Die anderen Körperfunktionstests waren im Übrigen nicht minder eigenartig. Ein normal veranlagter Mensch wäre mit solchen Körperfunktionswerten binnen weniger Sekunden tot. Mein Vater entschied damals, dass es besser sei, diese Untersuchungsergebnisse gegen fingierte Tests auszutauschen und den Arzt zum Stillschweigen zu verpflichten, was eine nicht unerhebliche Menge Geld verschlungen hat. Wie auch immer, Armbruster starb vor einigen Jahren. Sein Geheimnis nahm er mit ins Grab.«

Ella ließ sich zurück auf das Sofa fallen. »Er altert nicht, er hat keine Vergangenheit und auch sein Körper scheint nicht wie unserer zu funktionieren – was wollen Sie hier andeuten? Dass Konrad Martin vielleicht kein Mensch ist?«

»Um ehrlich zu sein, wir wissen nicht, was er ist. Nur eines wissen wir genau. Seine Kenntnisse über die Kugel übersteigen unsere um ein Vielfaches. Er versucht, sein Wissen hinter der Maske eines vertrottelten Professors zu verbergen, aber das ist nur Schauspielerei. Hatten Sie während Ihrer Reise niemals das Gefühl, dass er alle Antworten schon im Voraus kennt? Dass er Sie nur beobachten und testen will?«

»Jetzt, da Sie es erwähnen ...«

»Sehen Sie. Und genau das ist der springende Punkt. Ich kann es nicht besser erklären, aber Konrad Martin steht in einer besonderen Verbindung zu diesen Objekten. Das ist der Grund, warum ich ihn überhaupt in dieser Anlage dulde.« Sie deutete auf die umgebenden Räumlichkeiten. »Es gibt nur sehr wenige Menschen, die in das Geheimnis um seine Identität eingeweiht sind. Vielen ist er allerdings ein Dorn im Auge. Ich habe herausgefunden, dass unter den Wissenschaftlern die wildesten Gerüchte kursieren. Eli Weizmann war einer seiner erbittertsten Gegner. Ich glaube, er sah in Martin eine Art Spion.« Sie schüttelte den Kopf. »Nichts könnte der Wirklichkeit ferner sein als das. Martin hat in all den Jahren nicht einen Versuch unternommen, aus seinem Wissen Kapital zu schlagen. Er stand nur da und beobachtete. Stundenlang, *tagelang*. Dabei hatte ich manchmal das Gefühl, als würde er uns beobachten und nicht die Kugeln.« Sie fuhr sich über die Stirn. »Es hat mich verdammt viel Arbeit gekostet, sein merkwürdiges Verhalten den Kollegen gegenüber in einem plausiblen Licht erscheinen zu lassen, das können Sie mir glauben. Aber ich brauche ihn. Er weiß etwas über diese Dinger, so viel steht fest. Er ist zwar nicht bereit, dieses Wissen mit uns normal Sterblichen zu teilen, aber trotzdem spüre ich, dass er die beste Quelle ist, die wir haben.« Sie warf Ella einen scharfen Blick zu. »Und jetzt kommen Sie ins Spiel.«

»Ich verstehe nicht.«

»Er scheint eine gewisse Zuneigung zu Ihnen entwickelt zu haben.«

»Zu mir? Ich wüsste nicht, auf wen das weniger zuträfe.«

»Doch, doch. Ich habe es ganz deutlich gespürt, als Sie mich in meinem Haus am Lago Maggiore besucht haben. Die Art, wie er Sie damals angesehen hat – das sagt mehr als tausend Worte. Und ich weiß, wovon ich spreche. Ich selbst habe jahrelang versucht, ihm näherzukommen, ohne Erfolg. Vielleicht lag es daran, dass ich homosexuell veranlagt bin«, sie geriet kurz ins Stocken. Ella spürte, dass es ihr schwerfiel, so offen darüber zu sprechen. »Vielleicht hat er gespürt, dass ich ihm etwas vormache, vielleicht bin ich auch nur einfach nicht sein Typ. Aber bei Ihnen ...«, sie senkte die Stimme, »bei Ihnen ist es etwas anderes. In Ihnen erkennt er eine verwandte Seele. Ich hoffe, Sie nehmen es mir nicht übel, wenn ich das so offen sage, aber Sie sind ein Außenseiter, genau wie er. Rastlos, immer auf der Suche. Jemand, der sich nirgendwo heimisch fühlt, der immer zwischen allen Stühlen sitzt.«

Ella schwirrte der Kopf. Was Helène Kowarski ihr binnen der

letzten fünfzehn Minuten an den Kopf geworfen hatte, war mehr, als sie auf einen Schlag verarbeiten konnte. Sie erinnerte sich an zahllose kleine Begebenheiten, die mit einem Mal einen Sinn zu ergeben schienen. Martins unerträgliche Art, immer schon alles im Voraus zu wissen, seine Vorliebe für italienische Schimpfwörter und dann natürlich der Abend, als sie mit Bob Anderson getanzt hatte. Sie erinnerte sich daran, wie wohl und geborgen sie sich in seinen Armen gefühlt hatte, an sein markantes Aftershave ... und an den Blick, mit dem Martin ihr beim Tanzen zugesehen hatte.

Konnte es am Ende wirklich wahr sein?

Sie hob den Kopf. »Ich weiß nicht, was ich sagen soll«, flüsterte sie.

»Sagen Sie am besten gar nichts. Das war sicher alles ein bisschen viel für Sie, ruhen Sie sich aus. Morgen sieht vieles anders aus.« Sie zwinkerte Ella zu. »Ich würde vorschlagen, Sie schlafen eine Nacht darüber – ehe ich Sie morgen nach Effelsberg schicke.«

39

Elias Weizmann legte den Hörer auf. Er schloss die Augen und atmete langsam und konzentriert. Die kalte, emotionslose Computerstimme am anderen Ende der Leitung hallte noch immer in seinem Kopf wider. Das Gespräch nach Frankfurt über eine verschlüsselte Leitung hatte nur eine knappe Minute gedauert. Mehr war nicht üblich bei diesen Leuten. Zeitpunkt, Ort, Zielperson – so einfach war das. Und natürlich eine kurze Bestätigung des Honorars. Vorauszahlungen waren nicht nötig. Niemand, der sich mit diesen Leuten einließ, war so dumm, sie um ihr Geld prellen zu wollen. Wer es dennoch versuchte, stand binnen weniger Augenblicke selbst auf der Liste. Es ging alles so schnell, dass der Betreffende nicht mal die Zeit fand, sich selbst anzuzeigen und um Polizeischutz zu bitten. Wo immer er sich auch verstecken mochte, sie fanden ihn – und sie fragten nicht danach, ob er es sich vielleicht noch anders überlegen wolle. Unzuverlässige Kunden waren tote Kunden, so lautete das Gesetz in dieser Branche. Weizmann wusste das, als er die Nummer gewählt hatte. Er war sich über die Konsequenzen im Klaren, und er war bereit, diesen Preis zu zahlen. Das Geschäft war ebenso riskant wie einfach zu durchschauen. Niemand interessierte sich dafür, wessen Leben da ausgelöscht werden sollte und warum. Diese Leute waren nicht an Hintergründen oder Motiven interessiert. Es war noch nicht mal von Interesse,

ob es ein guter Mensch war, der da sein Leben lassen musste, oder ein böser. Solange der Betrag stimmte, waren derlei Dinge zweitrangig.
Noch einmal überflog er die E-Mail, die ihn vor einer knappen Stunde erreicht hatte. *Zielperson auf dem Weg,* hatte man ihm mitgeteilt. *Eile geboten. Schlage vor, auf besprochene Weise vorzugehen. Kontaktleute in Frankfurt sind bereits instruiert. Summe wie besprochen. Bestätigen Sie den Auftrag unter der Ihnen bekannten Nummer. H. S.*
Weizmann löschte die Mail, beendete das Programm und schaltete sein Notebook aus. Er setzte sich und lehnte sich zurück, die Hände hinter dem Kopf verschränkt. Jetzt hatte es also endlich begonnen. Drei Namen standen auf der Liste, drei Personen, die zu viel gesehen und zu viel gehört hatten, um weiter frei herumlaufen zu können. Elias konnte nicht behaupten, dass ihn der Gedanke an ihren vorzeitigen Tod unberührt ließ, im Gegenteil. Er hatte Gewalt schon immer verabscheut, ihren Nutzen schon immer bezweifelt. Nur ließen ihm die Umstände diesmal keine andere Wahl. Diese Personen waren die Schlüsselfiguren in einem komplizierten Schachspiel. Sie waren die Einzigen, die seinen Plan jetzt noch vereiteln konnten. Ihr Tod war unausweichlich.
Er sah dem Regen zu, wie er gegen die Fensterscheibe seines Hotelzimmers prasselte. Der Himmel war eine einzige Mauer aus dunkelgrauen Wolken. Seit Stunden regnete es ohne Unterlass. Nicht in einzelnen Tropfen, sondern in dichten, gleichmäßigen Schnüren. Die Menschen unten auf der Straße eilten vorüber, die Kragen ihrer Mäntel hochgeschlagen, die Schirme tief über ihre Köpfe herabgezogen. Würden sie je erfahren, was er gerade tat? Welche Opfer er auf sich nahm? Würden sie jemals seinen Namen im Munde führen?
Wohl kaum.

Der Mann, der in diesem Augenblick das Hotel *Frankfurter Hof* verließ, war so unscheinbar, dass man ihn für einen Vertreter hätte halten können. Dunkelgrauer Anzug, weißes Hemd, Krawatte. Sein leicht gewelltes schwarzes Haar lag ordentlich frisiert am Kopf, die Koteletten waren zu einem schmalen Streifen gestutzt. Er trug einen schmalen Bart an Oberlippe und Kinn, was seinem ansonsten makellos rasierten Gesicht das Aussehen eines modernen d'Artagnan verlieh. Seine geringe Körpergröße wusste er durch breite Schultern und eine durchtrainierte Figur wettzumachen. In seiner Hand trug er einen länglichen Kasten aus Nussbaumholz, der an den Ecken mit ledernen Stoßkappen versehen war und den er nicht für eine Sekunde aus der Hand gab.

Der Portier hatte seinen Wagen, einen silbermetallicfarbenen Mercedes SLK mit Frankfurter Kennzeichen, bereits vorgefahren und war gerade dabei, den Kofferraum zu öffnen. Als er den Gast bemerkte, beeilte er sich mit dem Verstauen des Gepäcks.

»Sie verlassen uns schon wieder, Herr Jankovic?«

»Ja leider«, antwortete der Mann mit unüberhörbar slawischem Akzent. »Geschäfte, Sie verstehen. Aber bitte ...«, er schüttelte seinen Kopf in gespieltem Tadel, »wie oft habe ich Sie gebeten, mich Viktor zu nennen.«

»Bitte um Vergebung, Herr Jankovic, aber es ist uns nicht erlaubt, die Gäste mit Vornamen anzusprechen. Befehl vom Chef«, er deutete mit einem Augenzwinkern in Richtung Rezeption.

»Na ja, wir können eben alle nicht aus unserer Haut, nicht wahr?«

»So ist es.« Der Portier schlug den Deckel des Kofferraums zu und beeilte sich, dem Mann die Tür zu öffnen. »Darf ich Ihnen das abnehmen?«, er deutete auf die Holzschatulle.

»Danke, das erledige ich selbst.« Der Mann drückte dem Angestellten unauffällig einen Hunderteuroschein in die Hand. »Ich

war wie immer sehr zufrieden, Albert«, sagte er. »Grüßen Sie Ihre Familie.«
»Das werde ich machen, Herr Jankovic. Und vielen Dank. Ich hoffe, wir dürfen Sie bald wieder bei uns begrüßen.«
»Aber selbstverständlich«, antwortete der Mann, nachdem er die Schatulle auf den Beifahrersitz gelegt und sich angeschnallt hatte. Das Leder unter ihm fühlte sich unangenehm kühl an. »Sobald mich meine Geschäfte wieder nach Frankfurt führen.«
»Ich wünsche Ihnen eine gute Reise. Auf ein baldiges Wiedersehen.« Mit diesen Worten schloss der Portier die Tür des Roadsters und begab sich wieder zurück auf seinen Posten neben dem Hoteleingang.
Jankovic warf einen prüfenden Blick in die Spiegel, dann startete er den Motor. Die ovalen Armaturen begannen aufzuleuchten. Ihn fröstelte. Nachdem er sich vergewissert hatte, dass er bis zu seinem Zielort nicht mehr würde tanken müssen, stellte er die Sitzheizung und den Airscarf an, der ihn während der Fahrt über die Rückenlehne und die Nackenstütze mit warmer Luft versorgen würde.
Von Cabriofahrern belächelt, galt der SLK als Softie unter den Roadstern. Alles an ihm war rund und auf Komfort ausgelegt, was ihn gerade auch bei älteren Menschen zu einem beliebten Sportwagen machte. Jankovic bildete da keine Ausnahme. Er war schon so lange im Geschäft, hatte Hunderttausende von Kilometern auf der Straße und lange Fahrten im Fond verschiedenster Autotypen verbracht und wusste das Maximum an Komfort zu schätzen.
Als die wohlige Wärme ihn von unten her einzuhüllen begann, tippte er die Zielkoordinaten in sein GPS-System. Bad Münstereifel war denkbar einfach zu erreichen. Zwei Stunden Fahrt, wenn der Verkehr es zuließ. Zeit genug, um sich ein nettes kleines Hotel zu suchen und sich für den morgigen Tag vorzubereiten. Zuerst würde er sich nach geeigneten Stellen umsehen

müssen, von denen aus das Gelände gut einsehbar war, um die *Nester*, wie er es nannte, einzurichten. Stellungen, in denen er mehrere Stunden verbringen und die er, sollte es die Situation erfordern, schnell wechseln konnte. Wenn es die Situation erlaubte, würde er bis zur Ankunft der Zielperson sogar ein paar kleine Zielübungen abhalten können.

Er warf einen missmutigen Blick in den Himmel. Der Wetterbericht hatte eine eisige Polarfront mit heftigen Regenfällen vorhergesagt. Denkbar ungünstige Voraussetzungen für einen sauberen Einsatz, doch er war Profi genug, um sich für alle Eventualitäten zu wappnen. In seinem Koffer befanden sich Thermokleidung, Handschuhe und eine Mütze sowie eine Thermoskanne, die immer mit schwarzem, heißem Kaffee gefüllt war. Es gab also keinen Grund, sich zu beklagen.

Als die ersten Tropfen auf die Windschutzscheibe fielen, schaltete er den Scheibenwischer ein und fuhr los.

40

Dienstag, 14. April

Marten Enders schlenderte ungehalten vor der Glastür des Effelsberger Kontrollzentrums auf und ab. Missmutig blickte er in den Himmel, aus dem es seit mittlerweile vierundzwanzig Stunden ohne Unterlass regnete. Kein heftiger Regen, sondern ein kalter, penetranter, alles durchnässender Nieselregen. Bestens geeignet, seine ohnehin schon schlechte Laune noch weiter zu verdüstern. In einem Anruf, den er vor wenigen Minuten erhalten hatte, war ihm mitgeteilt worden, dass er alles stehen und liegen lassen sollte, um einen besonderen Gast zu empfangen. Angeblich befand sich dieser nur wenige Kilometer entfernt und würde binnen der nächsten Minuten hier eintreffen. Seitdem waren schon zehn Minuten vergangen und Marten Enders bei seiner zweiten Zigarette angelangt. Wie er Überraschungen hasste. Besonders, wenn sie ihm von seinem Vorgesetzten in Bonn präsentiert wurden. In der Begründung hieß es, er solle sich nicht wundern, es handele sich um eine Geologin. Man stelle sich das vor. Ausgerechnet eine Geologin. Warum nicht gleich eine Theaterkritikerin. Sie wünsche eine Besichtigung der Anlage und hätte einige ganz allgemeine Fragen bezüglich der Supernova. Sein Vorgesetzter, Dr. Bardolf, hatte es bei diesen Andeutungen belassen. Nun war es wieder mal an Enders, die Kastanien aus dem Feuer zu holen. Nun ja, er war das ja nicht anders gewohnt. Er wollte sich gerade eine

weitere Zigarette anzünden, als er ein Auto die Auffahrt heraufkommen hörte. Rasch steckte er die Zigarettenschachtel in seine Hemdtasche und machte sich für den Empfang bereit.
Ein dunkelblauer Golf bog um die Ecke, und Enders winkte die Fahrerin nach rechts auf den Mitarbeiterparkplatz. Seine Laune besserte sich, als er bemerkte, dass die Frau recht appetitlich aussah. Keine von diesen verbiesterten alten Jungfern, die man so oft in akademischen Kreisen antraf. Diese hier war jung, trug Jeans, eine weiße Bluse und einen sportlichen Blazer. Durchaus ein Typ wie Jan, wenn auch hoffentlich geistig etwas stabiler. Seine Assistentin hatte vor einigen Wochen einige sehr befremdliche Charakterzüge offenbart, die Enders bewogen hatten, die Finger von ihr zu lassen. Er hatte sie zu einfachen Arbeiten abkommandiert – nur zu ihrem eigenen Wohl natürlich und in der Hoffnung, sie möge sich wieder fangen. Jan war von ihm mit ihren verrückten Theorien viel zu lange allein gelassen worden. Ein wenig solide, einfache Arbeit würde ihr sicher gut tun, das war seine feste Überzeugung. Am meisten wurmte ihn allerdings die Vermutung, von ihr hinters Licht geführt worden zu ein. Es schien, als habe sie nur mit seinen Gefühlen gespielt, um zusätzliche Rechnerstunden für ihre seltsamen Experimente zu bekommen. Wie hatte er nur so leichtgläubig sein können? Beinahe hätte er seine Ehe und Familie aufs Spiel gesetzt, nur um mit diesem halbwüchsigen Teenager ein Verhältnis anzufangen – grausam, diese Vorstellung.
Die Geologin hatte ihn erreicht und streckte ihm lächelnd die Hand entgegen. »Hallo, mein Name ist Ella Jordan.« Sie hatte einen bezaubernden amerikanischen Akzent. »Ich freue mich, dass Sie mich so kurzfristig empfangen.«
»Die Freude ist ganz auf meiner Seite«, entgegnete Enders. Die Geologin war tatsächlich recht hübsch, auch wenn die Ringe unter ihren Augen sie etwas müde aussehen ließen. Vielleicht zu viel gefeiert.

»Willkommen in Effelsberg«, sagte er und wies auf die Eingangstür. »Lassen Sie uns ins Trockene gehen. Man sagte mir, Sie seien an einer kleinen Führung interessiert?«
»Sehr gern. Aber nur, wenn es Ihnen nichts ausmacht.«
»Mein Vorgesetzter in Bonn hat leider versäumt, mich über Ihren Besuch rechtzeitig zu informieren. Wir werden zurzeit sehr von unserer Arbeit in Anspruch genommen. Sie erinnern sich an die Supernova vor einigen Wochen?« Er hielt ihr die Tür auf und folgte ihr in den Eingangsbereich.
»Aber selbstverständlich«, entgegnete die junge Frau. »Ein wunderbares Feuerwerk. Schade, dass es so schnell wieder vorüber war.«
Enders verdrehte im Geiste die Augen. Eine Supernova als Feuerwerk abzutun, dazu gehörte schon ein Übermaß an weiblicher Naivität. »Darf ich fragen, was Sie speziell an unserer Anlage interessiert?«, fragte er, während er die Tür wieder schloss und die Frau zum Panoramafenster führte. Von hier aus überblickte man den gesamten Kontrollraum und das dahinterliegende Teleskop. »Nehmen Sie mir meine Offenheit nicht übel, aber ich finde es schon recht ungewöhnlich, dass Sie sich als promovierte Geologin für Effelsberg interessieren. Nicht dass ich Ihre Arbeit in irgendeiner Weise abwerten möchte, aber die Schnittmenge unserer Interessen ist nicht eben groß, wenn Sie verstehen, was ich meine.«
»Ich verstehe vollkommen. Darf ich fragen, was Ihr Vorgesetzter in Bonn Ihnen genau über meinen Besuch mitgeteilt hat?«
»Er erging sich, wie üblich, nur in Andeutungen. Sagte, Sie kämen von einer Forschungsgruppe aus der Schweiz und wären eine gute Bekannte seiner Freundin Helène Kowarski. Das allein sei schon Grund genug, Ihnen jede nur erdenkliche Aufmerksamkeit zu erweisen. Über die Gründe Ihres Besuches hat er sich nur sehr unbestimmt geäußert.«
»Dann steht es mir nicht zu, Ihnen weitere Details zu offenbaren.

Nur: Ich arbeite für eine Gruppe von Wissenschaftlern, die einen Zusammenhang zwischen den zunehmenden geotektonischen Aktivitäten und Ihrer Supernova untersuchen.«
»Sie wollen mich auf den Arm nehmen.«
»Keineswegs. Es gibt Theorien, dass die starken elektromagnetischen Emissionen für die überall zunehmenden Vulkanausbrüche verantwortlich sein könnten. Ich weiß, diese Theorien klingen absurd, aber die Lage ist so verzweifelt, dass wir jeder Spur nachgehen müssen.«
»Das ist doch Unsinn«, polterte Enders. »Eine Veränderung im Magnetfeld könnte ich ja noch akzeptieren, auch eine Beeinträchtigung der Ionosphäre wäre in Betracht zu ziehen – obwohl es für beides noch keine Beweise gibt –, aber Erdbeben und Vulkanausbrüche ...?«, er schüttelte den Kopf, »das ist pure Phantasie.«
»Und was ist mit dem zeitlichen Zusammentreffen der beiden Ereignisse?«
»Zufall. Nichts als ein dummer Zufall. Ich bitte Sie, Dr. Jordan, Sie werden diese Unterhaltung doch nicht auf einem solchen Niveau führen wollen.«
Doch die Amerikanerin schien genau dieses Ziel zu verfolgen. Jedenfalls ließ sie sich nicht davon abhalten, weitere Fragen zu stellen. »Ist Ihnen während der ersten Minuten, in denen Sie die elektromagnetischen Wellen empfangen haben, irgendetwas Ungewöhnliches aufgefallen? Etwas, was in späteren Messungen nicht mehr auftauchte?«
Marten Enders hob überrascht die Augenbrauen. Woher wusste sie davon? Er zögerte einen Moment. Sollte er ihr die Wahrheit erzählen? Aber das würde den Spekulationen, die in der Öffentlichkeit herumgeisterten, nur Vorschub leisten. Was er im Moment nicht brauchen konnte, war eine neugierige Frau, die ihre Nase in alles hineinsteckte und Unruhe in seine kleine Herde brachte. Um ehrlich zu sein, ihr Besuch kam ihm höchst unge-

legen. Mochte sie auch noch so hübsch sein. Er beschloss, diese Frau schnell wieder loszuwerden und mit seiner Arbeit fortzufahren. »Nein«, sagte er entschieden. »Nichts, was nicht auch von anderen Messeinrichtungen rund um die Welt bestätigt wurde. Das einzig Außergewöhnliche war die Nähe der Explosion und die Heftigkeit der Strahlung. Etwas näher, und es hätte uns das gesamte Magnetfeld weggepustet. Hasta la vista, baby.« Er lachte, doch sein Humor fiel auf unfruchtbaren Boden. Nicht einmal die Andeutung eines Lächelns war zu sehen. Stattdessen sah ihn die Frau aus tiefgrünen Augen an. Augen, die direkt in sein Innerstes zu blicken schienen. »Wirklich. Da war nichts«, beteuerte er noch einmal, doch die Worte klangen in seinen eigenen Ohren dünn und schal. »Warum sollte ich Ihnen etwas vormachen? Sie können sich die Auswertungen gern ansehen.« *Hör auf, Marten,* fluchte er leise in sich hinein, *je länger du redest, desto unglaubwürdiger klingt es.*

Doch es war bereits zu spät. Um Ella Jordans Mund zeigte sich ein spitzbübisches Lächeln. »Teilen Ihre Mitarbeiter diese Ansicht?«

Er plusterte sich auf. »Selbstverständlich. Wir ziehen hier alle an einem Strang. Natürlich gibt es hin und wieder konträre Positionen, die wir in aller Ausführlichkeit diskutieren – das wird in Ihrer Fakultät sicher nicht anders sein –, aber bei dieser Sache sind sich alle einig. Keine grünen Männchen.«

»Was ist mit Ihrer Kollegin Jeanette Zietlow?« Das Lächeln wurde noch breiter. »Teilt sie auch Ihre Auffassung?«

»Jan?« Marten Enders fühlte sich, als würde ihm jemand den Boden unter den Füßen wegziehen. »Ich bin ... ich meine ... woher wissen Sie überhaupt von ihr?«

Ella Jordan zuckte die Schultern. »Sagen wir, unsere Organisation ist gut informiert. Ich würde gern mit ihr sprechen.«

Enders verschränkte die Arme vor der Brust. »Ausgeschlossen. Sie arbeitet gerade im Primärfokus und darf nicht gestört

werden. Wenn Sie möchten, zeige ich Ihnen jetzt noch schnell unseren Beobachtungsraum, und dann müssen Sie mich leider entschuldigen.« Er warf einen demonstrativen Blick auf die Uhr. »Es ist spät und wir erwarten heute noch andere Gäste.«
»Im Primärfokus, sagten Sie?« Die Geologin deutete auf die gewaltige Stahlkonstruktion. »Den wollte ich sowieso gern sehen. Bringen Sie mich bitte dorthin.«
»Haben Sie mich nicht verstanden?«, raunzte Enders. »Jan Zietlow ist für Sie nicht zu sprechen. Sie ist für niemanden zu sprechen. Außerdem wäre es für jemand Außenstehenden zu riskant, auf der nassen Stahlkonstruktion herumzuklettern.«
»Wie schade. Ich bin sicher, Ihr Vorgesetzter wird ebenfalls sehr enttäuscht sein, wenn ich ihm von unserer kleinen Unterhaltung berichte.«
»Lächerlich. Ich brauche mich von Ihnen nicht erpressen zu lassen. Es war nett, mit Ihnen zu plaudern, aber jetzt habe ich zu tun. Hat mich gefreut.« Er ging zurück zur Tür und hielt sie auf.
Ohne ein weiteres Wort zu verlieren, zog die junge Frau ihr Handy aus der Innentasche des Blazers und tippte eine Nummer ein. Enders, der sich den Ablauf anders vorgestellt hatte, stutzte und schloss die Tür wieder. Die ruhige, emotionslose Art dieser Frau war ihm unheimlich. Ihr Anruf wurde beinahe umgehend entgegengenommen. Sie sprach eine Weile, nickte, lächelte, und dann sagte sie laut vernehmlich: »Ja, einen Moment. Ich werde Sie weiterreichen.« Lächelnd hielt sie ihm das Handy entgegen. »Herr Enders, ich habe hier Professor Dr. Karl Bardolf vom Max-Planck-Institut in Bonn am Apparat. Er würde Sie gern sprechen.«
Marten Enders wurde flau im Magen.

41

Das halbautomatische Walther-WA-2000-Scharfschützengewehr war seit seiner Entwicklung in den frühen siebziger Jahren zu einer Legende geworden. Ein Gasdrucklader mit sechsschüssigem Magazin und frei aufgehängtem Lauf. Diese Waffe sollte Spezialeinheiten dienen, ihre Ziele mit schneller Schussfolge, unvergleichlicher Präzision und höchstmöglicher Reichweite zu treffen. Tausend Meter und mehr waren für einen geübten Schützen kein Problem. Obwohl die Waffe aufgrund des hohen Stückpreises nie in Serie produziert und nur insgesamt etwa einhundert Stück gebaut wurden, galt sie bis heute als bestes Scharfschützengewehr der Welt.

Viktor Jankovic strich liebevoll über den hölzernen Kasten. Darin befand sich sein ganzes Kapital. Zwanzig Jahre war er jetzt schon im Geschäft, eine unvorstellbar lange Zeit in diesem Metier. Dass er sich so erfolgreich hatte behaupten können, lag sicher an seiner hohen Trefferquote – beinahe hundert Prozent. Außerdem war es längst kein Geheimnis mehr, dass er Besitzer einer der seltensten Waffen der Welt war. Ohne sie wäre er nur halb so gut. Die Leute liebten Legenden, und dass er heute zu den Spitzenverdienern der Branche gehörte, lag sicher nicht zuletzt am Inhalt dieses Koffers.

Behutsam klappte er den Deckel auf und nahm das Gewehr heraus. Verglichen mit einem normalen Gewehr wirkte es sehr ungewöhnlich. Die Waffe war nur etwa neunzig Zentimeter lang, besaß einen kantigen hölzernen Schaft sowie einen relativ kurzen, schwarz brünierten Lauf. Eine kompakte Waffe, die sich auch in unwegsamem Gelände mit dichtem Unterholz hervorragend führen ließ. Fünfundsiebzigtausend Dollar hatte er dafür bezahlt, doch sie war jeden Cent wert. Ihr niedriges Gewicht erlaubte notfalls sogar Schüsse aus der freien Hand.

Jankovic musterte die Umgebung. Die kesselartige Lage des Tals bot in jede Richtung ein freies Schussfeld. Das Teleskop und das dahinterliegende Kontrollgebäude lagen wie auf einem Präsentierteller vor ihm. Leider spielte das Wetter nicht mit. Prüfend hob er einen angefeuchteten Finger in die Luft. Von Nordosten wehte eine steife Brise, die das Problem der Winddrift barg. Zudem hatte es seit gestern nicht zu regnen aufgehört. Der Waldboden hatte sich in eine matschige Rutschbahn verwandelt, die seinen Stiefeln kaum Halt bot. Abgesehen davon, dass er sein Stativ nicht verwenden konnte. Notgedrungen hatte er seine Nester an den Stämmen oder zwischen den unteren Zweigen kleinerer Bäume einrichten müssen. Keine ideale Lösung, aber besser als nichts. Er griff noch einmal in den Kasten und entnahm ihm das hochauflösende Schmidt-&-Bender-Zielfernrohr. Mit einem Schnappen ließ er es einrasten. Dann stemmte er die Füße in den Boden, legte das Gewehr in eine Astgabel und warf einen prüfenden Blick durch das Fernrohr. Ungehalten vor sich hin murmelnd drehte er am Schärferegler. Die Sichtverhältnisse hatten sich weiter verschlechtert. Der feine Nieselregen reduzierte die Sichtweite auf unter tausend Meter. Für einen sauberen Fangschuss hart an der Grenze.

Jankovic presste die Lippen aufeinander. Wenn alles andere versagte, hatte er für Notfälle ja immer noch seine Pistole bei sich. Sollte etwas schiefgehen, würde er die Zielperson eben aus kurzer Distanz erledigen.

Jan Zietlow zitterte vor Kälte. Irgendetwas war mit der Heizung nicht in Ordnung. Mal sprang sie an, dann wieder nicht. Mal lief sie ganz normal, dann wieder verendete sie jammervoll ratternd nach kurzer Zeit. Jan hatte ihren Chef zwar schon vor drei Tagen darauf hingewiesen, aber der hatte es anscheinend immer noch nicht für nötig befunden, den Systemelektriker darauf anzusetzen. Vielleicht interessierten ihn ihre Probleme überhaupt nicht oder aber er hatte es wieder einmal vergessen. Viel wahrscheinlicher aber war, dass er sie mit Absicht ignorierte. Seit sie ihm von ihrer Theorie bezüglich der Supernova berichtet hatte, war er auffallend einsilbig geworden. Nicht nur, dass er sie zu dämlichen Kalibrierungsarbeiten in der winzigen Kabine im Primärfokus, rund hundert Meter über dem Boden, verdonnert hatte – was sie viel mehr schmerzte, war die Kürzung der Rechnerstunden. Wie sollte sie jetzt mit ihrem Forschungsprojekt weiterkommen? Für das Angebot aus Berkley war es jetzt sicher auch zu spät. Jetzt, nach annähernd drei Wochen, brauchte sie sich dort gar nicht mehr zu melden. Auf eine Stelle wie diese bewarben sich Tausende von Studenten. Manche davon besser qualifiziert als sie. Der Job war längst vergeben. Sie könnte sich schwarzärgern, wenn sie daran dachte, welche Möglichkeiten sie dort gehabt hätte. Verdrießlich hämmerte sie gegen den Heizlüfter. Wie man es auch drehte und wendete, sie trat gerade mächtig auf der Stelle.
Auf einmal klingelte das Telefon. Handys waren hier oben aus Gründen der Abschirmung streng verboten. Stattdessen hing neben der Tür eine vorsintflutlich anmutende Fernsprechanlage, über die man mit der Zentrale reden konnte.
Sie hob ab und bemühte sich erst gar nicht, ihre Stimme freundlich klingen zu lassen. »Ja?«
»Marten. Ich habe hier jemanden, der unbedingt mit dir reden will. Wir kommen zu dir hinauf.«
»Mich will jemand sprechen? Wer? Marten? Hallo?« Jan blickte

irritiert auf den Hörer. Aufgelegt. Genervt stand sie auf. Das war wieder mal typisch von ihm, ihr einfach einen solchen Brocken hinzuwerfen. Klar, sie freute sich über ein wenig Abwechslung, andererseits hätte sie es aber zu schätzen gewusst, wenn er sich kurz nach ihrem Befinden erkundigt hätte. Könnte ja sein, dass sie gerade mit irgendeiner heiklen Aufgabe beschäftigt war, bei der sie nicht gestört werden durfte. Na ja, so konnte sie wenigstens die Gelegenheit nutzen und ihn noch einmal auf den defekten Heizlüfter hinweisen. Sie wischte ihre schmutzigen Hände an einem Lappen ab, feuerte ihn in die Ecke und öffnete die Luke. In gebückter Haltung trat sie durch die niedrige Tür auf den schmalen, eisernen Steg hinaus.

Ella hielt kurz an und putzte ihre Brille. Der feine Regen beeinträchtigte die Sicht. Angesichts der Klettertour, die ihr bevorstand, sehr riskant. Als sie wieder klar sehen konnte, blickte sie verwundert auf das riesige Gerüst. Unvorstellbar, dass sich dieses stählerne Monstrum offenbar millimetergenau ausrichten ließ. Im Moment standen die Motoren zwar still, doch sie wusste: Sollte ein bestimmter Punkt anvisiert werden, konnte sich das stählerne Ohr überraschend schnell bewegen.
»Kommen Sie«, drängelte Enders, als er sie, den schlecht beleuchteten Zugangstunnel hinter sich lassend und den Schienenkreis überquerend, zum herabhängenden Treppengerüst führte. »Wir müssen zu Fuß hoch, der Aufzug ist momentan wegen Wartungsarbeiten abgeschaltet.« Mit Schwung erklomm er die unterste Stufe und stieg das weiß gestrichene Gerüst empor. Ella, die sich immer noch über den unbequemen Bauarbeiterhelm ärgerte, den Enders ihr auf den Kopf gestülpt hatte, versuchte ihm zu folgen. »Bitte nicht so schnell«, rief sie ihm hinterher. »Meine Schuhe sind nicht geeignet für diese rutschigen Stufen.«
»Das hätten Sie sich vorher überlegen sollen«, erklang seine

Stimme hinter der nächsten Biegung. »Ich habe keine Zeit, für Sie das Kindermädchen zu spielen.«

Arschloch, murmelte Ella, während sie zwei Stufen auf einmal nahm, um mit ihm Schritt zu halten. Nach einer Weile holte sie auf. Keuchend und schnaufend erreichte sie Enders just in dem Augenblick, als er die oberste Stufe erreichte.

»Da sind Sie ja wieder«, sagte er feixend. »Mir scheint, Sie sollten regelmäßiger Sport treiben. Na, dann wollen wir mal. Hier entlang bitte.« Sie bedachte ihn mit einem vernichtenden Blick.

Enders deutete auf einen Steg, der durch die Empfangsschüssel hindurch auf die andere Seite führte. »Das ist Ihr Weg«, sagte er. »Am Ende wird meine Assistentin auf Sie warten. Ich muss Sie nun leider verlassen. Hat mich sehr gefreut.« Er tippte mit seinem Finger an den Helm und verschwand, ohne auf eine Erwiderung zu warten. Ella blickte ihm hinterher, bis er um die nächste Kehre verschwunden war, dann marschierte sie los. Ein eiskalter Wind blies ihr den Nieselregen ins Gesicht. Der schmale Steg war an den Seiten und über ihrem Kopf mit Metallstreben gesichert, doch bot ihr diese Begrenzung nur wenig Trost. Immer wieder blickte sie durch das Gewirr aus Streben hindurch nach unten. Wie winzig klein sich die Bäume und die Autos ausnahmen. Sie mussten hier mindestens hundert Meter hoch sein. Wie es einem wohl erging, wenn man aus dieser Höhe abstürzte? Sie fröstelte. Mit eingezogenem Kopf ging sie auf die Öffnung in der Schüssel zu. Die oberen Querstreben mochten nicht höher als einssiebzig sein, so dass sie nur mit geducktem Kopf weitergehen konnte. So langsam begann sie zu verstehen, warum sie diesen Helm trug.

Sie hatte gerade den Durchstieg auf die andere Seite erreicht, als ihr Blick auf eine junge, zierliche Gestalt am Ende des Laufstegs fiel. Die Frau hob ihren Arm und winkte, während ihr blondes Haar im Wind flatterte. Sie stand neben einer mannshohen, weiß gestrichenen Metalltrommel, die von drei langen, vielfach unterteilten Metallstreben getragen wurde. Dies also war der Primärfokus. Der Ort, an dem sämtliche elektromagnetischen Strahlen, die von der Hundertmeterschüssel eingefangen wurden, gebündelt und über einen zweiten, kleineren Spiegel in das Empfangsgerät übertragen wurden. Ein ausgesprochen luftiger Arbeitsplatz, das musste Ella zugeben. Nichts für schwache Nerven.

Viktor Jankovic musste zweimal durch sein Zielfernrohr blicken, um sicherzugehen, dass er sich nicht geirrt hatte. Die erste seiner Zielpersonen betrat soeben die Gleisanlage des Teleskops. Das war wirklich Glück. Im Geiste hatte er sich schon auf stundenlanges Warten eingerichtet, den Blick eher auf das Innere der Steuerungszentrale sowie den Parkplatz gerichtet als auf das Teleskop. Dass sie ihm direkt ins Schussfeld laufen würde, damit hatte er nicht gerechnet. Er verglich das Gesicht zur Sicherheit noch einmal mit dem Foto, das man ihm gegeben hatte. Kein Zweifel. Es war Ella Jordan. Begleitet wurde sie von dem Mann, den er schon seit geraumer Zeit auf dem Parkplatz beobachtet hatte. Jankovic betrachtete die Frau durch sein Zielfernrohr. Müde und angespannt sah sie aus, aber dennoch hübsch. Schade, dass sie nur noch wenige Momente zu leben hatte. Er beobachtete, wie die beiden über eine Treppe auf der ihm abgewandten Seite des Teleskops emporstiegen, ehe sie nach einer Weile die oberste Plattform erreichten. Dann verabschiedete sich der Mann von ihr. Während der ganzen Zeit nahm Jankovic den Finger nicht vom Abzug. Schließlich konnte man nie wissen, wann sich eine Gelegenheit zum Schuss bot. Jordan ging jetzt allein weiter, und auf einmal wurde ihm klar, was ihr Ziel war. Oder besser gesagt, *wer*. Eine junge Frau war aus der Gondel im Brennpunkt der Schüssel getreten und winkte. Ein schmaler, langer Steg lag zwischen ihr und der

Geologin. Das war der Augenblick, auf den er gewartet hatte. Die Stelle war ideal für einen Fangschuss.

Viktor Jankovic spürte das Jagdfieber in sich aufsteigen. Leise, ohne es zu merken, begann er ein kroatisches Schlaflied zu summen. Ein Lied, das ihm seine Großmutter immer vorgesungen hatte.

Pliva patka preko save – mein Entchen, schwimm über den Fluss.

Nosi pismo navr glave – trag den Brief auf deinem Kopf. Nun lief alles automatisch ab. Das Adrenalin pumpte durch seine Venen, ließ ihn eins werden mit seiner Waffe, während sein Instinkt die Kontrolle übernahm.

U tom pismu pise …– in dem Brief steht …

mama tebe voli najvise – deine Mama liebt dich am meisten.

Ein letztes Mal prüfte er den Wind, überschlug im Geiste die Drift des Projektils, beobachtete, mit welcher Geschwindigkeit sich die Frau vorwärts bewegte, und ermittelte, wie weit er vorhalten musste.

Dann war der Augenblick gekommen.

A sa druge strane: – Und auf der anderen Seite steht:

spavaj mi anđele, spavaj – schlaf, mein Engel, schlaf ein!

Jankovic drückte ab. Die Zeit schien auf einen einzigen Punkt zusammenzuschrumpfen, dann verließ das Projektil mit einem gedämpften Knall den Lauf.

42

Ella hatte den schmalen Steg fast überquert, als neben ihrem Kopf ein ohrenbetäubendes Scheppern ertönte. Es klang, als habe jemand eine Eisenstange gegen das Gestänge sausen lassen. Funken stoben in alle Richtungen, brannten sich in ihre Haut und ihre Haare. Sie unterdrückte einen Schrei, während sie versuchte, die winzigen glühenden Metallsplitter abzuschütteln. Irgendwo von der linken Seite ertönte ein Knall, der über die Hügel hallte. Dann geriet sie ins Rutschen. Der Länge nach stürzte sie auf das perforierte Stahlblech. Sie konnte es nicht verhindern. Der Schmerz zuckte wie Feuer durch ihre Hände und Knie. In diesem Moment vernahm sie ein dumpfes Schwirren ganz nah an ihrem Kopf. Sie glaubte sogar einen heißen Lufthauch zu spüren.

»Verdammt«, fluchte sie, »was war das denn …?« Und dann hörte sie den zweiten Knall.

Da schoss doch jemand. Zufall oder Attentat? Die junge Astrophysikerin schien dasselbe zu denken. Mit einer einzigen schnellen Bewegung ergriff sie Ellas Arm und zog sie auf die Füße und zu sich hinter die schützende Stahlwand des Primärfokus. In ihren Augen flackerte Angst, während sie die Tür aufhielt und Ella mit einem kräftigen Schubs ins Innere beförderte. In diesem Moment schien die Hölle loszubrechen. Ohrenbetäubende Schläge hallten durch die metallene Gondel.

Aktenordner flogen durch die Luft, Glas zersplitterte und weitere Funken regneten auf die hilflosen Frauen herab. Jan schrie aus Leibeskräften um Hilfe. Mit Schrecken sah Ella, wie sich vor ihren Augen ein Loch in der Wand auftat, dicht gefolgt von einem Scheppern. Es gab ein infernalisches Sirren, dann fiel ein Gegenstand neben ihr zu Boden. Ein kleines deformiertes Stück Metall. Ella hob es auf und ließ es mit einem Schrei wieder fallen. Es war heiß. Eine Kugel. In diesem Moment ging das Licht aus. Der Schaltkasten gab ein letztes Knistern und einen letzten Funkenregen von sich, dann war es still.

Der Scharfschütze ließ die Waffe sinken. Verflucht noch mal. Die Frau hatte ein unverschämtes Glück. Wie hatte er die Querverstrebung übersehen können? Und dann war sie auch noch hingefallen, just in dem Moment, als er den zweiten Schuss abgefeuert hatte. Noch einmal fluchte Jankovic. Solch eine unglückliche Verkettung von Zufällen hatte er in seiner ganzen Laufbahn noch nicht erlebt. Da half es auch nicht, dass er die verdammte Kanzel mit Streufeuer eingedeckt hatte. Klar, die Kugeln waren wie Butter durch das Metall gegangen, aber ob er etwas getroffen hatte, das wusste er nicht. Selbst wenn er den Primärfokus mit weiteren zwanzig Magazinen zersieben würde, es blieb immer noch die Ungewissheit, ob die beiden Frauen auch wirklich tot waren. Die Chancen standen gut, aber er konnte sich nicht auf Vermutungen verlassen. Er musste sich Gewissheit verschaffen. Mit einer einzigen fließenden Bewegung riss er seine Glock 17 aus dem Holster, prüfte, ob er genügend Ersatzmagazine bei sich hatte, zog sich seine Wollmaske über den Kopf und rannte den Hügel hinunter.

Marten Enders hatte gerade den Fuß der Treppe erreicht, als er die beiden Schüsse hörte. Zuerst glaubte er, dass sich wieder mal ein Jäger trotz der Warn- und Verbotsschilder in den angrenzenden Wald verirrt hatte. Das war während seiner Laufbahn schon zweimal geschehen, und jedes Mal war es zu einem Prozess gekommen, mit dem Effekt, dass dem betroffenen Jäger für ein Jahr seine Jagdlizenz entzogen wurde. Als Leiter der Teleskopanlage war Enders in dieser Hinsicht rigoros. Nicht nur gefährdete ein solcher Leichtsinn das Leben vieler Menschen, auch die Anlage stand unter besonderem Schutz. Immerhin waren hier Millionenwerte versammelt, für die er die Verantwortung trug. Er konnte nicht zulassen, dass ein nach Schlehenbrand stinkender Waffenfanatiker hier alles kurz und klein ballerte.

Als der erste Knall über die Wipfel der Bäume peitschte, war er wie angewurzelt stehen geblieben. Das klang aber verdammt nah. Der Schütze konnte nicht mehr als hundert Meter entfernt sein. Als dann der zweite Schuss ertönte, war Enders sich sicher, aus welcher Richtung geschossen worden war. Mit energischen Schritten wandte er sich nach Osten. Irgendwie schien sich heute alles gegen ihn verschworen zu haben. Erst das schreckliche Wetter, dann diese aufdringliche Geologin und jetzt auch noch ein Jäger. Na warte, dem würde er gehörig die Meinung sagen. Schäumend vor Wut verließ er den Schienenkreis und zog sein Handy. Die Nummer des Sicherheitsdienstes eintippend, wandte er sich einer Stelle zu, an der einige gelbe Container standen. Vielleicht konnte er besser sehen, wenn er auf sie kletterte. In diesem Augenblick erklang ein ganzes Stakkato von Gewehrsalven. Vier, fünf Schüsse, kurz hintereinander abgefeuert. Zeitgleich hörte er Schreie. Es waren Hilferufe. Sie stammten eindeutig von seiner Assistentin Jan. Er blickte nach oben. Der Primärfokus wurde von einem wahren Kugelhagel eingedeckt. Funken stoben in alle Richtungen, Kabel wurden durchtrennt und baumelten herunter wie totes Geäst. Von Jan und der Geologin fehlte jede Spur. Wahrscheinlich hatten sie sich im Innern der Kapsel in Sicherheit gebracht.

Enders war so perplex, dass er dem Sicherheitsmann, der am anderen Ende der Leitung auf ihn wartete, erst nach einigen Sekunden antworten konnte. Dann ging alles sehr schnell. »Josef? Enders hier. Schüsse vom Osthang«, schrie er in den Hörer. »Haben Sie gehört? Wir werden beschossen. Alarmieren Sie ihre Mitarbeiter, und dann kommen Sie so schnell wie möglich zum Osttor. Ich weiß nicht, was hier los ist, aber ich glaube, da nimmt irgendein Verrückter den Primärfokus aufs Korn. Beeilen Sie sich!« Er klappte das Handy wieder zusammen und steckte es zurück in die Innentasche seiner Jacke. Plötzlich nahm er eine Bewegung im Wald wahr. Irgendjemand näherte sich. Er schien es verdammt eilig zu haben. Enders tauchte hinter dem Container weg und hoffte, dass er nicht gesehen worden war. Wer auch immer der Typ sein mochte, er verhielt sich ganz und gar nicht wie ein Jäger. Jetzt fing er an, mit einem kräftigen Drahtschneider den Metallzaun zu durchschneiden. Irgendwo von weit oben erklang das Schrillen der Alarmanlage. Unbeirrt von den Warnlampen, die jetzt überall entlang des Zauns aufflammten, arbeitete der Fremde weiter. Klack, klack, klack ging die Schere. Als ein Teilstück des Gitters scheppernd zu Boden fiel, war für Enders das Maß voll. Niemand beschädigte ungestraft sein Eigentum. Wutentbrannt sprang er auf und stellte sich dem Eindringling in den Weg.
Dass er die Situation völlig unterschätzt hatte, stellte er erst fest, als er die schwarze Strumpfmaske des Eindringlings und die kalt glitzernde Waffe in seiner Hand bemerkte.

Viktor Jankovic sah den Mann hinter dem Container auftauchen, die Fäuste geballt, das Gesicht vor Wut verzerrt. Er wusste nicht, wer der Typ war oder was er von ihm wollte, er wusste nur, dass er zwischen ihm und seinem Ziel stand. In einer blitzschnellen Bewegung hob er die Glock, zielte zwischen die Augen des Angreifers und drückte ab. Der Kopf des Mannes wurde nach hinten gerissen. Sein Körper klatschte rücklings auf den nassen Asphalt, wo er zuckend liegen blieb. Eine große Blutlache begann sich auszubreiten.

Jankovic würdigte den Leichnam keines Blickes. Stattdessen eilte er im Laufschritt zum Aufzug. *Außer Betrieb* stand da zu lesen. Wütend schlug er gegen die Tür. Er sah nach oben. Etwa sechzig Meter. Das entsprach drei- bis vierhundert Treppenstufen. Jankovic berechnete, dass ihm etwa fünf Minuten bis zum Eintreffen der Sicherheitsleute bleiben würden. In der Zeit musste er hoch, den Job erledigen und wieder hinunter. Das würde verdammt knapp werden. Er war zwar in Topform, aber die Strecke war selbst für einen Weltrekordler kaum zu meistern. Na gut, dann würde er sich seinen Rückweg eben freischießen müssen. Kein Problem. Er hatte die Erfahrung gemacht, dass die wenigsten Menschen etwas entgegenzusetzen hatten, wenn sie mit offener, brutaler Gewalt konfrontiert wurden. Selbst Sicherheitsleute, die zur Bewachung industrieller oder öffentlicher Anlagen angestellt waren, bildeten da keine Ausnahme. Meist handelte es sich um ehemalige Polizisten, ausgebrannt und dem Ruhestand entgegenfiebernd, oder es waren junge Burschen, noch grün hinter den Ohren. In jedem Fall keine Bedrohung für einen Mann, der schon im *Domovinski rat*, dem Kroatischen Unabhängigkeitskrieg, gekämpft hatte. Jankovic lief die Treppe in einem lockeren Sprint hinauf. Als er oben ankam, war er nicht mal außer Atem. Er überprüfte sein Magazin. Noch sechzehn Schuss, einer davon im Lauf. Für die beiden Frauen mehr als ausreichend. Er ging in Vorhaltestellung, während er den schmalen Steg zum Primärfokus entlangschritt.

Die Eingangstür zum Primärfokus im Visier, pirschte er sich immer näher. Er spitzte die Ohren. Kein Geräusch drang aus dem Innern, nicht einmal gedämpftes Murmeln. Vielleicht waren die beiden Frauen wirklich schon tot, vielleicht auch nur ohnmächtig. Einerlei, er würde die Sache jetzt zu einem schnellen Ende bringen. Er legte seine Hand auf den Türgriff und zog. Verriegelt. Er trat zurück, zielte auf das Schloss und feuerte. Es gab ein knackendes Geräusch, während der Querschläger sirrend davonflog. Befriedigt sah Jankovic, dass der Zylinder des Schlosses herausgebrochen war. Ein kräftiger Tritt, dann war er drin.

Ella schrie. Irgendjemand machte sich an der Tür zu schaffen. Es gab ein Krachen und ein dumpfes Dröhnen, dann hatte der Eindringling es geschafft, das Schloss zu zerstören. Die Tür flog auf. Blendendes Tageslicht ergoss sich ins Innere der Kammer. Ein schwarzer Schatten ragte bedrohlich im Türrahmen auf. Gesichtslos, bedrohlich, kalt. Ella war sofort klar, dass dieser Mann gekommen war, um sie zu töten. Sie hätte auf Madame Kowarskis Rat hören und in der Sicherheit des Berges bleiben sollen. Jetzt war es zu spät. Mit scheinbarer Gelassenheit hob der Mann die Waffe und richtete sie auf ihren Kopf. Ella wollte die Augen schließen, aber sie konnte nicht. Sie war wie gelähmt. Sie konnte nur dasitzen und zusehen, wie der Lauf der Waffe höher und höher wanderte – bis er genau zwischen ihren Augen Halt machte. In diesem Augenblick trat ein zweiter Schatten hinter der Tür hervor. Er griff dem Attentäter in den Arm und richtete die Waffe gegen die Decke. Mehrere Schüsse lösten sich, knallten gegen das Metall. Ein infernalisches Sirren wie von einem zornigen Schwarm Hornissen erfüllte die Kammer. *Querschläger*, dachte Ella noch, da fühlte sie auch schon einen beißenden Schmerz in der linken Wade. Blut sickerte warm an ihrer Hose herunter, tränkte den Stoff. Doch Ella hatte nur Augen für den Kampf. Der Unbekannte hatte den Attentäter von hinten gepackt und zog ihn aus der Kabine, hinaus auf den Steg. Noch einmal löste sich ein Schuss, doch diesmal verpuffte er wirkungslos in der Luft. Ella hörte Keuchen und

gedämpfte Flüche. Dem Attentäter war es gelungen, einen Arm zu befreien und ihn seinem Widersacher mit voller Wucht in den Magen zu rammen. Doch entweder hatte er nicht die richtige Stelle erwischt oder der Fremde hatte Bauchmuskeln aus Stahl. Blitzschnell griff er nach der rechten Hand des Attentäters und schlug sie auf das Geländer. Einmal, zweimal. Ella glaubte ein knackendes Geräusch zu hören, gefolgt von einem Schmerzensschrei. Die Pistole flog in die Tiefe. Doch der Mann, dessen Handgelenk soeben gebrochen worden war, schien ein eisenharter Profi zu sein. Blitzschnell griff er mit seiner Linken an seinen Gürtel und zog ein Bowiemesser heraus. Ehe der Fremde noch irgendetwas unternehmen konnte, stieß er zu. Die Klinge drang in Höhe des Schlüsselbeins in den Körper, wurde wieder herausgezogen und erneut zum Schlag erhoben. Bei dem Versuch, der tödlichen Klinge zu entgehen, wich der Fremde nach hinten aus. Dabei beugte er sich eine Spur zu weit über das Geländer. Der Attentäter reagierte sofort. Anstatt zuzustechen, setzte er hinterher und rammte seinem Widersacher den Ellenbogen ins Gesicht. Ein furchtbares Knacken war zu hören. Ella wurde flau im Magen. Glassplitter fielen auf den Metallsteg. Die Brille! Es war nur die Brille gewesen. Für Ella war dies das Signal, endlich auch zu handeln. Sie wuchtete sich vom Boden hoch. Der stechende Schmerz wich einer Taubheit, die sich von der Wade aus über ihren Oberschenkel ausbreitete. Das unangenehme Gefühl ignorierend, humpelte Ella auf die beiden Kontrahenten zu. Das Blatt hatte sich inzwischen zugunsten des Attentäters gedreht. Langsam, aber sicher, das tödliche Messer über ihn haltend, drückte der Attentäter den Mann, der ihnen zur Hilfe gekommen war, nach hinten. Auf einmal zögerte er. Er schien den Mann zu kennen. Einen Augenblick lang hielt er ihn niedergedrückt, dann sagte er: *»Sie.«*
Ellas Verwunderung über diese unvermittelte Wendung war nur von kurzer Dauer. Sie war von einer rasenden Wut gepackt

worden. Sie zweifelte keinen Augenblick, dass dieser Anschlag ihr galt und dass er etwas mit ihrem Auftrag zu tun hatte. Was hatte sie seinetwegen schon alles erdulden müssen. In Bruchteilen einer Sekunde rasten die Bilder der letzten Wochen an ihrem inneren Auge vorbei. Sie sah sich dabei immer in einer Art Opferrolle, verfolgt von einem gesichtslosen Tod. Doch diesmal war es anders. Diesmal hatte der Tod ein Gesicht. Sie sah die schwarze Lederjacke, die dreckverschmierten Springerstiefel und die schwarze Strumpfmaske. Der kurze Moment der Verwunderung gab ihr die nötige Zeit zuzuschlagen.
Schreiend stürmte sie vorwärts. Mit voller Wucht rammte sie den Körper des Feindes. So heftig war der Stoß, dass der Mann das Gleichgewicht verlor und sich mit seiner gesunden Hand gerade noch an einer Querstrebe festhalten konnte. Doch der Schwung ließ ihn gegen das niedrige Geländer prallen und trug seinen Oberkörper darüber hinaus. Für einen Sekundenbruchteil befand er sich halb über dem Geländer und halb über dem Abgrund.
Diese Zeit reichte Ella, um noch ein weiteres Mal zuzuschlagen. Mit aller Kraft, die ihr noch geblieben war, hob sie ihren Ellenbogen und schmetterte ihn gegen die behaarte Pranke des Killers. Der Mann stieß einen Schrei aus, dann ließ er das rettende Eisen los. Langsam erst, dann immer schneller kippte er nach hinten. Es gab nichts mehr, woran er sich festhalten konnte, nichts, was seinen Sturz noch aufhalten mochte. Kreischend stürzte er in die Tiefe. Ella hielt die Luft an. Erst als sie den erlösenden Aufschlag hörte, wagte sie wieder zu atmen.
Es war vorbei.
Kraftlos sackte sie in sich zusammen. Auf einmal wurde sie von zwei starken Händen gepackt und auf die Füße gezogen. Sie hob ihren Kopf, und zum ersten Mal seit seinem Erscheinen blickte sie ihrem Retter in die Augen. Fassungslos bemerkte sie, dass sie den Mann kannte. Sein Gesicht sah anders aus, als sie

es kannte. Die Brille fehlte und über die Schläfe zog sich ein hässlicher blauvioletter Streifen, aber sein Bart und seine ruhigen klaren Augen waren unverändert.

»Konrad?« Mehr als ein Flüstern brachte sie nicht zustande.

Er nickte und versuchte ein schmales Lächeln.

43

Ella trommelte ungeduldig mit den Fingern auf die Tischplatte. Ihre Verletzung begann wieder zu schmerzen, ein sicheres Zeichen dafür, dass die Wirkung des Medikaments nachzulassen begann. Das Verhör dauerte nun schon drei Stunden, und ein Ende war immer noch nicht abzusehen. Sie brannte darauf, endlich mit Jan Zietlow reden zu können, aber sie schien sich noch gedulden zu müssen. Die Angestellten des Bundeskriminalamtes leisteten gründliche Arbeit. Während ein gutes Dutzend Spezialisten jeden Quadratzentimeter des Waldes nach Spuren absuchte, dabei jeden Stein umdrehte und jeden Zweig nach Haar- oder Stoffresten untersuchte, wurden die Mitarbeiter der Teleskopanlage einer gründlichen Befragung unterzogen. Der Fund des Scharfschützengewehrs hatte für erheblichen Wirbel gesorgt. Nach wenigen Telefonaten war der Fall von der ortsansässigen Polizei über das LKA zum BKA gewandert. Die Fahndungscomputer liefen auf Hochtouren, während die Beamten versuchten, dem zerschmetterten Gesicht des Attentäters einen Namen zuzuordnen. Bisher vergebens.

Ella seufzte. Seit drei Stunden erzählte sie nun schon dieselbe Geschichte. Eine amerikanische Professorin auf Europareise machte Station an einer der bedeutendsten astronomischen Forschungseinrichtungen der Welt mit der Bitte um eine Führung, als plötzlich, aus heiterem Himmel, Schüsse fielen. Die Rettung erfolgte durch ihren geschätzten Kollegen Konrad Martin, der sich, zum Glück für alle Beteiligten, etwas verspätet hatte und just in dem Moment eingetroffen war, als der Killer zuschlagen wollte. Nein, sie hatte den Attentäter noch nie zuvor gesehen, und nein, sie konnte sich beim besten Willen nicht vorstellen, warum ausgerechnet sie Ziel eines Anschlags gewesen sein sollte. Alles, was sie wusste, war, dass sie nichts lieber täte, als an der Seite ihres Kollegen in die Schweiz zurückzukehren.

Die Geschichte war löchrig wie ein Sieb, das war auch den beiden Kriminalisten klar, die das Verhör führten. Mehr als einmal wiesen sie Ella darauf hin, dass sie sich jederzeit mit der amerikanischen Botschaft in Verbindung setzen und um rechtlichen Beistand bitten dürfe, was Ella aber dankend ablehnte. Sie habe nichts zu verbergen, sagte sie. Sie sei nur rein zufällig in diese Sache reingerutscht, das Opfer einer Verwechslung. Gern würde sie weitere Auskünfte erteilen und sich sofort an die Diensthabenden wenden, sobald sie etwas Neues erführe, aber im Moment habe sie nichts weiter zu sagen.

Eine peinliche Stille entstand. Mit mürrischen Gesichtern schlossen die beiden BKA-Angestellten die Akte. Sie wollten sich gerade auf den Weg machen, als im Flur draußen Fußgetrappel zu hören war und die Tür aufgerissen wurde.

»Wir haben ihn«, sagte ein junger Bursche mit hochrotem Gesicht und hob triumphierend ein DIN-A4-Blatt mit dem Konterfei des Attentäters in die Höhe. »Viktor Jankovic. Zweiundvierzig Jahre alt, ledig, kroatischer Staatsangehöriger, geboren in Zagreb. Steht im Verdacht, an mehreren Attentaten auf hochrangige Politiker beteiligt gewesen zu sein. Priorität eins. Ein ganz dicker Fisch. Wir sollen alle zum Chef kommen.« Das Lächeln des Jungen zog sich von einem Ohr zum anderen. Die beiden Männer erhoben sich und wandten sich zum Gehen, als dem einen noch etwas einfiel. Er beugte sich zu Ella herab. »Bis wir unsere Ermittlungen abgeschlossen haben, halten Sie sich zu unserer Verfügung«, er klopfte mit den Knöcheln auf die Tischplatte. »Ich gestatte Ihnen zwar die Ausreise in die Schweiz, aber ich will zu jeder Zeit wissen, wo Sie sich befinden. Ich spüre, dass Sie uns etwas verschweigen, aber ich kann im Moment nicht mehr unternehmen. Mir sind die Hände gebunden. Seien Sie aber versichert, dass wir es herausbekommen werden. Haben wir uns verstanden?«

»Absolut.« Es fiel ihr schwer, seinem Blick standzuhalten, aber die Erleichterung, dass das Verhör endlich ein Ende hatte, gab ihr die nötige Kraft.

Sechs Stunden später konnte Ella sich endlich entspannt zurücksinken lassen. Sie hörte das Dröhnen der Flugzeugturbinen, fühlte den Andruck und das Knacken in den Ohren, dann waren sie in der Luft. Die Nase des Airbus A 318 hob sich steil in den Himmel, während das Flugzeug auf eine Route einschwenkte, die nach Zürich führte. Neben ihr saß Konrad Martin, schweigsam wie immer, den Blick starr Richtung Cockpit gerichtet. Seit er zu ihrer Rettung geeilt war, hatten sie noch keine zwei Worte miteinander gewechselt. Gewiss, die Zeit war knapp gewesen, aber wenigstens ein Dankeschön von ihrer Seite hätte drin sein müssen. Die Mischung aus schlechtem Gewissen und die rätselhaften Andeutungen Helène Kowarskis ließen sie in seiner Gegenwart jedoch verstummen. Es war zum Verrücktwerden, aber sie bekam den Mund nicht auf. Es war, als wäre sie mit Stummheit geschlagen. Auf der anderen Seite schien Martin aber auch keinen Dank zu erwarten. Seine Tat war genauso rätselhaft wie die Umstände, die zu seinem unvermittelten Erscheinen geführt hatten. Immer war er zu Stelle, wenn es brenzlig wurde. Ella begann sich zu fragen, ob an den Geschichten, die Helène Kowarski über ihn verbreitete, nicht doch etwas dran war. Langsam, aber sicher bekam er den Nimbus eines Schutzengels, nur eben ohne Heiligenschein. Ihr Blick wanderte zu Jan Zietlow. Sie saß neben Martin, den Kopf zur Seite gelegt und in einen tiefen Schlaf gesunken. Die letzten Stunden waren offenbar zu viel für sie gewesen. Kaum dass sie in ihren Sitz gefallen war, hatte sie sich mit der Bitte entschuldigt, sie erst in Zürich wieder zu wecken. Schade. Ella hatte so viele Fragen an sie. Auch dafür war während der kurzen Pausen zwischen den Verhören keine Zeit geblieben. Doch das Wenige, das sie in Erfahrung hatte bringen können, war spektakulär genug, um Helène Kowarski sofort davon in Kenntnis zu setzen. Fünf Minuten nach dem Anschlag hatte Ellas Telefon geklingelt. Es war Professor Karl Bardolf gewesen. Derselbe, mit dem Marten Enders kurz vor seinem Tod telefoniert hatte. Sein Anliegen war schnell geklärt. Jan schien bei ihrer Forschung auf einen besonderen Schlüssel gestoßen zu sein, mit dem sich das Rätsel der Steinkugeln möglicherweise lösen ließ. Worum es dabei ging, darüber wollte er nicht sprechen. Die Informationen seien für Helène Kowarski persönlich bestimmt, und Ella hatte Sorge zu tragen, dass Jan auf dem Weg in die Schweiz nichts passierte. Von allen Aufträgen, die Ella bisher angenommen hatte, war ihr dieser bei weitem der liebste. Jan war eine junge, aufgeschlossene Frau, in deren Gegenwart sie sich sofort wohl fühlte. Sie versprühte eine Offenheit und einen Humor, die Ella an ihre Jugend erinnerten.

Seufzend blickte sie aus dem Fenster. Die flache Rheinebene und die dahinterliegende Eifel wurden kleiner und kleiner. Autos schrumpften zu Stecknadelköpfen und Straßen zu dünnen Linien. Sie versuchte noch einen letzten Blick auf das Teleskop zu erhaschen, doch entweder lag es in der falschen Richtung oder es verbarg sich inmitten der steilen Hügel, deren blassgrüne Kuppen endlich vom verspäteten Einzug des Frühlings kündeten. Eigentlich war sie ganz froh, den Schauplatz des Verbrechens nicht mehr sehen zu müssen. Die Aufregung der vergangenen Stunden war noch zu frisch, der Schrecken und die Todesangst immer noch greifbar. Wenn sie die Augen schloss, hörte sie wieder die Schläge gegen die Tür und das Entsichern der Waffe. Sie sah den drohenden Schatten vor sich aufragen und den Lauf der Pistole, der auf ihren Kopf zielte. Ab diesem Zeitpunkt begannen ihre Erinnerungen zu verschwimmen, vermischten sich mit anderen tröstlicheren Bildern aus einer Zeit, die Ewigkeiten zurückzuliegen schien. Sie wusste nicht warum, aber auf einmal musste sie wieder an Cathy denken. An ihr kleines Mädchen und deren neue Familie. Sie dachte an ihr helles Lachen, ihre fliegenden Zöpfe und ihre leuchtenden Augen. Wie es ihr wohl gerade ging? Was mochte sie gerade tun? Ob sie wohl jemals an sie dachte? Oder hatte sie ihre Mutter ganz vergessen? Sie war damals vier gewesen, als Ella sie verlassen hatte. Das war vor sechs Jahren gewesen. Wahrscheinlich war Cathy inzwischen ein fremder Mensch geworden. Ella fühlte Tränen auf ihren Wangen.

»Sie weinen.« Konrad Martin beobachtete sie aus den Augenwinkeln heraus. Es war keine Frage, nur eine simple Feststellung.

Ella wischte sich übers Gesicht. »Ach nein«, log sie, doch ihre feuchten Augen straften ihre Worte Lügen. »Es ist nichts. Vielleicht der Luftstrom.« Sie fummelte demonstrativ am Gebläse herum. Doch statt ihn abzustellen, drehte sie ihn nur stärker. »Ach verdammt«, murmelte sie und schraubte in die entgegengesetzte Richtung. Plötzlich legte Martin seine Hand auf ihren Unterarm. Sie zog ihn zurück, als habe sie einen elektrischen Schlag erhalten. Immer noch waren ihr die flechtenartigen Auswüchse in Erinnerung, die aus seinen Fingern gewachsen waren. Martin tat so, als habe er nichts bemerkt und schloss mit einem Handgriff die Düse. »Sie brauchen mich nicht zu belügen«, sagte er mit sanfter Stimme. »Sie haben gerade an Ihre Tochter gedacht.«

»Meine ...? Woher wissen Sie das?« Ihre Traurigkeit war wie weggeblasen. Sie konnte sich nicht erinnern, ihm jemals von Cathy erzählt zu haben.

»Wissen?« Er schüttelte den Kopf. »Ich weiß es nicht.«
»Aber ...«
»Wissen kann man das nicht nennen. Ich habe es *gespürt.«* Er drehte den Kopf in ihre Richtung, und zum ersten Mal, seit sie sich begegnet waren, sah er ihr direkt in die Augen. Ella spürte einen Stich im Herzen. Da war etwas in seinem Blick, das sie nicht erklären konnte. Etwas unendlich Fremdes und etwas zutiefst Vertrautes. Seine Augen schienen bis auf den Grund ihrer Seele zu blicken. »Warum versuchen Sie nicht, Ihre Tochter wiederzusehen?«, fragte er. »Ich sehe doch, wie sehr Sie unter der Situation leiden.«
Ella konnte dem Blick nicht länger standhalten. Sie ließ den Kopf hängen.
»Wenn Sie meinen Rat hören wollen«, sagte der Professor, »wehren Sie sich nicht länger dagegen. Sie würden sonst daran zerbrechen. Wenn Ihre Arbeit hier beendet ist, sollten Sie den Kontakt wieder aufnehmen. Noch ist es nicht zu spät.«
Trotzig hob Ella den Kopf. Eigentlich hatte sie vor, ihm zu sagen, dass er nicht ihr Psychiater sei und sich seine weisen Ratschläge sonst wo hinstecken könne, aber ein Blick in seine Augen ließ sie verstummen. Er meinte es ehrlich. Seine Anteilnahme war nicht geheuchelt. Und wieder erinnerte sie sich an Helène Kowarskis Worte. *Er fühlt sich zu Ihnen hingezogen. In Ihnen erkennt er eine verwandte Seele*
»Warum sind Sie mir gefolgt?«, flüsterte sie. Die Worte verließen ihre Lippen wie von selbst. »Warum haben Sie mich gerettet? Mich, die ich Sie im Stich gelassen habe.«
Martin legte seine Stirn in Falten. Er schüttelte den Kopf, als verstünde er nicht, wovon sie redete. »Warum denn nicht? Als ich hörte, dass Sie nach Deutschland aufgebrochen sind, bin ich Ihnen sofort gefolgt. Madame Kowarski und ich waren uns einig. Als ich am Teleskop eintraf und hörte, dass Sie bereits oben waren, habe ich mich sofort auf den Weg gemacht. Es lag

etwas in der Luft. Etwas, das ich nur schwer beschreiben kann. Eine Bedrohung, die spätestens dann zur absoluten Gewissheit wurde, als ich den toten Körper des Stationsvorsitzenden auf dem Asphalt liegen sah. Ich rannte nach oben und tat, was getan werden musste.«

»Bitte, Professor – *Konrad«,* Ellas Stimme bekam etwas Flehendes. »Hören Sie auf, in Rätseln zu sprechen. Warum sind Sie mir gefolgt? Ich habe Sie in Sibirien Ihrem Schicksal überlassen. Es war mir scheißegal, was aus Ihnen wird. Meinetwegen hätten Sie vor die Hunde gehen können, so erschrocken war ich über das, was ich gesehen habe. Natürlich bereue ich diese Tat heute, aber damals ...«, sie schüttelte den Kopf. »Ich wollte nur noch weg«, flüsterte sie. »Sie haben wirklich allen Grund, mich zu hassen. Warum sind Sie mir trotzdem gefolgt?«

Er ergriff ihre Hand. Diesmal ließ sie ihn gewähren. »Weil es das einzig Richtige war«, sagte er. »Weil Sie der Schlüssel sind.« Seine Finger fühlten sich warm an.

»Ich? Was für ein Schlüssel? Und *wozu?«*

Er lächelte geheimnisvoll. »Wissen Sie das immer noch nicht?«

»Nein, keine Ahnung.«

»Dann darf ich Ihnen nicht mehr sagen, so leid es mir tut. Mein Auftrag lautet zu beobachten, nicht einzugreifen.«

»Auftrag? Was für ein Auftrag? Von wem? Himmel, Konrad, so reden Sie doch endlich!« Ellas Puls hatte sich merklich beschleunigt. Sie spürte, dass sie kurz davorstand zu explodieren. Wenn sie dem seltsamen Mann doch nur mehr Informationen entlocken könnte. Aber es war wie verhext. Immer, wenn sie glaubte, nur noch einen Schritt vom Ziel entfernt zu sein, machte er ihr mit seiner Verschwiegenheit einen Strich durch die Rechnung. So auch hier. Langsam und mit einem verschmitzten Zwinkern in seinen Augen legte er den Zeigefinger auf seine Lippen. »Keine Fragen mehr, Ella. Alles wird sich zur rechten Zeit aufklären«, sagte er. »Vertrauen Sie mir.«

44

Die Kugel schimmerte in einem intensiven blauen Licht. Von starken magnetischen Feldern in der Schwebe gehalten, schien sie vor Energie zu pulsieren. Die massiven Wände des Glaszylinders wirkten viel zu dünn angesichts der ungeheuren Kräfte, die das seltsame Objekt in seinem Inneren barg. Die Verzerrungen des Glases ließen die Kugel mal größer und mal kleiner erscheinen, je nachdem, von welcher Position aus man sie betrachtete. Mehr denn je wirkte sie wie etwas Lebendiges – etwas, das von einem Ort jenseits unserer Welt und unserer Vorstellungskraft zu kommen schien. Ein Artefakt aus den unergründlichen Tiefen des Weltraums.

Colin Filmore ging langsam um die Kugel herum und ließ seine Augen prüfend über die buckeligen Oberflächenstrukturen wandern. Immer wieder verglich er seine Eindrücke mit dem Abbild der Kugel auf dem Monitor seines Notebooks. Das Gerät war speziell auf seine Bedürfnisse zugeschnitten worden. Sämtliche Informationen, die seit der Entdeckung vor fünfzig Jahren gewonnen worden waren, waren auf diesem kleinen Computer gespeichert. Umfang, ungefähres Gewicht, Alter, spektrometrische und chemische Analysen, Strahlungskoeffizienten, einfach alles. Selbst die aktuellen Informationen, die während der Öffnungsphase vor einer Woche gewonnen worden waren, hatte man minutiös eingespeist. Das so entstandene Gesamtbild

ließ Vermutungen über den inneren Aufbau zu. Nicht mehr und nicht weniger. Gewissheit würden sie erst erhalten, wenn sich die Kugel vollständig geöffnet hatte. Was der Computer aber in aller Detailtreue zeigte, war ein präzises Abbild der Oberfläche. Die Kugel war mit einem Laserscanner abgetastet worden, der eine Auflösung von einem Hundertstelmillimeter erreichte. Die Sphäre auf dem Display war in Längen- und Breitengrade unterteilt worden, so dass sich jedem Quadratzentimeter der Kruste ein exakter Punkt im Koordinatensystem zuordnen ließ.
Colin ließ einen dünnen Metallstift über das berührungsempfindliche Display gleiten. Seine Aufmerksamkeit galt der Südpolarregion. Hier befand sich, ersten Tests nach zu urteilen, ein Feld, das den Öffnungsprozess einleitete. Eine kleine, unbedeutende Fläche auf der Oberfläche der Kugel. Eine Stelle, die genauso unbedeutend aussah wie tausend andere. Doch genau hier musste man beginnen, wollte man verhindern, dass die Kugel ihren Verteidigungsmechanismus aktivierte. Ohne die Bestrahlung mit Gammateilchen wäre Colin nie auf die Idee gekommen, dass diese Stelle so bedeutsam war. In ersten Versuchen hatte er drei dieser neuralgischen Punkte getroffen, immer mit dem Ergebnis, dass das Schloss sich ein Stückchen weiter öffnete. Was geschehen würde, wenn er den letzten aktivierte, darüber wagte er kaum zu spekulieren.
Colin beendete seinen Rundgang. Fünfzehn Menschen blickten ihn erwartungsvoll an. Allesamt Wissenschaftler aus dem engsten Kreis Helène Kowarskis, der harte Kern sozusagen. Menschen, die sich durch jahrzehntelange Forschung das Recht erworben hatten, heute an diesem Ort zu sein. Colin kam sich inmitten all dieser Koryphäen klein und unbedeutend vor. Wer war er schon? Nur ein Assistent, der durch eine Verkettung von Zufällen in diese Sache hineingestolpert war. Und ausgerechnet ihm wurde die Ehre zuteil, die Kugel öffnen zu dürfen? Eigentlich unvorstellbar. Allerdings, und das war Colin ebenso klar,

barg diese Ehre auch ein hohes Risiko. Der schreckliche Tod von Andreas Schmitt war allen noch lebhaft im Gedächtnis. Was vor nicht einmal einem Monat geschehen war, konnte sich heute durchaus wiederholen.

Colin blickte zu Helène hinüber, bemüht, seinem Gesicht einen optimistischen Ausdruck zu verleihen. Die kleine Frau kam zu ihm und legte ihm ihre Hand auf die Schulter. »Es ist so weit«, sagte sie. »Alles ist vorbereitet. Wir warten nur auf Ihr Signal.«

Colin zögerte.

»Was ist mit Ihnen, Colin?« Helène hielt den Kopf schief. »Haben Sie sich doch noch anders entschieden? Ich könnte es Ihnen nicht verübeln. Die Sache ist mehr als riskant. Wir haben immer noch die Option, die Kugel von dem Roboter öffnen zu lassen«, sie wies auf den orangefarbenen Teleskoparm, der im Innern des Glaszylinders stand und, von außen gesteuert, in der Lage war, jeden Punkt auf der Kugel zu erreichen.

Er schüttelte den Kopf. Ihm war gerade ein Gedanke gekommen, der ihn traurig stimmte. »Das ist es nicht«, sagte er. »Ich musste nur gerade daran denken, wie gern ich den Professor heute an meiner Seite gehabt hätte. Mehr als zwanzig Jahre hat er hier geforscht und gearbeitet. Eigentlich gebührt ihm die Ehre, die Kugel zu öffnen.«

»Ich kann Sie verstehen«, sagte Helène. »Elias' Verhalten hat uns alle enttäuscht. Ich weiß bis heute nicht, warum er uns verraten hat. Aber ich bin sicher, er wäre stolz, wenn er Sie jetzt sehen könnte.«

Colin presste die Lippen aufeinander und nickte. Er öffnete den Mund, um etwas zu sagen, doch dann schloss er ihn wieder. Dies war nicht der richtige Zeitpunkt für Worte des Bedauerns.

»Also gut«, sagte er und versuchte zu lächeln. »Hat keinen Sinn, länger um den heißen Brei herumzureden. Fangen wir an.«

»Recht so.« Helène gab ihm einen aufmunternden Klaps. Dann wandte sie sich ab und gab ein Zeichen an die Aufnahmecrew.

Ab jetzt würde jede Bewegung Colins minutiös auf Film gebannt werden. Der Raum war gespickt mit Kameras, Mikrofonen und Spektralanalysegeräten. Jede Sekunde des Vorgangs wurde ab jetzt dokumentiert. Man hatte die herkömmlichen Videoüberwachungsgeräte durch ein strahlengeschütztes Equipment ersetzt, denn man wollte eine Pleite wie bei Schmitts Verschwinden auf jeden Fall vermeiden.

Colin glaubte, die Hitze zu spüren, die von der Vielzahl der elektrischen Geräte ausging. Oder war es die Nervosität, die ihm den Schweiß auf die Stirn trieb? Langsam ging er zum Labortisch hinüber, auf dem seine Arbeitsutensilien bereitlagen. Als er sich dem Rollwagen näherte, wunderte er sich über den merkwürdigen Kontrast, den das Werkzeug zu der Hightech-Welt bildete, die es umgab. Hier gab es nicht etwa Laserschneider oder Bogenlampen, keine Diamantbohrer oder Sprengladungen – nichts dergleichen. Nur einen Hammer und einen Meißel. Dieselben Gerätschaften, die Andreas Schmitt bei seiner Operation mit sich geführt hatte. Und dieselben Geräte, mit denen vor fünfzig Jahren ein gewisser Francesco Mondari versucht hatte, die Kugel zu öffnen. Zwei Männer, die beim Öffnen der Kugel erfolgreich gewesen waren. Zwei Männer, die diesen Erfolg mit ihrem Leben bezahlt hatten.

Colin hob den Hammer und wog ihn in der Hand. Das Metall strahlte wenig Zuversicht aus. Eine äußerst unzulängliche Waffe im Kampf gegen das Unbekannte. Er nahm noch den Meißel, dann ging er an den Rand des Glaszylinders und drückte einen Hebel. Zischend öffnete sich eine Tür. Ein kräftiger Luftstrom zog ihn nach innen. Im Innern des Zylinders herrschte Unterdruck, damit etwaige Keime aus dem Innern der Kugel nicht nach außen gelangen konnten. Colin wartete einige Sekunden, dann trat er ein. Mit einem schnappenden Geräusch schloss sich die Tür hinter ihm. Ein stechender Ozongeruch begann sich auszubreiten. Gleichzeitig spürte er, wie der Luftdruck

sank. Es knackte in seinen Ohren. Jetzt war er allein mit der Kugel. Sein Herz schlug ihm bis zum Hals. Auf einmal kam ihm der Schutz aus fünf Zentimeter dickem Panzerglas doch nicht mehr ganz so unbedeutend vor. Liebend gern hätte er wieder auf der anderen Seite gestanden – und gleichzeitig war es erhebend, hier drin zu sein. Dies war der Augenblick, von dem er immer geträumt, den er immer herbeigesehnt hatte. Nur noch wenige Minuten trennten ihn von der Entscheidung, ob er als Pionier in die Geschichte eingehen oder als Leiche enden würde. Halt, nein, sagte er sich. Eine Leiche würde es nicht geben. Schließlich würde er ja verdampfen. Mit einem mulmigen Gefühl näherte er sich dem Ungetüm. In seinen Gedanken erwartete er jeden Moment einen Blitz, der die Luft in ein kochendes Inferno verwandeln und ihn in Sekundenbruchteilen pulverisieren würde. Doch nichts geschah. Außer einem leichten Summen war nichts zu spüren.
Während er so dastand und seine Ängste abzuschütteln versuchte, wurde ihm bewusst, dass fünfzehn Augenpaare auf ihn gerichtet waren. Fünfzehn Wissenschaftler, die ihn beobachteten. Und alle warteten darauf, dass er endlich anfing.
Also kniete er sich hin und setzte die Spitze des Meißels auf die Stelle, die er ausgewählt hatte. Es dauerte eine Weile, bis er den richtigen Punkt gefunden hatte. Dann atmete er tief durch und schlug zu. Es gab ein Krachen. Der Hammer federte mit einem singenden Geräusch zurück in seine Hand. Colin wartete eine Weile, dann wiederholte er den Vorgang. Der Gedanke, dass das Geheimnis um die Öffnung der Kugel in direktem Zusammenhang mit Schwingungen stand, war ihm schon früher gekommen – zu jenem Zeitpunkt, da Ella Jordan von den Schwingungen während des unterseeischen Bohrvorgangs gesprochen hatte. Vielleicht reagierte die Kugel nicht auf den Schlagvorgang selbst, sondern auf die Frequenz, mit der ein Meißel auf der Oberfläche vibrierte.

Noch einmal schlug er zu.
Es gab ein knackendes Geräusch. Colin zuckte zurück. Wo eben noch eine vollkommen gleichförmige Oberfläche war, hatte sich ein schmaler Spalt aufgetan. Ein Riss, der sich, während er zusah, immer weiter ausdehnte. Erst ein Stück gegen den Uhrzeigersinn und dann um die gesamte südpolare Region der Kugel herum. Der Spalt isolierte ein etwa handtellergroßes Stück der metallischen Oberfläche. Beinahe wie eine Eisscholle, die von einem Eisberg abbrach. Ein Zischen war zu hören. Gleichzeitig glaubte Colin, ein dunkles Glühen in der Tiefe zu bemerken. Langsam und mit atemberaubender Präzision hob sich die Teilfläche, bis sie etwa drei Zentimeter über die Oberfläche hinausragte. Dann verebbte die Bewegung. Colin wischte sich den Schweiß von der Stirn. So weit, so gut. Es war an der Zeit, sich dem nächsten neuralgischen Punkt zu widmen. Er konsultierte sein Notebook, dann ging er auf die andere Seite der Sphäre und wählte eine Stelle, etwa auf der Höhe des Äquators. Sich mehrmals vergewissernd, dass er sich auch bestimmt nicht geirrt hatte, stellte er den Computer beiseite und setzte erneut den Meißel an. Drei Schläge, dann hob sich auch hier ein Stück der Oberfläche. Als auch ein dritter Punkt wunschgemäß reagierte, trat Colin einen Schritt zurück. So weit war er in seiner gestrigen Testreihe auch schon gekommen. Es standen aber noch drei Punkte aus. Sie befanden sich auf der Nordhalbkugel und waren schwer zu erreichen. Mit ihrer Aktivierung betrat er Neuland. Terra incognita.
Nur mit Hammer und Meißel bewaffnet, trat er auf die Standfläche am Ende des Teleskoparms und betätigte den Steuerungshebel. Die obere Hälfte der Kugel war nur durch die Luft zu erreichen. Genau hier saßen die letzten drei Punkte.
Die Servomotoren an den Gelenken surrten leise, als der Roboterarm ihn in die Luft hob. Colin hielt sich am Haltebügel fest, während der Arm ihn höher und höher trug. Als er die Ober-

seite erreicht hatte, stoppte er die Fahrt. Die gesuchten Punkte lagen relativ dicht beieinander, der letzte beinahe auf Höhe des Nordpols. Colin verengte seine Augen zu Schlitzen, während er sich orientierte. Das Notebook brauchte er jetzt nicht mehr. Immer und immer wieder war er die Oberflächenmerkmale im Geiste durchgegangen. Er hatte sogar davon geträumt. Langsam streckte er die Hand aus und ließ sie auf die Oberfläche niedersinken. Dann strich er über das genarbte Metall. Wie ein Blinder, der zu lesen versuchte. Endlich fand er, wonach er suchte. Er setzte den Meißel auf, hob den Hammer und schlug zu.

Dreimal.

Zischend hob sich eine weitere Platte. Ohne darauf zu warten, bis sie sich in ihre Endposition bewegt hatte, nahm er den Meißel und setzte ihn etwa fünfzig Zentimeter entfernt ab. Drei Schläge, dann hob sich auch dieser Teil. Genau wie er vorausgesagt hatte. Vom Erfolg berauscht und angetrieben von Ungeduld, beugte er sich weit über die Kugel, um sein Werk zu vollenden. Sein Oberkörper lag jetzt in ganzer Länge auf dem Metall. Colin spürte die pulsierende Wärme unter sich. So nah war er der Kugel bislang noch nie gekommen. Furcht und Skepsis hatten ihn bisher davon abgehalten. Doch die waren nun wie weggeblasen. Beinahe glaubte er ein lebendes, atmendes Wesen unter sich zu spüren. Er hob den Hammer und ließ ihn niedersausen. Die Vibrationen durchdrangen seinen Kittel, sein Hemd, seine Haut. Sie durchdrangen seine Eingeweide. Noch einmal schlug er zu. Und noch mal. Als der dritte Schlag verhallte, hob er den Kopf und lauschte.

Es war nichts zu hören. Noch einmal schlug er zu, dann horchte er wieder. Er konnte das Blut in seinen Ohren pulsieren hören, doch das war alles. Merkwürdig. Colin spürte einen Schweißtropfen seine Schläfe hinabrinnen. Was hatte er falsch gemacht? Vielleicht hatte er sich geirrt, was die Auswahl der

Stelle betraf. Wenn das der Fall war, dann hatte er jetzt den Verteidigungsmechanismus ausgelöst. Dann befand er sich in höchster Gefahr. Mit zittrigen Fingern strich er über die Kugel. Nein, er schüttelte den Kopf. Er hatte sich nicht geirrt. Ausgeschlossen. Jeder Punkt auf der Oberfläche war so unverwechselbar wie ein Fingerabdruck. Es gab keine zwei Stellen, die identisch waren. Aber was stimmte dann nicht? Hatten die Messungen vielleicht falsche Informationen geliefert? Vielleicht durch Interferenzen? Es genügte ja die kleinste Ungenauigkeit, und schon wurde das ganze Ergebnis verfälscht. Wenn das der Grund war, dann konnte er wieder ganz von vorn anfangen – wenn er dazu überhaupt noch die Gelegenheit bekam. Mit einer Mischung aus Wut und Verzweiflung ließ er ein letztes Mal den Hammer niedersausen. Der Hall durchlief seinen Körper. Als er verebbte, legte Colin das Ohr auf die Kugel und lauschte.

Mit einem Mal glaubte er in den Tiefen der Sphäre etwas zu hören. Ein dumpfes Dröhnen, das mehr und mehr anschwoll. Er hob den Kopf und vergewisserte sich, dass er nicht den Nachhall seiner Schläge vernahm. Nein, es war eindeutig. Das Geräusch kam aus der Kugel selbst, und es wurde von Sekunde zu Sekunde lauter. Das Metall wurde wärmer.

Colin stemmte sich hoch und betätigte die Absenkvorrichtung. Jetzt hatten auch die anderen bemerkt, dass etwas Ungewöhnliches im Gange war. Helène stand am Glas und gab ihm mit Zeichen zu verstehen, dass er den Zylinder verlassen sollte. Immer wieder deutete sie in Richtung des Überwachungsraumes, wohl ein Zeichen dafür, dass die Messgeräte endlich Ergebnisse lieferten.

Colin hatte gerade wieder sicheren Boden unter den Füßen, als ein markerschütterndes Pfeifen einsetzte. So gewaltig, wie es begann, so schnell verebbte es auch wieder. An verschiedenen Stellen der Oberfläche bildeten sich Risse und Spalten,

die breiter und breiter wurden. Kein Zweifel, die Kugel begann sich zu öffnen. Colin, der während des Pfeifens den unwiderstehlichen Drang zur Flucht verspürt hatte, blieb wie angewurzelt stehen. Mit großen Augen, den Rücken an die Glasscheibe gepresst, stand er da und blickte verwundert auf das ungewöhnliche Schauspiel. Es war, als würde eine riesige Blume ihren Kelch öffnen. Colin sah filigrane Streben, metallene Verflechtungen und runde, knubbelige Gebilde, die das gesamte Innere der Kugel auszufüllen schienen. Hatte er schon auf der Oberfläche das Gefühl gehabt, etwas Lebendiges zu berühren, so war er sich jetzt sicher. Dies konnte keine Maschine sein. Vielmehr hatte es Ähnlichkeit mit einem Samenkorn.
Colin trat näher. Er konnte nicht anders. Wie magisch wurde er angezogen von dem Rätsel, das noch kein menschliches Auge zuvor erblickt hatte.
Die Kugel hatte sich mittlerweile vollständig geöffnet. Wie ausgebreitet lag sie vor ihm, bereit, sich von ihm erforschen zu lassen. Colins Blick wurde automatisch ins Innere gelenkt, als habe die Kugel einen eigenen Willen, der genau wusste, wie man die Blicke der Zuschauer auf sich zog. Während er sich näher und näher bewegte, wurde er sich erneut bewusst, wie sehr ihn die ganze Konstruktion an einen Blütenkelch erinnerte. Denn dort, im Zentrum, wo eigentlich der Fruchtknoten hätte sein müssen, schimmerte etwas.
Etwas Goldenes.

45

Langsam ließ Elias Weizmann den Hörer auf die Gabel sinken. Sein Arm fühlte sich merkwürdig kraftlos an. Etwas war schiefgelaufen. *Schon wieder.* Es war, als habe sich eine unbekannte Macht gegen ihn verschworen. Die Sache mit Jordan und Martin begann ihm langsam unheimlich zu werden. Fassungslos rief er sich noch mal ins Gedächtnis, was ihm sein Verbindungsmann soeben mitgeteilt hatte. Der unfehlbare Profi, dessen Wert sich angeblich nur mit Gold aufwiegen ließ, lag mit gebrochenem Genick zu Füßen des Effelsberger Radioteleskops. Erschlagen nach einem Sturz aus hundert Metern Höhe. Tot und ebenso starr wie der Leiter der Anlage. Ein gewisser Marten Enders, kaltblütig erschossen bei dem Versuch, sich dem Killer in den Weg zu stellen.

Der eine war nur ein schmutziger Handlanger in einem schmutzigen Spiel. Ein Profi, der das Risiko seines Berufs genau gekannt hatte. Eine austauschbare Marionette, deren Wert sich im Nachhinein als überschätzt erwiesen hatte. Doch um den anderen tat es Weizmann leid. Marten Enders. Ehemann, Vater von zwei Kindern. Ein Mann, der – soviel er in Erfahrung bringen konnte – von jedem geliebt und geachtet wurde. Ein sinnloses Opfer in einem Krieg, der bisher nur Unschuldige das Leben gekostet hatte. Weizmann spürte, dass die Aktion aus dem Ruder zu laufen drohte. Der Plan, Martin und Jordan außerhalb des Berges ausschalten zu wollen, erwies sich als undurchführbar. Zweimal war es schiefgegangen, ein drittes Mal würde es nicht geben. Zu viele Risiken, zu viele Unwägbarkeiten. Am Effelsberger Teleskop wimmelte es inzwischen von Polizei. Vermutlich würde ein Sonderkommando die Sache übernehmen. Und wenn sie herausfanden, wer da hundert Meter freien Fall hinter sich hatte, war es nur noch eine Frage der Zeit, bis eine der Spuren in seine Richtung führen würde. Spätestens ab diesem Zeitpunkt würde die Angelegenheit eine internationale Dimension bekommen. Elias schüttelte den Kopf. Die Gefahr, sich in seinem eigenen Netz zu verstricken, wurde mit jedem Fehlschlag größer. So durfte es nicht weitergehen. Er lehnte sich zurück, schloss die Augen und zwang sich, ruhiger zu werden. Er musste nachdenken. Für solche Fälle hatte er mit autogenem Training gute Erfahrungen gemacht. Er war in der Lage, binnen einer Minute in einen Zustand tiefer Entspannung zu fallen, einen Zustand, der es ihm erlaubte, alle störenden Einflüsse auszublenden und sich nur noch auf einen einzigen Gedanken zu konzentrieren. Die größte Gefahr dabei war, ein loses Ende zu übersehen. Eine Gefahr, die bei allen komplexen Abläufen bestand. Im Geiste ging er noch einmal jedes Detail durch. Stück für Stück und danach noch einmal in ihrer Gesamtheit.

Nach etwa einer Viertelstunde erwachte er aus dem komatösen Zustand. Er hatte seinen Plan geändert. Er musste zum Kern der Sache vorstoßen und das Problem mit einem einzigen gezielten Schlag lösen. Der Zeitpunkt für seine Rückkehr in den Berg war gekommen. Die Aktion barg natürlich gewisse Risiken. Alle Welt suchte nach ihm, besonders jetzt, nach den jüngsten Ereignissen am Effelsberger Teleskop. Andererseits fand er sich im Berg besser zurecht als jeder andere, Helène Kowarski vielleicht ausgenommen. Er kannte jeden Schlupfwinkel und jeden Seitengang, und er wusste, wie man sich in dem riesigen Termitenbau wochenlang unerkannt bewegen konnte. Zudem hatte er dort Freunde, die ihm helfen würden. Weizmann atmete tief durch, dann griff er erneut zum Hörer. Die Stunde, auf die er so lange gewartet hatte, war gekommen.

Ella Jordan starrte verwundert auf das goldene Ding vor sich auf dem Tisch. Es war ein Tetraeder, ein geometrischer Körper, der von vier gleichseitigen Dreiecken begrenzt wurde. Er war etwa zwanzig Zentimeter hoch und aus spiegelglattem Metall. Seine Oberfläche war mit primitiv anmutenden Zeichnungen bedeckt, winzigen, filigranen Darstellungen. Die Ritzungen schimmerten im Licht der Halogenlampen. Nur fünf Personen durften bei diesem Treffen anwesend sein. Abgesehen von ihr selbst waren das Jan Zietlow, Konrad Martin, Helène Kowarski und Colin Filmore. Allen stand die Müdigkeit ins Gesicht geschrieben.
Seit ihrer Ankunft in der Schweiz war alles Schlag auf Schlag gegangen. Ein kurzer Sicherheitscheck, dann waren die Reisenden ohne Umschweife ins Innerste des Berges geführt worden. Dorthin, wo die Kugel lagerte. Der Fund von Colin Filmore war so Aufsehen erregend, dass die Forschung daran keinen Aufschub duldete. Helène hatte alle Wissenschaftler abgezogen und Anordnung erteilt, dass sie in den nächsten zwei Stunden von niemandem gestört wurden. Ella konnte ermessen, wie ernst die Situation war, wenn man sie so nah an eines der bestgehüteten Geheimnisse der Welt heranließ.
»Und *das* war im Inneren der Kugel? Ein Tetraeder?« Sie schüttelte den Kopf. »Wenn man es ausspricht, klingt es noch viel unglaubwürdiger.«
Jan beugte sich vor, bis ihre Nasenspitze beinahe die metallene Oberfläche berührte. »Darf man es anfassen?«
Die Astrophysikerin war die ganze Reise über sehr schweigsam

gewesen. Sie hatte kaum ein Wort gesprochen, geschweige denn eine Silbe über ihre Theorie verloren. Selbst bei ihrem Rundgang durch das Herz des Berges und im Angesicht des geöffneten Sphäroiden hatte sie geschwiegen. Und das, obwohl Ella gespürt hatte, wie beeindruckt die junge Frau war. Doch sie schien ihre Scheu überwunden zu haben. Ob es an dem Tetraeder oder an der Anwesenheit des charmanten jungen Iren lag, konnte Ella nicht abschätzen.

»Tun Sie sich keinen Zwang an.« Colin schenkte ihr ein warmherziges Lächeln. Es war offensichtlich, dass er Gefallen an Jan gefunden hatte. Da an den naturwissenschaftlichen Fakultäten seit jeher Männerüberschuss herrschte und Jan überaus anziehend war, konnte jeder im Raum Colins Interesse nachvollziehen.

»So weit wir sicher sein können, besteht das Ding aus reinem Gold«, sagte er. »Ziemlich unempfindlich also. Wahrscheinlich war das der Grund, warum man die Botschaft auf diesem Material und nicht auf Papier festgehalten hat. Abgesehen von seiner kulturellen Bedeutung besitzt es einen beträchtlichen materiellen Wert.«

Jan fuhr mit dem Finger die Gravuren entlang. »Hat man schon herausgefunden, was die Darstellungen bedeuten könnten?«

»Oh, wir haben einiges ausprobiert«, sagte Colin. »Letztendlich haben wir uns auf die einfachste Lesart geeinigt. Die Bilder sind ja hinreichend deutlich. Wahrscheinlich wurden sie mit einer Art Laser oder Bogenschweißgerät angefertigt. Sehr präzise Kanten, selbst unter dem Elektronenmikroskop. Ich habe mir versichern lassen, dass wir das selbst mit modernsten Industrielasern nicht so sauber hinbekämen. Ein weiteres Indiz also, dass die Kugeln nicht von der Erde stammen. Drei Seiten des Tetraeders haben wir zweifelsfrei identifizieren können. Wenn Sie bitte hier herüberkommen würden?« Er führte sie an einen benachbarten Tisch, auf dem Fotoabzüge lagen, jeder von ihnen mit einer Seitenlänge von schätzungsweise einem Meter. Die hochauflösenden, kontrastreichen Darstellungen offenbarten jedes Detail. »Interessant, finden Sie nicht? Wenn man die Darstellungen so stark vergrößert, kommen sie einem doch plötzlich irgendwie vertraut vor, oder?«

»Allerdings«, sagte Ella. »Jetzt wo Sie es sagen. Ich hatte die ganze Zeit das Gefühl, sie schon einmal gesehen zu haben.«

»Hat Sie eine Ihrer Forschungsreisen schon mal in die Sahara geführt?« In Colins Augen blitzte es auf.

»Nein, bisher noch nicht. Aber ...«, Ella blickte ihn überrascht an. »Aber ich habe mal einen Roman gelesen über die dortigen Felsmalereien. Die Gegend liegt im Süden Algeriens, im Tassili N'Ajjer. Sehr bizarre Figuren soll es dort geben, teilweise mehrere Meter hoch. Ich erinnere mich an die Beschreibungen von Gestalten mit Helmen und Auswüchsen an Armen und Beinen.«

»Und ich habe einen Bericht darüber im Fernsehen gesehen«, ergänzte Jan. »Diese Darstellungen stammen aus der Steinzeit. Sie sind Tausende von Jahren alt. Wie hieß diese Periode noch mal?«

»Rundkopfperiode«, sagte Helène mit einem Lächeln. »Sie haben Recht, es sind dieselben Darstellungen. Womit wir bei der Frage wären, ob diese Bilder in der Sahara wirklich von Menschen hergestellt wurden. Leider werden wir das hier und heute nicht klären können. Wir können uns nur die Bilder auf dem Tetraeder ansehen und versuchen, etwas über ihre Bedeutung herauszufinden. Genau das haben wir in den letzten Stunden getan. So leid es mir tut, Ihnen das sagen zu müssen, das Ergebnis ist leider unbefriedigend. Fangen wir mit Darstellung eins an«, sie tippte auf die linke Vergrößerung. »Was wir hier zu sehen glauben, ist eine Abbildung des Ursprungsortes der Kugeln und einer Lebensform, die ich *die Erbauer* nennen möchte. Hier sehen wir den Erschaffungsprozess. Die Wesen verwenden dabei Apparaturen, deren Funktionsweise wir nicht einmal erahnen können.«

Ella fielen vor Staunen beinahe die Augen aus dem Kopf. Wenn man die Bilder so betrachtete, konnte man beinahe auf den Gedanken kommen, dass die Kugeln eher *gezüchtet* als handwerklich gefertigt waren. Sie wuchsen wie Beeren an einer Staude, sorgsam gehegt und gepflegt von den sonderbaren Wesen, die ihr von den Sahara-Zeichnungen her so vertraut waren. Manche der Sphären waren noch klein, doch andere waren zu beträchtlicher Größe herangewachsen. Sie wurden geerntet und abtransportiert.

Ella meinte den Sinn der Darstellung ausreichend erfasst zu haben und richtete ihren Blick auf die mittlere Vergrößerung. Hier war etwas vollkommen anderes zu sehen. Mehrere Kugeln hingen im Raum. Eine davon, die im Zentrum, war um ein Vielfaches größer als die anderen. Die umlaufenden Kugeln schienen aus dem Bild fliegen zu wollen. War das die schematische Darstellung eines Atoms? Sie tippte mit dem Finger darauf. »Was mag das wohl sein? Also ehrlich gesagt, so erhellend ich die erste Darstellung fand, so verwirrend ist diese hier. Keine Ahnung, was das soll«, gab sie offen zu. »All diese Kugeln. Und weshalb streben sie auseinander?«

»Das sieht mir eher wie ein Planetensystem aus«, sagte Jan. »Sehen Sie hier die Sternenkonstellationen? Und dort den Gasnebel? Das sieht fast wie Orionis Alpha aus.«

»Der Stern, der explodiert ist.« Colin wirkte beeindruckt. »So haben wir das auch interpretiert.«

»Das in der Mitte scheint der Heimatplanet zu sein«, fuhr Jan fort. »Und diese kleineren Kugeln – sie sehen aus wie die Dinger, die hier drüben gezüchtet wurden. Sie fliegen in alle Himmelsrichtungen davon.«

»Genauer gesagt, sie werden abgeschossen«, ergänzte Colin. »Es sind Sonden, die die Weiten des Weltraums durchqueren, um andere Planeten zu befruchten. Ich weiß, es klingt verrückt, aber eine andere Erklärung konnten wir nicht finden. Diese Kugeln sind Sporen, die dazu dienen, sich irgendwo einzupflanzen und dann das Klima entsprechend den Wünschen ihrer Erbauer zu verändern. Wenn Ihnen das unwahrscheinlich erscheint, sehen Sie sich doch bitte einmal die rechte Darstellung an.«

Tatsächlich. Ella konnte es kaum fassen, was ihre Augen auf dem letzten Bild sahen. Dies war, wie das erste Bild, eine Darstellung, die sich von selbst erklärte. Während einige Kugeln noch vom Himmel fielen, steckten andere bereits in der Erde und sandten etwas aus, das wie Schwingungen oder Schallwellen aussah. Es war sofort klar, dass es sich dabei um seismische Wellen handeln musste. Wellen, die dazu dienten, die Atmosphäre und das Klima den Vorgaben der Erbauer anzupassen. Ella konnte erkennen, wie die einheimischen Lebewesen in Panik flohen und Pflanzen verdorrten. Colin hatte vollkommen Recht. Diese Darstellung beschrieb den Vorgang des *Terraformings*, ein Vorgang, bei dem ein Planet gemäß den Bedürfnissen der Erbauer umgewandelt wurde.

»Und das hier oben wäre dann die Sonne, oder?« Ella deutete auf die gezackten Strahlen, die von ihr ausgingen.

»Ganz recht«, erwiderte Helène. »Genauer gesagt, eine Supernova. Wir deuten diese Strahlen als Symbol für eine Explosion.«

An diesem Punkt ging eine Veränderung mit Jan vor sich. Ella bemerkte es aus dem Augenwinkel heraus. Die junge Frau, die bisher eher schweigsam und beherrscht gewirkt hatte, hob unvermittelt den Kopf und blickte Colin überrascht an. »Sagten Sie eben *Supernova?«* Die Verblüffung stand ihr ins Gesicht geschrieben.

»Das sagte ich.« Madame Kowarski stemmte die Hände in die Hüften. »Und damit sind wir auch schon bei dem Grund, warum ich Sie hergebeten habe. Dr. Bardolf wird Sie ja schon entsprechend unterrichtet haben. Ich habe ihn gebeten, Ihnen nicht zu viele Informationen zu geben. Sie sollen sich selbst ein Bild der Lage machen. Dr. Jordan hier war übrigens die Erste, die auf den Zusammenhang zwischen der Supernova und den seismischen Aktivitäten hingewiesen hat. Liebe Ella, ich muss schon sagen, damit haben Sie uns alle hier sehr beschämt.«

»Das lag nicht in meiner Absicht«, versicherte Ella. »Ich bin manchmal etwas vorlaut. Tut mir leid, wenn ich mich damit bei einigen Ihrer Kollegen unbeliebt gemacht habe.«

Helène winkte ab. »Das braucht Ihnen nicht leid zu tun. Genau wie Colin haben auch Sie frischen Wind in die Angelegenheit gebracht. Manchmal braucht es einfach den Input junger und unverbrauchter Köpfe. Mit Ihnen, Jan, wären es schon drei.« Helène lächelte die junge Frau an. »Wie sieht's aus? Hätten Sie Lust, sich unserem Team anzuschließen?«

Jan antwortete nicht. Sie hatte während des Gesprächs ihr elektronisches Notizbuch herausgezogen und war damit beschäftigt, eine Reihe von Zahlen einzutippen. Ihre Finger huschten mit einer Geschwindigkeit über die Tastatur, dass es Ella ganz schwindelig wurde.

Als sie fertig war, stieß sie einen überraschten Laut aus. Es klang nach einer Mischung aus Erschrecken und Erleichterung. Was immer da auf dem Display stand, für Jan schien es von enormer Bedeutung zu sein.

»Irgendwas Spannendes entdeckt?« Colin reckte neugierig den Hals, um einen Blick auf die Anzeige zu erhaschen.

»Allerdings.« Jan drehte das Gerät so, dass alle es sehen konnten. Eine gezackte Linie war darauf zu erkennen. Mehr nicht. »Der Beweis, dass ich Recht hatte«, sagte Jan. »Und die Bestätigung meiner Theorie. Mann, ich hab schon angefangen, selbst nicht mehr daran zu glauben.«

»Woran zu glauben?« Helène trat näher und inspizierte die Linie genauer. »Erzählen Sie uns davon. Was hat diese Linie zu bedeuten?«

»Aber Dr. Bardolf meinte, ich solle Ihnen nur persönlich davon erzählen.«

Helène winkte ab. »Bardolf ist ein alter Geheimniskrämer. Ich kenne ihn schon seit über zwanzig Jahren und er hat sich seitdem kein bisschen verändert. Glauben Sie mir, jetzt ist der richtige Zeitpunkt für eine Erklärung gekommen.« Sie deutete in die Runde. »Bei uns ist Ihr Geheimnis in guten Händen. Wenn Sie sich uns nicht anvertrauen wollen, wem dann?«

Die Astrophysikerin blickte unsicher hin und her. So ganz überzeugt schien sie immer noch nicht zu sein. Colin kam ihr zu Hilfe. »Ich habe gehört, dass Sie ein spezielles Programm entwickelt haben. Eine Art Dechiffrierungsprogramm, nicht wahr?«

»Hm, ja«, murmelte Jan. Dann stieß sie einen Seufzer aus. »Also gut. Wie Sie vielleicht wissen, waren wir am Tag der Explosion das einzige Teleskop, dass auf Orionis Alpha gerichtet war. Purer Zufall, dass ausgerechnet eine Gruppe von Elsässern an diesem Tag eine Radioabtastung von diesem Stern haben wollte. Wir haben also alles aufgezeichnet, was an Strahlung hereingekommen ist. Sogar den Teil, der eintraf, *ehe* die für uns sichtbare Explosion stattgefunden hat.«

»Aber ich dachte, nichts sei schneller als das Licht«, warf Ella ein. »Wie kann es dann sein, dass Sie schon vorher etwas gemessen haben?«

Ein schwaches Lächeln stahl sich auf Jans Gesicht. »Wie gut sind Sie mit Astrophysik vertraut?«

»Nicht besonders«, gestand Ella offen ein. »Ich habe zeit meines Lebens immer eher nach unten als nach oben geschaut.«

»Das macht nichts.« Jan lächelte. »Dann werde ich es Ihnen schnell erklären. Nach dem neuesten Stand der Forschung gibt es so etwas wie Schwerkraft überhaupt nicht. Der Begriff

Gravitation ist nichts weiter als ein Behelfskonstrukt, um zu erklären, warum der Apfel immer nach unten fällt, oder anders ausgedrückt: warum Massen sich anziehen. Viele verwenden diesen Begriff heute noch, aber nur aus dem Grund, weil man es sich besser vorstellen kann. Doch nach Einsteins Relativitätstheorie ist dieser Notbehelf nicht mehr haltbar. Heute wissen wir, dass Massen den Raum krümmen. Je größer, desto stärker. Stellen Sie sich ein Gummituch vor, auf dem eine Orange liegt – sinnbildlich für eine Sonne. Jetzt nehmen Sie eine Erbse und lassen Sie tangential darauf zurollen. Was geschieht? Die Erbse fällt in die Einbuchtung und beginnt, um die Orange zu kreisen. Gäbe es keine Reibung und würde das Gummituch die Erbse nicht abbremsen, so würde sie für immer um die Orange kreisen. So, wie auch die Planeten um die Sonne kreisen. Wie Sie sehen, hier sind keine mysteriösen Gravitonen im Spiel, sondern nur die Raumkrümmung. Natürlich ist das Gummituch nur zweidimensional. Die Raumkrümmung findet aber in allen drei Dimensionen statt, was natürlich schwer vorstellbar ist. Es ist wie ein Gitternetz, das an einer gewissen Stelle nach innen gezogen wird. Wie auch immer ...«, Jan blies sich eine blonde Strähne aus dem Gesicht, »Tatsache ist, wenn es zu einer Sternenexplosion kommt, verschieben sich mit einem Mal die Masseverhältnisse in diesem Bereich, sprich: die Raumkrümmung verändert sich schlagartig. Dabei entstehen Wellen, die sich rasend schnell in alle Richtungen ausbreiten. So, als habe man einen Stein ins Wasser geworfen. Die Wellenfront selbst ist sehr schwer nachzuweisen. Wir reden hier von minimalsten Kräuselungen des Raumes. Sie dienen aber als Trägermedium für eine geheimnisvolle neue Art von Teilchen, die wir entdeckt haben, die sogenannten Neutrinos. Winzig kleine Teilchen, etwa zehntausendmal kleiner als die Masse eines Elektrons. Wie der Name schon sagt, sind sie elektrisch neutral, gehen also kaum Wechselwirkungen mit anderen Teilchen ein. Sie erreichen uns geradlinig und mit derselben Energie, mit der sie erzeugt wurden. Neutrinos entstehen bei Kernprozessen wie zum Beispiel einer Supernova. Da sie kaum Wechselwirkungen eingehen, bedarf es einer großen Masse, um ihr Vorhandensein nachzuweisen, einer Masse wie zum Beispiel einen großen Wassertank.«

An diesem Punkt horchte Ella auf. *Einen Wassertank?* Irgendetwas klingelte da bei ihr. Konnte das Meer auch als Wassertank bezeichnet werden? Und wenn ja, gab es einen größeren Wassertank auf Erden als den Pazifischen Ozean?

»Wie auch immer«, fuhr die junge Astrophysikerin fort, »gleich nachdem wir die Messungen im Kasten hatten, habe ich mich mit dem *Sudbury Neutrino Observatory* in Kanada in Verbindung gesetzt. Dort steht ein solcher Tank. Und tatsächlich, die Anwesenheit von Neutrinos konnte zweifelsfrei bestätigt werden. Mehr noch: Da sie auf den Wellenkämmen der Raumkrümmung ritten, kamen sie *gepulst* bei uns an, also in einem bestimmten Rhythmus. Und genau dieser Rhythmus hat mich stutzig gemacht. Sagt Ihnen die Zahl 3,14159265 etwas?«

»Natürlich«, erwiderte Colin. »Das ist Pi, die Kreiszahl, das Verhältnis des Kreisumfangs zu seinem Durchmesser.«

»Genau. Eine Konstante im Universum. Der Grund, warum vielleicht gerade sie ausgewählt wurde.« Jan zog einen Stift aus ihrer Tasche und einen Notizblock und begann zu zeichnen. »Stellen Sie sich ein Koordinatensystem vor. Auf der Horizontalen, also der X-Achse, tragen Sie die verstrichene Zeit ein. Eine Sekunde, zwei, drei und so weiter. Auf der vertikalen Achse, der Y-Achse, tragen Sie die Zahlen 0 bis 9 ein. Pi beginnt mit einer 3, also setzen wir am Schnittpunkt der Horizontalen und der Vertikalen bei 0 und 3 einen Punkt. Gleichbedeutend mit einem 3er-Ausschlag bei 0 verstrichenen Sekunden. Der nächste Schnittpunkt ist bei 1 und 1. Der nächste bei 2 und 4. Dann folgt 3 und 1, und immer so weiter. Verbinden wir jetzt die Schnittpunkte, erhalten wir eine charakteristische Zickzacklinie. Sie würde übrigens auch so aussehen, wenn wir sie in einem anderen Zahlensystem, beispielsweise einem binären System, darstellen würden. Schließlich geht es hier um Verhältniszahlen.«

»Genau wie beim Börsenbarometer«, witzelte Colin.

»So ähnlich – und doch wieder nicht«, sagte Jan. »Das Börsenbarometer verläuft völlig chaotisch. Niemand kann sagen, welchen Ausschlag es als Nächstes nimmt. Pi hingegen ist uns bekannt, also ist auch der nächste Ausschlag auf der Kurve bekannt. Und jetzt sehen Sie sich das hier bitte noch einmal genau an.« Sie hielt ihnen das Display ihres Rechners unter die Nase. Die Kurve entsprach exakt der Zeichnung auf dem Papier.

»Das hier ist die Pulsrate der Wellenkämme, die in Kanada gemessen wurden, also die Abstände der eintreffenden Neutrinos, gemessen an der verstrichenen Zeit. Und jetzt erzählen Sie mir, dass das ein Zufall ist.«

»Scheiße«, murmelte Helène Kowarski. »Das sieht aus wie ein Code. Ein *Aktivierungscode.*«

»Und das Beste kommt noch«, sagte Jan. »Werfen Sie nun einen Blick auf die gezackten Strahlen, die aus der Sonne hier kommen.« Sie tippte mit dem Finger auf den Fotoabzug. Dann legte sie ihren Block und das kleine Notebook daneben.

Ella fühlte, wie sie unwillkürlich die Luft anhielt. Es konnte keinen Zweifel geben. Die Zackenlinie entsprach sowohl der Kurve auf dem Display als auch der auf dem Papier.

Die Verläufe waren absolut identisch.

46

Jan fühlte eine Woge von Gefühlen in sich aufbranden. Es war, als habe eine warme Frühlingsbrise die Eiskruste, die sie in den letzten Wochen so mühsam um sich herum errichtet hatte, aufgebrochen und einen Schwall warmes Wasser freigesetzt. Marten war tot. Diese Tatsache war unumstößlich. Dass sie ihn niemals mehr wiedersehen würde, das wurde ihr erst jetzt mit erschreckender Klarheit bewusst.

Während sich die anderen heftig diskutierend über die Skizzen und Fotografien hermachten, fühlte Jan, wie ihr die Tränen in die Augen stiegen. Wie oft hatte sie ihn in den letzten Wochen für das, was er getan hatte, verflucht. Wie oft hatte sie sich selbst dafür gescholten, dass sie dem Ruf nach Berkeley nicht gefolgt war. Marten hatte ihren Theorien nicht geglaubt, hatte sie für verrückt erklärt und sie im hintersten Winkel des Observatoriums versauern lassen – und er hatte dafür mit seinem Leben bezahlt. Wäre sie nicht oben im Primärfokus gewesen und hätte er Ella Jordan nicht begleitet, so wäre er jetzt sicher noch am Leben. Eine schreckliche Verkettung von Zufällen. Böse Zungen hätten behaupten können, dass dies die gerechte Strafe für seine Ignoranz gewesen sei, doch Jan empfand keinerlei Genugtuung bei dem Gedanken. Im Gegenteil. Sie hatte Marten immer gemocht. Er war derjenige gewesen, der sie nach Effelsberg geholt hatte. Er hatte sie unter seine Fittiche genommen und nie einen Hehl daraus gemacht, dass er sie für die Klügere hielt. Seine Ablehnung gegenüber ihrer Theorie war nicht auf Neid oder Missachtung gegründet gewesen, sondern auf Sorge. Zugegeben, Jan hatte die letzten Wochen sehr zurückgezogen verbracht. Auf Störungen hatte sie stets gereizt reagiert. Da konnte man schon auf den Gedanken kommen, dass sie dringend eine Auszeit brauchte. Dass ihre Theorie wirklich stimmen konnte, damit hatte niemand gerechnet, sie selbst am allerwenigsten. Und jetzt war Marten tot.

Trotzig wischte sie sich über die Augen. Wie sehr wünschte sie sich, dass er das hier hätte sehen können. Das war es doch, wovon jeder, der mit Astronomie zu tun hatte, insgeheim träumte. Den Kontakt zu fremdem Leben herzustellen. Aber zu spät. Sie konnte nicht einmal an seiner Beerdigung teilnehmen.

»Alles in Ordnung mit Ihnen?« Colin hatte sie die ganze Zeit beobachtet. Natürlich sah er, dass nichts in Ordnung war, aber sie war für die kleine Aufmerksamkeit dennoch dankbar. Der Ire schien ein netter Typ zu sein. Humorvoll und intelligent, auf erfrischende Weise naiv und obendrein recht ansehnlich.

»Geht schon«, sagte sie und schluckte. »War alles ein bisschen viel in letzter Zeit.«

Colin stand einen kurzen Augenblick unschlüssig herum, dann tat er etwas, womit Jan nicht gerechnet hatte. Er trat vor und legte seine Arme um sie. Einfach so. Einen Moment lang wusste sie nicht, wie sie sich verhalten sollte. Wie er es tat, schien es die natürlichste Sache der Welt zu sein. Sie ließ ihn gewähren. Sie lehnte ihren Kopf gegen seine Brust und begann zu weinen.

Der Moment schien eine Ewigkeit anzudauern.

Als sie sich von ihm löste, war ihr Gesicht tränenüberströmt. Doch als sie den Kopf hob, fühle sie sich erleichtert. »Danke«, flüsterte sie. Das war alles, was sie herausbrachte, doch in den

Augen der anderen schien das als Erklärung zu genügen. Helène Kowarski nickte. »Wir alle haben in letzter Zeit viel durchgemacht. Vielleicht sollten wir uns eine kleine Pause gönnen.«
»Nein«, Jan schüttelte den Kopf. »Jedenfalls nicht meinetwegen. Es war nur wegen Marten. Mir ist erst jetzt richtig klar geworden, dass er nicht mehr da ist. Aber es geht mir schon wieder besser.« Sie versuchte, die Beteuerung mit einem kleinen Lächeln zu untermauern.
Helène wiegte den Kopf. »Ganz sicher? Und die anderen?«
Ella hob den Kopf. »Ich glaube, keinem von uns ist nach einer Pause zumute. Nicht in dieser Situation. Wir müssen noch die letzte Seite begutachten. Wann werden Sie sie uns zeigen?«
Jan stimmte Ella in Gedanken zu. Sie brannte darauf, die Botschaft vollständig zu sehen. Vielleicht gab es ja ein Detail, das sie bisher übersehen hatten. Eine Einzelheit, die einen Lösungsansatz in sich barg.
»Jetzt, wenn Sie möchten.« Die Institutsleiterin griff in eine Ablage seitlich des Tisches und zog einen zusammengerollten Bogen Papier hervor. Mit einer fließenden Bewegung strich sie die beiden Gummibänder von den Enden und entrollte den Fotoabzug. Dann fixierte sie ihn mit Magnetsteckern auf der metallenen Tischplatte. »Das ist sie«, sagte sie, während sie einen Schritt zur Seite trat. »Die geheimnisvolle letzte Seite des Tetraeders. Ich habe sie Ihnen ganz bewusst noch nicht gezeigt, um Ihnen die Überraschung nicht zu verderben.«
Jan trat näher. Ihre Trauer und Niedergeschlagenheit lösten sich in Luft auf, als sie mit den Augen über die Gravuren fuhr. Immer wieder musste sie sich ins Gedächtnis rufen, dass diese Zeichnungen nicht von Menschenhand stammten. Die Versuchung, sie als ein zeitgeschichtliches Dokument einer frühen Kultur zu sehen, war einfach zu groß. Zweifel begannen in ihr zu nagen. Konnte es nicht doch sein, dass das ganze Problem menschlichen Ursprungs war? Vielleicht waren sie doch nur

einem gigantischen Schwindel aufgesessen. Solche Irreführungen hatte es in der Vergangenheit öfter gegeben. Skelette, die von Studenten falsch zusammengesetzt und an unmöglichen Stellen vergraben wurden. Fußabdrücke geheimnisvoller Lebewesen, die sich im Nachhinein als Dummejungenstreiche entpuppten. Riesige Kreise, die minutiös geplant in Kornfeldern angebracht wurden, nur um die Öffentlichkeit davon zu überzeugen, dass wir fortwährenden Besuchen von Außerirdischen ausgesetzt waren. Vielleicht hatte die Verschmutzung der Atmosphäre auch ganz triviale Gründe. Vielleicht hatte es eine Katastrophe gegeben, die nun verschleiert werden sollte. Ein mächtiges Wirtschaftsunternehmen hatte Mist gebaut und versuchte nun, die Medien durch gezielte Falschmeldungen und Manipulation auf eine falsche Fährte zu locken. In Zeiten übermächtiger *Global Player* hielt Jan solche Machenschaften für durchaus vorstellbar. Es wäre nicht das erste Mal, dass so etwas geschah. Während sie versuchte, sich wieder auf die Zeichnungen zu konzentrieren, fiel ihr Blick auf die Kugel, die, hinter ihrer zentimeterdicken Wand aus Panzerglas und im Licht der Halogenlampen, bläulich vor sich hin schimmerte. Der Gedanke an eine menschliche Ursache des Problems rückte mit einem Mal wieder in weite Ferne. Es war nichts weiter als ein halbherziger Versuch, sich eine Erklärung zurechtzubiegen. Sie konnte es drehen und wenden, wie sie wollte, aber dieses Ding da in dem Glaszylinder ließ sich nicht wegdiskutieren. Es war da und strahlte in geradezu überirdischem Glanz. Und es war eindeutig nicht menschlichen Ursprungs.
»Nun, was halten Sie davon?« Colins Stimme holte sie in die Gegenwart zurück.
»Wovon?« Sie schrak auf. »Ach so, die Gravuren. Tut mir leid, ich war gerade mit meinen Gedanken woanders.«
»Ich glaube, ich verstehe die Botschaft.« Ella Jordan hatte sich vorgebeugt und fuhr mit dem Finger die Symbole entlang.

»Sehen Sie das hier?« Jan konnte eine Reihe von Kugeln erkennen, die starke seismische Wellen von sich gaben. Hier schien der Terraforming-Prozess auf Hochtouren zu laufen. Unvermittelt tauchte eine Figur auf. Sie sah den Erbauern gar nicht ähnlich. Vielmehr glich sie den ursprünglich auf dieser Welt beheimateten Lebewesen. Eine Art Heiligenschein strahlte über seinem Kopf. Das Wesen streckte den Arm aus, erhob seine Hand … und die Wellen verschwanden. Anders konnte man es nicht beschreiben. Sie waren einfach nicht mehr da, so, als habe das Wesen den zerstörerischen Mechanismus ausgeschaltet. Die Kugeln versanken im Erdboden, und das ursprüngliche Leben kehrte wieder zurück. Das war alles. Mehr war auf der Zeichnung nicht zu sehen.

»Gibt es noch mehr Darstellungen? Das kann doch unmöglich das Ende gewesen sein.« Sie schüttelte den Kopf.

»Leider nicht.« Colin verschränkte die Arme vor der Brust. »Das ist die vollständige Information. Den Rest müssen wir uns selbst zusammenreimen. Ein hübsches Rätsel, nicht wahr?«

»Allerdings«, erwiderte Jan. »Also wenn Sie mich fragen, ich kann damit nur wenig anfangen. Ich finde das ziemlich kryptisch.«

»Wirklich?« Ella Jordan hob den Kopf. In ihren Augen leuchtete so etwas wie eine leise Hoffnung.

»Sagen Sie bloß, Sie verstehen diese Botschaft.«

»Ich glaube schon.« Ein feines Lächeln breitete sich auf dem Gesicht der Geologin aus. »Diese letzte Botschaft besagt, dass man die Kugeln abschalten kann.«

»Wie bitte? Wie denn?«

»Mit Vernunft.«

»Mit *Vernunft?* Ich verstehe nicht …« Jan schüttelte verständnislos den Kopf – und hielt inne.

Auf einmal dämmerte es ihr. Diese einheimische Lebensform, worin unterschied das Wesen sich von den anderen Bewohnern seines Planeten? Sie ging noch mal zum vorigen Fotoabzug zurück. Die Wesen, die vor der Bedrohung flohen, sahen identisch aus. Bis auf einen Unterschied. »Der Heiligenschein«, flüsterte sie. »Er ist der Einzige, der so etwas trägt.«

»Ja genau«, sagte Ella. »Wir sollten den Heiligenschein als Symbol interpretieren. Ein Symbol für eine höhere Stufe des Bewusstseins. Alle irdischen Kulturen verwenden solche Symbole, um bestimmte Individuen hervorzuheben.«

»Aber das ist genau das Problem«, warf Jan ein. »Unsere Vergleichsmöglichkeiten sind auf die Erde beschränkt. Was, wenn dieses Zeichen etwas völlig anderes bedeutet?«

Die Geologin schüttelte den Kopf. »Diese Botschaft wurde so direkt und unverschlüsselt formuliert, dass sie von jedem intelligenten Lebewesen, egal in welchem Teil des Universums es sich befindet, gelesen werden kann. Die Erbauer wollen uns nicht zum Narren halten. Sie wollen, dass wir ihre Botschaft verstehen und entsprechend handeln. Sollte uns das nicht gelingen, haben wir allerdings ein Problem.« Sie deutete mit der Hand eine Explosion an.

Helène setzte eine zufriedene Miene auf. »Gratulation. Das ist genau, was auch unsere Kryptographen aus der Nachricht herausgelesen haben«, sagte sie. »Seit Entdeckung dieses Artefakts arbeiten unsere Entschlüsselungsexperten daran, jede nur denkbare Interpretationsmöglichkeit zu untersuchen. Dabei bedienen sie sich unter anderem der Ergebnisse, die bei der Analyse der Rundkopfbilder in der Sahara gewonnen wurden. Alle kommen zu demselben Ergebnis: Die Kugeln können abgeschaltet werden.«

»Aber *wie?«*, Jan fuhr sich durch das Haar. »Das ergibt für mich keinen Sinn. Warum machen sich die Erbauer solche Mühe, uns zu erklären, was sie vorhaben, nur um uns dann zu verschweigen, wie man den Vorgang zum Stillstand bringen kann?«

»Sie wollen, dass wir es selbst herausfinden«, sagte Ella. Ein schmales Lächeln zeichnete sich auf ihrem Gesicht ab. »Sie haben uns, wenn Sie so wollen, einen Intelligenztest hinterlassen. Nur so lässt sich verhindern, dass versehentlich ein Planet mit intelligentem Leben zerstört wird.« Sie verschränkte die Arme vor der Brust. »Die Frage lautet also: Zählen wir Menschen zu den intelligenten Spezies des Universums?« Ihr Lächeln wurde breiter.

Jan konnte den Humor der Geologin nicht teilen. »Und was ist, wenn wir es nicht rechtzeitig schaffen?«

»Ich fürchte, dann haben wir den Test nicht bestanden. Wir werden unseren Platz als Krone der Schöpfung an jemanden mit mehr Grips abgeben müssen.«

47

Sie ahnen ja gar nicht, wie Recht Sie damit haben.« Colin gefiel Ellas beißender Humor. »Unsere Vernichtung wird so schnell und effizient erfolgen, dass wir davon kaum etwas mitbekommen werden. Denn neben den seismischen Verstärkern haben wir im Inneren der Kugel etwas gefunden, was uns große Sorgen bereitet. Wenn Sie mir bitte folgen wollen?« Er winkte die Versammelten zu sich an den Rand des Glaszylinders und drückte einen Knopf. Zischend öffnete sich die Tür. Ein kräftiger Luftstrom wehte nach innen. »Ich möchte Sie bitten, sich die Kugel aus der Nähe anzusehen. Keine Angst, sie ist sicher«, fügte er hinzu, als er die Zurückhaltung der Anwesenden bemerkte. »Sie können mir vertrauen. Ich war schon mehrere Stunden hier drin und lebe immer noch.« Er grinste. »Sollte jemand allerdings unter Klaustrophobie leiden, habe ich vollstes Verständnis, wenn er nicht mitgehen mag. Es ist nur so, dass sich manche Details besser aus der Nähe erkennen lassen ...« Weiter kam er nicht. Ella war bereits an ihm vorbei ins Innere gegangen. Auch Helène betrat die Kammer, dicht gefolgt von Jan und dem ewig schweigsamen Konrad Martin.

Colin atmete noch einmal tief durch, dann folgte er den anderen. Für einen kurzen Moment fühlte er wieder diese Beklemmung in sich aufsteigen. Dann schloss er die Tür.

Seine Ohren knackten. Er hielt sich die Nase zu und schluckte mehrfach zum Druckausgleich. Die anderen folgten seinem Beispiel. Ein leises Summen ließ den Boden unter seinen Füßen vibrieren. Colin kam sich vor, als stünden sie auf einem gigantischen Bienenstock. Er war sich immer noch nicht sicher, ob das Geräusch von der Kugel stammte oder von den gewaltigen Magnetfeldern, die sie in der Schwebe hielten. Einerlei was es war, es verschaffte ihm jedes Mal dieses Gefühl der Beklemmung. »Ich möchte Ihnen kurz den inneren Aufbau der Sphäre erklären«, sagte er, sich an den anderen vorbei nach vorn drängelnd.

»Sehr gern. Schließlich haben wir ja nicht alle Tage das Glück, einen außerirdischen Mechanismus vorgeführt zu bekommen.« Jan lächelte ihm aufmunternd zu, doch er erkannte, dass ihr eigentlich gar nicht nach Lächeln zumute war. Sie versuchte, ihre Ängste hinter einer Maske aus Freundlichkeit zu verbergen. So wie wir alle, dachte er.

»Nun gut. Was als Erstes auffällt, ist die ausgeklügelte Mechanik, die hinter dem Deckenmechanismus steckt«, fuhr er fort. »Hunderte feiner Streben und Tastsensoren können praktisch jeden Zentimeter der Außenhülle bewegen, sei es, um die Kugel zu öffnen oder um den Abwehrvorgang einzuleiten. Es gibt Hunderttausende von Kombinationsmöglichkeiten, doch nur eine ist gefahrlos. So gesehen grenzt es fast an ein Wunder, dass wir die Kugel öffnen konnten.«

»*Sie* haben das geschafft«, sagte Helène. »Sie ganz allein.«

»Mir wird immer noch schlecht, wenn ich an den letzten Druckpunkt denke«, entgegnete Colin. »Ich habe wirklich geglaubt, mein letztes Stündlein sei gekommen.« Alle lachten – außer Jan. Sie schien ein eher melancholisches Wesen zu haben. Die Hitze in der Kammer ließ ihre Haut glänzen, was sie noch attraktiver machte. Colin fand es zunehmend schwerer, sich in ihrer Gegenwart zu konzentrieren. »Wie auch immer«, fuhr er fort. »Der weitaus größte Teil des Innenraums wird von dem seismischen Verstärker eingenommen. Dem Gerät also, das die

Erdbebenwellen aussendet.« Er deutete auf ein hufeisenförmiges Gebilde, das den Sockel, auf dem augenscheinlich der Tetraeder geruht hatte, wie eine Klammer umschloss. »Es scheint auch in der Lage zu sein, seismische Wellen zu empfangen, was uns auf die Idee gebracht hat, dass die Kugeln auf diese Weise miteinander *kommunizieren.*« Er wischte sich den Schweiß von der Stirn. »Diese Vorrichtung lässt die Kugel also sowohl schwerer als auch leichter werden. Oder, um es korrekt zu formulieren, sie *krümmt den Raum.*«

Jetzt schenkte sogar Jan ihm ein Lächeln.

Colin spürte, wie ihm das Blut ins Gesicht schoss. Verlegen wich er ihrem Blick aus.

»Was ist das hier unten?« Ella deutete auf ein Gebilde, das aus mehreren Verdickungen bestand.

»Das ist etwas, dessen Funktionsweise wir noch nicht entschlüsseln konnten«, sagte Colin. »Es scheint sich um ein neuronales Netzwerk zu handeln, eine Einheit also, die man mit viel gutem Willen als *Gehirn* bezeichnen könnte. Die Steuerungszentrale der Kugel. Hier werden eingehende Signale registriert, bewertet und zu komplexen Verhaltensweisen koordiniert. In seiner Grundstruktur ähnelt es allerdings mehr einem Computer als einem Gehirn.«

»Inwiefern?«, wollte Jan wissen.

»Nun, es basiert auf Silizium- und nicht auf Kohlenstoffverbindungen. Man kann es also nur schwerlich als ›organisch‹ bezeichnen. Wobei natürlich nicht ausgeschlossen ist, dass es irgendwo im Universum Leben gibt, das auf Silizium statt auf Kohlenstoff beruht. «

Jan sagte: »Dann muss es aber über Nanostrukturen verfügen.«

»Genauso ist es.« Colins Augen glänzten. »Wir haben bei Untersuchungen mit unserem Rasterelektronenmikroskop festgestellt, dass praktisch die gesamte Steuerungseinheit auf Nanostrukturen beruht. Eine unvorstellbare Technologie.«

»Nanostrukturen?« Ella blickte Jan hilfesuchend an.
»Winzig kleine Vernetzungen in der Größenordnung von unter Hundert Nanometern. Ein Nanometer ist, wie Sie wissen, ein Milliardstel Meter und bezeichnet einen Grenzbereich, in dem die Oberflächeneigenschaften gegenüber den Volumeneigenschaften der Materialien eine immer größere Rolle spielen und zunehmend quantenphysikalische Effekte berücksichtigt werden müssen.«
Ella zog die Augenbrauen zusammen. »Passt der Begriff *Naniten* auch irgendwie da mit hinein?«
»Natürlich.« Colin hob überrascht den Kopf. »Um genau zu sein, sie sind ein integraler Bestandteil unseres Problems. Naniten, oder auch Nanobots genannt, sind molekülgroße Roboter, die selbstständig entscheiden und handeln können. Zellulare Automaten, die einen Hang zur Clusterbildung haben. Sie können im Zusammenspiel praktisch jede Größe und Form annehmen und sich zu speziellen Werkzeugen umformen. Werkzeuge, die besonders in der Medizin wahre Wunder bewirken könnten. Ich spreche hier von der Bekämpfung von Krebs und anderen Krankheiten. Heute denkbare Prototypen haben die Größe eines Stecknadelkopfes, in nicht allzu ferner Zukunft sollen sie auf die Größe von Blutkörperchen oder darunter schrumpfen und zur Fortbewegung befähigt sein. Im Moment ist das noch Zukunftsmusik, aber hier können wir diese Technologie bereits im Einsatz sehen. Wie kommen Sie darauf?«
Colin bemerkte, wie Ella ihrem Kollegen Konrad Martin einen vielsagenden Blick zuwarf. Es war offensichtlich, dass die beiden ein Geheimnis teilten. Er kannte Martin nun schon seit vielen Jahren. An dem Schweizer Geologen war irgendetwas nicht ganz koscher. In dieser Beziehung teilte er die Bedenken seines Freundes und Mentors Elias Weizmann. Er verstieg sich nicht darauf zu behaupten, dass Martin ein Spion war, aber er misstraute dem schweigsamen Mann. Dass Ella Jordan, diese

temperamentvolle, lebenslustige Frau, ausgerechnet seine Nähe suchte, war befremdlich. Nun ja, Gegensätze zogen sich bekanntlich an.
Eine kurze Stille trat ein, dann antwortete Ella: »Oh, es war nichts. Ich habe den Begriff irgendwo mal aufgeschnappt.«
Colin spürte, dass sie nicht die Wahrheit sagte. Warum log sie? Nun ja, eigentlich ging es ihn ja nichts an, und so sah er einfach darüber hinweg. »Egal wo Sie den Begriff schon mal gehört haben, er trifft den Kern unseres Problems. Wie ich schon sagte, können Nanobots jede nur erdenkliche Form und Größe annehmen und sich auch zu komplexen Strukturen zusammenschließen. Unter anderem zu hochaktiven Virenstämmen, sogenannten Protoviren. Sie verhalten sich in ihrer Form und Ausprägung wie Rohmodelle tatsächlich existierender Virenstämme. Wir haben das in zahlreichen Versuchsreihen getestet, immer mit demselben Ergebnis. Treffen sie auf ein real existierendes Virus, können sich Protoviren blitzschnell umbauen. Sie verhalten sich dann genauso wie ihr Vorbild. Gesetzt den Fall, ein Protovirus trifft auf den Erreger von Ebola, kann er sofort dessen Form annehmen und verhält sich ebenso tödlich. Schlimmer noch, er kann die Eigenschaften verschiedener Virenstämme in sich vereinen. Können Sie sich ein Virus vorstellen, das so tödlich ist wie Ebola, aber gleichzeitig die Mutationsfreudigkeit und Inkubationszeit der Grippe besitzt? Ein solches Virus wäre unaufhaltsam.«
»Na reizend«, sagte Jan. »Und warum erzählen Sie uns das alles?«
»Weil praktisch der gesamte untere Teil der Kugel eine Fabrik für Nanobots ist«, er deutete auf die drei riesigen Tanks. »Mehr noch, der linke Tank scheint ausschließlich für die Produktion von Protoviren vorgesehen zu sein. Wir können uns das nur so erklären, dass diese Virenstämme zu einem bestimmten Zeitpunkt, wenn die Umformung der Atmosphäre weit genug fort-

geschritten ist, losgelassen werden und den Rest erledigen. Es bliebe dann eine Erde zurück, die von sämtlichen biologischen Verunreinigungen gesäubert wäre. Unbeschrieben wie ein weißes Blatt Papier und bereit, von den Erbauern neu besiedelt zu werden.«

»Heiliger Strohsack«, entfuhr es Ella. »Sie sprechen hier von einem Genozid.«

»Glauben Sie mir«, sagte Colin, »ein Genozid ist harmlos im Vergleich zu diesem Vorgang hier. Was geschehen wird, wenn die Tanks ihre tödliche Fracht entlassen, ist so radikal, dass wir überhaupt keinen Begriff dafür haben.«

»Widerlich.« Jan Zietlow betrachtete die Kugel mit Abscheu. »Und Sie sind sicher, dass uns hier drin keine Gefahr droht?«

»Nicht hundertprozentig. Die Protoviren werden erst aktiv, wenn sie den Befehl von der Steuerzentrale erhalten. Das kann heute geschehen oder erst in einem Jahr. Wir wissen es nicht. Wahrscheinlich ist jedoch, dass sich die Büchse der Pandora erst öffnet, wenn die Klimaumwandlung weit genug fortgeschritten ist.«

Ella Jordan beugte sich vor und betrachtete die Unheil bringenden Behälter aus nächster Nähe. »Wenn nur der linke die Viren enthält, wozu dienen die anderen beiden Tanks?«

Colin zuckte die Schultern. »Keine Ahnung. Nanobots können jede beliebige Form annehmen. Vielleicht dienen sie zur Erzeugung komplexer Strukturen wie zum Beispiel Geräte oder Werkzeuge.«

»Wie komplex?«

»Keine Ahnung. Angesichts dieses hohen Entwicklungsniveaus gibt es da keine Beschränkungen, glaube ich. Wie komplex hätten Sie's denn gern?«

»Könnten sie menschliche Formen nachbilden?«

Colin runzelte die Stirn. »Sie meinen Hautoberflächen, Körperformen, Haare usw.?«

»Ich rede von der exakten Kopie eines menschlichen Wesens.« Ihre Stimme bekam plötzlich einen schneidenden Klang.

»Nun, ich ...«, er kratzte sich am Kopf. »So genau kann ich das nicht sagen. Theoretisch wäre es wohl möglich, ja. Es müsste aber ein genaues Vorbild existieren. Diese Nanobots sind nicht besonders schlau, wissen Sie. Sie können sich nicht selbstständig zu neuen Formen zusammenfügen. Nicht ohne klare Anweisung. Wenn aber eine Schablone vorliegt, eine Art molekularer Scan, könnte es wohl gehen.«

»Würde ein Mensch einen solchen *Scan*, wie Sie es nennen, überleben?« In Ellas Augen lag Argwohn.

»Wohl kaum«, sagte Colin. »Er müsste dafür in seine einzelnen Moleküle zerlegt werden. Hören Sie, Dr. Jordan, das alles ist rein akademisch. Genau genommen wissen wir nicht, wozu diese Technologie in der Lage ist. Wenn Sie mir konkret sagen, was Sie beschäftigt, könnte ich Ihnen vielleicht antworten, aber ansonsten führt uns dieses Gespräch zu weit weg vom Thema.«

»Ich glaube, ich habe genug gehört«, sagte die Geologin. Sie bedachte Konrad Martin an ihrer Seite mit einem merkwürdigen Blick. Colin blickte ratlos von einem zum anderen. Er überlegte fieberhaft, warum sie ihm diese Frage gestellt hatte. Noch ehe er sich danach erkundigen konnte, ertönte eine Ansage über den Deckenlautsprecher

»Dr. Kowarski, bitte melden Sie sich umgehend bei Direktor Steenwell. Dr. Kowarski bitte.«

»Entschuldigen Sie mich für eine Sekunde.« Die grauhaarige Dame verließ den Glaszylinder und eilte zum nächsten Com-Terminal. Sie tippte einen Nummerncode ein und hielt sich den Hörer ans Ohr. Das Gespräch dauerte nur wenige Sekunden, dann hängte sie ein und kam wieder zu ihnen zurück. »Die Vorführung ist leider beendet«, sagte sie mit ernstem Gesicht. »Es gibt Besorgnis erregende Entwicklungen an der nordamerikanischen Westküste. Wir sind gebeten worden, uns im Konferenzsaal eins einzufinden. Wenn Sie mir bitte folgen. Es ist Eile geboten.« Nach einem kurzen Moment atemloser Stille drängten alle nach draußen. Colin, der als Letzter folgte, ließ die Tür angelehnt. »Was ist denn geschehen?«, rief er. »Ist es denn nötig, dass alle mitkommen müssen? Ich müsste noch einige Testreihen fertig stellen.«

»Es ist soeben eine Meldung hereingekommen, dass an der Westküste der USA eine Kugel gefunden wurde. Der Gouverneur von Kalifornien hat Befehl gegeben, sie zu zerstören. Und das, obwohl ich die Warnung herausgegeben habe, die Kugeln in Ruhe zu lassen. Eine unerhörte Schlamperei. Kommen Sie, das Ereignis wird live im Fernsehen übertragen.«

48

Muir Woods, Kalifornien

Es war kurz nach Sonnenaufgang, als das Sprengkommando seine Vorbereitungen beendet hatte und zu den Fahrzeugen zurückgekehrt war. Die Sonne war gerade über den kalifornischen Bergen aufgestiegen und sandte erste goldene Strahlen in die nebelverhangenen Täler. Der Tau hing in feinen Tropfen auf Felsen und Bäumen und überzog die Windschutzscheiben der Einsatzfahrzeuge mit einer dicken Schicht.

Scott McGuire von der staatlichen Forstaufsichtsbehörde steckte fröstelnd die Hände in die Taschen. Die Muir Woods waren um diese Zeit am schönsten. Jetzt, ehe die Touristenströme hereinbrachen, lagen die Wälder in vollkommener Ruhe. Hier und da hörte man einen Specht hacken oder ein Streifenhörnchen rascheln, das war alles. Ab und zu konnte man einen der kleinen Schwarzwedelhirsche erspähen, vielleicht sogar einen Dachs oder eine Wildkatze, zwei ausgesprochen scheue Vertreter der hiesigen Fauna. Aber nicht heute. Heute war der Wald erfüllt von den Stimmen unzähliger Menschen, die sich lauthals unterhielten und Befehle bellten. Vier mächtige Halogenscheinwerfer waren in der Umgebung aufgestellt, die den fahlen Morgennebel mit gleißender Helligkeit zerschnitten. Zentrum der ganzen Aufregung war ein unscheinbarer Erdhügel, den eine benachbarte Baufirma vor achtundvierzig Stunden auf Anordnung des staatlichen geologischen Instituts geöffnet und abge-

tragen hatte. Was man dort gefunden hatte, war eine kleine Sensation. Eine augenscheinlich uralte steinerne Kugel war zum Vorschein gekommen, über die in kürzester Zeit die unglaublichsten Gerüchte im Umlauf waren. Es hieß, sie stehe im Verdacht, an den jüngsten seismischen Aktivitäten im San-Andreas-Graben schuld zu sein. Sie würde Erdbebenwellen aussenden oder sie jedenfalls auffangen und verstärken. Irgendetwas in der Art. Scott McGuire hielt das für ausgemachten Blödsinn. Für ihn sah das eher nach einem indianischen Ritusstein aus, etwas in der Art, wie es die Mayas oder Azteken hergestellt hatten. Natürlich waren sie dafür viel zu weit nördlich, aber wurden nicht tagtäglich die Hinterlassenschaften neuer Stämme entdeckt? Konnte doch sein, dass sich hier der Versammlungsplatz eines bisher unbekannten Stammes befunden hatte. Wie man es auch drehte und wendete, vom archäologischen Aspekt her war diese Kugel sicher sehr interessant, aber bei weitem kein Anlass für eine solche Aufregung.
Die Ersten, die den Fundort untersucht hatten, waren die Geologen gewesen. Keine Archäologen, *Geologen.* Und dann war binnen weniger Stunden auch noch die Nationalgarde erschienen. Die Jungs in Dunkelgrün hatten sofort damit begonnen, das Gelände weiträumig abzusperren und Wachposten aufzustellen. Dabei scherten sie sich einen Dreck um Wege oder Pfade. Sie latschten mit ihren schweren Stiefeln einfach durch ökologisch sensibles Gelände und umspannten eine etwa dreitausend Quadratmeter große Fläche mit ihren hässlichen Plastikbändern. Als Nächstes rückten die Herren von der Baufirma an, fuhren mit ihrem Bulldozer quer durchs Gelände und fingen an, den halben Wald umzugraben. Und als sei das noch nicht genug, war zu allem Überfluss auch noch das Sprengkommando angerückt. Wusste der Himmel, was die sich dabei dachten, aber es schien, als wollten sie das Ding in die Luft jagen. Und das in *seinem* Wald. Scott bebte innerlich vor Zorn. Das Muir

Woods National Monument gehörte zu den schützenswertesten und sensibelsten Fleckchen Natur auf dieser Erde. Einer der ältesten Nationalparks der USA. Gegründet 1908, von Präsident Theodore Roosevelt persönlich. Hier standen die größten und ältesten Bäume der Welt, die Küstensequoias. Ein Paradies für jeden Baumliebhaber. Und ausgerechnet hier, an einem Ort, an dem strengstes Rauchverbot herrschte, wollte man eine Ladung TNT zünden, groß genug, um damit ein Hochhaus in die Luft zu jagen. Scott ging das nicht in den Kopf. Warum nahmen sie das Ding nicht einfach mit, transportierten es irgendwo in die Wüste und zerstörten es da? Mal abgesehen davon, dass man einen solch kulturhistorischen Fund doch nicht einfach sprengte. Warum hier? Warum jetzt? Und was zum Geier hatten diese vielen Fernsehreporter hier zu suchen? Die Belagerungsmaschinerie der Presse lief seit dem Bekanntwerden des Fundes auf Hochtouren. Gerade so, als hätte man sie eingeladen, an diesem Spektakel teilzunehmen. Nun, vielleicht war genau das der Fall. Scott, der sich bisher nur darum zu kümmern hatte, dass nicht allzu viel Schaden in seinem Wald angerichtet wurde, und der langsam einsehen musste, dass er der Aufgabe nicht gewachsen war, ging ungehalten zu einem der Übertragungswagen von CNN hinüber. Ein Haufen Techniker war damit beschäftigt, eine Satellitenschüssel aufzustellen, ein Vorhaben, das durch den unebenen Waldboden erschwert wurde. Lautes Atmen und verhaltene Flüche waren zu hören, als er sich näherte. Etwas abseits, auf einem Klappstuhl sitzend, sah er Sarah Connelly, die Moderatorin, deren Gesicht ihm von zahllosen Fernsehbeiträgen bekannt war. Sie schminkte sich mit einem kleinen Spiegel, wobei das Scotts Meinung nach gar nicht nötig war. Sie sah auch so schon umwerfend aus.

»Hallo, Fremder«, sagte sie, ohne ihren Blick vom Spiegel abzuwenden. Mit sicherem Strich zog sie den Lippenstift nach. »Sie wirken, als hätten Sie sich verlaufen.«

»Keineswegs«, antwortete Scott. »Ich fühle mich nur etwas fehl am Platze. Hier macht ja doch jeder, was er will. Entschuldigen Sie, ich habe mich noch nicht vorgestellt. Scott McGuire, staatliche Forstbehörde.«

»Der Mann, der dafür sorgt, dass wir unsere Pappbecher wieder mitnehmen.« Der Spott in ihrer Stimme war unüberhörbar. »Ich fürchte, Sie haben heute die Rolle des Don Quijote.«

»Ich verstehe nicht ...«

»Der aussichtslose Kampf gegen die Windmühlen. Haben Sie nie Cervantes gelesen?«

Scott schüttelte den Kopf. Mehr denn je kam er sich völlig überflüssig vor. »Probleme mit der Sendeanlage?« Er versuchte das Gespräch in eine andere Richtung zu lenken.

Sarah nickte. »Ist zu schwer für den Waldboden. Sackt ständig weg.« Sie beendete ihr Make-up, prüfte sich noch einmal gewissenhaft im Spiegel und wandte sich dann Scott zu. »Wie sehe ich aus?«

»Umwerfend«, antwortete Scott, und er meinte es ehrlich.

»Schön.« Sie klappte den Spiegel zusammen, stand auf und ging an Scott vorbei zum Sendewagen. Beim Vorübergehen drehte sie sich kurz zu ihm um. »Ich hole mir einen Kaffee. Möchten Sie auch einen?«

»Sehr gern.« Er folgte ihr. »Was halten Sie von dieser Sache hier?«

»Sie meinen die Kugel?« Sie blickte kurz in Richtung Baustelle. »Schwer zu sagen. Wenn da wirklich etwas dran ist, ist es die größte Sensation, seit Kolumbus die Neue Welt entdeckt hat.« Sie betrat das Fahrzeug und fing an herumzuklappern.

»Aber das ist doch alles Quatsch«, sagte Scott, der draußen stehen geblieben war. »Dieses ganze Gerede von Erdbeben und so. Zugegeben, es hat in letzter Zeit ein paarmal geruckelt, aber auf die Idee zu kommen, diese Kugel hätte etwas damit zu tun ...«, er schüttelte den Kopf.

Sarah steckte den Kopf zur Tür heraus. »Wie sagte doch schon der gute alte Hamlet? Es gibt mehr Dinge zwischen Himmel und Erde, als die Philosophie sich träumen lässt. Milch und Zucker?«

»Hm? Oh ja, beides.«

»Wissen Sie«, sagte Sarah, als sie mit zwei Tassen duftendem Kaffee den Wagen verließ, »ich habe da seltsame Gerüchte gehört.« Sie gab ihm eine Tasse. »Es gibt gut unterrichtete Quellen, die behaupten, die zunehmende Anzahl aktiver Vulkane und das vermehrte Auftreten von Erdbeben rund um den Pazifik haben alle mit dieser Sache zu tun. Angeblich hat man schon Dutzende dieser Kugeln gefunden. Alle von derselben Größe, alle aus demselben unzerstörbaren Material. Es heißt, es handele sich um eine Art Weltuntergangsmaschine, erdacht und konstruiert von irgendeiner fremden Rasse, die unseren Planeten übernehmen will.«

Scott rührte in seiner Tasse herum. »Und ihr von den Medien glaubt so einen Schwachsinn? Offen gesagt hätte ich mehr von euch erwartet.« Er nippte an der siedend heißen Flüssigkeit. »Der ist gut.«

»Ich wusste anfangs auch nicht, was ich davon halten soll«, sagte Sarah. »Als ich davon erfuhr, habe ich zuerst gedacht, es sei eine Ente. Aber je länger ich hier bin, umso unheimlicher wird mir. Was, wenn ein Funken Wahrheit darin steckt? Was, wenn die Tage der Menschheit wirklich gezählt sind? Zumindest werde ich meine Karriere als Moderatorin dann mit Traumquoten beenden.« Ein verführerisches Lächeln umspielte ihren Mund. »Abgesehen davon: Wir sind nicht die Einzigen, die daran glauben.« Sie deutete auf die Sprengspezialisten und die Mitglieder der Nationalgarde. »Der Gouverneur scheint die Sache ebenfalls sehr ernst zu nehmen. Warum sonst würde er so einen Aufwand betreiben?«

Scott blickte auf die Halbschale aus Stahlbeton, die über der

Kugel errichtet worden war. Sie diente dazu, den Druck der Sprengladungen nach innen zu richten und zu verhindern, dass brennende Brocken umherflogen und einen Waldbrand auslösten. Sollte doch etwas Unerwartetes geschehen, so stand zusätzlich ein Feuerlöschtrupp bereit.

Alles zusammengerechnet waren hier an die hundert Leute seit zwei Tagen rund um die Uhr im Einsatz. Rechnete man noch das Material hinzu, kam da ein ganz schöner Batzen für die Steuerzahler zusammen. Wie Sarah schon sagte: Der Aufwand war enorm. Und das für etwas, was so offensichtlich eine Ente war? Scott geriet ins Grübeln.

In diesem Moment ertönte das durchdringende Heulen einer Sirene. Ein an- und abschwellender Ton, der den Wald bis in die Wurzeln erbeben ließ. Mit einem Mal tauchten überall neue Gesichter auf. Leute, die Scott zuvor noch nicht gesehen hatte. Arbeiter, Techniker, Angestellte, die sich zuvor in Fahrzeugen und Baracken aufgehalten hatten und die nun dem Ereignis beiwohnen wollten. Es war, als hätte jemand einen Ast in einen Ameisenhaufen geworfen.

»Es geht los«, sagte Sarah und drückte Scott ihre Tasse in die Hand.

»It's showtime.«

Die Techniker von CNN hatten ihr Problem anscheinend in den Griff bekommen, denn sie kamen mit geröteten, aber zufriedenen Gesichtern von der Satellitenanlage zurück. »Es kann losgehen«, sagte einer von ihnen. »Gerade noch rechtzeitig«, sagte ein anderer. Wahrscheinlich der Aufnahmeleiter, seinem grauen Haar und der überlegenen Art nach zu schließen, mit der er sich an die Moderatorin wandte. »Wir machen jetzt zuerst die Aufnahme von der Sprengung. Danach kommst du, Sarah. Stell dich ruhig schon mal auf die Markierung. Jimmy, bring ihr das Mikrofon. Charles, du bleibst bei der Kamera. Ich geh zu Claire in den Ü-Wagen. Darf ich mal?« Er versuchte, sich

an Scott vorbeizuzwängen, der immer noch mit vollen Händen in der Tür stand.
»Entschuldigung«, sagte Scott und stellte die Tassen auf eine seitliche Ablage. »Ist sowieso Zeit für mich zu gehen.«
»Bleiben Sie doch«, rief Sarah zu ihm herüber, während sie von einem jungen Burschen ein Mikrofon gereicht bekam. »Sehen Sie uns ein bisschen zu. Es gibt im Moment doch ohnehin nichts für Sie zu tun, und wir könnten uns noch ein wenig unterhalten.« Sie zwinkerte ihm zu.
Scott schlenderte lächelnd zu ihr hinüber. Eine solche Einladung ließ er sich nicht entgehen. Außerdem hatte man von dort, wo sie gerade stand, einen hervorragenden Blick auf die Ausgrabung. Ein Sonnenstrahl brach durch die Baumkronen und berührte genau neben Sarah den Boden. Sie sah einfach überwältigend aus. Die Sirene erklang ein zweites Mal.
»Nach dem dritten Signal wird gesprengt«, sagte die Moderatorin, und zum ersten Mal glaubte Scott so etwas wie Aufregung in ihren Augen zu bemerken. »Drei Kameras sind auf die Ausgrabung gerichtet«, erläuterte sie. »Wir können das Signal hier empfangen und zwischen den Kameras hin- und herschalten. Wenn sie die Halbschale hochziehen und enthüllen, was sich darunter befindet, mache ich hier meine Ansage. Sehr dramatisch, finden Sie nicht? Sie müssten dann allerdings aus dem Bild verschwinden, wenn Sie nicht wollen, dass Ihre Frau uns zusammen im Fernsehen sieht.« Wieder dieses unverschämte Lächeln. Scott begann sich zu fragen, ob Sarah wohl einen Narren an ihm gefressen hatte oder ob sie dieses Spiel mit jedem Mann trieb. Er kam nicht mehr dazu, eine Antwort auf diese Frage zu finden, denn soeben ertönte das dritte Signal.
Auf einmal wurde es still im Wald. Niemand wagte zu sprechen, geschweige denn herumzurennen. Es war, als habe sich eine Decke aus Schweigen über die Bäume gelegt. Alles blickte gespannt in Richtung der Ausgrabung. Scott hörte sein Blut in

den Ohren pochen. Minuten schienen zu vergehen. Doch nichts geschah. Dann ertönte ein elektronisches Summen, gefolgt von einem dumpfen Knall. Das Geräusch war enttäuschend schwach angesichts der hohen Erwartungshaltung, die hier herrschte. Die Erde vibrierte leicht, dann war es vorbei. Scott beobachtete die umherstehenden Menschen. Sie alle machten den Eindruck, als hätten sie mit wesentlich mehr gerechnet, als hätten sie geradezu darauf gehofft, Zeuge eines spektakulären Ereignisses zu werden.
Scott verkniff sich ein Grinsen. Natürlich, die Medienleute. Frei nach dem Motto: *Only bad news are good news.* Insgeheim hatten hier wohl alle auf einen *Big Bang* gehofft, auf eine ultimative Katastrophe, die den Sendern Traumquoten beschert hätte. Doch da war nur etwas Dampf, der aus dem Krater strömte und langsam in die Höhe stieg. In etwa fünfzehn Metern Höhe löste er sich auf und verzog sich zwischen den Baumwipfeln. Ein eigenartiger Geruch stieg Scott in die Nase. Der Geruch von Hitze. Sarah sah ihn fragend an. Auch sie schien ihn bemerkt zu haben. Plötzlich begann es zu knacken. Es klang, als ob etwas, was unter ungeheurem Druck stand, bersten würde. Das Knacken schwoll an und wanderte umher. Dann verebbte es, nur um an einer anderen Stelle neu zu entstehen. Gleichzeitig verschlimmerte sich der Gestank. Jetzt konnte Scott ganz klar den Geruch von faulen Eiern ausmachen. »Schwefeldioxid«, murmelte er.
»Was haben Sie gesagt?«
»Ich sagte *Schwefeldioxid.* Entsteht bei geothermalen Vorgängen.«
»Wobei?« Sarah blickte ihn verwirrt an.
»Bei Vulkanausbrüchen.« Wieder dieses Knacken. Scott begann es mulmig zu werden. »Lassen Sie uns verschwinden«, sagte er. »Ich habe kein gutes Gefühl bei der Sache.«
»Sie spinnen wohl.« Sarah stemmte entrüstet die Hände in die

Seiten. »Ich kann doch hier nicht weg. Ich gehe gleich auf Sendung.«

Scott wischte sich über die Stirn und sagte, ohne auf ihren Protest einzugehen: »Fühlen Sie das auch?«

»Was denn?«

»Diese Hitze. Es ist um einige Grade wärmer geworden.«

»Das ist nur die Aufregung. Jetzt fangen Sie doch nicht an, sich verrückt zu machen.« Entgegen ihrer Aussage klang ihre Stimme nervös. Wie eine Saite, die zu hoch gestimmt war.

»Schauen Sie«, Scott deutete auf die riesige Halbschale aus Beton. Sie war von Rissen überzogen, als hätte eine gewaltige Spinne ihr Netz darübergeworfen. Durch die Risse hindurch bahnte sich gleißend helles Licht seinen Weg nach draußen.

»Kommen Sie!« Er packte Sarah beim Arm und zog sie mit sich. Die Moderatorin war viel zu verblüfft, um ernsthaft Widerstand zu leisten. Sie versuchte ein paarmal, ihm ihren Arm zu entwinden, aber Scott verfügte über die größeren Kräfte. Er schleppte sie einfach hinter sich her. Erst als sie nur noch etwa fünfzig Meter vom Parkplatz entfernt waren, riss sie sich los.

»Was soll das?«, schrie sie ihn an. »Sind Sie noch ganz bei Trost? Hauen Sie doch ab, wenn Sie wollen, aber lassen Sie mich in Ruhe.« Und dann, in Richtung des CNN-Trailers gewandt: »Jimmy, Charles, ich bin hier! Kommt rüber und helft mir mal. Der Typ hier hat nicht alle Tassen im Schrank!«

Weiter kam sie nicht, denn in diesem Moment bekam sie einen Stoß ab, der sie zu Boden schleuderte. Scharfkantige Steine bohrten sich in ihre Handflächen. Sie versuchte sich aufzurappeln, doch ein zweiter Stoß, mächtiger noch als der erste, warf sie erneut um.

»Hier, nehmen Sie.« Scott bot ihr seine Hand an. Seine jahrelange Erfahrung im Flößen meterlanger Baumstämme half ihm, nicht das Gleichgewicht zu verlieren. Sarah blickte ihm kurz in die Augen, dann ergriff sie seine Hand und ließ sich von ihm hochziehen. Gemeinsam rannten sie los. Es schien eine Ewigkeit zu dauern, bis sie endlich seinen Cherokee erreicht hatten. Der Wald hinter ihnen begann zu brennen. Schreie drangen zu ihnen herüber, vermischt mit einem ohrenbetäubenden Donnergrollen. Scott startete und raste mit quietschenden Reifen über den Parkplatz. Die Erde unter ihnen bäumte sich auf wie ein junges Pferd. Aus den Augenwinkeln sah er, wie ganze Reihen von Bäumen umknickten. Wie ein Wunder traf keiner von ihnen den Jeep. Scott lenkte das Fahrzeug wie ein Besessener durch das krachende, splitternde und grollende Inferno. Zweige klatschten auf die Fahrbahn, aber Scott jagte einfach über sie hinweg. Nur raus aus dem Tal, so schnell wie möglich auf die Anhöhe. Er bretterte die Muir Woods Road in Richtung des Panoramic Highway, schlingernd und immer mit mindestens einem Rad über dem Seitengraben. Er trieb sein Allradfahrzeug bis zum Äußersten, immer damit rechnend, im nächsten Augenblick von einem der mächtigen Rotholzstämme getroffen zu werden. Wie durch ein Wunder gelang es ihm, auf der Straße zu bleiben und allem auszuweichen, was von oben auf sie herabprasselte. Nach wenigen Kilometern lichtete sich der Wald. Scott wusste jetzt genau, wohin er wollte. Er verließ die Straße an einem Feldweg und fuhr entlang der Waldgrenze auf den Kamm der Hügelkette zu. Der Boden war steinig und von wenigen Büschen bewachsen, spärliche Überreste des einstmals so prächtigen Waldes. Doch heute war Scott froh über den Raubbau, der hier vor über hundert Jahren stattgefunden hatte. Ihm war wesentlich wohler, seit sie die turmhohen Bäume hinter sich gelassen hatten.

Er lenkte den Cherokee bis zum höchsten Punkt der Kuppe und schaltete den Motor ab. Die Erschütterungen waren hier oben nicht ganz so stark, aber immer noch so heftig, dass Sarah sich beim Aussteigen festhalten musste. Scott keuchte wie nach einem Hundertmeterlauf. Die Luft war erfüllt vom Geruch giftiger Dämpfe. Der Wald hinter ihnen brannte lichterloh. Flammen, höher als ein mehrstöckiges Haus, schlugen in den Himmel. Schwarzer Rauch trübte das Sonnenlicht. Scott wandte sich um und blickte über das Tal. Was er dort sah, ließ ihn an seinem Verstand zweifeln. Die Erde war an manchen Stellen aufgerissen und spuckte rot glühende Lava. Vom Harbour Drive her erklangen Alarmsirenen zu ihnen herüber. Schwarzer Rauch, als würde Öl brennen, stieg in den Himmel. Weiter südlich war es noch schlimmer. Er musste sich die Augen reiben, um wirklich zu glauben, was er da sah. Die Golden Gate Bridge existierte nicht mehr. Ihre Pfeiler ragten wie blutige Rippen in die Luft. Der Highway war komplett weggebrochen. Die herabgefallenen Stahlbetonplatten hatten die Fluten darunter in ein schäumendes Chaos verwandelt. Und dort, wo einst San Francisco gestanden hatte, verdunkelte Rauch den Himmel. Nicht aus einer einzelnen Quelle, sondern aus Hunderten. Der ganze Horizont war eine einzige verdammte Wand aus Rauch.

49

Ella war wie paralysiert. Sie war unfähig zu ermessen, was sich da vor ihr auf der Leinwand abspielte. Es waren Bilder des Schreckens, wie sie sie bisher noch nie gesehen hatte. Äste hagelten herab, Bäume stürzten zu Boden. Der Untergrund war an manchen Stellen aufgerissen. Hellrote Lava schoss empor, klatschte und spritzte in alle Richtungen und löste weitere Brände aus. Das Holz der Sequoias, das eigentlich über einen natürlichen Brandschutz verfügte, flammte auf wie Zunder. Feuerwalzen, so hoch wie mehrstöckige Häuser, schlugen in den Himmel, während der Rauch das Sonnenlicht auslöschte. Menschen rannten brennend durchs Bild. Einer versuchte, sich über den Boden wälzend die Flammen zu ersticken.

Ella wandte ihren Blick ab, doch die Geräusche konnte sie nicht aus ihrem Kopf verbannen. Schmerzensschreie, die kaum noch etwas Menschliches an sich hatten, Knistern, als ob irgendwo ein Hochspannungsmast umgeknickt wäre, und ein dumpfes, donnerndes Grollen wie von einem nahenden Gewitter. Das alles erinnerte sie fatal an ihr Erlebnis in der ostsibirischen Tundra.

Doch trotz allen Schreckens haftete der Szene auch etwas merkwürdig Unwirkliches an wie bei einem Hollywood-Blockbuster. Ella erinnerte sich, dass sie das letzte Mal dieses Gefühl gehabt hatte, als sie im Fernsehen den Anschlag auf das World Trade

Center gesehen hatte. Die einstürzenden Hochhäuser. Damals war es ihr vorgekommen, als würde sie nur Special-Effects sehen. Tief in ihrem Innern hatte sie damit gerechnet, dass gleich ein Nachrichtensprecher ins Bild treten und sagen würde: April, April, alles nur Illusion.
Aber es war keine Illusion gewesen, genauso wenig wie das hier. Es war schreckliche Realität, und alles geschah *in diesem Augenblick*. Offenbar hatte eines der anwesenden Fernsehteams die Kamera laufen lassen. Überraschend unempfindlich gegen Hitze filmten diese weiter und strahlten die entsetzlichen Bilder in die ganze Welt hinaus.
Im Konferenzraum war in der Zwischenzeit das schiere Chaos ausgebrochen. Die Lähmung, die sich anfangs über alle gelegt hatte, war blindem Aktionismus gewichen. Jeder versuchte, irgendwen ans Telefon zu bekommen. Befehle wurden gegeben und Aufgaben wurden verteilt, während andernorts Diskussionen aufbrandeten, die aber ebenso schnell wieder erloschen. Helène Kowarski hatte mit ihrem Führungsstab den Raum verlassen, wahrscheinlich, um nach einem Sündenbock zu suchen. Ella wusste, dass jetzt die Telefone heißlaufen würden, nur um herauszufinden, wer für den Einsatz des Sprengkommandos verantwortlich war. Als ob das irgendetwas ändern würde. Aber es lag in der menschlichen Natur, einen Schuldigen zu suchen, nur um vom eigenen Versagen abzulenken.
Ella war so ziemlich die Einzige, die angesichts der schrecklichen Bilder ruhig geblieben war. Sie fühlte, wie jemand ihre Hand ergriff. Es war Martin, der irgendwo hinter ihr gestanden hatte und nun neben sie getreten war. Seine Haut fühlte sich kalt an.
»Habt Ihr euch das so vorgestellt?«, flüsterte sie mit bebender Stimme. »Ist das eure Vorstellung von einer friedlichen Koexistenz?« Sie entzog ihm ihre Hand.
»Ella, ich ...«

»Du kannst mit dem Katz-und-Maus-Spiel aufhören, Konrad. Ich habe die Puzzlesteine zusammengesetzt, so, wie du es wolltest. Ich habe herausgefunden, was ihr vorhabt. Wie ihr euch unsere Welt unter den Nagel reißen wollt. Ich habe herausgefunden, wer du bist, *was* du bist, und ich habe nebenher euren ganzen verdammten Plan aufgedeckt. Nur um herauszufinden, dass sowieso alles zu spät ist.«

Konrad senkte den Kopf. Ob er seine Niedergeschlagenheit nur simulierte oder ob er ehrlich betroffen war, konnte Ella nicht sagen. Es war ihr auch egal. Sie fühlte sich einfach nur matt und ausgelaugt. »War es nicht erst gestern, dass du mir sagtest, ich sei der Schlüssel?«, flüsterte sie. »Das waren doch deine Worte. Du hast gesagt, dass alles sich zur rechten Zeit aufklären würde und ich dir vertrauen solle. Und das ist das Resultat.« Sie deutete auf die Bilder, die immer noch mit unbarmherziger Grausamkeit über den Bildschirm flimmerten. »Weißt du, was mein größter Fehler ist? Dass ich immer auf alles und jeden höre. Dass ich immer versuche, es allen recht zu machen.« Sie lachte schal. »Herausgekommen ist nichts dabei, aber auch gar nichts.«

»Das ist nicht wahr, und das weißt du«, er wies auf den Bildschirm. »Vergleiche dich nicht mit denen da. Die tappen im Dunkeln. Die stochern im Nebel und im Dreck. Das macht alles nur noch schlimmer.«

»Denen da? Das sind meine Leute. Menschen – wie ich einer bin. Wie kommst du dazu, so über sie zu urteilen?«

Konrad trat näher. »Du bist nur noch ein winziges Stück von der Lösung entfernt. Alles, was dir fehlt, ist die Einsicht und der Glaube an dein eigenes Urteilsvermögen. Ich kann sehen, wie du leidest. Warum hörst du nicht auf deine innere Stimme? Halte dich nicht mit Nebensächlichkeiten auf. Hör auf, dir selbst hinterherzulaufen. Löse das Problem. Wenn du auf dich selbst hörst, findest du die Lösung.« Er drückte ihre Hand ein letztes

Mal. »Mehr kann und darf ich nicht sagen.« Mit diesen Worten wandte er sich ab und verließ mit schnellen Schritten den Raum.

Colin hatte die beiden Geologen schon eine ganze Weile aus den Augenwinkeln beobachtet. Ihm war aufgefallen, wie ungewöhnlich ruhig sie sich im Angesicht der Katastrophe verhielten. Ganz anders als die meisten anderen hier im Saal. Fast konnte man glauben, dass sie von dem, was da zu sehen war, nicht sonderlich überrascht waren. Und jetzt dieser hitzige Wortwechsel. Irgendetwas stimmte nicht mit den beiden. Nachdem Konrad Martin den Saal verlassen hatte, fasste Colin sich ein Herz und ging zu Ella hinüber.

»Alles in Ordnung, Ella?« Er taxierte ihr Gesicht, hoffend, aus ihrer Reaktion irgendwelche Antworten herauslesen zu können. Doch die Geologin reagierte nicht. Sie stand einfach nur da und starrte auf einen Fleck am Boden, etwa zwei Meter vor ihren Füßen. Colin folgte ihrem Blick, doch da war nichts.

»Ella?« Keine Reaktion. Er wedelte mit der Hand vor ihren Augen, doch die Reaktion war gleich null. »Ella, geht es Ihnen gut?« Er packte sie bei den Schultern und drehte sie sanft in seine Richtung.

Endlich hob die Geologin den Blick. Sie wirkte, als würde sie von unendlich weit herkommen. »Colin.« Es klang eher wie eine Feststellung als eine Frage.

»Richtig.« Er lächelte gequält. »Ich habe mir Sorgen gemacht. Sie wirkten, als wären Sie erstarrt ... versteinert. Geht es Ihnen gut?«

Er bekam keine Antwort und spürte, wie sie wieder abglitt. Ihr Blick irrlichterte im Raum umher, von ihm, zum Bildschirm, über die Köpfe der Anwesenden und wieder zu ihm zurück. Es hatte fast den Anschein, als suche sie jemanden. Als sie ihn nicht fand, richtete sie ihre Aufmerksamkeit wieder auf ihn.

»Möchten Sie einen Kaffee?«, fragte er. »Sie sehen aus, als könnten Sie eine kleine Stärkung vertragen. Ich würde mich anschließen. Uns allen täte eine kleine Erholung gut. Nach all der Aufregung. Kommen Sie.« Er legte seinen Arm um sie, und sie ließ ihn gewähren.

Während er sie in den hinteren Teil des Saales führte, dorthin, wo die Cappuccinomaschine stand, blickte er noch einmal auf den Bildschirm. Dort war in der Zwischenzeit ein Nachrichtensprecher zu sehen, der die Lage mit ernstem Gesicht kommentierte. Offenbar hatte die Kamera am Schauplatz der Katastrophe ihren Geist aufgegeben. Tief im Herzen war Colin froh darüber. Er hielt es für unverantwortlich, dass solche Bilder live und ungeschnitten gesendet wurden. »Darf ich mal?«, sagte er und drängte sich an einigen der Wissenschaftler vorbei, die die Maschine belagerten. Er griff nach zwei Tassen und füllte sie mit der dampfenden Flüssigkeit. »Hier, nehmen Sie.« Er reichte Ella eine Tasse und führte sie an den letzten unbesetzten Tisch.

Sie setzten sich, und Ella begann gedankenversunken, an dem Schaum zu nippen. Colin hatte viele Fragen, doch er wollte sie nicht bedrängen. Was auch immer Martin zu ihr gesagt hatte, es schien ihr mächtig zu schaffen zu machen.

»Darf ich mich zu euch setzen?« Jan Zietlow stand, ebenfalls mit einem Kaffee in der Hand, neben dem Tisch.

»Natürlich. Gern«, sagte er lächelnd. »Es ist genug Platz.« Er rückte etwas zur Seite.

»Wohin ist Madame Kowarski eigentlich so schnell entschwunden«, fragte Jan, die Oberlippe voller Schaum.

»Es heißt, die Amerikaner hätten eine Möglichkeit gefunden, den Standort der Kugeln bis auf wenige Meter genau zu bestimmen. Hat irgendetwas mit langwelliger Strahlung zu tun, die von ihren Satelliten empfangen werden kann. Ich glaube, sie hat sich abgesetzt, um das zu überprüfen.«

»Und um einigen in den Arsch zu treten«, fügte Jan hinzu.
»Das auch«, erwiderte Colin mit einem Grinsen. »Eine ihrer Lieblingsbeschäftigungen. Ich fürchte nur, dass es dabei nicht bleiben wird. Diesmal werden Köpfe rollen.«
Jan nickte. Sie stellte ihre Tasse ab und sagte: »Ich bin ja kein Fachmann, aber kann es sein, dass die Sprengung das Beben ausgelöst hat?«
»Unmöglich.«
Colin drehte den Kopf. Es war Ella, die geantwortet hatte.
»Ein Beben dieser Magnitude lässt sich nur mit einer gewaltigen Ladung in großer Tiefe auslösen, wenn überhaupt«, fuhr die Geologin fort. »Das Team, das diese Sprengung geleitet hat, waren keine Dummköpfe, immerhin verläuft unter ihren Füßen die San-Andreas-Verwerfung.«
»Dann war es die Kugel?«, fragte Jan.
»Davon müssen wir ausgehen«, sagte Ella. »Offenbar kann man die seismischen Vibrationen auch als Waffe einsetzen. Eine Möglichkeit, an die wir bisher noch nicht gedacht haben.«
Die Geologin rührte mit ihrem Löffel in der Tasse herum. »Sie haben ganz gezielt ein Beben entstehen lassen. Um sich zu verteidigen. Diese Dinger sind wie lebendige Wesen. Sie verteidigen sich, wenn sie angegriffen werden.« Dann schüttelte sie den Kopf und sagte: »Dass ich nicht schon früher darauf gekommen bin ...«
»Worauf?«
Ella hob den Kopf und blickte ihm direkt in die Augen. »Was zeichnet Ihrer Meinung nach den Menschen aus?«
»Ich verstehe nicht ...«
»Was unterscheidet ihn von den anderen Spezies auf diesem Planeten?«
Colin zuckte die Schultern. »Ich weiß nicht. Vielleicht seine Intelligenz?«
»Was macht ihn so außergewöhnlich, dass er sich selbst gern

als Krone der Schöpfung bezeichnet?«, wiederholte die Geologin ihre Frage.
»Intelligenz.«
Jan nickte. »So würde ich das auch sehen. Keinem anderen Lebewesen auf der Erde ist es jemals gelungen, seinen Heimatplaneten zu verlassen. Das haben bisher nur wir Menschen geschafft. Ein Zeichen unseres Verstandes.«
»Gut«, sagte Ella. »Intelligenz also. Das war es ja auch, was wir als Schlüssel für die Lösung unseres Problems angesetzt haben. Intelligenz oder Verstand ist unserer Ansicht nach unser höchstes Gut. Darauf sind wir besonders stolz. Also, wenn uns jemand prüfen würde, was würde er prüfen? Unsere Intelligenz natürlich.«
Colin schüttelte den Kopf. »Klar. Aber ich verstehe immer noch nicht, worauf Sie hinauswollen.«
Ella lächelte geheimnisvoll. »Gibt es vielleicht noch ein höheres Gut als die Intelligenz? Irgendetwas Übergeordnetes? Immerhin werden wir hier nicht von Menschen geprüft, sondern von Wesen, die möglicherweise höher entwickelt sind als wir. Für sie ist unser Maßstab möglicherweise nicht ausreichend.«
Colin blickte verwirrt zwischen den beiden Frauen hin und her. Die Astrophysikerin hatte die Stirn gerunzelt und war tief in Gedanken versunken. Ella hingegen blickte ihn herausfordernd an.
Er ließ seine Handflächen auf die Tischplatte fallen. »Also da bin ich überfragt«, gestand er ganz freimütig ein. »Für mich ist die Intelligenz das Einzige, was uns von den anderen Spezies unterscheidet. Was könnte es denn sonst noch geben?«
»Vernunft«, sagte Ella.
»Vernunft? Wo ist denn da der Unterschied?«
Ella lächelte. »Ich habe da eine Idee, bei der ich Ihre Hilfe benötige. Gibt es in diesem Institut so etwas wie ein akustisches Versuchslabor?«

»Klar«, sagte Colin. »Ist direkt neben unserer Abteilung. Die haben da alle möglichen Apparaturen zur Erzeugung von Schwingungen, Oszillographen und so weiter. McReedy ist dort zuständig, ein alter Brummbär, beinahe so alt wie das Gerümpel, das er dort lagert. Aber ich verstehe mich ganz gut mit ihm. Ich kann ihn anrufen.«

Ellas Gesicht glühte vor Erregung. Die Schatten waren verschwunden. Ihre Laune schien sich gebessert zu haben. »Tun Sie das«, sagte sie. »Kommen Sie mit. Ich brauche Zeugen.«

50

Einen Wassertank?« McReedys Augen funkelten argwöhnisch. »Wozu in drei Teufels Namen brauchen Sie einen Wassertank?« Er rieb sich seine schwieligen Hände.

»Ich möchte Schwingungen in der Erdkruste simulieren, und dazu brauche ich ein dichtes Medium. Einfach nur Töne durch die Luft zu schicken, würde nicht ausreichen.« Ella hatte ihm ihr Vorhaben schon dreimal erklärt, aber entweder war der Alte schwer von Begriff oder er schaltete absichtlich auf stur. Colin hatte keineswegs übertrieben. McReedy war wirklich ein Original. Einen wie ihn fand man nur noch selten. Ein borstiger, silbergrauer Bart umrahmte seinen beinahe kahlen Schädel, von dem nur seitlich einige viel zu lange Büschel abstanden. Seine rot geäderte Nase trug eine schmale Brille, hinter der listige Augen funkelten. Außerdem umwehte den Mann eine Fahne, die geradezu betäubend wirkte. Warum für jemanden wie ihn in einer solchen Hightech-Institution wie den *Kowarski-Labors* überhaupt Bedarf bestand, war Ella ein Rätsel. Er war jemand, der sämtliche Attribute einer gescheiterten Karriere in sich vereinte. Ein Fossil aus einer Zeit, als Schüler ihren Lehrern noch Streiche spielten und sie hinterrücks mit Papierkugeln beschossen. Ella mochte den Alten, fühlte sie sich doch selbst manchmal wie ein Fossil. Genau wie McReedy hatte sie noch gelernt, sich die Hände schmutzig zu machen. Die meisten jungen Geologen steckten nur noch irgendwo Sensoren in den Boden und lasen die Ergebnisse auf ihrem Notebook ab. Wenn überhaupt. Manche beschränkten sich auch darauf, Satellitenaufnahmen auszuwerten. So gesehen empfand sie Sympathie für McReedy, der genauso staubig wirkte wie die Gerätschaften, die sich hinter ihm stapelten.

»Jetzt komm schon, Greg«, sagte Colin, der nur mit Mühe ernst bleiben konnte. »Sei ein bisschen nett zu Ella. Sie ist meine Freundin, und wenn sie sagt, dass es wichtig ist, dann ist es wichtig.«

»Jetzt bin ich aber verwirrt. Ich denke, *sie* ist deine Freundin.« McReedy deutete auf Jan. »Jedenfalls kommt es mir so vor, so wie du sie immerzu ansiehst.« Ein verschmitztes Lächeln deutete sich an.

»Na, vielen Dank, Greg«, Colins Gesichtsfarbe hatte einen deutlichen Rotstich bekommen. »Auf dein Taktgefühl kann man sich wirklich verlassen.«

»Stets zu Diensten«, sagte der Alte, und sein Grinsen wurde breiter. »Ich freue mich immer, wenn ich behilflich sein kann. Na dann wollen wir mal. Was wollten Sie? Ach ja, einen Wassertank, vier Schwingungsquellen und einen Messfühler. Kein Problem.« Er verschwand im Geräteraum und kam zurückgewankt, die Arme voller Kabel und Anschlüsse.

»Kann ich Ihnen irgendwie helfen?«, fragte Ella und schickte sich an, ihm bei seinem zweiten Gang zu folgen. Sie waren noch nicht weit gekommen, als er sich unerwartet heftig umdrehte. »Wagen Sie ja nicht, irgendetwas anzufassen. Das hat mir noch gefehlt, ein Frauenzimmer in meinen heiligen Hallen.«

»Entschuldigung.« Ella hob die Hände. »Ich wollte mich nur nützlich machen.«

»Es mag zwar nicht so aussehen«, sagte der Alte, »aber hier hat jedes Teil seinen angestammten Platz. Und das seit vielen

Jahren. Manche dieser Geräte sind über hundert Jahre alt. Man bekommt sie heute nur noch zu Sammlerpreisen, wenn überhaupt. Ich kann es mir nicht leisten, auch nur ein Stück zu verlieren. Also: Finger weg. Warten Sie doch einfach bei den anderen, bis ich fertig bin. Dauert nicht lange.« Mit einem unwilligen Grummeln drehte er sich um und machte sich wieder an die Arbeit.

Seinen eigenen Worten zum Trotz dauerte es aber doch eine halbe Stunde, bis alle Sender und Empfänger verkabelt und angeschlossen waren. Doch endlich war das Kunstwerk fertig. Vor ihnen stand eine etwa einsfünfzig mal zwei Meter messende Kunststoffwanne, die zwanzig Zentimeter hoch mit Wasser gefüllt war. Ella blickte misstrauisch auf die teilweise schon etwas angesplitterten Keramikfassungen an den vier Sendern. »Sind Sie sicher, dass man sich keinen Stromschlag einfängt, wenn man in das Wasser greift?«

Ohne mit der Wimper zu zucken, tauchte McReedy seinen entblößten Unterarm in das Becken. »Zufrieden?«

Ella blieb beinahe das Herz stehen. Der Typ war eher bereit, sein Leben zu riskieren, als einen Zweifel an der Unfehlbarkeit seiner Gerätschaften aufkommen zu lassen. Männer und Technik.

Sie nickte. »Absolut«, sagte sie. »Dann wollen wir mal beginnen. Was mir vorschwebt, ist eine Situation zu simulieren, wie wir sie gerade rund um den Pazifik erleben. Eine starke Schwingungsquelle im Marianengraben«, sie deutete auf den Signalgeber in der Mitte, »sowie etliche kleine konzentrisch drum herum«, sie zeigte auf die vier anderen Quellen. »Die große gibt eine Welle vor, die sich mit den vielen kleinen synchronisiert und zu einer stehenden Welle von zerstörerischem Potenzial aufschaukelt. Können wir das mal simulieren?«

»Kein Problem.« McReedy schaltete die Geräte ein. Ein starker

Summton erfüllte das Becken. An der Wasseroberfläche bildeten sich kleine Wellen, die sich über das Becken ausbreiteten. Auf dem Oszillographen erschien ein grüner Punkt, der in einer Sinuskurve über den Monitor wanderte. »So«, sagte er, »jetzt schalte ich die anderen dazu.« Nacheinander legte er vier Schalter an dem Kontrollfeld um. Vier weitere Punkte erschienen auf dem Bildschirm, jede mit einer anderen Frequenz. Die Wasseroberfläche wurde ein klein wenig turbulenter, das war alles.

»Jetzt lassen Sie uns sehen, was geschieht, wenn sich die Wellen überlagern«, bat Ella, den Blick voller Spannung auf die leuchtenden Punkte gerichtet. McReedy drehte an den Potenziometern, bis jede der kleineren Wellen dieselbe Frequenz hatte wie die große. Er drehte an einem anderen Knopf und legte die Phasen aller fünf Signale übereinander. Das Ergebnis war verblüffend. Ein starkes Summen erfüllte den Raum, gefolgt von einem Rauschen. Das Wasser im Tank schien zu kochen. Dann bildete sich ein feststehendes Muster an der Oberfläche. Ein Rippelmuster, das wie eingefroren wirkte, während die Wellenkämme höher und höher wurden. »Ich werde jetzt abschalten«, sagte McReedy mit ernstem Gesicht. »Es dauert nicht mehr lange und der Tank fliegt uns um die Ohren. Haben Sie gesehen, was Sie sehen wollten?«

»Einen Augenblick noch bitte«, sagte Ella. »Jetzt kommt doch erst der spannende Teil. Was wir hier sehen«, sie deutete auf das charakteristische Rippelmuster, »sind Oberflächenwellen. Im seismologischen Sprachgebrauch werden sie L-Wellen genannt. Diese sogenannten Love-Wellen entstehen, wenn Tiefenwellen an der Erdkruste reflektiert werden. Sie schwingen parallel zur Erdkruste und quer zur Ausbreitungsrichtung. Sie sind die zerstörerischsten Wellen überhaupt, da sie im Gegensatz zu P- und S-Wellen keine Aufwärts- und Abwärtsbewegung, sondern ein seitliches Rütteln verursachen. Sie sind es, die wir bekämpfen müssen.«

»Und wie wollen Sie das erreichen?«, McReedy blickte besorgt zu seinem Tank herüber. »Wenn Sie eine Lösung haben, sollten Sie sie uns bald mitteilen, sonst garantiere ich für nichts.«
»Ganz einfach«, sagte Ella. »Ich bringe die Kleinen heim zu ihrer Mutter.« Sie tauchte ihren Arm ins Wasserbassin, ergriff einen der kleineren Sender und setzte ihn direkt neben den Hauptsender. Augenblicklich wurde die stehende Welle schwächer. Der Oszillograph zeigte einen deutlich niedrigeren Ausschlag. Ella bemerkte, dass Colin den Mund vor lauter Staunen gar nicht mehr zubekam.
Mit einem Lächeln griff sie erneut ins Wasser. »Und dann den zweiten und den dritten und den vierten. So, alle sind wieder im Nest. Was sagt das Messgerät?« Sie blickte hinüber. Der Ausschlag war beinahe verschwunden. Nur ein ganz kleiner Wellenkamm war noch zu sehen.
McReedy sah Ella verwundert an. »Und was soll das, wenn ich fragen darf?«
»Interferenz«, sagte Ella.
»Ich weiß, was Interferenzen sind«, grummelte der Alte. »Aber ich will wissen, was das soll.«
»Das«, meldete sich Jan Zietlow zu Wort und in ihren Augen leuchtete ungläubiges Staunen, »ist die Lösung unseres Problems.« Ein Lächeln zeichnete sich auf ihrem blassen Gesicht ab. »Mein Gott, es ist so einfach. Wir müssen die Kugeln finden und zu der Hauptkugel im Marianengraben bringen. Die verkürzten Wellen heben sich gegenseitig auf, und das ganze System fällt wie ein Kartenhaus in sich zusammen.«
»Ganz genau«, sagte Ella. »Die Kugeln benötigen eine ganze Weile, um sich anzupassen. Ich hege die Hoffnung, dass sie sich, wenn man sie schnell genug an Ort und Stelle bringt, nicht mehr adaptieren können und abschalten. Die zerstörerischen Kräfte werden sich gegenseitig aufheben.«
»So einfach?«, Colin schien mit der Lösung des Problems immer

noch Schwierigkeiten zu haben. Als könne er nicht glauben, was er da eben gehört hatte.
»So einfach«, sagte Ella. »Es ist wie bei einem Trupp Soldaten, die im Gleichschritt über eine Brücke marschieren. Es kann eine stehende Welle entstehen, die die Brücke zum Einsturz bringt. Geht aber jeder in seinem eigenen Rhythmus, geschieht nichts. Helène brachte mich auf den Gedanken.«
»Auf welchen Gedanken soll ich Sie gebracht haben?« Madame Kowarski stand, wie aus dem Boden gewachsen, hinter ihr. Ella und die anderen waren so in Gedanken gewesen, dass sie die Institutsleiterin nicht bemerkt hatten.
»Ich habe Sie bereits überall gesucht«, fuhr die grauhaarige Dame fort. »Es gibt wichtige Neuigkeiten aus den USA. Die Amerikaner haben einen Weg gefunden, die Kugeln aus dem Weltraum per Satellit ausfindig zu machen. Sie sind gerade dabei, den genauen Standort jeder einzelnen Kugel zu definieren. Bisher sieht es so aus, als ließen sich alle Exemplare problemlos erreichen. Aber jetzt erklären Sie mir bitte, was diese kleine Versammlung zu bedeuten hat.«
»Hallo, Helène«, sagte McReedy und ließ dabei einen Goldzahn funkeln. »Ist schon ein Weilchen her, seit du dich das letzte Mal hierher verirrt hast.«
Madame Kowarski winkte ungeduldig ab. »Keine Zeit für Smalltalk, Greg. Ein andermal vielleicht. Also, ich höre.«
»Ella hat die Lösung gefunden«, platzte Colin heraus. »Sie hat herausbekommen, wie sich die Kugeln abschalten lassen.«

51

Es dauerte eine ganze Weile, bis alles erzählt und das Experiment wiederholt worden war. Obwohl die Versuchsanordnung aus Gründen der Überprüfbarkeit leicht verändert wurde, war das Ergebnis immer noch überzeugend.

McReedy schaltete die Geräte ab. Alle warteten gespannt auf die Reaktion der Institutsleiterin. Helène stand da, die Arme vor der Brust verschränkt und tief in Gedanken versunken. Als sie den Kopf hob, glaubte Ella ein Glitzern in ihren Augen zu sehen.

»Ich bin beeindruckt, Ella. Es sieht fast so aus, als hätten Sie gefunden, was alle anderen übersehen haben. Sie scheinen dafür eine besondere Begabung zu haben. Meinen Glückwunsch. Ich muss gestehen, mein gesamter Vorstand steht kurz davor, alles hinzuschmeißen. Sie ahnen gar nicht, was wir uns für Mühe gemacht haben, herauszufinden, wie man den Mechanismus der Kugeln abschalten kann. Sämtliche Kryptographen, Computerspezialisten und Codeknacker zerbrechen sich seit Tagen den Kopf darüber, wie man in das interne System der Kugeln eindringen könnte, um die betreffende Befehlszeile zu integrieren. Dass man sie nicht gefahrlos sprengen kann, davon konnten wir uns ja alle überzeugen.« Sie schüttelte den Kopf. »Und jetzt kommen Sie mit einer Lösung, die an Einfachheit kaum noch zu überbieten ist. Wie sind Sie nur darauf gekommen?«

»Es war Konrad, der mich auf die Idee gebracht hat«, erwiderte Ella. »Er sagte mir, dass ich auf mich selbst hören und meine eigenen Bedürfnisse erkennen soll. Sie müssen wissen, dass ich seit beinahe zehn Jahren von meiner Familie getrennt lebe und dass ich meine Tochter sehr vermisse.« Sie zögerte einen Moment. Es fiel ihr nicht leicht, über das Thema zu reden. »Doch dann hat es in meinem Kopf *klick* gemacht«, fuhr sie fort. »Erinnern Sie sich an unser Gespräch am Lago Maggiore? In den Tagebuchaufzeichnungen des Geologen war von einem unbekannten Metall die Rede.«

»Das Adamas?«

»Genau. Einer Substanz, die zum ersten Mal in den Mythen des Hesiod erwähnt wird. Gaea, die Göttin der Erde, schenkte es ihren Kindern, damit diese sich aus der Unterwelt befreien und zu ihr zurückkehren konnten. Auf einmal wurde mir alles klar. Die kleineren Sphäroiden sind wie Kinder, die von ihrer Mutter gerufen werden. Aber sie können nicht zurückkehren. Nicht ohne Hilfe eines vernunftbegabten Wesens.«

»Und all das soll Hesiod vorausgesehen haben?«, fragte Helène zweifelnd. »Wie denn?«

Ella schüttelte den Kopf. »Ich bin sicher, dass Hesiod nichts weiter getan hat, als bereits existierende Mythen aufzugreifen und in poetische Verse zu kleiden. Die Vorstellung von einer Muttergöttin reicht bis zu den Anfängen der Menschwerdung zurück. Ich bin sicher, dass man Ähnliches finden wird, wenn man die Felsmalereien in der Sahara genauer unter die Lupe nimmt. Wo genau die Legende ihren Anfang nahm, weiß kein Mensch. Und was die Kugeln betrifft – vielleicht war ihre Existenz früher bereits bekannt. Vielleicht ist das Wissen über sie in den letzten Jahrtausenden verloren gegangen. Es gibt so viele Zeichen und Symbole aus jener Zeit, die wir noch enträtseln müssen.«

Colin runzelte die Stirn. »Aber du sagtest doch, Intelligenz allein würde nicht ausreichen, um das Rätsel zu lösen. Also wenn du mich fragst, ich habe den Unterschied zwischen Intelligenz und Vernunft immer noch nicht begriffen.«

»Man differenziert zwischen individueller und sozialer Intelligenz«, erläuterte Ella. »Individuelle Intelligenz lässt dich schwierige Aufgabe lösen – so, wie du es beim Öffnen der Kugel demonstriert hast. Soziale Intelligenz ermöglicht dir einen reibungslosen und produktiven Umgang mit deinen Artgenossen. *Teamwork*, um es mal modern auszudrücken. Führt man beides zusammen, so kann man von Vernunft sprechen. Vernunft lässt einen Dinge tun, die einem persönlich unter Umständen Schaden zufügen, dem Allgemeinwohl aber von Nutzen sind.«

»Eine Eigenschaft, die der menschlichen Natur leider nicht in den Genen liegt«, sagte Jan. »Wenn die Zeichen schlecht stehen, ist sich doch jeder selbst der Nächste.«

»Ja und nein«, sagte Ella. »Ich glaube, dass wir uns an einem Scheideweg befinden. In einem engen Umfeld sind die Menschen durchaus in der Lage, vernunftbegabt zu handeln. Nehmen Sie nur mal eine Familie. Die meisten Mütter oder Väter würden ohne zu Zögern ihr Leben opfern, um das Leben ihrer Kinder zu retten. Eine eindeutig vernunftgesteuerte Handlung. Auch im Krieg finden wir solche Verhaltensmuster. Es gibt Soldaten, die ohne zu zögern für ihre Kameraden durchs Feuer gehen. Hebt man das Ganze aber auf eine größere Ebene, funktioniert das Prinzip nicht mehr. Kein Mensch wäre bereit, seine persönlichen Ansprüche zum Wohle des Staates freiwillig zurückzuschrauben. Das funktioniert nur, indem es von oben verordnet wird. Noch schlimmer wird es, wenn wir es mit Staatengemeinschaften zu tun haben. Da geht es schlimmer zu als auf jedem Basar.«

»Aber woran liegt das?«, fragte Jan. »Es ist doch eigentlich völlig inkonsequent.«

»Es hat etwas mit unserer Abstammungsgeschichte zu tun«, entgegnete Ella. »Der Mensch hat seit Urzeiten immer in kleinen Gruppen zusammengelebt. Zehn, fünfzehn Menschen, die einander nahestanden, die sich kannten und liebten und die sich füreinander aufopferten. Wenn man es recht betrachtet, so haben wir uns in dieser Hinsicht nicht weiter entwickelt. Gewiss, unsere Freunde und Bekannten leben jetzt weiter verstreut voneinander, aber das hat nur etwas mit unserer erhöhten Mobilität zu tun. Im Grunde ist es immer noch der fünfzehnköpfige Stamm, den wir um uns scharen und in dem wir uns wohl fühlen. Auch unser Wirkungskreis hat sich nicht vergrößert. Wir jetten zwar um die ganze Welt, aber welcher Raum, welches Gebiet ist uns denn wirklich vertraut? Ich werde es euch sagen. Es ist unser Dorf oder Stadtviertel. Der Bäcker an der Ecke, der Metzger, die Kneipe zwei Straßen weiter. Unser Leben spielt sich auf kleinstem Raum ab. Wir wollen das nur nicht mehr wahrhaben, weil wir uns vorgaukeln, dass wir eine hochzivilisierte Spezies sind, die keinen Grenzen oder Beschränkungen unterliegt.«
Colin verschränkte die Arme vor der Brust. »Aber worin genau liegt dann die Schwierigkeit dieser Aufgabe? Warum glaubst du, dass hier unsere Vernunft und nicht unsere Intelligenz getestet werden soll?«
»Ich glaube, diese Frage kann ich am besten beantworten«, sagte Helène. »Der pazifische Raum umfasst einundvierzig Anrainerstaaten. In etwa der Hälfte von ihnen befinden sich bestätigte Funde. Können Sie sich vorstellen, was für einen diplomatischen Aufwand es bedeutet, alle Staaten von der Notwendigkeit eines gemeinsamen Handelns zu überzeugen und an einen Tisch zu bringen? Schlimmer noch, viele Staaten verfügen nicht über die notwendigen technischen Voraussetzungen, um die Kugeln zu bergen. Sie müssten also einer Weltmacht wie beispielsweise den USA Zutritt zu ihrem Territorium ge-

währen. Bei der derzeit angespannten politischen Weltlage beinahe ein Ding der Unmöglichkeit«, sie warf Ella ein grimmiges Lächeln zu. »Selbst wenn alle Staaten ihre Zustimmung geben, ist es ein gewaltiges logistisches Problem. Aber wir sind ja bekannt dafür, das Unmögliche möglich zu machen.«
Colins Augen leuchteten. »Eine solche Zusammenarbeit wäre in der Tat ein Beweis dafür, dass eine intelligente Spezies auch als Gemeinschaft funktioniert. Glaubt ihr, dass wir damit den Respekt der Fremden erlangen?«
»Davon bin ich überzeugt«, sagte Ella. »Es ist zumindest einen Versuch wert.«
»Das finde ich auch. Ich werde sofort alles veranlassen, damit unsere Kugel verladen und abtransportiert werden kann«, sagte Helène. »Bleibt nur zu hoffen, dass sie sich gefahrlos transportieren lässt. Aber wir haben es ja auch geschafft, sie hierherzubringen.« Mit einem Seitenblick auf Ella fügte sie hinzu: »Wenn das wirklich funktioniert, werden Sie berühmt, das ist Ihnen doch hoffentlich klar.«
»Bedeutet das, dass ich zurück an meinen alten Lehrstuhl darf?«
»Darauf wette ich. Ich bin sicher, dass Sie an jeder Universität auf der Welt mit Kusshand genommen werden«, sagte Helène. »Aber jetzt müssen wir erst einmal etwas Kraft tanken. Der morgige Tag wird sicher aufregend.«
»Wie spät ist es eigentlich?«, fragte Ella, die ihre Armbanduhr noch irgendwo in den Tiefen ihrer Reisetasche vermutete.
»Kurz nach drei Uhr morgens«, sagte Colin. »In diesem immerwährenden Kunstlicht vergisst man leicht die Zeit. Also ich werde Madame Kowarskis Rat folgen und mich aufs Ohr hauen. Gute Nacht zusammen.« Er drehte sich um und verließ das Labor.
»Ich werde mich auch hinlegen«, sagte Jan. Sie verabschiedete sich und folgte Colin. Dabei versuchte sie, den Eindruck zu

erwecken, als habe sie es nicht eilig, den jungen Radiologen einzuholen. Doch Ella ließ sich nicht täuschen. Sie lächelte, als sie den beiden hinterhersah. »Ich glaube nicht, dass ich jetzt schlafen kann«, sagte sie und wandte sich wieder Helène zu. »Ich glaube, ich werde mir lieber noch etwas die Füße vertreten. Wenn Sie erlauben, würde ich dem Herzen des Berges gern noch einen letzten Besuch abstatten, ehe es von hier fortgeschafft wird.«

»Selbstverständlich«, sagte Helène. »So lange Sie wollen. Mehr als jeder andere hier im Berg haben Sie sich das Recht dazu erworben. Gehen Sie nur. Konrad wird Sie begleiten. Ich könnte mir vorstellen, dass Sie noch einige Fragen an ihn haben, ehe wir morgen aufbrechen.«

Ella nickte. »Einen Tag wie diesen habe ich noch nicht erlebt. Ich habe das Gefühl, dass es uns gelingen könnte, die Kugeln zu stoppen. Vielleicht können wir den Dingen doch noch eine Wendung geben.« Ein angedeutetes Lächeln erschien auf ihrem Gesicht. Zum ersten Mal seit langer Zeit fühlte sie sich wohl in ihrer Haut. Zum ersten Mal spürte sie etwas ganz tief in sich, was sie verloren zu haben geglaubt hatte. Ein Gefühl von Hoffnung.

52

Colin hörte Schritte hinter sich. Als er sich umblickte, sah er Jan hinter sich hereilen.

»Was dagegen, wenn ich mich dir anschließe?«, fragte sie, als sie wenig später bei ihm ankam. Ihr Atem ging stoßweise. »Ich kenne mich hier nicht so gut aus und dachte, du könntest mich vielleicht begleiten ... unsere Quartiere liegen ja nicht so weit voneinander entfernt ...« Sie strich sich eine blonde Strähne aus dem Gesicht und schenkte ihm ein ebenso schüchternes wie bezauberndes Lächeln, das Colin erwiderte. Ihre Zimmer lagen an völlig unterschiedlichen Orten, sie waren nicht mal auf demselben Stockwerk. Er hielt es aber nicht für nötig, sie darauf hinzuweisen. Clever wie sie war, wusste sie das sowieso. Sie schien etwas anderes im Sinn zu haben, und Colin musste sich zwingen, bei dem Gedanken an das, was ihn womöglich am Ende dieses Tages noch erwarten mochte, nicht in ungebührliche Aufregung zu verfallen.

»Nichts, was ich lieber täte«, sagte er und hielt ihr seinen Arm hin. Er hatte das schon mal in irgendeinem Film gesehen und fand es irgendwie cool. Die Geste schien ihm zu dieser Situation zu passen, die ohnehin etwas seltsam Unwirkliches an sich hatte.

Sie zögerte einen Moment, doch dann hakte sie sich unter, wie Lauren Bacall bei Humphrey Bogart. Als er die Berührung ihrer

Haut spürte, breitete sich eine wohltuende Wärme in seinem Bauch aus.
Auf dem Weg zu Jans Quartier sprachen sie nur wenig. Aber das war ganz in Ordnung so. Es schien, als spürte jeder von ihnen, dass jedes falsche Wort den magischen Moment zerstören könnte. Und magisch war der Moment in der Tat. Die Gänge waren wie leer gefegt. Der ganze Berg schien zu schlafen, leise atmend, bereit, den neuen Tag zu begrüßen. Ein leiser Wind strich durch die Korridore. Ein Wind, der vom Ende ihrer Probleme kündete. Ein Wind, der die Veränderung brachte. Sie standen an der Schwelle zu einem neuen Zeitalter, das spürte Colin ganz genau. Und ihrem Gesichtsausdruck nach zu urteilen schien Jan das auch zu spüren.
Als sie endlich zu ihrer Tür kamen und sie sich von ihm löste, kam es ihm so vor, als würde er aus einem Traum erwachen. Er musste ein paarmal zwinkern und sich vergewissern, dass er das alles nicht geträumt hatte. Aber es war kein Traum gewesen. Jan stand immer noch vor ihm, die Augen erwartungsvoll auf ihn gerichtet. Er sah sie an und wollte etwas sagen, aber die Worte blieben ihm im Hals stecken. In diesem Moment nahm sie sein Gesicht zwischen die Hände und zog ihn zu sich heran. Die Berührung ihrer Lippen war wie ein Feuerwerk. Bunte Funken tanzten vor seinen Augen. Er hätte schwören können, dass ihn ein Blitzstrahl durchfuhr, der ihm bis in die Haarspitzen drang und seinen Körper aufleuchten ließ.
»Danke fürs Bringen«, sagte Jan, als sie ihn aus ihrer Umarmung entließ. »Ich wünsche dir eine gute Nacht und angenehme Träume.« Mit dieser Bemerkung schloss sie die Tür auf und trat ein. »Bis morgen«, hauchte sie ihm noch zu, und mit einem letzten Lächeln und einem silbrigen Flirren in ihren Augen schloss sie die Tür hinter sich.
Colin stand auf dem Gang wie vom Donner gerührt. Etwas Vergleichbares hatte er noch nie erlebt. Es musste sich um das

handeln, wovon alle Welt erzählte, was aber kaum jemand am eigenen Leibe erlebte. Liebe auf den ersten Blick. Der Donnerschlag. Der Mythos. Jetzt hatte es ihn also auch erwischt.
Es dauerte eine ganze Weile, ehe er sich aus seinem tranceartigen Zustand zu lösen vermochte und den Heimweg zu seinem Quartier antreten konnte. Er schien zehn Zentimeter über dem Boden zu schweben, als er durch die Gänge eilte. Am liebsten hätte er seine Freude laut herausgeschrien, aber das war natürlich nicht möglich. Nicht zu dieser Stunde.
Trotzdem – er konnte jetzt unmöglich schlafen. Eine Nacht wie diese verschlief man nicht einfach. Er würde Musik hören – irische Musik –, und zwar bis Sonnenaufgang. Den Kopf voller wilder Gedanken, schloss er die Tür zu seinem Quartier auf. Er betätigte den Lichtschalter und eilte zum Kühlschrank. Wenn er sich recht erinnerte, stand da noch eine Flasche Sekt. Er trank zwar lieber Bier, aber das schien zu dieser Stunde und zu diesem Anlass nicht das passende Getränk zu sein. Außerdem hielt ihn Sekt wach, und er wollte wach bleiben und die Minuten genießen.
Er setzte sich vor seine Stereoanlage und entfernte das Silberpapier vom Verschluss. Dann drehte er am Draht.
»Hallo, Colin. So spät noch auf?«
Colin fuhr herum. Der Korken löste sich aus dem Flaschenhals und knallte gegen die Decke. Schaum lief aus der Flasche.
»Oberst!«
Elias Weizmann, der still und unauffällig hinter der Schlafzimmertür gewartet hatte, löste sich aus dem Schatten und trat in die Mitte des Raums.
»Wie oft habe ich Ihnen schon gesagt, dass Sie mich nicht so nennen sollen.«
»Ich ...«
»Überrascht, mich zu sehen?«
»Das kann man wohl sagen.«

Weizmann deutete auf die tropfende Flasche. »Sieht nach einer kleinen Feier aus. Darf ich den Anlass erfahren?«

»Was tun Sie denn hier?« Colins Überraschung kannte keine Grenzen. Völlig entgeistert starrte er auf seinen Mentor. Er hatte bisher angenommen, ihn nie mehr wiederzusehen. »Wie sind Sie hier hereingekommen? Was wollen Sie? Wissen Sie nicht, dass alle Welt nach Ihnen sucht?«

Elias Weizmann lächelte mild. »Nur keine Aufregung«, sagte er und griff nach der Flasche und nahm das Glas vom Tisch. Mit einer geübten Handbewegung schenkte er ein und reichte es Colin. »Solange Sie mich nicht verraten, sehe ich kein Problem. Ich werde nur kurz bleiben, so dass niemand etwas von meiner Anwesenheit erfährt. *Noch* nicht«, fügte er mit einem schwer zu deutenden Blick hinzu. »Es gibt nur noch eine Kleinigkeit zu erledigen, dann bin ich schon wieder weg. Etwas, bei dem ich Ihre Hilfe benötige.«

Eine Kleinigkeit? Schwer vorstellbar, dass Weizmann sich deswegen einem solchen Risiko aussetzte. Colin warf ihm einen argwöhnischen Blick zu. Etwas lag in Weizmanns Stimme, was ihm nicht geheuer war. Etwas Kaltes, Böses.

»Was wollen Sie von mir?«

»Warum so unterkühlt, Colin? Sie haben keinen Grund, sich vor mir zu fürchten. Ich werde Ihnen nichts tun, im Gegenteil.« Weizmann ließ ein angedeutetes Lächeln aufblitzen und entblößte dabei seine Zähne. »Ich bin hier, um Sie zu beglückwünschen.«

»Mich? Ich verstehe nicht ...«

»Mein Junge, stellen Sie Ihr Licht doch nicht so unter den Scheffel. Sie haben Großes vollbracht.« Er fing an, langsam auf und ab zu gehen. Sein Weg führte dabei hinter Colins Rücken vorbei. Der verspürte den unwiderstehlichen Drang aufzustehen, doch er zwang sich zur Ruhe. Möglicherweise war der Oberst bewaffnet.

»Sie haben die Kugel geöffnet, schon vergessen?« Weizmann war von hinten an ihn herangetreten. Sein Mund befand sich nur wenige Zentimeter von Colins Ohr entfernt.

»Ja, und ...?«

»Sie haben mir damit einen unschätzbaren Dienst erwiesen. Sie haben das fehlende Puzzleteil gefunden. Verraten Sie mir, wie Sie es angestellt haben.«

»Das werde ich nicht tun. Ich *kann* es nicht. Die Information ist *top secret,* und Sie sind nicht mehr Angestellter dieses Instituts.«

Weizmann zuckte zurück. Er wirkte, als habe er eine Ohrfeige erhalten. Der Ausdruck in seinem Gesicht hatte sich schlagartig geändert. Für einen Sekundenbruchteil konnte Colin in den Abgrund einer wutverzerrten Seele blicken, die von abgrundtiefem Hass getrieben wurde. Einer Seele, deren zerstörerische Kraft nur mühsam im Zaum gehalten werden konnte. Dann bekam der Professor sich wieder in den Griff. Ein gezwungenes Lächeln erschien auf seinem Gesicht, und er zuckte die Achseln. »Wie schade, dass Sie mir nicht vertrauen. Glauben Sie mir, wenn ich Ihnen versichere, dass sich alles zur gegebenen Zeit aufklären wird. Die ganze Angelegenheit beruht nur auf einem Missverständnis. Sobald mir die Mittel zur Verfügung stehen, werde ich es aus der Welt schaffen, glauben Sie mir. Bis es aber so weit ist, benötige ich Ihre Hilfe und Mitarbeit.« Seine Stimme bekam etwas Flehendes, als er sich vorbeugte und Colin zuflüsterte: »Sie haben erreicht, wozu ich nicht in der Lage war. Sie haben den Code geknackt und die Kugel geöffnet. Eine herausragende Leistung. Wir beide, Sie und ich, wir könnten diese verfluchten Dinger ein für allemal zerstören. *Von innen heraus*, verstehen Sie? Denn nur so geht es.« Er atmete schwer, als wäre das Sprechen eine gewaltige Anstrengung. »Was Sie entdeckt haben, ist der Schlüssel, auf den ich so lange gewartet habe«, fuhr er fort. »Schade, dass Sie ihn erst gefunden haben, als ich schon auf der Flucht war. Gemeinsam wäre es uns vielleicht gelungen, Helène umzustimmen.« Beim letzten Satz hatte Weizmann einen Anflug von Trauer in der Stimme. Colin bekam den Eindruck, dass hier wieder sein alter Freund sprach, der Mann, der ihn gefördert und dem er vertraut hatte. Er ließ sich jedoch nicht blenden, denn so schnell wie der Geist seines alten Mentors erschienen war, so rasch verschwand er auch wieder.

»Nun, was geschehen ist, ist geschehen«, sagte Weizmann und richtete sich wieder auf. »Wir können das Rad nicht zurückdrehen. Entscheidend ist, dass wir sofort handeln. Jede Minute ist kostbar. Werden Sie mir bei der Zerstörung der Kugeln helfen?«

Colin saß stocksteif auf seinem Stuhl. Ein Schweißtropfen lief seine Stirn herab, während er seine Antwort sorgfältig abwog. Er war mittlerweile davon überzeugt, dass Weizmann sich in einem derart labilen Zustand befand, dass er die Fassade aus Freundlichkeit, mit der er sich umgab, nur mühsam aufrechterhalten konnte. Ein falsches Wort konnte zu einer Katastrophe führen.

»Ich glaube, das wird nicht nötig sein«, sagte er, die Worte behutsam formulierend. »Heute Nacht ist uns ein bedeutender Fortschritt geglückt. Wir sind in der Lage, die Kugeln auch ohne Einwirkung von Gewalt zu deaktivieren. Es gibt einen Mechanismus ...«

»Dummes Zeug!«, unterbrach ihn Weizmann. »Das klingt ganz nach einem von Helènes Winkelzügen. Deaktivieren, dass ich nicht lache. Glauben Sie im Ernst, es wäre so einfach, einen Jahrmillionen alten Mechanismus von globaler Zerstörungskraft durch das Drücken von ein paar Knöpfen abzuschalten? Nie und nimmer. Ich habe diesen Streit mit Helène schon geführt, da waren Sie noch nicht geboren. Ich sage Ihnen, diese Frau ist besessen von den Dingern, genau wie ihr Vater. Sie

betrachtet sie als ihre Kinder. Sie will sie *besitzen.* Niemals würde sie etwas tun, das ihren geliebten Schützlingen Schaden zufügen könnte.« Er lachte, aber es war ein kaltes Lachen. Erfüllt von Zynismus und Bitterkeit.
»Ich hätte Sie wirklich für klüger gehalten, Colin. Ich dachte, ich hätte Ihnen etwas mehr Verstand eingebläut. Haben Sie nichts gelernt in den Jahren, in denen Sie in meinen Diensten standen? Skepsis, kritisches Urteilsvermögen, Distanz, haben Sie all das vergessen? Kaum zwei Wochen ist es her, seit ich den Berg verlassen habe, und schon haben Sie sich zu einem von Helènes Speichelleckern entwickelt. Ich hätte wirklich mehr von Ihnen erwartet.« Er blickte auf den jungen Iren herab, der wie ein Häufchen Elend vor ihm saß. »Zum letzten Mal Colin: Werden Sie mir helfen oder nicht? Sie müssen sich entscheiden, jetzt und hier. Sind Sie für oder gegen mich?«
Colin rang die Hände. Er fühlte sich wie ein wildes Tier, das in die Enge getrieben worden war und vergeblich nach einem Schlupfloch suchte. Doch wie man es auch drehte und wendete, es gab kein Schlupfloch. Er hob den Kopf. »Wenn das die Wahl ist, dann bin ich gegen Sie.«
Weizmanns Augen funkelten. Mit einer blitzschnellen Bewegung griff er nach der Sektflasche, hob sie empor und ließ sie mit gestrecktem Arm auf Colins Schädel niedersausen. Ein Krachen ertönte, dann sackte der Körper des jungen Mannes zu Boden.

53

Konrad Martin sah im Widerschein der Kugel verändert aus. Ella hatte ihn während der letzten Minuten aus den Augenwinkeln heraus betrachtet und fand, dass er nun jünger wirkte. Ob das auf die diffuse Beleuchtung zurückzuführen war oder ob die Nähe der Kugel tatsächlich wie ein Jungbrunnen wirkte, konnte sie nicht beurteilen. Seine Haut war jedenfalls glatter, sein Gesicht nicht mehr so kantig. Die Narben waren verschwunden und der Bart wirkte nicht mehr wie mit dem Lineal gezogen. Mit einem Mal sah er so aus wie auf den Fotos, die Helène ihr gezeigt hatte.

»Wie bist du auf die Idee gekommen, dass das Problem darin bestand, die Kugeln wieder zusammenzuführen?«, fragte er, während er versonnen auf die leuchtende Sphäre blickte. »Die Idee lag nicht gerade auf der Hand, oder?«

Er hatte sich wirklich verändert. Die Art, wie er mit ihr sprach, sein ganzes Verhalten ihr gegenüber hatte sich um hundertachtzig Grad gedreht. Er sprach mit ihr wie mit einem ebenbürtigen Wesen.

»Ich musste in letzter Zeit viel an Cathy denken«, sagte Ella. »Die ganze Zeit frage ich mich, wie es ihr wohl geht, ob sie glücklich ist und ob sie wohl ab und zu an mich denkt. Sie führt jetzt ein eigenes Leben, ein neues Leben, mit einer neuen Mutter. Sie braucht mich nicht, habe ich mir versucht einzureden, und vielleicht ist das auch so – aber verdammt noch mal, ich brauche *sie*. Ich dachte, ich könnte sie vergessen und vollkommen aus meinen Gedanken verbannen, wenn ich mich nur intensiv genug in meine Arbeit stürze. Eine Zeitlang ging das auch gut, aber jetzt haben mich die Geister, die ich gerufen habe, in ihren Fängen. Kein Tag, an dem ich nicht an sie denken muss, keine Nacht, in der sie nicht durch meine Träume geistert. Ich habe mir fest vorgenommen, mich vollkommen aus ihrem Leben rauszuhalten, aber ich wusste nicht, wie hoch der Preis ist, den ich dafür zahlen muss. Es fühlt sich an, als hätte ich ein Loch in der Brust. Es scheint so etwas wie eine universelle Kraft zu geben, die Eltern an ihre Kinder kettet. Eine Kraft, die nicht Halt macht vor Raum und Zeit. Als wir getaucht sind, als wir dort unten waren und ich die Kugel zum ersten Mal erblickte, hatte ich das Gefühl, einem lebenden, atmenden Wesen gegenüberzustehen. Einem Wesen, das erfüllt ist von Wut und von Trauer. Und obwohl ich mich vor Angst kaum bewegen konnte, spürte ich, dass da etwas zwischen uns war. Ein unsichtbares Band, eine unsichtbare Kraft, eine Art Seelenverwandtschaft. Ich weiß, das klingt seltsam und an den Haaren herbeigezogen – immerhin weiß ich noch nicht einmal, ob diese Kugeln wirklich leben oder ob sie nur eine Art komplizierte Maschine sind – aber so habe ich damals empfunden. Und so empfinde ich immer noch im Angesicht dieser kleineren Kugel.« Sie legte ihre Hände auf das Glas des Zylinders. »Ich kann ihre Rufe hören. Ich spüre ihr Verlangen. Sie sehnt sich danach, wieder mit ihrem Ursprung vereint zu sein. Die Kinder wollen zurück zu ihrer Mutter ...« Ella versagte die Stimme. Durch das Panzerglas sah sie das Pulsieren im Innern der Kugel, das An- und Abschwellen der Energien, die in ihrem Innern strömten. Sie glaubte den Herzschlag zu spüren, der den Raum krümmte und Wellen der Schwerkraft in den Boden sandte.

»So kam ich auf die Idee. Das ist die Geschichte.« Sie wandte sich Konrad zu, der sie die ganze Zeit aufmerksam beobachtet hatte.
»Das ist der Grund, warum nur du und niemand anderer diese Aufgabe lösen konntest«, sagte er, und es lag so etwas wie Zufriedenheit in seiner Stimme. »Ich habe das gespürt, als ich dich zum ersten Mal sah.«
»Und du hast dein Wissen gekonnt vor mir verborgen – eine schauspielerische Meisterleistung, das muss ich schon sagen. Nun, ich bin dir nicht böse, falls es dich interessiert.« Ein Lächeln stahl sich auf ihr Gesicht. Die Wut, die sie noch vorhin in der Cafeteria ihm gegenüber empfunden hatte, war verschwunden. Sie hatte das Problem gelöst, genau wie er es von ihr verlangt hatte. Und das ganz ohne seine Hilfe. Immer waren es nur Krumen gewesen, die er hatte fallen lassen und die sie aufsammeln musste. Immer hatte sie sich gefühlt, als stünde sie in seinem Schatten. Als wäre sie eine Maus, die den Ausgang aus einem Irrgarten finden musste. Im Nachhinein betrachtet empfand sie sein Verhalten ihr gegenüber immer noch als Demütigung, auch wenn sie es ihm nach allem, was geschehen war, nicht mehr übel nahm. Aber konnte eine Maus einem Chemielaboranten jemals ganz verzeihen? Unfair oder nicht, sie hatte das Gefühl, dass er ihr etwas schuldig war.
»Würdest du mir einen Gefallen tun?« Ella unterbrach das Klicken der Relais und das tiefe Summen des Kraftfelds nur ungern. Sie hatte sich mittlerweile so sehr daran gewöhnt, dass es ihr wie ein Sakrileg vorkam, den leisen Klangteppich zu durchbrechen.
»Einen Gefallen?« Sein Kopf neigte sich leicht zur Seite.
»Könntest du für einen Moment die Brille abnehmen?«
Der hagere Mann zögerte kurz, dann nahm er die Brille ab und blickte Ella an. Ja, es gab keinen Zweifel. Es war dasselbe Gesicht, das ihr auf den Fotos entgegengeleuchtet hatte. Dieselben

markanten Augenbrauen, dieselben dunklen Augen, derselbe amüsierte Ausdruck um den Mund.
»Francesco Mondari.« Eigentlich hatte sie vorgehabt, den Mund zu halten, aber sie konnte nicht anders. Die Worte rutschten ihr einfach so heraus.
Mit Konrad ging eine Veränderung vor sich. Der amüsierte Blick bekam etwas Trauriges. »Warum sagst du das?«
Sie schüttelte den Kopf. »Ich weiß nicht. Bitte entschuldige.«
Der Geologe richtete seinen Blick wieder auf die Kugel. »Das ist lange her«, murmelte er. »Das war ein anderes Leben.«
»Vergiss einfach, dass ich den Namen erwähnt habe«, sagte Ella. »Ich weiß nicht, was über mich gekommen ist. Es geht mich ja eigentlich überhaupt nichts an. Es ist nur ... ich bin so verwirrt.«
»Ist schon in Ordnung. Helène hat dir davon erzählt, nicht wahr?«
Ella nickte.
»Ich bin mir nicht sicher, ob du verstehen würdest, was mit mir geschehen ist, selbst wenn ich es dir erzähle. Die Erfahrung war eigenartiger, als Worte sie beschreiben können.«
»Das käme auf einen Versuch an.«
Konrad versank in kurzes Schweigen, dann fuhr er fort: »Meine Anweisung lautete, nicht darüber zu sprechen. Jedenfalls so lange, bis jemand die Lösung gefunden hat.«
»Aber ich habe sie doch gefunden, oder?«
»Der Prozess ist noch nicht abgeschlossen ...«
»Aber er wird es sein, wenn es uns gelingt, die Kugeln zurückzubringen, nicht wahr? Sag es mir. Du weißt, dass es so ist.«
Konrad nickte zögernd. »Wenn euch das gelingt, wird es den Vorgang aufhalten, das ist richtig.«
»Ich werde versprechen, dein Geheimnis zu wahren. Kein Sterbenswörtchen zu niemandem, so wahr ich hier stehe. Jetzt sind wir noch ungestört. Wer weiß, wie es morgen aus-

sieht. Wir werden kaum Zeit füreinander finden. Du musst es mir sagen, *bitte.*«

Wieder versank der Geologe in Schweigen. Die Augen geschlossen haltend, stand er da wie ein Schlafwandler. So absurd der Gedanke auch war, aber Ella hatte den Eindruck, als müsse er sich erst eine Erlaubnis für die Antwort einholen. Nur bei wem? Hier war doch niemand. Es sei denn ... ihr Blick fiel auf die Kugel. In ihrem Innern schien irgendetwas zu pulsieren. Durch die geöffneten Klappen drang Licht hervor. Grüne, rote, silbrige Lichtkaskaden schimmerten über die inneren Strukturen des mechanischen Organismus. Es war ein Schauspiel von überirdischer Schönheit.

So schnell wie es begonnen hatte, so abrupt hörte das Lichterspiel wieder auf.

»Ich bin das, was man einen Wächter nennen könnte.« Konrad hatte die Augen wieder geöffnet. »Ich wurde geschaffen, um euch bei eurem Versuch, das Rätsel der Kugeln zu lösen, zu beobachten. Das ist meine Aufgabe und sie ist beinahe beendet.«

Ella runzelte die Stirn. »*Geschaffen?* Aber du bist ein Mensch. Du bist Francesco Mondari, ein italienischer Geologe, 1954 verschollen in den Südtiroler Alpen.«

Wieder huschte dieser traurige Ausdruck über Konrads Gesicht. »Ich bin vieles, aber ein Mensch bin ich schon lange nicht mehr. Hat dir Helène nichts über die medizinischen Untersuchungen erzählt? Hast du nicht selbst den Tank im Innern der Kugel gesehen? Den Nanokonverter? Mondari ist tot. Er kam bei dem Versuch, die Kugel gewaltsam zu öffnen, ums Leben. Ich bin eine Rekonstruktion. Ein Destillat dessen, was Mondari einmal gewesen ist. Erinnere dich an das, was du im Unterseeboot gesehen hast, oder an meinen Kälteschock in Sibirien. Ich bin nur, weil *sie* ist«, er deutete auf die Kugel. »Wenn sie geht, werde auch ich gehen.«

Ella schüttelte den Kopf. »Du bist ein Mensch und wirst es immer bleiben. Nur weil sich dein Körper verändert hat, heißt das noch lange nicht, dass sich auch dein Geist verändert hat. Oder deine Seele, wenn du so willst.« Sie malte zwei Anführungszeichen in die Luft. »Was ist denn der Mensch? Genau genommen nur eine Ansammlung von Kohlenstoff und Wasser. Der Marktwert unserer Körpersubstanzen beträgt weniger als einen Euro. Was uns ausmacht, ist, dass wir leben, dass wir atmen, denken und fühlen und lieben.« Ihr kam ein aberwitziger Gedanke. »Kannst du das?«

»Was?«

»Lieben.«

»Ich verstehe die Frage nicht ...«

»Hast du dich jemals einem anderen menschlichen Wesen so nahe gefühlt, dass du es ganz für dich allein besitzen wolltest?«

»Ich ...«

»Küss mich.«

»Ich soll *was?«*

»Mir einen Kuss geben. Die Lippen aufeinanderlegen. Du weißt doch, wie man das macht, oder?«

»Ich finde das unpassend.«

»Unpassend? Was für ein herrlich antiquiertes Wort für Feigheit.« Es bereitete ihr ein höllisches Vergnügen zu sehen, wie er sich wand. Das war genau die Art von Genugtuung, die ihr vorgeschwebt hatte. Die Rache der Maus an dem Chemielaboranten. »Wir sind doch hier ganz allein. Niemand kann uns sehen. Ich finde dich attraktiv, und dass du mich magst, habe ich damals in der Atacama-Wüste bemerkt. Also komm schon, gib mir einen Kuss. Es ist wirklich nichts dabei.« Mit einem aufmunternden Lächeln hob sie ihren Kopf.

Konrad wirkte hin- und hergerissen, doch dann gab er sich einen Ruck und legte seine Lippen auf ihre. Gerade so lang, dass es nicht unhöflich wirkte. »Zufrieden?«

Ella schüttelte den Kopf. »Das war doch kein Kuss. Warte mal einen Moment.« Sie schlang die Arme um seinen Hals und zog ihn zu sich herab. Der Kuss dauerte beinahe eine halbe Minute und als sie sich voneinander lösten, glaubte Ella eine Veränderung in Konrads Blick zu bemerken. Es war, als habe jemand eine Schranke in seinem Inneren durchbrochen. Sie glaubte sogar, Tränen in seinen Augenwinkeln zu bemerken.
»Ella, ich ...«
Weiter kam er nicht, denn in diesem Augenblick ertönte eine Stimme aus dem Halbdunkel. Eine Stimme, die Ella von ihrem Anruf auf dem Handy noch hinreichend bekannt war.
»Was für eine rührende Szene«, sagte die Stimme, ohne dass sich ihr Urheber zu erkennen gab. »Wirklich rührend. Meine beiden Lieblingswissenschaftler so traulich vereint. Schade, dass ich Ihre Zweisamkeit stören muss. Ich habe wichtige Angelegenheiten zu erledigen, und Sie beide kommen mir dabei wie gerufen.«

54

Eine drahtige Erscheinung trat in das fahle Licht der Kugel. Elias Weizmann. Ella spürte sofort, dass es sich nur um den abtrünnigen Radiologen handeln konnte, auch wenn er sich von dem Bild, das sie sich von ihm gemacht hatte, unterschied. Er war größer, als sie ihn sich vorgestellt hatte. Auch wirkte er weitaus weniger grüblerisch und introvertiert, als von Helène beschrieben. Das genaue Gegenteil war der Fall. Mit der Pistole in der Hand machte Weizmann einen durchaus entschlossenen Eindruck. Als er ihren Blick bemerkte, hob er die Waffe. Sie war kleiner als das klobige Ding, das der Killer auf dem Effelsberger Teleskop auf sie gerichtet hatte. Dennoch verbreitete sie ebenso tödliche Angst.

»Tut mir wirklich leid, Dr. Jordan, dass unsere erste Begegnung unter so ungünstigen Voraussetzungen stattfinden muss«, sagte Weizmann mit wohlklingender Stimme. »Glauben Sie mir, ich bedauere zutiefst, dass Sie meine Warnung damals nicht ernst genommen haben. Nichts hasse ich mehr als Verschwendung, und der Tod ist die reinste Verschwendung. Ihrer ist, so leid es mir tut, unausweichlich.«

Konrad trat vor und stellte sich schützend vor Ella. »Stecken Sie die Waffe weg. Es ist vorbei.«

Weizmanns Augen wurden kalt, als er die Waffe auf den Professor richtete. »Weg da, *sofort.* Wenn Sie nicht augenblicklich

tun, was ich sage, drücke ich ab. Wenn ich auch Dr. Jordans Tod als notwendiges Übel betrachte, so ist das bei Ihnen keineswegs der Fall. Sie aus der Welt zu schaffen, wird mir sogar Vergnügen bereiten, Professor Mondari.«
Konrad trat zur Seite, den Mund vor Verblüffung geöffnet. »Woher ...?«
Sein Erstaunen bereitete Weizmann sichtlich Vergnügen.
»Woher ich das weiß, fragen Sie sich?« Langsam bewegte er sich auf die beiden Gefangenen zu. »Nun, ich habe Ihre Akte gelesen, lange bevor Helène sie verschwinden ließ. Das ist viele Jahre her, aber ich habe nicht ein Wort von dem vergessen, was da zu lesen stand. Sehr befremdlich, dass muss ich schon sagen. Wäre ich nicht so sehr interessiert an Ihrem Tod, ich wäre begeistert, Sie in die Hände einiger meiner Freunde zu geben. Alles sehr talentierte Wissenschaftler. Es würde mir ein Riesenvergnügen bereiten zu sehen, wie sie sich über Sie den Kopf zerbrechen, um herauszubekommen, *was* Sie eigentlich sind, Professor Mondari. Ach ja, ich vergaß: Sie heißen ja jetzt nicht mehr Mondari. Sie haben Ihren Namen geändert, genau wie Ihre Identität, nicht wahr? Sehr clever. Erinnern Sie sich überhaupt noch an ihn? Gibt es noch Spuren seiner Persönlichkeit in dem neuronalen Netzwerk in Ihrem Schädel, das Sie als Gehirn bezeichnen? Wie viele von Ihnen laufen noch auf unserem Planeten herum, hm? Oder sind Sie der Einzige? Kaum vorstellbar, dass es nicht ein paar Sicherungskopien gibt, nach all dem Aufwand, den Ihresgleichen betreiben, um sich unsere Welt unter den Nagel zu reißen. Wir werden Ihre Komplizen schon noch ausfindig machen und ausschalten, darauf können Sie sich verlassen.«
»Bitte hören Sie auf, über ihn zu reden, als wäre er nur ein seelenloser Automat«, flehte Ella. »Das ist er nicht.«
»Oh nein, natürlich nicht.« Weizmanns Stimme triefte vor Hohn. »Er ist ein Mensch wie Sie und ich, nicht wahr? Genau betrach-

tet sind wir doch alle eine große, glückliche Familie.« Er fuchtelte mit der Pistole vor ihrem Gesicht herum. »Wie beschränkt muss man eigentlich sein, um so einen Unsinn zu glauben? Na ja, was kann man auch anderes erwarten von einer Frau, die sich mit dem Feind einlässt. Ja, sehen Sie mich nicht so groß an. *Er ist der Feind.* Er und seinesgleichen haben vor, uns alle auszulöschen. Uns mit Hilfe künstlicher Viren vom Antlitz unseres Heimatplaneten zu wischen. Wie ehrenwert ist das, hm? Sie wundern sich, woher ich das weiß? Lassen Sie sich versichert sein, Dr. Jordan, dass ich alles weiß, was in diesem Hause geschieht und noch einiges mehr. Meine Informanten sitzen überall.« Wieder wurde Ella mit einem dieser abfälligen Blicke bedacht. »Eines würde mich mal interessieren«, sagte der Radiologe. »Was wäre geschehen, wenn ich nicht dazwischengetreten wäre? Wären Sie dann noch mit ihm ins Bett gegangen?«

»Was ist denn hier los?«

Alle Köpfe wandten sich zur Eingangstür. Helène stand dort, die Augen vor Erstaunen weit aufgerissen. So verwundert war sie über das, was sich vor ihren Augen abspielte, dass sie eine Sekunde zögerte, das Wort zu ergreifen. Im Nu war Weizmann bei ihr, packte sie am Arm und zog sie herein. Mit einer unsanften Bewegung stieß er sie zu den anderen, dann schloss er die Tür. Er tippte eine Reihe von Zahlen in ein Panel rechts von der stählernen Tür, worauf diese sich unwiderruflich schloss. Weizmann wischte sich mit dem Ärmel seines Overalls übers Gesicht. »Jetzt hätte ich doch fast vergessen, die Tür zu versiegeln«, sagte er und in seine Stimme mischte sich ein Ausdruck von Triumph. »Mein Glück, dass du es warst, Helène, und nicht irgendein Sicherheitstrupp. Wirklich unachtsam von mir. Nun ja, der Fehler ist korrigiert. Von jetzt an dürfte es für jemanden ohne Mastercode äußerst schwierig sein, hier hereinzukommen.« Er breitete die Arme in einer Geste gespielter Herzlichkeit

aus. »Willkommen in unserer kleinen Runde, Helène. Ich freue mich, dass du Zeit für uns fandest.«
»Was soll der Unsinn, Eli? Was tust du hier?«
»Das, was ich schon die ganze Zeit hätte tun sollen.« Er deutete auf die geöffnete Kugel. »Colin hat mir den letzten Puzzlestein zu diesem Rätsel direkt in die Hände gespielt. Ohne seine Hilfe stünde ich jetzt nicht hier. Schade, dass er mir nicht noch weiter helfen wollte.«
»Damit wirst du nicht durchkommen«, zischte Helène. »Es wird dir nicht gelingen, den Sicherheitscode zu knacken, geschweige denn eine von deinen verdammten Bomben in die Sphäre zu implantieren.«
»Das ist alles schon geschehen.« Weizmanns Lächeln wurde breiter. »Als ich hier eintraf, war die Tür der Sicherheitsabsperrung nur angelehnt. Ihr alle hattet euch in den Konferenzsaal zurückgezogen, um die Liveübertragung im Fernsehen zu verfolgen. Das Herz war die ganze Zeit unbeaufsichtigt. Zeit genug für mich, um den Sprengkörper anzubringen. Glaub mir, Helène, diesmal werde ich nicht scheitern.«
Helène zögerte einen Moment. Dann sagte sie: »Aber wenn du von der Fernsehübertragung weißt, dann muss dir doch klar sein, dass deine Aktion nichts bringen wird. Es wird zu einer Katastrophe kommen, genau wie in Kalifornien. Bitte, Eli, lass es uns auf die sanfte Weise versuchen. Ella hier hat einen Weg gefunden, die Kugeln auszuschalten, ohne sie zu zerstören.«
»Dieses Märchen kannst du deinen Lakaien erzählen, diesen Speichelleckern, die ohnehin alles glauben, was du sagt. Mein Vertrauen hast du schon vor langer Zeit verspielt. Und nicht nur meines. Der gesamte Vorstand zweifelt mittlerweile an deinen Entscheidungen. Ich bin hier, um dich abzulösen, Helène. Dein Vertrauen in diese beiden da zu setzen ...«, er deutete mit der Pistole auf Ella und Konrad, »das war der letzte Fehler, den

du begangen hast. Steenwell und die anderen sind der Meinung, dass es Zeit für einen Führungswechsel ist.«

»Und dazu ist euch jedes Mittel recht, nicht wahr?« Helènes Stimme bebte vor Wut. Ella hatte sie noch nie so aufgebracht erlebt. »Was hast du vor, Eli? Willst du uns alle erschießen? Glaubst du, dass ein solch feiger Mord ohne Folgen bleibt? Es wird alles ans Licht kommen, und dann kannst du dir deine Chancen auf den Chefsessel abschminken!«

»Wer sagt denn etwas von erschießen?« Weizmanns Gesicht wurde plötzlich wieder kalt. »Oh nein.« Er blicke kurz auf die Waffe. »Die hier ist nur so eine Art Versicherung. Ich habe etwas anderes im Sinn. Es wird alles aussehen wie ein Unfall. Wenn ihr euch jetzt bitte in die Kammer begeben würdet ...«

Ella wurde schlagartig klar, was er vorhatte. Ein eiskalter Schauer erfasste sie. Mit einem Mal kam ihr Weizmanns Plan keineswegs so absurd vor, wie es zunächst scheinen mochte. Die Kugel würde alle Spuren beseitigen. Es würde aussehen wie bei dem Unfall von Schmitt. Er würde behaupten, hinzugekommen zu sein, als das Unglück schon geschehen war. Danach hätte er auf eigene Faust gehandelt und die Kugel gesprengt. Diese Tat würde Weizmann weitere Pluspunkte im Vorstand einbringen und ihm freie Handlungsmöglichkeiten garantieren. Dass der Ablauf der Geschichte ein ganz anderer war, würde sich nach der Sprengung wohl kaum noch beweisen lassen. Das darauffolgende vernichtende Beben würde alle Spuren verwischen.

»Na los. Vorwärts jetzt! Ich habe nicht die ganze Nacht Zeit. Helène, du gehst voran.« Weizmann war an den Rand der Glaskammer getreten, mit der einen Hand die Waffe auf sie gerichtet und mit der anderen eine Zahlenkombination ins Panel eintippend.

»Du mieser kleiner ...«

»Spar dir deine Vorträge.« Ein zischendes Geräusch ertönte, als das Unterdruckventil sich öffnete und einen Schwall Luft ansaugte. Ella konnte den Luftzug auf ihrer Haut spüren. Dann schwang die Tür auf.

»Auf jetzt, oder soll ich euch zum Andenken noch eine Kugel verpassen? Macht, dass ihr da reinkommt.« Seine Augen hatten einen unnatürlichen Glanz. Seine Bewegungen waren hektisch und nervös. Ella schoss durch den Kopf, dass Weizmann höchstwahrscheinlich unter Drogeneinfluss stand. Vielleicht begann die Wirkung gerade nachzulassen, ein Zustand, der den Radiologen noch unberechenbarer machen würde. Sie zweifelte keine Sekunde daran, dass er seine Drohung wahrmachte, sollten sie nicht gehorchen.

»Ich gehe voran«, sagte sie mit einem mulmigen Gefühl im Magen. »Wir werden tun, was Sie verlangen, nur nehmen Sie endlich die Pistole runter.«

»Vorwärts«, sagte Weizmann ungeduldig. »Machen Sie schon!«

Ella nahm ihren ganzen Mut zusammen und betrat die Kammer. Helène und Konrad folgten ihr. Das Gesicht der ehemals so stolzen und unnachgiebigen Frau war kreideweiß. Sie schien erst jetzt begriffen zu haben, dass dies alles nicht nur ein böser Traum war. Ihre Bewegungen wirkten matt, und ihr Kampfeswille schien erloschen. Konrad hingegen wirkte erstaunlich gefasst. Fast konnte man meinen, dass er sich mit seinem bevorstehenden Tod bereits abgefunden hatte. Mit einem schwer zu deutenden Ausdruck im Gesicht, die Augen zu Boden gerichtet, trat er ein und stellte sich neben sie. Die Tür schloss sich mit einem dumpfen Schlag hinter ihnen. Dann sprang die Unterdruckanlage an. Ella konnte spüren, wie die Luft abgesaugt wurde. Es knackte in ihren Ohren, und das Atmen fiel ihr merklich schwerer. Weizmann verriegelte die Tür und trat einen Schritt zurück. Er griff in die Seitentasche seines Overalls und holte eine elektronische Vorrichtung heraus. Sie sah aus wie eine Fernsteuerung. Unzweifelhaft der Auslöser.

Konrad Martin packte Ella und Helène und flüsterte: »Egal was geschieht, bleiben Sie jetzt dicht bei mir.«
»Was? Warum?«
»Tun Sie einfach, was ich Ihnen sage.« Er trat ganz nahe ans Glas.
Auf die Gegensprechanlage gerichtet sagte er: »Professor Weizmann, haben Sie sich nie gefragt, warum wir gerade Sie auserwählt haben, unseren Plan in die Tat umzusetzen?«
Ein geheimnisvolles Lächeln erschien auf seinem Gesicht. Ein Ausdruck, der bei ihm ebenso ungewohnt wie fremdartig wirkte.
Weizmann blickte von seiner Fernsteuerung auf und runzelte die Stirn. »Was für einen Plan? Wovon reden Sie?«
»Dem Plan, den Vorgang zu beschleunigen. Glauben Sie, Sibirien und Kalifornien wären Zufälle gewesen?«
Der Radiologe ließ die Steuerung sinken. »Was heißt hier Plan? Wessen Plan? Das ist doch Unsinn, was Sie da erzählen.«
»Die Umformung muss beschleunigt werden«, sagte Konrad mit einem Ausdruck tiefster Überzeugung. »Es gab eine Fehlkalkulation in unseren Berechnungen, die Leitfähigkeit der Erdoberfläche betreffend. Ihre mineralische Struktur leitet die seismischen Wellen sehr viel langsamer, als wir uns das vorgestellt haben. Als Folge davon mussten wir die Berechnungen anpassen, mit dem Ergebnis, dass die Sphären an einigen Stellen neu kalibriert werden müssen. Dies hier ist eine dieser Stellen.«
In Weizmanns Augen flackerte Argwohn. Er steckte die Steuerung weg und trat näher. Seine Nasenspitze berührte jetzt beinahe das Glas. »Unsinn«, sagte er. »Sie versuchen mich reinzulegen. Das ist doch wieder nur einer Ihrer Tricks. Aber ich werde darauf nicht hereinfallen.«
»Können Sie es sich leisten, dieses Risiko einzugehen?«
»Ich kann mir jedes Risiko leisten!« Speicheltröpfchen flogen gegen die Scheibe. Auf dem Glas bildete sich eine Schicht

Kondenswasser. »Falls Sie es noch nicht bemerkt haben, Mondari, aber ich sitze jetzt am längeren Hebel!«
»Sind Sie da ganz sicher?« Konrad hob beide Arme. Die Bewegung erfolgte so schnell, dass Ella sie fast nicht mitbekam. Mit der einen Hand berührte Konrad die Oberfläche der Sphäre und mit der anderen das zentimeterdicke Panzerglas. Aus seinen Fingern schossen Flechten, genau wir damals auf der *Shinkai*. Sie verteilten sich über das Glas auf einer Fläche von schätzungsweise zwei Quadratmetern.
Ein Strom reiner blauer Energie strömte aus der Sphäre in seinen Körper und von dort ins Glas. Dort, wo die Flechten sich verteilt hatten, begann die durchsichtige Masse aufzuleuchten. Es gab einen zischenden Laut und einen Knall, dann war das Glas verschwunden. Buchstäblich im Bruchteil einer Sekunde hatte es sich aufgelöst. Weizmann, der in unmittelbarer Nähe gestanden hatte, wurde vom Unterdruck angesaugt, taumelte und kippte nach vorn. Ella wich ihm aus und ließ ihn der Länge nach zu Boden stürzen.
»Raus mit euch, schnell«, keuchte Konrad. Die Anstrengung der Materieveränderung machte ihm sichtlich zu schaffen. »Ich kann das Tor nicht mehr länger aufhalten. *Rennt!*«
Ella packte Helène beim Arm und stürmte hinter die Barriere. Keine Sekunde zu früh, denn mit einem Heulen und Flackern erlosch der Energiestrom und spie die Glasmoleküle an ihren ursprünglichen Platz zurück.
Konrad sackte in sich zusammen. Sein Gesicht war aschfahl. Er keuchte wie nach einem Hundertmeterlauf. Trotzdem schien er noch genug Energie zu haben, es mit Weizmann aufzunehmen. Mit dem Fuß trat er dem am Boden liegenden Mann die Pistole aus der Hand, dann packte er ihn und zog ihn auf die Füße. Der Radiologe schrie und strampelte, während er versuchte, sich Konrads eisenharter Umklammerung zu entwinden. Vergeblich.

»Lassen Sie mich los!«, hörte Ella ihn kreischen. »Sie Monster, Sie Ausgeburt der Hölle. Sie werden mich nicht aufhalten!« Er versuchte, an die Steuerung in seiner Jackentasche zu kommen, doch der hagere Geologe hatte diese Bewegung vorausgesehen. Mit einer blitzschnellen Bewegung schlug er Weizmann den Sender aus der Hand. Das elektronische Gerät flog einige Meter durch die Luft, dann zersplitterte es auf dem harten Betonboden. Eine Zeitlang starrte Weizmann ungläubig auf den elektronischen Schrott zu seinen Füßen, dann gab er auf. Sein Widerstand erlahmte, sein Kampfeswille war gebrochen. Konrad schleifte den kleinen Mann an den Rand der Sphäre. Dann berührte er die riesige Kugel an einigen Punkten und trat zurück.

Ella erschrak. Sie ahnte, was er vorhatte. Obwohl ihr dieser Mann immer noch fremd war, schien ein unsichtbares Band zwischen ihnen zu bestehen. Ein Band, das sie zumindest einen Teil seiner Gedanken erkennen ließ.

»Konrad, *nein!*«

Der Kopf des Wissenschaftlers drehte sich in ihre Richtung. Auf seinem Gesicht lag ein Ausdruck, den Ella bei ihm noch nie bemerkt hatte – tiefer Frieden.

»Es ist schon in Ordnung so, Ella«, sagte er. Ein zaghaftes Lächeln umspielte seinen Mund. »Glaub mir, es ist der einzige Weg.«

»Aber du musst das nicht tun«, sagte sie. »Bleib bei uns. Es gäbe so viel, was du uns beibringen könntest, so viel, was wir voneinander lernen könnten. *Bitte.*« Ihr Flehen konnte nicht darüber hinwegtäuschen, dass sie selbst nicht überzeugt war.

»Das haben wir doch bereits.« Er berührte seine Lippen mit den Fingerspitzen. »Leb wohl, Ella. Und danke für alles.«

Die Kugel leuchtete auf.

Es gab einen blendenden Blitz, und ein Donnerschlag ließ den Boden unter ihren Füßen erzittern. Dann war es still.

Nach einer Weile wagte Ella die Hände von den Augen zu nehmen. Was sie sah, erfüllte sie mit tiefer Trauer. Die Kugel hatte sich wieder geschlossen. In ein übernatürliches Licht getaucht, hing sie zwischen den Magnetfeldern, ein tiefes Summen von sich gebend.
Ella ging langsam um den Glaszylinder herum. Bis auf den Sphäroiden war die Kammer leer. Von den beiden Männern fehlte jede Spur. Lediglich eine schwarze Brille lag auf dem Boden.
Eine Brille mit zerbrochenem Glas.

Teil 6
Ausklang

55

Der Bug des Schiffes neigte sich sanft nach vorn, dann hob er sich wieder, als die nächste Welle unter ihm hindurchglitt. Möwen stießen hinab auf das Wasser und stiegen wieder in die Höhe, die Luft mit ihren spitzen Schreien erfüllend. Vom Wind getragen, umrundeten sie die *Yokosuka*. Die Vögel sahen aus wie Schaumkronen, die über den Himmel glitten. Schaumkronen auf einem Meer aus Blau.

Was für ein Panorama. Das wussten auch die Fernsehteams, die sich für diese Pressekonferenz versammelt hatten – nach über einem Monat.

Ella hatte sich entschieden zu warten, bis wirklich verlässliche Messergebnisse vorlagen. Der Zeitpunkt war jetzt gekommen. Die Reporterin von CNN, eine gutaussehende Frau namens Sarah Connelly, wirkte sichtlich nervös. Weitaus nervöser jedenfalls als Ella, der der ganze Medienrummel nichts mehr ausmachte. Nicht nach all dem, was sie in den letzten Wochen und Monaten erlebt hatte. Während sich Sarah abpudern und immer wieder versichern ließ, wie gut sie aussähe, blickte Ella gedankenverloren auf das Meer hinaus. Von ferne mischte sich ein dunkler Fleck unter die Möwen, steuerte in ihre Richtung und wurde rasch größer. Ein Hubschrauber. Jetzt war auch deutlich das Knattern der Rotoren zu hören. In niedrigem Flug schwebte er heran, vorbei an all den Last- und Forschungsschiffen, die sich in immer größer werdender Zahl über der Challenger-Tiefe versammelt hatten. Das Geräusch plötzlicher Aktivität zwang Ella, sich umzudrehen. Die Mitglieder der Fernsehteams begaben sich auf ihren Posten. Sarah Connelly blickte auf die Uhr, stand auf und besprach sich kurz mit ihrem Regisseur. Sie strich sich durch die Haare und kam dann zu Ella herüber. Der Augenblick der Wahrheit schien gekommen zu sein.

»Wie fühlen Sie sich?«, begann sie das Gespräch in diesem locker unverfänglichen Ton, den man von Menschen gewohnt ist, die in der Öffentlichkeit stehen. »Bereit für ein kleines Interview?«

Ella, die wusste, was für eine Untertreibung das war, lächelte zurück. »Wenn Sie es sind?«

Sarah zögerte kurz, dann lachte sie. Mit einem Handzeichen gab sie ihren Kollegen und auch den anderen Teams zu verstehen, dass es jetzt losgehen würde. Sie winkte auch Helène Kowarski zu, die sich etwas abseits mit Jan unterhielt. Diese stand Arm in Arm mit Colin, der den Kopf immer noch mit einem dicken Verband umwickelt hatte. Die junge Astrophysikerin hatte bereits angekündigt, dass sie wieder nach Effelsberg zurückkehren wolle. Ob die Beziehung der beiden von Dauer sein würde, würde die Zukunft zeigen.

Helène verabschiedete sich von ihnen und machte sich auf den Weg. Das Interview würde in aller Welt ausgestrahlt werden. Es war ein Medienereignis, vergleichbar der Mondlandung oder dem Boxkampf von Muhammad Ali gegen George Foreman. Gewiss, es war viel berichtet worden, über die Hintergründe, die zu der Katastrophe geführt hatten, über die spektakuläre Rettungsaktion und über die Personen, die daran beteiligt waren. Die Zeitschriften und Nachrichten waren voller Spekulationen und Mutmaßungen gewesen, aber nie hatte man dabei einen von den maßgeblichen Menschen zu Gesicht bekommen.

Den Menschen, die wirklich hinter der Entdeckung und Aufklärung des Rätsels um die Steinkugeln steckten.
Das sollte sich heute ändern.
Die Welt wartete darauf, endlich das Gesicht zu sehen, dem sie ihre Rettung verdankte. Die Sendung sollte an eine viertelstündige Rede des Präsidenten angehängt werden, die um zwanzig Uhr Ortszeit aus dem Weißen Haus ausgestrahlt wurde. Dies wiederum bedeutete, dass sie hier kurz nach fünfzehn Uhr auf Sendung gehen würden.
Der Zeitpunkt war gekommen.
Ella hörte das Surren der Kameras, die ab jetzt jedes Wort, jede Bewegung und jede ihrer Reaktionen einfangen würden. Sarah Connelly blickte zu ihrem Regisseur hinüber, der das Ende der Präsidentenrede abwartete. Auf einen Monitor blickend, begann er mit den Fingern von zehn bis eins herunterzuzählen. Als er das Zeichen für null gab, hob Sarah das Mikrofon.
»Mr. und Mrs. President, guten Abend sehr verehrte Zuschauer überall an den Fernsehgeräten. Herzlich willkommen zu einer Sondersendung direkt von dem Ort, der in den letzten Wochen ins Zentrum des Medieninteresses gerückt ist. Ich stehe hier an Bord der *Yokosuka,* einem japanischen Forschungsschiff, das sich direkt über der Challenger-Tiefe befindet. Einem Ort, mitten im Pazifischen Ozean, der bis vor kurzem nur denjenigen unter Ihnen ein Begriff war, die sich für Tiefseeforschung interessieren. An meiner Seite begrüße ich Helène Kowarski, die Leiterin der gleichnamigen Labors, und Dr. Ella Jordan, die Frau, der wir unser aller Rettung verdanken. Madame Kowarski, können Sie uns etwas über den derzeitigen Stand der Rettungsaktion sagen?«
»Sehr gern.« Helène trat etwas zur Seite, damit die Kameras das Panorama der Last- und Forschungsschiffe einfangen konnten. Die vielen Fahrzeuge ließen diesen sonst menschenleeren Meeresabschnitt aussehen wie einen belebten Containerhafen.

Zwischen den stählernen Leibern kreuzten kleinere Boote, die das Wasser aufwirbelten und weiße Schaumkronen hinter sich herzogen, während blinkende Positionsbojen verhinderten, dass sich die Stahlkolosse gegenseitig zu nahe kamen.
»Was Sie hier sehen, ist nur ein kleiner Teil der Schiffe, die seit einem knappen Monat unaufhörlich neue Kugeln bringen, um sie hier im Meer zu versenken«, fuhr Helène fort. »Das Projekt Gaea, wie wir es genannt haben, ist ein großer Erfolg. Mit jeder Kugel, die wir in die Fluten hinablassen, sinken die Amplituden der Erdstöße. Sie sind jetzt schon so gering, dass sich sämtliche Erdbebenherde beruhigt haben. Wir können mit einer vollständigen Beruhigung innerhalb der nächsten Tage rechnen, vorausgesetzt, wir bekommen die letzten zehn Kugeln fristgerecht geliefert.«
»Das sind wirklich großartige Neuigkeiten.« Die Erleichterung in Sarah Connellys Stimme war nicht geheuchelt. »Nur noch zehn von insgesamt einhundertdreiundfünfzig? Das kommt mir sehr schnell vor. War es nicht ein unerhört schwieriges Problem, alle betroffenen Staaten von der Dringlichkeit dieses Einsatzes zu überzeugen? Von der logistischen Anforderung, die Kugeln ausfindig zu machen und hierher zu transportieren, möchte ich gar nicht sprechen.«
Helène schüttelte den Kopf. »Ich hätte selbst nicht damit gerechnet, dass es so einfach sein würde. Die Lokalisierung der Kugeln durch die Satelliten hat ausgezeichnet funktioniert. Noch mehr hat mich jedoch überrascht, wie gut die Verhandlungen auf internationaler Ebene verlaufen sind. Für dieses eine Mal haben wirklich alle Nationen an einem Strang gezogen. Hoffen wir, dass das auch so bleiben wird.«
»Wie mir zu Ohren gekommen ist, haben Sie vor, die *Kowarski-Labors* aufzulösen. Was ist dran an diesem Gerücht?«
Die kleine grauhaarige Frau stieß einen Seufzer aus. »Das Gerücht ist wahr, fürchte ich.« Einen Augenblick lang blickte sie

traurig zu Boden, dann fasste sie sich und sagte in die Kamera: »Die Einrichtung hat ihren Zweck erfüllt. Mehr noch, sie hat dazu beigetragen, das schwierigste Problem, vor dem die Menschheit bisher gestanden hat, zu lösen. Mit dieser Aktion haben wir uns praktisch selbst die Arbeitsgrundlage entzogen. Außerdem ist die Führungsetage untereinander so zerstritten, dass es ohnehin keinen Sinn machen würde, an dem Projekt festzuhalten. Wir müssten uns ganz neu strukturieren, und dafür fehlen die finanziellen Mittel. Jetzt, da beinahe alle Kugeln im Meer versunken sind, werden sich kaum noch Sponsoren finden lassen. Der Berg wird geschlossen werden, für immer. Kein großes Drama für eine Einrichtung, die offiziell nie existiert hat.« Sie lächelte traurig.

Sarah Connelly nickte. »Es hieß, es haben Kräfte existiert, die verhindern wollten, dass das Projekt Gaea zu einem glücklichen Abschluss käme. Was ist mit den Leuten geschehen, die sich gegen Sie verschworen haben?«

Helène gab ein trockenes Lachen von sich. »Was soll mit ihnen sein? Sämtliche Unterlagen sind wie durch Zauberhand verschwunden. Ich konnte ihnen nichts nachweisen. Die Schuldigen werden also ungeschoren davonkommen. Ich kann nur hoffen, dass sie ihre Lektion aus dem Abenteuer gelernt haben und sich ihren zukünftigen Arbeitgebern gegenüber loyaler verhalten werden.«

»Und was werden Sie selbst unternehmen, jetzt, da Sie aus dem Unternehmen ausgeschieden sind?«

Helène strich sich durch das Haar. »Erst mal lange Urlaub machen. Die Salomonen scheinen ein echtes Paradies zu sein. Ich wollte immer schon mal Tauchen lernen, und jetzt scheint ein guter Zeitpunkt dafür zu sein. Und danach – ich weiß es noch nicht. Michelle Ourdai und ich werden uns vielleicht den SETI-Projekten anschließen. Ich bin sicher, dass die uns dort mit all dem Wissen, das wir durch unser Abenteuer erworben haben, mit offenen Armen empfangen werden. Die restlichen Mitarbeiter unserer Crew, allen voran Colin ...«, sie deutete hinüber zu dem jungen Iren und seiner Freundin, »... haben bereits Angebote von CERN erhalten. Sie werden also nicht einmal umziehen müssen.«

»Madame Kowarski, ich danke Ihnen für dieses Gespräch.« Mit einem Nicken wandte sich Sarah an Ella, die geduldig auf ihrer rechten Seite gewartet hatte. »Und jetzt kommen wir zu der Person, die wie keine andere ins Licht des öffentlichen Interesses gerückt ist. An meiner Seite begrüße ich die Geologin und Vulkanologin Ella Jordan. Wie fühlen Sie sich nach den Anstrengungen der letzten Wochen?«

»Müde.« Ella lächelte. »Müde, aber erleichtert.« Weiter kam sie nicht, denn in diesem Augenblick wurde es so laut, dass ihre Worte im Lärm der Rotoren untergingen. Der Hubschrauber, den sie vorhin nur aus der Ferne gesehen hatte, setzte mit einem ohrenbetäubenden Donnern zur Landung an. Durch die geöffnete Seitentür konnte Ella einzelne Mitglieder der Besatzung erkennen. Der Helikopter setzte auf, und die Turbinen erstarben. Während die Rotoren immer langsamer zu kreisen begannen, stiegen mehrere Personen aus.

»Wahrscheinlich noch mehr Reporter«, konstatierte Sarah, als es wieder leiser geworden war. »So leid es mir tut, Ella, aber Sie sind jetzt eine Person des öffentlichen Interesses. Mit all den Privilegien und Pflichten, die das so mit sich bringt.«

Ella winkte ab. »Das ist schon in Ordnung. Hauptsache, ich habe meinen alten Job wieder.«

»Dann werden Sie also weiter an der George-Washington-Universität unterrichten?«

»Solange nichts anderes dazwischenkommt, ja. Das Direktorium hat die Sperre gegen mich aufgehoben.«

»Das freut mich für Sie. Dann ist das Schiedskomitee bezüglich des *Shinkai*-Desasters also zu einer Entscheidung gekommen?«

»Ja. Und sie haben sich einstimmig zu meinen Gunsten entschieden. Besonders nach dem positiven Ergebnis, das wir Ihnen präsentieren konnten.« Ella zögerte. Eigentlich hatte sie noch etwas sagen wollen, aber die Worte hatten sich in Nichts aufgelöst. Ihr war mit einem Mal so seltsam zumute. Konrad war verschwunden, Esteban hatte sich auf ihre Mails nicht gemeldet, und jetzt würden auch die restlichen Teammitglieder getrennte Wege gehen. Obwohl sich die Aufmerksamkeit der gesamten Menschheit in diesem Moment auf sie richtete, fühlte sie sich einsam. Wenigstens war ihr noch Bob Iverson, ihr Assistent, geblieben. Er hatte ihr bereits geschrieben, dass er sich riesig auf ihre Rückkehr freue. Am Montag würde es wieder losgehen. Doch selbst der Gedanke an den gefüllten Hörsaal konnte das Gefühl der inneren Leere nicht vertreiben.
Sarah schien ihre geistige Abwesenheit zu bemerken. Als erfahrene Reporterin lenkte sie das Gespräch auf ein anderes Thema. Mit einem Fingerzeig nach oben fragte sie: »Was werden die dort oben jetzt wohl tun, nachdem unsere Welt für sie unbewohnbar bleiben wird?«
Um Ellas Mund zeichnete sich ein Lächeln ab. »Sie werden sich wohl oder übel einen anderen Planeten suchen müssen. Mit ihrer Gründlichkeit und ihrem Einfallsreichtum dürfte das kein großes Problem sein. Und wenn doch, dann ist es mir egal. Diesen Planeten bekommen sie jedenfalls nicht.«
»Besser hätte ich es selbst nicht formulieren können. Für das, was Sie getan haben, sind wir Ihnen zu tiefem Dank verpflichtet. Ah! Dies ist, so scheint mir, der perfekte Augenblick für eine kleine Überraschung.« Sarah Connelly hob den Kopf und winkte in Richtung des hinteren Decks, aus dessen Richtung sich einige Personen näherten. Augenscheinlich Passagiere des soeben gelandeten Hubschraubers.
Ella blickte ebenfalls in die Richtung, konnte aber nicht erkennen, um wen es sich handelte. »Eine Überraschung?«

»Ich glaube, Sie bekommen Besuch«, sagte Sarah, und ihre Augen glitzerten geheimnisvoll. »Keine Reporter, wie ich vermutet habe. Es ist wohl das Beste, wenn ich Sie jetzt für ein paar Augenblicke allein lasse. Herzlichen Dank für das Gespräch, Ella. Es hat mich sehr gefreut. Wir sehen uns in wenigen Minuten wieder.« Und mit einem Lächeln in die Kamera fügte sie hinzu: »Das war Sarah Connelly live von der *Yokosuka* für CNN.«
Ohne eine Antwort abzuwarten, hakte sie sich bei Helène unter, und die beiden Frauen entschwanden aus dem Bild. Ella stand jetzt ganz allein vor den Kameras. Sie schob ihre Brille zurecht und fixierte die Neuankömmlinge. Zwei Gestalten näherten sich. Die eine groß, die andere klein.
Auf einmal fühlte Ella, wie ihr Herz einen Sprung machte. Vergessen waren die Kameras und die vielen Augen, die auf sie gerichtet waren. Sie kannte diesen Mann. Es war Esteban. Unschwer zu erkennen an den schwarzen Haaren, den lebhaften Augen und dem ansteckenden Lächeln im Gesicht. Wie es schien, war seine Genesung gut vorangeschritten. Er winkte ihr fröhlich zu, während er näher kam. Mit Erstaunen bemerkte sie, dass er mit beiden Armen winkte. Der fehlende Arm war offenbar durch eine Prothese ersetzt worden. So geschickt, wie er ihn bewegte, handelte es sich um eines dieser mechanischen Wunderwerke, die einem echten Arm zwar nicht ebenbürtig waren, ihn jedoch einigermaßen ersetzen konnten.
Die zweite Person war jetzt nicht mehr zu erkennen. Sie hielt sich auffällig hinter Estebans breitem Rücken verborgen.
Als sie bei Ella eintrafen, war von diesem geheimnisvollen Neuankömmling immer noch nichts zu sehen außer einem Schopf blonder Haare und einem Paar Turnschuhe.
»Hallo, Ella«, sagte Esteban, als er zu ihr ins Bild trat.
»Hallo.« Mehr brachte sie nicht heraus. Die Worte schienen ihr im Hals stecken zu bleiben. Sie musste ein paarmal schlucken, dann ging es wieder besser. »Wie hast du mich gefunden?«

»Das war kein Problem nach all dem Staub, den du aufgewirbelt hast«, sagte er. »Deinen derzeitigen Aufenthaltsort herauszufinden, ist nicht schwer. Man muss nur dorthin gehen, wo viele Kameras versammelt sind.« Gelächter erklang auf dem Deck. »Ich hoffe, ich störe dich nicht, aber ich habe jemanden mitgebracht, der dich unbedingt mal treffen wollte.«
Er trat zur Seite und Ellas Blick fiel auf ein Mädchen mit auffallend großen Augen und jeder Menge Sommersprossen auf der Nase. Ihre Haare waren kurz geschnitten und vom Wind ganz verwuschelt.
»Darf ich vorstellen, das ist Ella«, sagte Esteban zu dem Mädchen und deutete dabei eine Verbeugung an. »Ella, das ist Cathy.«
Ellas Augen begannen sich mit Tränen zu füllen. Sie fühlte, wie ihre Knie weich wurden. Es war ihr egal, ob sie peinlich wirkte oder was all die Menschen draußen an den Bildschirmen von ihr halten mochten. Sie konnte einfach nicht anders. Sie ging in die Hocke und streckte der kleinen Person die Hand entgegen.
»Hallo, Cathy«, sagte sie leise. »Ich freue mich, dich wiederzusehen.«
Das Mädchen lächelte schüchtern. Sie wirkte, als wolle sie am liebsten wieder hinter dem Rücken Estebans verschwinden. Im Gegensatz zu Ella war sie sich der Anwesenheit der vielen Leute und der Kameras sehr wohl bewusst. Doch in einem Anfall plötzlicher Entschlossenheit ergriff sie Ellas Hand und drückte sie zaghaft. »Hallo ... Mama.«
Ellas Antwort ging im Blitzlichtgewitter der Kameras unter, und so hob sie den Kopf zu Esteban und formte mit ihren Lippen nur ein einziges Wort.
»Danke.«

Mein Dank gilt den Menschen, die mitgeholfen haben, diesen Roman aus der Taufe zu heben.
Meiner Frau Bruni, für Kritik, Anregung und den »psychologischen Blick«,
Jürgen Bolz, der es sich trotz anderweitiger Verpflichtungen nicht nehmen ließ, dieses Buch zu lektorieren,
dem Agenten Bastian Schlück für seine Freundschaft und das unermüdliche Streben nach Qualität und Wertsteigerung,
Bettina Traub, Beate Kuckertz und Carolin Graehl vom Verlag Droemer-Knaur, deren Begeisterung mir immer wieder Ansporn ist,
dem Verleger Hans-Peter Übleis für Kritik, Anregung und aufmunternde Worte,
Martina Kunrath für ihre Freundschaft und Hilfsbereitschaft,
Rainer Wekwerth, Wulf Dorn, Hermann Oppermann und Michael Marrak für die Steaks und das Adrenalin,
Thomas Hillebrandt, der mir das Tor zum Effelsberg-Teleskop geöffnet hat,
Prof. Dr. Karl Menten vom Max-Planck-Institut für Astrophysik in Bonn für seine apokalyptischen Szenarien,
Prof. Dr. Gerhard Bischoff von der geologischen Fakultät Köln, der in mir die Begeisterung für Erdbeben und Vulkane geweckt hat,
sowie den vielen anderen Menschen, die mich inspiriert, gefördert und ermutigt haben.